Der Preis dieses Bandes versteht sich einschließlich der gesetzlichen Mehrwertsteuer.

Umwelthinweis:
Dieses Buch wurde auf chlor- und säurefreiem Papier gedruckt.

Die Handlung und Figuren dieses Romans sind frei erfunden.
Ähnlichkeiten mit lebenden oder verstorbenen Personen
sind nicht beabsichtigt und wären rein zufällig.

Laura Wulff

Töte und lebe!

Thriller

mtb

MIRA® TASCHENBUCH
Band 25814
1. Auflage: März 2015

MIRA® TASCHENBÜCHER
erscheinen in der Harlequin Enterprises GmbH,
Valentinskamp 24, 20354 Hamburg
Geschäftsführer: Thomas Beckmann

Originalausgabe

Konzeption/Reihengestaltung: fredebold&partner GmbH, Köln
Umschlaggestaltung: pecher und soiron, Köln
Redaktion: Thorben Buttke
Titelabbildung: Thinkstock/Getty Images, München
Autorenfoto: © Ricarda Ohligschläger
Satz: GGP Media GmbH, Pößneck
Druck und Bindearbeiten: CPI – Ebner & Spiegel, Ulm
Printed in Germany
Dieses Buch wurde auf FSC®-zertifiziertem Papier gedruckt.
ISBN 978-3-95649-108-5

www.mira-taschenbuch.de

Die Zuckers – zwei unkonventionelle Ermittler

Marie Zucker, 30 Jahre

Aussehen:	1,65 m, krause mittelblonde schulterlange Haare, grüne Augen, sehr schlank, kleidet sich klassisch schick
Beruf:	Kostümbildnerin am Musical Dome, nebenberufliche Gerichtszeichnerin, fertigt auch Phantombilder für die Polizei an
Sie kämpft mit:	Worten, einer Engelsgeduld, Durchhaltevermögen, Leidenschaft, Einfühlsamkeit, guter Menschenkenntnis, durch ihren Nebenberuf geschultes Auge, Pfefferspray
Dämonen:	Ihre Mutter hat sie unter dem Deckmantel der Erziehung als Kind körperlich und seelisch misshandelt

Daniel Zucker, 37 Jahre

Aussehen:	schwarze Haare, schwarz-braune Augen, Mund-Kinn-Bart, sitzt nach einem Freizeitunfall im Rollstuhl, trainiert weiterhin den Oberkörper
Beruf:	Hauptkommissar, zurzeit als „externer Berater/Sonderermittler" bei schwierigen (oder unliebsamen) Fällen beim Kriminalkommissariat 11 im Polizeipräsidium Köln tätig
Er kämpft mit:	Rollstuhl, Stabtaschenlampe, Einsatzmehrzweckstock, Elektroimpulsgerät, Fäusten, Aufnahmegerät und kriminalistischem Spürsinn
Dämonen:	Aufgewachsen mit einem gewalttätigen Vater, Querschnittslähmung ab der Hüfte abwärts

„Auch unter feinen Häusern verlaufen Abwasserkanäle.“

Aus dem Film „Saw“

PROLOG

„Wollt ihr mich verarschen?“, schrie der Mann, der sich Churchill nannte, als die Strickleiter hochgezogen wurde. Eben noch hatte das leere Sprungbecken eine coole Kulisse für den bevorstehenden Fight abgegeben. Jetzt entpuppte es sich als Gefängnis. Beunruhigt fuhr er sich mit beiden Händen über die Glatze.

In dieser Schwimmbadbrache hatte schon lange niemand mehr ins Wasser gepisst und heimlich in der Umkleidekabine gevögelt. Es handelte sich um eine dieser kleinen Achtzigerjahre-Badeanstalten, die gegen die großen Vergnügungsbäder des einundzwanzigsten Jahrhunderts nicht konkurrieren konnten. Nun stand sie leer. Die Hintertür war aufgebrochen worden. Müll stapelte sich in den Ecken. Urin von Tieren und Menschen hatte blassgelbe Schlieren auf den Fliesen hinterlassen.

Gleich würde Blut dazukommen.

Hier, wo er mit dem Fremden stand, hatte sich früher drei Meter achtzig hohes Wasser befunden. Das Becken war klein, aber an allen Stellen gleich tief, damit ein Springer, der vom höchsten Sprungbrett sprang, dem Fünfer, nicht zu tief ins Wasser eintauchte und sich verletzte. Jetzt war es furztrocken und verletzen würde sich auf jeden Fall jemand, auch wenn niemand sprang, sondern er und Schwabbi längst unten waren.

Unauffällig schaute er zu den Steigleitern. Sie waren unerreichbar. Mit seinen ein Meter achtzig hatte er keine Chance, auch nur an die unterste Sprosse heranzukommen, selbst wenn er hüpfte. Aber er würde nicht hier unten verrotten, das schwor er sich! Allzeit hatte er sich durchgeboxt, meistens mit Köpfchen. Er kannte alle Tricks und Kniffe, um Menschen dazu zu bringen, das zu tun, was er wollte. Er war ein Meister der Manipulation, ein Blender und er war verdammt stolz darauf. Er brachte Weiber dazu, sich beim Sex von ihm anpinkeln zu lassen, obwohl sie sich davor ekelten, und Kerle, für seine Fehler den Kopf hinzuhalten.

Doch hier würde ihm kein Trick helfen. An diesem Ort gab es nur ihn, den fetten Typen in der anderen Ecke, der die Situation scannte und so stark zitterte, dass sein Doppelkinn wabbelte, und die Gewalt, die in der Luft lag.

Den knacke ich wie eine Nuss. Churchill spuckte in die Hände und verrieb den Speichel.

Sein Gegner trug ausgeleierte graue Trainingshosen, die er immer wieder über seinen ausladenden Bauch hochziehen musste, um nicht in Unterhosen dazustehen. Schweißflecken bildeten sich auf dem Feinrippunterhemd, das früher einmal weiß gewesen sein musste. Churchill erkannte einen Feigling, ohne ein einziges Wort mit ihm gewechselt haben zu müssen. Schwabbi war einer, der die meiste Zeit auf dem Sofa verbrachte und sich gehen ließ, der sich mit Burgern, Pommes und Chips vollstopfte und von der Stütze lebte. Solche Typen konnte Churchill gar nicht ab.

Sie lebten im Dreck.

Sie fabrizierten nur Dreck.

Sie waren Dreck.

Der Typ, der nun langsam einige Schritte auf ihn zukam, sah trotz Fettschürze kräftig aus. Sie schützte ihn vor Schlägen, so viel war klar. Vielleicht versteckte er sogar Muskeln darunter. Jedenfalls hatte er Pranken wie ein Riese. Außerdem war er jünger, viel jünger. Churchill schluckte schwer und nahm sich vor, auf seine Schnelligkeit zu setzen.

„Ich heiße Elias. Wir müssen das nicht tun." Dieser Idiot streckte ihm doch tatsächlich die Hand hin.

Das musste ein Trick sein! Doch Churchill fiel nicht darauf hinein. Energisch schlug er die fette Pranke weg. „Doch, das müssen wir." Wahrscheinlich benutzte dieser Wichser sogar seinen echten Namen, so uncool, wie der klang.

Es gab keinen Ausstieg, außer über die Strickleiter, die man hochgezogen hatte, nachdem sie heruntergeklettert waren. Nur einer von ihnen würde sie als Sieger wieder hinaufsteigen, und Churchill würde alles dafür tun, dass er derjenige war.

Mit einem Aufschrei stürzte er sich auf Elias. Er ignorierte die Schweißtropfen, die von dessen langen Haaren auf ihn regneten, obwohl Ungepflegtheit ihn anwiderte, und versuchte, ihn zu Fall zu bringen. Elias taumelte zwar, blieb aber stehen. Wie ein Bowlingpin schwankte er und stand am Ende doch wieder aufrecht. Darum drosch Churchill auf ihn ein. Zu seinem Erstaunen konnte der Dicke viel einstecken. Er stöhnte, hielt sich den Bauch und schützte danach den Kopf, mehr geschah jedoch zuerst nicht. Wie konnte das sein, wie war das möglich?

Doch dann griff Elias ihn an, und Churchill erkannte, dass sein Gegner sich lediglich zurückgehalten hatte. Ein Schachzug, der nicht aufgegangen war.

Ein wildes Gerangel entstand. Elias schleuderte Churchill gegen die gekachelte Wand. Dann wieder zur anderen Seite, sodass Churchills Schläfe gegen die Fliesen schlug und er zu Boden ging. Hätte er sich doch nur für Bizeps entschieden. Aber an diesem Turnier nahmen nur Loser teil. Ein Tritt in seine Nieren ließ ihn aufkeuchen. Noch mehr jedoch schmerzte seinem Ego, dass er verlieren würde. Was für ein Weichei er doch war! Er hatte sich überschätzt. Schon immer war er ein kluger Kopf gewesen, aber körperlich schwach.

Plötzlich fiel ein Schlagring vom Himmel. Klirrend blieb er direkt vor seinem Gesicht liegen.

Churchills Selbstzweifel verpufften. Er grinste breit. Blitzschnell griff er danach und streifte die Handwaffe über. Sie hatte sogar Nieten auf den Stahlschlaufen, die wie kleine spitze Stacheln hervorstanden. Während Elias erneut auf ihn losging, sprang Churchill auf die Füße. Er duckte sich unter einem Schlag weg und boxte dem korpulenten Mann in den Magen. Jetzt schien er doppelt so viel Kraft zu haben, die Hiebe verfehlten ihre Wirkung nicht mehr. Er fand sogar, dass der Kampf nicht nur wieder ausgeglichen war, er kam sich sogar überlegen vor.

Erbarmungslos prügelte er auf Elias ein. Er verbuchte einen Treffer nach dem anderen auf seinem Konto. Das steigerte seine Laune. Adrenalin pushte ihn. Und er erkannte seinen Vorteil. Mochte Elias auch stärker sein und das Fettgewebe ein Dämpfer sein, so war Churchill doch gewaltbereiter. Er tickte völlig aus und schlug brutal auf seinen Gegner ein.

Als Elias' Kieferknochen brach, meinte Churchill das zu hören. Ein sattes Knacken. Mit schmerzverzerrtem Gesicht floh Elias in eine der Ecken. Angstschweiß lief an den Wangen hinab und tropfte vom Kinn. Furchtsam schaute Elias ihn an. Das gab Churchill einen Kick. Sein Blut schien zu kochen. Er fühlte sich so stark wie lange nicht mehr, und lebendig. Elias zu verletzen und zu erniedrigen gefiel ihm.

Gewalt schmeckt süß, stellte er fest und setzte sie auf die Liste mit den Kicks, die ihm halfen, sein Leben in Ketten aufzuheitern.

Plötzlich fiel eine mit Metallstacheln versehene Keule vom Himmel. Unglücklicherweise rollte sie zu Elias.

Dessen Miene verlor jeden Funken Angst. Mit einem Mal sah er aus wie ein fetter, blutbesudelter und von Wahnsinn befallener Schlachter. Rote Flecken traten auf seinem wächsernen Hals hervor. Zornig schoben sich die Brauen zusammen. Er blinzelte Churchill an. Seine Augen funkelten.

Jetzt wusste Churchill, wie er ausgesehen hatte, als er den Schlagring zugespielt bekam. In extremen Situationen waren die Menschen zu Außergewöhnlichem imstande. Manchmal brachten furchtbare Umstände jedoch auch die fürchterlichsten Seiten in einem zum Vorschein.

Elias betastete seine Wange, fletschte die Zähne wie ein Tier, soweit das der Bruch zuließ, und bückte sich. Churchill wartete nicht, bis Elias sich aufgerichtet hatte. Brüllend sprang er auf, rannte zu ihm und rammte ihm die Schulter in den Magen. Sogleich wollte er auf den schwabbeligen Körper einschlagen, doch dazu kam es nicht.

Elias schwang die Keule. Bevor sie jedoch auf ihn krachen konnte, duckte sich Churchill und wich zur Seite aus. Feige suchte er Abstand. Es war ihm peinlich, aber seine Füße liefen wie von selbst weg. Das Schwimmbecken bot jedoch keinen Schutz, kein Versteck, und nichts, das er als Waffe benutzen konnte. Aus dieser Arena gab es keinen Fluchtweg, sondern nur eine einzige Möglichkeit, ihr zu entkommen: den Sieg.

Bald drängte Elias ihn in eine Ecke. Er schwang die Keule hin und her, stellte sich breitbeinig hin und spielte seine Masse aus. Churchill sah keine Möglichkeit, an ihm vorbeizukommen. Der Schlagring kam ihm mit einem Mal lächerlich vor. Er konnte ihn nur nutzen, wenn er dicht an Elias herankam, aber das ließ dieser nicht zu. Ihm wurde angst und bange. Seine Blase drückte. Unruhig verlagerte er sein Gewicht von einer Seite auf die andere.

Als die Keule hinabsauste, hob Churchill abwehrend die Hände. Dadurch traf sie genau sein Handgelenk. Es brach oder fühlte sich zumindest so an. Schmerz loderte heiß und grausam auf. Er ließ den Schlagring los und ärgerte sich sogleich darüber. Lachend trat Elias diesen weg. Er war gar nicht so träge und kraftlos, wie er aussah, denn er schwang die Keule so leicht durch die Luft, als wäre sie eine Karnevalsattrappe.

Dass es sich um eine echte Waffe handelte, spürte Churchill am eigenen Leib, als Elias sie auf seinen Oberschenkel schmetterte. Es tat so schrecklich weh, dass er kreischte und auf die Knie fiel. Ein weiterer Schlag in seinen Rücken brachte ihn ganz zu Fall. Der Länge nach schlug er auf dem Boden auf. Schmerztrunken wand er sich. Er rang nach Luft, streckte in einer theatralischen Geste die Hand nach Elias aus und warf ihm einen Blick zu, mit dem er um Gnade bat.

Er war unterlegen, er würde untergehen und statt mit Geld mit Verletzungen heimgehen, die vielleicht nie wieder richtig verheilten. Wenn er wollte, konnte Elias ihn jetzt zum Krüppel schlagen. In diesem Fall wäre er nur noch ein Punchingball und hätte verloren.

Dieser ließ jedoch überraschenderweise die Keule sinken. Entsetzt schaute er Churchill an, als würde er erst jetzt realisieren, was er getan hatte.

Plötzlich fiel ein Morgenstern vom Himmel. Die mit strahlenförmig angeordneten Eisenstacheln besetzte Kugel am Ende der Kette blieb unmittelbar vor Churchill liegen. Er zog langsam die Mundwinkel zu einem heimtückischen Grinsen hoch. Seine flehend ausgestreckte Hand ergriff besitzergreifend den mit Leder umwickelten Holzstab.

Der Morgenstern hatte eine größere Reichweite als die Keule. Die Karten mischten sich neu. Jede Waffe schien eine Steigerung zu der davor zu sein. Würde als Nächstes eine Schusswaffe in die Arena geworfen werden, eine Armbrust vielleicht oder sogar eine Pistole? Würde sie demjenigen, der unterlegen war, zugespielt werden, wie es den Anschein erweckte? Oder war es Zufall, wer welche Waffe bekam? Oder bestückte man sie abwechselnd damit? Dann wäre Elias als Nächstes dran. Darauf wollte Churchill es nicht ankommen lassen.

Trotz der Schmerzen rappelte er sich auf. Endorphine, ausgeschüttet vor Euphorie, eine bessere Waffe zu haben, halfen ihm dabei. Ebenso die Aussicht darauf, Elias heimzuzahlen, was er ihm angetan hatte.

Gnadenlos schlug er auf ihn ein. Er hatte noch nie einen Morgenstern geführt, daher hatte er nicht wirklich im Griff, wo die Stachelkugel den Dicken traf. Aber das war ihm auch egal, Hauptsache, sie hinterließ einen bleibenden Eindruck.

Churchill trieb Elias über den gekachelten Turnierplatz. Unbarmherzig schwang er die Kette und ließ die Kugel auf ihn niederkrachen. Bei jedem Treffen schoss ein Schwall Adrenalin, heiß und prickelnd, durch Churchill hindurch. Als er Elias' Bein brach, regte sich etwas in seiner Jeans. Zuerst schämte er sich dafür, aber beim anderen Bein, das er zerschmetterte, war ihm das bereits egal. Das Machtgefühl, das er bisher nur kannte, wenn er Existenzen auf weniger aufregende Weise zerstörte, durchflutete ihn so intensiv wie nie zuvor. Jede seiner Zellen vibrierte vor Erregung. Die Hose war ihm zu eng. Wie von Sinnen hieb er auf den am Boden liegenden Elias ein. Dieser hob schützend die Hände. Er jammerte etwas vor sich hin, vielleicht bettelte er auch um sein Leben, Churchill verstand ihn nicht, denn sein Herz pochte laut wie Trommeln. Im Rausch fügte er auch Elias' Armen bleibende Schäden zu, bis diese nutzlos hinabhingen. Ein Knochen stand an der Elle hervor. Es kümmerte Churchill nicht. Der Schwabbi trug selbst Schuld daran. Er hatte das Tier in ihm entfesselt und dieses Monster verlangte nach Blut. Seine Fettschicht sah er als Herausforderung an, ihm trotz des Panzers jeden Knochen im Körper zu brechen.

Als Elias sich nicht mehr regte, verlor Churchill das Interesse an ihm. Er hörte auf und ließ den Morgenstern sinken. Seine Muskeln brannten, das Handgelenk tat ihm weh, er rang nach Atem und merkte dadurch erst, wie erschöpft er war. Schon lange hatte er sich nicht mehr derart verausgabt. Aber er hatte es geschafft, er hatte gesiegt. Die Gewinnsumme gehörte ihm! Er hatte sie sich verdient. Damit würde er Bodyguards kaufen, damit er sich nicht mehr selbst die Hände schmutzig machen musste.

Niemand applaudierte. In der Schwimmbadbrache war es totenstill.

Angewidert betrachtete er die Blutspritzer auf seinen Armen und der Kleidung. Körperliche Auseinandersetzungen waren nichts für ihn. Aber er hatte eine Stinkwut gehabt und einen von ihnen hatte es treffen müssen. *Entweder Schwabbi oder mich.* Wahrscheinlich hätte Elias ihn bei der nächsten Gelegenheit zu der blutigen Masse geschlagen, die er nun selbst war. Churchill wischte sich den Schweiß vom Gesicht und sah, dass seine Hand rot war. Anklagend klebte Elias' Blut überall an ihm, aber er lächelte.

Dort, wo er stand, wurde ein Korb hinabgelassen. Churchill legte Schlagring, Keule und Morgenstern hinein und beobachtete, wie er hinaufgezogen wurde. Die Strickleiter folgte, jedoch nicht an der Stelle, wo er stand, sondern in der entgegengesetzten Ecke. Misstrauisch ging er darauf zu. Er wollte nur noch von hier weg.

Plötzlich kletterte ein Mann herunter. Als er die mittelalterliche Streitaxt, die lässig in seiner Hand lag, als handelte es sich um einen Zahnstocher, auf dem gekachelten Boden niedersausen ließ, gab es einen Knall.

Angsterfüllt riss Churchill die Augen auf. Er wischte sich über die schweißnasse Glatze. Ein weiterer Gegner? *Scheiße, Scheiße, Scheiße.* Die Götter hatten ihn ausgetrickst. Sie hatten ihn in Sicherheit gewiegt, sodass er bereitwillig alle Waffen abgegeben hatte. So dumm würde er kein zweites Mal sein.

Gegen den Hünen mit dem Streitbeil hatte er aber ohnehin keine Chance. Immer, wenn er auftauchte, war das Spiel vorbei. Churchill hatte noch keinen Weg gefunden, ihn fertigzumachen. Der Bulle war zu stark. Zu schnell. Zu gewitzt. Überlegen!

Churchill wäre gerne wie er.

Angesäuert drückte er auf Stopp. Das Bild des PC-Games *Brawler – Raufbolde* – gefror. Er schaute auf seine Hose. Kein Fleck, wie üblich. Grob massierte er seinen Schritt, aber er kam einfach nicht. Was war nur los mit ihm?

Er zog wütend das Headset vom Kopf und knallte es auf den Tisch. Unruhig wanderte er im Raum hin und her, wie ein Löwe in Gefangenschaft. Innerlich war er angespannt. Er hieb mit der Faust gegen die Wand oder wollte es, bremste aber kurz vorher ab, denn er war kein Schläger.

Draußen rief jemand seinen Namen. Er reagierte nicht. Stocksteif stand er da und biss sich auf die Zunge, bis er Blut schmeckte.

„Hörst du mich?"

Sein Brustkorb hob und senkte sich hektisch. Er trat immer wieder auf das blütenweiße Spitzenkissen ein, auf das er vor dem Spiel uriniert hatte. Aus Wut. Aber der Gestank hatte dem Spiel auch eine besondere Würze verliehen, es authentischer gemacht. Doch nicht einmal das hatte geholfen. Es hatte nur negative Empfindungen geweckt. Keuchend zückte er sein Taschenmesser und zerfetzte das Kissen.

„Bitte, ich brauche deine Hilfe!"

Er biss die Zähne so fest zusammen, dass sein Kiefer schmerzte. Rasch ging er zurück zum Schreibtisch. Er setzte sich wieder vor den Monitor und zog das Headset auf. Während er an der Zunge saugte, damit sich die Wunde nicht schloss, sondern der metallische Geschmack *Brawler* realistischer wirken ließ, drückte er auf Play.

Vielleicht kam er ja diesmal und wäre endlich diesen Druck los. Aber was, wenn nicht?

Er hatte Angst um die, die ihm nahestanden. Denn manchmal brachten furchtbare Umstände die fürchterlichsten Seiten in einem zum Vorschein.

1. KAPITEL

Der Frieden hatte etwas Trügerisches. Alles war zu perfekt im Moment.

Daniel trank den letzten Schluck Kaffee, schaute aus dem Fenster hinaus in den strahlend blauen Junihimmel und beobachtete dann Marie, die sich eine weitere Tasse grünen Tee eingoss. Es duftete nach aufgebackenen Brötchen und Croissants, die er sogar noch lieber mochte als frische. Der Ofen hatte die Zimmerluft erwärmt. In der Küche war es wunderbar warm wie im Hochsommer.

Draußen war es dagegen noch kühl. Aber auch heute würden die Temperaturen wieder mild werden und auf zwanzig bis zweiundzwanzig Grad ansteigen. Jemand, der seinen Rollstuhl anschob, kam nicht ins Schwitzen, er fror aber auch nicht, wenn er warten musste und still stand.

Als er noch laufen konnte und beim Polizeipräsidium Köln einen normalen Dienstplan hatte, verbrachte er selten ein Wochenende zu Hause. Glücklicherweise war er mit einer Frau verheiratet, die ebenfalls oft am Wochenende ihrem Job als Kostümbildnerin am Muscial Dome nachgehen musste. Doch an diesem hatten sie beide frei und genossen ein ausgiebiges Samstagmorgenfrühstück.

Das Prasseln der Dusche drang zu ihnen. Über die Schulter hinweg spähte Daniel zum Badezimmer, als könnte er durch die Wände schauen. „Nanu? Benjamin ist schon aufgestanden?"

„Er war sogar schon am Rheinufer joggen."

Überrascht weiteten sich seine Augen. „Nicht wahr! Haben ihn Aliens über Nacht ausgetauscht?"

„Keine Sorge, das hält bestimmt nicht lange an. Ist sicherlich nur wieder eine Phase. Ich habe ihn dabei ertappt, wie er sich mit nacktem Oberkörper im Spiegel betrachtete und nach Muskeln suchte." Sie zwinkerte. „Er hat heimlich mit deinen Hanteln trainiert."

„Schau an. Er will wohl für die Männerwelt gut aussehen."

Trotz des Totschlags seiner Freundin Julia, dem Warnschussarrest und der Dummheit, sich in die Ermittlungen um die Hausgemeinschaft der aus der Haft entlassenen Pädophilen einzumischen, hatte Benjamin das Abitur bestanden. Mit Ach und Krach, gerade eben so, mit dem schlechtesten Durchschnitt, den man haben konnte, aber er hatte es in der Tasche, nur das zählte.

Wenn man naiv war, konnte man meinen, dass Daniels Leben zurzeit so rein und klar war wie die Morgenluft. Sogar der Leiter der Direktion

Kriminalität Christian Voigt und die Personalabteilung ließen ihn in Frieden, seit er Anfang des Jahres den Fall um die Bruchstraße 13 gelöst hatte. Das Kriminalkommissariat 11 forderte ihn nicht übermäßig oft an, aber doch regelmäßig. Endlich hielt man sich an die vertragliche Vereinbarung, ihn als externen Berater zu Fällen hinzuzuziehen, und gab ihm denselben Status wie allen Hauptkommissaren.

Aber Daniel war nicht naiv. Dafür hatte er schon zu viel in seinem Job gesehen und aufgrund seines gewalttätigen Vaters in jungen Jahren selbst erlebt. Durch den Freizeitunfall, nach dem er ab der Hüfte abwärts querschnittsgelähmt blieb, hatte er am eigenen Leib erfahren, dass das Leben einem jeden Augenblick ans Bein pissen konnte.

Wenn es schön war, würde über kurz oder lang etwas Schlimmes passieren. Das war so sicher wie das Amen in der Kirche.

Verlegen räusperte er sich. Wie sollte er das Thema nur anschlagen? Er bezeichnete sich als Grobmotoriker, auch verbal. Etwas geschickt durch die Blume anzubringen war nicht gerade seine Stärke. „Hast du noch einmal in Ruhe über die medizinischen Möglichkeiten nachgedacht, die Dr. Bingen mir erklärt hat?“

Irritiert runzelte Marie die Stirn. „Der Urologe aus dem Krankenhaus?“

„Hm.“ Obwohl er untenherum nichts spürte, bekam er bei der Vorstellung, durch Elektrostimulation einen Samenerguss herbeigeführt zu bekommen, oder der Biopsie seiner Hoden Phantomschmerzen. Aber er würde den Eingriff, egal welchen und wie unangenehm, durchstehen – für Marie.

„Ich meinte es ernst, als ich sagte, das kann warten. Wir haben später noch Zeit für eigene Kinder. Jetzt haben wir andere … Dinge zu tun. Möchtest du noch eine Tasse Kaffee?“

Er winkte ab. „Danke, ich habe schon zu viel davon getrunken.“ Unbewusst rieb er sich über den Bauch. Sodbrennen kündigte sich an.

Daniel wusste, was sie hatte sagen wollen. Andere Probleme. Er hatte so sehr gehofft, dass sie das Datum vergessen hätte. Aber das tat sie nie. Immer, wenn sich das Ereignis jährte, spielte sie ihm die Fröhliche vor, um zu verbergen, dass es in ihr stetig dunkler wurde, je näher der Tag kam.

Er konnte sie jedoch verstehen. Den Jahrestag seines Unfalls im März, der ihm einen Wirbelkörperbruch im unteren Brustwirbel bescherte und ihn in den Rollstuhl brachte, hatte er größtenteils im Bett verbracht. Da Marie ihn nicht dazu bringen konnte, aufzustehen, legte sie sich zu ihm, was verhinderte, dass er sich dem Kummer vollkommen hingab. Nachmittags war er doch aufgestanden, weil er Kopfschmerzen davon bekam, die Erinnerungen – an den Sturz im Kletterpark an der stillgelegten Talbrücke, die Krankenhausaufenthalte und die Zeit der Depression, nachdem man ihm sagte, dass keine Besserung zu erwarten sei – immer wieder zu durchleben, und hatte bis zur Erschöpfung trainiert. Am liebsten hätte er sich danach wieder hingelegt, doch Tomasz rief an. Deshalb nahm er stattdessen ein Bad und betrank sich am Abend mit Tom in der Kneipe *Zum stolzen Römer*.

Aber ihm ging es besser, seit er alles einmal durchgemacht hatte, zum Beispiel ein Restaurant zu besuchen als Krüppel, ins Polizeipräsidium zu fahren als Krüppel und mit seiner Frau auszugehen als Krüppel. Beim zweiten Mal ist alles schon weniger schlimm. Er verglich das mit Trauer. Wenn man jemanden verlor, den man liebte, waren die ersten zwölf Monate schrecklich: das erste Weihnachtsfest ohne den Partner, der erste Geburtstag ohne ihn und der erste Urlaub alleine. Das erste Mal geht an die Nieren, aber danach wird es stetig etwas besser.

Unglücklicherweise war das bei Marie nicht der Fall. Sie litt jedes Jahr aufs Neue. Ihre Eltern waren nicht unschuldig daran. Weil das Datum kurz bevorstand, nahm er sich vor, ihr die kommenden zwei Tage so schön wie nur möglich zu machen.

„Was ist denn los mit dir?" Über den Tisch hinweg griff sie seine Hand. „Du bist so angespannt."

Er schreckte aus seinen Gedanken auf. „Es ist nichts." Nur eine dunkle Vorahnung, dass bald Wolken aufziehen würden.

Sie zog seinen Ehering bis zum Fingerknöchel hoch und strich zärtlich über ihren Namen, den er sich an der Wurzel hatte tätowieren lassen. „Ob ich mir deinen unter meinem Ring stechen lassen soll?"

„Auf keinen Fall!", sagte er etwas zu impulsiv. Zerknirscht schaute er sie an und spürte, dass seine Wangen brannten. „Du hast keine Ahnung, wie weh das getan hat."

Sie hob seine Hand an, küsste das Tattoo und schob den Ring zurück an seinen Platz. „Armer Schatz."

„Höre ich da Spott heraus?"

„Du musst es ja wissen, König Sarkasmus."

Benjamin kam barfuß in die Küche. Die blonden Haare, die er sich nach dem Warnschussarrest kurz geschoren hatte, waren wieder nachgewachsen und noch feucht. Er trug ein neues weißes T-Shirt, das so eng war, dass sich seine Nippel darunter abzeichneten. Auch die Jeans saß ordentlich und nicht so locker, dass sie ständig drohte, über den Hintern zu rutschen.

Seit wann trägt er Kleidung, die passt, fragte sich Daniel. Seit Maries Cousin in die Oberstufe gekommen war, hatte Benjamin seinen Spargelkörper unter weiten Hosen und Oberteilen verborgen. Daniel stellte überrascht fest, dass Ben männlicher geworden war. Kein neuer Arnold Schwarzenegger, es lag vielmehr an seiner Haltung. Daniel konnte sich ein Grinsen nicht verkneifen.

Als Ben ihm ein Smartphone reichte, wölbte sich ein kleiner Bizeps auf dem Oberarm, den Daniel das erste Mal sah. „Hast du's nicht klingeln gehört? Dein Chef ist dran."

Marie seufzte und warf das Küchentuch, mit dem sie den feuchten Abdruck unter ihrer Tasse abgewischt hatte, auf die Arbeitsfläche.

Entschuldigend zuckte Daniel mit den Achseln und nahm das Handy. „Ich hab's wohl zu leise gestellt."

„Das liegt am Klingelton. Diese Rockballade ist ungeeignet. Mach dir mal einen fetten Beat drauf", schlug Ben vor und biss in ein Brötchen. Krümel regneten auf den gesamten Tisch.

„Nimm dir einen Teller!" Marie, die als Kind von ihrer Mutter körperlich und psychisch für solch ein Verhalten bestraft worden wäre, schlug die Hände über dem Kopf zusammen.

„Zieh dir einen Stuhl ran, setz dich auf meine Seite und iss vernünftig." Kopfschüttelnd rollte Daniel den Chopper ins Wohnzimmer.

Er hob das Handy ans Ohr, meldete sich und fragte sich, wie oft er das in diesem Jahr schon getan und immer die gleiche Schreckensnachricht gehört hatte. „Ihr habt eine Leiche gefunden?"

Der Erste Kriminalhauptkommissar Karsten Fuchs schnaubte. „Dir auch einen guten Morgen. Ich wollte dir noch mal zureden, dass du doch zum Sommerfest kommst. Es gibt Grill- und Getränkestationen, Livemusik und das alles outdoor, aber überdacht."

„Auf keinen Fall! Wie oft soll ich das noch wiederholen?" Musik, Tanz und Menschenmassen waren nichts für ihn. Vor seinem Unfall schon nicht, aber erst recht nicht, seit seine Beine zu nichts taugten und er zu allen aufschauen musste.

„Auch die Kollegen von Justiz, der Stadtverwaltung, der Feuerwehr sind eingeladen, sogar die vom Zoll und der Bundespolizei. Das gemeinsame Feiern soll das Miteinander verbessern."

Daniel bekam schon Schweißausbrüche, wenn er nur daran dachte, von den meisten verstohlen begafft zu werden, wie die Attraktion aus einem Kuriositätenkabinett. „Die Gruppen bleiben doch eh unter sich."

„Das Fest geht nahtlos in die Afterworkparty über. Zu der kommen auch Personen von außerhalb und du mauserst dich langsam zur Lokalprominenz. Darum hätte Voigt dich gerne dabei."

„Noch schlimmer." Der Kriminaldirektor konnte ihn kreuzweise! Dass die Presse über Daniel – den „Rollstuhlkommissar", wie die Medien ihn nannten – und seine Ermittlungserfolge berichtet hatte, hatte ihm geholfen, seinen alten Job wiederzubekommen. In dieser Sache jedoch brachte sein steigender Bekanntheitsgrad ihn in die Bredouille. „Aber darum rufst du doch nicht extra an, habe ich recht?"

„Nein, eine neue Mordkommission hat sich zusammengefunden, bei der ich dich unbedingt dabeihaben will."

„Warum ich?" Und wieso ausgerechnet an einem Wochenende, an dem Marie auch freihatte?

„Das wirst du sehen, wenn du da bist. Wir brauchen dich hier. Sofort!"

2. KAPITEL

Dorf trifft auf Massenproduktion, dachte Daniel, wie immer, wenn er seinen Wagen durch Godorf im Kölner Süden lenkte. Dabei kam er an einer bunten Mischung von Bauwerken vorbei. Mal von nah, mal von fern sah er das Wahrzeichen, die Holländerwindmühle mit rundlaufender Galerie, Laubenganghäuser in Fachwerkoptik, Wohnhäuser aus der Nachkriegszeit, den industriell genutzten Rheinhafen, Gewerbehallen und modernste Raffinerien. Sie standen dicht beieinander, wie eine Gruppe Menschen, die zufällig auf einem Konzert zusammentrafen und in Aussehen, Herkunft, Zielen und Moralvorstellungen nicht unterschiedlicher sein können. Eine kleine Gemeinde in einer Landschaft aus rauchenden Schloten, der Autobahn im Westen und einem Netz aus Bahngleisen, unterbrochen von Grünflächen. Idylle in diesem Stadtbezirk Rodenkirchens bedeutete aus Daniels Sicht, am Rheinufer zu sitzen und auf die Petrochemieanlage zu schauen.

Die Sonne stand schon hoch am Himmel, als er durch den Norden Godorfs fuhr. Absichtlich stellte er sein Auto am Rand des Gewerbegebietes in einiger Entfernung der Wagen von Kriminal- und Schutzpolizei, Spurensicherung und Leichenfuhrwesen ab, auch wenn das bedeutete, dass er seinen Bock noch ein ganzes Stück schieben musste. Aber er gab sich ungern die Blöße, vor aller Augen den Rollstuhl aus dem Fahrzeug zu heben, ihn auseinanderzuklappen, die Rollstuhltaschen anzubringen und seinen Körper auf den Sitz zu hieven. Es war mühsam und ihm peinlich. Eines Tages würde ihm das hoffentlich nichts mehr ausmachen, aber dieser Tag war nicht heute.

Er zog die speziellen Rollstuhlhandschuhe an – Halbfingerlinge aus weichem Leder mit verstärkter Daumenumgebung und Polsterung an den Innenflächen –, legte die Hände an die Greifringe und gab Gummi. Energisch fuhr er die Straße hinunter, vorbei an einem mit einer Mauer umgebenen Grundstück.

Die Fabrikbrache darauf musste schon in den Neunzigerjahren geschlossen worden sein. Ein Sichtschutzelement war aus dem Eisentor herausgebrochen. Durch das Loch erspähte Daniel nur unebenes Land, bewachsen mit Gras und Sträuchern. Schutt lag hier und da. Die meisten Fensterscheiben des Gebäudes wiesen Löcher auf. Daniel vermutete, dass Kids zum Spaß mit Steinen auf das Glas geworfen hatten. Das Dach war an einer Seite eingestürzt.

Die Räder seines Choppers holperten über Grasbüschel, die zwischen den Steinen wuchsen. Es knirschte, als sie eine Plastikflasche zermalmten, die zu einem Haufen Müll gehörte, dem Daniel nicht ausweichen konnte, da sich der Unrat über die ganze Breite des Bürgersteigs verteilt hatte. Nach einem Slalom um einige Hundehaufen kam er endlich bei seinen Kollegen an.

Sie standen am Ende der Mauer. Dahinter erstreckte sich eine Grünschneise – ein breiter Streifen, auf dem größtenteils Bäume und Sträucher wuchsen. Durch das Blätterdach war es im Wäldchen dunkler. Trotzdem konnte Daniel die Kollegen vom Erkennungsdienst ausmachen. In der weißen Schutzkleidung wirkten sie wie Geister. Dort, wo sie arbeiteten, musste die Leiche gefunden worden sein. Trotz der Wärme stellten sich seine Nackenhaare auf.

„Erstaunlich." Tomasz Nowak klappte sein Notizbuch zu und steckte es in die Jackentasche. Er wandte sich von einem Paar ab, das bestimmt schon über siebzig Jahre alt war, aber Händchen hielt, wie Teenager, vielleicht Spaziergänger, die er gerade zu diesem Ort befragt hatte. „Du schwitzt nicht einmal."

Doch, das tat Daniel, aber das schwarze Baumwoll-T-Shirt kaschierte den Umstand. Zudem ließ sich Daniel nicht anmerken, dass er außer Puste war. Lässig lehnte er sich im Sitz zurück und sparte sich eine Antwort, denn das hätte seine Kurzatmigkeit entlarvt. Stattdessen konzentrierte er sich darauf, unauffällig ruhiger zu atmen, und ignorierte das heftige Pochen seines Herzens.

Im Sonnenlicht sahen EKHK Karsten Fuchs' Haare eher karotten- als rostfarben aus. „Du hast inzwischen Arme wie Dwayne Johnson."

Daniel trainierte regelmäßig, damit er nicht ständig unter Muskelkater litt und um den Schmerzen im Nacken und Rücken entgegenzuwirken, aber auch das behielt er für sich. Niemand interessierte sich ernsthaft für die Probleme eines Rollifahrers. „Übertreibst du nicht maßlos?"

„Farbe hast du auch bekommen, Zucker. Offenbar sitzt du den ganzen lieben langen Tag auf eurer Dachterrasse in der Südstadt herum. Tut mir leid, wenn ich dich von dort weggeholt habe."

So braun wie Tom war Daniel trotzdem nicht. Sein Freund schien ein paar Stunden mehr als üblich unter dem Grill verbracht zu haben. Versuchte der Solarium-Junkie die Blässe, die er nach der Trennung von seiner Frau Natalia gehabt hatte, zu kompensieren? „Wäre ja auch zu schön gewesen, mal ein Wochenende mit Marie zusammen zu verbringen."

„Warum solltest du eine Sonderbehandlung bekommen, nur weil der Herr im Rolls-Royce sitzt?"

Damit hatte Fuchs ihn. Wenn Daniel eins verabscheute, dann war es, anders behandelt zu werden als seine Kollegen vom Kriminalkommissariat 11. Aber Rolls-Royce?

Er ertappte sich dabei, wie er nach Leander Ausschau hielt. Der Hospitant war nirgends zu sehen. Wahrscheinlich hatte er sich hinter die Mauer auf der anderen Seite der Fabrikbrache zurückgezogen und kämpfte gegen Übelkeit an. Leichen waren nicht sein Ding. Schlechte Voraussetzungen, um in der Abteilung für Morddelikte zu arbeiten. Aber bisher hielt er tapfer durch, und Daniel ahnte, dass er einer der Gründe war, warum der Sechsundzwanzigjährige noch nicht das Weite gesucht hatte.

Durch die Sommersprossen auf Wangen, Stirn und sogar den Augenlidern wirkte es, als würde EKHK Fuchs' Gesicht aus weißen und gelblich braunen Pixeln bestehen. „Hast du dir das mit dem Sommerfest überlegt?"

„Ach, du kommst auch?" Tomasz' Augen weiteten sich.

Daniel zischte: „Nein, verdammt noch mal!"

„Dachte ich's mir doch."

„Was soll das denn heißen?"

„So was kostet dich mehr Mumm, als die gefährlichsten Verbrecher zu jagen."

Sein Kollege und Freund hatte ihn durchschaut und legte den Finger in die Wunde. Daniel spürte einen Stich in der Magengrube und verlagerte sein Gewicht. Plötzlich fühlte er sich unwohl. Er kam sich wie ein Außenseiter vor, wie eine Spaßbremse. Als externer Sonderermittler gehörte er ohnehin nicht vollwertig zur Mordkommission. Festivitäten fernzubleiben ließ die Kluft zu den Kollegen nicht gerade schrumpfen.

„Du dagegen siehst aus, als würdest du dein Partyoutfit schon tragen." Daniel zeigte auf den Kragen von Toms dünner schwarzer Lederjacke. „Seit wann klappst du ihn hoch?"

„Warum nicht?"

„Und wo sind die karierten Hemden geblieben?"

„Ich versuch mal einen neuen Look." Wie ein linkisches Männermodel strich sich Tom übers Haar.

„Mit der Tonne Gel siehst du aus wie Travolta in *Grease*."

„Bist du so griesgrämig, weil Marie dich ins Musical geschleppt hat?"

„Ich meinte den Spielfilm. Der war schon kaum zu ertragen. Filme, in denen gesungen wird, gehen gar nicht." Daniel winkte ab. Plötzlich wurde er sich bewusst, dass er sich vom Wochenende und dem schönen Wetter hatte einlullen lassen. Genug Small Talk! „Warum stehen wir hier noch rum? Wo liegt die Leiche?"

Fuchs deutete auf zwei Männer des Bestattungsunternehmens, das für die Polizei den Leichentransport in das Rechtsmedizinische Institut übernahm. Sie hievten eine Bahre aus dem Wagen. „Die wird gerade abtransportiert, deshalb warten wir, um nicht im Weg zu sein und Spuren zu zertrampeln."

„Ich muss sie unbedingt vorher sehen! Genau in der Position, in der sie gefunden wurde." Das war ihm enorm wichtig. Bilder, die der Polizeifotograf schoss, sagten nichts über die Atmosphäre am Tatort aus. Daniel musste sie selbst spüren. Sie verriet ihm, weshalb der Täter diesen Ort ausgesucht hatte. Außerdem stellte er sich vor, was das Mordopfer als Letztes gesehen, gerochen und gehört hatte. Die letzten Minuten im Leben des Opfers zu rekonstruieren war grausam, aber genau das spornte ihn noch mehr an, den Mörder so schnell wie möglich zu schnappen.

„He, warten Sie. Rühren Sie den Leichnam nicht an." Fuchs' Stimme donnerte über das Waldgebiet. Bevor er zu den beiden Sargträgern eilte, sagte er zu Tom: „Führ ihn zum Bunker."

Der Erkennungsdienst hatte einen Weg markiert, damit die Spuren nicht zerstört wurden. Tomasz zeigte ihn Daniel und ging voraus. Natürlich gab es keine befestigte Straße, daher ruckelte Daniels Chopper über unebenes Gelände. Gras, Steine und herumliegende Äste bremsten ihn. Die Räder gruben sich in den Boden ein und er musste viel Kraft aufwenden, um herauszukommen.

Tomasz blieb stehen. „Soll ich dich anschieben?"

„Soll ich dir über die Zehen fahren?"

„Dafür sind die Griffe am Rollstuhl doch da."

„Wenn du das machst", presste Daniel zwischen den Zähnen hervor, leise, damit die Kollegen ihn nicht hörten, „bekommst du eine exklusive Demonstration von den Selbstverteidigungsmaßnahmen, die mein Trainer mir beigebracht hat."

„Den Spaß heben wir uns für ein andermal auf. Wir sind schließlich zum Arbeiten hier." Lächelnd ging Tom weiter. Doch je näher er dem Fundort kam, desto ernster wurde er.

Als Erstes fiel Daniel ein merkwürdiger Hügel auf, der nicht so recht in die Waldfläche passte. Er fuhr in einem großen Kreis um die Erhöhung herum. Von der anderen Seite aus erkannte er den militärischen Bunker, ein Relikt aus dem Zweiten Weltkrieg. Er war weitgehend unterirdisch gebaut worden. Erdboden und braune Blätter, die vom Herbst immer noch nicht verrottet waren, bedeckten das Dach, daher fiel das Gebäude nur auf, wenn man vor dem Eingang stand.

Stufen aus Stein führten hinab. Sie wölbten sich in der Mitte, offenbar hatten schon viele Menschen diese Treppe benutzt. Eine Tür existierte nicht mehr. Hinter der Öffnung herrschte Dunkelheit. Daniel musste an das Tor zur Hölle denken. Jemand hatte es nicht verschlossen und nun waren Kreaturen aus dem Jenseits entkommen, die wahllos töteten. Das war selbstverständlich Unsinn. Er hätte sich den Horrorfilm in der vergangenen Nacht nicht anschauen sollen.

Tetrapaks, Plastiktüten, Verpackungen von Süßigkeiten, Bierdosen, Zigarettenstummel und Kondome sammelten sich in den Ecken dort unten. Nichts sah so aus, als wäre es erst vor Kurzem weggeworfen worden. Dennoch hoffte Daniel, dass das kriminaltechnische Labor bei der Auswertung der Spuren etwas finden würde.

Die Leiche lag auf dem Bauch und mit den Füßen zum Eingang. Die Finsternis im Inneren des Bunkers machte es Daniel aber unmöglich, mehr zu erkennen. Daher holte er die Taschenlampe aus der Rollstuhltasche.

Sein Atem beschleunigte sich leicht, als er in den Gang leuchtete. Eine natürliche Reaktion des Körpers. Manche Menschen würden sich vermutlich darüber wundern, dass der Anblick einer Leiche für einen Kripobeamten immer noch aufwühlend war. Aber sollte er jemals so abgebrüht werden, dass es ihm rein gar nichts mehr ausmachte, würde er den Job an den Nagel hängen. Denn dann stimmte etwas nicht mehr. Und es wäre dringend Zeit für eine Veränderung.

Der Lichtkegel traf den Leichnam.

Er war nackt. Die Gliedmaßen waren verdreht. Es sah aus, als wäre er weggeworfen worden, wie der Müll, der um ihn herum lag. Daniel nahm noch keinen Verwesungsgeruch wahr, der Mann konnte noch nicht lange tot sein. „Seine Kleidung?"

„Wurde nicht gefunden."

„Der Täter hat sich nicht viel Mühe gemacht, die Leiche zu verbergen." Und das Verbrechen zu vertuschen.

„Offenbar dachte er, die Eisenstangen und der Stacheldraht, den er über sie gelegt hat, würden reichen." Tom schaute sich um. „Es war wohl nichts anderes da, um das Opfer zu verstecken."

Daniel neigte sich vor, um tiefer ins Innere blicken zu können. „Geht es nicht weiter in den Bunker rein?"

„Nein, das Ende des Gangs ist zugemauert."

Unruhig schob Daniel den Rolli vor und zurück, eine Unart, die er sich angewöhnt hatte, wenn er nachdachte. „Also blieb dem Täter nur übrig, die Leiche zu vergraben oder wegzuschaffen."

„Aber er hatte weder eine Schaufel bei sich, noch war er mit dem Auto hier."

„Oder es war ihm scheißegal." Diese These beunruhigte Daniel.

„Das glaube ich kaum. Er wollte die Tat vertuschen, sonst hätte er sein Opfer hier draußen getötet. Er könnte den Mann gezwungen haben, in den Bunker hinabzusteigen, sich auszuziehen, und dann hat er ihn umgebracht."

„Das denke ich nicht. Schau dir an, wie der Leichnam liegt." Daniel lenkte den Rolli mal nach rechts, mal nach links, um den Tatort aus einem anderen Blickwinkel zu betrachten. „Er wurde achtlos dort hineingeworfen. Der Mörder hat rasch etwas darübergelegt, was er finden konnte, und ist dann auf und davon."

„Vielleicht wurde er gestört und konnte das Opfer deshalb nicht anders entsorgen."

„Schon möglich. Aber auf mich macht es eher den Eindruck, als hätte er so lange mit ihm gespielt, bis er tot war, und dann das Interesse an ihm verloren." Wie eine Katze bei einer Maus. Solange sie noch zappelte, weckte sie ihre Neugier. Darum stellten sich Mäuse tot. Manchmal kamen sie durch diesen Trick mit dem Leben davon. Daniel vergrößerte den Lichtkegel der Taschenlampe. „Schau dir die zahlreichen Kratzer, offenen Wunden, Bisse und … Scheiße! Sind das etwa …?"

„Brandwunden, ja." Tom ging in die Hocke. „Wir gehen davon aus, dass er gefoltert wurde."

„Suchen wir einen Psychopathen, dem einer abgeht, wenn er anderen Schmerzen zufügt?"

„Da bin ich mir nicht sicher. Uns ist eben schon etwas aufgefallen. Aber ich möchte mir das erst noch genauer anschauen." Noch während er sich erhob, gab er dem Erkennungsdienst ein Zeichen. Sorgfältig räumten sie die mit Rußpulver bestäubten Stangen weg, um sie ins Labor zu bringen, wo sie noch genauer untersucht werden würden. Nachdem auch der Stacheldraht fort war, durften die Mitarbeiter des Bestattungsunternehmens die Leiche endlich mitnehmen. Behutsam drehten sie sie auf den Rücken. In dem Moment rief Tomasz: „Stopp! Tatsächlich. Siehst du's?"

Daniel lenkte die Lampe auf den Oberkörper des Opfers. Er war völlig eingedrückt. Eine einzige große Wunde! Jede einzelne Rippe schien gebrochen zu sein. Die inneren Organe konnten nicht mehr intakt sein. Die gesamte Haut zwischen Bauchnabel und Hals schimmerte unnatürlich blau unter dem getrockneten Blut hervor. „Jemand hat wie ein Irrer brutal auf ihn eingeschlagen."

„Immer und immer wieder."

„Bis er tot war." Eine andere Todesursache war nicht zu erkennen.

„Passt das zu einem Sadisten?"

Irritiert schüttelte Daniel den Kopf. „Vielleicht waren es zwei Täter. Oder eine Gruppe. Wie sieht es mit Fußabdrücken aus?"

„Die Spurensicherung ist dran. Am vielversprechendsten sind zurzeit die Bisswunden."

Durch sie hatte der Mörder eine Art Fingerabdruck hinterlassen, der einmalig war. Daniel zeigte auf den Leichnam. „Siehst du die Totenflecken am Bauch, am Rand des zerstörten Oberkörpers? Das Opfer wurde entweder im Bunker getötet oder in der Nähe und sofort danach dort entsorgt."

„Wir befinden uns also am Tatort."

Eine Weile schauten sie schweigend zu, wie das Opfer behutsam auf die Bahre gelegt und die Treppe hochgebracht wurde. Wie emsige Ameisen inspizierten die Kollegen vom Erkennungsdienst sogleich den Boden darunter.

Daniel schaltete die Taschenlampe aus und steckte sie weg. Bei Tageslicht wirkten die Verletzungen noch grausamer. Die dunkelroten Hämatome, die den Körper entstellten, wurden schon hier und da bläulich.

Sogar der Schritt war verfärbt. Daniel bekam beim Anblick des blauen Gliedes Phantomschmerzen, dabei hatte er seinen Penis seit dem Unfall vor fünfzehn Monaten nicht mehr gespürt. Aber durch den Grad der Verfärbung der Blutergüsse konnte er bereits ein grobes Zeitfenster festlegen: „Vor vierundzwanzig Stunden lebte er noch."

„Und ist seitdem durch die Hölle gegangen."

Die Bahre schwebte an Daniel vorüber. Er wich zurück, nicht nur, um den Männern Platz zu machen, sondern auch wegen des Leichengeruchs, der glücklicherweise noch mild war.

Das erste Mal konnte er das Gesicht des Opfers erkennen. Es handelte sich um einen recht jungen Mann. Das Alter ließ sich schwer schätzen. Daniel tippte auf sechzehn bis Mitte zwanzig. Mitteleuropäer, leicht aufgeschwemmt und klein. Seine Augen wiesen eine mandelförmige Form auf und hatten Tränensäcke. Eine Ahnung regte sich in Daniel. Um zu prüfen, ob er richtiglag, schaute er sich die Füße genauer an. Zwischen dem ersten und dem zweiten Zeh prangte eine auffällig große Lücke. Eine Sandalenfurche! „Er hat das Downsyndrom."

„Trisomie 21." Tomasz nickte.

Daniels Augen weiteten sich. Er warf seinem Freund einen bösen Blick zu und spürte, wie sich sein Magen langsam zusammenballte. „Ihr wusstet es schon, habe ich recht?"

„Wir sind schon etwas länger am Tatort als du, Kumpel."

„Darum habt ihr mich in die Mordkommission berufen."

„EKHK Fuchs hatte die Idee, und ich habe dich immer gerne in meinem Team, denn du bist einer der besten …"

„Spar dir das Gesülze. In Wahrheit seht ihr in mir eine Art Behindertenbeauftragten des Präsidiums. Aber nur weil ich im Rollstuhl sitze, bedeutet das nicht, dass ich automatisch zu solchen Fällen hinzugezogen werden muss." Aufgebracht schob er die Räder an.

Doch Tom stellte sich ihm in den Weg. „Reg dich ab."

„Bin ganz cool." War Daniel in Wahrheit nicht. Er wollte normale Fälle und als normaler Ermittler angesehen werden.

„Das wirst du doch auch gar nicht. Außerdem, was soll das denn heißen: ‚zu solchen Fällen'?" Tom wurde so laut, dass die Kollegen von der Spurensicherung aufschauten und die Stirn runzelten. „Es gibt hier einen Mord. Du arbeitest beim Kriminalkommissariat für Tötungsdelikte. Also mach gefälligst deinen Job!"

„Okay", presste Daniel hervor.

„Das Opfer wird behandelt wie jedes andere auch. Du wirst behandelt wie jeder andere Kommissar auch."

„Hab verstanden! Aber behaupte nicht, die Trisomie wäre nicht der Grund, warum ich hier bin."

Seufzend fuhr sich Tom durch die Haare. Vor Aufregung glühte sein Gesicht, als käme er frisch aus dem Solarium. Er zog die Lederjacke aus und hängte sie sich über die Schulter. „Du hast recht. Fuchs dachte, du gehst sensibler an das Thema heran, du kannst dich eher in das Opfer hineindenken als wir und darum Hinweise entdecken, für die wir blind sind. Was ist falsch daran?"

„Nichts." Daniel atmete einmal tief durch. „Aber eine Querschnittslähmung und eine Krankheit wie Mongolismus sind zwei völlig andere Sachen."

„Das wissen wir."

„Es tut mir leid." Daniel schämte sich sogar, so aus der Haut gefahren zu sein. Es ging hier nicht um ihn, sondern um den armen Kerl auf der Totenbahre. „Ich möchte einfach nur normal behandelt werden."

„Aber das bist du nicht."

„Autsch." Das tat weh.

„Und das bedeutet in diesem Fall, dass du einen Vorteil daraus ziehen könntest."

Daniel wusste nicht, wie ihm das helfen sollte. „Ihr seid doch sicher schon selbst darauf gekommen, dass das Mordmotiv etwas mit der Erkrankung des Mannes zu tun haben könnte. Hass auf alle, die anders sind, zum Beispiel."

„Vielleicht war er aber auch nur ein wehrloses Opfer, das leicht in eine Falle zu locken war."

„Oder zufällig zum falschen Zeitpunkt am falschen Ort."

„Du meinst, er war auf dem Weg irgendwohin, kam hier vorbei und ging zwischen die Bäume, um zu pinkeln?"

„Das könnte sein. Und lief geradewegs einem Täter in die Arme, der auf der Jagd war. Denn was auch immer die Verbrennungen verursacht hat, muss weitaus größer als ein Feuerzeug gewesen sein. Keine Waffe, die man spontan aus dem Hut zaubert."

„Der Mörder muss vorbereitet gewesen sein."

„Womöglich ist die Katze bei Sonnenuntergang durch die Gewerbe- und Industriegebiete gestreift und hat nach einer Maus Ausschau gehalten." Daniel sah die Szene vor dem geistigen Auge. Ein Schatten huscht hinter einen Baum. Ein rascher Blick voller Vorfreude auf eine Tasche mit Folterwerkzeug. Das Opfer nähert sich der Grünschneise. Die Atmung wird schneller. Die Erregung nimmt zu. Zuschnappen, Überwältigen und Tiefer-in-das-Wäldchen-Hineinschleifen. Erst kommt das Spiel. Aus Fantasie wird Realität. Zum Schluss wird die Beute erlegt. „Wir müssen überprüfen, ob das Opfer in der Nähe arbeitet."

„Eine Behindertenwerkstatt wird es in dieser Ecke Godorfs wohl kaum geben."

„Einige Menschen mit Downsyndrom haben durchaus Jobs! Ich habe keinen blassen Schimmer, was ich dazu beitragen könnte, auf das ihr Normalos nicht selbst kommt." Diese Spitze hatte sich Daniel nicht verkneifen können.

„Nicht jetzt, eventuell später. Vertrau Fuchs. Er hat oft den richtigen Riecher."

„Momentan gibt es hier nichts weiter für uns zu tun. Lass uns gehen, damit wir dem Erkennungsdienst nicht im Weg stehen."

Tomasz machte eine ausladende Geste, um ihm den Vortritt zu lassen. Aber Daniel deutete ihm an, vorzugehen. Er wollte nicht, dass sein

Freund mitbekam, wie mühsam sich der Rollstuhl über den Waldboden bewegen ließ. Es kostete Kraft, vom Bunker zur Mauer des Grundstücks mit der Industrieruine zu fahren. Dort bogen sie nach links ab, um zur Straße zurückzukehren.

Der Bock fuhr über ein Loch, wahrscheinlich der Bau eines Tiers, und der Chopper ruckelte. Dann kam er wieder zügiger voran.

Eine erneute Erschütterung und Daniel knirschte mit den Zähnen, hielt jedoch nicht an, sondern gab Gummi, damit er Tom einholte. Der Boden schien von Höhlen durchzogen zu sein.

Als er ein drittes Mal durchgeschüttelt wurde, fluchte er leise. Er hielt an. Murrend schaute er sich um. Doch er sah keine Tierbaue. Nur drei kreisrunde Löcher. Im Wald? Zwischen ihnen lag anderthalb Meter Abstand. Darum fiel es nicht direkt ins Auge, dass sie eine gerade Linie bildeten. Die Kanten waren von den Mitarbeitern der Polizei, der des Erkennungsdienstes und des Leichenwagenfuhrwerks abgetreten.

Stirnrunzelnd vollführte Daniel geschickt eine Hundertachtzig-Grad-Drehung. Er befand sich in der Nähe der Stelle, an der die Mauer eine große Lücke aufwies, als hätte ein hungriger Riese ein Stück herausgebissen. Sie zerfiel langsam, rottete vor sich hin wie das Gebäude, das sie früher einmal geschützt hatte. Direkt vor Daniel konnte jemand mit gesunden Beinen über die verbliebenen drei Steinreihen steigen und das Privatgrundstück betreten. Hätten nicht die Haselnusssträucher auf beiden Seiten den Zutritt versperrt.

Tomasz blieb stehen. „Alles in Ordnung?“

Etwas störte Daniel. Aber er konnte nicht sagen, was das war.

Darum wandte er sich wieder um und legte die Hände an die Greifringe. „Der Eigentümer muss den Bauzaun wieder aufstellen.“ Denn der musste die Ursache der Löcher sein. „Oder die Mauer neu errichten. Dazu ist er rechtlich verpflichtet.“

„Um den Haufen Steine“, während Tom weiterschritt, zeigte er auf die Fabrik, „schert sich schon lange niemand mehr.“

Zurück auf dem Bürgersteig, wunderte Daniel sich darüber, dass das ältere Paar noch immer da stand, wo sie es zurückgelassen hatten. Wahrscheinlich waren die beiden zufällig vorbeispaziert oder, schlimmer, waren herbeigeeilt, als sie die Polizeiwagen sahen. So oder so hielt er sie für Schaulustige. Darum lenkte er den Bock absichtlich auf sie zu, sodass sie ihm Platz machen mussten, in der Hoffnung, dass sie den Wink verstanden. Gehen Sie nach Hause!

Erst jetzt, wo er wieder freien Himmel über sich hatte, spürte er den Druck auf der Brust. Er fiel ab, nachdem er den Grünstreifen verlassen hatte. Dabei war es dort drinnen weder dunkel wie im Tannenwald, noch waberte Nebel umher, untermalt vom Ruf eines Käuzchens. Dennoch herrschte eine finstere Stimmung. Dieser Ort hatte seine Unschuld verloren. Der Mord würde ihm auf ewig anhaften.

Daniel streckte sich. Die Kondenswolken der Industrieschlote zogen zu ihnen herüber. Der Wind in der Höhe hatte offensichtlich gedreht. Hier unten herrschte noch trügerische Stille. Doch ein Wetterumschwung stand kurz bevor. „Wer hat das Mordopfer eigentlich entdeckt?"

„Ein Pärchen. Czeslaw Dworschak und Marianne Voss. Hatten sich zum Knutschen und", Tom kratzte sich an der Nase, „na ja, du weißt schon, in den Eingang zurückgezogen."

„Wo sind sie?"

„Stehen doch direkt hinter dir."

Überrascht schaute Daniel das betagte Paar an. Seine Augen weiteten sich. Er hatte mit Teenagern gerechnet.

Verlegen strich die weißhaarige Dame immer wieder über ihr zerknittertes beigefarbenes Leinenkleid, während er rot anlief und die mit Altersflecken übersäten Hände vor den Schritt hielt, als fühlte er sich plötzlich nackt.

„Zum Knutschen und, na ja, du weißt schon", hallte es ungläubig in Daniel wider.

5. KAPITEL

Im ersten Moment war er sprachlos, bis Tomasz lachte und die peinliche Stille vorüber war. Verunsichert kraulte er den Kinnbart. „Du hast sie ja schon vernommen, wie ich gesehen habe, als ich ankam. Kein Grund, sie ein zweites Mal an die Einzelheiten des grauenvollen Funds zu erinnern."

„Nur zu. Wie wir am Thema Sommerfest sehen, bist du viel sensibler als ich. Darum fallen dir sicherlich Fragen ein, die ich noch nicht gestellt habe", frotzelte Tom und stellte sich hinter das Paar.

Bei seinem breiten Lächeln musste Daniel an einen fies grinsenden Halloweenkürbis denken. *Sensibelchen, pah!* Tomasz machte das extra, natürlich. Und er genoss Daniels Verlegenheit. Tom war eindeutig zu gut drauf für einen Leichenfund an einem sonnigen Wochenende. Man könnte glatt meinen, er ist verliebt, dachte Daniel. Ob er sich mit Natalia versöhnt hatte? Wie Daniel wusste, hatten sie sich neulich zu einem Gespräch getroffen. Angeblich um die Gütertrennung für die Scheidung zu besprechen. Aber bei seinen Frühlingsgefühlen mochte der Abend unerwartet geendet haben.

Daniel schaute, nachdem er sich vorgestellt hatte, die beiden Zeugen an und überlegte fieberhaft, wie er die Fragen diplomatisch verpacken konnte. Darin lag nicht gerade seine Stärke. Wäre Leander doch nur hier. Er war derjenige mit dem Fingerspitzengefühl. Wo trieb er sich nur herum?

„Was treiben Sie hier?", schoss es unbedacht aus ihm heraus, noch gedanklich halb bei seinem Kollegen Menzel. „Das war unglücklich ausgedrückt. Ich meinte, was machen Sie hier? Nein, das erklärten Sie ja schon. Was ich wissen will ist", er tippte auf seine Armbanduhr, „es ist noch so früh."

„Schlafen Sie etwa nur abends mit Ihrer Frau, Kommissar Zucker?" Czeslaw Dworschak schlang den Arm um seine Geliebte und drückte sie an sich.

Hitze schoss in Daniels Wangen. Für den Moment war er fassungslos. Da versuchte er, das schlüpfrige Thema dezent zu behandeln, und der alte Mann nahm kein Blatt vor den Mund.

Hinter dem Paar amüsierte sich Tomasz prächtig.

Daniel blinzelte ihn an und fuhr mit der Befragung fort. „Warum haben Sie sich gerade in den Bunker zurückgezogen? Ich kann mir schönere Orte für ein Stelldichein vorstellen."

„Stelldichein, den Begriff habe ich seit meiner Jugend nicht mehr gehört!“ Begeistert klatschte Voss in die Hände. „Heute nennt man das Date, Kommissar Zucker.“

Daniels Blick blieb an ihrem Ring hängen. Eine Kugel war daran angebracht, an der wiederum ein kleiner Ring befestigt war. Die Überraschungen nahmen kein Ende. „Danke für die Aufklärung. Wieso treffen Sie sich nicht zu Hause? Sind Sie verheiratet?“

„Meine Frau verstarb vor drei Jahren.“ Dworschaks Mundwinkel hingen genauso herab wie seine Schlupflider.

„Ich bin schon seit zwanzig Jahren geschieden.“ Marianne Voss zeigte in Richtung einiger Wohnhäuser. „Wir trafen uns im *Abendrot*.“

„Und was ist das?“ Ein Swingerclub? unkte Daniel heimlich.

„Ein Seniorenheim. Dort ist man aber nie wirklich allein. Ständig läuft man Gefahr, dass jemand im Zimmer steht. Die Leitung verbietet, die Türen abzuschließen, weil sie befürchtet, wir könnten uns etwas antun oder umkippen. Dabei sind wir doch keine Tattergreise.“ Marianne Voss zog einen Flunsch, und Daniel bekam eine Ahnung, wie sie als junge Frau ausgesehen hatte.

Czeslaw Dworschaks Hand glitt von ihrer Taille tiefer und blieb auf ihrem Po liegen. „Sondern sprudeln vor Lebenslust.“

Daniel konnte nicht umhin, die beiden für ihre Einstellung zu bewundern. „Und wegen dieser ... Lust haben Sie sich einen ehemaligen Schutzbunker ausgesucht.“

„Wir wussten nicht, wohin“, sagte Voss.

„Außerdem inspirierte er uns.“ Czeslaw Dworschak zwinkerte. „Ich war der Offizier und sie eine Verdächtige, die ich einer Leibesvisitation unterziehen musste.“

Entrüstet riss Daniel die Arme hoch. „Danke, aber das müssen wir nicht vertiefen. Ausgerechnet Sie! Ihre Generation müsste doch ...“

„Es war nur ein Rollenspiel, Kommissar Zucker.“ Dworschak küsste galant Marianne Voss’ Handrücken.

„Bei dem Sie die Leiche fanden.“ Und plötzlich nahm das harmlose Spiel reale Ausmaße an. Ein Denkzettel des Schicksals, kam Daniel in den Sinn.

Die alte Dame nickte. „Wir zogen uns schnell wieder an und riefen mit dem Handy die Polizei.“

„Haben Sie den Leichnam berührt“, eindringlich sah Daniel sie an, „zum Beispiel um herauszufinden, ob die Person noch lebt?“

„An den kamen wir doch gar nicht ran. Der war doch begraben unter Stacheldraht und Stangen." Voss stöhnte, wohl vor Entsetzen.

Liebevoll umarmte Czeslaw Dworschak sie erneut. „Der war so was von mausetot, das sah man sofort."

„Ist Ihnen etwas Merkwürdiges aufgefallen?", fragte Daniel. Er bekam langsam den Eindruck, seine Zeit zu vergeuden.

Voss presste die Lippen zusammen und schaute hilfesuchend ihren Freund an.

Dieser schüttelte den Kopf. Sein freundliches Lächeln schien festgefroren. „Das einzig Merkwürdige waren wir."

„Haben Sie vielleicht jemanden von dort weglaufen sehen, als Sie ankamen?" Ungeduldig trommelte Daniel auf die Armlehne des Rollis.

„Nein, nein", sagte Dworschak etwas zu hastig.

Seine Freundin knöpfte die Strickjacke, die sie über ihrem Kleid trug, zu, dabei waren die Temperaturen inzwischen angenehm warm. Sie schmiegte sich an ihn, als suchte sie Halt.

Etwas ist faul! Daniel fuhr dicht an das Paar heran. Scheu wichen sie zurück. „Es war jemand bei Ihnen, habe ich recht?"

Dworschak riss die Hände hoch. „Gott bewahre, nein! Dann wären wir doch niemals intim geworden."

„Aber Sie haben am Tatort jemanden gesehen."

„Wir waren mit uns beschäftigt", Voss sah ihn nicht an, während sie sprach, „und dann damit, erschrocken wegzulaufen und uns gleichzeitig die Schlüpfer anzuziehen, ohne hinzufallen."

Daniel spürte, dass die beiden kurz davor waren, einzuknicken. Ihr Selbstbewusstsein schien bereits zu schrumpfen. Darum bohrte er weiter: „Eine Person hat Sie erwischt. Lügen Sie deshalb? Weil es zu einer kompromittierenden Situation kam?"

Während Czeslaw Dworschak etwas Unverständliches stammelte, schlang Marianne die Arme um sich wie ein Schutzschild und spähte in die Richtung, in der der Bunker lag. Noch immer standen ihre kurzen, grauen Haare am Hinterkopf ab, eine Spur des leidenschaftlichen Treffens. Doch jegliche Lust war aus ihrem Gesicht gewichen. Stattdessen war eine Mischung aus Furcht und etwas anderem darauf zu sehen.

Zuerst wusste Daniel es nicht zu deuten, schließlich erkannte er es. Es war Scham. „Er hat Sie beim Sex ertappt, ist es das?"

Die beiden schwiegen sich aus. Hatten sie eben offen über ihr erotisches Treffen gesprochen, so wurde ihnen nun das Gespräch sichtlich unangenehm. Ein untrügliches Zeichen für Daniel, dass er auf der richtigen Spur war. „Erpresst er Sie?"

Zögerlich nickte Voss.

„Lassen Sie mich raten, er hat ein Handyfoto von Ihnen gemacht." Woher sollte er sonst so schnell einen handfesten Grund zum Drohen bekommen haben?

Sie betastete die einzelnen Perlen ihrer Kette, als würde sie den Rosenkranz beten. „Ja. Als wir rausgerannt sind, weg von dem Toten, waren wir noch nicht wieder angezogen."

„Wir sind ihm direkt in die Arme gelaufen." Der alte Mann wischte sich Speichel aus den Mundwinkeln. „Der Typ trieb sich auf dem Gelände herum. Vielleicht hat er uns sogar die ganze Zeit beobachtet."

„Er machte mir Angst." Ihre Stimme klang belegt.

Tomasz' Lächeln verschwand. Er riss den Block aus seiner Jackentasche. „Verdammt, warum haben Sie mir das nicht gesagt, als ich Ihre Aussage aufgenommen habe?"

„Er hat damit gedroht, das Foto zig Mal auszudrucken und im ganzen Stadtbezirk Rodenkirchen zu verteilen, wenn wir die Polizei rufen."

„Wir waren in der Zwickmühle. Und wussten nicht, was wir tun sollten." Kraftlos zuckte Dworschak mit den Achseln. „Wir wollten nicht zum Gespött unserer Heimatstadt werden. *Abendrot* würde uns rauswerfen."

„Wahrscheinlich tun sie das jetzt auch. Dann stehen wir auf der Straße. Unsere Familien wollen uns nicht und andere Seniorenheime nehmen uns nach dem peinlichen Vorfall bestimmt nicht auf." Sie stieß den Atem aus und es lag Verzweiflung in der Art, wie sie das tat. „Aber schließlich riefen wir doch die 110 an."

Der alte Herr ließ die Arme hängen. „Der arme Mann konnte doch nicht da liegen bleiben. Er muss ordentlich begraben werden."

„Vielleicht war er ein Spanner." Tom hörte auf, sich Notizen zu machen, und zeigte mit dem Stift auf den Waldstreifen vor ihnen: „Dieser Ort war früher ein Schwulentreff zum du weißt schon."

Da war es wieder. Du weißt schon. Daniels Mundwinkel zuckten. „Zum schnellen, unverbindlichen Sex. Wegen Frau Voss und Herrn Dworschak musst du kein Blatt vor den Mund nehmen."

Tom verdrehte die Augen. „Bis Neonazis eines Tages hier einfielen wie ein Säuberungstrupp der SS. Sie schlugen die Männer, die gerade hier ihren Spaß hatten, krankenhausreif. Die Schwuchteln, wie sie sie abfällig titulierten, sollten dieses geschichtsträchtige Fleckchen Godorfs nicht länger beschmutzen. Seitdem traut sich kaum noch jemand hierhin."

Das musste der Grund gewesen sein, warum Voss und Dworschak diesen Ort ausgewählt hatten. Er war abgelegen, unversperrt und einsam, da die Anwohner ihn aufgrund der Geschehnisse mieden. Der perfekte Ort für eine schnelle Nummer, aber auch, um einen Mord zu begehen.

Daniel lehnte sich vor und stützte sich auf den Knien ab. „Warum rücken Sie erst jetzt mit der Sprache heraus?"

„Nachdem feststand, dass er uns nicht davon abhalten kann, hat uns der Fremde versprochen, das Foto zu löschen", Czeslaw Dworschak zog den Kopf zwischen die Schultern, „wenn wir ihn nicht erwähnen."

„Zuerst wollte er uns das Handy abnehmen, damit wir nicht telefonieren können. Aber da hatte mein Schatz schon den Notruf dran und sagte unsere Namen und unseren Aufenthaltsort." Auch jetzt noch wirkte sie erleichtert.

„Sieht so aus, als hätte jemand etwas zu verbergen", wandte Daniel sich an Tom, der sich Notizen machte und den Kugelschreiber so fest auf das Papier drückte, dass er abrutschte und es riss, als er an den Rand kam. Zum Glück hatte sich das Paar nicht einschüchtern lassen. Unter Umständen hatten Czeslaw Dworschak und Marianne Voss am Morgen einem Mörder gegenübergestanden. Wenn das stimmte, wären sie beinahe seine nächsten Opfer geworden, diesmal nicht aus Jagdtrieb, sondern um seine erste Bluttat zu vertuschen. „Wir brauchen ein Phantombild. Ich könnte Marie anrufen. Sie würde bestimmt sofort kommen."

„Wir nehmen die Zeugen mit aufs Revier!" Plötzlich tauchte EKHK Fuchs neben ihnen auf. Kumpelhaft schlug er Daniel auf die Schulter. „Sparmaßnahmen, sorry. Die Phantombild-Software muss sich ja bezahlt machen."

Das machte den kleinen Triumph, den Daniel eben gefeiert hatte, sofort wieder zunichte. Seine Laune trübte sich wie das Blau des Himmels. Wenn wenigstens Leander da wäre. Dann könnte er sich ein wenig mit ihm kabbeln und gleich würde es ihm besser gehen. „Wo ist Prinzessin Leia eigentlich? Ich wette, er ist zu Hause und lässt sich die Sonne auf den schmächtigen Oberkörper scheinen, während wir Überstunden schieben."

„Er arbeitet bei einer anderen Mordkommission mit."

„Was?“ Zu seiner eigenen Überraschung verspürte Daniel einen Stich im Zwerchfell. „Das geht nicht.“

„Und warum nicht?“

„Ich brauche ihn.“

„Feste Ermittlerteams gibt es nur in Fernsehserien. Sei froh, dass ich dich und Tomasz so oft zusammen einteile.“

„Leander spielt immer den guten Cop und ich den bösen. Tom und ich dagegen können beide nur den schlecht gelaunten Bullen mimen.“

„Warum mimen?“ Fuchs lachte hämisch. „So seid ihr eben.“

„Karsten.“ Bettelte er etwa? Daniels Wangen brannten.

„Auf keinen Fall!“

„Dann fahre ich heim. Mir ist gerade kotzübel geworden.“ Ohne das Gezeter hinter ihm zu beachten, lenkte Daniel den Rolli zu seinem Wagen. Es würde offenbar doch noch etwas mit dem gemeinsamen Wochenende mit Marie werden.

6. KAPITEL

Benjamin hatte ein ungutes Gefühl.

Er mochte es nicht, neu irgendwo hinzukommen. Man wurde angestarrt, ausgefragt und war erst einmal ein Außenseiter. Seit dem Warnschussarrest ging er Fragen zu seiner Person aus dem Weg. Wenn es sich dann doch mal nicht vermeiden ließ, formulierte er die Antworten vage. Das führte jedoch dazu, dass er niemanden mehr an sich heranließ. Er sehnte sich nach neuen Freunden und hielt gleichzeitig alle auf Distanz. Das war mühsam, und damit tat er sich selbst keinen Gefallen, das wusste er.

„Schau nicht so grimmig.“ Aufmunternd knuffte Marie ihn in die Seite und drehte das Autoradio leiser. „Betrachte das Praktikum als Neuanfang.“

Schweigend nickte Ben. Ja, so sollte er es wohl sehen. Der Prozess um Julias Tod lag ein halbes Jahr zurück, vielleicht hatten die neuen Kollegen den Fall in den Medien gar nicht verfolgt. Zudem hatte die Polizei ihn bei der Pressekonferenz um die Wohngemeinschaft der Pädophilen rausgehalten. Sein Name war nirgends gefallen.

Während Marie schaltete und an der Ampel anfuhr, sagte sie: „Mensch, du hast das Abitur bestanden!“

„Ja, wer hätte das gedacht, was?“ Er hatte den schlechtesten Notendurchschnitt seines Jahrgangs, aber er hatte den Wisch in der Tasche und das zählte. Nur, was sollte er jetzt mit sich anfangen? Er wusste es nicht, hatte keinen Plan.

„Freu dich doch ein bisschen mehr.“ Kurz lächelte ihn Marie an, dann richtete sie den Blick wieder auf die Fahrbahn. Die Straßen in der Südstadt waren verstopft, wie jeden Morgen. Mühsames Stop and Go. „Die Schulzeit ist endlich vorbei.“

Im Gymnasium hatte jeder darüber Bescheid gewusst, was seine ehemaligen Freunde und er angestellt hatten. Das letzte halbe Jahr war für Ben sehr einsam gewesen.

Langsam besserte sich seine Laune. Vielleicht hatte seine Cousine recht. Er konnte einen Neuanfang machen, er konnte sein, wer er wollte. Optisch hatte er sich schon verändert, nun musste nur noch sein Selbstbewusstsein wachsen. Vielleicht würde das Praktikum ihm dabei helfen.

Er schaute aus dem Fenster auf die Menschen, die auf den Bürgersteigen zu ihren Arbeitsstätten hetzten, den Coffee to go in der Hand und die Augen noch nicht ganz offen. Erst auf den zweiten Blick bemerkte er sein Spiegelbild in der Scheibe. Zu seiner Überraschung lächelte es dezent.

„Diese Staatsanwältin hat dir die Stelle verschafft, richtig?“, fragte Marie beiläufig.

Ben nickte. Das wusste Marie doch. Warum fragte sie? „Die mit dem komischen Namen.“

„Lioba Zur.“ Ihre Zunge strich unentwegt über die Schneidezähne.

„Den hast du behalten? Wow!“ Er zupfte am T-Shirt herum. In eng anliegenden Klamotten fühlte er sich immer ein wenig nackt. Aber auch erwachsener. Seinen neunzehnten Geburtstag Ende Mai hatte er mit seinen Eltern verbringen müssen. Übelst langweilig.

Gedankenversunken saugte Marie die Unterlippe ein. Sie biss so fest zu, dass die Zahnabdrücke zu sehen waren, nachdem sie losgelassen hatte. „Schuldet sie Daniel noch einen Gefallen?“

„Hat er nicht gesagt.“

„Warum sollte sie das sonst für ihn tun?“

Woher sollte er das wissen? Er hatte sie nicht einmal kennengelernt. Daniel hatte das gedeichselt, damit Ben nicht herumhing, sondern bestenfalls eine Ahnung bekam, welchen Beruf er erlernen wollte. „Freundschaft?“

„Dann würde ich sie doch kennen.“ Ihre Finger schlossen sich fester um das Lenkrad.

„Ich meinte eher so was wie einen Gefallen unter Kollegen.“ Warum war Marie angespannt? Es war doch sein erster Arbeitstag. „Vielleicht wollte sie einfach nur nett sein.“

„Womit er das wohl verdient hat?“

Was wollte sie damit andeuten? Benjamin runzelte die Stirn. War sie etwa eifersüchtig?

Marie setzte ihn vor dem Internationalen Kulturzentrum ab, wünschte ihm viel Spaß und fuhr weiter.

Spaß? Benjamin bekam jetzt schon Bauchschmerzen. Nicht nur wegen der neuen Herausforderung, sondern vor allen Dingen, weil Efeu an einem Spalier am Gebäude emporrankte. Unweigerlich musste er an die Bruchstraße 13 denken, an die düstere Stimmung im Haus des Pädophilen, die ständige Gefahr, das Blut, die Schmerzensschreie und den Angriff auf sein Leben. Er hatte mit einem Psychologen über die schlimmen Erlebnisse gesprochen und festgestellt, dass er sie besser verarbeitet hatte als erwartet. Der Therapeut vermutete den Grund darin, dass Ben aus eigener Kraft hatte fliehen können. Das Gefühl der Hilflosigkeit belastete ihn nicht. Im Nachhinein erkannte er, dass er daran sogar gewachsen war.

Zum Glück gab es außer den Ranken keine Gemeinsamkeiten.

Libertas e. V. stand in einem dezenten Schriftzug auf dem Klingelschild am Eingang. Man hatte das schlichte weiße Gebäude durch Kästen mit bunten Blumen aufgehübscht. Windräder in Regenbogenfarben standen zwischen den Pflanzen. Bilder von blauen Schwalben klebten auf jedem Fenster, wohl damit keine Vögel in die Scheiben flogen. Hätte Ben es nicht besser gewusst, hätte er vermutet, dass sich eine Kita hinter der Fassade befand.

Sein Herz schlug schneller, als er eintrat. Er wischte die Handflächen an der Jeans ab, denn vor Aufregung schwitzte er. Es war niemand zu sehen, darum ging er langsam weiter den Gang entlang.

Die Einrichtung erwies sich als nüchtern. Staubfäden verbanden die Blätter einer künstlichen Pflanze. Die Sohlen von Bens Turnschuhen quietschten auf dem blau-grauen Linoleumboden. Dunkle Ränder, dort, wo früher Bilderrahmen gehangen hatten, bekundeten, dass die Wände dringend einen neuen weißen Anstrich benötigten. Ob das seine Aufgabe werden würde, damit die Institution das Geld für einen Profi sparte?

Plötzlich donnerte eine Stimme durch den Korridor. „Ramona Naujoks."

Ben zuckte zusammen. Erschrocken flog er herum. „Was?"

„Das ist mein Name." Freundlich lächelnd kam eine Frau mittleren Alters auf ihn zu. Die Bäckertüte knisterte, als sie sie in die linke Hand gab und Benjamin die rechte hinstreckte. Sie musste hinter ihm reingekommen sein, ohne dass er es gehört hatte. „Ich bin die Leiterin des Kulturzentrums."

Jetzt wusste Ben auch, wer für die bunte Deko verantwortlich war. Die Frau, die auf ihn zukam, war gekleidet wie ein Papagei. Ihre Haarfarbe war eine undefinierbare Mischung aus Rot und Blond. Ihr großer Busen wölbte den grünen Strickpullover aus. Sie hatte rundliche Hüften, aber Storchenbeine kamen unter dem knielangen dunkelblauen Rock hervor. Ihre Füße steckten in flachen ockerfarbenen Schuhen. Ihr Outfit wirkte nicht schrill, aber so, als hätte sie morgens wahllos in den Kleiderschrank gegriffen und nicht hingeguckt, was sie da anzog. Schließlich fielen Ben die Ohrringe auf. Durch die Plastikbananen revidierte er seine Meinung. Ramona Naujoks achtete sehr wohl darauf, was sie anzog, sie mochte es offenbar einfach bunt.

Sie hielt die Tüte hoch. „Teilchen zum Einstand?"

„Nein, danke. Ich habe schon gefrühstückt", log er, denn er hatte in der Früh keinen Bissen runtergekriegt. Auch jetzt noch war sein Hals wie zugeschnürt.

„Voller Tatendrang, das ist gut. Wir machen als Erstes einen Rundgang." Sie schob die rot umrandete Brille hoch, warf das Bäckereigut in ihr Büro und schritt wie ein Feldwebel voran. „Auf, auf, junger Mann. Sie haben sich sicher über uns informiert. Was wissen Sie bereits?"

„Sie sind ein gemeinnütziger Verein", Ben schaffte es kaum, an ihr dranzubleiben, „und helfen Migranten und Aussiedlern."

„Nicht nur, sondern wir sehen uns als Begegnungsstätte und versuchen, eine Brücke zu schlagen zwischen Ost und West. Wir bieten einen interkulturellen Austausch an. Wir veranstalten Lesungen, Konzerte, Gesprächsrunden, Workshops, Vorträge und vieles mehr, die für alle offen sind. Es gibt medizinische und juristische Beratung für neue Mitbürger, die aus Osteuropa in unsere Mitte übergesiedelt sind. Unsere Sozialarbeiter helfen bei Fragen zu Ämtern, Arbeitslosengeld, Korrespondenz und so weiter und so fort."

Erleichtert atmete Benjamin aus, denn er hatte sich natürlich nicht auf das Praktikum vorbereitet, sondern wusste nur das, was Daniel ihm erzählt hatte. Nur hatte er keinen blassen Schimmer, welche Aufgaben er übernehmen könnte. Um nicht zum Anstreichen verdonnert zu werden, schlug er vor: „Vielleicht kann ich beim Computerkurs helfen."

„Wir werden sehen." Frau Naujoks zeigte nacheinander auf einige geschlossene Türen, während sie erklärte: „Dort drin finden gesellige Abende statt, hier tagsüber Seminare speziell für Frauen und Senioren und abends Veranstaltungen, zum Beispiel zum Thema Homosexualität."

Der letzte Raum stand offen. Ein junger Mann lehnte lässig an der Wand neben dem Eingang. Er gab gerade etwas Tabak auf ein Zigarettenpapier. Ben vermutete, dass er in seinem Alter war, womöglich etwas älter. Als ihre Blicke sich trafen, schaute Ben rasch weg. Sein Puls beschleunigte sich. Das Lächeln des Typs war umwerfend.

„Der Schwulentreff findet heut Abend statt", sagte er.

Benjamins Stimme klang kratzig: „Ich arbeite nur hier."

Der Kerl zuckte mit den Achseln. Mit der Zunge befeuchtete er auffällig langsam das Papier, während er Ben angrinste. „Ich hatt den Eindruck, dich interessiert das."

Ben errötete. Er wollte etwas Cooles erwidern, das ihn von jeglichem Verdacht freisprach und den Kerl beeindruckte, aber ihm fiel nichts ein. Sein Kopf war leer. Statt schlagfertig zu sein, beobachtete er stumm, wie sein Gegenüber die Zigarette rollte. Für einen Mann hatte er schlanke Finger.

„Hier drinnen ist Rauchen verboten, Milan." Ramona Naujoks versuchte, ihm die Zigarette wegzunehmen, doch der Typ hielt sie so hoch, dass sie nicht herankam, und grinste. „Wie oft muss ich das noch sagen?"

„Ich roll mir doch nur eine und geh dann raus." Er schlurfte den Gang entlang in Richtung Ausgang und sagte über die Schulter hinweg zu Ben: „Um fünf Uhr fängt's an. Ich werd da sein."

Ramona Naujoks führte die Begehung fort, doch Ben hörte nicht mehr zu. Seit der Begegnung konnte er nur noch an Milan denken. Er war ein slawischer Typ mit dunklen welligen Haaren, die ihm über die Ohren wuchsen. Seine Brauen waren so buschig, dass Benjamin sich vorstellte, sie in Form zu zupfen. Ben spürte immer noch den Blick aus den großen braunen Augen auf sich. Herausfordernd. Wissend. Und dieser süße Akzent!

„Wird es dir schon zu viel?" Abrupt hielt Ramona Naujoks an.

Ben wäre beinahe in sie hineingelaufen. „Wie bitte?"

„Du hast geseufzt." Auf dem Absatz drehte sich die Leiterin um. „Das reicht erst einmal. Wir wollen dich ja nicht überfordern."

Meinte sie das ehrlich oder ironisch? Ben wusste es nicht. Die Führung war jedenfalls vorbei. Er musste als Erstes in der kleinen Cafeteria aushelfen. Wenig begeistert wischte er Tische sauber, schenkte Kaffee aus und machte Small Talk mit Fremden. Das lag ihm nicht sonderlich. Seine Eltern hofften, dass das Praktikum seine Introvertiertheit abschliff, aber Ben selbst glaubte das nicht.

Der erste Arbeitstag zog sich wie Kaugummi. Als der Feierabend nachmittags kam, hatte er Milan keineswegs vergessen. Hatte er sich das nur eingebildet oder hatte der Typ wirklich mit ihm geflirtet?

Er war so anders als Roman Schäfer. Der verurteilte Sexualstraftäter war der Erste, dem sich Benjamin anvertraut hatte. Es hatte zwischen ihnen geprickelt. Unter anderen Umständen hätte Ben sogar mit ihm erste körperliche Erfahrungen gemacht. Doch dazu war es nicht mehr gekommen.

Milan dagegen hatte Bens Alter und hatte noch nicht im Knast gesessen, wie er aus dem Mitarbeiter in der Kantine herausgekitzelt hatte. Ob er schon sexuelle Kontakte gehabt hatte?

Ben schaute auf die Uhr. Es war kurz nach fünf. Betont unauffällig schlenderte er zu dem Raum, in dem sich Interessierte trafen, um über das Thema Homosexualität zu sprechen. Die Tür war geschlossen. Anscheinend hatte die Diskussionsrunde bereits angefangen.

Mist! Er kannte niemanden, mit dem er darüber reden konnte, zumindest keinen, der genauso gepolt war wie er. Klar, Marie und Daniel hatten immer ein offenes Ohr für ihn, aber sie konnten ihm keine Ratschläge geben und nicht ihre eigenen Erfahrungen mit ihm teilen.

Ein Teil von ihm verspürte jedoch auch Erleichterung. Womöglich hätte er nicht nur zuhören dürfen, sondern von sich erzählen müssen. Vor Milan. Er wäre im Boden versunken und hätte sich nicht getraut, am nächsten Tag wiederzukommen.

Er drehte sich um. Und lief geradewegs Milan in die Arme. Der junge Mann kam verstohlen aus einem Raum, in der sich die Verwaltung befand. Darin war es dunkel.

Rasch steckte er ein Handy in die Hosentasche und wickelte das Kabel um den Akku. „Der erste Tag im Praktikum und schon Überstunden?“

„Woher weißt du, dass ich Praktikant bin?“

„Hab mich über dich erkundigt.“

„Warum?“

„Warum nicht?“

Wäre sein T-Shirt nicht fleckig und der Saum der Jeans nicht ausgefranst und schmutzig, hätte man ihn glatt für das Mitglied einer Boyband halten können, dachte Ben. „Was hast du da drin gemacht?“

„Nichts.“

„Hast du das gestohlen?“

„Biste verrückt? Okay, ich sag’s dir. Aber verrat mich nicht.“ Milan trat so dicht an Ben heran, dass dieser seinen Geruch wahrnahm. Ben hätte niemals gedacht, dass latenter Schweißgeruch so sexy sein konnte. „Ich lad heimlich mein Handy da drin auf. Früher hab ich das in den Räumen gemacht. Als die Naujoks das sah, hat sie’s mir verboten. So sozial sind die auch wieder nicht.“

Milan schien sehr arm zu sein. Das rührte Ben. „Hat man euch zu Hause den Strom abgedreht?“

„Wir haben gar kein’.“

„Was? Wo wohnst du denn?“
„Auf der Müllhalde.“
„Du verarschst mich.“
„So nenn’ es die Freaks aus der Nachbarschaft.“ Milan lachte. „Manche sagen auch Scheißhaufen dazu.“
„Ich kapier das nicht.“
„Komm mit! Ich zeig’s dir.“
Ben zögerte. Das letzte Mal, als er einem Fremden – Roman Schäfer – gefolgt war, hatte ihn das beinahe das Leben gekostet.

7. KAPITEL

Acht Stunden zuvor

„Wir waren an einem höchst interessanten Fall dran“, nölte Leander. Er fuhr langsamer. Seine Lippen bewegten sich, weil er lautlos die Hausnummern mitzählte.

Auf dem Beifahrersitz verdrehte Daniel die Augen.

„Wir standen so kurz davor, ihn zu lösen.“ Leander führte Daumen und Zeigefinger so dicht zusammen, dass nur noch ein Blatt Papier dazwischenpasste.

„Ein schönes Märchen. In deiner Fantasie hast du bestimmt den entscheidenden Hinweis gegeben.“

„Nach dem Coup wären wir bestimmt vom Bürgermeister persönlich beglückwünscht worden.“

„Einen Handschlag kannst du auch von mir erhalten“, drohte Daniel spielerisch und deutete einen Klaps in den Nacken an. „Fleißkärtchen für die Personalakte gibt es bei der Kripo nicht.“

„Ich hätte mir Respekt verdienen können.“

„Was willst du eigentlich von mir? Immerhin lasse ich dich fahren. Das ist keine Selbstverständlichkeit, sondern ein Privileg.“

Unmittelbar vor der Zieladresse fand Leander einen Parkplatz. Er stellte den Motor aus und drehte sich zu Daniel. „Du willst nicht wie ein Krüppel behandelt werden, also musst du auch nicht jede Möglichkeit nutzen, zu beweisen, wie tough du immer noch bist, und das bedeutet, mich auch mal ans Steuer zu lassen.“

Leander war eindeutig zurück. Das Kabbeln tat Daniel gut. Zufrieden lächelte er, denn er hatte sich durchgesetzt. Kommissar Menzel, Hospitant im KK 11, war der MK, die wegen des Mordes an dem Mann mit Downsyndrom ermittelte, zugeteilt worden.

„Dafür schuldest du mir was, du sturer Hund“, hatte EKHK Fuchs gezischt und ihm dann kumpelhaft auf die Schulter geklopft.

Sogar dieser bittere Geschmack, der Daniel seit dem Frühstück auf der Zunge gelegen hatte, war verschwunden. Daniel hatte sich nur dazu durchgerungen, Maries Müsli mit diesen sauren Beeren zu probieren, weil er um Frieden bemüht war. Streit hatten sie nicht gehabt.

Aber ihr Lächeln war verkrampft gewesen, sie sah ihm nicht in die Augen und bot ihm ständig etwas an, das er verabscheute, wie Cranberrys und einem grünen Smoothie aus Banane, Mango, Apfelsaft und

Spinat. Sein Magen rumorte immer noch davon. Und etwas rumorte in Marie.

Daniel hatte keinen blassen Schimmer, was in ihr vorging. Ihre Ehe verlief doch so harmonisch in letzter Zeit. *Verstehe einer die Frauen!*

Gerade in diesem Moment brachte sie Benjamin zu seinem Praktikumsplatz. Das erinnerte Daniel daran, sich noch einmal bei Lioba Zur zu bedanken.

„Hach", riss Leander ihn aus den Grübeleien und stieg aus. „Und die Kollegen waren nett."

„Wenn du nicht aufhörst, schicke ich dich zurück", sagte Daniel laut, damit er ihn bis draußen hörte.

Leander öffnete die Beifahrertür, stützte sich mit einer Hand auf dem Autodach ab und beugte sich herunter: „Wer soll denn sonst mit dir zusammenarbeiten? Die meisten Kollegen ertragen deine spitze Zunge nicht."

„Und du meinst, du bist mir gewachsen?"

„Ich kann deine Schroffheit jedenfalls übersetzen. Dein Verhalten jetzt zum Beispiel heißt: Gott, bin ich froh, dass du wieder bei mir bist."

„Lass Gott aus dem Spiel", murmelte Daniel, mit dem Rest hatte Leander recht.

Er konnte nicht verhindern, dass der Hospitant den Rollstuhl hinter dem Sitz herausholte und aufklappte. Murrend schwang sich Daniel hinein. „Spiel nicht den Pfleger."

„Das ist nichts anderes, als wenn man seinem Kollegen mal die Tür aufhält. Mach kein Drama daraus." Plötzlich wurde Leander ernst. Bange schaute er zu dem Haus hinüber, das sie gleich zum Einstürzen bringen würden, zumindest im übertragenen Sinne. „Kannst du das bitte übernehmen?"

Daniel nickte, obwohl er einen Kloß im Hals hatte. Der Triumph über seinen Vorgesetzten hatte nur eine Autofahrt lang gedauert. Jetzt bereits wurde er unwichtig. Todesnachrichten zu überbringen ging an die Substanz.

Diese Ecke von Godorf war recht hübsch. Ausschließlich Einfamilienhäuser, gepflegte Vorgärten und farbenfrohe „Welcome"-Schilder an den Haustüren. Die Dächer der Gebäude schlossen mit den Kronen der Bäume ab.

Darüber hing an diesem Montagvormittag ein gelblicher Himmel, der ungesund und bedrohlich aussah. Erst als Daniel über die Schulter schaute, erspähte er in der Ferne einige Industrieschlote, die unentwegt weißen Rauch ausstießen. Die Wolken zogen über die Gemeinde hinweg. Das Rauschen der Autobahn in der Ferne untermalte fröhliches Vogelgezwitscher.

Ein Köter kläffte. Daniel hoffte, dass er sich nicht hinter der Tür verbarg, auf die sie zusteuerten. Seit er im Rollstuhl saß, nahm er lieber Abstand von Hunden. Sie kamen ihm plötzlich doppelt so groß vor. Bevor er sich's versah, sprangen sie auf seinen Schoß, leckten ihm das Gesicht ab oder schnappten danach.

Pech gehabt. Als die Dame des Hauses öffnete, steckte ein Hund die Schnauze durch den Spalt – auf Höhe ihrer Hüfte.

Instinktiv wich Daniel zurück. „Sind Sie Katharina König?"

Sie nickte. Rasch wischte sie mit dem Finger das verlaufene Kajal unter den Augen weg. Sie musste geweint haben.

Daniel ertappte sich dabei, wie er die Frau überrascht musterte. Aufgrund der Siedlung hatte er eine biedere Erscheinung erwartet. Unter dem engen schwarzen Tanktop und der schwarz-weiß gesprenkelten Röhrenjeans steckte ein schlanker Körper. Farbige Tattoos zierten die Arme. Sogar ihr Hals war tätowiert. Die rote Rose wirkte, als würde sie aus ihrem Kehlkopf wachsen. Sie hatte Piercings in der Nase, in der Augenbraue und der Unterlippe. Ob ihre Ohren auch durchlöchert waren, konnte Daniel nicht erkennen, weil sie ihre langen schwarzen Haare offen trug. Eine schöne Frau. Modern und in einer stilvollen Art flippig. Noch recht jung für einen einundzwanzigjährigen Sohn. Sie musste ihn geboren haben, als sie selbst noch ein Teenager war.

„Daniel Zucker, Kripo Köln", sagte Daniel, machte sich aber nicht die Mühe, den Polizeiausweis herauszuholen, denn wie immer hielt Leander seinen längst in der Hand. „Könnten Sie bitte …" Das zottelige Pony wegsperren, lag ihm auf der Zunge.

„Ja, sicher, einen Moment." Ihre Stimme klang belegt. Die Tür schloss sich. Das Gebell fing wieder an, entfernte sich jedoch, bis es schließlich verstummte.

Nach einer halben Minute kehrte sie zurück und bat Daniel und Leander hinein. Sie führte sie ins Wohnzimmer. Ihre nackten Füße hinterließen Spuren auf den Fliesen. Anscheinend schwitzte sie. Der rote Nagellack auf den Zehen blätterte ab.

Der grau-weiß gestromte Kläffer stand im Garten, schaute beleidigt herein und drückte sich die Schnauze an der Scheibe platt. Frau König blieb unschlüssig im Raum stehen. „Ein Irischer Wolfshund. Die sind harmlos."

Die Schulterhöhe musste an die 80 Zentimeter betragen. Skeptisch zog Daniel eine Braue hoch.

„Nur – seit vorgestern geht es bei uns zu wie im Taubenschlag, das macht Tullamore Dew nervös." Katharina Königs Hände waren ständig in Bewegung. „Suchen Sie nach Clemens? Haben Sie etwas gefunden, seine Jacke vielleicht? Irgendetwas muss sich doch ergeben haben, sonst wären Sie nicht hier."

Leander schaute die Treppe ins Obergeschoss hoch. Sanft fragte er: „Ist Ihr Mann nicht zu Hause?"

„Er sucht mit Verwandten und Freunden nach unserem Jungen."

Hilfe suchend sah er Daniel an, der übernahm: „Könnten Sie ihn anrufen und bitten, heimzukommen?"

„Mein Gott, Sie haben ihn gefunden, oder? Er ist … Ist Clemens …?"

„Hat Ihr Mann ein Handy dabei?"

„Ja … ja … sicher", stammelte Frau König. Sie ging in die Diele und kehrte mit einer Handtasche zurück. Es dauerte eine Weile, bis sie ihr Mobiltelefon herausgefischt hatte, dabei war die Tasche nur halb so klein wie Maries, in der sie nicht nur stets ein Buch und eine Wasserflasche, sondern auch den halben Hausstand mitführte. Sie starrte das Gerät an, als hätte sie vergessen, wozu sie es herausgeholt hatte.

„Wenn Sie uns die Nummer geben, rufen wir ihn an." Daniel bemühte sich, so mitfühlend wie nur möglich zu klingen.

„Schon gut." Mit einem Ruck erwachte sie aus der Starre, wählte und wartete. „Mo, komm schnell heim. Die Kripo ist hier. … Nein, sie haben mir noch nicht gesagt, was los ist. … Wie lange wirst du brauchen? … Beeil dich."

Kaum hatte sie aufgelegt, rutschte ihr das Handy aus der Hand. Bisher hatte sie sich recht gut geschlagen, fand Daniel, doch nun zeigte sie Nerven.

Leander fing das Gerät auf, bevor es auf dem Boden zerschellen konnte. Vorsichtig legte er es auf die Sofalehne. „Bitte, setzen Sie sich."

„Er ist tot, nicht wahr?"

„Wir würden gerne auf Ihren Ehemann warten." Sanft drückte er sie auf die Couch nieder.

„Sie hätten es mir längst mitgeteilt, wenn er verletzt wäre und im Krankenhaus liegen würde. Bitte, ich bin seine Mutter. Quälen Sie mich nicht länger."

Es würde ihr Leid nicht schmälern, wenn sie erfuhr, dass ihr Sohn nie wieder heimkehren würde. Aber da sie es ohnehin schon ahnte, nickte Daniel. „Es tut uns aufrichtig leid."

Sie schlug die Hände vor den Mund und schluchzte. Tränen sammelten sich in den Augenwinkeln. Sie flossen über die aschfahlen Wangen hinab und wischten auch den letzten Rest schwarzen Kajals fort.

Einige Sekunden lang schien die Zeit im Wohnzimmer stillzustehen. Nur das Kratzen des Irischen Wolfshundes, der versuchte, sich durch den Fußabtreter ins Wohnzimmer zu graben, war zu hören und Katharina Königs Wimmern. Daniel und Leander gaben ihr Zeit, den ersten Schock zu verdauen und sich wieder einigermaßen zu fassen.

Die Frau war zäh. Nach einer Weile atmete sie tief durch, schnäuzte die Nase und hörte auf zu weinen. Aber Daniel wusste aus Erfahrung, dass der Eindruck täuschte. Er verglich den Zustand mit dem Trugschluss, wenn man im Auge eines Tornados stand. Man glaubte, man hätte das Gröbste überstanden, doch dann ging es von Neuem los. Es würden noch viele dunkle Stunden folgen, in denen die Verzweiflung die Oberhand gewann und sie sich fragen würde: „Warum ausgerechnet mein Kind?"

„Wie ist es passiert?", fragte sie leise. Sie zitterte und rieb sich über die nackten Oberarme, worauf Leander ihr die Fleecedecke, die auf dem Sessel lag, über die Schultern legte.

Er kniete sich vor sie hin. „Möchten Sie, dass wir einen Arzt rufen? Er könnte Ihnen ein leichtes Beruhigungsmittel spritzen."

„Nein, danke. Wie ist es passiert?"

Da sie Leander erwartungsvoll ansah, öffnete er den Mund, schloss ihn jedoch wieder und stand stattdessen auf. Er drehte sich zu Daniel und wirkte mitgenommen.

Es war hart, einer Mutter zu offenbaren, dass ihr Sohn ermordet worden war. Daniel hatte das schon öfters tun müssen und er wusste, dass es nichts brachte, um den heißen Brei zu reden. Geradeheraus, aber behutsam war der einzig richtige Weg, um die Wunde nicht noch weiter aufzureißen. „Wir ermitteln noch, daher können wir über die genauen Umstände noch keine Auskunft geben."

Aufgewühlt fiel sie ihm ins Wort: „Ist er wieder mal achtlos über die Straße gegangen? Das macht er andauernd. Er erkennt die Gefahren einfach nicht. Er hat so ein sonniges Gemüt. Statt auf den Verkehr zu achten, lächelt er Passanten an und läuft einfach weiter. Er hat das Downsyndrom, wissen Sie?"

„Das ist uns bekannt." Wir haben seinen Leichnam gesehen, schluckte Daniel bitter herunter. Er wusste die Begriffe „Leiche" und „ermordet" zu umschiffen, denn diese bohrten sich wie Dolche in die Herzen der Hinterbliebenen. „Wir sind vom Kriminalkommissariat für Tötungsdelikte. Es tut uns leid, Ihnen sagen zu müssen, dass Clemens einem Verbrechen zum Opfer gefallen ist."

Sie riss die Augen auf. Ihr Körper erbebte. Neue Tränen flossen. „Er wurde ... Das darf nicht wahr sein, nein, das kann nicht wahr sein. Nicht mein Clemens! Er tut doch keiner Fliege was zuleide."

Draußen baute sich Tullamore Dew zu seiner ganzen Größe auf und stemmte sich mit den Vorderpfoten gegen die Terrassentür. Aufgeregt hechelte er. Sein Atem kondensierte an der Scheibe.

„Wir würden Ihnen gerne einige Fragen stellen. Sind Sie dazu in der Lage?"

„Ich werd's versuchen. Das Schwein soll schnell geschnappt werden!"

„Wann haben Sie Clemens das letzte Mal gesehen?"

„Am Freitag. Mittags." Katharina König schniefte und tupfte mit dem Zipfel der Decke ihr Gesicht ab. Der Kummer trübte ihren Blick, die Lider waren halb geschlossen. „Nach dem Essen ist er spazieren gegangen. Das war so etwas wie ein Hobby für ihn. Seit wir ihm verboten haben, Bus zu fahren."

Während Daniel die Befragung durchführte, machte sich Leander Notizen. Er schob den Rollstuhl näher an das Sofa. „Ab wann machten Sie sich Sorgen?"

„Als er zum Abendessen nicht zurück war. Er isst für sein Leben gern. Normalerweise lässt er keine Mahlzeit ausfallen. Darum hat er ein paar Kilos zu viel, obwohl er ständig herumläuft und immer irgendetwas tun muss. Er stopft alles in sich hinein, was er kriegen kann." Sie lachte und schniefte sogleich.

Daniel fiel auf, dass sie im Präsens von ihrem Sohn sprach. „Vermisst gemeldet haben Sie ihn aber erst am Sonntagmorgen."

„Wir haben ihn die ganze Freitagnacht durch gesucht. Am Samstag sind wir natürlich zur Polizei gegangen. Aber auf der Wache sagte man uns, dass wir noch einen Tag warten sollten. Vielleicht würde er wieder von allein auftauchen. Wir waren so dumm zu sagen, dass es nicht das erste Mal war." Sie kauerte sich auf der Couch zusammen. „Er hatte mal versucht, auf eigene Faust nach Bad Godesberg zu den Großeltern zu gehen, als er sauer auf uns war."

„Zu Fuß bis Bonn?"

„Er dachte, das wäre nicht so weit, weil die Fahrt mit der Straßenbahn nur fünfzig Minuten dauert."

„Was war Clemens für ein Mensch?" Wenn sie das erfuhren, konnten sie womöglich auf den Täter schließen. Es sei denn, Clemens König war ein Zufallsopfer. Um das herauszufinden, waren sie hier.

„Er sieht alles durch eine rosarote Brille. Mein Mann Moritz hält ihn für naiv und vertrauensselig. Aber für mich ist er einfach nur herzensgut ... war herzensgut. Oh, mein Gott!" Ihr Oberkörper wiegte vor und zurück. Ihre Augäpfel waren gerötet.

„Soll ich Ihnen ein Glas Wasser holen?" Leander deutete zur Küche, an der sie beim Eintreten vorbeigekommen waren. „Oder einen starken Kaffee machen?"

Katharina König schüttelte sich. „Mir ist speiübel."

„Hatte Clemens mit irgendjemandem Streit?", fragte Daniel. „Einem Arbeitskollegen, Freund oder einem Nachbarn vielleicht."

Sie wich seinem Blick aus. Saugte die Wange zwischen die Zähne. Knabberte von innen daran. „Nein. Er ist ... war ein richtiger Sonnenschein. Alle mochten ihn. Einen Job hat er aufgrund seiner mittelschweren geistigen Behinderung nicht gefunden. Er war mal einige Tage in der beschützten Werkstatt für geistig und körperlich Behinderte. Sie wissen ja selbst, wie es da manchmal zugeht."

Überrascht krauste Daniel die Stirn. Glaubte Frau König etwa, er säße schon seit Kindertagen im Rollstuhl und könnte auf eigene Erfahrungen in solchen Einrichtungen zurückgreifen? Vielleicht dachte sie auch nur, als Kommissar wisse er über solche Institutionen Bescheid. Jedenfalls brachte es ihn kurz aus dem Konzept, auf diese private Angelegenheit angesprochen zu werden, schließlich war er beruflich hier. Doch in diesem Augenblick sah die Mutter des Opfers ihn nicht als Polizist, sondern als Rollstuhlfahrer. Dadurch wurde ihm klar, dass er die Bereiche nie vollkommen würde trennen können.

„Vielleicht hatten wir auch nur Pech." Sie klang inzwischen mechanisch. „Clemens ist weggelaufen, weil die Angestellten ihn behandelt hatten, als wäre er dumm. Aber das ist ... war er nicht, ganz und gar nicht. Der Lohn dort war ein Witz. Eine Beleidigung."

Daniel hatte ihr Zögern und die Verlegenheit vorhin sehr wohl bemerkt. Hatte sie nur nachgedacht? Oder verheimlichte sie etwas? Doch bevor er nachhaken konnte, hörte er, dass ein Schlüssel ins Schloss der Haustür gesteckt wurde. Die Tür schwang auf und knallte gegen die

Wand. Ein Mann hastete durch den kurzen Flur. „Nerd“ stand auf seinem schwarzen T-Shirt, ein Wort, das so gar nicht zu der Lederhose, dem Harley-Davidson-Aufnäher auf der Westentasche und den Tattoos auf den Armen passte. Seine schulterlangen braunen Haare wehten zurück, als er ins Wohnzimmer hineinstürmte.

„Mo!“ Katharina König sprang von der Couch auf. Die Decke fiel zu Boden. Frau König rannte so schnell auf ihn zu, dass sie beinahe über die Fußstützen von Daniels Rollstuhl gefallen wäre. Bisher hatte sie sich tapfer gehalten, aber jetzt brach sie zusammen. Sie warf sich in die Arme ihres Mannes und heulte hemmungslos. Ihre Beine knickten weg.

Er trug sie zum Sofa, setzte sich zusammen mit ihr hin und strich beruhigend über die Pfauenfeder-Tätowierung in ihrem Nacken. „Moritz König, ich bin ihr Ehemann, der Vater von Clemens.“

Als Leander die Decke aufhob, knacksten seine Gelenke. Er faltete sie neu und legte sie über die Rückenlehne der Couch.

„Kriminalkommissar Menzel“, stellte Daniel zuerst Leander und dann sich selbst vor, „und Kriminalhauptkommissar Zucker.“

Der Blick von Herrn König blieb am Rolli kleben, aber er verzog keine Miene. Dunkle Augenringe zeugten davon, dass er in den vergangenen Nächten nicht viel geschlafen hatte. „Sie haben unseren Sohn gefunden?“

„Er wurde …“ Daniel brach ab, denn eine Handvoll Männer kam herein. Es musste sich um den Rest des Suchtrupps handeln. Ihre Mienen waren grimmig und ihre Fäuste geballt, als trüge die Polizei Schuld am Tod des Jungen. „Warten Sie bitte draußen!“

Da sie sich nicht bewegten, wedelte Leander, mutiger als Daniel erwartet hatte, mit seinen langen Armen herum und scheuchte sie so zurück. „Ich würde Sie gerne einzeln befragen. Eigentlich müssten wir Sie dafür aufs Präsidium bitten. Aber wenn Sie sich dazu bereit erklären, mit mir vor die Tür zu gehen, können wir diese Routinemaßnahme unbürokratisch und schnell abhandeln. Uns allen ist daran gelegen, das Ganze kurz und schmerzlos hinter uns zu bringen. Einverstanden?“

Daniel war überrascht, dass die Männer ohne zu murren oder zu protestieren umdrehten und mit Leander das Haus verließen. So viel Durchsetzungsvermögen hätte er dem Spargel gar nicht zugetraut.

Als er Moritz König darüber informierte, dass sein Sohn ermordet worden war, wurden dessen Augen feucht, aber er weinte nicht. Stattdessen drückte er seine Frau enger an sich. Rote Flecken tauchten auf seinem Hals auf. Er stellte Fragen nach dem Wie, Wo und Wann. Daniel antwortete, soweit die Ermittlungen das zuließen.

Plötzlich stand Herr König auf. Er holte eine Flasche Whiskey aus dem Schrank, goss in zwei Gläser zwei Fingerbreit ein und reichte eins seiner Frau. „Wollen Sie auch, Kommissar Zucker?"

Daniel schüttelte den Kopf. „Sie sollten wirklich nicht …"

„Doch, das sollten wir!" Moritz König kippte das Getränk im Stehen runter, stellte die Flasche weg und setzte sich wieder.

Da der Vater des Opfers offenbar nicht vorhatte, sich zu betrinken, sagte Daniel nichts weiter dazu. Inzwischen nippte seine Frau schon etwas ruhiger an der bernsteinfarbenen Flüssigkeit. Darum wandte sich Daniel wieder an sie: „Als ich Sie eben fragte, ob Clemens Ärger mit jemandem hatte, haben Sie gezögert. Warum?"

Unsicher schaute sie ihren Ehemann an. Sie leerte das Glas und stellte es auf dem Tisch ab, weil ihre Hände zitterten. „Es gibt da diesen Kerl. Der wollte ihn anzeigen. Er hat Clemens am Kragen gepackt und den Busfahrer aufgefordert, die Polizei zu rufen. Ein richtiger Choleriker!"

Erneut sah sie zu Moritz König, aber diesmal lag Furcht in ihrem Blick.

8. KAPITEL

„Was war vorgefallen?“, fragte Daniel.

„Nichts weiter. Es war eigentlich harmlos. Ich hatte Ihnen doch erzählt, dass wir Clemens verboten hatten, mit öffentlichen Verkehrsmitteln zu fahren. Früher hatte er ein Jahresticket, das nutzte er rege, ohne wirklich ein Ziel zu haben. Er mochte es einfach, herumgeschaukelt zu werden, aus Godorf rauszukommen, und genoss es, Menschen um sich herum zu haben.“

„An einem Regentag kam er auf die Idee, Clownsgesichter zu basteln. Er schnitt sie aus buntem Pappkarton aus und malte Augen, Mund und Nase darauf. Alles ein wenig krumm und schief, aber mit Hingabe. Später, wenn er wieder mit dem Bus unterwegs war, steckte er sie heimlich Mitreisenden in die Tasche.“

Daniel runzelte die Stirn. „Das müssen Sie mir erklären.“

„Clemens sagte, die Leute würden sauertöpfisch dreinblicken, manchmal sogar regelrecht bekümmert. Die wenigsten wären gut gelaunt, wie er es immer war.“ Für einen Moment sah es so aus, als würde sie wieder zu weinen anfangen, doch das tat sie nicht. „Er wollte sie zum Lächeln bringen. Darum diese lieb gemeinte Geste.“

„Er beabsichtigte, sie aufzumuntern?“

„Er stellte sich das so vor, dass die Leute sein Geschenk finden, es erstaunt aus der Tasche ziehen, das bunte lachende Clownsgesicht sehen und schmunzeln müssen.“

Moritz König holte eine Packung Zigaretten aus der Brusttasche und stand auf. Er öffnete die Terrassentür, schob den Hund grob beiseite und kehrte mit dem Aschenbecher, der draußen gestanden hatte, zurück.

„Musst du hier drin …?“

„Ja, muss ich!“, herrschte Herr König sie an.

Sie zuckte zusammen, zog die Beine an und schlang die Arme um die Knie.

„Das Problem war nur“, Moritz König steckte sich eine an und inhalierte tief, „dass die Gesichter aussahen wie er, wie jemand mit Downsyndrom. Für ihn war das normal, andere jedoch gruselten sich davor.“

„Daher waren die Reaktionen selten positiv, wenn sie ihn dabei erwischten, wie er ihnen die Überraschung zusteckte. Viele glaubten, Clemens wollte sie bestehlen“, heftig schüttelte Katharina König den Kopf, „dabei war es genau andersherum.“

„Genau wie dieser Mann – Olaf Plank." Die Zigarette in Königs Hand zerbröselte, weil er wohl immer fester zugepackt hatte. „Verdammt! Er machte ein Fass auf. Clemens war ganz eingeschüchtert, er verstand die Welt nicht mehr und hielt immer wieder schützend die Hände hoch."

Es kribbelte in Daniels Nacken. „Warum kam es nicht zur Anzeige?"

„Der Busfahrer kannte Clemens." Als Moritz König seine Haare zurückstrich, kam ein Schwert-Tattoo hinter dem Ohr zum Vorschein. Blut troff großzügig von der Klinge. „Er rief uns statt die Polizei an. Zu dritt redeten wir dann auf Herrn Plank ein. Ein unangenehmer Zeitgenosse. Aber meine Argumente waren am Ende stärker."

„Warum haben Sie das nicht früher gesagt?" Daniel wollte Frau König keine Vorwürfe machen, ihr ging es so schon schlecht, aber er verstand ihr Verhalten nicht.

Ihre Wangen röteten sich. Noch immer schimmerten feuchte Tränen darauf. „Ich möchte nicht, dass Clemens nach seinem Tod noch in Verruf gerät. Er hat niemanden beklaut, ehrlich nicht! Außerdem war doch alles geklärt. Es kam nie zu einer Anzeige und diesen widerlichen Kerl sahen wir nie wieder."

Das nicht, aber vielleicht hat Olaf Plank die Angelegenheit auf seine Weise geklärt, dachte Daniel und notierte den Namen. „Kennen Sie die Adresse des Mannes?"

Sie schüttelten den Kopf.

Dann würde Daniel eben im Meldereregister nachschauen. Voller Tatendrang schob Daniel seinen Bock kraftvoll aus dem Haus. Eine erste Spur hatte sich aufgetan. Zwar glomm sie gerade mal so diffus wie der Hintern eines Glühwürmchens, aber sie war zu erkennen.

„Meinst du, dieser Olaf Plank könnte der Täter sein?", fragte Leander Daniel, als sie aus Godorf wegfuhren.

„Gut möglich. Der Vorfall liegt allerdings schon drei Wochen zurück. Um eine Fahndung einzuleiten, reicht dieser vage Verdacht nicht."

„Auch nicht, wenn der ermittelnde Kommissar ausgezeichnete Kontakte zur Staatsanwaltschaft pflegt?"

Daniel blinzelte ihn an. „Was willst du damit andeuten?"

„Du könntest Lioba Zur ganz unverbindlich fragen. Ihr trefft euch doch hin und wieder auf einen Kaffee im Kasino des Polizeipräsidiums."

Die Unterhaltung bekam plötzlich eine private Note. Es ging nicht mehr nur um Plank und die Ermittlung. Daniel war schon aufgefallen, dass die Kollegen ihn und die Staatsanwältin beobachteten. Aber seine Freundschaft mit ihr ging sie einen feuchten Kehricht an! „Hat Fuchs dich wirklich extra wegen mir aus einer anderen Mordkommission abgezogen?“

Leander grinste. „Natürlich nicht. Unser Fall war abgeschlossen.“

„Dann hat er mich einen Schuldschein unterschreiben lassen, der ihm gar nicht zusteht? Verdammt!“, sagte Daniel und lächelte ebenfalls.

Bevor sich ihre Wege trennen würden, brachte Leander Daniel zum Polizeipräsidium zurück. Da es bereits Mittag war, aßen sie zusammen im Kasino.

„Wie geht es eigentlich deiner Freundin?“ Daniel schnitt ein großes Stück vom Schnitzel ab und schob es in den Mund.

„Melanie?“ Offensichtlich überraschte Leander die private Frage. „Sie ist in Therapie.“

„Schön, dass sie endlich bereit ist für diesen Schritt.“

Leander lächelte gequält. „Eine Schreibblockade hat auch etwas Gutes.“

Daniel krauste die Stirn. Melanie schrieb Krimis angelehnt an echte Fälle. Sie hatte sich so intensiv mit Verbrechen auseinandergesetzt und sich in Täter und Opfer hineingedacht, dass sie eine Phobie entwickelt hatte. Sie traute sich kaum mehr aus dem Haus, weil sie befürchtete, etwas Schlimmes könnte ihr zustoßen.

„Sie steigerte sich so sehr in ihre Ängste hinein, dass sie keinen Satz mehr an ihrem Manuskript tippen konnte. Aber der Abgabetermin ist schon recht bald und Schreiben ist nun mal ihr Job. Wenn sie nicht arbeitet, bekommt sie auch kein Geld. Was aber viel schlimmer für sie ist“, appetitlos stocherte er in seinem Bohnengemüse herum, „sie schreibt aus Leidenschaft. Wenn ihr das genommen würde …“

„Ich weiß, was du meinst und wie es ihr geht.“

Leander nippte an seiner Apfelschorle. „Ach ja?“

„Genauso habe ich mich gefühlt, als ich in den Rollstuhl kam und man mir sagte, ich könnte nicht mehr beim KK 11 arbeiten.“ Daniels Magen krampfte sich zusammen. Er betrachtete eine fettige Pommes, die er auf die Gabel gespießt hatte, legte sie zurück und schob den Teller weg. „Einem wird der Boden unter den Füßen weggezogen. Man hat plötzlich kein Ziel mehr, keine Aufgabe.“

„Der Sinn des Lebens, so drückte Melanie es aus.“ Nahezu geräuschlos stellte Leander das Glas ab. „Tat ein bisschen weh.“

„So hat sie das nicht gemeint."

„Ich weiß. Außerdem ist es besser, in Konkurrenz zu ihrem Beruf zu stehen als zu einem Kerl." Leander zwinkerte.

„Stell dein Licht nicht unter den Scheffel."

„Langsam wirst du weich, Zucker."

Dabei hatte Daniel den Rest des Satzes – „Denn du bist ein toller Typ" – nicht einmal ausgesprochen. Er zerknüllte die Papierserviette und warf sie dem Kollegen an den Kopf.

Sie brachen auf. Während Leander sich darum kümmerte, Olaf Plank ausfindig zu machen, steuerte Daniel sein Büro an. Ohne besonderen Grund musste er an Moritz König denken. Kein angenehmer Zeitgenosse. Aggression schwelte in ihm. Aber so reagieren manche eben auf den Mord eines geliebten Menschen. Erst kam die Wut, ausgelöst durch Hilflosigkeit, und dann die Trauer.

„Hast du mit der Staatsanwältin geschlafen?", begrüßte ihn Tomasz.

9. KAPITEL

Offenbar irritierte Tom Daniels verdatterte Miene, denn er erklärte: „Die Rechtsmedizin hat uns jetzt schon erste Ergebnisse geschickt. Sie müssen den Mord an Clemens König vorgezogen haben, dabei hat er nicht den Status höchste Priorität.“

„Da läuft nichts zwischen mir und Zur!“

„Wie kommst du denn jetzt auf sie?“

Natürlich arbeiteten noch andere Frauen in der Staatsanwaltschaft. Daniel schob den Rolli an den einzigen Schreibtisch, vor dem kein Stuhl stand. „Vergiss es!“

„Natürlich nicht, sie ist ...“

„Was? Kleinwüchsig? Und darum kommt sie als Partnerin erst gar nicht in Betracht, nicht wahr?“

„He, reg dich doch nicht auf.“

Mehrmals schlug Daniel auf die Armlehne seines Bocks. „Das gilt auch für mich. Wer geht schon mit einem Krüppel aus? Wie gut, dass ich schon verheiratet bin und Marie so aufopfernd ist.“

„So war das doch nicht gemeint.“

„Doch, war es.“ Aufgebracht ballte Daniel die Hände um die Armlehnen. Leander hätte niemals solch einen Kommentar von sich gegeben.

„Okay, tut mir leid. Das war“, unentwegt drückte Tom auf das obere Ende seines Kugelschreibers, „Scheiße von mir.“

„Du bringst es auf den Punkt. Lioba Zur ist wirklich eine schöne Frau.“ Verlegen beugte sich Daniel vor und richtete die Füße auf der Stütze aus, obwohl sie gar nicht verrutscht waren.

Klick. Klick. „Ihr Gesicht ist hübsch, da hast du recht.“

„Aber der Rest nicht, weil er nicht dem gängigen Schönheitsideal entspricht ...“

Tomasz schaute aus dem Fenster. Schließlich warf er den Kugelschreiber auf den Tisch und lehnte sich vor. „Spiel dich bitte nicht als Moralapostel auf.“

„Ich bin ein Betroffener.“

„Ja, genau, irgendwie schon. Wenn auch anders als Zur. Darum ...“

„Wir sollten das Gespräch beenden.“ Eine Wunde platzte in Daniel auf. Sie blutete heftig, doch nur er konnte das wahrnehmen. Er war der Bremsklotz in Maries Leben. Außerdem funktionierte Sex nur noch oral, über Handarbeit oder Toys. Aber sie waren glücklich, ja, verdammt, das waren sie!

„Lass mich ausreden! Hättest du vor zwei Jahren ihre Schönheit überhaupt wahrgenommen, damals, als du noch nicht querschnittsgelähmt warst?“ Tom wartete gar nicht auf Daniels Antwort, sondern fuhr fort: „Nein, das hättest du nicht. Du hättest sie als Kollegin betrachtet, neutral, sie vielleicht sympathisch gefunden, wie du auch Leander und Fuchs nett findest, sie aber nicht als potenzielle Partnerin gesehen.“

„Das tue ich auch jetzt nicht. Ich habe Marie!“ Warum brannten dann seine Wangen?

„Ich wollte weder Zur noch dich beleidigen. Du bleibst mein Kumpel, auch wenn du dir inzwischen zu fein bist, zu Fuß zu gehen.“ Toms Scherz klang lahm, aber Daniel musste trotzdem lächeln. „Und jetzt lass uns arbeiten.“

Es tat weh, von Tomasz einen Spiegel vorgehalten zu bekommen, aber darum waren sie Freunde. Weil er immer ehrlich war. Daniel selbst war nicht anders. Marie nannte das undiplomatisch, er bezeichnete es als „Kölsche Geradheit“.

An Toms Vorwürfen war etwas dran, das wurmte ihn. Durch die Gehbehinderung änderte sich immer mehr seine Sicht auf die Dinge. Das hatte etwas Positives. Aber er durfte nicht mit dem Finger auf diejenigen zeigen, die so waren wie er früher.

„Auch vom Erkennungsdienst liegt eine neue Mail in deinem Postfach. Als hätte jemand ihnen Dampf unter dem Hintern gemacht.“ Tomasz stand auf. „Sollen wir einen Friedenskaffee zusammen trinken?“

„Rauchen darf man ja nicht im Präsidium.“ Während er seinem Kollegen, der das Büro verließ, um die Tassen zu holen, hinterhersah, war er gedanklich immer noch bei Lioba Zur. Sie sollte ihm keinen Gefallen tun. Gefallen fordern Gegengefallen, wie man an Fuchs sah. Er wollte ihr nichts schuldig sein. Nicht auszudenken, wenn der Tratsch über sie und ihn bis zu Marie durchdrang. Aber wie sollte er? Er hatte ihren Namen nur einmal in Zusammenhang mit Bens Praktikum bei *Libertas e. V.* erwähnt. Die beiden Frauen hatten sich noch nie getroffen. Noch ein Grund mehr, nicht zum Sommerfest zu gehen.

Tomasz kehrte zurück. Sie prosteten sich mit den Bechern zu wie mit den Kölschgläsern in ihrer Stammkneipe *Zum stolzen Römer*, in der sie wieder öfters den Feierabend einläuteten.

Als Erstes schaute sich Daniel das Phantombild an, das nach den Angaben von Marianne Voss und Czeslaw Dworschak angefertigt worden war. Mittels einer Software. Pah! Marie hätte es detaillierter und lebendiger gezeichnet, dachte Daniel. Gleichzeitig schärfte er sich ein, sich bei der Suche nach Clemens' Mörder nicht auf Olaf Plank zu konzentrieren. Der Unbekannte, der das betagte Liebespaar versucht hatte, mit Erpressung dazu zu bringen, den Leichenfund der Polizei nicht zu melden, war durch das Gespräch mit den Königs in den Hintergrund gerückt worden. Bestenfalls waren die beiden Männer ein und dieselbe Person.

Dann las er die Berichte der Kollegen.

Die ersten Ergebnisse der Obduktion von Clemens König brachten keine neuen Erkenntnisse.

Der Rigor Mortis hatte schon eingesetzt, als Marianne Voss und Czeslaw Dworschak gegen 9 Uhr über die Leiche stolperten. Aber der Prozess der Leichenstarre, der zwischen zwölf und achtzehn Stunden dauerte, war noch nicht abgeschlossen gewesen. Gesichts- und Nackenmuskulatur waren bereits steif, aber die unteren Extremitäten waren noch beweglich. Zu bedenken blieb, dass die Kälte nachts den Ablauf verlangsamte.

Die Totenflecken waren voll ausgebildet. Clemens König musste also schon mindestens acht Stunden tot gewesen sein, als man ihn entdeckte. Sie befanden sich auf dem Vorderkörper, was zu der Position, in der man ihn fand, passte. Offenbar wurde er nach dem Tod nicht mehr bewegt.

Weggeworfen wie der Müll, der um ihn herum im Bunker lag, erinnerte sich Daniel.

Autolyse und Verwesung hatten noch nicht begonnen. Keine Trübung der Hornhaut. Die Körpertemperatur war nur bedingt als Hinweis zu gebrauchen, da das Opfer nackt war und die Temperaturen nachts stark abfielen.

Der physiologische Todeszeitpunkt wurde aufgrund dieser ganzen Befunde auf einen Zeitraum zwischen ein und drei Uhr am Samstagmorgen eingegrenzt.

Todesursache war, wie vermutet, stumpfe Gewalteinwirkung in den Brustraum. Die inneren Organe waren gequetscht worden. Für den endgültigen Exitus verantwortlich waren jedoch drei Rippen, die sich ins Herz gebohrt hatten. Eine Waffe mochte dazu benutzt worden sein, den Brustkorb zu zerstören. Aber der Rechtsmediziner tippte eher auf bloße Fäuste, denn er fand Epithelien einer fremden Person in der Wunde.

Jemand muss eine Stinkwut auf den jungen König gehabt haben. Gedankenversunken strich Daniel über seinen Henriquatrebart.

Olaf Plank? Die Mutter des Opfers hatte ihn als Choleriker bezeichnet. Dass er streitsüchtig war, lag auf der Hand. Sonst hätte er nicht einen behinderten jungen Mann, der ihm eine harmlose Bastelei zugesteckt hatte, anzeigen wollen.

Gab es vielleicht einen anderen Grund, warum Plank ausgetickt war?

Den einzigen, den Daniel sich sonst noch vorstellen konnte, war, dass Olaf Plank etwas bei sich trug, das er geheim halten wollte und das Clemens entdeckt hatte, als er in dessen Tasche griff. Wahrscheinlich war sich der junge Mann der Brisanz nicht einmal bewusst gewesen, sonst hätte er das seinen Eltern gegenüber erwähnt. Es sei denn, er war zu eingeschüchtert von Plank.

Unruhig schaute er auf sein Handy. Kein Anruf von Leander. Daniel gab Olaf Planks Namen in die Datenbanken ein. Nichts. Keine Vorstrafen. Keine Fingerabdrücke. Keine DNA. Nichts.

„Brauchst du etwas Stärkeres als Kaffee, einen Schnaps vielleicht?"

„Wie bitte?" Dass Tom das mit dem Alkohol nicht ernst meinte, erkannte Daniel an dessen Grinsen.

„Du stöhnst die ganze Zeit. Ist dir das Mittagessen auf den Magen geschlagen?"

Daniel erzählte ihm von Olaf Plank und dem Ehepaar König.

„Klingt so, als wäre Plank unser Mann."

„Das denke ich auch. Die Verletzungen, die am Leichnam des Mordopfers festgestellt wurden, passen zu einem hitzköpfigen Mörder. Jemand hat wie von Sinnen auf Clemens König eingeprügelt."

„Wie auf einen Sandsack."

Daniel überflog den Bericht des Erkennungsdienstes. Clemens König war unter vierzehn Eisenstangen begraben gewesen. Auf ihnen wurden Fingerabdrücke gesichert. Ebenso Blut und Haare, die sich im Stacheldraht verfangen hatten. Schuhabdrücke gab es dagegen nur in Teilen, denn jemand hatte versucht, sie zu verwischen. „Leider wurde Plank noch nie polizeilich erfasst, sonst hätten wir die Daten vergleichen und eine Fahndung einleiten können."

„Leander wird ihn schon aufspüren."

„Falls der Verdächtige nicht untergetaucht und abgehauen ist." Auch fehlten handfeste Beweise, um einen richterlichen Beschluss zu erwirken, durch den sie seine zahnärztlichen Unterlagen bekämen. Diese könnten sie mit den Bisswunden am Körper des Mordopfers abgleichen. So blieb ihnen nichts anderes übrig, als Plank erst einmal zu finden und dann in einem Verhör zu bearbeiten. Das dauerte Daniel zu lange. Geduld zählte nicht zu seinen Stärken.

„Wenn er flüchtet, ist das ein Schuldgeständnis. Das wird einer der leichten Fälle", sagte Tom enthusiastisch. Er öffnete die oberste Schublade des Schreibtischs, nahm zwei Zuckerstücke heraus und ließ sie in seine Tasse fallen. „Den haben wir bald gelöst. Plank ist jähzornig und hat ein Motiv."

„Obwohl mir das nicht ganz einleuchten will. Clemens hatte nichts Schlimmes angestellt."

Ausgiebig rührte Tom in seinem Kaffee. „In Planks Augen schon. Der junge Mann ist in seine Intimsphäre eingedrungen."

„Der Vorfall zwischen den beiden liegt drei Wochen zurück. Wieso jetzt?"

„Weil sich erst jetzt die Gelegenheit zur Rache ergab."

Hundertprozentig passte das alles noch nicht zusammen. Auch Daniel glaubte, dass der Verdächtige der Täter war, doch es fehlten noch einige Details, um ihn restlos zu überzeugen.

Daniel las den Obduktionsbericht zu Ende. Es wurden Verteidigungswunden festgestellt, was wenig verwunderlich war. Clemens König hatte versucht, mit Armen und Händen die Schläge abzuwehren.

Dann jedoch stolperte Daniel über einen Eintrag, der nicht so recht ins Bild passte. „Das ist merkwürdig."

„Was?“ Tom nippte am Kaffee, verzog das Gesicht und gab noch einen Würfelzucker hinein.

„Seine Hände waren blutig. Die Haut war aufgeplatzt, aber es befand sich auch fremdes Blut daran.“

„Dieselbe fremde DNA, die sich in der Bauchwunde befand?“

Daniel nickte.

„Dann hat Clemens König sich gegen den Angreifer gewehrt.“

„Außergewöhnlich heftig sogar.“

Tom zuckte mit den Achseln. „Der junge Mann war offenbar ein Kämpfertyp.“

„So haben seine Eltern ihn aber nicht beschrieben. Er sei harmoniebedürftig gewesen, ein richtiger Sonnenschein. Ich habe noch nie von einem gutmütigen Kerl gehört, der austeilt wie ein Preisboxer.“

„So kräftig hat er zurückgeschlagen?“ Toms Brauen schnellten nach oben. „Es ging eben um Leben und Tod, das wusste er. Immerhin haben wir den genetischen Fingerabdruck des Mörders.“

„Plank oder wer immer König zu Tode geprügelt hat muss auf jeden Fall Verletzungen davongetragen haben.“

Als Tomasz sich im Bürostuhl zurücklehnte, knarzten die Scharniere. „Warum freust du dich dann nicht?“

Zu viele Ungereimtheiten. „Wie passen die Brandwunden am Rücken ins Bild?“

„Folter“, sagte Tom wenig überzeugt.

„Die Spuren an Clemens’ Körper sind untypisch dafür.“

„Bis auf die Verbrennungen und Bisse.“

„Ja, die Bisse.“ Warum hatte der Mörder das getan? Er musste doch wissen, dass er damit seine Visitenkarte hinterließ. Eine Affekthandlung? Lust an der Qual? Oder Verzweiflung, weil sich das Opfer unerwartet stark zur Wehr setzte? „Der größte Teil der Wunden, Hämatome und Kratzer stammt vom Kampf.“

„Vielleicht wurde König erst gefoltert, kam frei, weil sein Peiniger unachtsam war, und daraufhin kam es zum Gerangel.“

„Wir müssen irgendetwas übersehen.“ Da war Daniel sich plötzlich vollkommen sicher!

Ein Sadist schlug nicht derart gewalttätig auf sein Opfer ein. Ein Sadist brachte es wieder in seine Gewalt, um mit dem kranken Spaß fortzufahren. Falls ihm das nicht gelang, würde er das Opfer so schnell wie möglich töten, damit er nicht entdeckt wurde.

Aber wer auch immer Clemens König auf dem Gewissen hatte, prügelte lange und brutal auf ihn ein. Wie im Rausch. Als wäre es etwas Persönliches. Als wollte er sich abreagieren.

Das passte nicht zu einem Folterer. Dieser war eher der perverse Künstler unter den Psychopathen. Er ließ sich Zeit und setzte gezielt kleine und große Grausamkeiten ein, um so lange wie möglich den Schmerz und die Macht zu genießen.

Außerdem benutzte er Hilfsmittel, einen Elektroschocker zum Beispiel, Zangen, Nadeln, Messer … – nicht bloße Fäuste.

Königs Mörder hatte ja nicht einmal Handschuhe getragen. Was zum Henker hat das alles zu bedeuten? Daniel raufte sich die Haare.

Er kippte die Hälfte des Kaffees auf einmal herunter. Eine satte Dosis Koffein zum Ankurbeln des Denkapparats. Doch die bittere Flüssigkeit schlug ihm nur auf den Magen.

Er schloss die Datei der Rechtsmedizin und wollte auch gerade den Anhang der Spurensicherung wegklicken, als sein Blick auf die letzten Sätze fiel. Er las sie erneut, diesmal aufmerksamer, ohne gleichzeitig mit Tom Theorien zu diskutieren. Möglicherweise waren Männer doch nicht multitaskingfähig. Er behauptete zwar stets das Gegenteil, musste aber zugeben, dass der Informationsgehalt des letzten Abschnitts erst jetzt zu ihm durchdrang.

Der Erkennungsdienst hatte sieben Löcher im Boden entdeckt. Diese befanden sich in der Nähe der Mauer, dort, wo die Haselnusssträucher die Lücke stopften. Eine offensichtliche Erklärung dafür gab es nicht.

Daniels Rollstuhl hatte gebockt, als er darübergefahren war. Aber er hatte nur drei gesehen. Sie bildeten eine Linie, erinnerte er sich. Die vier weiteren Löcher waren ihm nicht aufgefallen. Darum klickte er sich durch die Bilder, die der Polizeifotograf vom Tatort und der Umgebung geschossen hatte. Ihm sprang nichts Auffälliges ins Auge, aber er glaubte nicht an Zufälle.

Im ersten Augenblick schienen die Vertiefungen nicht mit dem Fall in Verbindung zu stehen. Doch sie waren nun mal da. In der Nähe eines brutalen Mordes. In einem Wäldchen, das aufgrund gewisser Vorkommnisse angeblich selten betreten wurde.

Es zwickte ihn. In die rechte Wade. Dort, wo er eigentlich nichts spürte. Daniel wusste natürlich, dass er sich das einbildete. Seine Psyche spielte ihm mal wieder einen Streich. Sie teilte ihm mit: *Auf! Auf! Schau es dir selbst an. Etwas stinkt.*

Schwungvoll schob er den Rolli zurück. Die Räder quietschten über den PVC-Boden, als er sich in Richtung Ausgang drehte. „Lass uns noch mal nach Godorf fahren."

11. KAPITEL

„Wozu?" Toms Stirn legte sich in Falten.

„Ich möchte mir diese Löcher ansehen. Die liegen so weit auseinander, dass der Fotograf sie nicht auf einem einzigen Bild hat erfassen können."

Stöhnend streckte sich Tomasz. Seine Knochen knacksten. „Die Spurensicherung hat doch schon alles untersucht."

„Du verlässt das Büro nur noch, wenn es sich nicht vermeiden lässt. Wirst wohl langsam alt und träge, was, Kumpel?" Ohne länger Zeit zu vertrödeln, fuhr Daniel aus dem Büro heraus.

„Unsinn", hörte er Tom ihm hinterherrufen. Zwei Sekunden später lief er neben dem Rollstuhl her und hatte Mühe, mit Daniel Schritt zu halten.

Zwei Kollegen, die auf dem Korridor miteinander sprachen, drückten sich rechts und links an die Wände, damit Daniel und sein Schatten vorbeikamen. „Was ist es dann?"

Tomasz warf die Lederjacke über die Schulter und hielt sie mit dem Daumen in der Schlaufe fest. „Ich warte auf eine wichtige E-Mail."

„Von wem?" Da Tom nicht antwortete, schaute Daniel ihn misstrauisch an. „Die müsste ich ja dann auch bekommen. Wir arbeiten am selben Fall. Es sei denn … sie ist privat."

„Okay, okay", Tom dämpfte die Stimme, „ich habe jemanden kennengelernt. Fee."

„Klingt wie eine Bewohnerin des Auenlands oder wie der Künstlername einer Lady, die an der Stange tanzt", stichelte Daniel, weil sein Freund ihn nicht früher eingeweiht hatte.

„Quatsch. Das ist ein Kosename für Felippa. Aber ja, ich habe sie in einer Bar kennengelernt. Sie kellnert dort. Guck mich nicht so an. Ich bin Single und genieße nach vielen braven Ehejahren das Nachtleben ausgiebig."

„Und sie schreibt dir an deine berufliche E-Mail-Adresse?" Die Räume flogen an ihnen vorbei, so schnell waren sie unterwegs. Daniel mochte das.

„Sie steht auf *Cops*."

„Cops?" Spöttisch hob Daniel eine Augenbraue. „Wie die in amerikanischen Fernsehserien, was? So richtig coole Typen. Mit einer fetten Wumme. Und dicken Eiern."

„Ja, verdammt, sie denkt, ich sei ein harter Kerl, und ich lasse sie in dem Glauben."

„Wenn das so ist, versteckst du mich und meine Krüppel-Harley besser vor ihr. Die Realität könnte ihr die rosarote Brille runterreißen." Bevor sein Freund vorpreschen konnte wie ein Krankenpfleger, drückte Daniel schnell selbst auf den elektrischen Öffner an der Wand. Natalia war offenbar Geschichte. Tomasz und eine neue Frau. Wer hätte das gedacht?

Der Tatort wirkte unschuldig an diesem Vormittag. Die Sonne stand günstig und erhellte das Wäldchen, in das die Strahlen seitlich hineinfielen. Eine leichte Brise bewegte die Blätter, sie raschelten leise. Die Luft war noch frisch, aber klar. Eine kleine Idylle, wäre da nicht das Absperrband der Polizei gewesen.

Nichts zeugte mehr von dem Grauen, das hier stattgefunden haben musste. Aber Daniel konnte sich vorstellen, dass dieser Grünstreifen nachts zu einem dunklen Schlund wurde. Eingekesselt vom verwaisten Gewerbegebiet auf der einen Seite und dem auf Sparflamme köchelnden Industriegebiet auf der anderen, zog dieses Niemandsland Menschen an, die etwas zu verbergen hatten. Erst Homosexuelle, die ihre Lust mit Zufallsbekanntschaften auslebten. Dann Neonazis, die falsche Götzen anbeteten und zum ehemaligen Schutzbunker pilgerten. Schließlich Paare jeden Alters zu heimlichen Sex-Dates. Und einen Mörder.

Bevor Daniel vom Polizeipräsidium losgefahren war, hätte er Stein und Bein geschworen, dass nun, da hier eine Leiche gefunden wurde, alle einen großen Bogen um diesen Fleck machen würden. Doch seitdem er angekommen war, sah er wechselnde Gesichter hinter der Absperrung. Schaulustige. Sobald die Kripo den Tatort freigab, würden sie sicherlich ihren Kopf in das Relikt aus der Nazizeit stecken, um den Leichenfundort mit eigenen Augen zu sehen, und enttäuscht heimfahren, weil keine Blut- oder Gehirnspritzer an den Wänden klebten.

Während sie die Gaffer zurückließen und an der Mauer entlang tiefer in den Wald eindrangen, stöhnte es in Höhe von Tomasz' Brustkorb wie eine Pornodarstellerin.

Daniel hob eine Augenbraue.

Tom zuckte zwar lässig mit den Achseln, wurde aber rot. „Ist mein privates, nicht mein Diensthandy", sagte er entschuldigend und zog das Gerät aus der Jackentasche. Grinsend tippte er auf den Tasten herum und fiel zurück.

Fee! Daniel verdrehte die Augen, lächelte jedoch. Der Klingelton ließ keinen Zweifel offen, was Tom mit ihr verband.

Wehmütig dachte Daniel an sein eigenes Sexualleben. Sein Höhepunkt bestand darin, Marie zum Höhepunkt zu bringen. Er selbst zog die Befriedigung aus Liebkosungen und Intimität an sich. Sein Schwanz jedoch merkte von all dem nichts. Er taugte ja nicht einmal mehr zum Pinkeln.

Schmerz bahnte sich an, daher fuhr Daniel zügig weiter. Es dauerte etwas, bis er die drei Löcher gefunden hatte. Nicht nur er war versehentlich darübergefahren, sondern Kollegen hatten sie zertrampelt. Der Weg, der abgesteckt war, damit alle denselben Zugang zum Bunker nahmen und nicht kreuz und quer liefen und alle Spuren zerstörten, führte ausgerechnet darüber.

„Ärgerlich!" Die Ränder waren eingefallen. Die kreisrunde Form war hier und da zerstört. Eine Ausbuchtung war bereits weitgehend mit Erde aufgefüllt. Aber Daniel erkannte sie trotzdem.

Zuerst stellte er seinen Rolli genau so, dass er in der Flucht stand. Daniel betrachtete die Linie, die die Löcher bildeten. Sie führte parallel zur Mauer, genau gegenüber der Lücke darin.

Dann schob er den Chopper vor diese unsichtbare Gerade. An den Enden rechts und links gingen im 90-Grad-Winkel zwei Diagonale ab, die inklusive jeweils des letzten Lochs ebenfalls aus drei Vertiefungen bestanden.

Drei Linien aus insgesamt sieben Löchern, die ein U bildeten, dessen offene Seite zur Mauer hin gerichtet war.

Also doch Hinweise auf einen Bauzaun, der Fremde daran hindern sollte, das Privatgrundstück mit der Industriebrache zu betreten?

Doch nun, da er die Maße sah, kam ihm das unlogisch vor. Die Absperrung hätte viel zu weit weg gestanden, selbst wenn man den Haselnussstrauch in der Mitte mit einbezog. Warum war ihm das nicht schon bei der ersten Tatortbesichtigung aufgefallen? Weil er noch gedanklich mit Marie im Wochenende gewesen war? Er ärgerte sich für seine Nachlässigkeit.

Und projizierte die Verärgerung auf Tomasz, der bei jedem Stöhnen seines Handys dämlicher grinste, als bekäme er gerade einen geblasen.

„Kommst du jetzt endlich?", fragte er doppeldeutig, aber Tom ging nicht darauf ein. Kein rotziger Konter? Es musste ihn echt erwischt haben.

„Ja, ja." Ohne von dem Gerät aufzuschauen, schlurfte er näher.

Daniels Kiefer mahlten unruhig, als er zur Fabrikruine hinüberspähte. Um das Grundstück hatte sich schon lange niemand mehr gekümmert. Wie logisch war es also, dass der Besitzer einen Bauzaun aufstellte?

Vielleicht hatte das Ordnungsamt eine Begehung rund um das Gelände gemacht und den Eigentümer dazu verdonnert, wenigstens zu verhindern, dass Jugendliche auf das Gelände kamen und in die abrissreife Ruine gingen, denn das war bestimmt lebensgefährlich.

Blieb noch immer die Frage: Warum stand die Absperrung so weit weg?

In dem Quadrat war nichts, was sie hätte schützen sollen, wie zum Beispiel frische Baumzöglinge. Nun, da Daniel auf den Waldboden starrte, bemerkte er, dass dieser anders aussah als im übrigen Grünstreifen. Er konnte nicht genau sagen, was es war, aber die Blätter und Äste wirkten durcheinander. Nicht so natürlich wie im übrigen Wald. Als hätte jemand gefegt. Doch diesen Gedanken fand Daniel zu verrückt, um ihn weiterzuverfolgen.

„Unter wie vielen Eisenstangen war Clemens König noch mal begraben worden?" Er erinnerte sich genau, wollte aber Tomasz von seiner rosaroten Wolke auf die Erde zurückholen.

„Vierzehn."

„Sieben ist die Hälfte von vierzehn."

„Schlaumeier!" Offenbar fiel bei Tom der Groschen, denn er hielt den Atem an, runzelte die Stirn und stieß die Luft geräuschvoll aus. Er steckte das Handy weg, hockte sich hin und betrachtete das U. „Aber ja."

Daniel war schon einen Schritt weiter. Energisch schob er die Greifringe an. Die Rollstuhlräder wirbelten altes und neues Laub auf. Zweige knackten, während er auf das Mauerwerk zusteuerte. Plötzlich sackte er ein, nicht tief, aber dennoch musste er Kraft aufwenden, um voranzukommen. Der Boden in der Nähe des Haselnussstrauchs gab etwas nach, die Räder sackten leicht ein. Auch das war ihm schon aufgefallen, als er das erste Mal den Tatort besichtigt hatte, aber er hatte sich keine Gedanken gemacht.

Jetzt, in der Summe, kam ihm das seltsam vor.

Er versuchte sich den Grund dafür vorzustellen. Lag es an der Sorte? Arbeiteten die Wurzeln so stark, dass sie das Erdreich aufwühlten? Daniel schaute sich nach einem weiteren Haselnussstrauch um, um herauszufinden, ob das mit dem lockeren Boden auf alle Büsche dieser Art zutraf. Doch er sah keinen einzigen. Nur den auf der anderen Seite der Grundstückseinfassung, auf dem Privatgelände, der die Lücke in der Mauer von der anderen Seite stopfte.

Noch eine Merkwürdigkeit.

Die Büsche hatten sich also nicht selbst verpflanzt, sondern waren von Menschenhand hierhin gepflanzt worden. Wahrscheinlich erst kürzlich. Das würde den lockeren Boden erklären.

Aber wozu? Sie würden niemanden daran hindern, die Industriebrache zu betreten. Sie dienten lediglich als Sichtschutz. Hatte da jemand etwas zu verbergen?

Die Vermutung, die ihn zur Mauer getrieben hatte, wurde noch intensiver. Er fuhr so dicht heran, wie es die Fußstützen zuließen, und schob den Hintern auf dem Sitz bis ganz nach vorne. Neugierig lehnte er sich vor, drückte die Äste des Haselnussstrauchs beiseite und spähte hinüber. „Hab ich's doch geahnt. Da sind weitere Löcher."

Es kribbelte unter Daniels Fußsohlen, zumindest bildete er es sich ein. Eine Illusion, hervorgerufen durch den Drang, aufzuspringen, rüberzusteigen und sich den Fund genau anzusehen. Doch er war an diesen Scheißbock gefesselt. Er drückte sich auf den Armlehnen hoch, konnte aber nicht genug sehen. Der zweite Nussbusch war im Weg.

„Tschuldigung, lässt du mich mal." Nachdem Daniel Platz gemacht hatte, stieg Tomasz hinüber. Er ging um den anderen Strauch herum. „Auch sieben. Angeordnet wie eine Heftklammer."

„Jetzt wissen wir, woher die Eisenstangen stammen, die auf Clemens' Leichnam gelegen haben. Und wir wissen noch etwas." Daniel rieb die Hände aneinander. „Der Täter hat sie angefasst."

„Die Chancen, dass die Fingerabdrücke darauf von ihm stammen, sind gerade um ein Vielfaches gestiegen."

Während Tom telefonierte, um herauszufinden, wem das Grundstück gehörte, grübelte Daniel weiter.

Es kam ihm zu dumm vor, dass der Täter sein Opfer unter etwas verbarg, das so offensichtlich herumstand und bald vermisst werden würde. Er musste doch damit gerechnet haben, dass die Stangen und der Stacheldraht vom Besitzer gesucht werden würden. Schnell wäre Clemens' Leiche entdeckt worden. Es sei denn, die Sachen gehörten dem Mörder selbst. Dann würde auch niemand sie vermissen.

„Das Grundstück gehört einer Frau, Lisa Warnstedt. Sie schickt den Verwalter, weil sie ... indisponiert sei, was auch immer das heißen mag.

Weiber!“ Tomasz ignorierte das Stöhnen seines Telefons. Statt die SMS von Fee zu lesen, rief er Fuchs an, informierte ihn über die neuen Erkenntnisse und bat ihn, einen Durchsuchungsbeschluss für das Privatgrundstück zu erwirken und den Erkennungsdienst zu schicken.

Wenn Daniels Vermutung stimmte, hatte der Mörder Clemens in den Bunker geworfen und den Bauzaun Marke Eigenbau auf ihn draufgewuchtet. Hatte er auch die Sträucher gepflanzt? Das klang unlogisch, aber es schien alles zusammenzupassen. Die Haselnüsse standen so dicht beieinander, dass die Äste ineinanderwuchsen. Daniel schob die Äste zur Seite, aber sie verhakten sich. Er wollte sie gerade hochheben, um einen Blick darunter zu werfen, als er eine Autotür hörte. Jemand stapfte heran.

Der Fremde brüllte so laut, dass Daniel zusammenzuckte und die Zweige losließ: „Spinn ich, oder was? Was trampeln Sie da herum?“

Er meinte Tomasz. Dieser zückte seinen Dienstausweis. „Die Kommissare Zucker und Nowak. Wir haben die Erlaubnis der Besitzerin.“

„Joachim Brühl. Verwalter. Sie schickt mich. Aber Sie hätten auf mich warten müssen, verdammte Scheiße noch mal! Eine Begehung gibt’s nur in meinem Schlepptau, ist das klar?“

Überrascht riss Daniel die Augen auf. Er konnte kaum glauben, wer da vor ihm stand. Es war der Unbekannte, der versucht hatte, Marianne Voss und Czeslaw Dworschak zu erpressen, damit sie den Leichenfund nicht der Polizei meldeten. Und der sich damit sehr verdächtig gemacht hatte. Daniel erkannte ihn vom Phantombild wieder.

Unauffällig tastete sich seine Hand in eine der Rollstuhltaschen vor. Wieder einmal ärgerte er sich darüber, dass er keine Waffe tragen durfte. *Handschellen oder Einsatzmehrzweckstock, was darf es sein, Zucker?*

12. KAPITEL

Das Auffälligste an Joachim Brühl war nicht etwa das verbrauchte Gesicht, das stumm erzählte, dass er schon viel erlebt, viel durchgemacht hatte. Nicht die wässrigen grauen Augen, die auch einem Greis hätten gehören können und die es Daniel erschwerten, seinen Blick zu deuten. Nicht die dunkelblaue Wollmütze, die zu einem Seemann passte, aber in Köln im Juni die falsche Kopfbedeckung war. Nicht das perfekt gebügelte Hemd mit dem gestärkten Kragen, das sicher teuer gewesen war und nicht zu der Bluejeans im Used-Look und der Kopfbedeckung passte. Oder die Brustwarzenpiercings, die darunter zu erahnen waren.

Ein Mann voller optischer Widersprüche, das ja. Aber am außergewöhnlichsten fand Daniel die Hände. Die Proportionen stimmten nicht. Die Pranken wären an einem Mann mit der Statur eines Klitschkos nicht verwunderlich gewesen. Große Handteller mit langen, wulstigen Fingern, die aussahen, als könnten sie ein Genick in Sekunden brechen. Brühl dagegen hatte eine normale Statur. Er war weder dünn noch fettleibig. Doch auch die Schuhe sahen zwei Nummern zu groß für den Rest des Körpers aus.

Da Brühl, den sie soeben mit den Vorwürfen von Voss und Dworschak konfrontiert hatten, keine Anstalten einer Flucht machte, zog Daniel die Hand aus der Rollstuhltasche, ließ diese jedoch offen. Für alle Fälle.

Entschuldigend riss Joachim Brühl die Arme hoch. „Okay, ich geb's zu. Ich habe die beiden Alten gebeten, die Klappe zu halten."

„Gebeten? Die beiden älteren Herrschaften haben es ein wenig anders ausgedrückt. Sie haben versucht, sie einzuschüchtern." Daniel hörte die Stimme der alten Dame in seiner Erinnerung flüstern: *„Er machte mir Angst."*

„Das ist doch Bullshit! Ich habe nicht angedroht, sie zu verprügeln."

„Das nicht, aber Sie haben kompromittierende Fotos von ihnen geschossen und gesagt, Sie würden sie ausdrucken und in ihrer Heimatstadt verteilen, falls sie zur Kripo gehen würden."

„Asche über mein Haupt." Brühl nahm die Schachtel Zigaretten aus der Bruttasche und wollte sich eine anstecken.

„Dies ist ein Tatort."

Er zuckte mit den Schultern und sprang über die rudimentäre Mauer auf das an den Wald grenzende Gelände.

Mit einer ausladenden Geste zeigte Tomasz auf die Löcher im Boden. „Das gehört seit eben auch dazu. Deswegen haben wir Sie gerufen."

„Ich sehe weder einen Wisch vom Staatsanwalt noch ein Flatterband der Polizei."

„Aber zwei Kriminalkommissare! Wir vertreten das Gesetz", sagte Daniel scharf.

„Hab schon von Ihnen in der Zeitung gelesen." Brühl musterte den Rollstuhl. „Noch ist dieser Scheißhaufen Privatgelände."

Diese selbstgefällige Art zu paffen – besonders tief zu inhalieren, den Rauch lang in den Lungen zu halten und dann betont langsam auszustoßen, als würde das irgendetwas beweisen – ging Daniel auf die Nerven. „Sie meinen wohl, sich mit so was auszukennen, nicht wahr?"

„Hab einiges auf dem Kerbholz, aber ich hab mich geändert."

„Sieht man."

Grinsend strich sich Joachim Brühl Asche von der Wange. Die dicke, grobporige Haut ließ Daniel vermuten, dass er früher einmal getrunken oder sogar Drogen genommen hatte, doch in diesem Moment war sein Blick klar. Die tiefen Falten ließen ihn älter wirken, als er war. Er machte einen fitten, gesunden Eindruck, bis auf die gelben Finger und Zähne, die bewiesen, dass er nicht alle schlechten Angewohnheiten abgelegt hatte. „Kommen Sie, ich schließe Ihnen das Tor auf. Dort können wir reden und ich weiterqualmen. Zufrieden? Und dann verraten Sie mir, warum das hier ein Tatort ist, wenn der Leichnam doch im Bunker vor sich hin schimmelte."

„Einen feuchten Kehricht werden wir", murmelte Daniel vor sich hin, als er um das Gelände herumfuhr.

Doch Joachim Brühl hatte keineswegs vor einzulenken, denn es dauerte eine Ewigkeit, bis er aufschloss. Durch die Sichtschutzelemente, die aus dem Eisentor herausgebrochen waren, verfolgte Daniel, wie Brühl über das unebene Gelände schlenderte, eine Hand lässig in der Hosentasche, mit der anderen, die den Glimmstängel hielt, zeigte er auf die Industriebrache. Er ließ sich Zeit, palaverte mit Tom über irgendetwas, die eingeschlagenen Fenster vielleicht oder das marode Dach, und stieg übertrieben umständlich über Schutthaufen, als wären Minen darunter versteckt, die bei der leichtesten Berührung hochgehen würden.

Wut staute sich in Daniel. Allerdings zeigte Brühl keinerlei Schuldgefühle oder Angst. Weder versuchte er zu flüchten noch Ausreden zu erfinden. Er zeigte keine Anzeichen für Nervosität. Entweder war er mit allen Wassern gewaschen oder unschuldig, was Clemens König betraf. Aber warum wollte er dann den Mord vertuschen?

Mit versteinerter Miene fuhr Daniel auf das Gelände. Er wollte sich die Demütigung nicht anmerken lassen, von einem Verdächtigen aufs Wartegleis geschoben worden zu sein. „Warum wollten Sie verhindern, dass die Leiche gefunden wird?"

„Damit habe ich mich verdächtig gemacht, stimmt's?"

„Könnte man so sagen."

„Manchmal liegen die Dinge anders, als sie erscheinen."

„Manchmal aber auch nicht. Nun?"

„Es ist ganz einfach", sagte Brühl, als wäre Daniel zu dumm, das Offensichtliche zu erkennen. „Ein Mord in der Nachbarschaft lässt den Grundstückspreis sinken."

Daniel krauste die Stirn. „Das ist alles? Das war Ihr Motiv?"

„Ich bin verantwortlich für diesen Baugrund und ich nehme meinen Job verfickt ernst. Noch nie hat mir jemand was zugetraut. Frau Warnstedt ist die Erste. Sie hält große Stücke auf mich. Ich will sie nicht enttäuschen. Ich darf sie nicht enttäuschen. Die Stelle als Verwalter könnte mir Türen öffnen."

„Sie wollen mich verarschen, oder?", fragte Daniel und erntete ein Glucksen von Tomasz, dessen Handy daraufhin wieder stöhnte.

Toms Lächeln erstarb. Er wurde rot und schaltete das Gerät aus.

Brühl guckte ihn verdattert an und schüttelte sich schließlich wie ein nasser Hund. „Meine Chefin hat Großes vor. Dieses Projekt soll nur der Anfang sein. Meine Aufgabe ist es, diesen Misthaufen hier", Brühl deutete auf die Ruine, „zu verscherbeln. Seien wir mal ehrlich, der Lack ist ab. Es wird schwer werden. Auch weil diese Drecksgegend gerade nicht hoch im Kurs der Investoren steht. Sie haben sicher von der Explosion eines Chemikalientanks und dem Großbrand bei Shell gehört? Das ist nur ein Beispiel von mehreren. Auch Kacke ist, dass die Anwohner durch die Raffinerien abwandern. Alles Minuspunkte." Er streckte den Arm aus und aschte auf den Bürgersteig ab. „Ein Mord ist da wie ein Kopfschuss. Das Aus."

Daniels Stimme troff vor Sarkasmus. „Welch eine Tragödie für Sie und Ihre Chefin!"

„Sie hätte ein bisschen Glück verdient. Ist eine echt arme Sau."

Wahrscheinlich hat die Frau ein Händchen dafür, falsche Entscheidungen zu treffen, dachte Daniel. Brühl war solch ein Fehlgriff. Wie hatte sie ihn nur einstellen können? Er wirkte viel zu grobschlächtig für einen Geschäftsmann. Daran änderte auch das teure Hemd nichts. „Haben Sie die Haselnusssträucher gepflanzt?“

Brühl spähte zu dem Mauerabschnitt hinüber, der wie abgefressen aussah. Gedankenversunken machte er einen letzten Zug an der Fluppe, warf sie auf den Boden und trat sie aus. Erst dann stieß er den Rauch zwischen fast geschlossenen Lippen aus. „Ist nur provisorisch. Der Boss will kein Geld für einen Wiederaufbau ausgeben. Ist ihr auch nicht zu verübeln. Schließlich will sie dieses Land abstoßen. Wozu noch Geld reinstecken?“

„Wann haben Sie sie gepflanzt?“

Brühl drehte sich zu Daniel um. Er starrte ihn an. Dann schnalzte er. „Letzten Monat irgendwann. Ist das so wichtig?“

Er log! Daniel wusste es genau, denn vor einer Woche hatte es einen Wetterumschwung gegeben. Davor hatte es im Mai tagelang geregnet, sodass sich alle fragten, ob es überhaupt einen Sommer geben würde. Daniel hatte sich aufgeregt, denn das Jahr war noch jung, aber die Menschen waren nun mal ungeduldig und meckerten, weil es zu kalt, zu heiß, zu nass oder zu trocken war.

Jedenfalls schien die Sonne erst seit ein paar Tagen. Er als Rollifahrer musste es wissen, er war viel abhängiger vom Wetter als die Zweibeiner. Marie hatte ihm einen Regenschirm aufschwatzen wollen, so einen, den er an der Rückenlehne befestigen konnte, sodass er die Hände frei hatte, aber er hatte sich erfolgreich dagegen gewehrt. Das war wie mit Schals. Echte Kerle trotzten Wind und Wetter.

Marie war auch diejenige, die sich um die Pflanzkübel auf der Dachterrasse kümmerte und von der er wusste, dass man frisch eingepflanzte Stauden einschlämmte.

Hätte Brühl also die Sträucher tatsächlich, wie er behauptete, letzten Monat dorthin gesetzt, hätte er – ganz sicher aber der Regen – sie eingeschlämmt. Doch der Boden war weich und nachgiebig. Außerdem wirkte er, als wäre dort gefegt worden, fiel Daniel jetzt wieder ein.

Leider waren diese Indizien zu vage, um Brühl damit unter Druck zu setzen. Er brauchte mehr! „Haben Sie den Bauzaun weggeräumt?“

„Zaun?“

„Der vor den Haselnüssen stand.“

„Ach, der.“ Brühl hockte sich hin und wischte etwas Schmutz von der Schuhspitze. „Jemand hat ihn zerstört. Ich hatte ihn aus billigen Materialien selbst gemacht, weil ein gekaufter zu viel Kohle gekostet hätte.“

Tomasz öffnete den Mund, um auch mal etwas zu fragen, doch Daniel war schneller: „Wann war das, der Vandalismus?"

Brühl erhob sich wieder. „Letzten Mittwoch. Ich gebe ja zu, ich habe ihn einfach in den Luftschutzbunker geworfen, statt die ganze Scheiße zu entsorgen."

Also angeblich vor dem Mord an Clemens. Aber die Eisenstangen und der Stacheldraht lagen auf dem Opfer und nicht unter ihm. Noch eine Lüge? Oder übersah Daniel etwas? „Warum haben Sie das nicht angezeigt?"

„Hätte doch eh nichts genutzt. Diese kleinen Scheißer kommen immer damit durch."

„War sonst noch etwas kaputt?"

„Glaub nicht. Aber das lässt sich bei dem Schrotthaufen schlecht sagen."

Daniel sparte es sich, fallen zu lassen, dass ein Verwalter das wissen sollte. „Wir brauchen Ihre Fingerabdrücke."

„Haben Sie schon. Ich bin in jungen Jahren ein paar Mal wegen kleinerer Delikte mit dem Gesetz in Konflikt geraten. Nichts Wildes", Brühl winkte ab, „nur Diebstahl und so."

Daniel war ganz heiß darauf herauszufinden, was hinter dem „und so" steckte.

Plötzlich klingelte sein Diensthandy. Er holte es aus der Rollstuhltasche, sah Brühl an und hob auffordernd die Augenbrauen.

Tomasz führte ihn fort, damit Daniel telefonieren konnte. Ihre Stimmen wurden immer leiser, je weiter sie sich entfernten.

„Wie lange arbeiten Sie schon für Lisa Warnstedt?"

„Als Verwalter? Erst seit diesem Projekt."

„Wie haben Sie sich kennengelernt?"

„Über einen gemeinsamen Freund."

Wahrscheinlich hatte sie sich deshalb genötigt gefühlt, ihn einzustellen. Dass es ein Bewerbungsverfahren gegeben hatte, bei dem er sich durchgesetzt hatte, konnte Daniel sich jedenfalls nicht vorstellen. Er schaute aufs Display. „LEIA" blinkte in Großbuchstaben darauf.

„Hast du Plank?", meldete er sich.

13. KAPITEL

„Nette Begrüßung." Im Hintergrund war ein nerviger Werbejingle zu hören. Leander musste im Auto sitzen und Radio hören. „So gut wie. Ich habe herausgefunden, wo Olaf Plank wohnt. In Hahnwald im Stadtbezirk Rodenkirchen. Er ist bekannt dafür, alles und jeden anzuzeigen. Sogar den städtischen Busbetrieb. Angeblich ist einer der Fahrer so rücksichtslos durch die Straßen gebrettert, dass Plank mit dem Kopf gegen die Scheibe schlug. Er vermutete Trunkenheit am Steuer. Die herbeigerufene Polizei führte beim Fahrer einen Promilletest durch. Null Komma null. Plank zeigte ihn trotzdem an. Zu einem Verfahren kam es aber nie. Aber bei den Busfahrern ist er seitdem ein rotes Tuch. Er bedeutet Ärger."

„Das könnte unser Täter sein. Aufgestauter Frust, hohes Aggressionspotenzial."

„Ich bin auf dem Weg zu ihm und rufe dich von dort aus wieder an." Klick-klick. Klick-klick.

Daniel vermutete, dass er den Blinker gesetzt hatte. „Hol dir Verstärkung."

„Das schaffe ich schon alleine."

„Ich meine es ernst, Leander! Ich möchte dich nicht mit eingeschlagenem Brustkorb auffinden."

„So besorgt um mich? Rührend!"

„Deine Hühnerbrust ist doch so zart."

„Deine nicht, Herkules, ich weiß. Du hast Muskeln wie Stahl", frotzelte Leander mit einem Lächeln in der Stimme. „Aber dafür trage ich eine Waffe."

„Autsch. Ich kann hier nicht weg." Er fasste kurz zusammen, was sie über Joachim Brühl herausgefunden hatten.

„Eine heiße Spur klingt anders."

Da musste Daniel ihm recht geben. „Du bist derjenige, der der brennenden Lunte folgt. Pass auf, dass das Dynamit am Ende nicht mit dir hochgeht."

Eine weibliche Stimme sagte, dass er in dreißig Metern sein Ziel erreicht hätte. „Du solltest dramatische Gedichte schreiben, Daniel. Bis später." Leander legte auf.

Hatte er ihn Daniel genannt? Nicht Zucker, wie üblich? Jetzt machte sich Daniel wirklich Sorgen um ihn.

Der junge Hospitant war gut ausgebildet und ein cleverer Bursche, keine Frage, aber ihm fehlte die Erfahrung. Er war erst seit letztem Herbst beim KK 11. Daniel fragte sich, ob er Fuchs anrufen sollte, um sicherzugehen, dass sich Leander Unterstützung besorgte.

Er entschied sich dagegen, denn er wollte ihn nicht vor ihrem Vorgesetzten bloßstellen. Leander hatte weder nervös noch angespannt geklungen. Wahrscheinlich waren sie einfach nur dabei, Freunde zu werden.

Mit der Hand schirmte Daniel die Augen vor der Sonne ab und spähte übers Gelände. Hatte eben noch Tomasz Joachim Brühl weggeführt, damit er Daniels Telefonat nicht mithörte, so schien es nun eher umgekehrt zu sein. Der Verwalter legte die Hand auf den Rücken des Kollegen. Dieser guckte zwar irritiert, kam aber offenbar nicht dazu, zu protestieren, denn Brühl redete ununterbrochen. Er zeigte mit einer ausladenden Geste über das verwilderte Grundstück, während er auf die Stelle mit den Löchern zusteuerte.

Daniel jedoch reizte die Fabrikruine viel mehr. Obwohl Licht hineinfiel, strahlte sie etwas Düsteres aus. Ein Gerippe, von dem bereits das Fleisch abgefallen war. Bald würden auch die Knochen brechen und zu Pulver zerfallen.

Schutt knirschte unter den Rädern, als er hineinfuhr. Türen gab es keine mehr, alles stand offen. Viele Fenster waren zerborsten. Das Dach war an einer Ecke eingestürzt, schien ansonsten aber noch intakt zu sein. Daniel würde jedoch keinen Cent darauf wetten, dass es dem nächsten Sturm trotzen würde. Dort oben in der Dunkelheit bewegte sich etwas, aber er konnte nicht erkennen, was es war.

Innen stank es nach Vogelkot. Das Gebäude war weitestgehend entkernt. Einst mussten große Tanks das Innere ausgefüllt haben. Die kreisrunden Vorrichtungen, dort, wo sie gestanden hatten, waren noch rudimentär vorhanden. An der Decke lief ein Netz aus verrosteten Leitungen entlang, durch die die Arbeiter wohl die Kessel befüllt hatten. Am Boden lagen dicke Abflussrohre, durch die die Flüssigkeit abgeleitet worden war.

Die Leere hatte etwas Trauriges. Sie erzählte eine bedrückende Geschichte von Zerfall, zerstörten Unternehmerträumen und massenhaften Entlassungen.

Stahltreppen führten hinauf zu einem offenen Rundgang. Zwei Brücken aus Gitterrost verbanden jeweils die gegenüberliegenden Seiten.

Selbst der Aufzug bestand daraus und sah aus wie ein Käfig. Als hätte die Werksleitung verhindern wollen, dass die Angestellten auch nur einen Moment unbeobachtet sein können.

Vorsichtig lenkte Daniel den Rolli zwischen den rudimentären Anlagen hindurch. Modriger Geruch stieg ihm in die Nase. Er wurde immer süßlicher, je näher Daniel einem Abgang kam. Seine Nackenhaare stellten sich auf. Wie viele Tiere mochten schon in das Loch gefallen und nicht mehr herausgekommen sein? Nur noch die zwei obersten Stufen der rostigen Treppe waren vorhanden. Der Rest musste unten liegen. So, wie es daraus stank, handelte es sich um einen Abwasserkanal oder eine Sickergrube; begehbar, wahrscheinlich da sie regelmäßig gereinigt werden musste, damit sie nicht verstopfte. Die ganze Fabrik konnte nach Daniels Einschätzung nicht unterkellert sein, denn dann hätte die Zwischendecke die Tanks nicht getragen.

Die Sonnenstrahlen reichten nicht bis zum Boden des Lochs. Der lag verborgen in pechschwarzer Finsternis. Neugierig fuhr Daniel bis zum Geländer, das drei Seiten des Abgrunds sicherte.

Es knackte unter den Rollstuhlrädern. Aber es klang nicht wie ein Gesteinsbrocken, den sie zermalmt hatten. Der Rolli war auch nicht durch ein Hindernis erschüttert worden. Nein, über etwas drübergefahren war er nicht. Das konnte nur bedeuten …

Plötzlich gab der Boden unter ihm nach. Der Chopper sackte ab und Daniel mit ihm.

Daniel fiel. Vor Schreck blieb ihm die Luft weg. Im letzten Moment hielt er sich an dem Stück des Geländers fest, das sich noch auf festem Terrain befand. Ruckartig wurde sein Fall ausgebremst. Seine Arme schmerzten. Sie wurden von seinem nutzlosen Unterkörper nach unten gezogen.

Krachend fiel der Rollstuhl mit dem Teil der Decke, der nachgegeben hatte, auf den Boden der Grube. Staub wirbelte auf. Der widerliche Gestank stob ebenfalls nach oben. Daniel musste davon husten. Und würgen. Dieser Fäulnisgeruch war es, der ihn angelockt hatte, dieses schaurige Gefühl von Vertrautheit.

Wie ein nasser Sack hing er am Geländer. Hätte die Schwerkraft ihn nicht wie ein gieriger Schlund in die Dunkelheit unter ihm gesaugt, wäre die Beschämung schlimmer gewesen. Doch so hatte er keine Zeit für derlei Gefühle. Ihm war, als hätte man ihm Steine an die Beine gebunden, um ihn in einem Meer aus Ruß zu versenken. Doch es waren die Beine selbst, die zu Gewichten wurden. Lange würde er sich nicht halten können.

Wie hatte er nur so dumm sein und so nah an den Abgang heranfahren können? Aber er hatte auch nicht Unterstützung herbeirufen müssen, nur um in ein verdammtes Loch zu gucken. Er hatte ja nicht ahnen können ... *Doch, hättest du wohl.*

Unter größter Kraftanstrengung zog er sich zwischen zwei Geländerstangen hoch. Ein spitzer Stein stach ihm in die Brust. Er riss sein T-Shirt ein und ritzte die Haut auf, als Daniel darüberschabte, zwei Mal: erst beim Hinaufziehen, dann als der Schmerz ihn überraschte und er sich wieder hängen ließ.

Er brauchte einen Moment, bevor er einen zweiten Versuch wagte. Mühsam krümmte er die Arme. Sie zitterten, hielten aber durch. Das Hanteltraining zahlte sich aus. Seine Bizepse brannten. Schon konnte er über den Rand schauen. Dann das Kinn ablegen. Als er den Brustkorb daraufhievte, lächelte er. Bald hätte er es geschafft.

Plötzlich drohte er wieder abzurutschen. Er konnte sich nicht mehr halten, aber ebenso wenig weiter hochziehen. Blitzschnell packte er die Stangen von hinten an. Doch das funktionierte auch nicht. Auf diese Weise konnte er die Ellbogen nicht durchdrücken.

Es blieb ihm nur eine Möglichkeit: Er musste den Handlauf über seinem Kopf zu fassen kriegen. Dazu würde er jedoch mindestens eine der beiden Senkrechten loslassen müssen. Seine Arme wurden schon lahm. Sie kribbelten unangenehm. Schweiß lief ihm den Rücken hinab und, was viel schlimmer war, sammelte sich in den Handflächen. Dadurch wurden sie rutschig.

Er guckte zu den Ausgängen. Tomasz hatte den Lärm offenbar nicht gehört, sonst wäre er längst herbeigeeilt. Sollte sich Daniel die Blöße geben und um Hilfe rufen? *Auf gar keinen Fall!*

Daniel zählte bis drei.

Eins.

Er visierte die Querstange an. Sein Puls raste immer schneller. Ein jäher Gedanke schoss ihm durch den Kopf. Was, wenn sie aus der Verankerung riss?

Zwei.

Aber es gab nur eine Alternative. In die Schwärze hinabzufallen und auf den Schutt, den Rollstuhl und die Ursache des aasigen Gestanks zu knallen, wobei er sich bestimmt alle Knochen brechen würde.

Drei.

Blitzschnell ließ er los. Er griff nach oben. Das Trommeln seines Herzschlags in den Ohren machte ihn wahnsinnig. Zuerst befürchtete er, danebengegriffen zu haben. Doch dann berührte er den Handlauf. Er schloss die Finger darum. Schnaufend. Glücklich.

Das Hochgefühl wurde von einem kraftvollen Ruck unterbrochen. Sein Körper zog ihn nach unten. Die Stange bog sich durch. Würde sie mittendurch brechen?

Nein, sie hielt. Aber es gab ein anderes Problem. Sie war verrostet, wie alles in dieser Brache, und die Schweißnähte drohten zu reißen.

Daniel schnaufte vor Anstrengung. Er drehte ein Handgelenk nach dem anderen um und fasste die Stange von unten an. Es kostete ihn nahezu die restliche Kraft, sich herumzudrehen und gleichzeitig darauf zu achten, nicht abzurutschen.

Mit einem Ächzen zog er sich hoch. Das Geländer gab unter den Klimmzügen noch weiter nach. Doch er schob sein Gesäß auf sicheres Terrain, was schwer war, weil er weder seinen Hintern noch die Kante spürte.

Schmutzig und mit Blut auf dem T-Shirt saß er schließlich am Rand. Er rang nach Atem. Fluchend wischte er sich den Schweiß von der Stirn. Zum Glück war er noch Herr über seine Bauchmuskulatur, sonst hätte er nie alleine den Kopf aus der Schlinge ziehen können. Nun galt seine Sorge dem Rollstuhl. Hoffentlich hatte er nicht allzu viel abbekommen.

Daniel schaute hinab. Dadurch, dass ein Teil der Kellerdecke eingestürzt war, fiel mehr Licht in das Gewölbe dort unten. Müll moderte vor sich hin. Wie ein morbides Kunstwerk lag der Rolli begraben unter Betonbrocken auf dem Teil der Treppe, der schon vor langer Zeit abgebrochen war.

Sein Blick fiel auf einen Fuß, der aus dem Halbschatten herausragte. Zuerst glaubte Daniel, er gehöre zu einer Schaufensterpuppe, weil er so blass und leblos aussah. Doch Puppen hatten keine zerkratzten, blutigen Sohlen.

Überrascht stieß Daniel die Luft aus.

Das dazugehörige Bein wies dicht gesäte grüne und blaue Flecken auf. Keine Anzeichen von Moder, wie man hätte vermuten können, da die Lichtverhältnisse immer noch nicht optimal waren. Sondern Hämatome, das erkannte Daniel sofort.

Er beugte sich vorsichtig vor. Schlagartig waren die Anstrengungen, die er kurz zuvor durchlebt hatte, vergessen.

Ein Mann. Daran gab es keinen Zweifel, denn er war nackt. Verstümmelte Genitalien wie bei Clemens König. Der Brustkorb des Mannes war ebenfalls gezeichnet von Verletzungen. Aber er war nicht zertrümmert wie bei König. Um die Todesursache zu bestimmen, brauchte Daniel keinen Rechtsmediziner.

Denn der Schädel des Opfers war gespalten.

14. KAPITEL

Bitterer Gallensaft kroch Maries Speiseröhre hoch. Ihr Magen krampfte sich zusammen. Ihr wurde speiübel, als sie über die Schwelle trat.

Die Vorhänge waren zugezogen, als wäre es ein Sakrileg, die Sonnenstrahlen hineinzulassen. Zumindest an diesem Tag.

Wenn die beiden könnten, hätten sie die Villa bestimmt im Stile des Verhüllungskünstlers Christo unter einem schwarzen Tuch vergraben, dachte Marie.

Sehnsüchtig schaute sie über die Schulter hinweg nach draußen zum Parkrondell, wo es hell und freundlich war. Doch ein Dienstmädchen schloss die Haustür. Nun umgab Marie dieselbe Dunkelheit, die sie in sich spürte.

Ihre Eltern reichten ihr zur Begrüßung die Hand, als wäre sie eine Fremde. Sie hielten Abstand. Ihr Lächeln hatte etwas Abschätziges. Mit keiner Silbe fragten sie nach Daniel.

Seit dem peinlichen und verletzenden Vorfall im Restaurantschiff im vergangenen Herbst, als er mitbekam, dass Irene und Rainer Bast versuchten, ihre Tochter dazu zu überreden, Daniel zu verlassen, hatte er sie nicht mehr zu Hause besucht. Nur an Weihnachten und Maries dreißigstem Geburtstag Ende Februar hatten alle auf Schönwetter gemacht und sich bei Dinners auf neutralem Boden am Riemen gerissen.

Die Basts hielten ihn für einen Proleten und nutzlosen Krüppel, Ballast eben und Maries nicht wert. Daniel hielt sie für versnobte Neureiche, um die er unter anderen Umständen einen großen Bogen gemacht hätte. Aber im Gegensatz zu ihren Eltern versuchte er in keinster Weise, Marie von ihnen fernzuhalten.

„Aufwachen, Prinzesschen." Ungeduldig zwackte ihre Mutter sie in den Oberarm. „Willst du im Entree Wurzeln schlagen?"

Das konnte ja heiter werden. Aber du kennst die Prozedur doch, sprach sie in Gedanken zu sich selbst, während sie über die schmerzende Stelle an ihrem Arm strich. Sie ist ein psychologischer Horrortrip. Die Übelkeit, die sie bei dem Gedanken an Daniel für einen Moment vergessen hatte, kehrte zurück.

Penetranter Lilienduft hieß sie in der Eingangshalle willkommen. Durch die verdunkelten Fenster wirkte das Haus wie eine monströse Gruft. Marie bekam eine Gänsehaut. Ihre Eltern hatten die Wärme des Frühsommers ausgeschlossen. Sie passte nicht zu dem Anlass ihres alljährlichen Treffens. Fröhlichkeit hatte ohnehin noch nie einen Platz in der Villa Bast gehabt.

Als sie das Esszimmer betraten, schlug der Gong der Standuhr drei Mal. Wenn normale Menschen schon Kaffee tranken, gab es bei ihren Eltern Mittagessen. Sie aßen absichtlich so spät, weil das Abendessen stets ausfiel. Nicht etwa aus Geiz, sondern weil ihre Mutter auf keinen Fall auch nur ein Gramm zunehmen wollte. Nur Proletarier waren fett. Dementsprechend dürr war sie.

Vielleicht schaut sie deshalb immer so griesgrämig, unkte Marie, die sich sicher war, dass ihr Vater heimlich in der Firma aß, denn er hatte eine normale Figur. Man sah ihm auch nicht an, dass er drei Mal wöchentlich Tennis spielte. Wer wusste schon, wo er wirklich nach der Arbeit hinfuhr?

Marie nahm Platz. Sie fror. Ihre dünne Sommerstrickjacke lag im Auto. Sie hatte sie dort vergessen, weil sie so sehr durch den Wind war. Wie sehr sie diesen Tag hasste! Ein Schauder nach dem anderem lief ihr über den Rücken. Ihre Haut zog sich fast schmerzhaft zusammen.

„Ist dein Kleid nicht etwas zu aufreizend für diesen traurigen Anlass?“, fragte ihre Mutter und schaute pikiert, nachdem sie sich gesetzt hatte. Ihre feingliedrige Halskette lag so eng um den Hals, dass sie wie ein goldener Strick wirkte.

Instinktiv bedeckte Marie ihr Dekolleté mit der Hand. Wie ihre Eltern trug sie Schwarz; ein ärmelloses Kleid, das knapp über den Knien endete, züchtig, aber nicht bieder. „Ich kann meine Jacke holen.“

„Untersteh dich! Du hast uns schon den ganzen Vormittag warten lassen.“

„Ihr hattet mich zum Lunch eingeladen.“

„Du hättest den ganzen Tag mit uns verbringen müssen! Das wärst du uns … ihm schuldig gewesen.“

„Ich musste arbeiten“, log Marie. Dabei war sie stundenlang ziellos durch Köln gefahren, nachdem sie Ben an der Kulturstätte abgesetzt hatte.

„Sonst nimmst du dir doch immer Urlaub.“

„Ich musste noch mal zum Musical Dome.“ Um dem skeptischen Blick ihrer Mutter zu entgehen, entfaltete Marie die schwarze Serviette auf dem Schoß. „Es gab Probleme mit den Kostümen.“

„Dann musst du eben sorgfältiger arbeiten. Hast du keine Vertretung?“

„Meine Kollegin ist neu.“

„Eine Näherin ist aus dir geworden.“ Welch eine Schande für die Familie, schwebte unausgesprochen im Raum.

Marie sparte sich eine Antwort. Diese hätte den Streit nur angeheizt. Genau das war der Grund, warum Marie nicht vorher bei ihren Eltern aufgetaucht war. Dieser Ort war ein Pulverfass. Und ihre Mutter lauerte nur darauf, Marie hochgehen zu lassen.

Aber sie war stärker geworden, besonders durch Daniel, und würde nicht mehr so leicht einknicken und in Tränen ausbrechen wie früher.

Doch die Übelkeit plagte sie wie all die Jahre zuvor. Durch den ersten Gang, den das Dienstmädchen auftrug, wurde sie noch schlimmer. Der Duft des Essens schnürte ihr den Hals zu. Unauffällig schob sie den Royal-Black-Kaviar von dem Lachstörtchen. An den kleinen Kügelchen, die wie Kaninchenköttel aussahen, wäre sie erstickt.

Trauerflor schlängelte sich über den Tisch und erinnerte daran, warum sie alle hier waren. Die schwarzen Kerzen verströmten einen Geruch, der in ein Krematorium gepasst hätte – penetrant süßliches Patschuli, um den Leichengeruch zu überdecken, mit einer Weihrauchnote.

Dass sie nicht neben ihren Eltern saß, kränkte Marie jedes Mal aufs Neue. Ihr Vater hatte, ganz der Patriarch, den Platz am Kopf eingenommen, ihre Mutter saß zu seiner Rechten. Der Stuhl zu seiner Linken blieb wie immer unbesetzt. Er bildete mit ihren Eltern ein Dreieck, in dem Marie außen vor blieb. Ihr Namenskärtchen stand neben dem Gedeck, das nicht benutzt werden würde. Sie fühlte sich abgeschoben, als wäre sie nur geduldet, als wollte man sie bestrafen – all das traf zu.

„Sitz gerade!“, sagte ihre Mutter scharf. „Oder willst du einen Buckel bekommen?“

Äußerlich ließ sich Marie nichts anmerken. Im Inneren jedoch zuckte sie zusammen, wie sie es immer als Kind getan hatte, wenn ihre Mutter unter Druck stand. Denn sie wusste, sie würde ihn an ihr ablassen. Gewisse Reaktionen, die man in der Prägungsphase verinnerlichte, legte man wohl nie ab.

Marie fühlte sich, als würde sie neben einem Feuerherd sitzen. Nur schwer konnte sie sich davon abhalten, wegzurücken. Der leere Sitz mit dem überflüssigen Teller davor war wie ein Mahnmal, ein Altar und ein anklagender Fingerzeig auf sie.

„Daniel mausert sich.“ Rainer Bast legte die Gabel ab.

Marie horchte auf. Ein Lob? Es geschahen noch Wunder.

„In letzter Zeit berichten die Tageszeitungen ab und zu über den Rollstuhlkommissar. Das finde ich gut. Er muss aus seiner Schwäche eine Stärke machen."

„Er ist nicht schwach."

„Oh, bitte." Ihre Mutter nahm einen großen Schluck aus dem Champagnerglas. „Nimm endlich die rosarote Brille ab."

Rainer Bast überhörte Maries Einwand. „Aber die Medien vergessen schnell. Er muss darauf achten, in aller Munde zu bleiben."

„Das will er doch gar nicht", warf Marie ein. Er hatte die Presse nur als Waffe gegen den Kriminaldirektor Christian Voigt benutzt. Aber die Schlacht war geschlagen. Vorerst zumindest. Daniel hatte sie gewonnen.

„Wenn er so weitermacht, wird er vielleicht irgendwann eine Lokalprominenz werden. Mit einem Rollstuhl als Markenzeichen."

„Würdet ihr dann über seine Querschnittslähmung hinwegsehen?", fragte sie scharf.

„Er dürfte ihn aber nicht mehr als Krüppel-Harley bezeichnen."

„Das tut er längst nicht mehr." Zumindest nur noch selten.

„Ich könnte ihm einen besseren besorgen, sozusagen ein Update von Cityflitzer auf A-Klasse."

„Mit goldenen Greifringen?"

„Einen elektrischen selbstverständlich."

„Ihn eigenhändig zu bewegen ist zu würdelos für ein Mitglied der Familie Bast, nicht wahr?"

„Sei nicht so frech! Wie redest du denn mit deinem Vater?" Maries Mutter hielt ihr leeres Glas hoch. Sofort kam das Hausmädchen und schenkte nach.

Rainer Bast schlug einen geschäftlichen Ton an. „Wir müssen Daniel als managementtauglich etablieren, damit er endlich die Karriereleiter im Polizeipräsidium hochklettert."

„Wir?" Offenbar hatte er bereits einen Plan. Schmerz pulsierte hinter Maries Schläfen.

„Dazu muss er als Erstes sein Äußeres ändern. Der Bart kommt ab und er trägt ab sofort nur noch teure Anzüge. Ich helfe euch finanziell, das ist doch Ehrensache."

Eher würde Daniel wieder anfangen zu laufen. Beinahe hätte Marie laut losgelacht. „Wir brauchen keine Almosen."

„Die Marketingabteilung meiner Firma wäre bereit, ein Konzept zu erstellen."

Mit handgefertigten anatomischen Lehrmitteln hatte er sich eine goldene Nase verdient. Doch seine Liebenswürdigkeit war genauso falsch wie die Skelette, die er verkaufte. Wütend stand Marie auf. Beinahe hätte sie dabei der Hausangestellten den Teller mit dem Hauptgang aus der Hand geschlagen. Als Maries Blick auf den spitzen Knochen fiel, der aus dem Wachtelbrüstchen herausragte, drehte sich ihr der Magen um. Er sah menschlich aus, als wäre er von einem Baby.

Die Erinnerungen an damals, die sie seit dem Erwachen am Morgen unterdrückt hatte, schossen derart intensiv empor, dass sie die Hand vor den Mund hielt und auf die Gästetoilette rannte. Die Bilder der Vergangenheit waren zwar schon zuvor in ihrem Kopf aufgetaucht, aber bisher hatte Marie sie wie hinter Milchglas betrachtet. Ängstlich und distanziert.

Nun waren die alten Gefühle wieder da. Sie versuchte, sie über der Kloschüssel herauszuwürgen, doch das gelang ihr nicht. Das Grauen hatte sich keineswegs mit der Zeit abgeschwächt, sondern sich durch die Jahre multipliziert. Dank ihren Eltern, die diesen Tag noch immer feierten, zum Gedenken, doch zu einem Großteil auch, um Marie zu quälen.

Warum tat sie sich das an? Sie war erwachsen, sie musste nicht hierherkommen, um sich runterputzen zu lassen.

Keuchend ließ sie eiskaltes Wasser über die Handgelenke laufen. Sie spülte den Mund aus, benässte die Schläfen und tupfte sich das Gesicht trocken. Ihr Spiegelbild schaute sie mit feuchten Augen an, weiß wie die Wand hinter ihr.

„Weil du dich schuldig fühlst!", beantwortete sie ihre Frage laut.

Weil sie leiden wollte. Sie hatte den Psychoterror verdient. Das war die Wahrheit. Aus freien Stücken kehrte sie jedes Jahr am selben Tag hierher zurück, um sich foltern zu lassen. Marie selbst hatte sich zu dieser Strafe verurteilt. Ihre Eltern waren nur Mittel zum Zweck.

Mit zittrigen Beinen ging sie zurück zum Tisch. Ihre Mutter und ihr Vater hatten einfach weitergegessen, als wäre nichts geschehen. Sie hatten nicht einmal gewartet, bis Marie wieder da war. Diese schluckte den Missmut darüber hinunter, denn so musste sie wenigstens nicht in die Wachtel beißen.

Das Schokoladentörtchen, das vor sie gestellt wurde, sah im ersten Moment verheißungsvoll aus. Doch als Marie mit der Gabel hineinstieß, floss dunkelbraune, fast schwarze Bitterschokolade heraus, zähflüssig wie gerinnendes Blut.

Sie bestellte einen doppelten Espresso und trank ihn hastig, damit sie nicht noch einmal aufs WC rennen musste. Eigentlich konnte sie jedoch nichts erbrechen, denn sie hatte keinen Bissen vom gesamten Lunch herunterbekommen.

Als das Hausmädchen einen Anruf für Herrn Bast meldete, wedelte seine Frau so hektisch mit dem Glas herum, dass der Champagner überschwappte. „Den wirst du ja wohl nicht annehmen!"

„Es tut mir leid, meine Liebe", log er und garnierte die Abfuhr mit einem Lächeln.

Marie verdrehte die Augen. Dieses aufgesetzte Süßholzraspeln konnten sie sich in ihrer Anwesenheit ersparen. Sie schliefen schon seit Jahrzehnten in getrennten Schlafzimmern.

Die Stimme von Irene Bast zitterte. „Nicht heute."

„Die Geschäfte gehen weiter." Rainer Bast erhob sich. Er küsste seine Frau auf die Stirn. Dabei rieselten dunkle Flocken wie Asche auf ihr Kleid, aber sie nahm es nicht wahr.

Benutzte er etwa Streuhaare? Marie staunte nicht schlecht.

„Du solltest dich schämen!", rief ihm Irene Bast hinterher. Ihre Vorwürfe prallten von ihm ab wie ein Pfeil, der auf Granit traf.

„Trink nicht so viel. Du lallst schon." Ohne auf ihr Gezeter zu achten, verließ er das Esszimmer.

Sie war eiskalt abgeblitzt. Dafür würde sie Marie bezahlen lassen. So war es immer schon gewesen. Normalerweise hätte Marie das nicht zugelassen. Sie war kein Kind mehr. Doch heute besaß sie nicht die

Kraft, um ihre Schutzschilde aufrechtzuerhalten. Ein Teil von ihr wollte es nicht einmal.

Heute nahm sie freiwillig die Rolle des Opfers ein. Sie trug eine unsichtbare Zielscheibe, durchlässig und nur sichtbar für ihre Eltern. Marie hatte sie nicht selbst angelegt, sondern ihre ach so liebevolle Mutter und ihr ach so fürsorglicher Vater, doch sie hatte sich keine Sekunde lang gewehrt. Ihre Giftpfeile drangen bei ihr bis ins Herz. Sie multiplizierten den Schmerz, der in ihr erblühte. Jedes Jahr. Am selben Tag.

„Wir nehmen den Digestif im Salon ein", sagte Irene Bast der Angestellten. Eine alternde Diva hätte die gebieterische Geste, die sie dabei machte, nicht arroganter ausgeführt.

Marie folgte ihr nach nebenan in den kleinen Raum. Sie winkte ab, als das Hausmädchen ihr ein Getränk anbot, und staunte nicht schlecht, was sich ihre Mutter geben ließ. „Seit wann trinkst du Whisky?"

„Das ist Drambuie."

„Früher hättest du gesagt, das wäre ein Getränk für Säufer, und es in einen Topf geworfen mit Rum, Korn und Wodka."

„Red keinen Unsinn. Das ist ein edles Getränk mit Heidehonig aus den Highlands, Gewürzen und Kräutern."

„Und Whisky."

„Exquisiter schottischer Likör."

„Vierzigprozentiger. Das ist nicht ohne, besonders wenn man schon eine Menge Champagner getrunken hat."

„Willst du dich als Heilige aufspielen? Ausgerechnet du?" Ihre Mutter leerte das Glas mit einem Schluck, nahm die Flasche und füllte eigenhändig nach. „Die Angestellten sind auch nicht mehr das, was sie mal waren. Langsam wie Schnecken."

Sie hatte schon glasige Augen. Normalerweise war sie an diesem schwarzen Tag nicht vor dem Abend betrunken. Marie machte sich Sorgen um sie. Aber nur ein bisschen.

„Du solltest auf deinen Vater hören und Daniel dazu bringen, sich von ihm coachen zu lassen."

Energisch schüttelte sie den Kopf. „Er wird niemals zu Vaters Marionette."

„Von alleine wird aus dem nie etwas. Statt mit dieser Kleinen anzubandeln, sollte er sich lieber mit großen Fischen ablichten lassen."

„Kleinen?" Anbandeln?

„Dieser Kleinwüchsigen." Irene Bast fuhr sich durch die toupierten braunen Haare, wodurch sie abstanden wie bei Cruella de Ville. „Die

Staatsanwältin posierte ganz eng neben deinem Daniel für ein Foto, das war in der Zeitung abgedruckt, letzte Woche erst. Sie hatte die Hand auf der Armlehne seines Rollstuhls abgelegt und er lächelte sie an. Sie stand und er saß und trotzdem waren sie gleich groß. Sah lustig aus."

Verärgert ballte Marie die Hand zur Faust. Wegen der Wortwahl ihrer Mutter, die durch das Zimmer zur zugehängten Terrassentür wankte. Und wegen Lioba Zur. Was ging da vor zwischen ihr und Daniel?

Mittags hatte er Marie eine SMS geschickt. Er würde gerade mit Leander beim Essen im Kasino des Präsidiums sitzen, dass es ihm wegen dem verpatzten Wochenende leidtäte und er sie vermisste. *Mond meines Lebens.*

Sie hatte geantwortet:

Mach dir keinen Kopf. Vermisse dich auch, meine Sonne, meine Sterne.

Und sich gewundert, denn er schrieb ihr aufgrund von Zeitmangel selten während der Arbeit und war kein Typ Mann für Liebesschwüre.

Nun, vier Stunden später und mit einem Stachel im Fleisch, den ihre Mutter hineingebohrt hatte, fragte sie sich, ob er ein schlechtes Gewissen hatte.

Mit einem Ruck riss Irene Bast den Vorhang zur Seite.

Das Licht, das plötzlich den Salon erhellte, war nicht der Grund, warum sich Marie schnell herumdrehte. Weg von der Tür. Weg vom Garten. Weg von der Vergangenheit. Sie hatte das Gefühl, als würde dort draußen jemand stehen und anklagend mit dem Finger auf sie zeigen. Ihr Rücken brannte. Sie brauchte sich nicht umzudrehen, um zu wissen, dass dort niemand war.

Pünktlich zur privaten Trauerprozession kehrte ihr Vater von seinem Telefonat zurück. Er hatte drei Sträuße mit Rosen mitgebracht, die so dunkelrot waren, dass man sie bei einem flüchtigen Blick für schwarz hätte halten können.

Die Stiele von Maries Bouquet hatten bestimmt noch Dornen, so war es immer gewesen. Widerwillig folgte sie den beiden hinaus auf die halbrunde Terrasse. Ihr Vater hielt ihrer Mutter den Arm hin und sie nahm ihn, als wäre alles harmonisch zwischen ihnen. Gemeinsam schritten sie die Treppe hinab, würdevoll wie ein Königspaar.

Marie jedoch blieb auf der obersten Stufe stehen. Die Erinnerung bohrte sich wie ein Dolch in ihre Eingeweide. Der schlimmste Teil der alljährlichen Prozedur hatte begonnen. Sie war unfähig, sich zu bewegen. Ihre Glieder waren wie gelähmt, während ihr Puls paradoxerweise raste. Selbst ihre Zunge fühlte sich taub an. Das Schlucken fiel ihr schwer. Sie bekam kaum Luft. Heißkalte Schauer liefen über ihren Körper und ließen sie erzittern.

Auf dem Weg, der die weitläufige Rasenfläche in zwei Hälften teilte, drehte sich ihre Mutter zu ihr um. Im Ton eines Feldwebels, frei von Mitgefühl oder Nachsicht, rief sie: „Komm endlich! Und leg die Blumen an die Stelle, an der du deinen Bruder getötet hast. Alexander hat dein Blut und deine Tränen verdient."

16. KAPITEL

Sein Bock und er sahen aus, als hätte er damit auf dem Bau gearbeitet. Über und über mit Staub bedeckt. Eines der vorderen Räder am Chopper war verbogen und stellte sich quer. Aber da der Rest funktionierte, saß Daniel wieder darin.

Ein stolzer Krieger nach einer Schlacht, frotzelte er in Gedanken. *Eher ein moderner Don Quijote.* Während seine Rosinante nutzlos im begehbaren Abwasserkanal gelegen hatte und sein Knappe Sancho Panza – Tom – durch Abwesenheit glänzte, hatte er gegen einen unsichtbaren Feind gekämpft: keine Windmühlen, sondern die Schwerkraft.

Eine seiner Rollstuhltaschen war gerissen. Er würde eine neue kaufen müssen. Ebenso wie den Wartungsdienst anrufen, damit er das Rad richtete und alles durchcheckte.

Das erste Mal fühlte sich Daniel seinem Gefährt auf sentimentale Art nah. Sie sahen beide lädiert aus, waren aber weitestgehend in Ordnung. Ein bisschen ramponiert, doch sie hatten überlebt, und zwar ohne größere Schäden.

„Es reicht jetzt.“ Sachte, aber bestimmt schob er die Hand des Sanitäters fort, der die Wunde an seiner Brust mit einer derart beißenden Flüssigkeit desinfiziert hatte, dass Daniel vor Schmerz beinahe auf wundersame Weise aus dem Sitz aufgesprungen wäre. Dieser Verrückte muss hundertprozentigen Alkohol verwendet haben statt einem Antiseptikum. Natürlich wusste Daniel, dass das Unsinn war. Aber es hatte wirklich wehgetan. So viel zum Thema stolzer Krieger.

Pikiert packte das Fliegengewicht Tupfer und Flasche in den Koffer, der zu seinen Füßen stand. „Nur noch den Verband anlegen, dann …“

„Nicht nötig. Danke.“

„Sonst kommt neuer Schmutz hinein.“

„Ich passe auf.“

„Seien Sie vernünftig, Hauptkommissar Zucker.“

„Ich habe nicht vor, mich noch einmal auf dem Boden zu wälzen.“

„Ihr T-Shirt ist total dreckig.“

Dem konnte Abhilfe geschaffen werden. Mit einem kräftigen Ruck riss Daniel das ohnehin schon aufgeschnittene Oberteil kaputt. Unter den ungläubigen Blicken des Sanitäters streifte er den Rest von den Schultern. Nun saß er mit nacktem Oberkörper vor ihm. „Problem gelöst.“

Ohne ein Wort des Abschieds packte der junge Mann den Koffer und verließ die Fabrikbrache in Godorf.

Wie unhöflich, dachte Daniel. War er das nicht selbst auch gewesen? Aber er ließ nun mal ungern an sich herumfingern, außer von Marie. Seit er nach dem Unfall im März des vergangenen Jahres, der ihn in den Rollstuhl brachte, monatelang in Kliniken und Rehazentren verbracht hatte, hatte er ohnehin ein zwiespältiges Verhältnis zu Ärzten und allem, was damit zusammenhing.

In einem Anflug von schlechtem Gewissen drehte er sich zum Ausgang, um Fliegengewicht ein „Sorry" hinterherzurufen, aber er war schon fort.

Der Nachmittag schritt voran. Die Sonne versteckte sich hinter Wolken. Ein Grauschleier schien über allem zu liegen, Vorboten eines Regenschauers. Doch in der Fabrik war es taghell. Der Erkennungsdienst arbeitete im grellen Schein großer Scheinwerfer.

Vorsichtig fuhr Daniel zur Grube. Er schaute über den Rand in die begehbare Sickergrube, die er durch seinen Absturz vergrößert hatte. Eine Etage tiefer war der Gerichtsmediziner zugange.

„Irgendwelche Parallelen zum Mordopfer im Wald?", rief Daniel hinab.

„Ja", sagte der Mann, der gerade den Spalt im Kopf der männlichen Leiche mit einer Stabtaschenlampe ausleuchtete, als hätte er ein höchst interessantes Artefakt vor sich.

Daniel horchte auf. Neugierig beugte er sich vor. „Und zwar?"

„Sie sind beide tot."

Schnaubend rutschte Daniel auf seinem Sitz zurück. Diese Stimme kannte er doch. Aber der Mitarbeiter des Instituts für Rechtsmedizin kam ihm nicht bekannt vor, allerdings hatte er auch noch nicht sein Gesicht gesehen. Trotzdem rührte sich etwas in Daniel, und es war nichts Gutes.

Er holte seine eigene Taschenlampe heraus. Ungeniert strahlte er damit den Leichnam ab. Der Mann sah grauenhaft aus! Grün-blaue Flecken auf gräulicher Haut, die Extremitäten unnatürlich verdreht und mit zertrümmerten Genitalien. Der Mund stand offen, die Zunge hing schlaff und trocken heraus. Die Nase war gebrochen und stand im schiefen Winkel ab. Das getrocknete Blut auf Stirn, Wangen und Kinn wirkte wie ein ungeschickt aufgetragener Tortenguss aus Kirschsaft.

Plötzlich fiel Daniel etwas auf. Es mochte nichts sein, vielleicht nur ein Schmutzfleck, und dennoch irritierte er ihn. „Was ist das da?"

17. KAPITEL

Erst jetzt nahm der Mitarbeiter der Gerichtsmedizin, bis gerade in seine Arbeit vertieft, den Lichtkegel wahr, der das Opfer scannte. Aufbrausend fuhr er auf. Er suchte die Ursache, den Störenfried, und polterte dabei: „Hey, lassen Sie mich meine Arbeit machen und halten Sie sich …“

Mitten im Satz brach er ab. Er stutzte, schob die Brille bis zur Nasenwurzel hoch und schaute genauer hin, wer dort oben im Rollstuhl saß. „Oh nein!“

„Ich bin ebenso hellauf erfreut, Sie wiederzusehen, Dr. Sachs.“ Nun wusste Daniel, wen er vor sich hatte. Den größten Snob der Universitätsklinik Köln, eine Nervensäge, wie sie im Buche stand. Als sie beim letzten Mal aufeinandertrafen – auf dem Friedhof bei der Exhumierung der vermeintlichen Leichen des vermissten Jungen Noel Haas und seiner Mutter –, hatte Karl Sachs noch einen braunen Haarkranz und Geheimratsecken gehabt. Jetzt war sein Schopf voll und senffarben. Implantate oder Toupet? Daniel guckte genauer hin, konnte es aber nicht mit Bestimmtheit sagen.

„Sie haben meinen Namen behalten. Offenbar habe ich Eindruck auf Sie gemacht.“

„Das haben Sie tatsächlich.“

Überrascht weiteten sich Sachs’ Augen. Ein selbstzufriedenes Lächeln wuchs auf seinen Lippen.

„Nicht gerade den besten“, setzte Daniel mit Genugtuung nach.

Sachs funkelte ihn verärgert an. Er ging wieder in die Hocke, konzentrierte sich auf den Toten und murmelte vor sich hin: „Das Kompliment kann ich zurückgeben.“

„Also, was ist das da für ein dunkler Punkt auf der Stirn des Opfers?“

„Der rechten oder der linken Hälfte?“ Offenbar fand Sachs seine Frage amüsant, denn er schmunzelte.

Daniel strahlte sie mit der Lampe erneut an. „Knapp über der linken Augenbraue.“

„Wenn Sie das noch einmal machen …“

„Was dann?“

„Das ist mein Leichnam.“

Ein ziemlich kindisches Verhalten für einen Mann um die fünfzig, fand Daniel. Um ihm einen Spiegel vorzuhalten, imitierte er einen trotzigen Jungen: „Ich habe ihn aber gefunden.“

„Von mir aus können Sie ihn auch gerne im Sektionssaal aufschneiden und auseinanderbauen wie bei Dr. Bibber."

„Sehr großzügig, aber ich muss leider dankend ablehnen. Ich habe schon einen Job."

„Dann stören Sie mich verdammt noch mal nicht bei meinem!" Offensichtlich siegte Sachs' Neugier, denn er sah sich die Stelle an, auf die Daniel ihn hingewiesen hatte.

Bei genauer Betrachtung und nun, da der Rechtmediziner den Fleck von der Seite anleuchtete, erkannte Daniel, dass der dunkle Punkt erhaben war. Er ragte einige Millimeter aus der Patina aus Blut heraus, das das Gesicht bedeckte und von der Brutalität des Mordes zeugte. „Ist das Ding aus Bronze?" Aufgeregt winkte er einem Kollegen von der Spurensicherung. „Reich ihm einen Pergaminbeutel, bitte."

Abwehrend hob Dr. Karl Sachs die Hand. „Brauche ich nicht. Ich werde das Beweisstück erst bei der Sektion entnehmen."

„Ich will jetzt wissen, was es ist. Es könnte ein wichtiger Hinweis auf den Täter sein. Wir verschwenden nur Zeit."

„Ich räume Ihnen keine Sonderrechte ein, nur weil andere das tun."

Daniel krauste die Stirn. „Von wem reden Sie?"

Beharrlich schwieg der Rechtsmediziner.

Doch er hatte Daniels Grübeleien für einen Moment in eine andere Richtung, vom Opfer weg, gelenkt. Spielte er auf die Person an, die in letzter Zeit dafür sorgte, dass Daniels Fälle vorgezogen wurden? Wer auch immer das sein mochte. Glaubte Daniel den Gerüchten, war sie in jedem Fall etwas Besonderes. Außergewöhnlich klein, außergewöhnlich pfiffig, ja, sogar außergewöhnlich hübsch, auch wenn nicht jeder Mann das erkannte.

Aber Daniel wollte die Sonderbehandlung nicht. Nicht als Rollifahrer und auch nicht als Mitarbeiter des Kriminalkommissariats für Tötungsdelikte. Die Fälle der Kollegen waren ebenso dringlich. Er wusste nicht, wie er mit der Situation umgehen sollte. Sollte er ihr sagen, sie musste damit aufhören? Oder ihr danken?

Der Jäger in ihm genoss es, sich schneller an die Fersen der Verbrecher hängen zu können, weil er die Untersuchungsergebnisse unverzüglich bekam. Aber wohin würde das führen? Was würde Lioba Zur als Gegenleistung von ihm verlangen?

Es kribbelte in Daniels Brustkorb, aber er konnte nicht deuten, ob es ihm gefiel oder unangenehm war. Auslöser war bestimmt das brennende Zeug, mit dem der Sanitäter die Wunde verätzt hatte, ja, so musste es sein.

Er entschied, Abstand zwischen sich und Dr. Karl Sachs zu bringen. Besser war das. Manche Menschen brachten das Tier in einem zum Vorschein.

Mühsam bewegte er den Chopper vorwärts, aus der Fabrikruine heraus. Seitdem der Adrenalinschub abgeklungen war, fühlte er sich erschöpft und hatte sich bis jetzt nicht wieder vollkommen von den Strapazen erholt. Das verdrehte Vorderrad machte es ihm nicht leichter. Aber er wollte sich unbedingt noch einmal die Löcher im Boden rund um die Mauer anschauen und hören, ob der Erkennungsdienst zu derselben Erkenntnis kam wie er. Denn er hatte eine Ahnung, was die Spuren bedeuteten.

„Was machen Sie für Sachen?“, fragte EKHK Fuchs schon von Weitem. Er betrat das Gelände. Mit großen Schritten kam er vom Tor auf ihn zu. Er musste gerade angekommen sein. Und er hatte Lioba Zur an seiner Seite. Sie schaffte es auf wundersame Weise, an ihm dranzubleiben, obwohl sie doppelt so schnell gehen musste.

Als sie Daniels nackten Oberkörper musterte und eine Braue hob, wurde Daniel heiß. Aber sie lächelte nicht frivol und ließ auch keinen anzüglichen Kommentar fallen, sondern sagte in sachlichem Ton: „Sie sollten besser auf sich aufpassen, Kriminalhauptkommissar Zucker. Das KK 11 braucht Sie noch.“

Er konnte ihr kaum in die eisblauen Augen gucken. Schuld daran war der Tratsch, den Leander und Tomasz ihm zugetragen hatten. Falls der Klatsch Karsten Fuchs zu Ohren gekommen war, so ließ dieser sich nichts anmerken. Daniel war froh, sich auf seine Aufgabe konzentrieren zu können, und teilte ihm und der Staatsanwältin mit, was vorgefallen war.

Sein Chef nickte ihm zu und eilte in die Fabrik.

Bevor Lioba Zur ihm folgen konnte, bat Daniel leise, fast schon verschwörerisch: „Kann ich Sie kurz sprechen?“

„Finden Sie nicht auch, es ist überfällig, dass wir uns duzen? Zumindest wenn wir alleine sind.“

„Alleine?“, echote Daniel und kam sich wie ein Dorftrottel vor. Sie waren bisher nie unter sich gewesen. Was hatte sie vor?

18. KAPITEL

Lioba schob eine blonde, wellige Strähne hinters Ohr, eine Geste, die so weiblich wirkte, dass er sie in diesem Moment nicht als Staatsanwältin, sondern als Frau sah.

Nicht gut! Er verlor die Distanz.

„Wenn niemand uns hören kann."

Natürlich, das hatte sie gemeint. „Bist du diejenige, die anordnet, dass Spurenauswertung und Leichensektion meiner Fälle vorgezogen werden?"

„Wir müssen doch zusammenhalten." So kühl wie sie wirkte, wenn sie beruflich auftrat, umso strahlender war ihr Lächeln, wenn sie es denn mal zeigte.

Also doch! Tatsächlich. „Wir Behinderten?" Das hörte Daniel nicht gern.

„Nein, so sehe ich mich nicht", antwortete sie zu seiner Überraschung. Doch sogleich sagte sie etwas, das ihn noch mehr verblüffte: „Ich meinte, wir beide." Sie zeigte erst auf ihn, dann auf sich selbst, wieder auf ihn und erneut auf sich. Diese Geste hatte die Wirkung eines doppelten Unterstrichs.

Fuchs erschien am Eingang der Ruine. Worauf Zur das Jackett ihres Hosenanzugs nach unten zog, die Schultern straffte und energisch auf den EKHK zumarschierte. Ihr weizenblonder, langer Bauernzopf wippte dabei energisch. Bald waren beide im Inneren verschwunden.

Mit mahlenden Kiefern blieb Daniel zurück. Da war nichts zwischen ihnen. Oder doch und er war nur zu schusselig, es zu merken? Oder ging es ihr lediglich um Freundschaft? Diese Frau verwirrte ihn. Genau aus diesem Grund dachte er viel zu oft an sie.

Er bekam ein schlechtes Gewissen wegen Marie und schickte ihr eine SMS: *Wie Sterne am Himmel und Sand am Meer.* Eine Phrase, wie viele Verliebte sie benutzen, statt etwas Kreatives, Eigenes. Er war noch nie gut darin gewesen, die richtigen Worte zu finden, wenn es um Gefühle ging.

Verlegen steckte er das Handy weg. Sie brauchte sich keine Sorgen zu machen. Sein Herz gehörte ihr. Doch Lioba war schon etwas Besonderes, auf eine eigene, sehr spezielle Art.

Er fühlte sich mies, weil er Marie im Stich ließ. Heute war der schwerste Tag im Jahr für sie und er verbrachte ihn nicht mit ihr. Weil ihre Eltern ihn hassten und er sie verabscheute und wegen seines Jobs. Irgendeinen Fall gab es immer. Zu viel Arbeit, zu wenig Privatleben. Der Vorwurf, nie so sehr für sie da zu sein wie sie für ihn, quälte ihn jedes Mal, wenn sich Alexanders Todestag jährte.

Seufzend schob er den Ehering höher, küsste Maries eintätowierten Namen und fuhr zur Mauer.

Der Erkennungsdienst stellte gerade ein Zelt über den Bereich auf, den die sieben Löcher im Boden einnahmen. Die Kollegen in ihren weißen Ganzkörperschutzanzügen schauten immer wieder zu den Wolken auf, die zunehmend dunkler wurden.

Daniel sah sich nach Joachim Brühl um. Er erblickte ihn am Tor, das er gerade vor den aufdringlichen Pressevertretern schloss. Ihm war genauso daran gelegen, dass keine Details nach außen drangen. Das mit dem Verkauf des Grundstücks konnten er und seine Chefin allerdings vorerst ohnehin vergessen.

Als die Mitarbeiter der Spurensicherung in den Wald wechselten, um dort den Regenschutz aufzubauen, nutzte Daniel die Gelegenheit und schaute sich die Steine genauer an. Er hatte zwar eine Ahnung, was das Rechteck, das die vierzehn Mulden im Boden bildeten, bedeutete, doch eins störte ihn, und zwar so gewaltig, dass er die Theorie bisher für sich behalten hatte: die Mauer. Sie war im Weg. Sie störte. Sie machte keinen Sinn.

Er fuhr dicht an den Haselnussstrauch heran. Als er diesmal die Zweige anhob, wurde er nicht gestört. Ohne zu wissen, wonach er suchte, spähte er darunter. Zuerst fiel ihm nichts Ungewöhnliches auf. Anthrazitfarbene, moosbewachsene Ziegel. Wind und Wetter hatten eine halbmondförmige Fläche herausgeschält. Vermutlich war sie zusätzlich von Jugendlichen, die die Stelle als Durchgang nutzten, vergrößert worden, absichtlich oder allein durch das Überqueren. Nur die drei untersten Reihen standen noch.

Erst bei genauerem Hinsehen bemerkte er die kleinen Vertiefungen, fünf Stück an der Zahl. An einen Zufall glaubte Daniel keine Sekunde, denn sie reihten sich in regelmäßigem Abstand aneinander, befanden sich ausschließlich in den Fugen und waren rund. Sie mussten von Menschenhand dort hineingeschlagen worden sein.

Sein Gehirn ratterte auf Hochtouren. Vielleicht war es nichts. Gut möglich, dass jemand versucht hatte, den Übergang zu schließen, indem er ihn durch ein Gitter verschloss. Die Stäbe verankerte er in der Mauer, doch seine Konstruktion hatte nicht lange gehalten.

Aber warum wuchs dann kein Moos über den Löchern? Sie waren frei. Und damit frisch!

Was war das? Daniel beugte sich tief hinunter. Durch die dunklen Wolken, das Zelt und den Strauch waren die Lichtverhältnisse nicht die besten. Daher holte er die Taschenlampe hervor und leuchtete es an.

Etwas ragte aus einer der Öffnungen heraus. „Was zur Hölle ist das?"

„Die Frage ist eher: Was zur Hölle machen Sie da?", fragte ein Mann. Auf seinem rechten Ohrläppchen streckte eine tätowierte Miniaturfaust den Mittelfinger heraus.

Der Kollege vom Erkennungsdienst hatte jedes Recht, mit ihm zu schimpfen. Er hätte den Bereich erst befahren dürfen, nachdem die Spurensicherung ihn freigegeben hatte. Daniel ignorierte sein Gezeter trotzdem. Aufgeregt fuchtelte er herum. „Ich brauche etwas, um es herauszuziehen. Schnell."

Der Mitarbeiter kam zu ihm, ging in die Hocke und betrachtete das, was in Daniels Lichtkegel matt glänzte. „Ich denke, das sollte ich …"

Ungeduldig riss Daniel ihm die Pinzette aus der Hand. Bevor Stinkefinger protestieren konnte, hatte er auch schon behutsam das Fundstück zwischen den Steinen herausgezogen.

„Sorry", sagte Daniel rasch, um nicht wieder so unhöflich zu sein wie beim Sanitäter. „Tatendrang."

Er hielt eine zirka zwei Zentimeter lange Röhre hoch. Sie wies einen Durchmesser von zirka sechs bis acht Zentimeter auf. Matt schimmerte das Material zwischen Schlieren, die wie schwarze Tränen daran hinabgelaufen waren, durch. Etwas regte sich in ihm. Sein Puls beschleunigte sich. „Bronze."

„Ein Imitat. Es ist zu hell, zu gekünstelt und offenbar bricht es leicht." Der Kollege zeigte auf das obere Ende. Es war ausgefranst. „Es hat noch nicht lange dort drin gesteckt, sonst wäre es verwittert."

„Was könnte das sein?"

„Ich habe keinen blassen Schimmer. Aber eins können wir sofort herausfinden." Der Mitarbeiter der Spurensicherung ging zu seinem Koffer, holte Latexhandschuhe und einige andere Dinge heraus und kehrte zu Daniel zurück."

„TMB?"

Er nickte. Eilig streifte er die Handschuhe über. Er riss eine längliche Packung auf und entnahm ein Wattestäbchen. Nachdem er dieses befeuchtet hatte, schabte er vorsichtig damit über das Fundstück. Geschickt entnahm er einem Röhrchen einen Hemastix-Streifen, strich mit dem Stäbchen darüber und hielt es so, dass Daniel es ebenfalls sehen konnte.

Verschwörerisch neigten sie sich darüber. Das Tetramethylbenzidin in dem Teststreifen begann zu wirken. Die chemische Reaktion färbte ihn blaugrün.

„Blut", sagte Daniel etwas zu freudig für diesen Anlass. Aber er hatte eine Spur entdeckt, eine, die die Löcher in seiner Theorie stopfen könnte. Unruhig verlagerte er sein Gewicht.

„Möglicherweise. Das Labor muss durch weitere Tests das Ergebnis verifizieren. Es könnte auch tierischen Ursprungs sein."

Während der Kollege den Streifen und das Röhrchen eintütete und deklarierte, leuchtete Daniel aufgeregt mit der Taschenlampe in die anderen Löcher in den Mauerfugen. Sie waren zwar leer, dennoch fand er in einem am Boden einen dunklen Fleck.

„Hier!" Sein Finger kribbelte, als er darauf zeigte. „Darin könnte auch welches sein."

„Ich werde die komplette Mauer Millimeter für Millimeter von innen und außen prüfen. Sie ist so porös, dass ich bestimmt noch weiteres Blut oder andere Substanzen finden werde, egal, wie sehr sie abgeschrubbt wurde." Lächelnd klatschte Stinkefinger in die Hände und holte seinen Koffer.

Es gibt tatsächlich noch Menschen, die sich über mehr Arbeit freuen, dachte Daniel und wusste, dass er einen Jäger vor sich hatte, wie auch er einer war.

In einiger Entfernung sah er Dr. Karl Sachs. Würdevoll wie ein Hohepriester schritt er hinter den Mitarbeitern vom Bestattungsunternehmen her, die gerade aus der Ruine traten und das Opfer abtransportierten. Eine morbide Prozession – die Daniel sofort stoppen musste!

„Halt! Sofort!" Wie ein Wirbelwind rauschte er über das Grundstück und verhinderte die Öffnung des Fabriktors allein dadurch, dass er die Aufmerksamkeit aller gewann. Vor dem Rechtsmediziner bremste er abrupt ab. Sein Rollstuhl schlitterte ein kleines Stück und brach aus, aber Daniel fing ihn mit einem beherzten Griff in die Greifringe ab. Wie ein Rallyefahrer. „Sie müssen das, was auch immer in der Stirn des Opfers steckt, herausholen."

Mit gerümpfter Nase schaute Sachs auf seine schwarzen Lederschuhe, die durch das Bremsmanöver mit Sand bespritzt worden waren. „Selbstverständlich. Ich brauche niemanden, der mir sagt, wie ich meinen Job machen soll."

„Jetzt."

In Seelenruhe holte der Gerichtsmediziner ein Papiertuch aus der Hosentasche, hockte sich hin und wischte über die Brogues. „Ich sagte Ihnen doch bereits …"

„Ist mir scheißegal!" Daniel hielt sich an den Armlehnen fest, damit er Sachs keine knallte. Das arrogante Gesicht des Arschlochs befand sich direkt vor ihm.

„Mir auch. Warten Sie meinen Bericht ab."

Wütend fixierte Daniel Sachs' Schopf. Hatte niemand aus seinem näheren Umfeld Sachs gesagt, dass der senfgelbe Farbton lächerlich wirkte? Viel zu jugendlich für das faltige Gesicht. Warum hatte er sich nicht gleich auf die Stirn tätowieren lassen: Ich habe Angst vorm Älterwerden? Kein Toupet! „Sie haben sich Haare implantieren lassen seit unserem letzten Treffen, nicht wahr?"

„Was erlauben Sie sich?" Mit hochrotem Kopf erhob sich der Rechtsmediziner. Theatralisch schnappte er nach Luft. Er zupfte verlegen an einigen Strähnen herum.

Diese persönliche Attacke war unfair gewesen, aber Daniel hatte sie sich einfach nicht verkneifen können. Dieser Kerl brachte das Schlechteste in ihm zum Vorschein. Allerdings hatte er damit wohl Sachs' Einlenken vollends verspielt. „Bitte. Ich muss wissen, was es ist. Sie bräuchten doch nur ..."

Sachs schenkte ihm ein fieses Lächeln, das besagte: Ich sitze am längeren Hebel, und gab den Mitarbeitern des Bestatters ein Zeichen, damit sie weitergingen.

„Sachs", schrie plötzlich eine weibliche Stimme in bester Feldwebelmanier. Der Gerichtsmediziner blieb auf dem Fuße stehen. Lioba Zur kam mit EKHK Fuchs aus der Fabrikruine zu ihnen. „Kriminalhauptkommissar Zucker wird einen Grund haben."

„Sein großes Ego, nichts weiter", murmelte Sachs verschnupft.

„Einen handfesten sogar." Daniel konnte nicht leugnen, dass es ihm eine diebische Freude bereitete, über Sachs zu triumphieren. Und sich vor Lioba zu profilieren. Unter ihrem bewundernden Blick erzählte er von dem Bronzeröhrchen, das er in der Mauer gefunden hatte, genau dort, wo sie das Rechteck aus den vierzehn Löchern im Boden teilte. Er hielt die Beweismitteltüte hoch. „Das, was aus der Stirn des Opfers ragt, scheint auch aus Bronze zu sein."

Der Gerichtsmediziner seufzte, als wäre Daniel ein hoffnungsloser Fall. „Nein, ist es nicht."

„Dann haben Sie es schon herausgezogen?"

„Es handelt sich um eine billige Imitation. Selbst jemand, der sich nicht auskennt, sieht sofort, dass das Schund ist."

Ein Adrenalinschub erfasste Daniel. „Ich möchte herausfinden, ob die beiden Teile zusammenpassen. Darum, bitte, extrahieren Sie es jetzt, hier und sofort."

„Als ob Sie das erkennen könnten." Der Rechtsmediziner nahm die Brille ab und massierte die Nasenwurzel. Die Geste wirkte, als hätte er sie über Jahre perfektioniert, um seinem Gegenüber zu zeigen, für wie dumm er ihn hielt. „Dazu braucht man ein Labor, ein Mikroskop, eine Ausbildung in Kriminaltechnik ..."

„Sachs!", bellte die Staatsanwältin.

Generv t verdrehte er die Augen. Aber er fügte sich. Zu Daniels Erstaunen wandte er sich keineswegs dem Toten zu, sondern fischte mit zwei Fingern einen Plastikbeutel aus der Tasche. Frostig reichte er ihn ihm.

Darin lag unverkennbar der bronzefarbene, zur Hälfte mit Blut besudelte Gegenstand. Daniel war fassungslos. Aus seiner Verärgerung wurde Wut. „Sie haben ihn bereits entnommen? Verdammte Sch...! Sie diskutieren mit mir minutenlang um nichts?“

Dr. Karl Sachs öffnete den Mund, um zurückzuschießen, wütend blinzelnd und schnaubend wie ein Stier, entschied sich jedoch dagegen und schloss ihn wieder. Er zischte lediglich und lief rot an. Dann machte er sich eiligen Schrittes aus dem Staub.

Tomasz kam um das Gebäude geschlendert. Als er die kleine Versammlung sah, schloss er die Hand enger um sein Handy und presste die Lippen aufeinander.

Daniel ahnte, dass sich sein Freund abgesondert hatte, um zu telefonieren. Verständnislos schüttelte er den Kopf in seine Richtung, sagte aber nichts dazu, sondern hielt das Tütchen hoch. „Eine Spitze, wie von einem Speer."

„Muss von einem Ausstellungsstück stammen, einer Verzierung oder einem Schmuckstück." Unerwartet beugte sich Stinkefinger über Daniels Schulter. „Der ist zu billig, um tatsächlich benutzt zu werden."

Anscheinend war der Täter ein Sparfuchs, spottete Daniel, ohne jeglichen Humor. „Weshalb er vermutlich abbrach, als der Tote mit dem Kopf darauf fiel."

„Er tat was?" Toms Brauen schossen nach oben. „Ist es nicht logischer, dass jemand ihn mit einem Speer angriff?"

„Nein, die Mauer ist der Beweis für meine Theorie. Diese Spitze", Daniel hob beide Beweismittelbeutel hoch und verglich die Bruchstellen von Spitze und Röhrchen, die beiden Teile passten eindeutig zusammen, „muss als eine Art Dorn benutzt worden sein, genau wie die anderen."

„Welche anderen?"

„Die restlichen vier Spitzen hat der Straftäter mitgenommen, um seine Tat zu vertuschen. Aber Nummer fünf hat er wahrscheinlich nicht mehr gefunden. Er hat übersehen, dass sie in seinem Opfer steckte."

„Ich versteh nur Bahnhof." Verlegen betrachtete Tom das Handy in seiner Hand. Er schaltete es ganz aus und steckte es weg. Offenbar hatte er erkannt, dass Fee ihn zu sehr ablenkte.

Daniel nickte ihm zu und zeigte ihm damit, dass er richtig entschieden hatte. „Der Täter hat die Mauer mit den Speerspitzen gespickt."

„Als eine Art Stacheldrahtersatz?"

„Nein, als Kick, als grausame Hürde, als zusätzlichen Spaß. Man hätte leicht über sie hinwegsteigen können, wenn, tja, wenn man nicht gestört wurde. Bei einem Kampf jedoch wurden Waffen daraus." Allerdings bezweifelte Daniel, dass König derjenige gewesen war, der den Bronzestachel in den Schädel des zweiten Manns gerammt hatte. Damit lebte man nicht lange weiter und König starb vor ihm. Es musste das perverse Schwein, das die beiden dazu gezwungen hatte, höchstpersönlich gewesen sein.

Verwirrt spähte Tomasz zur Grundstücksgrenze, dorthin, wo der Erkennungsdienst gerade den Haselnussstrauch ausgrub.

„Der Tote in der Grube“, sagte Lioba Zur deutlich freundlicher als vorhin zu Sachs, „er wurde zum gleichen Zeitpunkt wie Clemens König ermordet und litt auch am Downsyndrom.“

„Ein perverser Mörder hat es auf Männer mit Trisomie 21 abgesehen“, schloss Tomasz daraus, sichtlich froh darüber, wieder im Bilde zu sein.

Daniel fuhr sich durch den Kinnbart. „Das trifft nur zum Teil zu.“

Tom streckte in einer Geste der Ratlosigkeit die Arme nach beiden Seiten aus und ließ sie dann mit einem Stöhnen hängen.

Lioba knöpfte ihr Jackett auf. „Die zweite Leiche wies auch Verbrennungen auf, vorwiegend am Rücken, aber nicht ausschließlich.“

Alles fügte sich für Daniel zusammen. „Der Täter hat die beiden Männer zum Kampf gezwungen.“ Er hörte förmlich, wie alle um ihn herum den Atem anhielten.

„Wie kommst du denn darauf?“, fragte Fuchs.

Daniel hielt den Beweis, der ihm noch gefehlt hatte, in der Hand: die Speerspitze. „Ist doch klar, was das Rechteck aus den Vertiefungen im Boden – sieben auf dieser Seite und sieben auf der anderen, im Wald – darstellt.“

„Ach ja?“ Dämlicher hätte Tomasz nicht dreinblicken können.

Er tat Daniel leid. Wenn Tom wenigstes vor Lioba Zur so tun würde, als wäre er voll bei der Sache. Aber er war zurzeit einfach nicht er selbst. Er sollte sich beurlauben lassen, dachte Daniel und grinste innerlich, wegen akuter Verliebtheit.

„Dieser Fall ist schlimmer, als wir angenommen haben.“ Daniel reichte Stinkefinger beide Tütchen.

„Noch schlimmer?“ Lioba krauste die Stirn. Immerhin hatten sie ein Opfer mit eingeschlagenem Brustkorb und eins mit gespaltenem Schädel.

„Viel bestialischer, menschenverachtender und perverser.“ Die Abscheu gab Daniels Stimme einen rauen Klang. Doch bevor er Fuchs, Lioba und Tom in seine Schlussfolgerungen einweihen konnte, klingelte sein Handy. Leander! schoss es ihm sogleich in den Sinn. „Ich muss rangehen."

„Schlechte Nachrichten", meldete sich sein junger Kollege.

„Olaf Plank ist dir entwischt?"

„Meine Stelzen sind nicht nur lang, sondern auch schnell. Nein, das ist es nicht. Ich habe ihn gefunden."

„Aber?"

„Er ist tot. Dieses kleine, aber wichtige Detail wurde dem Melderegister nachträglich hinzugefügrt. Eine neue Mitarbeiterin hatte Mist gebaut."

Daniel schloss die Augen und rieb über die Lider. „Er nicht auch noch."

„Plank wurde zu Tode geprügelt."

„Er nicht auch noch", wiederholte Daniel und spürte förmlich, wie das Adrenalin in ihm verpuffte, weil diese Nachricht in zweierlei Hinsicht nichts Gutes bedeutete. Die Anspannung jedoch blieb.

„Wie Clemens König. Äußerst brutal und erbarmungslos. Die Kollegen, die den Fall bearbeiten, zogen aber keine Parallele zu unserem Fall, weil Plank nicht behindert ist und der Streit mit König nicht aktenkundig wurde."

Scheiße! Olaf Plank war neben Joachim Brühl der einzige Verdächtige, den sie hatten. *Verdammt! Verdammt! Verdammt!*

21. KAPITEL

Eine Wohnwagensiedlung! Das war also der „Scheißhaufen", von dem Milan gesprochen hatte. Mehr nicht. Erleichtert stieß Benjamin die Luft aus. Aufgrund seiner persönlichen Erfahrungen mit dem Bösen hatte er sich schon alles Mögliche ausgemalt. Doch dieser Ort in Köln-Buchheim sah harmlos aus.

Seite an Seite schritten Ben und Milan den Maschendrahtzaun ab, der das Gelände umgab, um zum Eingang auf der anderen Seite zu gelangen.

„‚Zigeunerpack!', damit beschimpfen uns die Spinner aus der Gegend. Aber wir sind gar keine Sinti und Roma", erzählte Milan mit diesem leichten slawischen Akzent, den Ben irgendwie süß fand. „Sind ein bunter Haufen, kommen von überall her."

Freistaat Colonia hatte jemand in Weiß auf ein Holzbrett gepinselt und am Durchgang aufgestellt. Davor blieb Ben stehen. Er hatte ein unangenehmes Déjà-vu, als er die Computerausdrucke, die am Zaun hingen und im aufkommenden Wind flatterten, las: *Schmarotzer! Räumt das Grundstück! Ihr stinkt!* Sie erinnerten Ben an die Parolen der Bürgerinitiative vor der Bruchstraße 13 in Ehrenfeld vor fünf Monaten.

Sein Magen zog sich zusammen. Aus dem Augenwinkel heraus schaute er zu den Fenstern der anliegenden Häuser. Er erwartete feindliche Gesichter hinter den Gardinen, womöglich Handykameras, die ihn abschossen, um sein Foto auf das „Anti-Colonia"-Facebook-Profil hochzuladen und ihn damit anzuprangern. War er gerade dabei, in neuen Ärger hineinzuschliddern?

Doch hinter den Scheiben nahm er keinerlei Bewegung wahr. Auf dem Bürgersteig lief niemand auf und ab und gab Hasstiraden von sich. Alles war friedlich.

„Keine Sorge. Die sind voll die Schisser." Milan meinte wohl die Anwohner, denn er zeigte auf die Zettel. „Heimlich hängen sie nachts den Kram auf. Aber noch nie ist auch nur einer von denen zu uns gekommen. Machen einen Bogen um uns. Wenn wir sie zu uns einladen, hauen die ab. Die geben uns keine Chance. Alles, was anders ist, macht denen Angst."

Mitleid regte sich in Ben. „Ihr seid illegal hier, oder?"

„Wir sind Freidenker. Diese Fläche stand schon lange leer. Niemand kümmerte sich darum. Die Nachbarn haben hier ihre Köter scheißen lassen. Du solltest mal dein Gesicht sehen!" Milan lachte und entblößte große weiße Zähne. „Die Hundekacke haben wir damals natürlich weggemacht. Erst dann sind wir hierher gezogen."

Ben nahm den Blick von Milans Schneidezähnen. Er fand selbst die Lücke dazwischen süß. Sie verlieh Milan etwas Verschmitztes, Jungenhaftes. Wenn dieser allerdings vorne und hinten mit der Zunge darüberfuhr, als würde er prüfen, ob sie noch da war, schoss Blut in Bens Unterleib. Verlegen wandte er sich ab. „Ohne Erlaubnis."

„Die brauchen wir nicht. Wir sind Freigeister, sagte ich doch schon."

„Aber der Besitzer bestimmt nicht."

„Das ist so ein Spießer. Der wollte zuerst die Bullen auf uns hetzen. Aber dann hat er die Kinder gesehen."

„Bei euch wohnen Kinder?" Im ersten Moment hatte die Kommune wie ein alter Campingplatz ausgesehen. Aber nun, da Ben genauer hinsah, fand er, dass alles recht heruntergekommen war.

„Alte, Junge, Babys ... klar. Alle Nationen sind vertreten, daher bezeichnet Baba es als Kulturprojekt. Wenn du mich fragst, sagt er das nur, damit man uns in Ruhe lässt."

„Baba?"

„Ist so was wie unser Häuptling. Der hat weiße Haare bis zum Arsch. Macht aber nicht viel. Sitzt nur rum. Alle füttern ihn mit durch." Erneut lachte Milan. Er stupste Ben an und sie gingen weiter, den Pfad entlang, der vom Eingang zu den Wohnwagen führte.

Anscheinend war der Greis eine Art geistiger Führer. Hoffentlich bekam Ben es nicht mit einer Sekte zu tun. Er hatte ein mulmiges Gefühl, das mit jedem Schritt schlimmer wurde. Aber er wollte nicht umdrehen und wegrennen, weil er niemanden vorveruteilen wollte, besonders nicht er, der schon im Warnschussarrest gesessen hatte. Vor allen Dingen jedoch wegen Milan. Und seinen großen braunen Augen. Und seinen schlanken Fingern. Und dem dunklen welligen Haar, das viel zu lang war und ihm etwas Wildes und Unbezähmbares verlieh.

Um sich von den neuen Hitzewallungen abzulenken, fragte Benjamin: „Hat die Polizei das Grundstück noch nie geräumt?"

„Es waren Typen von der Stadt da. Die haben mit Baba und den anderen Gründern der Kommune gesprochen. Wir mussten zwei Dixi-Klos mieten. Mehr passierte nicht." Milan steckte die Daumen in die Hosentaschen. Lässig schlurfte er voran und nickte in die Richtung zweier blauer Toilettenhäuschen. „Was sollen sie auch tun? Sie wissen nicht, wohin mit uns. Besser sie haben hier ein Auge auf uns, als dass wir uns in Köln verteilen, unter Brücken schlafen und wer weiß was anstellen."

„Es gibt Sozialwohnungen."

„Viel zu wenige. Und in den Obdachlosen-Containern zu übernachten ist gefährlich. Dort kommt es nicht selten zu Messerstechereien, Prügeleien und geklaut wird auch. Außerdem sind wir es gewohnt, tun und lassen zu können, was wir wollen. Wir sind die meiste Zeit unter freiem Himmel. Vogelfrei, nennt Baba das. Und wir passen aufeinander auf."

Erst jetzt kapierte Ben, was Milan eben gesagt hatte. *Dixi-Klos*. Er blieb stehen. „Ihr habt kein fließendes Wasser?"

„Woher auch? Komm weiter!" Milans Hand streifte die von Ben.

Für einen Moment glaubte dieser, dass Milan sie ergreifen wollte. Erschrocken zuckte er zurück, weil er noch nicht bereit dazu war, öffentlich zu zeigen, dass er auf Männer stand. Sein Puls stieg. Doch Milan hatte nicht vor, Händchen zu halten, sondern hatte ihn wohl nur auffordern wollen, endlich zwischen den Wohnwagen, die den äußeren Ring bildeten, in Milans Welt einzutauchen. Ein Teil von Benjamin war erleichtert, ein anderer enttäuscht.

Milan ging vor. Grinsend schaute er über die Schulter zurück.

Ben wurde heiß, dabei frischte der Wind auf.

Dann spähte Milan zum Himmel. „Es wird bald regnen."

Nur mit Mühe konnte Ben den Blick von Milans Hintern losreißen. Er lenkte sich ab, indem er sich umschaute.

Benjamin verband keine persönlichen Erfahrungen mit diesem Stadtteil. Er kannte ihn nur aus den Wiederholungen der Seifenoper *Die Fussbroichs*, die seine Mutter regelmäßig verfolgt hatte. Eigentlich war es hier schon zu dörflich für seinen Geschmack, zumindest in der Ecke, in der sich diese merkwürdige Gemeinschaft angesiedelt hatte. Er mochte die Großstadt und das pulsierende Leben in der City. Aber zu seiner Überraschung weckte die Kommune selbst positive Erinnerungen, an einen Campingurlaub mit der Schulklasse und an das wilde Zelten am Rheinufer mit seinen ehemaligen Freunden Maik und Denis.

Sein Vater hätte die Leute wohl als Hippies bezeichnet. Die Menschen, denen Benjamin begegnete, trugen, was sie wollten, sie färbten die Haare in den Farben, die sie wollten. Einige liefen barfuß herum, andere in Schafwollpullis und einer in Unterhose und einem schlabbrigen Shirt, das auch ein Nachthemd sein konnte. Niemand störte sich daran. Einige rochen nach Patschuli, andere nach Alkohol. Glatzen plauderten mit Dreadlocks. Augenscheinlich war ein friedliches Miteinander möglich, wenn alle Beteiligten dem anderen die Freiheit ließen, sich so zu entfalten, wie jeder es wollte.

Ben konnte nicht umhin, beeindruckt zu sein. Ob Homosexuelle von ihnen ebenso akzeptiert wurden? Ging Milan offen damit um, Männer zu lieben? Seine Haut fühlte sich wie elektrisiert an.

Sprachlos trottete Benjamin hinter Milan her. Er wunderte sich über die Behausungen, zwischen denen sie auf die Mitte der Siedlung zuschlenderten. Moderne Caravans reihten sich an alte Wohnwagen aus Holz. Es befand sich sogar ein ausrangierter Bahnwaggon darunter und einer, auf dem noch blass der Slogan zu lesen war: „Pommes gibt's gratis dazu." Deshalb ist die mobile Frittenbude sicherlich auch pleitegegangen, unkte Ben.

Manche der Unterkünfte wirkten schäbig, andere dagegen waren bunt angestrichen worden. Hier und da hatten die Bewohner sogar kleine Gemüsegärten angelegt. Müll lag nicht herum. Das fiel Ben, der es reinlich mochte, sofort auf.

Als sie ins Zentrum traten, zögerte er. Um ein Lagerfeuer waren Holzstücke und Balken zu Sitzbänken geschichtet worden. Eine der Frauen, die darauf saßen, zog gerade an einem Joint und reichte ihn an das Mädchen neben ihr weiter. Wie alt mochte die Kleine sein? Ben tippte auf elf oder zwölf. Sind die noch ganz dicht? Der Geruch von Gras drang zu ihm. Unweigerlich musste er an die Tötung seiner Freundin Julia denken. Ihm wurde übel. Abrupt blieb er stehen.

Milan merkte, dass er ihm nicht länger folgte, und kehrte zu ihm zurück. „Was ist?"

„Wo gehen wir hin?"

„Zu Baba. Ich muss dich erst vorstellen. So lautet die Regel."

Schon wieder dieser Name. Bedeutete er nicht Vater? In welcher Sprache, das wusste Ben allerdings nicht. Er wurde nervös und presste die Fingernägel in den Handballen. Was erwartete ihn? Wenn sie sich doch Freigeister nannten, warum gab es dann einen Anführer? Wieso musste er eine Musterung über sich ergehen lassen, um bleiben zu dürfen? Weshalb gab es an einem Ort, wo jeder so leben durfte, wie er wollte, Regeln?

Plötzlich hatte er den Eindruck, dass Milan ihm nicht alles über den Freistaat Colonia erzählt hatte.

Sie fanden Baba vor dem Waggon, das geräumigste und stabilste Domizil von allen. Er entpuppte sich als vollkommen anders, als Benjamin ihn sich vorgestellt hatte. Kein Kaftan, keine Holzperlen im Bart, kein Peace-Zeichen an einem Lederband um den Hals. Stattdessen war seine Lederhose so eng, dass sich sein Penis abzeichnete. Ein gewaltiger, aber fester Bauch wölbte das schwarze T-Shirt, auf dem eine Hand mit knallroten Krallen den Teufelsgruß machte.

Baba saß auf einem gelbem Plastikhocker. Eine Blondine kämmte behutsam die langen weißen Haare, während eine Brünette gerade den Waggon putzte.

Benjamin fragte sich, ob die drei eine Lebensgemeinschaft bildeten oder die Damen dem Obermacker nur zu Diensten waren.

Erst auf den zweiten Blick bemerkte er die Axt, die unter dem Waggon angebracht worden war. Flach schmiegte sie sich von unten an den Boden. Schnallen schienen sie dort zu fixieren. Die Schneide zeigte nach vorne. Sicherlich dient sie nur dazu, Holz für das Feuer zu hacken, versuchte sich Benjamin zu beruhigen. Aber warum versteckte Baba sie dann?

Respektvoll, wie Ben Milan noch nicht erlebt hatte, die Hand zum Herzen führend, begrüßte er ihn. Oder war es Angst? Dann zeigte er auf Ben. Er erzählte haarklein, wo und wie sie sich kennengelernt hatten. Dass Ben ihn beim Stromklau erwischt hatte. Was er über ihn wusste. Sogar, dass Ben schwul war, was diesem die Röte ins Gesicht trieb. Spinnt der?

Ohne bisher ein Wort gesagt zu haben, erhob sich Baba.

Benjamin machte instinktiv einen Schritt zurück. Sein Puls beschleunigte sich. Jetzt, da der Mann stand, erkannte Ben erst, was für ein Bär er war. Er musste an die zwei Meter groß sein. Sein Blick flößte ihm Furcht ein. Er besagte: Ein falscher Ton und ich werde dich erst in Stücke reißen und dann Körperteil für Körperteil aus meinem Revier werfen.

Sein Atem roch nach starkem Tabak. Eine nikotingelbe Patina überzog die Zähne. „Was willst du hier?"

„Milan hat mich hergebracht." Verflixt! Ben piepste wie ein Grundschüler, der zum Rektor zitiert worden war, weil er etwas angestellt hatte.

„Ich habe dich gefragt, was du hier willst?"

Benjamin sank in sich zusammen. Kleinlaut und verlegen sagte er: „Mit Milan zusammen sein."

„Bist du ein Spion der Nachbarschaft?"

„Nein."

„Bist du ein Spitzel der Stadt?"

„Nein!"

„Willst du uns ausforschen? Hat die Presse dich geschickt?"

„Wirklich nicht. Ich schwöre es."

Plötzlich packte Baba ihn am Kragen. Er zog Ben dicht an sich heran und beugte sich bedrohlich über ihn. „Ich lasse nicht zu, dass du meinen Schäfchen schadest."

„Das …", krächzte Ben. Er nahm den Duft von Rosenwasser an seinem Gegenüber wahr, was ihn überraschte. „Das habe ich nicht vor."

Er knurrte! Baba knurrte tatsächlich wie ein Tier, die Augen zusammengekniffen und die Nase gekraust.

Benjamin konnte es kaum fassen. Als er schon befürchtete, Baba könnte sich jede Sekunde in seinem Gesicht verbeißen, ließ dieser ihn los. Er nickte Milan zu, wohl um ihm seine majestätische Zustimmung zu erteilen. Schwerfällig setzte er sich wieder, der Stuhl knackte, und die Blonde begann, ihm die Fingernägel zu schneiden.

Milan zwinkerte Benjamin zu und stieß ihn kumpelhaft mit der Schulter an.

Die Berührung schickte einen elektrischen Stoß durch Ben hindurch. Er folgte ihm flinken Fußes. Erst nachdem sie hinter einem Caravan verschwunden waren, traute sich Ben, die Speichelfetzen von der Stirn zu wischen. Sein Atem normalisierte sich. Netter Zeitgenosse. Er würde ab sofort einen großen Bogen um ihn herum machen.

Ein fröhliches Lied pfeifend, führte Milan ihn zu seinem Heim, einem uralten Caravan, der am Rand stand. Über dem Bezirk Mülheim färbten sich die Wolken immer schwärzer. Es braute sich ganz schön was zusammen.

Froh, im Trockenen zu sein, bevor das Unwetter losbrach, stieg Benjamin hinter Milan in den Wohnwagen. Als der Lockenkopf jedoch die Tür schloss, geriet sein Inneres in Aufruhr. Während draußen die Luft abkühlte, war sie im Wagen stickig. Oder kam es Ben nur so vor, weil Milan sich an ihm vorbeidrängte, enger, als notwendig gewesen wäre?

Etwas regte sich in seinem Bauch, etwas Wundervolles, ein Prickeln, das er noch nie verspürt hatte. Seine Glieder fühlten sich merkwürdig weich an. Er wusste nicht, wohin mit den Armen, stolperte über seine eigenen Beine, zudem waren sie wie aus Gummi. Er wollte etwas sagen, wollte die peinliche Stille überspielen, doch ihm fiel partout nichts ein. Sein Kopf war leer und gleichzeitig doch nicht. Denn Milan füllte seine Gedanken aus, er machte Ben nervös, dabei war er doch nur ein Typ in seinem Alter, vielleicht auch schon zwanzig oder einundzwanzig. Aber was machten schon ein, zwei Jahre Unterschied?

Herrje, reiß dich zusammen!

Milan setzte sich auf die Bank im Küchenbereich und breitete Tabakbeutel und Zigarettenpapier auf dem Tisch aus. Während er seinen Gast nicht aus den Augen ließ, drehte er sich einen Sargnagel, wie Bens Mutter, eine militante Nichtraucherin, gerne dazu sagte.

Der Blick heizte Benjamin ganz schön ein. Schweißperlen traten auf seine Stirn. Das Flattern im Magen nahm zu. Blut sammelte sich im Schritt.

Damit Milan nicht mitbekam, was bei ihm los war, drehte Ben ihm den Rücken zu. Die Gefühle waren völlig neu für ihn. Er hatte sie weder für Nina, mit der er erfolglos versucht hatte, im Sommercamp zu schlafen, empfunden, noch für den viel älteren Roman Schäfer. Zu ihm hatte er sich ohnehin nur hingezogen gefühlt, weil der Wunsch in ihm immer drängender wurde, erste Erfahrungen mit Männern zu machen.

Doch zu Milan hatte es ihn nicht aus Verzweiflung gespült, sondern Ben fand ihn wirklich scharf. Daran änderten nicht einmal das fleckige T-Shirt und die ausgefransten Jeans etwas.

Im Caravan roch es überraschenderweise nach Wald. Genau genommen nach Tannen. Benjamin tippte auf Raumspray. Unter diesem Duft nahm er noch einen anderen wahr, einen, der weniger angenehm war. Als hätte jemand feuchtes Laub über einen Hundehaufen geschoben. Man sah ihn nicht mehr, aber der Gestank war noch da. Instinktiv prüfte er seine Schuhsohlen. Sie waren sauber.

Zu Bens Überraschung war alles aufgeräumt und blitzblank. Ein Turm aus Oberteilen lag auf dem Bett gegenüber dem Tisch, an dem Milan gerade Tabak aus der Packung zupfte. Als Benjamin näher trat, vernahm er das Aroma, das davon ausging: blumig. Sie mussten frisch gewaschen worden sein. Jemand hatte sie ordentlich zusammengelegt, ebenso wie die Bettdecke. Sogar das Kissen sah aufgeschüttelt aus. Offenbar täuschte Milans Aufzug. Ben wurde aus ihm noch nicht recht schlau. Das reizte ihn nur umso mehr.

„Schon komisch“, sagte er und wandte sich wieder um, „ein Handy zu besitzen, obwohl man keinen Stromanschluss hat.“

Milan grinste ausgekocht. „Ich kann dich ja für dein Schweigen bezahlen.“

Er spielte wohl auf den Stromklau im *Libertas* an. „Als ob ich Geld von dir nehmen würde.“

„Wer spricht denn von Kohle?“

Nun beeilte sich Benjamin, Platz zu nehmen, denn seine Hose wurde immer enger. „Leben deine Eltern auch im Freistaat?“

„Bloß nicht. Ich würd keine Sekunde länger bleiben! Meine Erzeugerin und ich sind vor meinem Produzenten abgehaun – heimlich, nachts, so weit weg wie möglich, nach Deutschland, damit er uns nicht kriegt.“

„Warum?“

„Hat uns immer geprügelt, damals in Mazedonien. Hat unsere Pässe versteckt, damit wir nicht über die Grenze können. Sind wir aber doch. Ein Bekannter hat uns in seinem Auto rübergebracht. Da war ich acht.“ Mit der Zungenspitze befeuchtete Milan das Zigarettenpapier. „Wir haben ’ne Weile auf der Straße gelebt. Bis meine Erzeugerin einen neuen Stecher fand. Der hat uns mit zu sich genommen. Zuerst war er ganz okay, aber dann hat er uns auch geschlagen. Mich besonders, weil er mich nicht wollte. Er wollte nur sie. So ist das halt.“ Das Feuerzeug zischte. „Weiber halten sich immer die gleichen kaputten Typen.“

Nicht nur Frauen, dachte Ben. Auch er hatte sich unbewusst immer an die Falschen gehalten. „Das muss schlimm für dich gewesen sein.“

„Ich bin weg, mit zwölf. Keiner hat mich je gesucht. Hab nicht weit von denen entfernt unter einer S-Bahn-Brücke gepennt. Irgendwie habe ich mich durchgeschlagen, auch mal bei einem Kumpel übernachtet.“

Ben wollte lieber nicht genauer wissen, was das bedeutete. Er bekam einen schalen Geschmack im Mund, sah jedoch nirgends ein Getränk und wollte Milan auch nicht unterbrechen. Denn er war gierig darauf, alles über ihn zu erfahren.

„Waren schwere Zeiten. Haben mich hart gemacht. Aber gebettelt habe ich nie!“ Kraftvoll stieß Milan den Rauch aus und setzte damit ein sinnbildliches Ausrufezeichen hinter seine Aussage.

Bens Herz wurde schwer. Allerdings fragte er sich auch, wie sein Schwarm sich über Wasser gehalten hatte. Ihm fiel nur eine Möglichkeit ein: Milan musste in fremde Taschen gelangt haben. Das bedeutete, er war ein Dieb. Und er hielt sich illegal in Deutschland auf. Eins wurde somit für Ben klar.

Er durfte Milan niemals Daniel vorstellen!

Bedingt durch seinen Beruf hatte dieser einen Riecher für alles Gesetzwidrige. Zwei, drei Fragen und er würde Bescheid wissen. Aber welche Zukunft hatte eine Beziehung, wenn man sie vor der Familie geheim halten musste?

„Vor nem Jahr oder so strandete ich in Colonia. Seitdem lebe ich hier. Mir ging es nie besser!“ Milan steckte die Zigarette in den Mundwinkel, nahm einen Zug und verschränkte die Finger hinter dem Kopf.

Eine Weile schauten sie sich in die Augen.

Plötzlich stand Milan auf und setzte sich so dicht neben Ben, dass sich ihre Arme berührten. Er hielt ihm seine Fluppe hin. „Willste auch eine? Kannst meine haben.“

Einen Moment lang war Benjamin versucht, sie zu nehmen, nur um seine Lippen auf die Stelle zu pressen, an der Milans gewesen waren. Doch schließlich hob er abwehrend die Hand. „Hab’s aufgegeben.“

Milan stützte sich an der Wand hinter Ben ab und drehte sich weiter zu ihm herum. „Biste Sportler und lebst gesund, oder was?“

Draußen rief jemand Milans Namen, doch er reagierte nicht.

„Wie kommst du denn darauf?“ Wie ein Moralapostel wollte Ben nicht rüberkommen. Das war uncool!

„Na, wegen deinen Muskeln.“ Mit den langen schlanken Fingern schob Milan den Ärmel von Bens Shirt hoch und strich gleichzeitig über dessen kleinen, jungfräulichen Bizep.

„Hörst du mich?“

Irritiert sah Benjamin zur Tür, doch Milan nahm den Blick nicht von ihm. Obwohl es drückend im Wohnwagen war, hatte Ben eine Gänsehaut. Sein Hals war wie zugeschnürt. Seine Haut kribbelte, sein Puls raste und er bekam keinen Ton heraus. Stocksteif saß er da, anstatt die Gunst der Stunde zu nutzen. Wie dämlich kann man sein!

Anscheinend war Milan weniger beeindruckt von ihm oder er besaß einfach mehr Erfahrung, denn er neigte sich vor. Kurz vor Bens Gesicht stoppte er. Dieser spürte Milans Atem. Er kitzelte ihn an der Oberlippe. Benjamin genoss das Prickeln, die Nähe berauschte ihn.

Als Milan den Mund leicht öffnete, hielt für Ben die Welt an.

Im nächsten Moment küsste Milan ihn. Er schmeckte so gut, nach Tabak, nach Sommer, nach Freiheit und Lust. Milan entpuppte sich als geschickter Küsser. Nicht zu feucht, nicht zu trocken. Zärtlich spielte er mit Bens Zunge. Benjamin wurde endgültig hart. Für ihn war es das erste Mal mit einem Mann. Und er wollte mehr! Es fühlte sich gut an und richtig und …

Es klopfte an der Tür. „Bitte, ich brauche deine Hilfe!“

Erschrocken löste sich Benjamin von Milan. Mit dem Hinterkopf schlug er gegen die Wand, worauf Milan ihn auslachte.

Schlagartig wurde Milan ernst. „Diesen kleinen Pisser bringe ich um!“

Er sprang auf und riss die Tür so brutal auf, dass die Scharniere knacksten. „Was willst du?“ Er stürmte hinaus.

Ben eilte ihm hinterher und zog ihn von dem Typen weg, den er grob schüttelte. Dieser musste zwar im selben Alter sein wie sie, aber er wehrte sich in keinster Weise. Nicht vom Aussehen, wohl aber vom Verhalten wirkte er viel jünger als sie.

Milan stieß ihn fort.

Ängstlich guckte dieser zwischen den Strähnen seines schulterlangen honigfarbenen Haares hervor. *„Perdón! Perdón! Perdón!“*

„Mach das nicht noch einmal, du Hirni.“ Grob klopfte Milan ihm mit der Faust auf den Kopf. „Wenn die Tür zu ist, heißt das: Ich will meine Ruhe haben. Klar?“

„Está bien! Lo siento. Kommt niiie wieder vor. Tschuldigung.“

Drohend machte Milan einen Schritt auf ihn zu. „Das will ich hoffen.“

„Lass gut sein“, bemühte sich Ben, ihn zu beruhigen.

„Das ist Angel.“ Milan sprach den Namen wie Anchel aus. Er ließ den Zeigefinger neben seiner Schläfe kreisen. „Er tickt nicht sauber, er ist nicht ganz auf der Höhe, du weißt schon. Alles, was er kann, ist nerven. Da tut man ihm einmal einen Gefallen und schenkt ihm ein Handy und dann nervt er ständig, weil er nicht damit klarkommt.“

„Was hast du gemacht?“ Benjamin zeigte auf Angels zerkratzte Unterarme. Sie sahen nicht so aus, als wäre er in einen Dornenstrauch gefallen, sondern eher, als hätte jemand seine Haut vor Kurzem mit einer Gabel bearbeitet. Aber das konnte wohl kaum zutreffen. Ben versuchte, die Situation durch einen Scherz aufzulockern: „Mit einem Tiger gekämpft?“

Scheu schaute Angel zuerst Milan an und senkte dann den Blick. Er versteckte die Arme hinter dem Rücken wie ein Kleinkind.

„Also, was willst du?“, fragte Milan und seufzte.

„Du hast mir doch BRAULER draufgepackt.“ Angel hielt ihm ein Smartphone hin. Das Gehäuse war mit Glitzerstickern verziert.

Stand er etwa auf solch einen Mädchenkram oder …? Benjamin runzelte die Stirn. Milan hatte Angel das Gerät gegeben, rief er sich in Erinnerung. Woher sollte er das Geld haben, um für sich eins zu kaufen, geschweige denn ein zweites für den Spanier? Ben ahnte die Antwort, aber er wollte sie nicht wahrhaben.

„Installiert nennt man das, du Schwachkopf!" Milan entriss Angel das Gerät. „Und das Spiel heißt *Brawler*. Das ist Englisch. Ich zeig dir gleich mal, was das auf Deutsch heißt."

„Bleib locker", warf Ben ein, um zu verhindern, dass Milan eine Rauferei anfing. Angel hätte keine Chance gegen ihn. Er reichte ihm bis zum Kinn und hatte eine Figur wie ein Streichholz.

Angel knabberte an der Unterlippe. „Es hängt."

„Wie hast du das schon wieder geschafft?", fragte Milan kopfschüttelnd.

„Hab den Axtmann *liquidado*." Mit dem Zeigefinger fuhr Angel sich über die Gurgel. „Da hat sich das Game aufgehängt."

„Was? Du willst mich wohl verarschen!", brüllte Milan und gab ihm einen Klaps.

„Milan!", sagte Ben scharf.

„Der braucht das. Dadurch kann er besser denken." Abfällig lächelte Milan. Er wandte sich wieder an Angel. „Wie willst du den High-End-Gegner gekillt haben?"

„Hab ihm das Beil abgenommen und den Kopf abgeschlagen."

„Du, Wichser?"

„Hab mir den kleinsten Chara ausgesucht. Der ist nämlich *muy rápido*. Hab Anlauf genommen. Bin dem Fiesling durch die Beine geschliddert. Die Fliesen im Schwimmbad sind an einer Stelle voll rutschig, weil Wasser aus einem Rohr tropft. Dabei hab ich ihm in die *los cojones* geschlagen. Er fiel auf die Knie. Hab die Axt geschnappt und zack!"

Ben zischte. „Ganz schön brutal."

„Cool, nicht?" Milans Augen strahlten. Kumpelhaft knuffte er ihn. „He, ist doch nur 'n Computerspiel. Ich daddele das heimlich im *Libertas*. Gibt's jetzt auch als Spiele-App fürs Smartphone."

„Echt krasser Scheiß!" Angel nickte wie ein Wackeldackel. Dabei schaute er zu Milan auf, als wäre dieser der Messias, während Milan versuchte, das Gerät wieder zum Laufen zu bekommen.

Die beiden schienen eine merkwürdige Beziehung zueinander zu haben. Benjamin fror. Die Temperaturen waren merklich abgekühlt und er hatte keine Jacke dabei. Außerdem musste er mal. „Ich geh kurz …" Er deutete in Richtung Dixi-Klos.

„Quatsch", sagte Milan. „Geh hinter meinen Caravan."

„Meinst du wirklich?"

„Klar, mach ich immer."

Wenn die Stadt das mitbekam, wäre es womöglich aus mit der Akzeptanz für den Freistaat Colonia. Aber zwei Toilettenkabinen für – Wie viele Menschen mochten hier leben? Fünfzehn oder zwanzig? – waren viel zu wenig. Ben spürte schon den drohenden Herpes an der Lippe, wenn er nur an die Plastikhäuschen dachte.

Überzeugt, dass das Pinkeln unter freiem Himmel die bessere Alternative war, ging er um den Wohnwagen herum. Er hörte noch, wie Angel fragte: „Hab ich alles *bueno* gemacht?"

Aus einem unerfindlichen Grund befürchtete Benjamin, dass der Spanier sie absichtlich unterbrochen hatte, dass es Milans Plan gewesen war, ihn mit dem Kuss nur anzufüttern oder zu verarschen. Ob Angel heimlich Handyfotos von ihnen gemacht hatte? Damit Milan den neuen Praktikanten in der Kulturstätte bloßstellen konnte?

Aber dann antwortete Milan: „Beim nächsten Mal putzt du die Kloschüssel mit deiner Zahnbürste, ist das klar?"

Wie hatte er nur an Milan zweifeln können? Erleichtert grinste Ben. Wahrscheinlich lag es daran, dass er zu viele schlechte Erfahrungen gemacht hatte. Doch Milan war nicht so hart, wie er tat, sonst würde er Angel doch kein Handy schenken und ihm immer wieder helfen, es zu reparieren. Und das mit der Bürste war ein Scherz gewesen. Oder? Warum lachte dann keiner der beiden?

„Und ... und ...", stotterte Angel. „Hab sogar Weichspüler ins Wasser getan. Da war ein Bild von *la Orquidea* auf der Packung. Hab ich der Janka stibitzt."

Die Stimmen wurden leiser, je weiter Benjamin schritt.

„Bist du verrückt, du Spasti? Das braucht sie für Babas Wäsche!"

„*No! No.* Nicht wieder schlagen, *por favor*", winselte der Junge.

Nun machte sich Benjamin Sorgen. Sollte er umkehren? Aber seine Blase platzte bald. Außerdem hörte er ein Kichern. Von Angel? Von Milan? Wenn gelacht wurde, konnte es schon nicht so schlimm sein.

Jetzt wusste Ben wenigstens, wer Milans Domizil sauber hielt und aufräumte. Wahrscheinlich eine Gegenleistung, weil er dem Spanier das Handy besorgt hatte. Was auch immer das hieß. Vielleicht jobbte Milan ja. So lief es eben in einer Kommune. Eine Hand wusch die andere.

Ben hörte die beiden nicht mehr, weil er um den Wohnwagen herum war. Die Reifen hatten allesamt keine Luft mehr. Das Gummi bröselte bereits ab. Die Metallschienen, die außen herumführten, rosteten. Eins der Fenster schloss nicht mehr richtig. Wie heizte Milan seine Behausung überhaupt? Vermutlich gar nicht. Benjamin wollte sich nicht vorstellen, wie kalt es im Winter darin wurde.

Plötzlich tat ihm Milan leid. Auch wenn er nicht den Eindruck machte, dass es ihm schlecht ging. Unter Umständen war er wie Daniel. Der überspielte sein Leid gerne mit Sarkasmus, Milan vielleicht mit Coolness.

Als Ben den Campingtisch sah, überlegte er, doch das Dixi-Klo aufzusuchen. Er konnte nicht dorthin pinkeln, wo Milan bei schönem Wetter aß.

Auf dem Tisch nahm er einen dunklen Fleck wahr. Zuerst erkannte er nicht, was es war. Er schaute gar nicht richtig hin, war nur damit beschäftigt, an seinen Schwarm zu denken und einzuhalten. Es mochte Dreck sein. Doch der Klumpen hatte Haare. Er war auch nicht braun, sondern grau.

Irritiert sah er genauer hin. Das war doch nicht …? Das konnte doch nicht …?

Eine Maus lag da vor ihm. Aber sie hatte weder Extremitäten noch einen Schwanz. Nur ein kleiner flauschiger Ball. Mit fünf blutigen Stellen. Reglos, geschunden und tot.

Plötzlich bewegte sie den Kopf. Schwerfällig drehte sie ihn in Bens Richtung. Dieser Blick! Traurig. Ängstlich. Lebensmüde.

Entsetzt schnappte Ben nach Luft. Ihm wurde kotzübel. Sie lebte noch! Wie konnte sie noch leben?

„Milan! Miiilaaan!“

Keuchend stützte er sich auf den Oberschenkeln ab. Doch damit kam er der entstellten Maus noch näher. Schnell richtete er sich wieder auf. Sein Herz brach fast entzwei. Er musste an Kobold denken, seine geliebte Hausratte. Sie hatte ebenfalls ein grausames Ende gefunden. Bens Augen wurden feucht.

„Miiilaaan!"

Hinter sich hörte er schlurfende Schritte. „Ja doch, ich komme. Warum flippst du denn so aus?"

Mit zitterndem Finger zeigte Ben auf das winzige Tier.

Milan blieb neben ihm stehen. „Hast du etwa Schiss vor Mäusen?"

„Saukomisch." Ben war nicht zum Scherzen zumute. „Jemand hat ihr die Beine und den Schwanz ausgerissen."

„Oder abgeschnitten."

Wie konnte Milan nur so gelassen bleiben? „Wer war das?"

„Bestimmt der fette Kater, den Angel angefüttert hat. Ist Jerry selbst schuld, wenn er sich von Tom fangen lässt."

„Das kann nicht sein. Eine Katze hätte alles gefressen. Der kleine Körper sieht ja nicht einmal ...", Ben musste erst den Speichel runterschlucken, der sich in seinem Rachen sammelte und ihn zum Würgen brachte, „angeknabbert aus."

Milan zuckte mit den Schultern. „Was weiß ich?"

„Jemand muss sie dir auf den Tisch gelegt haben, damit du dich erschreckst."

„Ich erschreck mich doch nicht vor einem Mäuschen!"

„Vielleicht einer von den Anwohnern, einer, dem es nicht reicht, Zettel mit leeren Drohungen an den Zaun zu hängen." Bens Stimme überschlug sich fast. „Oder einer aus der Kommune. Kann es Angel sein, ist es Angel? Du sagtest doch, er wäre geistig zurückgeblieben. Eventuell nur ein dummer Streich, er wollte dich ärgern und ist übers Ziel hinausgeschossen."

„Krieg dich mal wieder ein. Du drehst ja voll ab."

„Sie lebt noch! Siehst du das nicht? Verdammte Scheiße, sie bewegt die Augen."

„Mehr kann sie ja auch nicht tun."

Angesäuert boxte Benjamin ihn. „Hör auf, so saucool zu tun!", schrie er und wurde immer lauter. „Wir müssen etwas unternehmen, wir müssen ihr helfen."

„Was willst du denn tun? Die ist hinüber."

„Wir … wir …" Ben bekam die Worte nicht über die Lippen.

„Jetzt stotterst du schon wie Angel."

„Wir müssen sie töten."

Milans Stirn legte sich in Falten, aber er schmunzelte. „Echt, das willst du?"

„Nein, aber wir können sie nicht retten. Daher müssen wir sie erlösen. Damit sie sich nicht länger quält. Sie leidet bestimmt unvorstellbare Schmerzen."

„Okay." Milan langte in die Hosentasche und holte ein Taschenmesser heraus. Nachdem er die Klinge aufgeklappt hatte, hielt er es Benjamin hin.

Ben konnte sich nicht überwinden, auch nur die Hand danach auszustrecken. Stattdessen vergrub er sie in einer Achsel. „Auf keinen Fall!"

„Du hast doch gerade gesagt …?"

Hatte er. Aber … „Ich kann das nicht."

„Wenn du so tierlieb bist, dass du fast zu flennen anfängst wegen einer Maus, musst du sie auch erlösen können."

Damit hatte Milan nicht unrecht. Ben wurde kleinlaut. „Das bringe ich aber nicht fertig."

Seufzend steckte Milan das Messer weg. „Dann muss ich das wohl erledigen. Aber damit schuldest du mir was."

Ohne Scheu packte er die Maus. Sie quiekte kurz und verstummte. Vermutlich war sie schon zu entkräftet. Ben befürchtete, er könnte sie einfach zerquetschen. Doch Milan stapfte davon.

Aufgewühlt folgte Ben ihm. Sein Herz wummerte, sodass die Magenwände vibrierten und das Essen retour schickten. Erneut kämpfte Ben gegen den Brechreiz an. Diesmal war er stärker als zuvor. Galle stieg bitter bis in den Rachen.

Im Slalom lief Milan um die Wohnwagen herum. Er steuerte das Lagerfeuer in der Mitte der Kommune an. Dort blieb er stehen. Er schaute Benjamin an, während er sein Versprechen einlöste.

Milan streckte den Arm aus.

Öffnete die Finger.

Und warf die Maus in die Flammen.

Ben war zum Heulen zumute, aber er konnte nicht – er war zu schockiert. Dass Milan die Fassung behielt, imponierte ihm, es erschreckte ihn jedoch auch. *Wer hätte denn sonst der Maus zum Gnadentod verhelfen sollen, du Held?*

„Danke“, wollte er sagen, doch das hätte zu schal geklungen, daher entschied er sich dagegen. Er war nicht dankbar, sondern er fand das ganze Erlebnis einfach nur grauenhaft. Das arme Tier!

Es fing an zu regnen. Hier und da fielen vereinzelt dicke Tropfen herab. Sie schlugen in den Kaffeebechern und Suppentassen der Frauen und Männer ein, die auf den provisorischen Bänken saßen, und verursachten kleine Detonationen. Die Anwesenden, die gar nicht so schnell erfasst hatten, dass Milan gerade vor ihren Augen ein Leben ausgelöscht hatte, flohen in ihre Behausungen. Es schüttete immer mehr. Wie aus riesigen Gießkannen ging das Wasser nieder. Als wollte der Himmel das Feuer löschen und die Maus retten. Ben erschauerte. Eine Windböe riss zornig an seinem Shirt. Sie brachte eiskalte Luft mit und brachte ihn zum Schlottern.

„Weichei, du.“ Milan trat dicht an ihn heran. Tief schaute er ihm in die Augen, er blinzelte die Flüssigkeit weg und strich mit dem Zeigefinger imaginäre Tränen von dessen Wange. „Kannst froh sein, dass du mich jetzt hast.“

Ungeachtet der Schauer schlang Milan die Arme um ihn. Er hielt Benjamin ganz fest und drückte dessen Gesicht in seine feuchten Locken. Milans Hand streichelte über seinen Rücken. Es war genau das, was Ben in diesem Moment brauchte: Trost.

Jetzt erst empfand er Dankbarkeit.

25. KAPITEL

Ein heftiger Schauer ging über der Industriebrache in Godorf nieder. Alle flüchteten in die Ruine. Nur die Mitarbeiter der Spurensicherung stellten sich unter die Baldachinzelte, die sie aufgestellt hatten, um den Tatort auf dem Privatgrundstück und im Wald zu schützen. Einige von ihnen hielten fluchend die Stangen fest, andere kämpften gegen den Wind an und zogen die Seitenwände ein.

Daniel legte das Handy in den Schoß und gab Gummi. Wie ein geölter Blitz schoss er in die alte Fabrik. Er fuhr sich durch die nassen Haare. Das Wasser lief ihm in den Nacken. Dankend nahm er das weiße Stofftaschentuch an, das Lioba Zur ihm hinhielt, und fragte sich, warum er verlegen wurde. Um dem Blick aus ihren eiswürfelblauen Augen zu entgehen, guckte er weg und erkannte zu spät, dass es sich um ein Halstuch handelte. Er wollte es ihr zurückgeben, doch ihr Mobiltelefon klingelte und sie trat beiseite, um den Anruf anzunehmen. Also wischte er sich damit trocken, was sich unangenehm intim anfühlte, und stopfte es in die Hosentasche, um es ihr später zurückzugeben.

Während er beobachtete, wie sie heftig gestikulierend telefonierte, hielt er wieder das Handy ans Ohr. Eine Autotür wurde auf der anderen Seite der Leitung zugeschlagen. Leander musste vor dem Wolkenbruch ins Auto geflüchtet sein.

Olaf Plank war tot. Ihr Hauptverdächtiger. Zu Tode geprügelt wie Clemens König und das unbekannte Opfer, das gerade zur Rechtsmedizin transportiert wurde.

Die Neuigkeiten brachten Daniels Theorie durcheinander. Er knirschte mit den Zähnen und schloss die Hand fester um das Smartphone. „Plank kann noch immer der Täter sein", sagte er wenig überzeugt.

„Negativ, Sherlock." Leander imitierte einen Buzzer. „Er starb fünf Tage bevor König verschwand."

Das Konstrukt, das Daniel sich anhand der Indizien in den vergangenen Stunden zusammengebaut hatte, zerfiel endgültig zu Staub.

Aber hätte Plank wirklich in seine Theorie gepasst? Bisher hatte Daniel nur den Ablauf der Tat rekonstruiert und sich daraus resultierend ein Bild vom Täter gemacht. Nun, da er den Gedanken zu Ende führte und Olaf Planks Profil über diese Schablone schob, wurde ihm klar, dass es nicht passte. Ein streitsüchtiger Mann plant ein Verbrechen nicht. Dazu fehlt ihm die Geduld. Er feuert spontan aus der Hüfte.

Aber das, was hier vorgefallen war, hatte gut vorbereitet werden müssen. Ein abgelegener Tatort musste gefunden und Opfer ausgespäht werden. Die Materialien mussten zusammengestellt, der Zaun aufgebaut oder umgesetzt und die Speerspitzen angebracht werden. Das alles hatte Zeit benötigt. Daniel konnte förmlich die Vorfreude des Täters spüren. Während dieser ganzen Phase vorab hatte sich das kranke Schwein ausgemalt, was geschehen würde, hatte sich Tagträumen hingegeben, grausamen Fantasien, in denen er minutiös durchlebte, was er Clemens König und dem anderen Mann mit Downsyndrom antun würde. Nein, Plank ist nicht unser Mann.

Stirnrunzelnd breitete Tomasz die Arme aus, doch Daniel winkte ab. Er musste warten. „Wo wurde Olaf Plank getötet?"

„Zu Hause", antwortete Leander, ohne zu zögern.

„Ein Einbruch mit Todesfolge?"

„Gestohlen wurde nur das Geld aus seiner Brieftasche und die Armbanduhr, die er am Handgelenk trug."

„Niemand bricht in ein Haus ein, um dann nur die Wertsachen mitgehen zu lassen, die das Opfer bei sich trägt." Daniel trommelte auf der Armlehne des Rollis. Sein Gehirn arbeitete fieberhaft, sodass er kaum ruhig sitzen bleiben konnte. „Klingt für mich, als wollte der Täter eine falsche Spur legen."

„Ein paar Schubladen sind durchwühlt worden."

„Im ganzen Haus?"

„Nur im Wohnzimmer", Leander stockte, „wo die Leiche von der Putzfrau gefunden wurde."

„Ich sag's doch: Der Diebstahl war eine reine Alibihandlung."

„Vielleicht war der Einbrecher kein Profi und bekam kalte Füße, nachdem er von Plank erwischt wurde und ihn im Affekt erschlagen hatte."

„Würde ein Dieb auf ihn einschlagen wie ein wütender Gorilla?" Daniel wartete nicht auf die Antwort. Der Totschlag Planks stank zum Himmel. „Nein, er würde ihn niederstrecken und schnellstmöglich abhauen."

„Ich lote nur alle Möglichkeiten aus", sagte Leander leicht verschnupft.

„Gab es Einbruchspuren?"

„Nope, aber der Täter könnte geklingelt und ihn reingeschubst haben. Das machen einige Banden aus den Ostblockländern mit alten Menschen."

„Plank machte den Erzählungen nach keinen hilflosen Eindruck auf mich." Als Daniel den Kopf schüttelte, stoben Wassertropfen aus seinem Kinnbart. Gleich darunter am Hals pochte eine Ader in einem schnellen Stakkato. „Du hast doch in Erfahrung gebracht, dass er nicht nur Streit mit den Königs, sondern mit vielen Menschen hatte. Ich glaube kaum, dass so jemand einfach die Tür öffnet. Wenn du mich fragst, hat er den Täter gekannt."

„Ein Freund also?"

„Jemand wie Olaf Plank hat keine Freunde. Eher jemand, von dem er sich etwas versprach. Vielleicht eine der Personen, die er angezeigt hatte, und von der er glaubte, sie würde ihn aufsuchen, um zu Kreuze zu kriechen." Es musste einen Zusammenhang geben. Zähneknirschend ballte Daniel eine Faust, weil er noch nicht klar sah.

„Du kannst dich erschreckend gut in kranke Köpfe reindenken, Zucker."

Erfahrung, dachte Daniel, doch er sagte: „Und was lernst du daraus?"

„Dich mir als Vorbild zu nehmen?"

Die Belustigung in Leanders Stimme passte Daniel nicht. Darum drohte er aus Spaß: „Besser nett zu mir zu sein!"

„Ich trage eine Waffe, du nicht. Und was sagt uns das jetzt?"

„Dass du ein vorlautes Mundwerk deinem Vorgesetzten gegenüber hast." Daniel schmunzelte. „Gibt es schon einen Verdächtigen im Fall Plank?"

„Die Kollegen nehmen die Personen, gegen die er Anzeige erhoben hat, unter die Lupe. Das dauert, sind ein paar mehr. Aber in seltenen Fällen kam es tatsächlich zu einem Gerichtsverfahren."

Stinkefinger kam herein. Sein Schutzanzug troff so stark vom Regen, dass er ihn wechseln musste. Dabei kam neben der Faust mit abgespreiztem Mittelfinger auf dem Ohrläppchen ein weiteres Tattoo zum Vorschein: ein Totenkopf auf dem Ellbogen. Eine rote Flüssigkeit quoll aus dessen Mundwinkeln und leeren Augenhöhlen hervor. Blut!

Unweigerlich fragte sich Daniel, wie der Kriminaltechniker in vierzig Jahren über die Tätowierung denken würde, wenn er alt und faltig war. Konnte man sie dann noch weglasern lassen? Oder würde er sich unters Messer legen müssen? Dann würde dem falschen Blut echtes folgen.

Er dachte an „Papa", Vasili Papadopoulos, seinen Freund aus der Abteilung Computerkriminalität, dessen Chef ihm untersagt hatte, im Polizeipräsidium seine Körperkunst zu zeigen, dabei zählte der Goth zu der Gruppe der Endzeitromantiker. Obwohl Daniel zugeben musste, dass die Gräber, blasse Frauen mit Todessehnsucht und weinende Engel mit ausgerissenen – Blut! – Flügeln schaurig aussahen.

Ihm fiel sein eigenes Tattoo ein: Maries Name unter dem Ehering. Würde sie sich jemals von ihm trennen, stand er dumm da. Wenn es hart auf hart kam, würde er die Buchstaben mit einem schwarzen Balken übertätowieren lassen. Das würde schmerzhaft und blutig sein.

Blut. Blut! Es ratterte in Daniels Kopf. Siedend heiß fiel ihm ein, dass er ein ähnlich martialisches Tattoo wie das von Stinkefinger erst vor Kurzem gesehen hatte. Er hatte sich ein Schwert hinter dem Ohr stechen lassen. Blut floss von der Klinge. Bei der roten Farbe hatte der Tätowierer nicht gespart.

„Der Busfahrer kannte Clemens. Er rief uns statt die Polizei an. Zu dritt redeten wir dann auf Herrn Plank ein. Ein unangenehmer Zeitgenosse. Aber meine Argumente waren am Ende stärker“, hallte Königs Stimme in Daniels Erinnerung wider.

Nicht die „besseren“, sondern die „stärkeren“. Eine eigenartige Wortwahl, fand Daniel im Nachhinein. Noch naheliegender wäre die Formulierung gewesen: „Ich habe ihn davon überzeugt, keine rechtlichen Schritte gegen meinen Sohn einzuleiten.“ „Stark“ passte hier zwar als Begriff nicht hundertprozentig, wohl aber für Moritz „Mo“ König in seiner Bikerkluft.

Etwas zwackte Daniel unter dem Zwerchfell. Bei jedem Atemzug spürte er den leichten Schmerz. Daniel streckte sich nach allen Seiten, doch er ging durch die Entspannungsübungen nicht weg. Ob er sich beim Sturz in den Keller einen Muskel gezerrt hatte? „Haben die Kollegen, die die Tötung Planks bearbeiten, auch mit Clemens' Eltern gesprochen?“

„Nein, wozu? Es kam ja nicht zu einer Anzeige.“

Weil Moritz König die stärkeren Argumente hatte.

Körperlich war König Plank bestimmt überlegen gewesen. Er erweckte nicht den Eindruck, sich von irgendwem einschüchtern zu lassen.

Schüchtern, daran blieben Daniels Gedanken hängen. Innerhalb von Sekunden lief vor seinem geistigen Auge eine Szene ab, die er im Hause König miterlebt hatte.

Daniel hatte von Katharina König wissen wollen: *„Als ich Sie eben fragte, ob Clemens Ärger mit jemandem hatte, haben Sie gezögert. Warum?“*

Unsicher hatte sie ihren Ehemann angeschaut. Sie hatte das Glas geleert und es auf dem Tisch abgestellt, weil ihre Hände zitterten. „Es gibt da diesen Kerl. Der wollte ihn anzeigen. Er hat Clemens am Kragen gepackt und den Busfahrer aufgefordert, die Polizei zu rufen. Ein richtiger Choleriker!“

Erneut hatte sie zu Moritz König gesehen, aber diesmal lag Furcht in ihrem Blick.

Nun fragte sich Daniel, ob die Angst gar nicht Olaf Plank gegolten hatte. Vielleicht hatte sie befürchtet, etwas auszuplaudern, was ihrem Mann nicht recht war. Weil er der Choleriker war und Plank nur ein einsamer, unglücklicher Mann.

Katharina König hatte sich im Laufe der Befragung zunehmend schreckhaft verhalten, wurde Daniel bewusst. Zuerst hatte ihr Mann sie liebevoll umarmt … *Doch die Fassade hat stetig gebröckelt, nur dass wir das nicht bemerkt hatten.*

Kurz schloss Daniel die Augen und ließ das Zusammentreffen mit den Königs Revue passieren. Mo hatte zunehmend gepoltert. Grob hatte er den Hund beiseitegeschoben. Er war seiner Frau über den Mund gefahren und hatte sich über ihren Wunsch, er möge nicht im Haus rauchen, hinweggesetzt. Katharina war zusammengezuckt und hatte sich auf der Couch zusammengekauert … wie Daniel es als Kind selbst getan hatte, wenn sein Vater wieder einmal betrunken nach Hause kam und aggressiv war.

„Tickende Zeitbomben“, murmelte Daniel.

„Wie bitte?“

Leander riss ihn aus den Grübeleien. „Die Kollegen sollen Moritz Königs Alibi prüfen.“

Die Scheibenwischer quietschten am anderen Ende der Leitung. „Du glaubst, er hat seinen eigenen Sohn getötet?“

„Das nicht, nein, er liebt seine Familie. Er beschützt sie wie ein Löwe, da bin ich mir sicher." Der Fund von Clemens' Leichnam hatte ihn zu sehr mitgenommen, um etwas anderes zu vermuten. „Aber das bedeutet auch, dass er seine Krallen und Reißzähne einsetzt."

„Ich kann dir gerade nicht folgen."

„Ich spreche nicht von Clemens' Ermordung, sondern von Planks. Moritz König ist ein Hitzkopf." Wie sein blutiges Tattoo unter der langen braunen Mähne, hatte er versucht, sein Temperament hinter der Trauer um seinen Sohn zu verbergen. Es hatte funktioniert. Bis jetzt. Manchmal fällt der Groschen in Zeitlupe, dachte Daniel, verärgert über seine Begriffsstutzigkeit. „Wenn die Kollegen ihn unter Druck setzen, wird er explodieren und zugeben, dass er Olaf Plank in einem Anfall von Zorn zu Tode geprügelt hat. Plank hatte es gewagt, seinen Sohn, einen herzensguten Menschen, blöd anzumachen, vor allen Leuten im Bus. Der Junge war bestimmt eingeschüchtert. Er hatte ja etwas Gutes bewirken wollen. Nun schimpfte ihn jemand aus wie ein Rohrspatz und wollte sogar die Polizei rufen. Das hat den sensiblen jungen Mann bestimmt mitgenommen."

„Außerdem durfte er seitdem nicht mehr mit öffentlichen Verkehrsmitteln fahren", warf Leander ein, der langsam begriff, worauf Daniel hinauswollte.

„Genau. Clemens wurde doch noch bestraft, nicht vom Gesetz, sondern von seinen Eltern. Sie mussten ihn davor bewahren, noch einmal in eine ähnliche Situation zu geraten."

„Seinem Sohn das anzutun, obwohl er sich nichts zuschulden hatte kommen lassen, könnte Daddy stinkwütend gemacht haben. Ja, das kann ich mir bei ihm vorstellen. Seine Freunde und er wirkten nicht gerade friedliebend."

„Ich vermute, dass er Olaf Plank zu Hause aufsuchte, um ihm eine Lektion zu erteilen. Unter Umständen wollte er sogar nur mit ihm reden, ohne dass seine Frau oder jemand anders dabei war."

„Nur reden?", hakte Leander skeptisch nach.

„Einen verbalen Denkzettel verpassen, ihm drohen, nicht mehr und nicht weniger, aber die Situation geriet außer Kontrolle."

„Ich rufe sofort bei den Kollegen an und setze sie auf diese Spur. Gut gemacht!"

Daniel schnaubte. „Seit wann lobt der Assi den Chef?"

„Wenn er es verdient hat."

„Soll das heißen …“ Aber Leander hatte schon aufgelegt. Daniel erzählte Tomasz von der Tötung Planks.

„Ein Verdächtiger weniger auf unserer eh schon mickrigen Liste.“

„Ich glaube schon lange nicht mehr an die Theorie, dass Clemens ermordet wurde, weil Plank oder jemand anders dachte, er würde ihn bestehlen, als er ihm eins seiner schrägen Pappgesichter zusteckte.“

„Sondern?“

„Das Motiv kenne ich noch nicht.“

„Eben hast du so getan, als hätten wir den Fall bis Mitternacht gelöst.“

„Deine Glücksfee wird leider noch länger auf dich warten müssen.“

Tomasz errötete leicht und trat näher an den Ausgang aus der Ruine. Er deutete auf die beiden Zelte der Spurensicherung, eins auf dieser Seite der Mauer, eins auf der anderen. „Verrätst du mir jetzt endlich, was es mit den vierzehn Löchern dort drüben auf sich hat? Klar, dort hat der Bauzaun gestanden, so viel kapier selbst ich. Aber das ergibt doch keinen Sinn. Die eine Hälfte hier, die andere drüben im Wald.“

„Leider doch. Der Zaun mit dem Stacheldraht diente einem grausamen Zweck. Er grenzte eine Arena ein.“

„Wie bitte?“

„Überleg doch. Zwei Hälften, zwei Gegner, zwei Tote, beide nackt und mit unzähligen Verletzungen, die zum Großteil auf einen Faustkampf zurückzuführen sind. Ich wette, der Gerichtsmediziner“, bei dem Gedanken an Sachs rümpfte Daniel unwillkürlich die Nase, „wird feststellen, dass die Wunden des einen vom anderen stammen.“

„Unfreiwillige Gladiatoren?“ Mit offenem Mund wandte sich Tomasz ganz um. Er merkte gar nicht, dass der Regen fast waagerecht fiel und sein Rücken nass wurde.

„Als zusätzliche Folter hat der Täter Speerspitzen in dem Mauerabschnitt, der den Schauplatz teilte, angebracht. Die beiden Männer sind sicher daran mit dem Fuß oder dem Knie hängen geblieben, wenn sie versuchten, vor dem Gegner wegzulaufen und darüberzuspringen. Sie wurden bestimmt auch als Waffen eingesetzt. So oder so wird eine der Spitzen in die Stirn des zweiten Opfers gelangt sein. Der Täter hat die anderen mitgenommen, um Beweise zu vernichten.“ Während Daniel seine Theorie erklärte, bewegte er unruhig den Rollstuhl seitlich hin und her. Die Scharniere quietschten. „Aber der Zaun war nicht so leicht ungesehen zu entsorgen, daher warf er ihn in den Schutzbunker. Er hoffte wohl, dass die Vergangenheit dieses Ortes – der Schwulentreff und der Übergriff durch Neonazis – die Anwohner abschrecken würde, ihn aufzusuchen."

Tomasz zwinkerte. „Aber er hat nicht mit einem lüsternen alten Pärchen gerechnet."

„Verliebt, bitte schön."

„Das auch, bestenfalls." Endlich merkte Tomasz, dass er nass wurde. Er trat vom Eingang weg, zog leise schimpfend die Lederjacke aus und schüttelte die Wassertropfen ab. „Warum zwei Männer mit Trisomie 21?"

„Wenn wir das herausfinden, sind wir ihm einen guten Schritt näher. Aber dass er Opfer mit Downsyndrom ausgewählt hat, gegeneinander bis auf den Tod anzutreten, macht diesen Fall erst richtig pervers!" Abrupt blieb Daniel still stehen. „Weißt du, was mir schon die ganze Zeit Kopfzerbrechen bereitet?"

„Wie du Marie klarmachen sollst, dass du dich nicht geprügelt hast? Denn so siehst du durch den Absturz aus."

„Ich bin nur beinahe abgestürzt", korrigierte Daniel ihn und gab ein Brummen von sich. „Ich kann mir nicht vorstellen, dass der Täter das alles für sich allein initiiert hat. Denn wo eine Arena ist, da sind auch immer Zuschauer."

27. KAPITEL

„Der Erkennungsdienst hat keine Hinweise auf Publikum gefunden", sagte Tomasz einige Tage später im Polizeipräsidium zu Daniel.

Leider! Daniel murrte und nippte an seinem Nachmittagskaffee. „Der Regen hat viele Spuren zerstört. Außerdem wurde auf der Waldseite gefegt."

„Gefegt?" Tom warf Leander, der ihm gegenübersaß, einen spöttischen Blick zu. „Mit einem Besen oder …?"

„Der hätte Rillen im Erdreich hinterlassen. Ich vermute, es waren Zweige."

„Von Tannen oder von Laubbäumen?", hakte Leander mit schalkhaftem Lächeln nach.

„Lacht ihr nur über mich." Daniel zweifelte jedoch selbst. Möglicherweise hatte er sich getäuscht. Im Moment wies alles auf einen Einzeltäter hin. Kreativ zu denken war immer hilfreich, nur durfte seine Fantasie nicht mit ihm durchgehen.

Gedankenversunken schaute er aus dem Fenster. Eine graue Suppe hing über Köln. Der sonnige Frühsommer hatte sich mit dem Mord an Clemens König und Steffen Langweber, so der Name des Opfers mit dem gespaltenen Schädel, verabschiedet.

Unglücklicherweise auch die Harmonie zwischen Marie und ihm.

Sie deckte den Frühstückstisch für ihn mit, redete normal mit ihm und gab ihm einen Kuss, bevor sie zur Arbeit fuhr. Doch es waren Kleinigkeiten, die ihn beunruhigten. Wenn sie mit ihm sprach, schaute sie ihn kaum an. Sie küsste ihn auf die Wange oder die Stirn und selten auf den Mund. Und sie räumte nur ihr Brettchen und ihre Tasse ab. Bisher hatte sie in einem Schwung auch sein Geschirr in die Spülmaschine geräumt. Selbstverständlich war das nicht schlimm. Wahrscheinlich wollte sie ihm nur einen Hinweis geben, dass die Schonzeit vorüber war, und sie hatte ja recht. Rolli hin oder her, sie brauchte ihn nicht zu bedienen.

Aber die Summe der Dinge, die sie anders als zuvor machte, bereitete ihm Sorgen.

Am Morgen hatte er ihr eine Liebesbotschaft hinterlassen und den Zettel auf das Alice-Munro-Buch, das sie zurzeit verschlang, geklebt. Sie musste ihn schon entdeckt haben, als sie es in die Handtasche gesteckt hatte, bevor sie das Haus verließ, spätestens wenn sie in der Bahn auf dem Weg zum Musical Dome ein paar Seiten las.

Doch nichts. Keine SMS.

Es mochte immer noch sein, dass sie den Post-it nicht gefunden hatte. Aber das konnte nicht auf das Herz, das er aus der Werbeanzeige eines Pharmaunternehmens in der Zeitung geschnitten und in ihr Portemonnaie gesteckt hatte, zutreffen. Sie hatte sich längst ein belegtes Brötchen oder einen Salat gekauft. Die Mittagszeit war lange vorüber.

Vielleicht war sie eingeladen worden. Möglicherweise war sie derart im Stress, dass sie nicht dazu kam, ihm zu simsen. Schließlich hielt der neue Intendant die Belegschaft gehörig auf Trab. Er meinte, alles ändern zu müssen, nur um zu zeigen, wer der neue Chef im Hause war.

Aber was war mit seiner E-Mail? Daniel hatte Marie den virtuellen Gutschein für eine Massage, ausgeführt von ihm höchstpersönlich, geschickt, an ihren privaten Account, den sie von ihrem Smartphone aus regelmäßig abrief. Die Accessoires auf dem angehängten Foto – eine Augenbinde aus rotem Samt, eine Straußenfeder und Schoko-Body-Paint – sollten eine erotische Anspielung sein.

Keine Reaktion. Null. Zero.

Eventuell war sie nur zu beschäftigt, um sich bei ihm zu melden. Unter Umständen lag ihr aber auch etwas quer. Nach dem Misserfolg heute wurde er sich immer sicherer, dass Letzteres zutraf. Diese unterschwellige Missstimmung hielt schon zu lange an. *Frauen und ihre stummen Botschaften!* Konnten sie nicht freiheraus sagen, was sie verärgerte?

Leander zupfte ein Stück von seinem Banane-Nuss-Muffin ab. „Hast du Nackenschmerzen?"

„Ich trainiere doch! Meine Muskeln im Oberkörper sind hart wie Stahl." Den Beweis trat Daniel aber nicht an. Ihm war es zu blöd, den Hulk zu mimen.

Als Tomasz prustete, stoben Kaffeetropfen über den Schreibtisch. Rasch wischte er sie mit einem Papiertaschentuch auf.

„Pass auf ...", schmunzelnd betrachtete Leander die Banane in dem Kuchenhappen, den er zwischen Daumen und Zeigefinger hielt, „dass du nicht versehentlich vor zu viel Kraft die Greifringe deines Rollstuhls abbrichst."

„Oder dir das Genick, wenn ich dir gleich einen Klaps gebe."

„Hätte ja sein können, dass dir etwas wehtut. Du hast nämlich gerade geseufzt."

„Niemals! Nur Frauen und Männer, die einen Muffin essen, indem sie ihn mit spitzen Fingern Stück für Stück zerrupfen, seufzen."

Als würde er versuchen, einen Basketball in den Korb zu werfen, warf Tom das Taschentuch in den Mülleimer. „Hast du aber, Kumpel."

„Das war nur die Luft, die aus meinem Sitz entwichen ist."

„Das, Zucker, klingt dann eher", Leander spülte den Bissen mit einem Schluck Ingwertee hinunter, „wie ein Furz."

„Ehrlich?" Entsetzt riss Daniel die Augen auf. „Sag mir, dass du mich auf den Arm nimmst."

Leander faltete sorgfältig das leere Muffinpapier zusammen, bis es nicht größer als eine Eincentmünze war. „Das war genauso ein Scherz, wie du nicht geseufzt hast."

Daniels Wangen brannten. Hätte er das eher gewusst, hätte er dem Techniker vom Rollstuhlreparaturdienst, der gestern sein Gefährt wieder auf Vordermann gebracht hatte, gesagt, er müsse das sofort ändern. Nun traute er sich kaum noch, sich zu bewegen, aus Sorge, das Polster könnte Laute wie ein Pupskissen von sich geben. „Zurück an die Arbeit, Kollegen! Steht schon fest, mit welcher Waffe Langwebers Kopf gespalten wurde?"

„Nach Dr. Sachs' Meinung wurde eine Hiebwaffe mit äußerst scharfkantiger ein- oder zweiseitiger Schneide benutzt, ein herkömmliches Beil zum Beispiel, wie das zum Holzhacken, eine Zimmermannsaxt oder ein Kaukamm, das ist ein Grubenbeil", erklärte Tom. „Er schließt aber auch eine Labrys oder etwas Mittelalterliches wie eine Hellebarde oder einen Rossschinder nicht aus."

„Er hat sich schon bei dir gemeldet?" Überrascht krauste Daniel die Stirn. Ihm lag noch kein Obduktionsbericht vor. Sein Magen zog sich zusammen vor Verstimmung.

Tomasz schüttelte den Kopf. „Das sagte er schon am Fundort der Leiche zu mir. Die Wunde war keilförmig, die Ränder waren nicht ausgefranst, der Schnitt ging durch die Schädeldecke wie ein Messer durch Butter – seine Worte, nicht meine."

Also hatte Tom doch nicht nur mit Fee per SMS geflirtet. In Gedanken entschuldigte sich Daniel für den Vorwurf. Diesmal beeilte sich der Rechtsmediziner offenbar nicht mit der Sektion. Eine kleine Rebellion gegenüber Lioba Zur? „Noch andere erste Erkenntnisse von Dr. Griesgram?"

„Der Täter hat nur ein einziges Mal zugeschlagen. Die Schneide muss extrem scharf gewesen sein, sonst wäre sie nicht so tief eingedrungen und hätte die Schädeldecke an der Eintrittsstelle regelrecht zerbröselt. Es floss reichlich Blut, daher lebte das Opfer noch. Der Tod muss sofort eingetreten sein."

Wahrlich kein schöner Anblick! Das Bild von Steffen Langwebers gruselig entstelltem Gesicht tauchte in Daniels Erinnerung auf. Der Spalt zog sich bis zur Nase. Blut und Gehirnmasse waren träge herausgeflossen und erstarrt. Das schaurige Kunstwerk eines eiskalten Killers.

„Ein einziger präziser Hieb", sinnierte Daniel laut. „Der Täter hatte nicht das erste Mal eine Hacke in der Hand."

„Er muss aber nicht zwingend schon jemanden damit umgebracht haben", warf Leander ein, der Kästchen auf seinen Block zeichnete, etwas, das er immer tat, wenn er intensiv nachdachte.

„Das nicht, aber die Waffe war auch kein Fremdkörper für ihn, er hat sie nicht zufällig am Tatort gefunden, sondern mitgebracht. Nicht nur das, er hat vorher sogar damit geübt, sonst hätte er nicht genau zwischen die Augen getroffen. Was mich allerdings beunruhigt, ist, dass er die Kontrolle behielt." Es sagte Daniel viel über den Täter. Sie hatten es mit einem Psychopathen zu tun, der es ihnen sehr schwer machen würde, ihn zu schnappen. „In einer angespannten Situation wie dieser behielt er die Nerven und führte den Schlag genau aus."

„Woher weißt du, dass nicht Clemens König Steffen Langweber mit der Axt getötet hat?" Weitere Rechtecke füllten das Blatt Papier vor Leander.

„Weil er zuerst starb. Mit den Verletzungen hätte er kein Beil mehr schwingen können. Außerdem, wäre Langweber zuerst tot gewesen, würde das bedeuten, dass der Täter König mit bloßen Fäusten den Brustkorb zertrümmerte." Daniel schüttelte den Kopf. „Aber wir suchen nicht nach jemandem, der körperlich wird. Ja, er trägt Aggressionen in sich, doch er macht sich nicht selbst die Hände schmutzig. Nein, meine Herren, er baute eine Arena und zwang zwei Männer dazu, gegeneinander anzutreten, um sich an der Gewalt aufzugeilen. Als einer starb, musste er den anderen erledigen, weil er ihn sonst verraten hätte. Er griff zu einer Waffe, sie war sein verlängerter Arm."

„Wäre er gewalttätig, wäre er selbst in den Ring gestiegen." Tomasz nickte zustimmend. „Aber wo ist die Tatwaffe?"

Mit dem Stift tippte Leander gegen das Kinn. „Wurde nicht gefunden. Er muss sie mitgenommen haben."

„Wozu?" Daniel schaute von einem Kollegen zum anderen.

Leander zuckte mit den Achseln. „Als Erinnerung?"

„Trophäen stammen immer von den Opfern."

„Weil er weiß, wie gut die Forensiker heutzutage arbeiten, und er befürchtet, seine Epithelien, Haare oder Faser seiner Kleidung könnten daran sichergestellt werden."

„Warum hat er dann den Bauzaun liegen lassen?"

„Zu groß, um ihn ungesehen mitzunehmen."

„Mag sein, ja. Aber ich gehe davon aus, dass er eine Beziehung zu dem Beil aufgebaut hat." In seiner Vorstellung sah Daniel ihn liebevoll darüberstreichen. „Es ist Teil seiner Fantasie, nun auch Teil der Umsetzung dieser Fantasie, und er muss es sorgfältig geschliffen haben, bevor er es zum Tatort mitbrachte. Wahrscheinlich braucht er das Beil noch. Entweder für seinen Job oder seinen Garten oder …"

„Weil er weitere Morde plant."

„Im Moment ist er befriedigt. Doch bald werden die Mordfantasien zurückkehren." Der Verwalter der Industriebrache hatte behauptet, den Zaun zerstört vorgefunden und in den Schutzbunker geworfen zu haben. Das nahm Daniel ihm zwar ab. Was ihn jedoch störte, war, was er danach getan haben wollte. „Würde ein Mann wirklich an Sträucher als Alternative denken?"

„Wie bitte?"

„Joachim Brühl hat doch das Loch in der Mauer gestopft, indem er Pflanzen als Sichtschutz einsetzte." Daniel verschränkte die Arme. „Ein Mann würde doch eher in den Baumarkt gehen, findet ihr nicht auch?"

Tomasz neigte sich zurück, sodass sein Bürostuhl ächzte. „Leia ist auch der Typ, der eher in ein Pflanzencenter geht als in den Handwerkermarkt."

„Bin ich jetzt an der Reihe mit den Sticheleien?" Der Hospitant bewarf Tomasz mit der Kugel aus Muffinpapier, doch dieser schlug sie blitzschnell aus der Luft, bevor sie ihn traf. „Außerdem darf mich nur Daniel so nennen."

„Hört, hört", spöttelte Tom, doch es schwang auch ein Hauch von Eifersucht mit. „Da bahnt sich eine neue große Liebe an."

Sichtlich verlegen rasselte Leander herunter, was er über Joachim Brühl herausgefunden hatte: „Schon als Jugendlicher war Brühl wegen kleinerer Delikte auffällig geworden. Er hatte unter Androhung von Gewalt regelmäßig Markenkleidung von Mitschülern entwendet und verkauft. Während seiner Ausbildung als Lagerist in einem Hotel verschwanden regelmäßig Geldbeträge, doch nur ein Mal konnte Brühl etwas nachgewiesen werden. Er flog hochkantig raus und schlug sich seitdem mit Gelegenheitsjobs durch. Meistens jedoch lebte er von der Stütze. Ab und zu landete er in der Ausnüchterungszelle der Polizei, weil er betrunken in Bars randaliert hatte. Als er bei einem Einbruch in ein Einfamilienhaus festgenommen wurde, fanden die Beamten Drogen bei ihm. Er behauptete, nur Konsument zu sein, aber nie selbst gedealt zu haben."

Daniel schnaubte.

„Immer wieder saß er kurze Haftstrafen ab, bis etwas geschehen sein musste", endete Leander. „Seit Anfang des Jahres wurde der Achtundvierzigjährige nicht wieder aktenkundig, für ihn eine lange Zeit. Etwas oder jemand hat ihn geläutert."

„Oder er hat gelernt, seine Verbrechen geschickter zu vertuschen." Tom goss den Rest Kaffee aus seiner Tasse in den Kaktus auf der Fensterbank, den ein Scherzkeks heimlich in ihr Büro gestellt und mit der Notiz „Team-Auszeichnung" versehen hatte.

„Brühl ist definitiv nicht der Gartencenter-Typ", lautete Daniels Fazit.

„Also lügt er wegen der Büsche? Oder klammerst du dich nur an einen Strohhalm, weil er der einzige Verdächtige auf unserer Liste ist?"

Toms Vorwurf traf Daniel. Als Ermittler musste er stets objektiv bleiben. Brühl kam ihm nun mal nicht koscher vor und seine Aussagen passten nicht zu seinem Charakter. *Lass dich nicht beirren. Folge deiner Spürnase.*

Leanders Finger huschten über die Tastatur. „Die Fingerabdrücke, die an den Eisenstangen gefunden wurden, stammen jedenfalls nicht von ihm. Das habe ich gerade überprüft."

„Wäre ja auch zu einfach gewesen." Daniel grübelte erneut darüber nach, warum der Täter ausgerechnet König und Langweber ausgesucht hatte. Die Gemeinsamkeiten der Opfer bestanden darin, dass sie junge Männer waren und am Downsyndrom litten.

Steffen Langweber arbeitete drei Tage in der Woche in einem Kiosk. Er sortierte Ware ein, schmierte Brötchen, kochte Kaffee und kümmerte sich um die Ablage im Büro. Kunden und Angestellte mochten ihn, er war stets freundlich. Der Vater hatte die Familie bei der Geburt des Jungen verlassen, weil er, so die Mutter, „den Mongo nicht ertrug!". Sie selbst blieb alleinerziehend, band sich nie wieder an einen Mann. „Wer will schon eine wie mich?", hatte sie bei der Befragung gesagt, aber in Wahrheit gemeint: „Wer nimmt schon eine Geliebte mit einem Makel: einem behinderten Kind?" Ihrer überraschend ehrlichen Aussage nach fühlte sie sich oft überfordert und ermöglichte Steffen alle möglichen Aktivitäten, nur um ihn wenigstens für kurze Zeit los zu sein. Sein achtzehnter Geburtstag wäre in vierzehn Tagen gewesen.

Mehr hatten Daniel und Leander bei der Befragung des beruflichen und familiären Umfeldes nicht herausgefunden.

Der Täter musste in der Trinkhalle gewesen sein und Langweber dort gesehen haben. Hinweise auf einen Streit oder eine Begegnung im privaten Umfeld lagen nicht vor. König wiederum lief und fuhr gerne durch die Gegend, weil ihm langweilig war und er Kontakt suchte. Beide schienen den Weg des Täters zufällig gekreuzt zu haben, schloss Daniel daraus. Es ging dem Täter nicht um Rache oder Bestrafung an ihnen persönlich. *Sondern um was?* Spaß? Holte er sich dabei einen runter?

Als Leander in die Hände schlug, zuckten die beiden Kollegen zusammen. „Da haben wir's!"

„Was?" Daniel setzte sich aufrechter hin, neugierig aufhorchend, ob der Hospitant nicht doch noch etwas Auffälliges in Brühls Akte entdeckt hatte.

„Du hast schon wieder geseufzt."

Enttäuscht stieß Daniel die Luft aus und gab dabei ein Zischen von sich. Er nahm wieder eine entspannte Haltung ein. „Rupf noch einen Muffin auseinander, Menzel."

Demonstrativ nahm Leander ein Küchlein und hielt es mit Daumen und Zeigefinger fest. Glücklicherweise spreizte er nicht den kleinen Finger ab, sonst hätte sich Daniel nicht beherrschen können. Leander faltete das Papier nach unten und biss hinein. Sein Blick besagte: „Siehst du, ich kann auch anders." Doch er benutzte nur die Schneidezähne und biss kleine Häppchen ab, wie die englische Queen beim Nachmittagstee.

Ein hoffnungsloser Fall, dachte Daniel schmunzelnd und las den vorläufigen Bericht der Spurensicherung. Trotz des Platzregens, der einige Spuren zerstört hatte, wurden Rückstände von Dieselöl und Kerosin gefunden. Auf beiden Seiten der Mauer, aber außerhalb des Rechtecks, das den Ring abgrenzte. Zuerst konnte Daniel sich keinen Reim darauf machen. Dann jedoch erwachte langsam eine Ahnung in ihm. Er wollte sie aber erst verifizieren, bevor er den Kollegen wieder einen Grund gab, ihn auszulachen. „Wem gehört noch mal das Grundstück?"

„Einer Lisa Warnstedt, sagte Brühl." Tomasz hob sein Notizheft hoch. „Ich hab's natürlich beim Grundbuchamt nachgeprüft."

Genüsslich leckte sich Leander die Finger. „Da haben wir diejenige, die für den Sichtschutz aus Büschen verantwortlich ist. Geheimnis gelöst."

Ein Pluspunkt für Brühl, dachte Daniel zerknirscht. Er hakte das Verdachtsmoment mit den Haselnusssträuchern ab. Nun gut, es gab eine Erklärung für Brühls Verhalten, und die war weiblich. Daniel schob den Chopper eine halbe Radumdrehung zurück, um genug Platz zum Wenden zu haben. „Es wird Zeit, der Lady einen Besuch abzustatten. Wer kommt mit mir – der Womanizer oder der Frauenversteher?"

Unisono riefen Tom und Leander: „He!"

Daniel ergötzte sich nur kurz an ihren Mienen. Da es um Fingerspitzengefühl ging, nahm er Leander mit. Er drückte es allerdings anders aus: „Ein Frauentyp bin ich selbst, daher ... Komm, Leia! Du darfst mich sogar fahren."

„Jetzt nimmst du dich selbst auf die Schippe, oder?" Sichtlich glücklich über seine Entscheidung verließ Leander hinter ihm das Büro.

„Das fiele mir im Traum nicht ein."

Als Daniel eine halbe Stunde später von einer jungen Polin mit einem Putzlappen in der einen Hand und einem Kochlöffel in der anderen zu Lisa Warnstedt geführt wurde, erkannte er, dass weder Tomasz noch Leander die perfekte Wahl gewesen waren.

Die war er selbst! Denn die Eigentümerin der Industriebrache saß im Rollstuhl wie er.

28. KAPITEL

Früher musste das Haus von Lisa Warnstedt in Klettenberg ein Traum in Stuck und weißem Marmor gewesen sein, doch die Villa hatte ihren Glanz schon lange verloren. Der handgeknüpfte Teppich im Eingang war zerschlissen, der Boden darunter glanzlos. Lücken in der Reihe von antiken Möbeln, die den langen Flur säumten, wiesen darauf hin, dass dort früher mal ein Schrank oder eine Kommode gestanden hatten. Was mochte mit ihnen geschehen sein? Die Tapete war fleckig, dort, wo einst Bilder gehangen hatten.

Hier und da blitzte der alte Charme durch. Hüfthohe Vasen in der Eingangshalle, eine Hollywood-Treppe, auf der Grace Kelly, Elizabeth Taylor und Marlene Dietrich elegant hinabgestiegen wären, ein kleiner Aufzug mit Holztür und der Lüster im Esszimmer, in dem die Eigentümerin Leander und ihn empfing.

Er hatte den Eindruck, sie versteckte sich hinter dem Tisch. Wie in einem Slapstick-Film saß sie an einem Ende der Tafel, während er mit dem Kollegen am anderen Platz nehmen sollte.

Als sie jedoch sah, dass Daniel ebenfalls querschnittsgelähmt war, fuhr sie langsam um den Tisch herum. Der Motor ihres Choppers surrte leise. Auf bizarre Weise erinnerte Daniel die Konstruktion aus Halterungen und Leitungen, die sich vom Rückenteil über die Armlehne bis zu ihrem Gesicht erstreckte, damit sie ihn mit dem Mund steuern konnte, an einen „Terminator"-Arm. Als würde eine monströse Maschine um Lisa Warnstedt herumgreifen und die Hand auf ihr Gesicht pressen, damit sie für immer von ihrem Leid erlöst wurde. Sie war von der Halswirbelsäule abwärts gelähmt. Jemand hatte die Handgelenke und Beine an den Armlehnen und Fußstützen festgebunden. Ein Bauchgurt fixierte ihre Mitte.

Ihr modernes Gefährt wirkte fehl am Platz in der altmodischen Einrichtung. Nirgends sah er elektrische Geräte. Es herrschte eine verstaubte Atmosphäre. Die Übergardinen waren halb zugezogen, sodass das Tageslicht nur spärlich ins Innere des Hauses drang. Weiße Strickdeckchen lagen auf dem Tisch. In den Vasen staubten künstliche Margariten vor sich hin. Die Bücher im Regal, das eine ganze Seite einnahm, stammten ausschließlich aus dem Antiquariat. Die abgegriffenen Einbände fügten sich perfekt in diesen erstarrten Mikrokosmos. In ihm schien die Welt stillzustehen. Tote Gegenstände, die ihre beste Zeit hinter sich hatten. Farblos, ausgewaschen, abgegriffen, erstarrt, trostlos.

Ein langer weißer Zopf ergoss sich wellig über Lisa Warnstedts Schulter. Aus der Ferne und durch die Düsternis und die Einrichtung hatte Daniel sie im ersten Moment für eine alte Dame gehalten. Doch nun, da sie vor ihm stehen blieb, erkannte er, dass sie noch jung war. Ende zwanzig, Anfang dreißig. Ihre Haut war straff, er sah kein einziges Fältchen, nicht einmal in ihren Augenwinkeln. Sie hat wohl nicht viel zu lachen, dachte er betrübt. Ihre Miene wirkte maskenhaft, möglicherweise aufgeschwemmt durch Medikamente wie Kortison. Der Blick war ernst, aber intelligent. Es steckte ein wacher Geist in diesem Körper, der noch lebloser war als seiner.

Leander stellte sie vor, doch Lisa Warnstedt beachtete ihn nicht.

„Wäre ich wie Sie, Kommissar Zucker", sagte sie erstaunlich selbstbewusst, obwohl ihre Stimme fipsig und kraftlos klang, „würde ich jeden Tag ein Fest feiern."

Daniel wusste nicht, was er darauf erwidern sollte. Die ersten Worte, die die Frau an ihn richtete, machten ihn verlegen. Es klang nicht, als hätte sie beabsichtigt, ihn zu beleidigen, sondern eher wie eine Feststellung. Wie oft hatte er im vergangenen Jahr gedacht, dass er arm dran wäre? Nun beschämte ihn dieser Gedanke, ebenso wie der gesteigerte Sarkasmus, mit dem er seine Umwelt nach dem Unfall tyrannisiert hatte. *Es geht immer noch schlimmer ...*

Der Körper vor ihm, der sich unter der braun-schwarz karierten Decke abzeichnete, war nicht nur klein und schmächtig, sondern auch zusammengestaucht. Daniel vermutete, dass ihre Wirbelsäule deformiert war, vom Sitzen und der fehlenden Bewegung, auch Kleinwuchs mochte die Ursache sein. Ein Hörgerät lugte unter ihren geschwungenen Haaren hervor.

„Sie fragen sich bestimmt, woran ich leide."

„Eigentlich geht uns das nichts an." Aber ja, genau das hatte sich Daniel gefragt.

„Eigentlich, verstehe." Mit einem abschätzigen Blick taxierte sie ihn. „Ich mag Menschen, die aufrichtig sind, die mir ins Gesicht sehen und geradeheraus mitteilen, was sie denken, was sie von mir halten und wenn ich mich wie ein Arschloch verhalte, denn das habe ich drauf."

Daniel lächelte. „So mag ich es auch. Also gut, was haben Sie?"

„Osteogenesis imperfecta, allgemein auch als Glasknochenkrankheit bekannt." Geschickt schob sie die Brille hoch, indem sie die Nase krauste. Sie rang nach Luft, das Sprechen schien sie anzustrengen. „Ich bin nur eine von fünftausend Betroffenen in Deutschland, also sehen Sie mich nicht an, als wäre ich etwas Besonderes. Ich leide an einer schweren Form, aber nicht an der extremsten. Unglücklicherweise kamen meine Eltern mit der Behinderung nicht sonderlich gut zurecht."

Daniel ahnte, dass das milde ausgedrückt war.

„Weil sie Angst hatten, die Mediziner könnten denken, dass meine Eltern mich misshandeln würden, gingen sie spät oder gar nicht mit mir zum Arzt, sodass meine Knochen falsch zusammenwuchsen." Je mehr sie sprach, desto kurzatmiger wurde sie. „Ich bekam nie Physiotherapie. Stattdessen pumpten sie mich mit Schmerzmitteln voll und banden mich im Bett oder an einem Stuhl fest, damit ich mich nicht rühren konnte. Denn wenn ich mich nicht bewegte, konnte ich mir auch nichts brechen."

Als Leander sich setzte, knackten die Stuhlbeine. „Das tut mir sehr leid."

Daniel dagegen fragte sich, warum Lisa Warnstedt ihnen das erzählte. Sie erweckte nicht den Anschein, ihr Mitgefühl zu wollen. Wahrscheinlich hatte sie nichts anderes zu berichten. Schließlich drehte sich ihr Alltag um die Krankheit. Kaum etwas konnte sie allein tun, sie brauchte für alles Hilfe. Dieses Mausoleum von einem Heim sprach Bände. Sie hatte sich anscheinend vom Leben zurückgezogen und hüllte sich in einen düsteren Kokon.

Nicht nur die Einrichtung um sie herum wirkte tot, sondern auch ihre Augen. Alles, was diese ausstrahlten, war Schwermut. Eine intensive Melancholie, die sich festgesetzt hatte. *Die nicht verschwindet, selbst wenn man lacht.* Woher Daniel das wusste? Weil derselbe Trübsinn ihm im vergangenen Jahr aus dem Spiegel entgegengeblickt hatte. Der Unterschied zwischen Lisa Warnstedt und ihm lag darin, dass er die Depression überwunden hatte.

„Warum haben Sie sich an den Rollstuhl fesseln lassen?" Er ertappte sich dabei, dass er ein schlechtes Gewissen bekam, nur weil er gestikulierte. Denn damit zeigte er Lisa Warnstedt, was sie alles nicht konnte.

„Halswirbelkörperbruch. Ich bin von einer Brücke gesprungen. Mit dreizehn. Man hatte mich gerade erst aus der Klinik entlassen." Leise fügte sie hinzu: „Wieder einmal."

Sie hatte versucht, sich das Leben zu nehmen, durchfuhr es Daniel. *Als Kind!* Ihr Dasein war von Anfang an in Schwärze getunkt.

„Ich war gerade zur Frau geworden, dachte, bald bist du erwachsen und kannst hier weg, doch kurz darauf erlosch selbst dieser Lichtblick."

Neben Daniel rutschte Leander unruhig auf dem Sitz hin und her. Ob er sich auch fragte, was Lisa Warnstedt damit meinte. *Etwas muss passiert sein, etwas Schreckliches.*

„Zu dem Zeitpunkt verlor ich auch noch mein Zuhause. Das sowieso nie eins gewesen war. Das Jugendamt brachte mich zu meiner Oma."

Unwillkürlich schaute sich Daniel um. Vermutlich gehörte diese Villa ihrer Großmutter und Lisa Warnstedt siechte seit deren Tod hier drinnen einsam vor sich hin.

„Sie war eine nette alte Dame, aber völlig überfordert, wie alle, die mit mir zu tun haben. Selbst meine polnische Pflegekraft hat schon einen Antrag gestellt, in einen anderen Haushalt zu wechseln. Magdalena, sie hat Ihnen die Tür geöffnet." In der Küche wurde gerade Wasser in den Ausguss gegossen. „Eine gute Seele, die auch kocht und putzt. Nur ich bin ihr zu fragil. Sie hat ständig Angst, mir etwas zu brechen, wenn sie mich wäscht. Pechmarie, so nennt sie mich."

Inzwischen hatte sich Daniels Magen zu einem dicken harten Klumpen zusammengezogen, dunkel wie Teer. Dass Leander Lisa Warnstedts Lebensgeschichte ebenfalls an die Nieren ging, erkannte er an dessen blassem Teint. Der Kollege hatte den Blick gesenkt. Er klimperte mit den Wimpern, als würde er Tränen wegblinzeln.

Doch bei allem Mitleid, das Daniel empfand, hatte er auch den Eindruck, dass Lisa Warnstedt sie absichtlich schockieren wollte, dass sie ihnen all die grausamen Details erzählte, um sie zu beschämen, weil es ihnen besser ging als ihr. Vielleicht wollte sie sie auch testen. Daniel durchschaute sie noch nicht.

„Aber zurück zu Ihrer Frage. Entschuldigen Sie, dass ich so weit ausgeholt habe, aber es war zum besseren Verständnis notwendig. Außerdem bekomme ich nicht oft die Gelegenheit, mich zu unterhalten." Bisher hatte sie Daniel direkt angesehen, nun schaute sie weg.

Das erste Mal zeigte sie Gefühle. Ihre starre Maske bröckelte, und Daniel erkannte, dass sie nicht so eisig war, wie sie erschien, sondern nur innerlich verhärtet. Mit dem richtigen Partner an der Seite, mit Freunden und einer liebevollen Familie hätte sie ein lebenslustiger Mensch sein können. In diesem Moment verspürte er eine unglaubliche Liebe und Dankbarkeit für Marie. Sie hatte ihn aus dem Loch, in das er gefallen war, nachdem feststand, dass sich sein Zustand nicht mehr bessern würde, herausgeholt.

„Spasmen lassen meine Glieder unkontrolliert zucken. Wäre ich nicht festgebunden, könnte es passieren, dass ich aus dem Sitz falle. Die Medikamentenpumpe war defekt. Jetzt funktioniert sie wieder, aber mein Körper muss sich erst wieder darauf einstellen." Sie sagte das neutral, als würde es ihr nichts ausmachen, als würde sie über eine andere Behinderte reden, gefasst und ungerührt, doch in ihrem Blick lag Verletzlichkeit. „Aber Sie sind nicht gekommen, um das Gruselkabinett zu begaffen. Also?"

Daniel brauchte einen Moment, um zu antworten, denn er grübelte, ob ihre Angaben der Wahrheit entsprachen. Sie schien eine tragische Figur zu sein. Er konnte sich gut vorstellen, dass sie sich fesseln ließ, weil sie es aus Kindertagen so gewohnt war. Dass sie auf alte Muster, die ihr zwar verhasst, aber eben auch vertraut waren, zurückgriff. Wahrscheinlich fühlte sie sich so sicherer.

„Wir wollten Sie nach dem Grundstück fragen, auf dem die zwei Opfer gefunden wurden." Entschuldigend hob Leander die Hände, weil er die Initiative ergriffen hatte. Daniel hatte zu lange gezögert.

„Ein Opfer", korrigierte sie ihn. Das erste Mal sah sie Leander direkt an. „Das andere lag im Schutzbunker im Wald. Sehe ich so aus, als würde ich oft vor die Tür kommen?"

Leanders Wangen färbten sich rot. Stammelnd suchte er nach Worten.

Nun sprang Daniel für ihn die Bresche. „Warum lassen Sie Ihren Besitz verkommen?"

„Ich habe den Baugrund erst vor drei Monaten geerbt, genauso wie dieses Haus."

Also hatte die Villa doch nicht ihrer Großmutter gehört. „Von wem?"

„Sie wollen wohl immer allem auf den Grund gehen."

„Und Sie lassen sich absichtlich alles aus der Nase ziehen. Halten Sie Informationen zurück?"

„Ich bin eine Serienmörderin. Nachts steige ich aus meinem Rollstuhl und töte junge Männer mit Downsyndrom. Morgens werde ich wieder zum Krüppel, der unfähig ist, sich bei Schnupfen die Nase zu putzen. Miss Jekyll and Miss Hyde."

Sie war gut informiert über den Mordfall. Daniel ließ nicht locker. „Den Namen der Vorbesitzerin!"

„Liselotte Grupello." Argwöhnisch beobachtete sie Leander, der sich Notizen machte. „Eine gute Frau. Sie spendete immer reichlich für die Uniklinik. Aber nicht nur das, sie kam auch an Weihnachten in die Abteilungen, verteilte Geschenke und las eine rührselige Geschichte vor. Dabei lernten wir uns kennen. Ich lag dort natürlich wieder einmal als Patientin. Anders als Sie, Kommissar Zucker, weinte sie, als sie die grausamen Details meines Leidens erfuhr."

Was hatte sie erwartet? Auf Daniel machte sie nicht den Eindruck, Mitleid zu wollen. Nutzte sie etwa das Mitgefühl anderer, um sie zu manipulieren?

„Mein Schicksal berührte sie dermaßen, dass sie mir ihr Haus und das Grundstück hinterließ, als sie verschied. Damit ich abgesichert sei, sagte sie mir vorher."

„Also hatte sie es Ihnen vorher mitgeteilt?"

Ihre Fistelstimme verlor immer mehr an Kraft. „Ich war ihr sehr dankbar."

„Sie werden sich Ihr Erbe doch angeschaut haben."

„Ich war ein- oder zweimal in Godorf. Aber da gibt es nichts zu sehen und mit einem Rollstuhl kommt man auf dem unebenen Gelände kaum voran, das müssten Sie doch selbst wissen. Jedes Steinchen bedeutet eine Erschütterung. Ich gehe nicht gerne raus." Lisa Warnstedt schnappte nach Luft wie ein Fisch auf dem Trockenen. „Menschen wie wir, die sich nicht wehren können, werden allzu leicht Opfer von Verbrechen."

Sie hatte offenbar Angst. Vor der Welt. Vor der eigenen Courage. Vor dem Leben. Aber Daniel fühlte sich nicht schwach. Er fürchtete sich nicht. Im Gegenteil, er dürstete inzwischen danach, herauszufinden, was er als Rollstuhlfahrer alles machen konnte. „Offenbar berichtet Ihnen Joachim Brühl genau, was in Godorf vor sich geht. Wann haben Sie ihn eingestellt?"

„Für mich spielt Zeit keine Rolle, daher weiß ich es nicht genau." Sie schaute kurz zur Decke, während sie nachdachte, als könnte sie dort die Antwort finden. „Vor elf, zwölf Monaten, schätze ich, ja, das kommt hin."

Daniel wurde hellhörig. Ein Jahr, das war der Zeitraum, in dem Brühl nicht mehr auffällig geworden war. Zufall? „Er sagte allerdings aus, dass er erst seit Kurzem für Sie arbeiten würde, um genau zu sein, erst seitdem Sie einen Käufer für das Grundstück suchen. Das müsste also seit einem Quartal sein."

„Das trifft auf seine Tätigkeit als Verwalter zu. Aber davor erledigte er schon länger kleinere Handgriffe für mich. Gegen diese Villa war meine alte Wohnung ein Loch. Aber auch hier gibt es ständig etwas zu reparieren. Alles ist alt, selbst die Leitungen in den Wänden. Meine Invalidenrente ist jeden Monat schnell aufgebraucht."

„Warum hat er das verschwiegen?", sagte Daniel mehr zu Leander als zu ihr.

„Weil ..." Sie zögerte.

„Ja?"

„Weil ich ihn unter der Hand bezahlte."

Schwarzarbeit! Klingt glaubhaft. Alle suspekten Fragen bezüglich Joachim Brühl ließen sich am Ende plausibel erklären. „Woher kannten Sie ihn?"

„Über einen gemeinsamen Freund. Er half ihm, von den Drogen wegzukommen, ermunterte ihn, gesund zu essen, Sport zu treiben, keine krummen Sachen mehr zu machen ..." Sie keuchte asthmatisch. „Herr Brühl ist ein grobschlächtiger Kerl, aber er bemüht sich wirklich. Ich weiß, dass er mehrmals im Gefängnis saß. Aber er hat eine zweite Chance verdient!"

Also hatte Joachim Brühl nicht gelogen, aber auch nicht die Wahrheit gesagt. Schweinebacke, dachte Daniel und fragte sich, was für ein Freund das war, der ihn dabei unterstützte, die Laufbahn als Kleinkrimineller zu beenden, und ihm gleichzeitig eine illegale Arbeit vermittelte.

Just als er nachhaken wollte, klingelte es an der Haustür. Magdalena öffnete und führte eine Frau um die fünfzig zu ihnen. Das Rot ihrer Kurzhaarfrisur leuchtete wie Klatschmohn. „Oh", sagte sie und blieb im Türrahmen stehen.

„Kommen Sie, kommen Sie. Die Herren von der Kripo wollten gerade gehen", komplimentierte Lisa Warnstedt Daniel und Leander hinaus. „Das ist Frau Dr. Britta Mücke-Selth, meine Hausärztin."

Während Leander aufsprang und ihr die Hand reichte, nickte Daniel ihr nur zu. Dr. Mücke-Selth und der Hospitant tauschten ein paar Belanglosigkeiten aus. Daniel fand das überflüssig. Geschwätz! Sie waren nicht zum Tratschen hier.

Er schaute sich ein letztes Mal um. Genauso wie im Korridor fehlten einige Stücke im Esszimmer. Lisa Warnstedt hatte sich nicht die Mühe gemacht, die Lücken in den Möbelreihen zu schließen, indem sie jemanden bat, die Schränke zusammenzurücken. Auf einer Kommode zeugten Abdrücke davon, dass dort einmal etwas gestanden hatte.

Ihr steht nicht viel Geld zur Verfügung, sinnierte Daniel, die Villa hat sie erst kürzlich geerbt und das Grundstück ist noch nicht verkauft. Aber Magdalena und Brühl wollten bezahlt werden, ebenso wie Rechnungen, die ein großes Haus mit sich brachte. *Höchstwahrscheinlich hat sie einige Stücke verkauft, um über die Runden zu kommen.*

Sein Blick blieb an dem saftig grünen Blätterwald hinter dem Fenster kleben. Er konnte ihn zwischen den halb zugezogenen Gardinen erspähen. Von der oberen Etage aus hatte man bestimmt einen guten Ausblick auf den Klettenbergpark. Dort, wo früher einmal eine alte Kiesgrube gewesen war, hatte man eine der zahlreichen Oasen des Stadtbezirks geschaffen. Das Viertel rühmte sich damit, den zweithöchsten Anteil an Freizeitflächen in ganz Köln zu haben. Daniel bezweifelte jedoch, dass Lisa Warnstedt den Luxus, nur die Straße überqueren zu brauchen, um mitten in der Natur zu sein, oft genoss. Wahrscheinlicher war, dass sie den Park noch nie besucht hatte. Deprimierend und traurig.

Plötzlich vibrierte sein Handy. Vor dem Betreten der Villa hatte er es auf lautlos gestellt. Er holte es aus der Hosentasche. Marie hatte ihm eine SMS geschrieben. *Endlich!* Sein Puls beschleunigte sich, als wären sie frisch verliebt. Doch als er die Nachricht las, knirschte er mit den Zähnen.

Danke für die Überraschungen. Warum so aufmerksam im Moment? Das kenne ich sonst gar nicht von dir.

Das klang so nüchtern, so kühl, verschnupft, sogar ein wenig patzig und passte gar nicht zu ihr und ihrer Warmherzigkeit. Sie hatte es geschafft, dass er sich schuldig fühlte. Ganz unrecht hatte sie allerdings nicht, denn normalerweise steckte er ihr keine zuckersüßen Botschaften zu. Er versuchte etwas gutzumachen, von dem er nicht wusste, was es war. Nach ihrer SMS kam es ihm so vor, als hätte er ihr einen üppigen Blumenstrauß geschenkt, weil er fremdgegangen war.

Bedrückt steckte Daniel das Smartphone weg, ohne zu antworten. Was hätte er auch schreiben sollen? Dass er sie liebte? Offenbar nahm sie ihm seine Liebesbeweise ja nicht ab. Dass sie ihn verletzt hatte? Das würde die negativen Schwingungen zwischen ihnen nur noch heftiger werden lassen.

Sei ein Mann und frage sie nach Feierabend von Angesicht zu Angesicht und direkt, was ihr querliegt, sagte eine Stimme in ihm. Aber wenn er über Gefühle sprechen sollte, klebte seine Zunge am Gaumen, er wurde verlegen und fand nicht die richtigen Worte. Entweder stammelte er dummes Zeug oder sagte am Ende gar nichts.

„Alles in Ordnung?“, wollte Leander wissen, als er neben ihm zum Ausgang ging.

„Alles bestens.“ Eine Lüge. Daniel schob den Bock schneller an.

„Du siehst blass aus.“

„Das macht die Grabesstimmung hier drin.“

„Und du presst die Lippen aufeinander. Hast du eine Prellung vom Sturz?“

Daniel war, als würde er einen Stein im Brustkorb tragen. Manchmal änderte sich der Wind schnell. Wie damals, als er den Unfall hatte. Auch Ehen, mochten sie auf noch so solidem Fundament gebaut sein, konnten von einem Orkan zerstört werden.

„Halt! Warte.“ Abrupt blieb Leander stehen. „Oh nein. Schau mal. Ich finde das widerlich.“

Er nahm den *Express* von der Kommode neben dem Garderobenschrank und hielt die Zeitung so, dass Daniel die Überschrift der Titelstory lesen konnte.

„Jagd auf den Schädelspalter“, las Daniel und murrte. „Wie dramatisch! Von der Presseabteilung haben sie die Info über Steffen Langwebers Kopfverletzung garantiert nicht.“ Da hatte wohl ein Kollege den Mund nicht halten können. Wenn er den in die Finger bekam!

„Zum Kotzen! Müssen die denn alles ausschlach…“ Mitten im Wort brach Leander ab. Mit der Zeitung schlug er sich sanft gegen die Stirn. Schließlich legte er sie zurück und drängte Daniel hinaus und die Rampe hinunter, die über die Eingangsstufen gebaut worden war. Erst nachdem er die Haustür hinter ihnen geschlossen hatte, sprach er weiter: „Lisa Warnstedt sagte in etwa, dass Menschen wie sie, damit meinte sie doch Behinderte, leicht zu Opfern werden.“

„Und?“ Daniel fragte sich, warum Frau Warnstedt den Vorgarten herrichten ließ, statt erst einmal innen zu renovieren. Die eng beieinanderstehenden zwei Radspuren im Mutterboden mussten von einer Saatmaschine stammen. Aber war es für eine Aussaat jetzt im Juni nicht zu spät? *Als ob du dich mit so etwas auskennst!*

Hinter ihm quietschten Leanders Turnschuhe bei jedem Schritt. „Mir ist gerade etwas eingefallen. Weißt du noch, was ich dir erzählt habe? Dass Melanie immer reale Verbrechen als Aufhänger für ihre Krimis nimmt?“

Daniel schaute nach rechts und links und überquerte zügig die Straße. Erst dort nickte er.

„Also, sie hat da so einen Schuhkarton. In den wirft sie alles Mögliche rein, das ihr interessant erscheint. Von ausgeschnittenen Artikeln aus der Tagespresse über ausgedruckte ältere Zeitungsreportagen aus dem Internet bis hin zu Kopien aus dem Pressearchiv der Bibliothek. Alles Berichte und Interviews über Kriminalfälle, die sie eventuell mal als Grundlage für einen ihrer nächsten Romane benutzen könnte."

„Komm zum Punkt, wir sind schon am Auto."

„Weil ich neugierig war, habe ich die Zettel durchgeschaut. Das muss erst letzten Monat gewesen sein. Ich habe nur die Schlagzeilen überflogen."

Daniel gefielen die dunklen Wolken über ihnen nicht. „Leander!"

„In einem stand etwas von einem *Mädchen aus Glas* und darunter etwas kleiner: *Das Glasknochenmädchen*."

Damit hatte er Daniels Aufmerksamkeit. „Worum ging es in dem Artikel?"

„Weiß ich leider nicht mehr. Wie gesagt, ich habe nur die Titel überflogen und maximal noch die Einleitung gelesen. Aber es war etwas Grauenvolles. Schon der Anfang war so reißerisch geschrieben, dass ich den Ausschnitt angewidert zurückgelegt habe."

„Und du glaubst, es war von Lisa Warnstedt die Rede?"

„Wie viele Frauen mit Osteogenesis imperfecta leben in Köln?", fragte Leander rhetorisch. „An den Begriff *Glasengel* erinnere ich mich auch noch. Das könnte doch auf Frau Warnstedt zutreffen? Wegen der langen, hellblonden Wellen. Haare wie ein Rauschgoldengel."

Nachdenklich nickte Daniel. Er versuchte einzuschätzen, wie hoch die Wahrscheinlichkeit war, dass es sich um eine andere Frau handelte. Nicht sonderlich hoch. „Fällt dir noch mehr dazu ein?"

„Es ging um ihre Familie." Fieberhaft überlegte Leander. Er saugte seine Wange zwischen die Zähne, blinzelte, runzelte die Stirn, fuhr sich durch die blonden Locken, die ihn wie einen Studenten aussehen ließen, und stieß schließlich die Luft aus. „Ihr Vater wurde ermordet."

Überrascht riss Daniel die Augen auf. „Von wem?"

„Soweit ich mich entsinne, war nur die Rede von ihr und Daddy."

Rasch zählte Daniel eins und eins zusammen, konnte jedoch nicht glauben, was das zu bedeuten hatte. „Willst du damit andeuten …? Soll das heißen, sie hat als Teenager ihren Vater ermordet?"

Daniel hörte gar nicht mehr richtig zu, als Leander sagte, er müsste das nachprüfen und würde Melanie um den Artikel bitten und im

Internet recherchieren, sobald sie wieder auf dem Präsidium wären, denn es ratterte laut in ihm. Die Ermittlungsergebnisse ordneten sich neu.

Plötzlich sah er Lisa Warnstedts Aussage in einem anderen Licht: *„Zu dem Zeitpunkt verlor ich auch noch mein Zuhause. Das sowieso nie eins gewesen war. Das Jugendamt brachte mich zu meiner Oma.“*

Der Mord konnte der Grund dafür gewesen sein, warum sie sich mit dreizehn Jahren von der Brücke gestürzt hatte. Um der Strafverfolgung zu entgehen.

Weil sie die physischen und psychischen Misshandlungen daheim nicht mehr ertrug, hatte sie zum Befreiungsschlag ausgeholt. Und damit doch wieder verloren. Ihre Freiheit. Ihre Familie, denn ihre Mutter hatte sie wahrscheinlich verstoßen. Die Fähigkeit, ihre Beine zu benutzen. Und ihre Unschuld.

29. KAPITEL

Wenn Daniel wenigstens antworten würde, dachte Marie. Das wäre ein Lichtblick bei dem, was unmittelbar vor ihr lag.

Aber er reagierte nicht auf ihre SMS. Sie steckte ihr Handy zurück in die Handtasche und warf die Autotür zu. *Ist das ein Wunder?* Sie hatte sich den subtilen Vorwurf, er könnte Mist gebaut haben, nicht verkneifen können, hatte sticheln müssen, dabei hatte er vermutlich nur nett sein wollen. *Ist das wirklich sein Motiv?* Jetzt schlich sich schon der Polizeijargon in ihre Grübeleien. Zurzeit verbrachte er mehr Zeit im Präsidium als zu Hause. *Wegen Lioba Zur?*

Verärgert über ihre schlechte Laune stapfte sie auf die Haustür zu. Die lächelnde Putte über dem Eingang wirkte wie ein Hohn.

Statt sich über Daniels Liebesbotschaften zu freuen, hatten die Überraschungen Marie misstrauisch gemacht. Er war nun mal kein Rosenkavalier, kein Casanova, kein Schmeichler. Nun gleich die geballte Ladung mit den liebevollen Zeilen auf ihrem Buch, dem ausgeschnittenen Herzen im Portemonnaie und dem Angebot der erotischen Massage als E-Mail. Das war einfach zu viel!

Wenn ich doch nur wüsste, wie ich das Gespräch auf Lioba Zur lenken könnte. Der Kies knirschte unter Maries Sohlen. Die Steine waren viel zu groß, um in Pumps darauf zu gehen. Marie drohte immer wieder umzuknicken. Ihre Knöchel schmerzten schon.

Wahrscheinlich verbiss sie sich in etwas. Daniel hatte die Staatsanwältin nie erwähnt und Benjamin auch nicht mehr. Da lief nichts zwischen Daniel und ihr. *Was auch?* Marie schämte sich für diesen Gedanken.

Schwerfällig, als wären ihre Glieder mit Blei ausgegossen, stieg Marie die zwei Treppenstufen hoch und blieb vor der Tür mit dem goldenen Löwenkopfklopfer stehen. Sie war doch glatt ein wenig außer Puste. Japsend hielt sie sich die Seiten. Vom Gehen konnte das nicht kommen. Lag es an ihrem Widerwillen, schon wieder hierher zu müssen?

Wäre Daniel doch nur mitgekommen. Aber er machte einen großen Bogen um dieses Villenviertel. Außerdem arbeitete er noch. *Mit Lioba Zur?* Ihr Herz zog sich zusammen. Was war nur los mit ihr? Vertraute sie ihm nicht mehr?

Doch, das tat sie. Aber sie hatte große Angst, ihn zu verlieren! Er ging immer selbstbewusster mit seiner Behinderung um. In letzter Zeit strahlte er öfters. Er sagte, es liege am Frühsommer und weil alles im

Moment so gut lief. Meinte er damit seine Ehe? Oder den Job? Die Kollegen? *Und Kolleginnen …*

Sie kniff die Augen so fest zu, dass es wehtat. Aber das Bild vor ihrem geistigen Auge – von Daniel und Zur, wie sie in einer stillen Ecke im Kasino dicht beieinandersaßen, die Köpfe zusammensteckten und kicherten wie Backfische, während sie sich intensiv anschauten – blieb, ebenso wie diese nagende Eifersucht, die ihr neu war, die sie auffraß und die sie abstreifen wollte.

Wahrscheinlich lag es nur an diesem schrecklichen Datum. Die Schuld erdrückte sie, für Alexanders Ableben verantwortlich zu sein. Der Todestag ihres Bruders war zwar vorüber, doch er hallte noch nach, wie jedes Jahr. Als hätte sich Trauerflor wie eine Schlinge um ihr Herz gelegt und der Knoten würde sich nur langsam wieder lockern. Es dauerte stets einige Zeit, bis dieser Schatten in ihrem Inneren verblasste.

Es mochte sein, dass sich die Düsternis dieser Phase auf andere Bereiche ihres Lebens ausbreitete. *Daniel hat sich nichts zuschulden kommen lassen.* Sie suchte nur etwas, um sich von der emotionalen Qual abzulenken. Vielleicht projizierte sie sogar ihre eigene Schuldigkeit auf ihn. Sie musste aufhören, ihn merkwürdig zu behandeln! Sie würde Lioba Zur als seine nette Kollegin betrachten! Und den Massagegutschein bei ihm einlösen.

Die Überwachungskamera über Marie surrte. Wie lange stand sie schon vor der Tür? Zu lange.

Sie klingelte endlich. Der Gong dröhnte durch die Villa wie die Glocke in einer Kathedrale. Ihre Eltern mochten es bombastisch. Sie waren vermögend, aber nicht steinreich. Trotzdem lebten sie nach außen hin so. Das Haus hatte zu viele Zimmer, der Garten war zu groß für zwei Personen, die Kleidung zu luxuriös für den Alltag, die Autos zu prahlerisch. Der schöne Schein. Sie wollten mehr sein, als sie waren. Alles sollte nach außen hin perfekt wirken. Eine Inszenierung des Erfolgs.

Darum fand man auch nirgends Fotos von Alexander mit seinen großen grünen Augen und dem spitzbübischen Lächeln. Damit hätten Irene und Rainer ja zugegeben, dass es eine Familientragödie gegeben hatte, eine Schwachstelle in der Historie derer von Bast, einen Fleck auf der Weste, die nur vordergründig weiß war, aber von hinten besudelt von Schmutz und Blut.

Das Hausmädchen führte Marie in das Arbeitszimmer von Rainer Bast. Verwundert blieb Marie vor dem Konferenztisch, der eine Hälfte des Raums ausfüllte, stehen.

„Du bist zu spät“, begrüßte Irene Bast ihre Tochter. Sie legte die Hand auf die Rückenlehne des Stuhls ihres Mannes, hinter dem sie kerzengerade stand.

Wären die beiden Motive auf einer Leinwand, dachte Marie spöttisch, hätte der Titel des Kunstwerks lauten können: „Der erfolgreiche Unternehmer und sein artiges Frauchen.“ Sie blickte auf die nostalgische Standuhr, deren langes, großes Pendel hin- und herschwang. *Tick. Tack. Tick. Tack. Tick. Tack.* Der Countdown bis zum Streit, der unweigerlich ausbrechen würde, weil er immer ausbrach. „Zwei Minuten nur.“

„Pünktlichkeit ist eine Tugend.“ Das toupierte Haar ihrer Mutter stand windschief von ihrem Kopf ab. Ihr Eyeliner war am rechten Auge leicht verschmiert.

Ungewöhnlich. Marie ballte eine Faust. Das fing ja gut an. Aber heute war nicht Alex’ Todestag, an dem sie alles stillschweigend über sich ergehen ließ.

Sie holte gerade zu einer bissigen Antwort aus, als ihr Vater sagte: „Nimm bitte Platz.“

„Warum hier?“ In einer ausladenden Geste zeigte Marie auf die Regale mit den Aktenordnern und den beruflichen Auszeichnungen an den Wänden. „Ich bin eure Tochter, nicht eure Kundin.“

„Wir haben mit dir eine geschäftliche Angelegenheit zu besprechen.“

„Ach ja?“ Trotzig wie ein Teenager ließ sie sich in den Sitz fallen, weil sie wusste, dass ihre Mutter dieses undamenhafte Verhalten verabscheute. „Ich wüsste nicht, welche.“

„Die Firma.“ Er sprach stets nur von „der Firma“, als wäre er der Pate und würde die Mafia meinen, dabei machte er einen Heidenumsatz mit in Handarbeit hergestellten anatomischen Lehrmitteln.

„Was ist mit ihr?“ Wenn man ihre Mutter ansah, konnte man glatt meinen, es ginge bergab mit den Basts. Etwas stimmte nicht.

Ihr Vater neigte sich vor und stützte sich auf dem Tisch auf. „Wir werden nicht jünger und ein Boot kann nicht ohne Kapitän durch die Meere steuern. Um eine stattliche Fregatte zu lenken, benötigt es viele Lehrjahre. Du bist jetzt dreißig …“

Plötzlich ahnte Marie, worum es ging. Sie rollte mit den Augen. „Ich möchte nicht bei euch einsteigen. Wie oft muss ich das noch klarstellen?“

„Nicht jeder bekommt einen Managerposten auf dem Silbertablett angeboten, erst recht nicht jemand, der branchenfremd ist.“ Pikiert spitzte Irene Bast die Lippen.

„Aber ich will ihn doch gar nicht. Ich bin glücklich mit meiner Arbeit als Kostümbildnerin und meinem Nebenjob als Zeichnerin." Und vor allen Dingen genoss sie die Freiheit, nicht ständig unter der Fuchtel ihrer Eltern zu stehen.

Wir aber nicht, signalisierte ihr die gerümpfte Nase ihrer Mutter. Ihre Augen schimmerten glasig, als wäre sie krank.

„Irgendjemand muss die Firma aber später übernehmen. Sie ist mein Lebenswerk!" Ihr Vater sagte nicht „unser". „Ich habe sie schließlich mit viel Schweiß aufgebaut."

„Wir haben ja keinen männlichen Erben mehr." Irene Basts Wangen färbten sich rot.

Alexander. Marie hatte ihn ihren Eltern genommen. *Ich war doch selbst noch ein Kind!* Dafür sollte sie wohl auf ewig im Fegefeuer schmoren. Aber das konnte nicht schlimmer sein, als mit ihnen zusammenzuarbeiten.

„Wir haben nun mal keinen Schwiegersohn, der in unsere Fußstapfen treten könnte."

Die Wortwahl hatte ihr Vater bestimmt absichtlich getroffen. Als ob ein Rollstuhlfahrer keinen Betrieb leiten könnte! Marie biss sich auf die Zunge und schluckte ihren Kommentar hinunter, denn Daniel würde eher einen verhassten Schreibtischjob im Polizeipräsidium annehmen, als sich von ihren Eltern versklaven zu lassen.

„Und Erben wirst du uns wohl auch nicht schenken, nicht mit diesem", ihre Mutter suchte anscheinend nach einem passenden Begriff und sagte dann schlicht: „Mann."

Das saß! Die Aussicht, niemals Kinder haben zu können, tat weh, auch wenn Marie sich für den Moment mit dieser Tatsache arrangiert hatte. „Mein Ehemann hat einen Namen."

„Der so gar nicht zu ihm passt!" Irene Bast gestikulierte heftig, schwankte und hielt sich mit beiden Händen an der Lehne fest. „Zucker, bäh."

„Daniel."

„Wie konntest du nur …"

Rainer Bast hob den Arm und brachte seine Frau zum Schweigen. „Trink einen Espresso oder zwei, Irene, du hast ihn nötig. Vorwürfe bringen nichts."

Sagt gerade der Richtige, dachte Marie. Beinahe hätte sie gelacht, als ihre Mutter ein Stofftaschentuch mit ihren goldenen Initialen aus der Tasche des Hosenrocks holte und die Nase abtupfte. Keine Aufführung im Musical Dome hätte theatralischer sein können. „Ich sage es jetzt zum letzten Mal. Ob es euch nun passt oder nicht, ich liebe Daniel und möchte die Firma nicht übernehmen. Ab sofort möchte ich nichts mehr dazu hören! Findet euch damit ab, dass ich mein eigenes Leben lebe."

Die Augen von Irene Bast wurden feucht. Schockiert hielt sie das Taschentuch vor den Mund. Sie schien aufrichtig verletzt zu sein. „Wir haben doch nur noch dich", sagte sie gedämpft durch den Baumwollstoff.

„Andere Eltern hinterlassen ihren Kindern Schulden. Wir dagegen wollen dir unser Imperium zu Füßen legen, alles, was wir uns hart erkämpft haben." Rainer Bast breitete die Arme aus. „Das Unternehmen, diese Villa, den Wohlstand."

Imperium? Jetzt übertrieb ihr Vater aber. „Zu euren Konditionen, das ist das Problem." Marie wünschte sich, sie hätte besser auf Alexander aufgepasst, wünschte, er wäre noch am Leben. Dann würde ihre Mutter sie nicht hassen, ihr Vater würde nicht so hohe Erwartungen an sie stellen und Alex könnte ihr Rückendeckung geben, genauso wie sie ihm. Aber er war verstorben. *Tot, tot, tot!* Und sie hatte ihn auf dem Gewissen.

Die Stimme ihrer Mutter klang weinerlich. „Wir wollen dir doch nur gut sein."

„Dann treibt mich nicht jedes Mal aus dem Haus mit euren Vorwürfen und Forderungen! Wie ihr schon sagtet, ich bin im Februar dreißig Jahre alt geworden. Akzeptiert mich, wie ich bin, mit einem querschnittsgelähmten Partner, einem gewöhnlichen Job und einer Mietwohnung." Marie sprang auf. *Ich muss hier raus!*

Sie nahm die erste Tür, die ins Freie führte, und stürmte auf die Terrasse hinaus. Kühle empfing sie. Dunkle Wolken hingen tief über den Baumkronen im Garten, den man auch getrost als Park bezeichnen konnte. Ein Gänsepaar flog über Maries Kopf hinweg. Knapp hinter der Weide, die immer noch mit Trauerflor umwickelt war, setzten sie zum Sinkflug an. Schnatternd landeten sie auf dem Weiher in der Mitte der Anlage. Dort, wo es passierte. Dort, wo die alljährliche Prozession von Marie und ihren Eltern endete, um zu weinen, zu beten und sich zu geißeln.

Aus der Entfernung sah das Wasser schwarz aus. Regentropfen und aufkommender Wind brachten die Oberfläche in Aufruhr. Erst erzeugten sie nur kleine Kreise, dann größere und schließlich, als das

Wasser vom Himmel prasselte und es stürmte, schaukelten die Gänse wie Nussschalen auf dem Ozean während eines Orkans.

Genauso fühlte sich Marie in diesen Tagen. Aus dem Gleichgewicht gebracht.

Ungeachtet des Regens ließ sie sich auf die oberste Stufe der Treppe nieder, die auf den englischen Rasen führte, und versank in Erinnerungen.

„Alex, oh, Alex."

30. KAPITEL

Vierundzwanzig Jahre zuvor

Irene Bast hatte Spielen verboten.

Wenn es denn unbedingt sein musste, sollte Alexander eben ein Zahlenpuzzle zusammensetzen, als Grundstein für seine Karriere, und Marie zu Memory greifen, um mit der Nanny ihr Gedächtnis zu trainieren. „Still und gesittet, wie sich wohlerzogene Sprösslinge verhalten." Lachen empfand sie als Lärm, Herumrennen strapazierte ihre Nerven und Schmutz gehörte in die armen Länder, in die sie mit ihrer Wohltätigkeitsorganisation Carepakete schickte, und nicht auf die Kleidung ihres Nachwuchses.

In der Villa, in die sie frisch eingezogen waren, kam sich Marie wie in einem Puppenhaus vor. Allerdings in einem, das nur als Ausstellungsstück diente. Nichts durfte angefasst werden, alles musste jederzeit vorzeigbar sein. Denn Vater – „Papa" durfte sie nicht sagen, denn das sagten nur Arbeiterkinder – verdiente jetzt viel Geld und sie mussten ihn unterstützen, indem sie die Bilderbuchfamilie mimten, die das Hochglanzfoto, das sie an Weihnachten in Form einer Grußkarte verschickt hatten, vorgaukelte: adrett, lächelnd und einträchtig.

„Dein Vater könnte jederzeit unerwartet mit einem Geschäftspartner vor der Tür stehen", sagte Mutter. „Wenn er Schmutzfinken oder eine Rasselbande vorfinden würde, könnte der Kunde ja denken, Rainer Bast hätte seine Angestellten genauso wenig im Griff wie seine Tochter und seinen Sohn."

Dabei war Alexander erst drei Jahre alt. Er konnte es kaum erwarten, nach dem Sommer den Kindergarten zu besuchen, denn Marie hatte ihm heimlich erzählt, dass er dort nach Herzenslust toben und schreien durfte.

Sie selbst war gerade einmal sechs. Nach den Ferien erwartete sie die Grundschule. Im Gegensatz zu ihrem Bruder freute sie sich allerdings nicht, denn sie ahnte bereits, dass ihre Eltern hohe Erwartungen an sie stellen würden. Anders als ihre Freundinnen, würde sie nicht in Urlaub fahren. Vater und Mutter hatten ihr bereits den Privatlehrer vorgestellt, der sie in den kommenden Wochen auf die erste Klasse vorbereiten würde. Unter allen Umständen sollte sie gute Noten nach Hause bringen, hatte man ihr bereits klargemacht. Sie würde zwar nicht das Familienunternehmen übernehmen, diese Rolle fiel auf Alex, aber sie sollte zweifellos einmal einen Beruf mit Renommee ausüben, um dem Hause Bast keine Schande zu machen. Oder zumindest eine gute Partie abgeben.

„Heutzutage wollen die Männer Frauen mit Grips“, sagte Mutter. „Selbst wenn diese nur den lieben langen Tag Yoga machen und zur Maniküre, Pediküre und zum Friseur gehen, um bei offiziellen Einladungen schön am Arm ihres Gatten auszusehen. Schließlich sollen sie bei Geschäftsessen keine peinlichen Kommentare von sich geben. Sie sind das Schmuckstück ihres Gatten, merk dir das, Marie, und das muss stets glänzen.“

„Ich werde Chef und du wirst ein Ohrring. Oder willst du eine Kette sein?“ Alexander hielt sich den Bauch vor Lachen. „Oder so ein … so ein … Ding, das man auf die Brust klebt.“

„Brosche, du meinst eine Brosche. Aber die klebt man nicht, sondern man steckt sie an. Wenn Mutter den Quatsch hört, wird sie dich bestrafen.“

„Sie hört nichts. Wir sind zu weit weg.“

Marie spähte zur Villa hinüber. Aus der Ferne wirkte das Gebäude kleiner und auch heller als von innen. Der weitläufige Rasen lag zwischen ihnen. Die Bäume verdeckten sie. Sie hatten sich in den hintersten Winkel des Gartens zurückgezogen, um den Schatten zu genießen, denn die Sonne brannte heiß vom Himmel. Sie beide wussten, dass es sich um eine Ausrede handelte. Hier hinter dem Weiher konnten sie ungestört herumtollen, konnten singen, kichern und laufen, denn im Haus durften sie nur gesittet gehen. Dabei kribbelte es in ihren Beinen, weil sie hinter Libellen herrennen wollten, einfach so, sie wollten Kröten fangen und anfassen, um herauszufinden, ob die Warzen sich glitschig oder hart anfühlten, auf Grashalmen blasen, bis ein Ton herauskam, Kleeblüten essen, weil sie angeblich süßlich schmeckten, auch erleben, wovon ihre Freunde erzählten – all die köstlichen verbotenen Abenteuer!

„Stimmt.“ Maries arglistiges Lächeln verhieß nichts Gutes.

Das ahnte Alex wohl. Er versuchte, vor ihr zu fliehen, doch sie hielt ihn am Kragen seines marineblauen Hemds fest. Kompromisslos, wie es nur ältere Schwestern können, kitzelte sie ihn. Vergnügt quietschte ihr Bruder.

Plötzlich erschraken sie. Eine Krähe stob aus den dichten Blättern unmittelbar über ihnen. Marie ließ von Alexander ab. Ihr Puls raste. Sie schaute zum Haus, aber dort war keine Menschenseele zu sehen. *Wundervoll!*

Als sie bemerkte, dass ihr Bruder Schuhe und Socken ausgezogen hatte, die sie trotz Hitze tragen mussten, und die Hosenbeine hochkrempelte, stupste sie ihn sanft an. „Nicht machen."

„Warum? Bevor wir reingehen, roll ich sie wieder runter."

„Mutter wird auffallen, dass die Hose zerknittert ist."

„Angsthase!" Alex zeigte auf Marie und gibbelte.

„Na warte!" Wie ein Wirbelwind raste sie hinter ihm her.

Im Zickzack, wie Karnickel auf der Flucht, liefen sie zwischen den Bäumen umher. Selbstverständlich war Marie schneller, aber sie ließ sich immer wieder zurückfallen und tat so, als wäre Alex ihr stets einen Schritt voraus.

Und das war er auch. Zumindest was ihre Eltern betraf. Er traute sich, öfters zu widersprechen. Er ließ sich nicht in enge Jacketts zwängen, widersetzte sich erfolgreich einer Fliege bei Festivitäten und weigerte sich, Klavier oder Geige spielen zu lernen. Weil er seine braunen Haare kurz und mit strengem Seitenscheitel tragen musste, aber Jugendliche ihm „Adolf" hinterhergerufen hatten – nicht, dass er wusste, was das bedeutete, doch er ahnte, dass es etwas ganz Furchtbares war, denn alle um ihn herum hatten schockiert nach Luft geschnappt –, nahm er einen Rasierer und fuhr damit mitten durch seinen Schopf. Eine Weile lief er dadurch zwar mit Glatze und lächerlichem Hütchen herum, aber am Ende bekam er seinen Willen und durfte eine Frisur auswählen.

Stoisch ertrug er die Strafen und begehrte beim nächsten Mal doch wieder auf. Marie bewunderte ihn, sie besaß nicht die Kraft, sich auf Dauer gegen Mutter und Vater zu wehren. Sie probierte es, das ja, aber am Ende knickte sie immer ein.

„Ich bin so froh, dass du da bist." Außer Puste blieb sie stehen. „Ich hab dich lieb."

„Hab dich auch lieb." Er kehrte zu ihr zurück und drückte die Wange an ihre Brust.

„Was hast du da? Hast du dich angemalt?" Seine Handfläche war ganz rot, als würde man das rohe Fleisch sehen. Sie hielt seinen Arm fest, um nachzugucken.

Aber er entzog ihn ihr und legte ihn um ihre Taille. „Nichts."

Liebevoll schob sie ihm den Pony aus der Stirn. „Du schwitzt."

„Ich stinke aber noch nicht." Er roch an der Achselhöhle.

„Doch, tust du!" Theatralisch, wie Marie es sich von ihrer Mutter abgeschaut hatte, hielt sie sich die Nase zu.

„Tu ich nicht!"

„Oh doch. Wie ein Fabrikarbeiter."

„Woher willst du wissen, dass der schlecht riecht?"

„Vater sagt das. Arbeiter stinken nach Schweiß und Chefs nach Erfolg. Mutter wird schimpfen, das wird sie."

„Das tut sie doch immer. Dann kann ich mich auch richtig einsauen." Wie ein gefällter Baum ließ er sich der Länge nach ins Gras fallen. Er streckte Arme und Beine aus und imitierte einen Hampelmann. „Kann man in der Wiese einen Schneeengel machen? Oder geht das nicht? Oder heißt der dann Grasengel?"

Entsetzt riss Marie ihn hoch. Sie drehte ihn um und betrachtete mit weit aufgerissenen Augen die grünliche Verfärbung von Hose und Hemd. „Das gibt Ärger!" Es würde grauenhaft werden, ganz grauenhaft! Mit einer Standpauke von Vater, nach der ihnen noch eine Stunde lang die Ohren wehtun würden, Schütteln durch Mutter, bis sie blaue Flecke an den Armen hatten, einem Klaps für Marie, heftigem Abschrubben in der Badewanne für Alex und Gartenverbot für beide.

„Klar. Aber vorher haben wir noch ein bisschen mehr Spaß, ja?"

Jetzt war es eh zu spät. Die Eltern würden ausrasten. Alex bekäme eine Strafe, weil er sich flegelhaft benommen, und Marie, weil sie ihn nicht davon abgehalten hatte. Stöhnend setzte sie sich. Sie vergrub das Gesicht in den Händen.

„Oh! Du willst Verstecken spielen. Super. Fang an zu zählen. Ich wette, du wirst mich nie finden."

Kopfschüttelnd sah Marie hinter ihm her. An ihm perlten die Bestrafungen der Eltern ab wie Regen an einer Scheibe, während sie selbst dagegen nass bis auf die Knochen davon wurde. Sie bewunderte ihren kleinen Bruder. Er war zäher als sie. Aber sie nahm sich vor, sich einiges von ihm abzugucken. Nicht mehr zu weinen, wenn sie eine ganze Nacht lang im Keller eingeschlossen wurde. Nicht mehr ständig auf Toilette zu müssen, vor einer Gesellschaft im Hause Bast, da sie befürchtete, etwas falsch zu machen. Tapfer die Hände hinzuhalten, wenn ihre Mutter sie mit einem Lineal schlug.

Nachdem sie bis zehn gezählt hatte, erhob sie sich. Sie suchte den gesamten hinteren Teil des Parks ab – unter Sträuchern, hinter Büschen und im Loch in der Hecke – fand Alexander jedoch nicht. Er hatte sich ja wohl nicht in den lockeren Mutterboden der Blumenbeete eingegraben. Nicht nur als grandioses Versteck, sondern auch um die Eltern so richtig zu schockieren, wenn er als Erdmonster ins Haus zurückkehrte. Zuzutrauen wäre es ihm. Ratlos schaute sie am Ufer nach und sogar in den Weiher. Nichts. Zum Glück. Beim Anblick der trüben Brühe bekam sie eine Gänsehaut.

Plötzlich schrie sie auf. *Da ist jemand! Dort unten ist ein Gesicht.* Doch sie erkannte schließlich, dass sie sich vor ihrem eigenen Spiegelbild erschreckt hatte, und schämte sich. Ein Schauer lief ihren Rücken hinab. Sie musste aufs Klo, wie immer, wenn sie Angst hatte. Das Wasser schien sie zu rufen, es schien sie reinziehen zu wollen. Nur noch ein bisschen weiter nach vorne beugen und sie würde hineinfallen, würde versinken und keine Luft mehr bekommen. Instinktiv machte sie einen Schritt zurück. Der Bann war gebrochen, die Abscheu jedoch blieb.

Ein Knacken ließ sie zusammenfahren. Ihre Nackenhaare stellten sich auf. *Was war das?* Suchend schaute sie sich um.

Alexander turnte auf der alten, knöchernen Weide herum. Dort hatte er sich also vor ihr versteckt. *Nur Proletenkinder klettern auf Bäume*, hörte sie Irene Bast schelten. *Bist du etwa ein verlauster, dummer Affe?* Dabei hatte ihre Mutter das nie gesagt. Aber Marie wusste genau, was sie von sich gegeben hätte, wäre sie hier gewesen, so stark hatte sie die Zurechtweisungen schon verinnerlicht.

„Komm da runter, Alex!"

Er wippte, hatte eine Heidenfreude daran, wie sich der blätterlose Ast, auf dem er stand, nach unten bog und wieder nach oben schnellte und er mit ihm.

Tragischerweise ragte er über das Gewässer.

„Komm du doch hoch, Marie."

Tragischerweise war er morsch.

„Marie-Marienkäfer. Du bist schon genauso eine Spaßbremse wie Vater und …"

Tragischerweise brach er ab.

Alex gab einen Schmerzensschrei von sich und ließ los.

Weshalb hielt er sich nicht an dem Ast über ihm fest? Warum? Warum? Warum?

Lautlos, ohne auch nur einen Ton abzugeben, fiel er in den Weiher. Einen Atemzug lang schien die Welt stillzustehen. Platschend schlug er auf der Oberfläche auf. Einige Sekunden lang, in denen Marie die Luft anhielt, als wäre sie diejenige, deren Lungen sich vor Sauerstoffmangel schmerzhaft zusammenzogen, sah sie nichts mehr von ihm.

Wie gelähmt stand sie da, die Hände vor den Mund geschlagen, und konnte kaum fassen, was gerade geschah. *Du musst ihm helfen! Spring hinein. Spring!*

Als er auftauchte, paddelte er wild mit den Armen um sich. Schwimmen konnte keiner von ihnen. Das gehörte nicht ins Drillprogramm der Eltern. Tropfen stoben umher. Alex keuchte laut, schluckte anscheinend Wasser und hustete. Das kostete ihn Kraft, sodass er wieder sank.

Endlich schaffte Marie es, sich zu rühren. Sie kam bis an den Rand des Weihers. Wellen schwappten gegen die Spitzen ihrer Schuhe. *Los, rein mit dir!* Doch sie konnte sich einfach nicht dazu überwinden. Sie zitterte am ganzen Leib. Ihr wurde speiübel. Sie streckte den Fuß aus, hielt ihn über das Gewoge und zog ihn wieder zurück.

Immer wieder verschwand Alexanders Kopf unter der Oberfläche. Wenn er hochkam, spuckte er.

Marie war schrecklich wütend auf sich selbst. Aus Verzweiflung ballte sie eine Faust und biss auf die Fingerknöchel, bis es sehr wehtat und sie Blut schmeckte. Merkwürdigerweise half ihr das. Die Lähmung löste sich weiter. Bevor sie wieder in die Angststarre zurückfallen konnte, machte sie einen Schritt vorwärts. Sie watete in den Weiher, blieb jedoch stehen, als das Wasser ihr bis zu den Waden reichte. Etwas legte sich um ihre Knöchel. Es zerrte an ihr. Lange, dürre Finger? Klauen? *Das sind SIE!*

Plötzlich fehlte das Platschen. Marie schaute von ihren Beinen zur Mitte des Gewässers.

Alex tauchte nicht mehr auf. Blinzelnd versuchte sie, etwas zu erkennen, doch das Wasser war zu aufgewühlt, zu schmutzig.

Mutig ging sie vorwärts. Was immer sie festhielt – Es sind nur Schlingpflanzen oder Algen, redete sie sich gut zu –, zog sich enger um ihre Füße zusammen. Beinahe wäre sie gestolpert, wäre ebenfalls in diese Brühe gefallen zu den Fischen, den Kröten, den Rückenschwimmern, den Molchen und was sonst noch auf dem Grund wohnte.

Panisch flüchtete Marie. Sie drehte sich um, hob ein Bein und fiel hin. Wie von Sinnen zerrte sie an dem Grünzeug, das sich um sie gewickelt hatte, aber sie kam nicht frei. Erst als sie die Schuhe abstreifte, konnte sie sich aufs Trockene retten.

Atemlos hockte sie auf allen vieren da. Sie ließ ihren Blick über die Oberfläche gleiten. Keine Spur mehr von Alex.

Auf Socken lief sie zur Villa. Sie hinterließ feuchte Abdrücke auf dem teuren Marmor, als sie durch die Räume rannte, um die Erwachsenen zu finden, rutschte aus, fiel hin, verstauchte sich die Handgelenke und tat sich die Knie weh. Bebend, weinend, kaum fähig zu sprechen, bat sie um Hilfe.

Doch es war zu spät. Ihr Bruder wurde tot geborgen.

Und sie trug die Schuld daran. Sie allein! Weil sie es zugelassen hatte, dass er auf den Baum geklettert war. Wie ein Äffchen, ein verlaustest, dummes Äffchen! Immerhin war sie doppelt so alt wie Alex.

„Aber ich bin doch auch erst sechs, Mutter."

„Das verzeih ich dir nie. Niemals! Er war unser Stammhalter, unsere ganze Hoffnung, unsere Zukunft."

Die Schuld erdrückte Marie fast. Darum rechtfertigte sie sich auch nicht damit, dass sie sich nicht hatte überwinden können, in den Weiher zu springen, weil sie Nichtschwimmerin war, sondern wegen der Wassermänner, die dort wohnten. Schaurige Männer, von oben bis unten grün, mit langen, dürren Gliedern und riesigen Flossenhänden, die jeden, der ihr Reich betrat, in die Tiefe zogen und nicht wieder hergaben.

Warum ihre Mutter ihr dieses Lügenmärchen eingetrichtert hatte, seit Marie laufen gelernt hatte, wurde dieser erst als Erwachsener klar: Damit sie – und Alex – nicht im Weiher badeten und ertranken. Um sie zu beschützen.

Offenbar liebten ihre Eltern sie doch mehr, als sie zeigten.

Alexanders Schrei hallte in Maries Erinnerung wider. Trotz der Jahre, die vergingen, wurde er nicht leiser oder weniger durchdringend und markerschütternder. Es hatte sich angehört, als würde ein scharfer Schmerz ihn durchfahren. Eigentlich müsste er eher vor Schreck geschrien haben. Aber es hatte nicht so geklungen. Zu gequält! Verletzungen wurden jedoch nach der Bergung an dem kleinen Körper nicht festgestellt.

„Ich muss mich täuschen", murmelte Marie nun, vierundzwanzig Jahre später, als sie auf der Treppe saß und der Regen ihre Tränen verbarg. *Und wenn nicht?*

31. KAPITEL

Sie fanden ihre Stammkneipe überraschend leer vor, während sich hinter den Fenstern der hippen Lokalitäten in der Südstadt selbst an diesem Werktag die Menschen drängten. Sogar einen Tisch am Fenster ergatterten sie. Tomasz setzte sich auf die Bank, Daniel dagegen musste sich mit dem Platz am Tischende begnügen. Von dort konnte er zwar direkt auf das Treiben draußen auf der Straße schauen, stand jedoch mit dem Rollstuhl im Weg. Er mochte es nicht, aufzufallen. Er wollte im Schwarm untergehen.

Verstohlen schaute er sich im *Zum stolzen Römer* um und merkte, dass weder der grauhaarige Mann an der Theke, dessen Kopf vor Trunkenheit schwankte wie der eines Wackeldackels, noch das Paar mittleren Alters am Nachbartisch, das heimlich fummelte, ihn überhaupt wahrnahm. So außergewöhnlich ist ein Rollstuhlfahrer nicht, machte er sich klar. *Sei dankbar, dass nur deine Beine betroffen sind.* Lisa Warnstedt wurde vom Schicksal viel mehr gebeutelt.

Theo stellte ein Kölsch vor Tom hin und ein Glas Apfelsaft vor Daniel.

Stirnrunzelnd schaute dieser zu ihm auf.

„Don't drink and drive. Wer fährt, darf keinen Alkohol trinken", sagte Theo ernst und lachte plötzlich herzhaft. Dabei vibrierte alles an ihm, dünn wie er war: die schlackernde Cordhose, die hängenden Wangen und die schulterlangen dunklen Haare, die immer mehr von grauen Strähnen durchzogen waren.

Daniel wandte sich mit dem Oberkörper zu ihm. „Wenn ich nicht sofort auch ein Bier bekomme …"

„Was dann? Fährst du mir über den Fuß?" Theo tat so, als wäre das bereits geschehen, rieb über den Schuh und jammerte gespielt.

„Du hast keine Ahnung, wie …"

„Gefährlich du sein kannst?" Mit dem Trockentuch, das er mit einem Zipfel am Hosenbund befestigt hatte, tupfte sich Theo den vermeintlichen Angstschweiß von der Stirn. „Wenn du denkst, du würdest gefährlich aussehen, solltest du an deinem Erscheinungsbild arbeiten."

„Ich darf zwar keine Dienstwaffe tragen, aber …"

„Dein böser Blick schlägt alle in die Flucht?"

„Ich wollte sagen, ich weiß meinen Bock durchaus einzusetzen …"

„Indem du auf Mitleid plädierst?"

„Ich geb's auf. Lass den Saft hier und geh endlich. Wir müssen arbeiten."

„So, so, arbeiten nennt man das also", feixte Theo, als er in seinen ausgelatschten Lederschlappen zurück zur Theke schlurfte. „Muss wohl ein Polizeicode sein für Feierabendbier."

Daniel rief lauter als nötig, denn der Tresen war nur zwei Schritte von ihnen entfernt: „Ich krieg hier ja nicht einmal eins."

Mit einem Tablett kehrte der Wirt zu ihrem Tisch zurück. „Du kriegst sogar zwei, eins, das du bestellt hast, als du reingekommen bist …"

Daniel krauste erneut die Stirn.

„Nicht mit Worten, sondern mit kessem Augenaufschlag."

„Augenaufschlag? Kess? Pass ja auf …"

„Dass ich nicht rein zufällig über deine Fußstützen falle? Du hast lange dunkle Wimpern wie eine rassige Brünette, hat dir das noch niemand gesagt?" Grinsend strich sich Theo über das bartstoppelige Kinn. „Und eins geht aufs Haus, damit du deinen Humor wiederfindest."

„He, ich gehe nicht zum Lachen in den Keller."

„Weil du da nicht mehr hinkommst, nur darum. Hier", Theo stellte ein abgegriffenes Holzschälchen auf den Tisch, „hast du auch noch Erdnüsse. Wenn das kein Service ist!"

„Bei dir ist es so schön, dass es kaum auszuhalten ist." Als Daniel eine Nuss nach ihm warf, fing der Wirt sie auf und steckte sie sich in den Mund. So eine schnelle Reaktion dieser Streichholzarme hätte er ihm gar nicht zugetraut!

„Hab dich vermisst. Du solltest wieder öfters kommen." Zurück hinter der Theke, polierte Theo Gläser für Gäste, die nicht kommen würden.

Die Kneipe sah bei jedem Besuch heruntergekommener aus. Daniel mochte den herben Charakter. Hier konnte er entspannen. Er musste sich nicht verstellen, musste keinen falschen Charme vortäuschen, sich nicht mit den Miniportionen der Haute Cuisine zufriedengeben und sich vorher noch umziehen. Er konnte kommen, wie er war, sein, wie er war, und wurde immer auf eine ruppige, aber herzliche Art begrüßt.

Er wusste, dass Theo nicht zu den Nostalgikern zählte. Der Wirt hielt zwar an alten Werten fest, konnte sich aber schlichtweg keine Renovierung leisten. Aber je mehr die Kneipe verfiel, desto mehr blieben die Gäste weg. Ein Teufelskreis.

Obwohl Rauchen verboten war, schwieg Theo, als der betrunkene Gast am Tresen sich eine Zigarette ansteckte. Er warf lediglich Daniel einen Blick zu, denn gegen das Gesetz zu verstoßen mit zwei Polizisten im Schankraum war nicht gerade clever.

Doch Daniel zwinkerte ihm zu. Der Qualm überlagerte wenigstens den leicht muffigen Geruch, den die alte Einrichtung, die verstaubten Amphoren-Repliken und gelbstichigen Zeitungsartikel über antike Funde in Kölner Ausgrabungssttäten an den Wänden abgaben.

Daniel mochte den urigen Charakter der Eckkneipe, eins der letzten Lokale, die sich dem Fortschritt widersetzten. Es gab keine modernen Espressomaschinen, nur Filterkaffee, keine exotischen Biere, ausschließlich Kölsch, keine angesagten Getränke wie Hugo, nur Wasser, Cola, Saft, keine Cocktails, höchstens einen Kir Royal, der in den Nachbarlokalen „schon wieder" modern wurde. Die Küche bot Kölsche Kaviar, Halve Hahn und Himmel un Ääd, freitags auch Rievkooche, alles zubereitet von Theo höchstpersönlich. Aus den Musikboxen drangen stets Evergreens.

Für Daniel war der Besuch des *Zum stolzen Römer* wie die Reise in eine Zeit, in der die Uhren noch langsamer tickten und die Menschen bodenständiger waren.

Als Daniel gerade das Glas zum Mund hob, klingelte sein Handy. Er seufzte sehnsüchtig, stieg der köstliche Duft des Kölschs doch bereits in seine Nase und kitzelte am Gaumen. Obwohl ihm das Wasser im Mund zusammenlief, stellte er das Bier ab und nahm den Anruf von Leander an.

„Hast du den Zeitungsartikel gefunden?" Dass Lisa Warnstedt als Teenager ihren Vater ermordet haben sollte, klang ungeheuerlich.

„Nein. Melanie hat die Box mit den gesammelten Zeitungsartikeln weggeworfen."

„Sch...ande!"

„Ich habe dir doch erzählt, dass sie endlich eine Therapie macht, um ihre Ängste zu bekämpfen." Leander am anderen Ende wartete Daniels zustimmendes Brummen ab. „Der Psychotherapeut riet ihr, gar keine Kriminalromane mehr zu schreiben. Das kann sie aber nicht. Sie liebt Krimis. Darum sagte er, sie sollte sich wenigstens nicht mehr von realen Fällen inspirieren lassen. Also hat sie den Schuhkarton mit den Verbrechensberichten weggeworfen. Erst letzte Woche."

Chance knapp verpasst. „Nicht wahr!"

„Doch."

„Was für ein Pech für uns!“ Daniel ärgerte sich mehr, als er zugab. Aber dass es Leanders Freundin besser ging, hatte selbstverständlich Vorrang. Es gab andere Wege, um an die Informationen zu kommen. „Hast du in den Polizeidatenbanken und im Internet recherchiert?“

„Die Zeit kann ich mir sparen. Melanie erinnert sich an die ‚Tragödie des Glasengels‘, wie es in der Presse hieß. Sie nannten sie auch: ‚das Glasknochenmädchen mit den Engelslocken‘.“

„Echt? Klasse.“ Daniel ballte die Hand zur Siegesfaust. „Leg los!“

„Ich erzähle dir alles, wenn ich bei dir bin.“

Im ersten Moment glaubte Daniel, sich verhört zu haben. „Spann mich nicht auf die Folter!“

„Das muss ich dir von Angesicht zu Angesicht sagen. So etwas kann man nicht am Telefon besprechen.“

Was wollte Leander damit andeuten? War das, was er herausgefunden hatte, etwa so schlimm? „Was soll das heißen?“

„Wo bist du?“

„Ich sitze mit Tomasz im *Stolzen Römer*.“

„Ach, ihr habt schon Schluss gemacht für heute.“ Enttäuschung schwang in Leanders Stimme mit. „Die Besprechung kann auch bis morgen warten.“

„Wir arbeiten noch.“

„In einer Kneipe? Ja, klar.“

Verärgert blinzelte Daniel Theo an, der das auch bezweifelt hatte. „Eigentlich hätten wir längst Feierabend. Wir müssen aber noch die neuen Erkenntnisse der Spurensicherung und der Gerichtsmedizin durchackern. Wenn wir schon Überstunden machen müssen, bleibt es doch uns überlassen, wo wir das tun.“

„Hast du getrunken?“

„Wie kommst du denn darauf?“

„Du klingst zickig.“

Was faselte er da? Daniel schnaubte. „So klinge ich immer.“

„Hast’ auch wieder recht“, spöttelte Leander. „Ich bin gleich bei euch.“ Er beeilte sich zu sagen: „Aber bestellt mir kein Kölsch.“

„Natürlich nicht. Für Halbwüchsige nie.“

„Witzig. Eine Cola light ohne Eiswürfel, bitte.“

Light, das hatte Daniel noch gefehlt. „Die haben hier nur Saft.“

„Ich will aber …“

Daniel tat so, als hätte er Leander nicht mehr gehört, und beendete den Anruf. Das hatte der Hospitant nun davon, dass er ihn davon abgehalten hatte, sein Bier zu trinken, und ihn auch noch auf das Ermittlungsergebnis warten ließ. Brummig schob er das Glas Apfelsaft, das noch vor ihm stand, vor den freien Platz auf der Bank gegenüber von Tomasz.

„Warum veralbern mich eigentlich alle?"

Tomasz holte den Laptop aus der Tasche, stellte ihn vor sich hin und fuhr ihn hoch. „Weil sie dich gernhaben."

Diese Antwort überraschte Daniel. *Ich bin mir da nicht so sicher.* Er musste zugeben, dass er kein leichter Mensch war. Nie gewesen, wegen der Ecken und Kanten, der kölschen Ehrlichkeit und dem mangelhaften diplomatischen Geschick. Seit dem Unfall erst recht nicht. Eine lange Zeit danach hatte er sich sogar wie ein Kotzbrocken verhalten. „Das kann nicht sein. Ich gehe doch allen auf die Nerven."

„Mit mir reden sie nur das Nötigste und nur über Geschäftliches." Etwas zu heftig tippte Tom auf der Tastatur herum. „Mit dir dagegen haben sie gerne zu tun. Sie ziehen dich auf, weil du ein Kumpeltyp bist. Sich mit dir zu unterhalten macht Spaß."

„Sich mit mir zu unterhalten ist anstrengend. Ich streite mich doch ständig mit Leander", wenn auch freundschaftlich, „und Theo trampelt auf meinen Gefühlen und der meiner Rasanten Radka herum."

Tomasz sah auf und hob eine Augenbraue. „Rasante …?"

„Radka, genau", jetzt fiel er seinem Freund schon ins Wort wie Theo ihm, „das ist eine Kurzform von Radmilla. So heißt die neue Kollegin."

Anerkennend pfiff Tomasz „Du hast sie schon kennengelernt? Zu mir war sie wie ein Eiszapfen."

„Sie ist nicht kühl, sondern schüchtern. Ich komme oft ins Gespräch mit anderen über meinen Rolli." Das überraschte ihn selbst. Sie ließen ihn vor, fragten, ob sie ihm Gegenstände anreichen sollten, und so eben auch Radka in der Kaffeeküche. „Wie auch immer, Sebastian Vettel gibt seinem Formal-1-Rennwagen auch Namen." *Randy Mandy. Kinky Kyle. Hungry Heidi.* Schmunzelnd zuckte Daniel mit den Achseln.

„Theo freut sich, dass du das Tief überwunden hast, und möchte dir beweisen, dass er keine Berührungsängste hat, was deinen Rollstuhl angeht. Und Leander", Tom richtete den Blick wieder auf den Bildschirm, „ja, der hat echt einen Narren an dir gefressen."

Seine Stimme hatte sich am Schluss verändert. Sie war tiefer geworden und leiser, als hätte er das Satzende kaum herausgekriegt oder nur widerwillig ausgesprochen oder beides. Das war Daniel nicht entgangen. *Tom ist doch wohl nicht eifersüchtig.*

Es verband sie eine lange Freundschaft. Sie konnten sich aufeinander verlassen, sie tranken zusammen, um zu feiern oder Kummer hinunterzuspülen, sie verstanden sich ohne viel Worte und hatten sogar schon wieder einige Male gemeinschaftlich Sport getrieben. Tomasz war am Rhein entlanggejoggt, während Daniel seinen Rolli angeheizt hatte, bis die Muskeln in den Armen wie Feuer gebrannt hatten. Die Anstrengung und Erschöpfung hatte sogar geholfen, die Menschen auf den Parkbänken zu ignorieren, die ihn verwundert angestarrt hatten. Auch ein paar Gewichte hatten sie Seite an Seite gestemmt.

Das mit Leander war etwas völlig anderes. *Was verbindet mich überhaupt mit ihm? Wir sind grundverschieden.* Er hatte noch nie darüber nachgedacht. Sie trafen sich nicht außerhalb des Jobs, aber dort bildeten sie ein tolles Team. Besser als er und Tomasz, eben weil sie so unterschiedliche Charaktere hatten. Die Kabbeleien amüsierten ihn, sie lockerten die bedrückende Arbeit an Mordfällen auf. Leander besaß das sensible Einfühlungsvermögen, das Daniel fehlte, er machte freiwillig die Fleißarbeit, wie Berichte schreiben – *Schuldig! Damit punktet er bei mir nun mal.* –, er entwickelte sich als Kriminalkommissar ganz prächtig und hatte seinen Platz in der Mordkommission gefunden.

Aber Leander stellte keine Konkurrenz für Tom dar. Wie sollte Daniel ihm das nur klarmachen? Weil er kein Meister vieler Worte war, hielt er ihm sein Glas hin. „Auf unsere Freundschaft. Sie bedeutet mir viel!“

Verdutzt betrachtete Tomasz das Bier. Immer weiter breitete sich ein Lächeln auf seinem Gesicht aus. Sie prosteten sich zu, tranken auf Ex und bestellten Nachschub, was die angespannte Stille löste.

Wenn es doch nur mit Marie genauso einfach wäre, dachte Daniel und schickte ihr eine SMS: *Ich liebe dich. Komme, was wolle.*

Zu seiner Überraschung antwortete sie sofort: *Ich dich auch. Bis dass der Tod uns scheidet.*

Er wusste nicht, warum, aber er las eine unterschwellige Bedrohung heraus. *Du spinnst doch!* „Lass uns die neuen Erkenntnisse besprechen und dann endlich heimfahren. Es ist schon spät.“

„Du hast recht. Ich wollte noch im Club vorbei, in dem Fee kellnert.“

„Und, was schreibt Dr. Arsch?“ Mit gerümpfter Nase zeigte Daniel auf das Display des Laptops.

Tom grinste. „Immerhin leistet Sachs gute Arbeit. Obwohl die Leichen von Clemens König und Steffen Langweber unterschiedlich lang der Witterung ausgesetzt waren, konnte er feststellen, dass die Verletzungen gleich alt sind."

„Sie starben also in derselben Nacht." Schnaubend verschränkte Daniel die Arme. „Das wusste ich auch vorher."

„Aber du hättest es nicht beweisen können, er schon. Godorf hätte ja das Revier eines Psychopathen sein können, der seine Opfer über einen längeren Zeitraum hinweg in der Industriebrache und dem angrenzenden Wäldchen ablegt."

„Hat er aber nicht. Der Mord an den beiden Männern muss unmittelbar zusammenhängen."

„Dank Sachs liegen uns jetzt Beweise dafür vor. Einige Spuren an Königs Körper stammten nachweislich von einem Ring, den Langweber trug. Die Würgemale an Langwebers Hals passten zu Königs Hand, denn ihm fehlte ein Finger."

„Vom Kampf?"

„Nein, wohl schon seit Jahren. Der Knöchel war verheilt und musste chirurgisch versorgt worden sein. Also eine alte Sache. Vielleicht ein Unfall in Kindertagen. Sachs fand Blut beider Opfer am Körper des jeweils anderen. Besonders viel allerdings von Langweber in Königs Bauchwunde."

„Was dafür spricht, dass er ihn getötet hat." *Indem er mit bloßen Händen so lange auf Clemens eindrosch, bis der sich nicht mehr rührte.*

„Du hattest recht, der selbst gebaute flexible Bauzaun diente als Arena und die beiden Männer gaben die Gladiatoren." Tomasz seufzte, was sich wohl eher darauf bezog, dass Daniel es zuerst erkannt hatte. Dann jedoch erhellte sich seine Miene. „Erinnerst du dich an die Verbrennungen, die uns ein Rätsel aufgegeben haben?"

„Sie sind mir bei König aufgefallen, am Rücken und an den Waden."

„Langweber hat auch welche." Tom minimierte den Bericht des Gerichtsmediziners und rief den des Erkennungsdienstes auf. „Die Spurensicherung hat doch Kerosin und Dieselöl am Tatort gefunden."

Daniel nickte.

„Außerhalb des Käfigs."

Wieder nickte Daniel.

Tom rieb sich die Hände. Seine Wangen röteten sich, aber nicht vom Bier, sondern, so Daniels Einschätzung, eher in freudiger Erwartung, ihm etwas mitzuteilen, das er noch nicht wusste. „Diese Mischung ..."

„... wird üblicherweise für Flammenwerfer benutzt."

Toms Lächeln fiel in sich zusammen. „Du wusstest es schon?"

„Jemand hat die beiden Kämpfer von außen unsanft angestachelt."

„Sie haben sich jedenfalls nicht zu dem Kampf bereit erklärt, weil der Täter ihnen Geld oder einen anderen Gewinn in Aussicht gestellt hat." Einige rasche Klicks und zwei Fotos erschienen auf dem Bildschirm. „Beide Leichen weisen Wunden stumpfer Gewalteinwirkung am Hinterkopf auf, und Waffen, die dazu benutzt worden sein könnten, haben wir nicht gefunden, auch keine blutverkrusteten Äste oder Ähnliches."

„Du glaubst, der Täter hat sie k. o. geschlagen?"

„Ja, aber nicht nur das. Er ging auf Nummer sicher. Es gibt Einstichstellen bei allen Opfern und es wurde Propofol im Blut nachgewiesen."

„Das Narkotikum wird nur in Krankenhäusern und Arztpraxen benutzt. Nicht jeder kommt da ran."

„Erst dann hat er sie verschleppt, ausgezogen, in seine Arena gebracht und mit einem Steifen darauf gewartet, dass sie aufwachen, um sie mit dem Horror zu konfrontieren, den er für sie vorbereitet hatte."

Daniel nippte an seinem Kölsch, aber es schmeckte abgestanden. Es musste sich um jemanden handeln, der nicht zimperlich war. Keinen Virtuosen, sondern jemanden, der es brutal und schmutzig mochte, der auf der anderen Seite jedoch auch feige war, da er sich doppelt absicherte. „Bestimmt hat er ihnen vorgelogen, dass der Sieger mit dem Leben davonkäme."

„Und wenn sie das zwischendurch mal vergessen haben, hat er sie mithilfe des Flammenwerfers daran erinnert. Jedenfalls wurden am Tatort keinerlei Hinweise auf mehrere Personen sichergestellt. Wäre Publikum anwesend gewesen, hätten die Kollegen etwas gefunden."

„Schon gut. Ich lag falsch. Wie es aussieht, hat der Täter die perverse Show nur für sich inszeniert. Macht es auch nicht besser, dass er keinen Eintritt verlangt hat." Daniel verdrehte die Augen. Es ging diesem Schwein nur um sein eigenes krankes Verlangen, nicht darum, sich zu bereichern oder Rache zu üben. Zwei Motive konnten sie somit immerhin ausschließen.

„Wir suchen also einen Mann mittleren Alters, der kräftig genug ist, zwei Männer auszuknocken und zu verschleppen. Grenzt den Verdächtigenkreis mächtig ein. Wir werden den Kerl bestimmt morgen schnappen." Es ärgerte Daniel, dass sie derart im Dunkeln tappten. Zwei Leichen. Ein grausames Verbrechen, auf das sich die Presse inzwischen stürzte. „Der Schädelspalter schlägt zu – der Rollstuhlkommissar ermittelt wieder." *Und macht sich lächerlich, weil er noch keine heiße Spur hat.* Die Medien hatten ihm dazu verholfen, dass er seinen Job behalten hatte. Sie konnten aber genauso schnell umschwenken und an seinem Stuhl sägen.

„Tatsächlich Saft." Die Tür fiel hinter Leander zu. Er brachte einen Schwall kalter Luft von draußen mit in die Kneipe. „Ich will aber Cola light."

Daniel war überrascht darüber, wie sehr er sich freute, dass der junge Kollege zu ihnen stieß. Er musste aufpassen, dass er ihn nicht zu sehr ins Herz schloss. Wer wusste schon, ob er nach der Hospitanz beim KK 11 blieb? *Zu spät.* „Light trinken nur Frauen oder Weicheier."

„Ach, und Saft ist was für echte Kerle?"

„Du willst ja kein Kölsch."

Theo tauchte hinter Leander auf. Seine geröteten Wangen glänzten feucht, als hätte er probiert, ob seine Schnäpse noch haltbar waren. „Ich habe auch Wein. Aus dem Tetrapak."

„Danke, verzichte." Entsetzt riss Leander die Augen auf und die Hände hoch. „Dagegen klingt Apfelsaft plötzlich ganz köstlich."

„Ist sogar hundertprozentiger. Oder ist selbst der dir zu stark? Ich kann dir auch 'ne Schorle machen." Theo lachte herzhaft. Einen nach dem anderen sah er Daniel und Tomasz an. „Nachschub, Jungs?"

„Für mich nicht." Tom winkte ab. „Ich muss noch Auto fahren."

Enttäuscht wandte er sich an Daniel. „Aber du sicherlich. Du wohnst doch gegenüber."

„Auch ich muss noch fahren", griff Daniel Theos Scherz von vorhin auf und klopfte auf die Armlehne seines Rollis. „Oder hast du neuerdings auch Alkoholfreies?"

„So ein Sauzeug kommt mir nicht ins Haus!" Murrend wandte sich Theo um und schlurfte davon.

„Lisa Warnstedt", erinnerte Daniel Leander, kaum dass dieser sich auf die Bank gegenüber von Tomasz gesetzt hatte. „Der Mord an ihrem Vater. Jetzt erzähl endlich!"

32. KAPITEL

„Sie hat …“ Das Klingeln seines Handys unterbrach Leander. Er ignorierte das genervte Stöhnen von Daniel und meldete sich. „Hallo … Ja … Wirklich? … Das ist toll … Schön, dass ich helfen konnte … Eigentlich kam der Tipp von Kommissar Zucker … Okay … Der kann auch nett sein … Reibeisencharme? Wie passend! …“

„Hey!“ Könnte Daniel die Beine bewegen, hätte er ihn unter dem Tisch getreten.

Leander lachte. „Werner hatte längst aufgelegt. Mein *Okay* war die Antwort auf sein *Bis morgen*. Er war in Eile und kurz angebunden wie immer.“

Daniel hob die Brauen. „Werner Wiesel vom KK 11?“ Selbstverständlich war das nicht sein richtiger Nachname. Die Abteilung nannte ihn so, weil er ständig gehetzt durch die Korridore des Präsidiums rannte. Er kippte den Becher Kaffee heiß hinunter, aß sein Brötchen im Stehen und redete schnell wie ein Maschinengewehr. *Keine Zeit! Keine Zeit! Keine Zeit!*

„Ich soll mich für ihn bei dir bedanken. Er bearbeitet den Totschlag von Olaf Plank. Du hattest ihn doch auf das Gewaltpotenzial in Moritz König hingewiesen.“

Schlagartig wurde Daniel ernst. „Und?“

„Die MK hatte den Vater von Clemens gar nicht als Verdächtigen auf dem Schirm. Als die Kollegen ihm und seiner Frau Katharina auf den Zahn fühlten und bohrten, knickte die ein. Ob sie von der Tat wusste oder nur geahnt hat, dass ihr Mann Plank erschlagen hat, müssen sie noch herausfinden. Jedenfalls wurde bei der Hausdurchsuchung Planks Armbanduhr gefunden.“

„Eine Trophäe?“

Leander nippte am Saft, verzog das Gesicht und stellte das Glas wieder hin. „Inzwischen hat Moritz König im Verhör zugegeben, dass er sich an Olaf Plank rächen wollte, weil dieser seinen Sohn drangsaliert hat. Als er ihn zu Hause aufsuchte, hatte er nicht vor, ihn zu töten. Aber dann wurde er so wütend, denn Plank zeigte keine Einsicht, da schlug er zu, immer und immer wieder, bis das Opfer sich nicht mehr rührte.“

„Katharina König hat ganz schön was zu verkraften. Erst wird ihr Sohn ermordet, dann ihr Mann zum Mörder. Sie tut mir leid.“

„Wenigstens ist ein Fall abgeschlossen.“

„Nur leider nicht unserer. Lisa Warnstedt …" Daniel schob sich eine Erdnuss in den Mund. Fauliger Geschmack breitete sich auf der Zunge aus. Rasch spuckte er sie in die Hand, sah sich nach etwas um, worin er sie entsorgen konnte, und ließ sie schließlich in ein leeres Glas fallen.

„Ihr Vater wurde tatsächlich ermordet. Daran habe ich mich also richtig erinnert."

„War sie es?"

„Der Mord hatte mit ihr zu tun."

„Das ist nicht dasselbe."

Tomasz klappte den Laptop zu. In einem Zug trank er das verbliebene Bier, packte den Rechner in die Tasche und zog den Reißverschluss so ungestüm zu, dass er kaputtging. Leise fluchte er.

„Nein, aber das macht es nicht besser. Das, was er ihr angetan hat, ist unbeschreiblich." Leander zögerte. „Kurz nachdem sie ihre erste Blutung bekam, verging er sich an ihr."

Daniels Augen weiteten sich. Damit hatte er weiß Gott nicht gerechnet. Unweigerlich malte er sich die grauenvolle Szene aus. Lisa, wie sie in ihrem Bett lag, Hände und Beine an die Pfosten gefesselt oder vielleicht auch nur die Handgelenke. Damit sie nicht aufstand. Damit sie nicht herumlief. Damit sie sich nicht verletzte. Denn jedes Mal, wenn sie hinfiel oder sich stieß, konnte dies zu einem Bruch führen. Hilflos war sie ihrem Vater ausgeliefert. „Das Schwein!"

„Dabei … dabei brach er ihr … das Becken."

Daniels Hände krampften sich um die Enden der Armstützen. „Was?"

„Er ging wohl extrem brutal vor. Ihr Verhältnis war nie das beste gewesen. Vielleicht kanalisierte sich seine Wut über das kranke Kind in gewalttätigem Sex. Jedenfalls führte ein Drama zum nächsten."

„Aber wie wurde er ermordet?"

„Lisa hörte vor Schmerzen nicht mehr auf zu schreien. Die Mutter stürzte ins Zimmer und sah, was los war." Schweiß stand auf Leanders Stirn. Einige blonde Locken klebten bereits fest. Er zog die Jeansjacke aus. „Da erschlug sie ihn."

Daniels Augen weiteten sich. „Lisas Mutter war die Täterin?"

Diese Information ließ die Aussage von Warnstedt in einem völlig anderen Licht erscheinen: *„Ich war gerade zur Frau geworden, dachte, bald bist du erwachsen und kannst hier weg, doch kurz darauf erlosch selbst dieser Lichtblick. Zu dem Zeitpunkt verlor ich auch noch mein*

Zuhause. Das sowieso nie eins gewesen war. Das Jugendamt brachte mich zu meiner Oma."

Jetzt verstand Daniel. Weil sie alles verloren hatte – ihre Eltern, ihr Nest, ihre Unschuld –, hatte Lisa versucht, sich umzubringen. Scham. Depressionen. Vielleicht konnte sie seitdem auch keine Kinder mehr bekommen. Jedenfalls musste sie sich körperlich und seelisch kaputt gefühlt haben, zerstört vom eigenen Vater, vom Blutsverwandten, von demjenigen, der sie vor allem Bösen beschützen sollte.

Das waren schockierende Neuigkeiten, aber warum hatte Leander ihm das nicht am Telefon gesagt? Ihm fiel auf, dass er Tomasz nicht ansah. War der Jüngste in der MK nur eifersüchtig gewesen, dass er und Tom nach Feierabend noch zusammensaßen, ohne ihn zu fragen, ob er hatte dabei sein wollen? Er war nun mal kein Kneipengänger. Warum hatte er, Daniel, plötzlich ein schlechtes Gewissen?

Ein Detail störte ihn jedoch an dem, was er gerade gehört hatte. „Womit hat Lisas Mutter ihn erschlagen?"

„Mit einem Baseballschläger." Leanders Stirn krauste sich. „Warum?"

„Frauen greifen in Notsituationen eher zu einem Messer. Sie rammen dem Mann die Klinge in den Rücken, bevor er weiß, wie ihm geschieht." Schnell stellte Daniel klar: „Nicht weil sie heimtückisch sind, sondern weil sie befürchten, mit einer stumpfen Waffe nicht fest genug zuschlagen zu können."

Als Leander mit den knochigen Schultern zuckte, wirkte das, als würden unter dem blauen Hemd zwei Schwerter angehoben werden. „So stand es damals in der Zeitung."

„Warum hatten die Warnstedts überhaupt einen Baseballschläger im Haus?"

„Gehörte Lisa, schätze ich."

„So etwas findet man nicht in Mädchenzimmern. Das ist typisch für Jungs."

„Wahrscheinlich der von Herrn Warnstedt."

„Nicht alte Jungs", frotzelte Daniel, „sondern Teenager."

„Vielleicht hatte Lisa einen Freund, der ihr den Baseballschläger zum Schutz geschenkt hat."

„Ein Mädchen, das ans Bett und an Stühle gefesselt wurde, damit sie sich nicht bewegt?" Daniel schüttelte den Kopf. „Ich tippe eher darauf, dass sie gar keine Freunde hatte."

Unentwegt drehte Leander den Bierdeckel in der Hand. „Was willst du damit andeuten?"

„Nichts. Es ist nur …"

„Dass du schon weiße Mäuse siehst, weil du überarbeitet bist", schaltete sich Tomasz ein. Demonstrativ griff er nach der Laptoptasche. „So ungewöhnlich ist so ein Schläger auch wieder nicht."

Daniel drehte sich zu ihm. „In US-Filmen vielleicht. Aber in deutschen Haushalten? Wie viele kennst du, die einen besitzen, und wie viele davon sind weiblich?"

„Lasst uns Schluss für heute machen. Ich zahle." Daraufhin stand Tom auf und ging zu Theo, der schnell seine Zigarette hinter der Theke versteckte. Eine dünne Rauchfahne schlängelte sich dahinter empor.

„Der Fall liegt in der Vergangenheit." Leander blieb sitzen. „Wir sollten uns auf König und Langweber konzentrieren."

„Ja, du hast recht. Und Tom auch. Schluss für heute." Als Daniel sah, wie angewidert Leander immer wieder kleine Schlucke von seinem Apfelsaft trank, hatte er Mitleid. „Lass ihn stehen."

„Bezahlt ist bezahlt. Ich werde nicht aufgeben, bis ich wenigstens den Grund erkennen kann."

So geht es mir auch, dachte Daniel und sah Lisa Warnstedt, den dunklen Glasengel, vor seinem geistigen Auge.

33. KAPITEL

Benjamin hatte gedacht, er müsste sterben. Nicht im wörtlichen Sinne, sondern im übertragenen. Aber das hatte die Initiation auch nicht einfacher gemacht.

Ihm schwante bereits Böses, als Milan ihn am späten Nachmittag am Tor des Freistaats Colonia mit den Worten begrüßte: „Sie warten auf dich, zum Ritual."

„Zum was?" Natürlich wusste er, was ein Ritual war. Aber dieser bunte Haufen von Außenseitern schien keine Bräuche zu haben. Vielmehr durfte jeder so leben, wie er leben wollte. Alles schien kunterbunt und ein wenig chaotisch. Erneut machte er sich Sorgen, ob er nicht doch an eine Art Sekte geraten war. Ganz geheuer waren ihm Baba und seine Gefolgschaft ohnehin nicht. „Was soll ich tun?"

„Wirst du schon sehen."

„Warum muss ich das machen?"

„Damit du einer von uns wirst."

Ben hatte nicht vor, bei Milan einzuziehen. So gut kannten sie sich noch gar nicht. Trotz der Schmetterlinge in seinem Bauch war er nicht blind vor Liebe. „Aber ich habe schon ein Zuhause."

„Fremde dürfen nur überallhin, wenn einer von uns mitgeht. Aber danach wirst du kein Fremder mehr sein."

„Macht ihr das mit allen Freunden von außerhalb?"

„Nur an denen uns was liegt." Milans Lächeln sprach mehr als tausend Worte.

Doch die Bestätigung, dass er genauso empfand wie Benjamin, vertrieb dessen Bedenken nur kurz. Bange folgte er Milan auf das Gelände, das der Regen in Matsch verwandelt hatte. Es hatte zwar aufgehört zu schütten und mittags waren sogar ein paar Sonnenstrahlen durch die graue Wolkendecke gebrochen, aber dadurch lag eine drückende Schwüle in der Luft. Benjamin konnte kaum frei durchatmen. Oder war das die Angst, die ihm den Hals zuschnürte?

Mit einem breiten Grinsen auf seinem schönen Gesicht führte Milan ihn in die Mitte der Wohnwagensiedlung. Die Männer und Frauen, die auf den Bänken um das erloschene Lagerfeuer saßen, wie auf einem Dorfplatz, verstummten und schauten auf. Die anderen kamen neugierig heran.

Auch Angel schlurfte heran. Er strich einige blonde Strähnen seiner schulterlangen Haare ins Gesicht, doch Ben hatte die blutverkrustete

Schramme, die quer über die Wange verlief, längst gesehen. Wo trieb er sich nur herum? Erst die zerkratzten Arme, jetzt die Wunde im Gesicht.

Doch Benjamin konnte sich jetzt keine Gedanken um den Spanier machen. Er hatte seine eigenen Probleme. Vergeblich versuchte er den Kloß in der Kehle herunterzuschlucken. Seine Handflächen waren schweißnass. Unauffällig wischte er sie an der Jeans ab. Er versuchte sich damit zu beruhigen, dass die Anwesenden ihn nicht gierig angafften, als wären sie Menschenfresser. Mit ernsten, aber entspannten Mienen versammelten sie sich um ihn herum.

Klar, sie haben ja auch nichts zu befürchten. Er war es, der sich beweisen musste, der nicht wusste, was auf ihn zukam und wie schlimm es werden würde. Aber dann fiel ihm ein, dass sie alle wahrscheinlich dasselbe Ritual über sich hatten ergehen lassen müssen. Sie lebten noch, sie waren wohlauf und glücklich. Auch sah er kein Branding oder ein anderes Zeichen an ihren Körpern, das sie als Zeichen der Zusammengehörigkeit trugen, denn er hatte am meisten Angst davor, dass man ihm wehtun würde.

Benjamin spielte den Coolen oder er probierte es zumindest, denn er wollte sich vor Milan keine Blöße geben. Doch seine Beine zitterten. Sein Mund wurde immer trockener. Der Kreis aus Menschen zog sich immer enger um ihn herum zusammen. Wie eine Schlinge. Das machte ihn nervös. Er mochte es nicht, im Mittelpunkt zu stehen. Wenn alle Augen auf ihn gerichtet waren und die Erwartungen wuchsen, machte er Fehler, die er sonst nicht machte, er fing an zu stammeln und wurde unbeholfen wie ein Welpe.

Du bist jetzt neunzehn. Reiß dich zusammen und sei ein Mann!

Tief atmete er durch. Er straffte die Schultern, steckte die Hände in die Hosentaschen, um lässig zu wirken, und damit man die Fäuste, die er ballte, nicht sah, und biss die Zähne so fest zusammen, dass sein Kiefer schmerzte.

Baba, groß wie ein Bär und mit grimmigem Blick, bahnte sich den Weg durch die Menge. Hinter ihm her schwebten lautlos die beiden Frauen, die Ben schon vor Babas Wohnwagen gesehen hatte. Die Brünette hielt einen orangefarbenen Eimer in beiden Händen, weit von sich gestreckt, und Benjamin grübelte, ob sie das aus rituellen Gründen tat oder weil etwas darin lag, das ihr nicht zu nahe kommen sollte.

Baba blieb dicht vor Benjamin stehen. Einen Moment lang war dieser abgelenkt von dem Aufdruck auf dem Achselshirt des Anführers.

Ein Troll, giftgrün und aggressiv, mit aufgerissenem Maul und erhobenen Klauenhänden, der auf Ben zuzurennen schien, um ihn zu packen und das Genick zu brechen. Er hoffte, dass das kein schlechtes Omen war.

Erschrocken zuckte er zusammen, als Baba seine Schultern anfasste. Die Finger bohrten sich in Benjamins Fleisch. Ben schaute zu Boden, weil Baba ihn anstarrte, als würde er ihn jeden Augenblick zerfleischen. Obwohl der Boden schlammig war, steckten Babas Füße in Sandalen. Dementsprechend schmutzig waren sie auch. Der schwarze Nagellack auf den Zehen verschwand fast unter dem Matsch.

„Benjamin Mannteufel!", sagte Baba mit dröhnender Stimme.

Überrascht schaute Ben auf. Woher kannte Baba seinen vollen Namen? Ben hatte ihn Milan gegenüber nicht erwähnt. Sein Freund musste sich hinter seinem Rücken über ihn erkundigt haben. Aus Interesse an ihm? Oder weil Baba ihm den Auftrag erteilt hatte?

Babas lange weiße Haare waren am Hinterkopf zu einem Knoten zusammengebunden wie bei einem Sumoringer. Sein Atem stank nach starkem Tabak. Die Zähne waren gelb – wie die des Trolls. „Wir nehmen nicht jeden in unsere Mitte auf."

Ben wusste ja nicht einmal, ob er das überhaupt wollte. Er wollte mit Milan zusammen sein, nicht mit den anderen. Aber offenbar gab es für ihn keinen Milan ohne die Kommune.

„Es ist ein Privileg, Teil des Freistaates Colonia zu sein. Bist du dir dessen bewusst?"

Zögerlich nickte Ben.

„Hier darf jeder so leben, wie es ihm passt. Bei uns darf jeder sein, wer er sein möchte. Es gibt keine Vorurteile, niemand wird ausgegrenzt oder diskriminiert."

„Das tue ich nie!"

„Ich meinte dich und deine Homosexualität."

Von einer Sekunde auf die andere wurde Benjamin krebsrot. Er schämte sich in Grund und Boden. Bisher hatte er sich erst zaghaft damit auseinandergesetzt, dass er schwul war. Er wollte erst eigene Erfahrungen sammeln – mit Milan –, sich im Klaren über alles werden, und nun hatte Baba ihn über seinen Kopf hinweg geoutet. Das war nicht richtig, er schämte sich und war verärgert. Am liebsten wäre er weggelaufen, aber Baba hielt ihn unnachgiebig fest.

Dann lächelte Baba das erste Mal, seit Ben ihn kennengelernt hatte, und dieses Lächeln war warmherzig, offen und hieß ihn willkommen.

Mit einem Mal wurde ihm bewusst, dass die Kommune ein ganz wundervoller Ort war. Wenn man erst einmal ein Teil von ihr war, fand man in ihr eine Freiheit, die sonst nirgendwo möglich war. Zudem wussten jetzt alle Bescheid. Sie akzeptierten ihn und seine Sexualität und seine Beziehung zu Milan. Diese Wohnwagensiedlung mochte das Paradies sein, aber um ein und aus gehen zu dürfen, musste er erst den Ritus durchstehen.

„Danke.“ Mehr wusste Benjamin nicht zu sagen.

„Um ein Mitglied im Freistaat Colonia zu werden, musst du deine Spießerfassade ablegen. Doch es ist nicht einfach, das, was dir die Gesellschaft seit neunzehn Jahren aufdiktiert hat, abzustreifen. Daher werden wir dir dabei helfen. Bist du bereit?“

Nein, war Ben nicht. Ganz und gar nicht! Trotzdem nickte er.

Feierlich schritt die Brünette heran. Sie hielt den Eimer hoch. Benjamin rümpfte die Nase. Ekelhafter Gestank stieg daraus auf. Ihm schwante, was die dunkle Masse darin war, und er wollte protestieren. Doch da griff Baba schon mit seiner Pranke hinein und gab eine Handvoll davon auf Bens Kopf.

Genüsslich verteilte er den Dung in Benjamins Haaren. Stocksteif stand Ben da und wusste nicht, wie ihm geschah. Er wagte nicht, sich zu wehren, denn er sah Milan im Hintergrund, der den Daumen nach oben hob.

Baba schaufelte Jauche auf Benjamins Schultern und cremte sogar sein Gesicht damit ein. Gülle ergoss sich über sein T-Shirt und tropfte auf Jeans und Turnschuhe. Sein Magen rebellierte.

Die Übelkeit besserte sich erst, als man ihm einen Schnaps reichte. Irgendetwas Klares, Selbstgebranntes, das so stark war, dass Ben befürchtete, die Flüssigkeit würde ihm die Speiseröhre verätzen. Aber der Alkohol wirkte. Er spülte Übelkeit, Entsetzen und Anspannung hinunter. Ein zweites Glas lehnte er dennoch ab.

Alle gratulierten ihm, stellten sich vor, zeigten ihm, wo sie wohnten, und luden ihn zu sich ein. Aber Ben konnte kaum klar denken und vor allen Dingen nicht frei durchatmen.

Eine Zinkwanne mit kaltem Wasser wartete schon auf ihn. Man hatte sogar einige Blüten reingegeben. Er badete unter freiem Himmel, beobachtete, wie der Abend hereinbrach, und fühlte sich plötzlich vogelfrei wie ein Nomade.

Nun, da er sauber und nur mit einem Handtuch um die Hüften in Milans Wohnwagen saß, konnte er über das Ritual lachen. Ihm ging es so gut wie seit Langem nicht mehr. Entspannt und glücklich. Mit der Gülle schien er auch die Vergangenheit mit Julias Tod, dem Warnschussarrest, dem Spießrutenlauf im Gymnasium und der Sache mit Roman Schäfer abgewaschen zu haben. Neugeboren, schoss ihm in den Sinn. Das mochte übertrieben sein. Wahrscheinlich passte besser, dass er sich gehäutet hatte. *Ja, gehäutet wie eine Schlange.* Er war noch dieselbe Person, und dennoch hatte er sich verändert. Der innere Wandel war natürlich nicht erst gerade passiert, aber ihm war es eben erst bewusst geworden.

„Keine Lust mehr?“ Sachte stieß Milan, der noch immer *Brawler* auf seinem Smartphone daddelte, ihn an.

„Nicht wirklich." Benjamin hatte das Spiel, in dem Raufbolde gegeneinander antraten und aufeinander einschlugen, bis einer von ihnen starb, ausprobiert, konnte aber nicht nachvollziehen, was sein Freund daran fand. Es hatte ihn schnell gelangweilt. Außerdem lenkte ihn ab, dass er mit Milan alleine war. Dass Milan so dicht neben ihm saß. Dass ihre Arme sich immer wieder berührten. Dass er, Ben, fast nackt war, und sie praktisch die Erlaubnis von Baba und der Kommune hatten, ihre Beziehung zu vertiefen. Er zog die Beine an, um seinen Schritt zu verbergen.

„Auf was dann?"

Weil er nicht den Mumm besaß, die Wahrheit zu sagen, saugte Ben die Unterlippe ein und biss darauf.

„Es regnet wieder. Scheiße!"

„Mir gefällt's." Ben mochte das sanfte Trommeln der Tropfen auf dem Dach. Es beruhigte ihn, es lullte ihn ein.

Milans Augen funkelten neckisch. „Weil wir uns dann nach hier drinnen zurückziehen müssen?"

„Das auch."

„Hast du schon mal geküsst?", fragte Milan unvermittelt. „Einen Kerl, meine ich."

Ben schüttelte den Kopf. Sein Körper kribbelte, als würde kein Blut durch seine Adern fließen, sondern Milliarden von Ameisen darin herumkrabbeln.

Milan warf das Handy auf die andere Seite des Betts, auf dem sie saßen. Er drehte sich zu Benjamin und legte die Hand an dessen Hals. Während Milan ihm unter seinen langen dunklen Wimpern tief in die Augen sah, kraulte er den Haaransatz. Er strich eine Weile mit der Fingerspitze über Bens Ohrmuschel und schob schließlich die Hand in Benjamins Nacken. Dort verstärkte sich der Griff, sodass Ben den Unterarm auf seinen Schritt drücken musste.

Milan fragte nicht, ob es okay für Benjamin wäre, auch hielt er sich nicht damit auf, von seinen Erfahrungen zu erzählen, stattdessen zog er Ben zu sich heran. Ohne jegliche Scheu küsste er ihn, behutsam, um, so vermutete Ben, ihm die Zeit zu geben, sich daran zu gewöhnen, einem anderen Mann so nah zu sein. Es war Benjamin, der schnell ungestümer wurde. Milans Zunge drang in Bens Mund, Ben stöhnte und erntete ein Lachen von Milan, ohne dass sie sich voneinander lösten.

Benjamin schwebte im siebten Himmel. Er fühlte sich wie berauscht. So hatte er noch nie empfunden. Er hatte schon einige Mädchen geküsst, sogar mit einem geschlafen oder, besser gesagt, versucht, mit ihr zu schlafen, vor Jahren im Sommercamp, aber es hatte nicht funktioniert. Nina hatte ihn nicht genug erregt, aber es hatte nicht an ihr gelegen. Jetzt dagegen wurde er bereits hart, obwohl er und Milan nur herumknutschten.

Es fühlte sich richtig an. Mit einem Mann zusammen zu sein. Mit Milan. Nicht nur wegen der Hitze zwischen den Beinen, sondern wegen dem Herzklopfen. Er war dabei, sich Hals über Kopf in Milan zu verknallen. Und dieser mochte ihn – spürbar – auch.

Seine erste große Liebe, war sie das, hier und jetzt?

Als Milan sich zurückzog, hielt Ben ihn fest, weil er nicht wollte, dass der Kuss schon vorbei war. Er sollte die ganze Nacht dauern! Aber sein Freund machte sich los. Und rutschte tiefer.

Benjamin hielt die Luft an. Er wollte Milan davon abhalten, das Handtuch um seine Hüften zu lösen, denn das ging ihm zu schnell und zu weit. Er musste erst noch die neuen Gefühle verarbeiten, wollte ihn küssen, bis ihm die Lippen wehtaten, und dann, irgendwann in den nächsten Tagen einen Schritt weiter gehen.

Aber Milan setzte sich durch, auch weil Ben sich nur halbherzig wehrte. Bald saß Benjamin nackt vor ihm, sichtlich erregt und verlegen. Ihm fehlten ja nicht nur Erlebnisse mit Jungs, sondern er hatte bisher generell wenige sexuelle Kontakte gehabt. Er hatte Angst, dass Milan merkte, wie unerfahren er war, und sich lustig über ihn machen könnte. Dass er sich unbeholfen anstellen könnte. Dass alles genauso schnell vorbei sein konnte, wie es angefangen hatte. Ben wollte alles dafür tun, dass das mit Milan funktionierte!

„Nicht so verkrampft“, flüsterte Milan. „Ich weiß, was du brauchst.“

Ben wollte etwas erwidern, aber er war so verwirrt. Sollte er Milan bremsen? Sollte er ihm einfach die Führung überlassen? Am Ende schwieg er.

„Wir sind gleich. Das habe ich sofort gewusst.“

Sah man ihm etwa an, dass er homosexuell war? Ben hätte es bei Milan nicht erkannt. Aber was sonst konnte sein Freund meinen?

Milan strich über Benjamins Bauch. „Extra für mich? Find ich gut.“

Eigentlich rasierte Ben sich immer dort unten, aber das behielt er für sich. Er wollte seinen Freund bitten, sich auch auszuziehen, das hätte es ihm leichter gemacht. Aber er brachte keinen Ton heraus, war wie erstarrt in einer bittersüßen Mischung aus Furcht und freudiger Erwartung.

Dann beugte sich Milan auch schon über Benjamins Schritt und Ben grub die Finger ins Bettlaken.

Milan nahm seinen Schwanz in den Mund und Ben stöhnte.

Milan saugte kurz daran und Benjamin zitterte am ganzen Körper.

Milan saugte ein zweites Mal und Ben kam, während er gleichzeitig ein „Fuck!“ ausstieß, weil es ihn ärgerte und ihm unendlich peinlich war. *Du dämlicher Idiot!*

Doch er kam nicht dazu, sich bei Milan zu entschuldigen, denn ein scharfer Schmerz ließ ihn mitten im Orgasmus aufschreien.

35. KAPITEL

Sein Glied brannte. Es tat höllisch weh. Grob stieß er Milan von sich weg. Er legte die Hände schützend über sein Geschlecht. „Du hast mich gebissen! Was soll die Scheiße?"

Doch Milan lachte nur.

Das machte Ben erst richtig wütend. „Ich finde das gar nicht lustig. Hattest du das von Anfang an vor? War das dein Plan, dem kleinen dummen Homo eins auszuwischen? Hast du mich die ganze Zeit nur verarscht?"

Das Lachen verstummte abrupt. „Nein! Wie kommst du darauf?"

„Ich finde das nicht witzig. Ganz und gar nicht!"

Milan hatte noch immer eine Erektion. „Ich dachte …"

„Ach, ist mir auch egal, was du dachtest. Ich hau ab." Ben sprang vom Bett und schlüpfte in seine Klamotten. Eigentlich waren es Milans, er hatte sie für ihn rausgelegt, weshalb Ben sie widerwillig anzog. Aber ihm blieb nichts übrig, da seine mit Jauche getränkt waren. *Warum habe ich das mit mir machen lassen?* Er hatte sich vor den Augen aller, die den Freistaat Colonia ihr Zuhause nannten, mit Scheiße beschmieren lassen. Ekelhaft und erniedrigend! Und jetzt das.

„Versteh ich nicht. Bitte, bleib bei mir." Milan griff seine Hand.

Aber Ben riss sich los. Ihm war zum Heulen zumute. Vor Wut, aber auch vor Enttäuschung. Darum musste er hier raus. Er wollte weg von Milan, von der Kommune und von Köln-Buchheim. Ben rannte aus dem Wohnwagen und knallte die Tür hinter sich zu. Hoffentlich verstand Milan, was das bedeutete. Er sollte Ben nicht folgen. Es war aus! Noch immer meinte er, Milans Zähne an seinem Schwanz zu spüren.

„Denk nicht so viel. Ich weiß, was du brauchst. Wir sind gleich. Das habe ich sofort gewusst", hatte Milan gesagt. Jetzt fragte sich Ben, was in Teufels Namen er damit gemeint hatte.

Sollte er sein schmutziges T-Shirt und seine Jeans suchen? Milan hatte sie zu einer Frau – Janka – gebracht, damit sie sie für Ben wusch. Er entschied sich dagegen, denn er wollte nur noch so schnell wie möglich von hier fort.

Er rannte um den Waggon herum. Fast wäre er in seiner blinden Wut und der Panik, Milan könnte ihm folgen, über die Zinkwanne, in der er nach dem Ritus gebadet hatte, gefallen. Im letzten Moment bremste er ab. Er ruderte mit den Armen und fing sich rechtzeitig.

Plötzlich hörte er ein Kratzen. Hektisch. Panisch! Wasser schwappte. Wildes Platschen. Die Geräusche kamen aus der Wanne. Etwas musste sich unter der Schranktür, mit der sie abgedeckt war, befinden. Nur was? Und wie konnte es dorthin geraten sein? Benjamin sah keine Öffnung, keinen Spalt, durch den auch nur eine Maus versehentlich hätte hineinschlüpfen können. *Warum liegt die Tür überhaupt da drauf?*

Die Maus! Er schaute zum Campingtisch hinüber und erinnerte sich an das unglückliche Geschöpf, dem alle Beine und der Schwanz gefehlt hatten. Der flauschige Ball, der sich nicht regen konnte und dem Milan den Gnadentod gewehrt hatte, indem er ihn ins Lagerfeuer warf. Die Übelkeit, die Ben bei dem Anblick verspürt hatte, kehrte zurück.

Keuchend vor Grausen davor, was er vorfinden würde, hob er die Schranktür an. Die Wanne war fast komplett mit Bade- und Regenwasser gefüllt. Der rote Kater, der darin um sein Leben kämpfte, hielt sich zwar mit den Pfoten am Rand fest, hatte aber nicht mehr die Kraft, sich herauszuziehen. Mit großen ängstlichen Augen schaute er zu Benjamin auf. Das nasse Fell klebte am ausgezehrten Körper. Eine Kralle war herausgebrochen. Blut quoll aus der Wunde hervor.

Bens Magen verkrampfte sich vor Mitleid. Er hatte ein großes Herz für Tiere und konnte sie nicht leiden sehen. Und dieser Kater sah aus, als hätte er nicht mehr lange durchgehalten, hätte Ben ihn nicht gerettet.

„Wer macht denn so was? Welches Schwein war das?“ Benjamin schluchzte. Wegen dem Tier. Und wegen der Enttäuschung mit Milan. *Was für ein verfickter Tag!* Konnte er noch schlimmer werden?

Vorsichtig fasste Ben den Kater an. Der Rote versuchte, sich am Wannenrand festzuhalten. Er war völlig verängstigt. Beruhigend redete Ben auf ihn ein. Er hob ihn heraus und drückte ihn an seinen Oberkörper, um ihn zu trösten. Das Herzchen des Kleinen überschlug sich fast.

Plötzlich fauchte der Kater. Sein Knurren klang bösartig. In der nächsten Sekunde hieb er auch schon mit ausgefahrenen Krallen auf Ben ein. Er zerfetzte Milans T-Shirts und hinterließ blutige Striemen auf Bens Brust.

Vor Schreck ließ Benjamin ihn fallen. Der Kater fauchte erneut und rannte schnell wie ein Torpedo davon.

„Sind denn alle in dieser Kommune verrückt?“, schimpfte Ben und machte, dass er endlich wegkam.

Unterwegs fragte er sich, ob die Kratzer auf Angels Armen von dem roten Kater stammten. Ob sich der zurückgebliebene junge Mann an diesem Abend dafür an dem Tier gerächt hatte. Und ob er es war, der die Maus verstümmelt, gefoltert und einem langen, qualvollen Tod ausgeliefert hatte.

36. KAPITEL

„Wo bist du?“

„In der Oper.“

„Alleine?“

Das fragt er nicht ernsthaft, oder? Marie wechselte das Handy in die andere Hand. „Mit meinen Eltern.“

„Warum hast du mir nicht Bescheid gesagt?“

„Habe ich doch.“

„Kann nicht sein.“

„Zwei Mal sogar.“

„Wann soll das denn gewesen sein? Habe ich da geschlafen?“, versuchte Daniel einen lahmen Scherz.

„Scheint so, ja, mit offenen Augen.“ Um das Stimmengewirr um sie herum im Foyer zu dämpfen, hielt sich Marie mit der freien Hand das andere Ohr zu. „Als wir zusammen auf der Couch gesessen haben. Anfang der Woche. Du hast ferngeschaut und ich habe gelesen. Und beim Frühstück.“

„Echt? Heute morgen?“

„Traurig, aber wahr.“ *Wo war er nur mit seinen Gedanken?*

„Tut mir wirklich leid. Wir haben einen kniffligen Fall. Der lenkt mich ab.“

Oder jemand. Du wolltest doch damit aufhören, rügte sie sich scharf. „Den hast du immer.“

„Ich hatte mich auf dich gefreut.“

„Glaub mir, ich wäre auch lieber bei dir.“ Aber heute war Versöhnungstag. Jedes Jahr musste sie an die kostbaren Porzellaneier, die in der Villa Bast in einer Vitrine hinter Glas lagen, denken. Von außen hübsch anzusehen, aber von innen hart und ungenießbar. Ein passender Vergleich.

Eine Plastiktüte raschelte am anderen Ende der Leitung. Zu Hause. „Ich habe Sushi mitgebracht.“

„Fisch magst du doch gar nicht.“

„Aber du.“

Sie schmunzelte. „Noch mehr Überraschungen?“

Er klang verschnupft: „Ich wollte uns nur einen schönen Abend machen.“

„Mit Sushi und grünem Tee?“, frotzelte sie. Beides verabscheute er.

„Mit dir.“

Ihr Grinsen erblühte zu einem Lächeln. Sie drehte sich von ihren Eltern weg, die mit einem befreundeten Paar zusammenstanden, denn sie wollte mit Daniel allein sein. Eine gedankliche Intimität. Der Gong bedrängte sie jedoch. „Die Vorstellung fängt gleich an."

„Was mache ich jetzt mit dem Sushi?"

„Selbst essen?"

„Ich könnte vorbeikommen, mich zu dir schleichen und dich heimlich im Dunkeln füttern."

„Reizvoller Plan. Nur das mit dem Schleichen wird schwierig."

„Ich verspreche auch, die Scharniere meines Rollis vorher zu ölen."

„Hm." Sie tat so, als würde sie überlegen. „Hast du auch Sake gekauft?"

„Den trinkst du sonst nie."

„Aber ich hätte Lust darauf."

„Leider kann ich damit nicht dienen, Frau Zucker."

„Schade, dann muss ich ablehnen."

Als er leise lachte, kribbelte es über Maries Schambein. „Ich stelle das Fischzeug in den Kühlschrank."

„Danke." Jemand zupfte an Maries Bluse. Sie schaute über die Schulter zurück.

Hinter vorgehaltener Hand zischte ihre Mutter: „Mach jetzt Schluss! Warum hast du dein Handy überhaupt noch an?" Ihr Atem roch nach Whiskey, dabei schwenkte sie ungeduldig ein Glas Champagner.

Es gongte erneut. Die Besucher, die um sie herumstanden, einen Aperitif tranken, Freunde begrüßten und plauderten, machten sich langsam auf in den Saal.

„Ich muss …" Marie seufzte ihr Mobiltelefon an.

„Okay. Schade."

„Finde ich auch."

„Viel Spaß."

Sie schnaubte. „Ich bin mit meinen Eltern hier."

„Zum Glück dürfen sie während der Aufführung nicht sprechen. Und selbst wenn sie es tun, kannst du sie wegen der Schreierei auf der Bühne eh nicht verstehen."

„Das nennt man Gesang."

„Wenn du meinst." Sie hörte das Lächeln aus seiner Stimme heraus. „Ich freue mich auf dich."

„Ich mich auf dich auch."

„Ich leg dann schon mal die Handschellen bereit."

„Daniel!“ Durch seinen anzüglichen Kommentar stieg Hitze in ihr Gesicht.

Irene Bast nippte ungeduldig an ihrem Getränk. „Marie!“

„Jeder Mensch hat ein Talent“, sagte Daniel trocken. „Das deiner Mutter ist Keifen. Wie hältst du das nur aus?“

„Du kennst doch den Spruch: Blut ist dicker als Tränen.“ Sie beendete das Telefonat.

Marie betrachtete jedes Treffen mit ihren Eltern als Prüfung. Wenn sie die bestand, würde sie jedem Sturm trotzen können. Sie besaß ein dickeres Fell, als man ihr ansah. Wenn ihr Elternhaus sie nicht derart abgehärtet hätte, hätte sie wahrscheinlich Daniels Sarkasmus nach dem Unfall nicht ertragen. Auch würde sie nicht den ruppigen Ton, der im Musical Dome in der stressigen Phase vor der Erstaufführung eines neuen Stücks herrschte, aushalten. Ebenso wenig wie die grausamen Verbrechensschilderungen in Gerichtssälen, wenn sie dort als Zeichnerin saß. Alles hatte auch eine gute Seite, selbst mit solchen Eltern gestraft zu sein.

„Liebling, gehst du mir noch ein Glas Champager holen, bitte?“ Irene Bast hielt ihrem Mann die Flöte hin. „Das wäre äußerst lieb von dir. Du bist ein Schatz.“

„Du hast schon genug getrunken.“

Ihre Wangen färbten sich rot. „Das ist mein erstes Glas.“

„Hier vielleicht, Liebste.“ Rainer Basts Lächeln war zuckersüß.

Das befreundete Paar wandte sich peinlich berührt ab. Sie steckten die Köpfe zusammen und taten so, als würden sie über das aufgeschlagene Programmheft in ihren Händen sprechen, dabei war ihnen die Szene offensichtlich unangenehm und das war ihre Art, sich zurückzuziehen.

„Dann hole ich es mir eben selbst.“ Eingeschnappt spitzte Irene Bast die Lippen.

„Hast du denn Geld dabei?“

Sie schnappte nach Luft.

„Natürlich nicht.“ Lässig steckte ihr Mann die Hände in die Hosentaschen. „Das bekommst du ja stets von mir.“

„Rainer!“ Ihre Unterlippe zitterte.

„Es gibt keinen Alkohol mehr. Basta!“ Plötzlich riss er ihr das Glas aus der Hand und stellte es so fest auf das Tablett eines Kellners, der gerade vorbeikam, dass der Stil abbrach. Verärgert zischte er, holte seine Geldbörse hervor und legte einen Schein neben die Scherben.

„Das ist nicht nötig“, sagte der Mann, der die leeren Gläser einsammelte.

„Was ich kaputt mache, zahle ich auch.“

„Fünfzig Euro sind aber viel zu viel.“

Zornig fuhr Rainer Bast ihn an: „Hauen Sie schon ab!“, worauf der Kellner den Kopf zwischen die Schultern zog und sich davonmachte.

Marie kam dicht an ihn heran und fragte leise: „Vater, muss das sein?“ Ihre Mutter, gedemütigt und vorgeführt, tat ihr leid. Das war eine völlig neue Erfahrung für Marie.

„Es ist alles gut, mein Schatz.“ Sachte küsste er ihre Stirn. Er wechselte einige Worte mit den Freunden, tat, als wäre eitel Sonnenschein, und verabschiedete sich auf die Toilette.

Die Stimmung blieb angespannt. Verlegen ließen alle die Blicke durchs Foyer schweifen.

Schließlich fasste Irene Bast ihre Tochter an den Schultern und betrachtete sie von oben bis unten. Marie versteifte sich und verspürte wieder dieses unangenehme Kribbeln im Rücken, das sie als Kind schon verspürt hatte. Zu ihrer Überraschung sagte ihre Mutter jedoch: „Gut siehst du heute aus in diesem Traum aus apricotfarbenem Chiffon.“

Marie nahm ihr das sogar ab. Ihre Mutter klang aufrichtig. Aber auch, als suchte sie etwas, mit dem sie sich von den Tränen, die sie versuchte wegzublinzeln, ablenken konnte. Einen Moment lang überlegte Marie, ob sie ihr Champagner ausgeben sollte. Doch dann erkannte sie, dass Irene Basts Pupillen nicht nur glänzten, weil ihr nach Heulen zumute war, und entschied sich dagegen.

Wahrscheinlich hatte ihr Vater nur Gutes im Sinn, auch wenn das nicht sofort ersichtlich war. Er wollte seine Frau beschützen, und zwar vor sich selbst.

Ihre Mutter machte wieder auf Schönwetter, wie an jedem Versöhnungstag, kehrte aber nicht zu alter Form zurück.

Wie jedes Jahr kurz nach dem Todestag von Alexander, ging das Bast-Trio zusammen aus. Oper, Ballett oder ein Theaterstück nach einem Klassiker. Auf diese Weise bemühten sie sich um Zusammenhalt. Das dramatische Ableben Alex’ sollte sie nicht entzweien. Zudem wollten ihre Eltern wiedergutmachen, dass sie Marie auf der Gedenkfeier zusetzten.

„Das ist doch krank“, hatte Daniel einmal gesagt.

Er hatte nicht unrecht. Aber Marie sah auch die Notwendigkeit. Sie fühlte sich schuldig, weil sie nicht auf ihren Bruder aufgepasst hatte, und ihr Vater und ihre Mutter empfanden Schuld, da sie ihrer Tochter nicht verzeihen konnten. Jede andere Familie wäre an dem Schicksalsschlag zerbrochen. Die Basts jedoch schafften es mit dieser absonderlichen Methode, aneinander festzuhalten.

Sie musste an die altmodische Spieluhr denken, die noch im Wagen lag. Am Abend hatte ein Chauffeur Marie abgeholt. Ihre Eltern warteten bereits im Auto auf sie. Wie immer überreichten sie ihr ein Geschenk. Noch ein Akt der Reue. Es handelte sich um ein zauberhaftes elfenbeinfarbenes Kästchen. Wenn man es öffnete, erklang eine liebliche Melodie. Marie hatte keinen Zweifel daran, dass die Perlenkette, die sie darin gefunden hatte, echt war.

Sie kreidete es Mutter und Vater nicht an, dass sie ihre Liebe erkauften. Das war eben ihr Weg, Zuneigung zu zeigen. Nicht der beste, aber Marie wusste die Präsente zu übersetzen.

Behutsam strich sie über die Halskette, die nun um ihren Hals hing, und hielt nach ihrem Vater Ausschau, damit sie gemeinsam ihre reservierten Sitze aufsuchen konnten.

Er kam gerade aus dem Männer-WC. Die Frau, die er im Arm hielt, kannte sie nicht. Sie musste Mitte zwanzig sein. Ihr rotes Kleid schmiegte sich eng an ihren schlanken Körper. Als er sich von ihr verabschiedete, drückte er sie etwas zu eng an sich. Seine Hand lag zu tief auf ihrem Rücken. Er hielt sie einige Sekunden zu lange fest und strahlte. Zum Schluss gab er ihr, wie in der Bussi-Bussi-Gesellschaft üblich, einen Luftkuss, nur dass dieser nicht neben ihrer Wange landete, sondern im Mundwinkel. Die junge Dame wehrte sich nicht, sondern strich mit dem Daumen über seine Unterlippe.

Wie vertraut! schoss es Marie in den Sinn. Bevor er bemerkte, dass Marie ihn beobachtete, schaute sie rasch weg. Sie schmeckte bittere Galle auf der Zunge. Ihr Herz pochte unangenehm in ihrem Brustkorb. Sie traute sich nicht, ihre Mutter anzusehen, da sie befürchtete, ihr Gesichtsausdruck könnte ihre Gedanken verraten.

Das tat sie erst, als diese sich ein fremdes Glas, in dem noch ein Rest Champagner schwappte, vom Tablett eines Kellners griff, der gerade an ihr vorüberging. In einem Schluck kippte Irene Bast den Alkohol hinunter. „Wie ein Bauarbeiter", hätte sie abfällig über andere geurteilt. Sie hielt die Flöte nicht mit Daumen und Zeigefinger fest, wie es kultivierte Menschen ihrer Aussage nach taten, sondern presste die Hand darum, als wollte sie sie zerquetschen.

Bevor das geschehen konnte, nahm Marie ihr das Glas vorsichtig ab. Was ging da vor sich?

Das Lächeln im Gesicht ihres Vaters verschwand, doch es blieb ein Leuchten in seinen Augen. Er bahnte sich einen Weg durch die Menschen, sichtlich besser gelaunt als vorher.

Plötzlich stellte sich ihm ein Mann in den Weg. Doch statt Rainer Bast zu begrüßen, schaute dieser schweigend der Dame in Rot hinterher. Basts Teint nahm dieselbe Farbe an wie ihr Kleid. Für ihn untypisch, lockerte er die Krawatte und öffnete den obersten Knopf des Hemds. Er reichte dem Mann die Hand, schüttelte sie und zog ihn geschickt mit in Richtung seiner Familie, um ihn, so vermutete Marie, von der *Lady in Red* abzulenken.

Irene Bast lächelte ihrem Ehemann zu, als wäre nichts gewesen. Sie schlang den Arm um ihn und hakte sich zusätzlich bei ihm ein, wie ein Krake, der sich verzweifelt an einem Stein festhält, um nicht von der starken Strömung mitgerissen zu werden.

Rainer Bast dagegen guckte an ihr vorbei. Er gestikulierte so ausladend, dass seine Frau gezwungen war, ihn loszulassen, während er zu Marie sagte: „Das ist Carsten Falkenstein, dein Begleiter."

Marie glaubte, sich verhört zu haben. „Mein was?"

Der Gong ertönte ein letztes Mal.

„Man kann doch nicht ohne Begleitung in die Oper gehen." Das klang, als befänden sie sich am englischen Hofe und alleine aufzutreten würde gegen das Protokoll verstoßen.

Passend dazu schritt er majestätisch voran. Irene Bast bemühte sich, Schritt zu halten, schwankte jedoch gefährlich auf ihren High Heels. Und Marie blieb sprachlos zurück. Alleine mit einem Fremden in einem bis auf die Angestellten leeren Foyer.

„Wollen wir?" Carsten Falkenstein hielt ihr den Arm hin.

Sie zögerte. Er war ihr vollkommen unbekannt. Seine Attraktivität schüchterte sie ein wenig ein. Außerdem war Daniel der Mann an ihrer Seite. Aber er glänzte mit Abwesenheit. Wie so oft musste sie alleine eine Einladung wahrnehmen. Nervös zupfte sie an ihrem Ausschnitt herum. Ihr fiel ein, dass sie sich noch nicht vorgestellt hatte. „Ich bin …"

„Marie." Er sprach ihren Vornamen weich aus. „Ich darf Sie doch so nennen?"

Warum nicht? Zögerlich hakte sie sich bei ihm unter und folgte ihm auf einen der Balkone. Rainer Bast hatte sich nicht lumpen lassen und die vordersten Plätze gebucht. Nicht nur, damit sie die Bühne bestens sehen konnten, sondern bestimmt auch, damit Bekannte unter den Opernbesuchern mitbekamen, dass die Familie intakt war.

Marie kannte ihre Eltern, sie wusste, dass beide so tickten. Umso mehr irritierte sie, dass sich Carsten Falkenstein neben sie setzte. Seine Anwesenheit war ihr keineswegs unangenehm – sie setzte nur ein falsches Zeichen!

Sie befingerte ihren Ehering, als müsste sie verhindern, dass jemand ihn ihr gewaltsam abzog.

Erst als die Vorstellung begann, wagte sie einen Blick in Falkensteins Richtung. Er besaß den sprühenden Charme eines Owen Wilson. Sie fragte sich, ob die windschiefe Nase ein Geburtsfehler war oder ob er sich in seiner Sturm- und Drangzeit geprügelt hatte. Der kleine Makel stand ihm ausgezeichnet. Augenscheinlich war er eitel, denn er hatte seine Haare haselnussbraun gefärbt. An den ordentlich ausrasierten Koteletten erkannte sie helle Ansätze. Wahrscheinlich hatte er graue Strähnen, die sich viel zu früh zeigten, abgedeckt. Sie schätzte, dass er ungefähr im selben Alter war wie sie selbst oder nur wenige Jahre älter. Ein Grübchen verlieh seinem Charme etwas Jungenhaftes, aber ansonsten strahlte er das männliche Selbstbewusstsein eines Alphamännchens aus.

Alphamännchen, hast du das ernsthaft gerade gedacht? Verlegen schaute Marie nach vorne zur Bühne. Sie sollte weniger Bücher lesen. Oder zumindest andere. Das Scannen anderer Menschen war zudem zur Berufskrankheit geworden.

Carsten Falkenstein neigte sich zu ihr herüber und flüsterte: „Um was wetten wir, dass ich Ihre Gedanken lesen kann?"

Überrascht sah sie ihn an. Seine blauen Iriden leuchteten wie das azurblaue Mittelmeer. *Solche Augen sollten verboten werden! Ob sie überhaupt echt sind?* Sie blinzelte, um herauszufinden, ob er Kontaktlinsen trug, doch das Licht war zu schummrig.

Seinem Schmunzeln nach zu urteilen, deutete er ihren intensiven Blick als Interesse. Seine Worte schienen das zu unterstreichen: „Ich bin Single."

37. KAPITEL

„Und ich bin verheiratet“, sagte sie mit Nachdruck.

„Ist mir bekannt. Ich wollte nur erwähnen, warum ich der Einladung Ihrer Eltern gefolgt bin. Ohne Partner ist man gesellschaftlich benachteiligt.“

Auch mit Ehemann. Das lag nicht an Daniels Querschnittslähmung, sondern daran, dass er Kulturveranstaltungen zum Schnarchen fand und sich mit ihren Eltern nicht verstand.

Falkenstein sprach angenehm leise, doch es führte dazu, dass Marie automatisch näher an ihn heranrückte, um ihn zu verstehen. „Ihre Eltern haben mir alles von Ihnen erzählt.“

„Alles? Ich hoffe doch nicht.“

„Das mit Ihrem Ehemann tut mir leid.“

Ja, mir auch, lag ihr als spontane Reaktion auf der Zunge. Doch sie schluckte die Antwort hinunter, weil sie ein schlechtes Gewissen bekam. Daniel war ja nicht tot. Das Schicksal hatte, so seine eigenen Worte, ihn in den Arsch getreten und nun zeigte er ihm den Mittelfinger, indem er sich arrangierte und den Spaß am Leben zurückgewann. „Ihm geht es blendend.“

„Warum ist er dann nicht hier?“

Sie nestelte an ihrem Ärmel herum. „Er ist beruflich eingespannt“, log sie.

„Ehrgeiz lenkt von den schönen Seiten des Lebens ab.“ Er lächelte charmant.

War das ein verstecktes Kompliment? *Ich bin aus der Übung.* „Es ist heiß im Saal. Die Klimaanlage scheint defekt zu sein.“

„Finden Sie?“ Sein Männerparfüm roch feurig würzig. „Ihr Ehemann ist Kriminalkommissar, nicht wahr? Ich habe schon über ihn in der Zeitung gelesen.“

„Glauben Sie nicht alles, was geschrieben steht.“

„Ist er etwa gar kein Held?“

Er ist mein Held, hätte sie wohl antworten sollen, doch aus irgendeinem Grund brachte sie den Satz nicht über die Lippen. Ihr wurde bewusst, dass der Grund in Falkensteins Attraktivität lag. Sie bekam ein schlechtes Gewissen. „Jeder, der gegen das Böse kämpft, ist heldenhaft.“

„Aber er hat keine Beine, das macht ihn zu etwas Besonderem.“

„Selbstverständlich hat er die.“ Nur nutzten sie ihm nichts.

„Ein ganzer Kerl auch ohne funktionstüchtigen Unterleib? Hut ab!"

War das Spott, weil Daniel seinen ehelichen Pflichten im Bett nicht mehr nachkommen konnte? Oder aufrichtige Anerkennung, weil er sich nicht unterkriegen ließ? Marie wusste es nicht. „Es gibt keinen wie ihn, da haben Sie recht."

„Ihr Gatte übt einen risikoreichen Beruf aus."

„Er weiß sich zu wehren."

„Es ist sicherlich beruhigend für Sie, dass er eine Dienstwaffe bei sich trägt."

„Das würde das Risiko nicht minimieren, aber er darf ohnehin keine führen."

„Interessant."

Sie schaute ihn an und zog die Brauen nach oben. „Ach ja?"

„Mir würde der Schneid fehlen, das abgrundtief Böse zu jagen." Sein Seufzer klang zu dick aufgetragen. „Ich bin nur so etwas wie ein Antiquitätenhändler."

„So etwas wie?"

„Ich *bin* Antiquitätenhändler." Seine Nase zuckte. „Und Sie?"

„Ich denke, Sie wissen schon alles über mich?", frotzelte sie amüsiert.

Er tat so, als müsste er überlegen, aber das nahm sie ihm nicht ab. „Sie sind beim Musical Dome als Kostümbildnerin angestellt und arbeiten nebenbei als Gerichts- und Phantombildzeichnerin."

Anscheinend wusste er nicht nur über Daniel Bescheid. „Sie haben sich über mich informiert? Ich weiß nicht, ob mir das gefällt." Tat es nicht. Doch es schmeichelte ihr auch.

„Ihre Eltern haben mir das erzählt." Kurz berührte er ihren Arm. Diese Geste sollte sie wohl beruhigen, bewirkte jedoch das Gegenteil. „Viel mehr allerdings nicht. Sie sind sehr stolz auf Sie."

Das konnte nicht sein! Es wunderte sie, dass sie ihm überhaupt erzählt hatten, was ihre Tochter beruflich machte, weil sie keine der Tätigkeiten für angemessen erachteten.

„Aber ich gebe zu, ich war sofort von Ihnen begeistert."

Unauffällig wischte sie die feuchten Handflächen am Kleid ab. „Von mir? Noch bevor Sie mich trafen?"

„Ich engagiere mich als Kunstmäzen. Wie mir aus verlässlicher Quelle zugetragen wurde", er nickte in Richtung von Irene und Rainer Bast, „fertigen Sie kleine Meisterwerke an."

„Es handelt sich nur um Schwarz-Weiß-Zeichnungen", spielte sie die Auftragsarbeiten herunter, setzte sich jedoch aufrechter hin. Aber er erwartete zu viel. Sie benutzte lediglich Graphit- und Kohlestifte, Papierwischer und Radiergummis. Das Endergebnis war sehr einfach, sehr klar und dadurch nahm man die Details, auf die es ankam, ihrer Meinung nach deutlicher wahr.

„Stellen Sie Ihr Licht nicht unter den Scheffel." Aufmunternd drückte er sachte ihre Schulter.

Nachdem er sie losgelassen hatte, blieb ein Prickeln zurück. „Haben Sie denn schon eine Zeichnung von mir gesehen?"

„Nein."

Sie bemühte sich, ihre Enttäuschung zu verbergen. „Eltern stellen das, was ihre Kinder tun, immer glorreicher dar, als es in Wahrheit ist."

„Ihre Meinung kann und will ich nicht teilen. Es mag nur ein erstes Gefühl sein, aber, Marie, ich glaube, Sie sind genauso besonders wie Ihr Mann."

Ihr fiel nichts ein, was sie darauf erwidern konnte. Ihr Grinsen musste dämlich aussehen, aber sie konnte es nicht abstellen. Ihr war bewusst, dass Carsten Falkenstein versuchte, sich bei ihr einzuschmeicheln. Es funktionierte trotzdem. Sie kam sich wie ein trockener Schwamm vor, der seine Höflichkeiten gierig aufsaugte. Das Funkeln seiner Augen, die gesteigerte Aufmerksamkeit, das herzliche Lächeln. Genieße es, sagte sie zu sich selbst. *Es ist harmlos.*

Er stützte sich auf der Armlehne zwischen ihren Sitzen ab. Das Oberteil seines eleganten Jacketts spannte sich über den Schultern. Ihre Oberarme berührten sich. „Ich möchte eine Ausstellung organisieren. Mit Ihren Werken."

„Aber die zeigen gesuchte Straftäter und Angeklagte."

„Eben darum. Eine Vernissage mit Bildern von Verhandlungen und Mördern. So etwas hat Köln noch nicht gesehen!"

„Nein."

„Nein?" Überrascht krauste er die Stirn. „Ich bringe Sie groß raus."

Sie blätterte im Programmheft, da sie der Oper nicht mehr folgen konnte. Aber auch die Buchstaben verschwammen. „Das will ich nicht."

„Warum nicht? Weil Daniel Zucker der Held in Ihrer Ehe ist?"

Das sah sie nicht so. Oder hatte sie zumindest bisher nicht aus der Perspektive betrachtet. Jetzt, wo er es ansprach, wurde ihr klar, dass sich seit dem Unfall alles nur um Daniel drehte. Sie steckte immer zurück, sie zeigte ständig Verständnis und während er wuchs, verkümmerte sie. *Das ist nicht wahr!* Warum dachte sie das plötzlich?

Falkenstein nahm ihre Hand. Sie wollte sie wegziehen, doch er hielt sie unnachgiebig fest. „Marie, das wird Ihr Durchbruch werden. Man wird Sie als Künstlerin anerkennen."

Woher wusste er, dass sie davon träumte, hauptberuflich zeichnen zu dürfen? Und, anders als in ihren jetzigen Berufen, Bestätigung zu bekommen? Jemanden zu finden, der an sie glaubte, jemanden wie Carsten Falkenstein? Ihr blieb die Luft weg. Sie wehrte sich nicht länger gegen seinen Griff.

„Ihre Zeichnungen werden Unsummen einbringen. Sie werden ganz Europa mit mir bereisen."

Er sprach, als ob sie zugesagt hätte. „Mit Ihnen?"

„Ich werde Ausstellungen in allen europäischen Metropolen organisieren. Paris, Rom, London, Barcelona …"

Innerlich seufzte sie. Die Aussichten waren verführerisch. „Ich kann nicht."

„Seien Sie mutig. In mir haben Sie einen Bewunderer gefunden."

„Sie kennen meine Zeichnungen nicht."

„Ich kenne *Sie*." Er lächelte.

Es kribbelte in ihrem Magen. Wie lange war es her, dass ihr ein Mann seine ganze Aufmerksamkeit geschenkt hatte? „Ich fühle mich geschmeichelt, aber es geht nicht."

„Ich werde Sie mit allem, was mir zur Verfügung steht – und das ist, wenn ich das so sagen darf, einiges –, unterstützen."

„Nein", sagte sie so energisch, dass mehrere Personen hinter ihnen „Scht" machten. Sie flüsterte: „Verbrechen darf man nicht glorifizieren. Geld damit zu verdienen ist falsch. Das ist, als würde man von Rodney Alcala Poster drucken lassen und aufhängen."

„Wer?"

„Der Inbegriff eines klassisches Psychopathen. Charismatisch wie ein Popstar und glaubhaft wie ein guter Schauspieler, aber hinter der Fassade ein Blender, sexueller Sadist und Mörder."

„Mir geht es nicht darum, den Bekanntheitsgrad dieser Täter zu erhöhen, sondern Ihren", sagte er. Sie öffnete den Mund, um ihre Entscheidung zu wiederholen, doch bevor sie etwas sagen konnte, legte er den Zeigefinger an ihre Lippen. „Keine Sorge, ich werde nicht weiterbohren. Alles, was ich mir erhoffe, ist, dass Sie über mein Angebot nachdenken und wir später noch einmal darüber sprechen."

Bevor sie es verhindern konnte, nahm er ihr die Handtasche vom Schoß, öffnete sie und schob seine Visitenkarte hinein. Er schloss sie wieder und gab ihr die Tasche zurück. „Sie werden sich noch einmal mit mir treffen müssen. Diesmal ohne Arrangement Ihrer Eltern."

Als er zwinkerte, stieg ihre Körpertemperatur an. Wie konnte er sich so sicher sein, dass sie seiner Bitte nachkommen würde? Er schien vor Selbstbewusstsein zu strotzen. Das gefiel ihr.

Sie spürte, dass sie beobachtet wurde, und guckte zu ihren Eltern. Rainer Bast schaute sie mit solch einer Wärme im Blick an, wie schon seit einer Ewigkeit nicht mehr. Automatisch schenkte sie ihm ein breites Lächeln und kam sich wieder vor wie das Mädchen, das um die Gunst des verehrten Vaters buhlte.

Er nickte ihr zu. Doch sie wusste, dass das nicht ihr galt, sondern Carsten Falkenstein. Es steckte so viel in dieser wohlwollenden Geste:

Wie schön, dass ihr euch versteht.

Wie gut ihr zusammen ausseht.

Ihr würdet ein nettes Paar abgeben.

Und bei diesem Mann würdest du diesmal sogar meine Zustimmung erhalten.

Das ärgerte Marie. Dennoch nahm die Sehnsucht nach Harmonie diesen Faden auf und strickte ihn weiter:

Wie schön könnte es sein, wenn ich einen Partner mit denselben Interessen hätte.

Wir würden gemeinsam Kulturveranstaltungen besuchen.

Er würde mir die Tür aufhalten und nicht ich ihm.

Meine Eltern würden vielleicht sogar Alexanders Todestag vergessen, sie hätten ja einen neuen Sohn.

Wir könnten eine richtige Familie sein.

Plötzlich zerriss ihre Halskette. Marie hatte unbewusst damit gespielt und am Ende daran gerissen, weil sie schrecklich aufgewühlt war. Die kostbaren Perlen regneten zu Boden. Sie sprangen nach allen Seiten, rollten unter die Sitze und verschwanden in den Schatten.

Entsetzt schlug sie die Hand vor den Mund. Doch zu ihrer Überraschung lachte Carsten Falkenstein, zuerst leise, dann immer herzhafter. Obwohl ihr nicht danach war, musste sie mitlachen. Sein Gelächter war ansteckend. Es war befreiend. Und es ließ die Empörung um sie herum nichtig wirken.

Wie ein Gentleman küsste er ihren Handrücken. „Bleiben Sie sitzen. Eine Dame sollte nicht auf Knien herumrutschen."

Dann ging er vor ihr in die Hocke und sammelte die Perlen für sie ein. Auch das hätte Daniel nicht gekonnt.

Was für ein Mann!

38. KAPITEL

Daniel war an diesem Morgen spät dran.

Es hatte Probleme mit dem Dauerkatheter gegeben. Einige bange Momente lang hatte Daniel befürchtet, ins Krankenhaus zu müssen, aber dann hatte die Entleerung doch noch geklappt. Alles war wieder in Ordnung, dennoch würde er das überprüfen lassen müssen. Er kam wohl nicht um einen suprapubischen Katheter herum, dabei hatte er den um alles in der Welt vermeiden wollen!

Der Schlauch durch die Bauchdecke würde ihn entstellen, er musste unsexy auf Marie wirken. Daniel wollte nicht krank aussehen, er war nur gehbehindert. Außerdem befürchtete er, dass man den SPK unter der Kleidung erkennen könnte, das wäre ihm unsagbar peinlich. Er wollte so normal aussehen wie möglich. Dennoch ... Die Ärzte hatten ihn gewarnt, dass daran über kurz oder lang kein Weg vorbeiführen würde.

Ebenso lange wie im Badezimmer hatte er gebraucht, um über eine Ausrede nachzudenken. Er hatte ganze zehn Minuten auf seinem Behindertenparkplatz in der Tiefgarage gestanden, war im Wagen sitzen geblieben und hatte gegrübelt. Er kam nie zu spät, war, seitdem er nach dem Unfall beim KK 11 wieder eingegliedert worden war, immer vor Leander und Tomasz im Büro. Aber heute war er schon eine Dreiviertelstunde überfällig. Was sollte er vorschieben? *Mein Wagen wollte zuerst nicht anspringen? Es hatte einen Unfall gegeben und zwei Autos blockierten die Straße, sodass der Rückstau mörderisch war? Marie musste etwas Wichtiges mit mir besprechen, es ging um Leben und Tod?*

Tatsächlich hatte er gemeinsam mit ihr frühstücken wollen, um die alte Harmonie wiederherzustellen. Doch dieser vermaledeite Katheter hatte ihm einen Strich durch die Rechnung gemacht. Sie hatte zur Arbeit gemusst. Und nun würde er auch noch seine beiden Kollegen anlügen. Er konnte ihnen nicht die Wahrheit sagen, er konnte es einfach nicht.

Als er seinen Rollstuhl in das Büro hineinlenkte, schaute Tomasz auf. Rasch sagte Daniel: „Bin spät dran."

„Dein Kaffee dürfte schon kalt sein."

„Tut mir leid."

„Fang ja nicht an zu heulen wegen der paar Minuten."

Das erste Mal an diesem beschissenen Tag lächelte Daniel.

„Ich habe Neuigkeiten."

„Bezüglich Clemens König?“ Daniel hing noch gedanklich dem grauenvollen Tagesstart nach. „Oder Steffen Langweber?“

„Weder noch.“

Eilig fuhr Daniel zu ihm. Schräg blieb er vor ihm stehen. „Dem Täter?“

Tomasz holte tief Luft, um ihm seine neuen Erkenntnisse mitzuteilen. Doch Leander polterte in den Raum und unterbrach ihn.

Unbeholfen stieß Leander mit dem Ellbogen gegen die Tür. Daraufhin schwappte Tee über den Tassenrand und ergoss sich über seinen Turnschuh und den Boden. Lautlos fluchte er, verzog das Gesicht, da er sich anscheinend die Hand verbrüht hatte, und stellte einen der beiden Becher, die er in der Hand hielt, vor Daniel. „Frischer Kaffee.“

„Danke, aber ich habe schon.“

„Den kannst du wegkippen, der schmeckt doch nicht mehr.“

Verlegen schaute Daniel Tom an, der daraufhin mit den Achseln zuckte. Nun standen zwei Getränke vor ihm und er wagte weder das eine noch das andere zu trinken, weil er keinen der beiden Kollegen bevorzugen wollte. *Na bravo.*

Tom räusperte sich. „Was ich sagen wollte …“

„Ich habe etwas herausgefunden.“ Leander setzte den Becher ab und wedelte mit der Hand, als würde das gegen die Verbrennungen helfen.

„Die Tragweite des Falls könnte viel größer sein.“

„Über Lisa Warnstedt.“

„Als wir bisher dachten.“

„Darum brauche ich dich im Verhörraum“, sagte Leander etwas lauter.

„Das wirst du nicht glauben.“

„Vielleicht hat das etwas mit dem Fall in Godorf zu tun.“

Unbeirrt redete Tomasz weiter: „Es könnte eine heiße Spur sein.“

„Sagst du nicht immer, es gibt keine Zufälle?“

„Unter keinen Umständen darf die Presse davon erfahren.“

Unruhig lief Leander zur Tür. Da Daniel nicht folgte, stellte er sich neben den Rolli. „Jedenfalls solltest du dir das anhören.“

„Die würden das ausschlachten bis zum Gehtnichtmehr.“ Tom beugte sich vor und sah ihn eindringlich an.

„Ich habe schon den Schreibkram fertig.“

Als Tom versuchte, den Rolli in seine Richtung zu drehen, hob Daniel die Brauen. „Wie bei dem Kannibalen von Rotenburg.“

„Du brauchst also nur kurz rein und zuhören.“

„Sensationslüsterne Affen!“, stieß Tomasz aus und warf den Kugelschreiber aufbrausend auf den Schreibtisch.

„Damit wir ein umfassendes Bild bekommen.“

„Aber der Fall wird immer krasser.“

Hoffnungsvoll strahlte Leander. „Und möglicherweise stoßen wir dabei auf etwas.“

Wie beim Tennis wechselte Daniels Blick von einem Kollegen zum anderen und wieder zurück. Hin und her, bis ihm fast schwindelig wurde. Langsam wurde ihm das zu bunt. Was ging hier vor sich? Was sollte das Theater? So verhielten sich die beiden doch sonst nie.

„Stopp!“, rief Daniel mit einer Heftigkeit, die sowohl Leander als auch Tomasz verstummen ließ. „Sapperlot, so durcheinander, wie ihr redet, verstehe ich nur Bahnhof. Einer nach dem anderen. Ziehen wir drei noch an einem Strang oder ist das ein Wettstreit?“

Die beiden benahmen sich ja wie zwei Kinder, die sich darum stritten, wer von ihnen zuerst mit der Superman-Actionfigur spielen durfte. Nur, dass er keine Figur war. Nur Superman, dachte Daniel und lachte innerlich über diesen albernen Gedanken.

Während sich Leander setzte, den Tee zum Mund führte und lauter kleine Schlucke nahm, um sich hinter der Tasse zu verstecken, verschränkte Tomasz die Arme vor dem Körper und verzog das Gesicht. Seine Miene verfinsterte sich. Sein Teint wurde so rot, als käme er frisch aus dem Solarium.

Seufzend nahm Daniel den heißen Kaffee, den Leander ihm gebracht hatte, und forderte Tomasz auf zu erzählen, was er herausgefunden hatte, weil der im Rang über dem Hospitanten stand. Mehr Fairness war nicht drin.

Dass Tomasz immer noch angespannt war, erkannte Daniel daran, dass sein Freund seine Packung Zigaretten aus der Hemdtasche nahm und vor sich auf den Tisch legte. Offenbar plante er, eine Zigarettenpause einzulegen, sobald er losgeworden war, was er herausgefunden hatte. „Dr. Karl Sachs rief mich an.“

„Hat sich der Rechtsmediziner über mich beschwert?“, frotzelte Daniel.

„Hätte er einen Grund dazu?“

„Er mag mich nicht, das dürfte ihm reichen, so wie ich ihn einschätze.“

„Du denkst zu schlecht von ihm. Er hat sich an einen Fall erinnert, bei dem es Parallelen zu unserem gibt.“ Tom entnahm der Packung eine Zigarette und zeigte damit auf den PC. „Daraufhin habe ich die Datenbanken gecheckt."

„Von wann?"

„Januar."

Zu der Zeit hatte Daniel in der Bruchstraße 13 unter den aus der Haft entlassenen Sexualstraftätern ermittelt. „Welche Ähnlichkeiten genau?"

„Das Todesopfer wies zahlreiche Knochenbrüche auf."

„Verursacht durch einen Faustkampf?"

Tom schüttelte den Kopf. „Es war eine archaische Waffe im Spiel. Sachs tippt auf eine Keule mit Metallstacheln oder etwas Ähnliches."

„Ist das schon alles?", fragte Daniel. *Das ist zu wenig!* „Wurde das Opfer zu Tode geprügelt?"

„Fast. Doch die Todesursache war eine andere. Der Mörder hat versucht, seinen Kopf in zwei Hälften zu teilen. Ist ihm aber nicht gelungen, genauso wenig wie bei Langweber."

„Der Schädelspalter! Wurde der Täter gefasst?"

39. KAPITEL

„Er ist bis heute unbekannt."

„Wurden Spuren gesichert, die ihm zugewiesen wurden?"

„Negativ."

„Verdammt." Daniels Faust donnerte auf die Armlehne. „Dann wissen wir also nur, dass wir es aller Wahrscheinlichkeit nach mit einem Serientäter zu tun haben. Das wird hohe Wellen schlagen, wenn die Medien davon Wind bekommen."

„Ich gebe der Presseabteilung Bescheid, dass sie diese Info so lange wie möglich zurückhalten soll, sonst werden die Reporter uns auf Schritt und Tritt verfolgen."

„Wenn der Täter schon seit Januar mordet und es die Mordserie bisher nicht in die Medien geschafft hat", dachte Daniel laut nach, „geht es ihm anscheinend nicht um Publicity. Er hätte die Redaktionen der Zeitungen, Radiostationen und Fernsehsender ansonsten auf sich hingewiesen."

„Also, was will er wirklich?", fragte Tom und legte Feuerzeug und Zigaretten bereit, offensichtlich um ins Freie zu rennen und seine Sucht zu stillen. „Was ist sein Motiv?"

„Wer war sein erstes Opfer?"

Tomasz tippte auf der Tastatur. Nach ein paar Klicks hatte er die Akte auf dem Bildschirm. „Karsten Melchior, ein unbeschriebenes Blatt. Er war zweiundfünfzig, bezog Arbeitslosengeld II und lebte alleine. Drehte Extrarunden in der Hauptschule und verließ die Schule mit achtzehn. Arbeitete hier oder dort als Handlanger, aber nie von Dauer. Machte nie eine Ausbildung. Es gab immer wieder Probleme mit dem Jobcenter. Kettenraucher. War in ein paar Kneipenschlägereien verstrickt, immer war Alkohol im Spiel, und kotzte des Öfteren die Ausnüchterungszelle der Polizei voll."

Die Vita ähnelte der von Joachim Brühl. Gescheiterte Existenzen, Daniel wusste nie, ob sie ihm leidtun sollten oder ob sie es nicht besser verdient hatten. Nur, dass Brühl im Gegensatz zu Melchior die Kurve gekriegt hatte. „Keine Behinderungen? Keine Krankheiten?"

„Nichts."

„Wurde eine zweite Leiche gefunden mit ähnlichen Wunden, wie in Godorf?"

„Nein."

„Januar …“, murmelte Daniel nachdenklich und nippte am Kaffee. „Januar …“ Im Laufe der Ermittlungen hatte dieser Monat schon einmal eine Rolle gespielt, aber er kam nicht darauf, wann, wo und warum. Dabei konnte es wichtig sein. *Denk nach. Denk doch nach!* Aber je verbissener er grübelte, desto weiter entfernte sich der Gedanke.

„Vielleicht gab es ein zweites Opfer, das nur nicht entdeckt wurde.“

„Oder man fand es, stellte aber keine Verbindung zwischen ihm und Melchior her.“

„Danach habe ich schon in den Datenbanken gesucht und keinen Hinweis gefunden. Meiner Meinung nach“, in einer vagen Geste zeigte Tom auf sich, „können wir diese Theorie ausschließen.“

„Dann glaubst du, es gab nur einen Toten?“

„Möglich.“

„Nein, nein, das ist völlig abwegig. Das passt nicht zum Täterprofil.“ Daniel winkte ab. „Bei König und Langweber hat er sich nicht die Hände schmutzig gemacht. Er wollte nur zusehen, wie sie sich gegenseitig verprügeln, und sichergehen, dass der Gewinner nicht entkommt.“

„Das war nicht sein einziger Grund. Dieser Wichser hat es genossen, Steffen Langweber umzubringen, wenn du mich fragst.“

„Das glaube ich auch. Aber er hat ihn erst getötet, als er sicher war, dass das Opfer zu geschwächt war, um sich zu wehren. Wir suchen nach einem Feigling. Daher können wir ausschließen, dass er Karsten Melchior zuerst verdroschen hat. Dazu hätte er nicht den Mumm gehabt.“

„Ich weiß nicht.“ Toms Stirn krauste sich. „Immerhin benutzte er eine Schlagwaffe. Er hatte keinen Körperkontakt wie bei einem Faustkampf.“

„Trotzdem hätte sich Melchior wehren können. Der Täter hätte viel zu viel Angst gehabt, den Kürzeren zu ziehen.“

„Also gehst du fest davon aus, dass es ein zweites Opfer gegeben haben muss?“

Nachdenklich kraulte Daniel seinen Mund-Kinn-Bart. Er hatte an diesem Morgen keine Zeit gehabt, ihn zu stutzen. Jetzt kam er sich vor wie Tom Hanks in *Cast Away*. „Wenn kein Betäubungsmittel in Melchiors Blut gefunden wurde …“

„Wurde nicht.“

„Dann bleibt neben der Frage nach dem Täter noch eine weitere: Wo ist das zweite Opfer?“ Darauf konnte sich Daniel keinen Reim machen.

Sie mussten am Fundort von Melchiors Leiche jeden Stein umdrehen. „Die einzige Parallele bleibt also der gespaltene Schädel."

„Aber der ist so prägnant, dass er nicht von der Hand zu weisen ist." Tomasz stand schwungvoll auf. Der Bürostuhl stieß gegen den Aktenschrank hinter ihm. „Ich werde mit den Kollegen, die im Fall Melchior ermittelt haben, sprechen, und zwar jetzt sofort."

Daraufhin verließ er das Büro. Die Zigaretten hatte er vergessen, sie lagen noch auf seinem Tisch.

Daniel wandte sich Leander zu. „Nun, wer wartet im Vernehmungsraum?"

Es dauerte eine Weile, bis der Hospitant antwortete. Er schrieb zu Ende, was auch immer er gerade schrieb, schaute aus dem Fenster, als müsste er über diese Frage nachdenken, und trank einen großen Schluck Tee. „Martina Giacomelli."

Mehr sagte er nicht, als müsste es bei dem Namen klick bei Daniel machen. *Beleidigte Leberwurst!* Er konnte Leander zur Schnecke machen, schließlich stand der in der „Nahrungskette" ganz unten, aber er ließ ihn in Ruhe seine Verschnupftheit zur Schau tragen.

Der Hospitant spitzte die Lippen, krauste missbilligend die Nase und zog eine Augenbraue hoch, wie eine zickige Diva in einem alten Schwarz-Weiß-Film.

Eine halbe Minute wartete Daniel, dann wurde es ihm zu bunt. „Krieg dich wieder ein! Siehst du das?" Demonstrativ goss er den Kaffee, den Tomasz ihm hingestellt hatte, in den einzigen Pflanzentopf, weil es keine andere Möglichkeit gab, ihn zu entsorgen, ohne das Zimmer zu verlassen.

„Das ist ein Kaktus. Du hast gerade das Todesurteil über ihn verhängt."

Übertrieben lächelnd wie ein Werbegesicht trank Daniel aus dem Becher, den Leander ihm gereicht hatte. „Hm, lecker. Frischer, heißer Kaffee von meinem jungen dynamischen Kollegen, den ich bei der nächsten Gelegenheit EKHK Fuchs gegenüber lobend erwähnen werde. Also, wer ist diese Giacomelli? Bitte in ganzen Sätze sprechen und ohne herablassenden Blick."

Leander verdrehte die Augen, aber seine Mundwinkel zuckten. „Das ist die Tochter von Liselotte Grupello."

„Du hast sie herbestellt? Warum?"

„Hab ich nicht. Sie meldete sich bei uns, als sie hörte, dass zwei Tote auf dem Grundstück ihrer Mutter gefunden wurden."

„Ein Toter“, korrigierte Daniel ihn, denn Clemens König hatte im Schutzbunker gelegen. „Und die Industriebrache gehört ihrer Mutter nicht mehr, sondern Lisa Warnstedt.“

„Es könnte ein weiteres Verbrechen vorliegen, meint sie.“

„Ich verstehe nicht.“ Wurde Lisa Warnstedt noch mehr Leid zugefügt? Daniel spürte, wie Wut in ihm aufstieg. Das Schicksal hatte dieser armen Frau schon böse genug mitgespielt!

„Sprich am besten mit ihr und ihrem Sohn. Beide warten schon über eine Stunde auf dich.“ Ungeduldig stand Leander auf.

Dadurch sah Daniel genau auf den linken Hemdzipfel, den der Kollege immer über dem Hosenbund trug, während er den anderen darunterschob. Ein merkwürdiger Modetick. Aus einer spontanen Eingebung heraus versuchte Daniel, die rechte Seite zumindest unter Leanders Gürtel zu klemmen. „Auf mich?“

„Auf einen verantwortlichen Kommissar, der mit dem Fall betraut ist.“ Leander schlug Daniels Hände weg. „Bleib mir von der Wäsche.“

„Dann zieh du dich endlich ordentlich an.“

„Werd du doch cooler.“

„Das bin ich!“

„Was man so in deiner Generation cool nennt.“

„Meiner …?“ Daniel grollte wie ein aggressiver Bär. Ein Waschbär. „Das klingt ja, als wäre ich ein Greis. Für meine siebenunddreißig Jahre bin ich frisch wie der Morgentau.“

„Und was ist mit den grauen Haaren?“ Mit dem Zeigefinger deutete Leander hier und da auf Daniels Schopf. „Vielleicht fallen sie dir im Spiegel nicht auf, weil du nicht von oben draufschaust.“

„Halt den Mund und komm endlich!“

„Va bene.“

Daniel ließ ihn vorgehen und folgte ihm aus dem Büro heraus. Es reizte ihn, Leander in die Hacken zu fahren, aber er ließ es bleiben. „Warum hast du Tomasz nicht zu den Giacomellis gebracht?“

„Weil“, Leander stockte, „du Lisa Warnstedt kennengelernt hast. Er nicht.“

Daniel schnaubte. Für diese Entscheidung gab es wohl eher andere Gründe, aber er ließ das unkommentiert.

Vor dem Vernehmungsraum blieb Leander stehen. Er machte einen Diener und deutete mit einer ausladenden Geste an, dass er Daniel den Vortritt ließ. *„Per favore.“*

„Übrigens“, Daniel räusperte sich, „viele Menschen bekommen schon ab dreißig vereinzelt graue Strähnen. In schwarzen Haaren fallen sie nur eher auf als in hellen.“

Rasch öffnete er die Tür und rollte in das Zimmer hinein. Hinter sich hörte er Leander murmeln: „Vereinzelt, hm. Wenn du meinst.“

Martina Giacomelli machte nicht den Anschein, die Gutmütigkeit ihrer Mutter Liselotte Grupello geerbt zu haben. Steif saß sie auf dem Stuhl, die Miene verhärtet und die Hände im Schoß gefaltet. Die Härte wurde unterstrichen durch die Augenbrauen, dünne Striche, aufgemalt mit einem zu dunklen Stift, und den mit braunem Lipliner umrandeten, ansonsten farblosen Lippen. Es gab nichts Weiches in diesem Gesicht. Ihre fülligen Rundungen steckten in einem schwarzen Kleid. Die wasserstoffblonden Haare hatte sie zu einem Dutt hochgesteckt. Ihr Teint glich dem von Marmor: schön und kalt.

Ziemlich blass für eine Italienerin, falls sie denn überhaupt eine ist. Auf Daniel wirkte sie wie der Typ Mensch, der keine andere Meinung zuließ. Eine Matrone, die die fünfzig überschritten hatte und über die Familie herrschte.

Dieser Eindruck wurde verstärkt von ihrem Sohn. Daniel schätzte ihn auf dreißig, vielleicht etwas jünger. Als er und Leander eintraten, sprang er von seinem Sitz auf und stellte sich hinter seine Mutter.

Brav, Bello, spottete Daniel in Gedanken. *Gut abgerichtet.*

Die braunen Haare waren über den Ohren ausrasiert. Er trug eine schwarze Stoffhose und darüber einen leichten Sommerpullover, der genauso teuer aussah wie die Uhr an seinem Handgelenk.

„Kriminalhauptkommissar Zucker“, stellte sich Daniel vor. „Ich hörte, Sie wollen mir etwas über ein Verbrechen an Lisa Warnstedt mitteilen.“

„Mit Ihnen rede ich nicht!“, raunzte Frau Giacomelli.

Daniel glaubte, sich verhört zu haben. „Wie bitte?“

„Sie sitzen im Rollstuhl.“

„Und?“ Was tat das zur Sache?

„Sie sind automatisch auf *ihrer* Seite.“

Langsam dämmerte es Daniel. Aber er wollte es nicht wahrhaben.

„Und warum reden Sie von einem Verbrechen an Frau Warnstedt?“ Die Matrone sprach so hart und empört, als würde sie bei jeder Silbe einen Kirschkern in seine Richtung spucken. „Sie ist es doch, die es begangen hat.“

„Reden wir von derselben Frau?" Daniel versuchte neutral zu bleiben, aber er hörte die Angriffslust aus der eigenen Stimme heraus. „Die ab dem Hals querschnittsgelähmt ist, kurzatmig, kleinwüchsig und deformiert von unzähligen Knochenbrüchen, weil sie an Osteogenesis imperfecta leidet?"

„Sehen Sie, da haben wir es! Sie sind voreingenommen."

Innerlich regte sich immer mehr Widerstand in Daniel. Er kämpfte dagegen an, konnte die Verärgerung über die Anschuldigung aber nur mühsam unterdrücken. „Jetzt bin ich neugierig. Wie soll diese Frau, die sich aufgrund eines Halswirbelkörperbruchs nicht bewegen kann, zur Täterin geworden sein?"

„Viele Schandtaten werden mit geschickter Zunge begangen. Dazu muss man nicht mobil sein."

Auf den Mund gefallen war Lisa Warnstedt nicht, das hatte Daniel selbst erfahren. Aber diese Anschuldigung war völlig aus der Luft gegriffen.

„Sie hat meine Mutter um den kleinen Finger gewickelt, hat ihre Behinderung eingesetzt, um Mitleid zu erregen, und Harmlosigkeit vorgetäuscht."

„Sie *ist* harmlos", sagte er so energisch, dass Leander, der sich neben ihn gesetzt hatte, ihn mahnend ansah. „Eine Krähe mit gebrochenen Flügeln tut keinem etwas."

Martina Giacomelli schnalzte. „Sie hätte immer noch ihren Schnabel, mit dem sie anderen Vögeln ein Auge auspicken könnte, wenn sie ihr zu nahe kämen. Und diesen Fehler hat meine Mutter begangen, wie ich bei der Testamentseröffnung erfuhr."

Jetzt begriff er, was wirklich los war. Es ging der Matrone einzig um das Erbe. „Hat Ihre Mutter Ihnen nicht von ihrem Letzten Willen erzählt?"

„Natürlich nicht. Sie wusste, dass ich die Änderung nicht billigen würde."

„Nun ja, es war ihre Entscheidung, nicht wahr?" In Daniels Lächeln lag Genugtuung.

Giacomelli schnaubte. „Sie war alt."

„Aber noch bei klarem Verstand, sonst hätte der Notar Frau Grupello nicht unterzeichnen lassen dürfen."

„Wäre ich da gewesen …"

Daniel packte den verbalen Pikser aus und stach ihn ohne zu zögern in die offene Wunde. „Haben Sie sich denn nicht um sie gekümmert? Wo sie doch so alt war."

Giacomellis Wangen färbten sich zartrosa. „Meine Familie residiert in Catania. Mein Mann ist ein angesehener sizilianischer Geschäftsmann. Er führt dort ein Hotelimperium."

Das erklärte nicht, warum sie ihre Mutter in Deutschland selten besucht hatte. Aber zwischen den Zeilen las er heraus, dass sie lieber die Sonnenseite des Lebens genoss. Aber durch die Blume sprechen konnte Daniel auch. Er lehnte sich zurück und breitete in einer großspurigen Geste die Arme aus, wie das Oberhaupt eines Clans. „Ah! *La Dolce Vita in Bella Italia.*"

„Ich veranstalte regelmäßig Charity-Galas", brachte sie verschnupft hervor.

Er übersetzte das für sich in: Sie arbeitete nicht.

„Ich bin dort so etwas wie die Ute Ohoven von Sizilien." Hinter ihr nickte Bello eifrig.

Ich, ich, ich. Offenbar hatte sie es sich in Italien gut gehen lassen und darüber vergessen, einen Daumen auf ihr Erbe in Deutschland zu halten. Zum Glück für Lisa Warnstedt, die das Haus und das Geld aus dem Grundstücksverkauf weitaus besser gebrauchen konnte. „Wenn Sie Wohltätigkeitsveranstaltungen organisieren, müssten Sie doch mit dem Testament Ihrer Mutter einverstanden sein. Sie hat Frau Warnstedt zumindest von jeglichen finanziellen Belastungen befreit. Die Sorge um ihre Gesundheit und die Belastung, die mit der Behinderung einhergehen, setzen ihr genug zu."

„Dann hätte sie ihr eine kleine Summe überwiesen, aber niemals das Haus in Klettenberg und das Grundstück in Godorf geschenkt. So großherzig war Mama auch wieder nicht! In der Villa wuchs ich auf. Mama sagte mir mehrmals, sie wollte, dass ich sie erbe und behalte, als Feriendomizil in Deutschland. Damit ich, wenn sie nicht mehr ist", die Matrone nahm ein Taschentuch heraus und tupfte die Nase ab, „einen Grund habe, meine alte Heimat zu besuchen."

Plötzlich wirkte sie gar nicht mehr so resolut. Vielleicht liebte sie ihre Mutter doch mehr, als Daniel am Anfang gedacht hatte.

„Und die alte Fabrik ist ein Mehrgenerationenunternehmen gewesen. Sie wollte, dass es in der Familie bleibt. Ich habe ihr immer wieder geraten, die Brache zu verkaufen. Das Gebäude zerfällt, das Areal verwildert. Aber sie konnte sich nicht davon trennen, weil viele Erinnerungen damit verbunden waren. Niemals hätte sie es einer Fremden hinterlassen! Sie war ein Herzensmensch", Giacomelli rückte auf den Rand des Stuhls vor, „und ihr Herz wollte, dass beides in der Familie bleibt. Sie hatte sogar davon geträumt, dass mein Mann in Godorf ein Hotel baut."

Es schien tatsächlich so, als hätte die alte Dame konkrete Pläne oder zumindest Wünsche gehabt. Nachdenklich tippte Daniel mit dem Zeigefinger gegen das Kinn. „Meinungen ändern sich." Er klang selbst in seinen Ohren nicht überzeugt.

„Lisa Warnstedt hat sie bequatscht, sie hat Druck ausgeübt und ihr Elend ausgenutzt, um sie auszunehmen! Meine Mutter war einfach zu gutmütig."

„Meinen Sie nicht, dass Frau Warnstedt die Unterstützung gut gebrauchen kann?“

Ihre Miene verhärtete sich wieder. Aufgebracht pflückte sie das Papiertaschentuch auseinander. „Ein Verbrechen bleibt ein Verbrechen, auch wenn ein bemitleidenswerter Mensch es begangen hat.“

„Ich habe sie kennengelernt. Sie machte auf mich nicht den Eindruck, mit allen Wassern gewaschen zu sein, sondern sehr einsam und traurig.“ Bis auf den Grund ihrer Seele.

„Wusste ich es doch!“, schrie die Matrone so laut, dass Leander zusammenzuckte. Anklagend zeigte sie auf Daniel. „Sie sind voreingenommen. Aber wenn ein Querschnittsgelähmter Kriminalkommissar werden kann, kann eine Querschnittsgelähmte auch zur Kriminellen werden.“

Da war etwas Wahres dran, musste er zugeben. Aber Lisa Warnstedt, eine Schnorrerin? Sie trat viel zu stolz dafür auf. Eine Abzockerin? Sie schien nicht abgebrüht genug dafür zu sein.

Martina Giacomelli stand so heftig auf, dass ihr Stuhl umfiel. Emsig stellte ihn ihr Sohn, der sich weder vorgestellt noch einen Ton von sich gegeben hatte, wieder auf. Während die Matrone aus dem Vernehmungsraum rauschte, folgte er ihr in hektischen kleinen Trippelschritten und konnte kaum mithalten.

Daniel stöhnte. Die Unterhaltung hätte er sich gerne erspart. Diese Giacomelli war der Typ Mensch, der ihn auf die Palme brachte. Egoistisch, eiskalt und mit Ellbogen, so gefährlich wie zugespitzte Pflöcke.

Er konnte nicht behaupten, dass Lisa Warnstedt ihm durch und durch sympathisch war, aber er brachte Verständnis für ihre Negativität auf und fühlte sich ihr nah. Was den Rollstuhl betraf, saßen sie im selben Boot. Nur dass ihre Seite ein Loch hatte und Wasser hineinlief und er sich auf dem Trockenen befand.

Mit vor Skepsis gerunzelter Stirn wandte er sich Leander zu. „Wenn du mich fragst, war das Zeitverschwendung. Was soll die Erbschaftsstreitigkeit mit den Arena-Morden an Clemens König und Steffen Langweber zu tun haben?“

„Ich weiß es nicht. Aber vielleicht hängen die Delikte und Anschuldigungen zusammen. Man muss sich jedes Puzzleteil anschauen, um herauszufinden, ob sie zusammenpassen.“ Leander richtete jeden Finger seiner rechten Hand einzeln auf und präsentierte ihm am Ende die ganze Hand.

Sehr plastisch dargestellt. „Hier liegt aber keine Straftat vor. Martina Giacomelli ist nur sauer, dass ihr Kohle durch die Lappen gegangen ist."

„Ich bin mir da nicht so sicher." Kurz saugte der Hospitant die Unterlippe ein. „Lisa Warnstedt benötigt das Geld mehr als Signora Giacomelli, ich gönne es ihr. Aber das rechtfertigt nicht, ihr Haus und Grundstück zu lassen, wenn es ihr nicht zusteht."

„Bitte, Leander, du hast Warnstedt mit eigenen Augen gesehen. Glaubst du ernsthaft, sie ist eine Schwindlerin?"

„Sie lebt nicht so zurückgezogen, wie du denkst."

Daniel blinzelte ihn an. „Was willst du damit sagen?"

„Ich habe herausgefunden, dass sie einen weiteren Rechtsstreit führt und dass sie dabei mit harten Bandagen kämpft." Leander warf einen Begriff in den Raum, als wüsste Daniel damit Bescheid: „Breitflügelfledermaus."

„Ernsthaft? Mit Fledermäusen?", scherzte Daniel.

„Unsinn! Eine nicht unerhebliche Anzahl hat sich in der Fabrikruine eingenistet."

„Ist mir nicht aufgefallen." Noch während er das aussprach, erinnerte sich Daniel daran, dass er bei den Ermittlungen am Tatort geglaubt hatte, etwas dort oben unter dem Dach im Dunkeln erspäht zu haben, war sich aber nicht sicher gewesen. „Vielleicht doch."

„Die Eptesicus serotinus zählt zu den größten einheimischen Arten, misst aber auch nur sechs bis acht Zentimeter." Mit Daumen und Zeigefinger demonstrierte Leander die Größe. „Sie nistet sich vorwiegend in der Nähe von Siedlungen ein und ist eine typische Gebäudefledermaus."

Daniel richtete den Rolli so aus, dass die Fußstützen auf Leander zeigten. „Lass mich raten. Der Naturschutz macht Lisa Warnstedt beim Verkauf des Grundstücks einen Strich durch die Rechnung."

„Ab Mitte Juni werden die Jungen geboren. Also jetzt." Während Leander erzählte, erhob er sich und lief im Raum auf und ab. „Sie möchte das Grundstück aber so schnell wie möglich in Bargeld umwandeln. Es scheint, als habe sie es eilig. Warum, konnte ich nicht herausfinden."

„Will sie etwa auch in den Süden wie die Matrone?"

Abrupt blieb Leander stehen. „Wie wer?"

Daniel winkte ab.

„Alle Fledermausarten sind in Deutschland streng geschützt", referierte Leander, der in Daniels Augen ohnehin eher wie ein Biologiestudent als ein Polizist aussah, weiter und fuhr fort, Spuren der Gummisohlen seiner Turnschuhe auf dem Linoleumboden zu hinterlassen. „Man darf sie weder töten noch verletzen oder stören, besonders nicht in Winterquartieren oder in der Wochenstube. Es ist sowieso verboten, maßgebliche Quartiere zu zerstören. Hinzu kommt, dass die Breitflügelfledermaus in Nordrhein-Westfalen als gefährdet gilt."

„Sieht nicht gut aus für den Verkauf des Geländes." Daniel schnalzte.

„Warnstedt könnte schon, findet jedoch keinen Interessenten, weil der nur ein eingeschränktes Nutzungsrecht hätte." Nachdem sich Leander durch die Haare gestrichen hatte, standen sie wild ab, sodass er Daniel an eine irre Mischung aus Art Garfunkel und Rainer Langhans erinnerte. „Lisa Warnstedt prozessiert deswegen mit der Unteren Naturschutzbehörde Kölns. Als Eigentümerin ist sie der Meinung, damit machen zu dürfen, was sie möchte."

Überrascht stieß Daniel die Luft aus. „Sie legt sich mit einem Großen an?"

„Normalerweise läuft es andersherum: Je nach Zuständigkeit erstattet die Untere oder Obere Ordnungsbehörde beim Eintreten von Verbotsbeständen, wie eben erwähnt Tötung, Störung und Zerstörung der Reproduktions- oder Ruhestätten, Anzeige gegen den Verursacher. Doch Warnstedt ist trotzig und strebt an, einen Präzedenzfall zu schaffen. Der Glasengel ist ganz schön streitsüchtig."

„Nennen wir es uneinsichtig."

„Jedenfalls lebt sie nicht so zurückgezogen, wie es auf uns wirkte, als wir bei ihr waren. Scheu und ängstlich ist sie keinesfalls."

„Ich kann mir das nicht vorstellen." Das Bild, das er sich von ihr gemacht hatte, war ein völlig anderes als das, was Leander gerade gezeichnet hatte. Als hätte er es mit zwei unterschiedlichen Personen zu tun. „Das klingt so gar nicht nach ihr."

„Du kennst sie doch gar nicht, hast sie nur ein einziges Mal getroffen."

„Aber ich kann mich gut in sie hineinversetzen. Ich habe einige Wesensarten an ihr erkannt, die …", Daniel zögerte, „auch ich nach meinem Unfall entwickelt hatte." *Schwermut. Sich abkapseln. Eine spitze Zunge als Schutzschild.*

Leander ließ sich auf den Stuhl fallen, auf dem die Matrone gesessen hatte. „Du meinst, wenn man unter Depressionen leidet, zieht man nicht vor Gericht?"

„Genau. In dem Zustand möchte man seine Ruhe haben. Man zieht sich zurück und sucht nicht die Auseinandersetzung. Außerdem halte ich Lisa Warnstedt für zu klug, um gegen Windmühlen zu kämpfen.“ Ein Gedanke kam Daniel. „Vielleicht hat jemand sie aufgehetzt.“

„Nur wer?“ Mit der Zunge benässte Leander den Daumen und rieb über einen Fleck auf der Tischplatte.

„Was ist eigentlich aus ihrer Mutter geworden?“

„Hat sich in der Haft erhängt. Aus Scham oder Schuldgefühlen oder beidem. Sie hinterließ keinen Abschiedsbrief.“

Daniel zischte. Das Unglück verfolgte das Glasknochenmädchen.

„Magdalena.“ Leander fing an zu kippeln. „Kann sie Lisa angestachelt haben?“

„Die polnische Pflegekraft hat um Versetzung gebeten. Sie wünscht sich nichts als weg aus dieser Gruft in Klettenberg. Warum sollte sie sich noch um Warnstedts Angelegenheiten scheren?“ Unbewusst hatten Daniels Kiefer gemahlen, weil er so angestrengt grübelte. Nun taten sie weh.

„Dr. Britta Mücke-Selth?“

„Welches Motiv hätte die Hausärztin? Sie kann nicht erwarten, ein Stück vom Kuchen abzubekommen.“

„Sie könnte hoffen, exklusiv von Lisa Warnstedt angestellt und mit fetten Schecks entlohnt zu werden.“

„Und ihre Arztpraxis aufgeben?“

„Niedergelassene Ärzte haben es nicht leicht heutzutage. Sie dürfen nur ein gewisses Kontingent pro Quartal abrechnen. Die Geräte abzubezahlen dauert Jahrzehnte. Sie arbeiten wie am Fließband. Machen Hausbesuche in der Mittagspause und nach Praxisschluss. Haben Zusatzschichten, auch am Wochenende, beim ärztlichen Notdienst. Eventuell ist es der Mücke inzwischen zu hektisch.“

„Möglich, aber unwahrscheinlich.“

„Dann suchen wir ein Phantom“, sagte Leander, und Daniel erkannte an dem Funkeln seiner Augen, dass er sich über ihn lustig machte.

Der Glasknochenengel schien eine einsame Insel zu sein. Und zunehmend ein Mysterium. Konnte er sich wirklich so sehr in jemandem täuschen, der ihm zudem noch ähnlich war?

Plötzlich kam Tomasz ins Zimmer gestürmt. Seine Miene verriet seine Anspannung. Er hatte seine Walther aus dem Fach geholt und steckte sie gerade in das Schulterholster. „Komm, Zucker. Der Schädelspalter hat wieder zugeschlagen."

Bestürzt schnellte Daniel auf der Stelle mit seinem Bock herum. Für ihn lagen somit zwei Fakten auf der Hand. Dass sie einen Serientäter suchten. Und dass Tom Leander nicht dabeihaben wollte.

41. KAPITEL

„Idiot!“, sagte Benjamin zu seinem blassen Spiegelbild im Badezimmer und meinte das in doppeltem Sinne.

Nachdem sein Freundeskreis zerschlagen worden war, hatte er sich fest vorgenommen, sich zu ändern. Er wollte nicht mehr kiffen! Nicht mehr saufen! Nicht mehr vor Problemen weglaufen! Und jetzt hatte er genau das getan. Am vergangenen Abend war er regelrecht aus dem Freistaat Colonia geflüchtet.

Heimlich hatte er eine Flasche von Maries Rotwein mit in sein Zimmer geschmuggelt und sie hinuntergekippt, dabei mochte er das Zeug nicht einmal.

Nun ärgerte er sich wahnsinnig über sich selbst. Er wiederholte dieselben Fehler. Aber er war kein Teenager mehr. Er wollte anders sein als früher. Es war Zeit, verantwortungsbewusster zu werden und nicht bis 12 Uhr zu pennen, aber genau das hatte er getan. Hatte er sich heute Morgen überhaupt bei *Libertas* krankgemeldet? Nicht einmal das wusste er. Wie sollte er mit der Einstellung eine Ausbildung durchhalten oder ein Studium?

„Vollidiot! Warum bist du abgehauen?“ Erwachsene rannten nicht einfach davon. Sie klärten die Dinge.

Dass das nicht immer zutraf, hatte er bei Marie und Daniel heute früh mitbekommen. Zuerst hatte Daniel etwas mit ihr besprechen wollen, dann war er nicht mehr aus dem Bad herausgekommen. Marie hatte zehn Minuten vor der Tür gestanden, die unglücklicherweise neben der von Benjamins Zimmer lag, und sie hatten so lautstark diskutiert, dass Ben alles mitbekam.

„Daniel? Ist etwas nicht in Ordnung?“

„Doch, doch.“

„Warum brauchst du dann so lange?“

„Gib mir halt noch fünf Minuten, Zimtschnecke.“

„Du wolltest doch etwas bereden.“

„Das will ich jetzt immer noch. Ich verstecke mich nicht hier drin, um der Aussprache zu entgehen, falls du das meinst.“

„Welche Aussprache? Das klingt so ernst.“

„Möchtest du das durch die Wand diskutieren?“

„Vielleicht wären wir dann aufrichtiger zueinander, ich meine, wenn wir uns dabei nicht sehen.“

„Soll das heißen, das bist du sonst nicht?“

„Unsinn, Brummbär. Das war nur so ein Gedanke."

„Frauen haben nie ‚nur so Gedanken'."

„Ich dachte da eher an dich, du scheinst ja etwas auf dem Herzen zu haben."

„Es geht dabei aber nicht um eine Lüge."

„Wird es noch dauern?"

„Du tust ja so, als wäre ich schon Stunden hier drin, Zimtschnecke. So lange ist es nun auch wieder nicht."

„Sorry, aber ich muss wirklich los."

„Ich beeile mich ja."

„Kann ich dir helfen?"

„Geht schon."

„Ich würde das wirklich gerne tun, Brummbär, ich hätte kein Problem damit."

„Ich komm schon klar, verdammt!"

„Okay, ich fahre dann jetzt los."

„Tut mir leid, Marie. Ich bremse dich immer aus."

„Auf solche Kommentare gehe ich nicht mehr ein, das weißt du doch. Bis heute Abend. Ich liebe dich."

Benjamin fand Brummbär und Zimtschnecke sehr gewöhnungsbedürftig. Auch wenn er wusste, dass sich Marie und Daniel an einem Winterabend über Kosenamen unter Liebenden amüsiert hatten. Der Spaß war ausgeartet, da beide mit Grippe im Bett gelegen und versucht hatten, diese mit reichlich Grog zu bekämpfen. Die Influenza war wieder weggegangen, die Spitznamen dagegen waren geblieben.

Eigenartigerweise erinnerte sich Ben genau an die merkwürdige Unterhaltung der beiden, aber nicht daran, ob er bei *Libertas* angerufen hatte. Das internationale Kulturzentrum gefiel ihm gut! Er hatte den Eindruck, dass die soziale Arbeit dort einen Nerv in ihm traf. Endlich konnte er eine Art Wiedergutmachung für den Mist, den er in den letzten beiden Jahren gebaut hatte, leisten. Vielleicht konnte er doch noch ein *Real Life Superhero* werden, nur eben nicht mit Maske und Umhang, sondern auf eine bodenständige Art und Weise. Wenn er rausgeworfen werden würde, würde ihn das schwer treffen. Und er wäre stinksauer auf sich selbst!

Aber Marie und Daniel lagen ihm natürlich noch mehr am Herzen. Er wollte nicht, dass sie sich trennten. Und dass etwas im Busch war, spürte sogar er, obwohl er abgelenkt war. Von Milan.

„Idiot!“ Benjamin hatte ihn ja nicht einmal nach seinen Gründen gefragt. Warum biss man seinem Partner beim Sex in den Schwanz? Weil man ihn für etwas bestrafen wollte? Oder ihn nur verarscht hatte? Ben hatte keinen blassen Schimmer. Er war noch immer sauer, aber nicht mehr ganz so stark wie gestern Abend.

Andauernd musste er an Milan denken. Noch immer wurde er hart dabei, das konnte er sich ebenfalls nicht erklären. Aber was viel schlimmer war, war die Sehnsucht nach ihm. Er wollte nichts lieber, als bei dem Mazedonier sein. Mit ihm reden. Mit ihm lachen. Ihm in die dunklen Augen schauen. Ihm durch die dunklen Locken fahren. Ihn anfassen. Und von ihm angefasst werden. Aber zärtlich, wie Liebhaber das machen. Bedeutete die fiese Attacke Milans nicht, dass sie gar kein Paar waren?

„Vollidiot“, spie er erneut aus und meinte dieses Mal Milan.

Benjamin würde nie Antworten auf seine Fragen finden, wenn er Milan nicht zur Rede stellte. Also rasierte er sich von oben bis unten, fragte sich danach selbst, warum er das getan hatte, und duschte. Er schob ein Stück selbst gemachte Pizza, die Marie eingefroren hatte, in den Backofen und aß sie widerwillig. Sein Magen war wie zugeschnürt.

Aufgeregt machte er sich auf zu dem Ort in Klettenberg, an dem Alaunstein Deodorant ersetzte, man Ringelblumencreme aus Eigenherstellung statt Wundsalbe aus der Apotheke auf Verletzungen gab und gegen Kopfschmerzen keine Tabletten, sondern Teebaumöl und selbst befüllte und aus Stoffresten genähte Lavendelkissen gereicht wurden.

Trotz der alternativen Lebensweise bot man Benjamin beim Eintreffen im Freistaat Colonia als Erstes an, an der Shisha zu ziehen, die gerade an der Feuerstelle in der Mitte der Siedlung herumgereicht wurde. Haschisch ist schließlich auch ein Naturprodukt, dachte er ironisch. Er lehnte die Wasserpfeife dankend ab. Um nicht unfreundlich zu wirken, nahm er wenigstens den Tee aus frischen Brennnesseln an und ging weiter zu Milans Wohnwagen.

Dort schaute er nach, ob die Zinkwanne noch dahinter stand. Sie war weg. Ebenso das Brett, mit dem sie abgedeckt gewesen war, um den Kater einzusperren, damit er ertrank. Durch die Erinnerung wurde Ben übel. *Hätte ich doch nur die Pizza nicht gegessen. Und den Wein nicht getrunken.*

Den Tisch, auf dem die misshandelte Maus gelegen hatte, fand er noch an Ort und Stelle vor. Er stellte den Becher darauf ab, denn er hatte nicht vor, an der Flüssigkeit auch nur zu nippen. Blätter befanden sich keine mehr darin, wohl schwammen aber tote Insekten auf der Oberfläche. Angewidert rümpfte er die Nase.

Plötzlich hörte er einen aggressiven Schrei. Er kam aus Milans Caravan und ging Benjamin durch Mark und Bein. Jammern drang ebenfalls heraus. Jemand bettelte um sein Leben. Ein Kreischen ertönte. Es kam von einem Mann, klang jedoch schrill. Kampfgeräusche folgten. Dann ein Laut, den Ben nicht zuordnen konnte. Schmerz? Verzweiflung? Beides?

„Milan!" Sein Herz setzte einen Schlag aus.

Ihm wurde angst und bange um seinen Freund.

Besorgt schaute er sich nach einer Waffe um. Er sah nur einen Ast und hob ihn rasch auf. *Besser als nichts.*

So schnell, wie ihn seine Beine tragen konnten, rannte er zu dem großen Fenster an der Kopfseite der Behausung. Er spähte hinein. Sein Blick huschte umher, der Puls schnellte auf hundertachtzig hoch. Sein Körper schien vor Anspannung zu vibrieren. Die Haut kribbelte hier und da, ständig an anderen Stellen.

Im Inneren war es dunkler als draußen. Seine Augen mussten sich erst an die unterschiedlichen Lichtverhältnisse gewöhnen. Milan lag mit dem Rücken flach auf dem Bett. *Oh mein Gott! Ist das Blut auf seinem T-Shirt? Ist das Blut?* Entsetzt hielt Ben die Luft an.

Vor Aufregung fiel ihm das Denken schwer. Seine Gedanken hüpften umher wie ein Schwarm Fische, die einzeln aus dem Wasser sprangen, weil sie von einem Fressfeind gejagt wurden. Zudem trübte die Furcht um Milan seine Wahrnehmung. Daher erkannte Benjamin erst ein paar hektische Atemzüge später, dass Milan nur lässig dalag, das Smartphone in die Höhe gestreckt.

Wahrscheinlich spielt er nur dieses furchtbare Game mit den Raufbolden, dachte Ben. *Brawler!* Geräuschvoll atmete er aus und ließ den Ast fallen. Noch immer trommelte das Herz in seinem Brustkorb. Es beruhigte sich nur langsam.

Als Milan den durchsichtigen Plastikschlauch, den er in der anderen Hand hielt, aussaugte, tropfte eine rote Flüssigkeit auf sein Oberteil. *Wassereis!* Benjamin stöhnte. Niemand war in Gefahr. Der Ärger in den letzten zwei Jahren (und vielleicht auch das Zusammenleben mit einem Kriminalhauptkommissar) hatte ihn wohl überempfindlich gemacht. Ständig sah er überall Verbrechen.

Benjamin ging um den Caravan herum. Zaghaft klopfte er an die Tür. Nichts. Er klopfte etwas fester. Immer noch keine Reaktion. Er konnte nach Milan rufen, wie Angel es getan hatte, als sich Ben und Milan das erste Mal geküsst hatten. Doch er war nicht wie der leicht geistig behinderte Spanier, nicht so unterwürfig. Er wollte nicht betteln. Schließlich hatte sich Milan danebenbenommen, nicht er. *Eigentlich sollte nicht ich zu ihm kommen, sondern er bei mir zu Kreuze kriechen!*

Darum trat er einfach ein. Milan schaute nicht einmal auf. Er hatte ihn nicht gehört. Zum einen waren die Kampf- und Schmerzensschreie, die aus dem Handy drangen, zu laut. Zum anderen schien er sehr vertieft in das, was er sah.

Ein Blick auf das Display reichte, damit Ben wusste, dass Milan doch nicht *Brawler* spielte. Er schaute sich einen Film an. Darin rangen reale Personen miteinander. Zwei Männer mit merkwürdigen Gesichtern. Ben kniff die Augen zusammen. Das Display war klein und die beiden waren voller Blut, Schweiß und Schmutz, daher erkannte er nicht sofort, dass sie an Mongolismus litten.

Wer produziert denn so eine Kacke, fragte sich Ben.

Doch das Geschehen wurde noch furchtbarer. Stacheldrahtzaun umgab die zwei Männer, die nackt und schutzlos waren. Immer, wenn einer der beiden ihm zu nah kam, schoss eine Feuerfontäne von der anderen Seite in die provisorische Arena. Haut verbrannte. Herzzerreißendes Gekreische. Und ein teuflisches Lachen aus dem Off. Auch Pausen wurden mit Verbrennungen bestraft. Die Kämpfer rauften miteinander, schlugen mit bloßen Fäusten aufeinander ein und versuchten, sich gegenseitig mit den Daumen die Augäpfel in den Kopf zu pressen. Doch dabei schauten sie nicht aggressiv aus, sondern ängstlich, verzweifelt und panisch.

Angewidert verzog Benjamin das Gesicht. Wie konnte sich Milan nur so ein Gewaltvideo angucken? Und warum massierte er dabei seinen Schritt? *Das ist doch krank!*

Aufgebracht schlug Ben ihm das Smartphone aus der Hand. „Was soll die Scheiße?"

„Mann, Alter! Hast mich erschreckt." Milan kroch über die Matratze und griff nach dem Handy.

„Ist das echt?"

Während sich Milan auf die Bettkante setzte, runzelte er die Stirn.

„Ist das so ein Snuff-Video?"

„Hab ich von nem Kumpel gekriegt. Exklusiv." Breiter hätte Milan kaum grinsen können. „Das Video nennt er: *Real Life Brawler/echte Raufbolde*. Willst du es von vorne sehen?"

„Du spinnst ja! Wie kannst du nur?"

„Was meinste?"

„Das ist doch krank."

„Irgendwie schon, ja", gab Milan zu, und Ben hegte schon Hoffnungen, dass er einsah, wie pervers es war, sich so etwas anzuschauen. Aber dann fügte er hinzu: „Cool, ne?"

„Ich kapier das nicht. Wie kann man es geil finden, wenn zwei Typen um ihr Leben kämpfen?"

„Sind doch nur Mongos."

Ben blieb die Spucke weg. Offenbar hatte er sich vollkommen in Milan getäuscht. Nicht einmal dessen slawischer Akzent, den er so süß gefunden hatte, hatte mehr eine Wirkung auf ihn. „Du ekelst mich an."

„Was?" Milans buschige Augenbrauen schoben sich zusammen. „Ich dachte, wir haben da was gemeinsam."

„Wir sind fast gleich alt und stehen auf Männer, das ist aber auch schon alles."

„Das meinte ich doch gar nicht."

Benjamin hatte keinen blassen Schimmer, wovon Milan sprach. Sie lebten in verschiedenen Welten. Nein, in verschiedenen Galaxien, korrigierte er sich. „Sondern?"

„Ich dachte, du stehst auch darauf."

„Auf was?"

„Na, so was." Mehrmals tippte Milan auf das Handydisplay, auf dem der Film noch immer lief. Die Schmerzensschreie und das Wutgekreische der Kämpfer untermalten das Streitgespräch von Benjamin und Milan mit einer schaurigen Melodie.

„Auf Gewalt?", fragte Ben und erntete eifriges Kopfnicken. *Wie zur Hölle kommt er darauf?* „Hast du mich deshalb gebissen? Ich stehe nicht auf Sadomaso."

„Ging aus den Berichten nicht hervor." Milan zuckte mit den Achseln. „Ich konnte mich einfach nicht zurückhalten. Dachte, ich probiere mal was, um dich aus deinem Schneckenhaus rauszulocken. Du fährst also nur darauf ab, zuzugucken, ja? Warum bist du dann so gegen Snuff? Müsste doch voll dein Ding sein."

„Wir sprechen nicht mehr dieselbe Sprache", stellte Benjamin fest. Wütend zeigte er auf das Handy. „Das da ist abartig!"

„Verlogener Scheißer!" Milans sonst so warme braune Augen schienen wie Kohlen zu glühen. „Was war denn letztes Jahr? Du hast überall gestanden. In der Zeitung. Auch im Netz. Wegen dieser Julia."

Langsam begriff Benjamin und ihm wurde übel.

„An der hast du dich doch ausgetobt. Hast sie sogar gekillt. Dachte, ich könnte noch was von dir lernen. Mit der warst du sogar befreundet. Stehst du vielleicht nur darauf, Weiber zu quälen?"

„Ich steh gar nicht darauf!"

„Ach, komm. Warum hat man dich dann zu Warnschussarrest verdonnert? Bestimmt nicht, weil du sie beschützt hast."

„Weil … weil …“ Ben hatte keine Lust, ihm die ganze Geschichte inklusive der Details, die vor der Presse zurückgehalten worden waren, zu erzählen. Wahrscheinlich würde sich Milan noch daran aufgeilen. Benjamin hatte mit diesem düsteren Kapitel seines Lebens abgeschlossen. Er wollte nach vorne schauen und einen besseren Weg einschlagen. Milan stellte sich als Stolperstein heraus, aber Ben erkannte seinen Fehler und würde sich ab sofort von ihm fernhalten.

Enttäuscht und verärgert, weil er auf Milan hereingefallen war, drehte er sich um. *Nur weg von diesem Psycho!*

Plötzlich hörte er ein Geräusch. Ein leises Wimmern. Zuerst dachte er, es käme von dem scheußlichen Filmchen, denn es klang ähnlich, doch die Richtung stimmte nicht.

Da war es erneut! Es kam von links. Ben horchte, doch das Kreischen, Heulen und Jammern aus dem Video lenkten ihn zu sehr ab, um genau zu bestimmen, woher es stammte. Darum schnellte seine Hand vor. Er riss Milan das Smartphone aus der Hand und schaltete es ab.

Die abrupt einsetzende Stille war jedoch nicht erleichternd. Jeder Muskel in Ben spannte sich an. Er lauschte. Aber er vernahm nur das Zwitschern eines Vogels, der auf dem Dach saß. Als das Winseln wieder da war, zuckte er innerlich zusammen. Kurz und schwach. Ben konnte nicht einmal ausmachen, welches Tier die Laute von sich gab. Ein ungutes Gefühl beschlich ihn. Er musste wieder an die Maus und den rot getigerten Kater denken.

Im Schrank. *Nein!* Etwas befand sich in dem kleinen Badezimmer daneben, in das Milan alles hineinwarf, was ihm im Weg war, da er, wie die ganze Kommune, keinen Wasseranschluss besaß. Eine Mischung aus Kleiderkammer, Abstellraum und Müllhalde.

Benjamin wappnete sich davor, von dem Roten oder einem Hund angesprungen zu werden. Langsam streckte er die Hand nach dem Griff aus.

43. KAPITEL

Sein Herz wummerte. Die Handflächen waren schweißnass. Das ständige Zucken des linken Augenlids nervte ihn. Es stellte sich immer dann ein, wenn er extrem nervös war.

Mutig riss er die Tür auf.

Doch nichts fiel ihn an.

Angel, der in dem kleinen Raum verschnürt auf dem Boden saß, schluchzte lauter. Aber er rührte sich nicht. Mit fast zugeschwollenen Augen sah er ängstlich zu Ben auf, die Pupillen rot vom Heulen.

Sein Blick glitt zu Milan. Ein Beben ging durch Angel hindurch. Er weinte wieder stärker und schaute zu Boden.

Rotz lief ihm über die Lippen. Durch die verstopfte Nase und den Knebel im Mund bekam er kaum Luft. Er konnte ihn aber nicht entfernen, denn man hatte ihn nackt mit Stacheldraht eingewickelt. Demütigend, schutzlos und schmerzhaft. Hände und Schenkel waren an den Körper gefesselt, da er saß und die Beine angewinkelt hatte. Offenbar hatte er sich nicht gewehrt.

Warum nicht? fragte sich Ben. *Warum?* Tief bohrten sich die Stacheln in das Fleisch. Die Blutrinnsale zeichneten ein bizarres Kunstwerk auf seine Haut.

Vor Entsetzen erstarrte Benjamin. Kein Tier, sondern der gleichaltrige, wenn auch zurückgebliebene Spanier war das Opfer. Fassungslos wandte er sich wieder Milan zu. Der grinste noch immer.

„Guck nicht so!“, spie Milan schließlich. „Mit dieser Julia hast du doch auch deinen Spaß gehabt. Also, spiel dich nicht auf wie ein verfickter Heiliger.“

Das war Ben bestimmt nicht, aber auch kein Sadist. Nun wurde ihm einiges klar. Die Kratzer an Angels Unterarmen, die er bei ihrem ersten Aufeinandertreffen bemerkt hatte, stammten von Stacheldraht. Seine Arme mussten schon einmal damit zusammengebunden worden sein. „Du hast ihn schon öfters gefoltert, habe ich recht?“

„Hätte er mich nicht so reizen sollen. Es ist seine eigene Schuld. Ständig bettelt er um Hilfe. Lästige Schmeißfliege, dieser Spasti!“

Ben schüttelte den Kopf, denn er glaubte ihm nicht. Er durchschaute Milans Treiben nun. Milan hatte Angel nach der Methode „Zuckerbrot und Peitsche“ an sich gebunden.

Mit kleinen Gefälligkeiten lockte er ihn an, piesackte ihn, schenkte ihm als Entschuldigung das Game *Brawler* und malträtierte ihn doch wieder. Zudem zwang er ihn zum Aufräumen und Waschen und band ihn an sich, weil Angels Handy Strom brauchte. Den zapfte Milan im *Libertas* ab, sodass Angel Milan brauchte. Außerdem konnte vermutlich nur er Angel helfen, wenn es Probleme gab. Als Gegenleistung bestrafte er den Spanier nach Lust und Laune und dieser schwieg vor Scham, fehlender Reife und aus Abhängigkeit.

Fassungslos schnaubte Ben. „Angel hat den Verstand eines Kindes."

„Eines Esels." Milan lachte, aber seine Augen funkelten böse. „Diesen dämlichen Kater hatte er auch nicht im Griff."

„Darum hast du das Tier ertränken wollen?" Dass die bösartige Attacke auf das Leben des Roten nicht auf Angels Konto ging, wie Ben zuerst vermutet hatte, war ihm jetzt klar.

„Das Vieh hat jede Nacht vor dem Fenster geschrien. Entweder schlich es um rollige Katzen herum oder stritt sich mit anderen Katern. Konnte kaum noch pennen."

„Und was hatte die Maus dir getan, dass du ihr Arme, Beine und Schwanz abgeschnitten hast?"

Zu Bens Überraschung bestritt Milan das nicht mehr. „Die habe ich unterm Bett entdeckt. Hat alles vollgekackt. Die übertragen doch Krankheiten."

„Du hast wohl für jeden Bockmist, den du verzapft hast, eine Ausrede?"

„Hätte Angel seinen Kater besser erzogen. Dann hätte der nicht nur gevögelt, sondern Mäuse gejagt. Und ich müsste nicht die Dinge regeln. Ich kümmere mich eben um alles."

„Tierquälerei ist eine Straftat", sagte Ben scharf und überlegte, wie er den Stacheldraht von Angel abrollen konnte, ohne ihm große Schmerzen zu bereiten. *Unmöglich!* „Und auf das Gefangenhalten und Foltern von Menschen …"

„Finger weg! Der gehört mir. Ich bin noch nicht fertig mit ihm. Der hat Baba angelogen, ich wäre böse zu ihm."

Hatte er ein krankhaft verzerrtes Bild von der Realität? Oder legte er alles zu seinen Gunsten aus? Benjamin scherte sich nicht um ihn.

Plötzlich stürzte sich Milan auf Ben. Fauchend wie ein Tiger. Mit zorniger Miene.

Ben sah seine Faust auf sich zukommen. Blitzschnell duckte er sich.

Milan konnte den Schwung nicht mehr abfangen. Er wurde nach vorne gerissen. Sein Boxhieb traf ins Leere. Er verlor das Gleichgewicht. Hilflos wankte er nach vorne.

Da Benjamin drohte, auf Angel zu fallen, stieß er Milan von sich weg. Dieser krachte gegen die Wand neben der Badezimmertür. Bevor er sich fangen konnte, packte Ben seinen Kopf. Er vergrub die Finger in seinen Haaren und zwang ihn wieder vornüber. Kraftvoll stieß er ihm das Knie in den Magen. Mit einem Ächzen klappte Milan zusammen. Doch noch immer hielt er sich auf den Beinen.

Zäher Bursche, dachte Benjamin. Mit voller Wucht stieß er den Ellbogen in Milans Rücken.

Dieser schrie auf. Keuchend ging er zu Boden. Er blieb zu Bens Füßen liegen, gekrümmt und wimmernd, wie zuvor sein Opfer.

Woher kam das denn? Verwundert betrachtete Ben seine langen, feingliedrigen Finger. Er hatte gar nicht gewusst, dass sie dazu fähig waren. Stolz war er nicht darauf. Aber es war trotzdem gut zu wissen, was in ihm steckte.

Als er sich zum Ausgang drehte, merkte er, dass das Augenzucken verschwunden war. Er steckte den Kopf heraus und rief: „He, ich brauche eure Hilfe. Hallo? Bitte, ich schaffe das nicht alleine. Und holt Baba!"

Verwundert kamen die Bewohner der alternativen Siedlung an. Sie versammelten sich um Milans Caravan. Empörte Gesichter, erschrockene Ausrufe und Fragen, die auf Ben einprasselten. Doch er ignorierte die Geräuschkulisse um ihn herum vorerst.

Unsanft schob er Milan vom Bad weg. Es widerte ihn an, jemals von ihm angefasst worden zu sein. Über die Schulter hinweg sagte er: „Helft mir, Angel zu befreien. Wir brauchen frisches Wasser, Wundcreme und Verbandmaterial. Zum Arzt muss er auch. Er ist doch bestimmt nicht gegen Tetanus geimpft, oder?"

„Weg da. Hau ja ab!" Grob wurde Benjamin zur Seite gestoßen. Man warf ihn aus dem Wohnwagen heraus.

Die denken doch wohl nicht …? Völlig perplex ließ er sich zur Seite drängen, während die Mitglieder der Kommune sich um Angel kümmerten. Lautes Gejammer signalisierte ihm, dass sie schon dabei waren, den Draht aus seinem Fleisch zu lösen. Angel kreischte und weinte herzzerreißend.

Ben hielt einen Mann mit einem Bart bis zum Bauch, der mit anderen ausströmte, um Wasser und Salbe zu holen, fest. Seine Stimme klang schrill. „Ich war das nicht."

Plötzlich packte Ben eine Pranke im Nacken. Erschrocken schrak er zusammen. Er ließ den Bärtigen los, der weitereilte, ohne einen Ton von sich gegeben zu haben.

In seiner vollen Größe baute sich Baba vor ihm auf. Düster wie ein Rachegott. Er trug ein Achselshirt mit einem apokalyptischen Kriegsmotiv. Nur Totenköpfe und Blut. Würde jetzt Bens Kopf rollen?

Doch Baba klopfte Benjamin aufmunternd auf die Schulter. „Keine Sorge. Ich weiß Bescheid. Angel hatte Andeutungen gemacht. Dummerweise habe ich ihm nicht geglaubt, weil er …" Sein Zeigefinger kreiste neben der Schläfe. „Es ist meine Schuld, dass es so weit kommen konnte."

„Die Polizei …"

„Hat hier nichts zu suchen. Das ist ein Freistaat, schon vergessen? Wir regeln die Dinge selbst."

„Du wirfst ihn nicht hochkant raus?"

„Sodass er sich seine Opfer woanders sucht? Besser er bleibt hier unter meiner Kontrolle, nicht wahr?" Baba gab seinen Leuten ein Zeichen, worauf zwei kräftige Männer Milan herauszerrten.

Sie führten ihn fort in Richtung Babas Wohnwagen. Milan wehrte sich nach Leibeskräften. Am Ende ließ er sich einfach hängen, aber die Kerle schleiften ihn erbarmungslos mit.

Baba folgte ihnen. Er legte eine Ruhe an den Tag, die bedrohlich wirkte. Nur mit seinen Armeestiefeln stapfte er so fest auf, dass die Erde zu beben schien wie beim Auftritt des T-Rex in *Jurassic Park*.

Vor Bens geistigem Auge tauchte die Axt auf, die unter Babas Caravan in einer Halterung hing.

Schweiß lief ihm den Rücken hinab. Besorgt schaute er ihnen nach, dann zum Ausgang des Geländes und runzelte die Stirn. Sollte er ihnen hinterherschleichen, um Milan zu helfen? Oder hatte der Babas Zorn nicht mehr als verdient?

Eigentlich dachte Daniel, er würde als waschechter Kölner jeden Stein seiner Heimatstadt kennen. Doch die Mordermittlungen führten ihn immer wieder in Winkel, die ihm fremd waren.

Und unheimlich.

Trostlos erstreckte sich der Ruinenwald entlang der Bahngleise. Selbst bei Tageslicht strahlte dieser Ort etwas Düsteres aus. Dieser Flecken zog Verbrechen förmlich an. „Der perfekte Ort, um eine Straftat zu begehen."

Während Tomasz die Zellophanpackung gegen den Handballen klopfte, damit eine Zigarette herausglitt, nickte er. „Abgelegen. Einsam."

Und irgendwie traurig, dachte Daniel. Ob es an der tief hängenden dunklen Wolkendecke lag, die von oben drückte? Hier kollidierten Melancholie und Boshaftigkeit miteinander. Die Atmosphäre schien aufgeladen. Ein Gewitter lag in der Luft.

Das Feuerzeug zischte. „Die Bäume drumherum bieten Sichtschutz."

„Der Täter scheint sich sehr gut in Köln auszukennen."

„Oder er hat verdammt viel Zeit, um auf die Suche nach solchen Objekten zu gehen." Der Tabak knisterte, als Tom die Zigarette entzündete.

„Vielleicht hat er auch geschäftlich mit Industriebrachen zu tun."

„Glaubst du, das Grundstück gehört ebenfalls Lisa Warnstedt?"

„Wäre möglich."

Mit jedem Wort entwich Rauch aus Toms Mund: „Du glaubst doch nicht ernsthaft, dass sie etwas mit den Arena-Morden zu tun hat, oder?"

„Natürlich nicht. Ich möchte nur alles prüfen und die Fakten zusammentragen, das ist alles." Daniel musste zugeben, dass das Gespräch mit Martina Giacomelli ihn verwirrt hatte. Nun, da er die neuen Informationen hatte sacken lassen, musste er sich eingestehen, dass er sich in dem Glasengel getäuscht hatte. Sie war nicht die liebe, gequälte Seele, nicht die Prügelmagd des Lebens, sondern ihre grausame Vergangenheit hatte sie verbittert und kalt werden lassen. Darum kämpfte sie mit harten Bandagen, jedoch im legalen Rahmen. Sie ging nicht über Leichen! *Wie auch? Durch ihre Querschnittslähmung rein technisch unmöglich!*

Schwindlerin hin oder her, das hatte nichts mit dem Schädelspalter zu tun! Zwei unterschiedliche Fälle.

Er hakte Warnstedt ab.

Das dramatische Leben der undurchsichtigen Frau lenkte ihn zu sehr ab von der Suche nach dem Täter, der Clemens König, Steffen Langweber, Karsten Melchior und vermutlich auch das Opfer, das hier abgelegt wurde, auf dem Gewissen hatte.

Mit einer ausladenden Geste zeigte er über das zuwuchernde Gelände. „Was war das früher einmal?"

Man konnte noch erahnen, dass früher einmal eine Straße aus Pflastersteinen hierher geführte hatte, doch sie war längst unter Grün verborgen. Wurzeln hatten die Steine hochgehoben, dazwischen wuchsen Gräser, Unkraut und Blumen. Dornige Büsche und Bäume, die düstere Schatten warfen, verbargen den alten Weg weitgehend.

Er wirkte wie der Pfad zu Dornröschens Schloss, während das Königreich hundert Jahre schlief. Nur dass dieses verlassene Areal nichts Romantisches verströmte, sondern besser in eine Schauergeschichte als in ein Märchen gepasst hätte.

Beim Anblick des verfallenen kleinen Bahnsteigs erschauerte Daniel, aber er führte das auf den auffrischenden Wind zurück. Es handelte sich um einen eingleisigen Kopfbahnhof, der nur noch rudimentär vorhanden war.

Endstation, dachte Daniel. *Wer hierherkommt, wird für immer von der düsteren Aura verschluckt.*

Ein riesiger, verrosteter Stahlarm ragte darüber hinaus wie das Gerippe eines Riesen, der gestorben und im Tode erstarrt war, als er gerade ein Opfer hatte packen wollen.

Dieser Platz ließ komische Gedanken aufkommen. Daniel schüttelte sich, als könnte er sie so loswerden. Es funktionierte jedoch nicht.

„Vor dem Zweiten Weltkrieg wurden hier Eisenbahnwaggons be- und entladen. Die Güter wurden dann mit Lastwagen weggebracht oder in den Hallen zwischengelagert." Mit dem Glimmstängel zeigte Tomasz zu den vier Gebäuden hinüber, die eingestürzt waren.

Die Reste waren begraben unter dicken Schichten von Knöterich und Wildem Wein. Die Rankpflanzen legten sich wie Schlingen um die noch vorhandenen Wände. Sie schienen sie zu würgen. Natur und Zivilisation rangen miteinander. Die Ranken würden in den kommenden Jahren auch die letzten Mauern niederreißen.

„Vieles wurde zerbombt und nie wieder aufgebaut." Gierig sog Tomasz an seiner Zigarette. „Dort hinten gab es eine kleine Reparaturwerkstatt für LKWs. Da müssen wir hin."

„Eine Werkstatt im Freien?"

„Nein, natürlich nicht. Aber das Gebäude, in dem sie sich befand, ist nicht mehr vorhanden."

Noch standen sie an der Straße neben der Schlange aus Wagen der Schutzpolizei, Spurensicherung und der Gerichtsmedizin. „Und wie kommen wir zum Leichenfundort?"

„Über die Zufahrt haben wir keine Chance, sagte man mir am Telefon." Das Ende der Zigarette glühte auf. „Am besten über die Gleise. Die sind stillgelegt."

„Über die Schienen? Mit dem Rollstuhl?" Daniel stieß einen tiefen Seufzer aus. Jetzt, wo er den Blick über die Strecke gleiten ließ, bemerkte er die Markierungen des Erkennungsdienstes, der einen Pfad abgesteckt hatte. Den durfte niemand, der an den Ermittlungen beteiligt war, verlassen, um zu verhindern, dass Spuren zerstört wurden.

„Soll ich eine Machete organisieren?", fragte Tom schmunzelnd. „Ich würde dir eine Schneise durch diesen Urwald schlagen, wäre das nicht gegen die Richtlinien."

„Warum kann der Schädelspalter seine Opfer nicht in der Stadt deponieren? Ebenerdig. Oder in einem Haus mit Aufzug? Hell, freundlich und gut riechend."

„Und am besten noch seine Visitenkarte hinterlassen. Seit wann bist du unter die Träumer gegangen?" Lachend lehnte sich Tomasz ins Auto, machte die Zigarette im Aschenbecher aus und schlug die Wagentür zu. „Leander färbt wohl auf dich ab."

„Er hat seinen Kopf nicht in den Wolken."

„Du kennst ihn besser als ich." Tom klang ein wenig frostig. Kumpelhaft klopfte er Daniel auf die Schulter. „Du liebst doch Herausforderungen."

Daniel hasste es, auf andere angewiesen zu sein, aber ohne seinen Freund hatte er keine Chance, den Fundort der Leiche zu erreichen. Während Tomasz voranging und die Büsche zur Seite bog, folgte er ihm mühsam. Die Schneise war schmal für seinen Chopper. Er versuchte, nicht zu nah an die Gleise heranzufahren. Denn wenn er mit den linken Rädern auf den Kies kam, bremste der Belag ihn schlagartig aus. Setzte er seinen Weg stur fort, ruckelte der Bock heftig und Daniel kam sich vor, als würde er Rodeo reiten.

Nach einer gefühlten halben Ewigkeit, die vermutlich nicht länger als zwei Minuten gedauert hatte, lenkte er den Rolli auf das Gelände. Erleichtert atmete er aus. Dieses Areal schien eine Welt für sich zu sein. Abgeschottet, urwüchsig und wild.

Der Himmel färbte sich ockerfarben. Jetzt ist die Apokalypse da, dachte Daniel, eher scherzhaft als besorgt.

Unerwartet riss die Wolkendecke auf. Einige Sonnenstrahlen fanden über dem alten Industriebahnhof ihren Weg zur Erde. *Spotlight auf die Leiche. Als wäre Gott, das Universum oder der Mann im Mond, wer auch immer dort oben lebte, neugierig geworden und hätte Strahler angeschaltet.*

Dunst stieg vom feuchten Boden auf. Nicht so stark wie in *Nebel des Grauens*, trotzdem gruselig. Wie passend! Der Typ an den Scheinwerfern musste in der Effektkiste gekramt haben. *Was kommt als Nächstes? Dramatische Musik, wie in* Der weiße Hai, *wenn das blutrünstige Monster sich nähert, oder wie in der Duschszene in* Psycho?

„Warum lachst du?“, fragte Tomasz.

Daniel winkte ab. Er fragte sich, wer sich hier draußen herumtrieb. Jeder Mensch bei Verstand würde einen großen Bogen um dieses Areal machen. „Wer hat die Leiche gefunden?“

„Ein älteres Paar. Sie suchten einen Ort zum Schnackeln.“

Zweifelnd blinzelte Daniel ihn an.

Tom prustete. „Zwei Fünfzehnjährige.“

„Scheiße!“

„Der Polizeipsychologe spricht schon mit ihnen. Aber ich glaube nicht, dass der Schock allzu groß war, denn sie haben gleich Handyfotos geschossen und in ihr Forum hochgeladen.“

„Wo die Mitglieder regelmäßig Aufnahmen von toten Tieren teilen?“ Daniels Worte troffen vor Sarkasmus. „Und wer einen Leichnam ablichtet, kriegt die goldene Heldenmedaille verliehen?“

„Da geht es um *Parkour*.“

„Um was?“

„Das kannst du nicht kennen, das ist nur etwas für junge Leute“, frotzelte Tom. „Sie nehmen keine offiziellen Wege, sondern rennen, springen, klettern und überwinden Hindernisse, als wären die nicht höher als Legosteine. Guck nicht so, diesmal sage ich die Wahrheit. Ihnen geht es um effiziente Fortbewegung. Sie suchen sich ihren eigenen Weg. Dabei klettern sie zum Beispiel auf Garagen und Mauern, lassen sich von Vordächern fallen und rollen sich geschickt ab und sind ständig im Fluss. Je komplizierter, desto mehr Anerkennung erfahren sie von den Kumpels.“

„Darüber tauschen sie sich also in dem Forum aus?“

„Sie geben sich Tipps, posten Fotos von coolen Moves und füllen ihre Datenbank mit allen Infos zu diesem Sport. Die zwei Fünfzehnjährigen sind noch neu dabei und wollten hier“, Tomasz zeigte über das Gebäude, das die Natur bald vollkommen in die Knie gezwungen haben würde, „üben und nicht in der Stadt. Schön abgeschieden, um sich nicht lächerlich zu machen.“

Nicht selten riefen die Täter selbst die Polizei an, weil sie sich sicher waren, dass man ihnen niemals auf die Schliche kommen würde, und das Machtgefühl genossen. Doch dass die beiden Jugendlichen etwas mit dem Mord zu tun hatten, schloss Daniel für sich aus. Darum schob er die Zeugenbefragung nach hinten. „Wo liegt die Frau?“

„Komm mit.“

„Stooopp!“, dröhnte eine Stimme über das Gelände.

45. KAPITEL

Ein Außerirdischer! Das war Daniels erster Gedanke, als er den Fremden auf sich zustürmen sah. *Coneheads, es gibt sie wirklich.*

Der Mann hatte nicht nur eine Glatze. Auch die Augenbrauen fehlten. Auf den Wangen machte Daniel keine einzige Stoppel aus. Das Gesicht war glatt wie ein Babypopo. Dass der Unbekannte krank war, glaubte er nicht, denn er besaß einen gesunden Teint. Vielmehr vermutete Daniel, dass er sich über das normale Maß hinaus rasiert hatte.

Entweder ist er ein Killer, der verhindern will, dass er Haare an seinem Mordopfer hinterlässt. Oder es handelt sich um einen übereifrigen Mitarbeiter des Erkennungsdienstes, der den Tatort nicht kontaminieren und die Spuren nicht verfälschen möchte.

Der cholerischen Stimme nach traf Ersteres zu. Dem weißen Schutzanzug nach wohl eher Letzteres. Eventuell ist er beides, dachte Daniel bissig.

Breitbeinig stellte sich der Kollege vor Daniel hin und versperrte ihm den Weg. „Mit dem Ding da fahren Sie nirgendwohin!"

„Aber ich bin vom KK 11."

„Sie kontaminieren den Leichenfundort mit den Rädern!"

„Warum keifen Sie eigentlich so?" Daniel nahm eine betont gelassene Haltung an. „Ich bin querschnittsgelähmt und nicht taub."

Kameradschaftlich baute sich Tom vor ihm auf. „Das ist Diskriminierung."

„Und das", der Schreihals zeigte auf den Bock, „ist fahrlässig."

„Verweigern Sie ernsthaft einem ermittelnden Kommissar den Zutritt?"

„Der Pfad zur Leiche ist zu schmal für den Rollstuhl."

„Dann machen Sie ihn eben breiter."

Daniel packte kurz Toms Hand. „Reg dich nicht auf."

„Ich habe noch gar nicht richtig losgelegt!", schrie nun auch er.

„Abrakadabra. Simsalabim." Grinsend zog Daniel zwei schwarze Eier aus einer der Rollstuhltaschen. Genau genommen waren es Hüllen, in denen er das Zaubermittel verbarg, das den Disput in null Komma nichts lösen würde. Hoffte er jedenfalls. „Ich habe meine Hausschuhe mitgebracht."

Vier Augen schauten ihn an. Zwei Stirnfalten traten hervor. Immerhin schwiegen die Münder von Daniels skeptischen Beobachtern.

„Das sind Schutzbezüge für die Räder." Zwar nur für die beiden hinteren, aber das musste reichen. „Eigentlich sollen sie verhindern, dass man den Schmutz, der am Gummi haftet, im Haus verteilt. Doch diese hier habe ich angeschafft, um die Spuren nicht zu verunreinigen. Ab sofort sind das meine Tatort-Kondome."

Während Conehead die Nase rümpfte und offenbar grübelte, ob er das durchgehen lassen konnte, legte sich eine Hand von hinten auf dessen Schulter. „Lass mal gut sein. Der Herr Kommissar ist schon in Ordnung. Er hat Sachs eins aufs Maul gegeben. Verbal natürlich."

Der Mitarbeiter des Erkennungsdienstes, den Daniel schon auf dem Grundstück in Godorf kennengelernt hatte, blieb schräg hinter Conehead stehen. Er zwinkerte Daniel zu und zog an dem Ohrläppchen mit der tätowierten Miniaturfaust, die den Mittelfinger nach oben streckte, um anzudeuten, was er von seinem Kollegen hielt.

Dieser schnaubte und ging zusammen mit Stinkefinger zu einem viereckigen, länglichen Loch in der Nähe. Nachdem Daniel die Bezüge auf die Räder gezogen hatte, folgten er und Tomasz. Während der Mann mit dem rasierten Riesenschädel hinabstieg, untersuchte der Tätowierte das Terrain oberhalb.

Tom stieg über ein mit Moos und Mauerpfeffer bewachsenes Mäuerchen, das Daniel erst auf den zweiten Blick als Außenwände eines ehemaligen Hauses ausmachte.

Daniel blieb stehen, stützte sich auf den Armlehnen hoch und schaute über das Terrain vor ihm. Die Mauern, von denen nur noch die ersten zwei oder drei Reihen vorhanden waren, bildeten ein Quadrat. An zwei Seiten jedoch fehlte jeweils ein Stück. Diese Lücken waren so groß, dass er dort ehemalige Ein- und Ausfahrten vermutete. Dass die Ecken glatt und nicht von der Zeit und den Umwelteinflüssen zerfressen waren, unterstützte seine These.

Rasch fuhr er durch eine Öffnung hindurch und hinter seinem Kollegen her. „Das ist die Werkstatt, von der du erzählt hattest, richtig?"

„Gab es Probleme mit den LKWs, reparierte man sie hier, um Zeit zu sparen. Sie fuhren über die Vertiefung und die Mechaniker kamen so an den Fahrzeugboden heran. Hebevorrichtungen erkennt man nach all den Jahren nicht mehr." Am Rand blieb Tomasz stehen. „Darunter muss ein Hohlraum gewesen sein. Der Boden ist stark abgesackt."

Vorsichtig rollte Daniel näher heran. Er sah, was Tom meinte. Der graue Beton war rundherum aufgerissen und sah aus wie die Fleischwunde in der ledrigen Haut eines Elefanten. Er gab die Sicht auf den dunklen, fast schwarzen Lehm dahinter frei. Wenn Daniel flüchtig hinsah, erinnerte diese Sedimentschicht an geronnenes Blut. Die Beschaffenheit der Erde hatte verhindert, dass alles eingestürzt war. Nur der untere Teil war ein beachtliches Stück abgefallen.

„Es geht tief runter, das ja.“ Er zeigte zum Grund. „Aber wenn man um sein Leben fürchtet, würde man doch den Rand erreichen und sich raufziehen können.“

„Nicht, wenn man keine Arme hat“, schallte es von unten herauf.

Oh nein! Der verfolgt mich. Innerlich stöhnte Daniel.

46. KAPITEL

Dr. Karl Sachs stand über das Opfer gebeugt und wandte ihnen zwar den Rücken zu, sein neues kupferfarbenes implantiertes Haar jedoch ließ keinen Zweifel offen, dass er es war. *Der Leibhaftige.* Außerdem dieser oberlehrerhafte Ton … Als wäre sein Gegenüber der dümmste Mensch auf Erden. „Wären Sie so freundlich, zu erklären, was Sie damit meinen?"

Um Dr. Sachs und die Leiche tänzelten der Polizeifotograf und Conehead herum. Der Gerichtsmediziner ignorierte sie mit stoischer Gelassenheit. Statt zu antworten, richtete er sich auf und trat zur Seite.

Beim Anblick des Kopfes der toten Frau hielten sowohl Daniel als auch Tomasz kurz die Luft an.

Und das hatten die Kids abgelichtet und ins Internet gestellt? Bestimmt erst, nachdem sie sich übergeben hatten, dachte Daniel. Sie mochten cool tun, aber der Schock musste sie bis ins Mark getroffen haben. Daran würden sie noch lange zu knabbern haben. *Das Bild wird sie bis in ihre Albträume verfolgen.*

Überrascht beugte sich Tom vor, stützte sich auf den Oberschenkeln ab und musterte das Opfer. „Sie hat ja tatsächlich keine Arme."

„Aber Hände. Ich schätze mal", wagte sich Daniel vor und rechnete damit, von Sachs wegen voreiliger Schlüsse zurechtgewiesen zu werden, „dass sie knapp über fünfzig ist."

„Wie willst du das erkennen, wo doch vom Gesicht nicht mehr viel übrig ist?"

Beim Anblick verspürte selbst Daniel eine leichte Übelkeit. „Schau dir die faltige Haut und den schlaffen Busen an. Jung war sie jedenfalls nicht mehr. Die unterentwickelten oberen Extremitäten könnten zwar auch eine andere Ursache haben, aber aufgrund ihres Alters muss sie eine der Contergan-Geschädigten sein."

„Der Skandal war Anfang der 1960er-Jahre, nicht wahr? Kommt hin."

„Unterstützen Sie meine These, Dr. Sachs?", rief Daniel in das Loch hinein.

Er hatte fest mit einer schnippischen Antwort gerechnet, doch der Rechtsmediziner antwortete mit einem knappen, aber zustimmenden: „Ja."

Daniels Augen weiteten sich. Erstaunt lächelte er Tomasz an.

Dieser zuckte mit den Achseln. Er grübelte laut: „Genauso wie die anderen Opfer des Schädelspalters ist sie nackt. Warum tut er das? Damit sie absolut schutzlos sind. Aber auch, um sie zu demütigen."

„Da ist noch etwas. Denk an sein Profil. Er sieht gerne zu, wenn es brutal und blutig zugeht. Selbst macht er sich nur die Hände schmutzig, um die Spuren zu verwischen und wenn er sicher ist, dass er nicht mehr mit Gegenwehr zu rechnen hat."

„Und?"

„Ich glaube, er geilt sich an den Wunden auf. Er möchte jede einzelne Verletzung mitbekommen, sehen, wie das Blut herausrinnt, sich mit dem Angstschweiß vermischt, und der Körper seines Opfers immer weiter zerstört wird." Das war sein Aphrodisiakum. Seine Droge.

„Und zur Demütigung." Eindringlich sah Tom ihn an.

Daniel schmunzelte. „Natürlich, das auch."

„Seine ganze Inszenierung ist ein einziges Machtspiel. Er muss im Alltag ein armes Würstchen sein."

Daniel nickte. In den Manageretagen würden sie ihn vermutlich nicht finden. Eher in der Mittelklasse oder darunter. Er bemühte sich, die Fassade des unbescholtenen Bürgers aufrechtzuerhalten, aber in ihm brodelten düstere Gelüste. Je mehr er diesen heimlich nachging, desto mehr würde er vernachlässigen, die Maskerade aufrechtzuerhalten. Über kurz oder lang würde er sich verraten. Aber so lange wollte Daniel auf keinen Fall warten! „Er entwickelt sich bereits weiter."

„Ja, die Einkerbung im Kopf bei seinem vermeintlich ersten weiblichen Opfer ist tiefer als die bei Steffen Langweber und auch die von Karsten Melchior."

„Er hat mehrmals zugeschlagen." Dr. Karl Sachs betonte jedes Wort und sprach langsam, als befände er sich in einer Vorlesung an der Uni und Daniel und Tomasz wären seine Studenten. „Oberflächlich betrachtet sieht die Wunde aus, als hätte ein einziger Schlag sie hervorgerufen. Doch mein geschultes Auge erkennt deutlich mindestens drei Kerben, die die Klinge hinterlassen hat."

„Lebte das Opfer zu dem Zeitpunkt noch?", fragte Daniel, erstaunt über die Auskunftsbereitschaft des Gerichtsmediziners.

„Es geschah post mortem. Sie hat sich nicht gewehrt, sonst wären so präzise Treffer nicht möglich gewesen."

Daniel wandte sich Tom zu. „Wurde keine zweite Leiche gefunden?"

„Nein. Die Kollegen von der Schupo haben die Gegend schon durchkämmt."

„Nach dem bisherigen Muster müsste in der Nähe ein zweiter Leichnam mit identischen körperlichen Merkmalen abgelegt worden sein."
Tom hob den Zeigefinger. „Melchiors Gegner fand man auch nicht."
„Wo sind die beiden also?" Ein schrecklicher Verdacht regte sich in Daniel. Der Psychopath durfte seine Spielzeuge nicht entkommen lassen. Das konnte nur bedeuten, dass er die beiden Gladiatoren, die nicht gefunden wurden, mitgenommen hatte. Hielt er sie etwa gefangen?

Dieses Vorgehen passte jedoch nicht zu ihm. Langweber tötete König. Daraufhin brachte der Täter Langweber um. Den Gewinner! Serienstraftäter änderten ihr Vorgehen nicht grundlegend, sondern feilten nur daran. Folglich musste die tote Frau dort unten den Kampf gewonnen haben, da sie vom Killer getötet wurde. „Es muss einen Gegner gegeben haben! Wir haben ihn nur noch nicht gefunden."

„Der Täter hat ihn wahrscheinlich mitgenommen und woanders verscharrt."

„Er hat sich noch nie die Mühe gemacht, seine Opfer verschwinden zu lassen." Der Widersacher der Frau war hier, da war sich Daniel ganz sicher! Besorgt musterte er die abgesackte Grube. Diese Arena war schon weitaus stabiler als der Bauzaun in Godorf. Zudem lag das Gelände noch einsamer. Der Gesuchte perfektionierte Schritt für Schritt die Umsetzung seiner kranken Fantasien. „Die Frau hatte nicht den Hauch einer Chance."

Stinkefinger kam zu ihnen. Das Rascheln des Schutzanzugs begleitete ihn. „Der Boden sieht aus, als hätte der Psycho mit einem Zweig voller Blätter gekehrt. Keinerlei Schuhabdrücke, nur die Abdrücke eines Hundes. Allerdings finde ich ausschließlich welche der Vorderpfoten. Dort hinten in den Büschen."

„Unmöglich", schrie Conehead von unten, lauter, als nötig gewesen wäre. „Arbeite gefälligst genauer!"

Daniel zupfte an seinem Ohrläppchen – *Zeig ihm dein Tattoo!* – und Stinkefinger verstand, denn er grinste. „Könnten sie etwas mit dem Mordfall zu tun haben?"

Der Tätowierte schüttelte den Kopf. „Die Spuren stammen bestimmt nur von einem Spaziergänger, der mit seiner Töle Gassi ging."

„Wer fährt denn hier raus, um seinen Hund auszuführen?" Das hielt Daniel für unwahrscheinlich. Hundebesitzer gingen meist nur in der Gegend, in der sie wohnten, eine schnelle Runde. Wenn sie schon das Auto nahmen, steuerten sie einen schönen Ort an, nicht einen, an dem die Schlingpflanzen lebendig und aggressiv wirkten.

Wie zur Bestätigung, dass dies der Vorhof zur Hölle war, zog sich die Wolkendecke wieder zu. Die Schatten wurden länger. Dunkler. In der Ferne donnerte es. Alle schauten schweigend zum Himmel auf.

„Jemand, der ihn gegen eine Contergan-Geschädigte antreten lassen möchte", sagte Sachs in die Stille hinein. Er wies den Fotografen und Conehead an, das Loch zu verlassen, denn zwei kräftige Kerle vom Leichenfuhrwesen warteten auf den Abtransport.

Und für mehrere Personen plus Behältnis ist diese Vertiefung zu eng, dachte Daniel. *Für zwei Gladiatoren, die gezwungen werden, auf Leben und Tod zu kämpfen, schrumpft sie sogar auf die Größe einer Briefmarke.* „Sie glauben doch nicht etwa …"

„Das Mordopfer weist Bisse und Kratzer auf, die von einem Hund stammen könnten. Sie sind auf keinen Fall menschlichen Ursprungs."

„Könnten die Verletzungen von einem Wildtier verursacht worden sein?"

„Sie wurden ihr vor dem Tod zugefügt." Was mit einem *Nein* zu übersetzen war. „Eine Bisswunde an der Kehle könnte sogar die Todesursache sein."

Bei all dem Grauen, das er erfuhr, dachte er, dass er sich mit Sachs noch nie so zivilisiert unterhalten hatte. Ob Lioba Zur wieder die Finger im Spiel hatte? „Ein Hund gegen eine Frau ohne Arme?" Fassungslos schüttelte er den Kopf.

„Sie suchen nach einem recht großen Tier mit kräftigem Gebiss. Die Zähne sind tief eingedrungen und haben an ihr gerissen, so viel konnte ich schon erkennen. Mehr kann ich Ihnen erst nach der Sektion sagen, aber ich tippe auf einen Kampfhund, einen Bullmastiff zum Beispiel, oder einen Rottweiler."

Während Daniel zusah, wie die Mitarbeiter des LFWs den Leichnam in das Transportbehältnis legten, staute sich Wut in ihm. Plötzlich rutschte einem der Träger die Leiche aus den Händen. Durch die fehlenden Arme konnte er sie kaum halten. Außerdem wollte er augenscheinlich dem gespaltenen, mit geronnenem Blut überzogenen Kopf nicht zu nahe kommen. Sachs stieß einige Flüche aus und packte mit an, beherzter und ohne jegliche Scheu.

„Ist doch klar, oder?" Zornig presste Daniel die Worte hervor. „Der Serientäter hat es auf Behinderte abgesehen!"

Aus Hass? Geringschätzung? Hatte er eine persönliche Abneigung gegen sie? Oder fand er, dass er der Menschheit einen Gefallen täte, wenn er mit ihnen spielte, bis sie kaputtgingen?

Aufbrausend rüttelte Daniel an den Armlehnen.

Er war einer von ihnen.

Er fühlte sich im Namen aller Behinderter angegriffen.

Er passte ins Opferprofil.

Das machte den Fall für ihn so persönlich wie keinen zuvor!

„Beruhige dich. Sonst kannst du nicht rational denken." Tomasz legte ihm die Hand auf die Schulter. „Schon jetzt vergisst du etwas."

Fragend hob Daniel die Brauen. „Und zwar?"

47. KAPITEL

Ertappt legte Daniel das Telefon auf die Kommode im Flur. Dort brannte kein Licht. Warum telefonierte er im Dunkeln? War es ihr nur so vorgekommen oder hatte er geflüstert?

Irritiert blieb Marie im Zentrum ihrer Wohnung stehen. „Wen hast du angerufen?"

„Niemand." Schwungvoll rollte der Rollstuhl an ihr vorüber und weiter vorbei an der Couch. Erst vor der Balkontür blieb Daniel stehen, mit dem Rücken zu ihr.

„Dann hast du den Hörer nur aus Langeweile an dein Ohr gehalten?"

„Eines der nervigen Callcenter."

Eine Lüge! Es hatte gar nicht geklingelt. Warum verhielt Daniel sich so merkwürdig? Marie ging zum Schnurlostelefon und bemerkte, dass sie versuchte, leise aufzutreten. Schlich sie etwa? Misstrauisch beäugte sie das Mobilteil. Wer hatte sich am anderen Ende der Leitung befunden? Wen hatte Daniel heimlich angerufen? Und warum verschwieg er ihr den Namen und den Grund?

Marie nahm den Hörer in die Hand. Verstohlen spähte sie zu Daniel im Wohnzimmer, der noch immer aus dem Fenster schaute. Einen Augenblick war sie verführt, die Wahlwiederholungstaste zu drücken. Jetzt oder vielleicht nie. Sollte sie? Sollte sie wirklich? Aber so tief wollte sie nicht sinken. Darum stellte sie das Gerät in die Basisstation und kehrte in den erhellten Bereich des Apartments zurück.

Draußen schlugen die Blitze ein. Das Gewitter, das sich schon vormittags angekündigt hatte, entlud sich jetzt. Den ganzen Tag über hatte es gegrummelt, als würde sich Zorn im Himmel aufstauen, aber erst gegen Abend brach sich dieser Bahn.

Marie setzte sich in den Sessel neben die brennende Stehlampe, die Daniel so hässlich fand – und zwar alles an ihr! Angefangen vom Messingfuß über den mit elfenbeinfarbenem Baumwollstoff bezogenen Schirm bis hin zu den braunen Fransen.

„Retro ist out", hatte Daniel auf dem Trödel- und Antikflohmarkt an der Rheinpromenade in der Altstadt gesagt, als Marie die Lampe wie hypnotisiert anstarrte.

„Retro erlebt ein Revival."

„Selbst das Revival ist schon wieder out."

Sie waren selten einer Meinung, aber sie arrangierten sich stets. Diesmal hatte Daniel nachgegeben, ihr die Scheußlichkeit, wie er sie charmant nannte, gekauft und nach Hause getragen. Zu dem Zeitpunkt hatte er noch gehen können.

Am nächsten Morgen hatte Marie einen handgeschriebenen Zettel an der Stange klebend vorgefunden: „Offizielle Verlautbarung. Mit dieser Geschmacksverirrung habe ich nichts zu tun. D. Z." Dahinter ein zwinkernder Smiley.

Durch die Erinnerung schmunzelte Marie. Doch dann fiel ihr wieder die Lüge mit dem Callcenter ein. Das Lächeln schmolz dahin. Hinterging Daniel sie? Mit Lioba Zur? Eine andere Person fiel ihr nicht ein. Eifersucht gärte in ihr. Sie bohrte die Finger in die Armlehnen. *Vergiss diese Frau! Sie ist nur eine Randnotiz.*

Und entspannte sich wieder, denn sie bekam ein schlechtes Gewissen. Oft musste sie an Carsten Falkenberg denken. Wie galant er gewesen war! Wie intensiv er sie angeschaut hatte! Schon lange nicht mehr hatte sie sich begehrt gefühlt. Sie dachte ernsthaft darüber nach, seine Einladung, mit ihr auszugehen und bestimmen zu dürfen wohin, anzunehmen. Nicht um fremdzugehen, sondern einfach als Seelenschmeichler, wie man eine Praline aß oder das Lieblingslied auflegte oder, in ihrem Fall, ein neues Buch kaufte.

Aber nun, da sie Daniel sah – nicht den Rollstuhl, sondern den Mann, der immer mehr aufblühte und eine Kraft ausstrahlte, die sexy wirkte, nicht nur körperlich, denn sein Training hatte Muskeln hervorgebracht, sondern auch was sein neues Selbstbewusstsein betraf –, spürte sie die Liebe zu ihm.

Er war ein Teil von ihr.

Sie gehörten zusammen.

Umso mehr verletzte es sie, dass er Geheimnisse vor ihr hatte.

„Du wolltest heute Morgen mit mir über etwas reden."

Als er sich zu ihr umdrehte, quietschten die Räder des Rollis. Sein Blick klärte sich langsam. Er schien gedanklich weit weg gewesen zu sein. Wo? Bei wem?

„Was war das?"

„Ach ..."

Sie ertappte sich dabei, wie sie nach verräterischen Zeichen an ihm suchte. Ein Glanz in den Augen. Vermehrtes Schlucken. Feuchte Handflächen, die über Jeans gerieben wurden. Nervöses Streichen über den Mund-Kinn-Bart. Doch nichts dergleichen stellte sie fest.

Steif saß er da, bis er schließlich abwinkte. „Es war nichts."

„Nichts kann es nicht gewesen sein. Sonst hättest du nicht gewollt, dass ich warte, bis du im Badezimmer fertig warst.“ Sofort bereute sie es, dieses kleine morgendliche Drama angesprochen zu haben, denn er wurde rot.

Während er in die Küche fuhr, sagte er: „Nicht wichtig.“

„Etwas beschäftigte dich“, Marie erhob sich und folgte ihm, „und das zu einer frühen Stunde, in der du normalerweise müde in deinen Kaffee starrst und nur Brummlaute von dir gibst.“

Daniel nahm eine kleine Flasche Wasser aus dem Kühlschrank, trank einen Schluck und steckte sie zwischen die Beine. „Manchmal erscheint in einem Moment etwas wichtig und im nächsten Moment nicht mehr.“

Plötzlich begriff sie. Es musste in der Zwischenzeit etwas passiert sein. „Was ist los?“

Er winkte ab. „Nichts.“

Seine zweite Lüge an diesem Abend. Fassungslos schaute Marie ihm nach, wie er den Rolli aus der Küche hinauslenkte. Er ließ sie einfach stehen. *Ich fasse es nicht!* Zudem verschwieg er ihr etwas – ihr, seiner Ehefrau, seiner zweiten Hälfte.

Hin- und hergerissen zwischen Mitleid und Verärgerung schritt sie hinter ihm her. „Von nichts bekommt man keine schlechte Laune.“

„Ich bin nicht mies drauf.“

„Aber bedrückt.“

„Lass es gut sein, Zimtschnecke. Manchmal muss man Dinge auf sich beruhen lassen.“ Oder mit sich alleine ausmachen, hing unausgesprochen im Raum. „Der Tag war anstrengend. Ein neuer Leichenfund bei den Arena-Morden.“

Er schob seinen Fall vor, doch Marie kannte ihn zu gut. Diesmal beschäftigte ihn ein privates Problem, sonst würde er abgeklärter reagieren und nicht so gekrümmt dasitzen, als würde er die Last der Welt auf den Schultern tragen. Ginge es um etwas Berufliches, würde er eher auf den Standboxsack eindreschen, der neuerdings eine Ecke des Schlafzimmers ausfüllte und vor dem sich Marie jedes Mal, wenn sie nachts rausmusste, erschreckte.

Marie war keine Frau, die herumschrie, die Szenen machte oder auf die Tränendrüse drückte. Daniel unter Druck zu setzen brachte ohnehin nichts. Dadurch machte er nur komplett dicht. Sie kämpfte mit sanften Waffen. Daher setzte sie sich auf seinen Schoß, nahm sein Gesicht in die Hand und küsste ihn zärtlich auf den Mund. Leise, ohne jeglichen Vorwurf in der Stimme, sagte sie: „Es tut mir weh, wenn du mich ausschließt.“

„Ich habe morgen den letzten Termin beim Polizeipsychologen. Endlich!“ Eng schmiegte er sich an sie. „Hat sich lange genug hingezogen.“

„Weil du die meisten Verabredungen nicht wahrgenommen hast und sie nachgeholt werden mussten.“ Das stimmte zwar, aber sie konnte sich nicht vorstellen, dass es das war, was ihm zusetzte.

„Ich musste arbeiten.“

Eine Halbwahrheit. Er hasste Psychologen, weil sie sein Innerstes nach außen krempelten, den Finger in seine Wunden bohrten und ihm seine Verletzlichkeit vor Augen führten. Außerdem redete er ungerne über Gefühle. Wie jetzt auch mit ihr. Ihr Gespräch kreiste um ein Thema, das Daniel unbedingt verschweigen und sie genauso unbedingt in Erfahrung bringen wollte, aber Marie schaffte es einfach nicht, zum Kern durchzudringen. Wenn sie auch nur einen Zipfel von dem erhaschen würde, was er vor ihr verbarg, könnte sie diesen packen und behutsam Stück für Stück herausziehen.

Über seine Schulter hinweg fiel ihr Blick ins Schlafzimmer. Die Tür stand weit offen. Daniels Seite war zerwühlt. Achtlos hingeworfen lagen seine Jeans und sein T-Shirt auf der Decke. Nach Feierabend war er in eine Freizeithose und einen Sommerpullover geschlüpft. Er musste dort gesessen und sich umgezogen haben, das tat er meistens, weil er dort mehr Platz hatte. Er würde wohl nie lernen, seine Kleidung ordentlich in den Schrank zu räumen und die Schmutzwäsche in den Korb zu werfen. *Männer!*

„Müssen die Sachen dort drüben gewaschen werden?“

„Tut mir leid. Hab vergessen, sie ins Bad zu bringen.“

„Wo warst du denn mit deinen Gedanken?“

„Das war er, der Gong zur zweiten Runde.“ Daniel schlug gegen eine unsichtbare Glocke. „Beim Boxen sind die Nummerngirls immer im Bikini. Daher solltest du dich erst ausziehen.“

„Ich bin aber keins von ihnen, sondern der Pitbull in der anderen Ecke.“ Das Lachen blieb ihr im Halse stecken. Etwas Bitteres schwang in den Frotzeleien mit. Sie wollte nicht Daniels Gegner sein, sondern? Ja, was? Ein Boxer hatte keinen Partner, nur Angestellte, die für ihn arbeiteten, die ihn auf alle erdenkliche Arten unterstützten, damit er siegte, Preisgelder und Auszeichnungen gewann und sein Bekanntheitsgrad stieg.

Eine Frage, die Carsten Falkenberg ihr in der Oper gestellt hatte, fiel ihr wieder ein, als es um die Vernissage mit ihren Phantombildern und Zeichnungen von Gerichtsverhandlungen ging.

„Ich bringe Sie groß raus."

„Das will ich nicht", hatte sie geantwortet.

„Warum nicht? Weil Daniel Zucker der Held in Ihrer Ehe ist?"

Verwirrt von ihren eigenen Gefühlen, stieg sie von Daniels Schoß.

Sie kam sich tatsächlich wie auf dem Abstellgleis vor, Falkenberg hatte ihr das bewusst gemacht. Erst hatte sie Daniel nach dem Unfall aufgebaut, jetzt sah sie ihn kaum noch. Sie verlangte nicht viel, sie wollte nicht einmal auf Händen getragen werden, dazu war sie zu bodenständig und realistisch, aber sie wünschte sich doch ein wenig mehr Aufmerksamkeit. Stattdessen arbeitete Daniel mehr als zuvor und verschloss sich vor ihr.

Aber sie liebte ihn. In jeder Ehe gab es Probleme. Sie musste nur ein bisschen länger durchhalten, dann würde wieder alles gut werden. Noch immer waren sie dabei, ihre Rollen neu zu definieren. Daniel brauchte ihre Unterstützung nicht mehr. Ihm ging es blendend. Warum blühte sie dann nicht ebenfalls auf? Stand sie wirklich in seinem Schatten, wie Falkenberg angedeutet hatte? Sie hatte den Eindruck, dass Daniel sie auf seiner neuen Reise nicht mitnahm, sondern alleine auszog, um die Welt zu erobern.

Carsten Falkenberg hatte diesen Stachel in sie hineingepflanzt und nun eiterte er.

Mit hängenden Schultern ging Marie ins Schlafzimmer und leerte die Taschen der Jeans, denn das war noch etwas, das Daniel ständig vergaß, wenn er denn mal die Schmutzwäsche in den Rattankorb warf. Papiertücher verhunzten die gesamte Wäsche und Taschenmesser und sonstige Waffen schadeten der Trommel. Einmal hatte sich sogar eine Patrone festgesetzt und beinahe der Waschmaschine den Garaus gemacht.

Als sie etwas Weißes aus der Hosentasche zog, glaubte sie zuerst, ein Stofftaschentuch in der Hand zu halten. Doch es war viel zu groß, um sich damit die Nase zu putzen und der Stoff viel zu zart. Marie nahm einen vagen Duft wahr, der etwas stärker wurde, als sie an dem Viereck roch. Veilchen und Vanille. Reste eines Frauenparfüms.

Zorn stieg in ihr auf. Eine Eruption aus glühend heißer Eifersucht. Daniel hatte sie also doch hintergangen, sie hielt den Beweis zwischen Daumen und Zeigefinger.

Sie flog zu ihm herum. „Wem gehört dieses Halstuch?"

48. KAPITEL

Im ersten Moment runzelte er die Stirn. Er blinzelte, schaute genauer hin und riss die Augen auf. Sein Teint rötete sich. „Das kann ich dir erklären."

„Eine typische Antwort für jemanden, der erwischt wurde."

„Erwischt wobei?"

„Tu nicht so scheinheilig!", keifte sie und erschrak selbst über ihre schrille Stimme.

Abwehrend hob er die Hände. „Interpretiere nichts hinein."

„Das muss ich doch. Du redest ja nicht mit mir. Aber jetzt ist Schluss mit Geheimnissen! Von wem ist das?"

„Ich habe mich damit nur abgetrocknet."

„Mit einem Halstuch?"

„Es war nichts anderes da. Eigentlich wollte ich es gar nicht."

„Aber dann hast du dich doch dazu verführen lassen." Spöttisch rümpfte sie die Nase.

„Wie gesagt, es war nichts anderes da."

„Weil du dich in irgendwelchen Büschen amüsiert hast?"

„Büschen?" Er schnaubte. „Das war an einem Tatort."

„An *einem* Tatort? Ach ja, an welchem denn? Du scheinst ja nicht mehr genau zu wissen, wo das gewesen war."

„Du ziehst dich an einzelnen Wörtern hoch, merkst du das eigentlich?"

Mit spitzen Fingern hielt sie das Tuch von sich gestreckt. „Ich ziehe mich an dem hier hoch."

„Es bedeutet nichts."

„Es oder sie?"

„Überleg doch mal, was du mir gerade unterstellst." Nun wurde auch Daniel lauter. „Mein Unterleib ist tot, mein Schwanz nur unnützes Fleisch. Soll ich ihn mir für dich abschneiden? Es würde keinen Unterschied für mich machen. Mit oder ohne, ich bin kein Mann mehr."

Nun war es Marie, die rot wurde. Sie schämte sich dafür, dass sie regelrecht austickte. Die Eifersucht, die sich seit Wochen aufgestaut hatte, brach heraus. Marie konnte sich selbst nicht stoppen. Die Worte kamen ihr über die Lippen, bevor sie über sie nachdenken konnte. „Red keinen Unsinn! Auf deine eigene Art und Weise bist du ein fabelhafter Liebhaber. Außerdem macht dich dein Erfolg sexy.

Der Rollstuhlkommissar, das neue Aushängeschild des Polizeipräsidiums."

„Willst du andeuten", Daniel rollte eine Radlänge auf sie zu, „Frauen fahren nur auf mich ab, weil ich ein paar Mal in den Medien gefeiert wurde?"

Das hatte sie durch die Blume sagen wollen, aber nur um ihn zu verletzen. Wie kannst du nur so gemein sein, fragte sie sich selbst und spürte, dass Tränen hinter ihren Augen brannten. Sie fühlte sich gleich aus mehreren Gründen schlecht. Weil Daniel nicht einfach mit der Wahrheit herausrückte. Und weil sie sich wie ein Miststück verhielt.

So willst du doch gar nicht sein!

Sie benahm sich wie eine Furie. Sie erkannte sich selbst kaum wieder. Sie verurteilte ihr Verhalten. Doch es zeigte ihr auch, wie sehr sie ihn liebte und wie verunsichert und verletzlich sie war.

Marie atmete tief durch. Ihre Hand zitterte und das Halstuch mit ihr. „Nun, woher hast du es?"

„Am Tatort in Godorf schüttete es plötzlich wie aus Kübeln", erklärte Daniel mechanisch. Seine Miene war finster. „Sie reichte es mir, damit ich mir wenigstens das Gesicht abtrocknen konnte. Ich wollte es ihr sofort zurückgeben, aber etwas kam dazwischen. Die Arbeit lenkte uns ab. Wir beide vergaßen es."

Uns. Wir beide. Wieder zog sie sich an einzelnen Wörtern hoch, sie konnte sich nicht dagegen wehren, denn die Eifersucht hatte sie schon zu sehr vergiftet. „Wer?"

„Lioba Zur, das ist die Staatsanwältin, die Benjamin den Praktikumsplatz bei *Libertas* e. V. besorgt hat."

„Ich weiß, wer sie ist", sagte Marie scharf. Ihre Muskeln spannten sich an. Dieser Name machte sie aggressiv. *Zur, natürlich. Wer sonst?* Im Grunde hatte sie es längst gewusst. Sie hatte es nur aus Daniels Mund hören wollen. Diese Frau verfolgte sie. Sie war eine Variable, Madame X, die große Unbekannte in der Gleichung mit Marie und Daniel. „Läuft da etwas zwischen euch?"

„Wie bitte?"

„Du hast um den heißen Brei herumgeredet, hast ihren Namen nicht erwähnen wollen, das hat doch einen Grund."

„Nämlich, dass ich eine Affäre mit ihr habe?"

Marie biss sich auf die Unterlippe. Sich vorzustellen, Daniel könnte sein Herz an eine andere verlieren, riss sie entzwei. Diesen Gedanken empfand sie als schlimmer als ein flüchtiges sexuelles Abenteuer.

„Ja, ich wollte sie aus dem Spiel lassen."

„Ha!" *Da haben wir es.* Das erste Mal rückte er offen mit der Wahrheit heraus.

„Aber nur, weil ich schon länger das Gefühl habe, dass du sie auf dem Kieker hast. Ich wollte Streit vermeiden, Diskussionen wie die jetzt, denn sie sind absolut überflüssig."

Sie wurde verlegen, weil durchaus etwas an dem, was er sagte, dran war. Doch statt einzulenken, verbarg sie ihr Schuldbewusstsein hinter Kratzbürstigkeit. „Offensichtlich doch nicht."

„Ich will nichts von ihr."

„Aber sie von dir. Hier hast du den Beweis." Sie schleuderte ihm das Tuch entgegen.

Er fing es aus der Luft ab. „Sie wollte nur nett sein."

„Frauen sind nicht nur nett."

„Du solltest dir mal etwas gönnen, du bist ja total angespannt. Mach dir einen schönen Tag mit einer Freundin. Du musst hier mal raus und Luft schnappen und ich habe leider keine Zeit."

„Du hast recht. Das mache ich." Postwendend drehte sie sich um und ging in die Diele. Sie holte das Handy aus ihrer Handtasche, zog sich zum Telefonieren ins Badezimmer zurück, wie ein Teenager, der aus jeder Nichtigkeit ein Geheimnis machte, und drückte danach sogar die Spülung, um so zu tun, als hätte sie gemusst. In Wirklichkeit setzte das der Kinderei nur die Krone der Lächerlichkeit auf.

Als sie das Bad verließ, saß Daniel vornübergebeugt auf der Couch und stützte den Kopf mit den Händen ab. Er richtete sich auf und schaute sie an. „Wen hast du angerufen?"

„Niemand." Sein trauriger Blick schmerzte sie.

„Dann hast du das Telefon nur aus Langeweile an dein Ohr gehalten?", wiederholte er, was sie zu ihm gesagt hatte, wohl als Scherz gemeint. Sein zaghaftes Lächeln steckte sie nicht an.

Sie griff das auf und benutzte seine Lüge von zuvor: „Eines der nervigen Callcenter war dran."

Sie hielt ihm einen Spiegel vor, schlug ihn mit seinen eigenen Waffen und verletzte sich selbst dabei mindestens genauso sehr wie ihn. Auge um Auge, Zahn um Zahn. So weit war es gekommen, und sie trug ebenso Schuld daran wie er. „Ich gehe heute Nacht aus."

„Mit wem?"

„Wie du vorgeschlagen hattest", antwortete sie ausweichend.

Als sie kurze Zeit später im Auto saß, liefen ihr Tränen über die Wangen. Sie wusste, Carsten Falkenberg würde ihr ansehen, dass sie geweint hatte, aber das war nicht zu ändern.

Marie Zucker, du kannst eine ganz schöne Hexe sein!

Diese Seite wollte sie nie wieder an sich sehen. Nie wieder! Sie musste sich dringend erden, musste zu sich selbst zurückfinden und wieder klar im Kopf werden.

Sicherlich, es war nicht gerade förderlich für ihre Ehe, dass sich Daniel ihr nicht anvertraute und diese Lioba Zur geschickt ihre Fäden spann. Aber er war eine ehrliche Haut und sie traute ihm nicht zu, fremdzugehen. Nur was, wenn er sein Herz verlor? Sie war sich durchaus bewusst, dass sie übertrieben reagierte und ihre Eifersucht kontraproduktiv war. Statt ihn an sich zu binden, trieb sie ihn dadurch von sich weg.

Auf der einen Seite hatte sie große Angst davor, ihn zu verlieren, auf der anderen Seite davor, Hörner aufgesetzt zu bekommen.

So völlig aus dem inneren Gleichgewicht geraten, fuhr sie nach Ehrenfeld. Falkenberg wartete schon vor Odonien auf sie. Ganz Gentleman kam er zu ihrem Parkplatz, öffnete die Fahrertür und reichte ihr die Hand, um ihr beim Aussteigen zu helfen.

„Sie sehen bezaubernd aus." Er hauchte ihr sogar einen Kuss auf den Handrücken. Seine Augen leuchteten. Er betrachtete sie anzüglich von oben bis unten, wodurch ein angenehmer Schauer durch sie hindurchrieselte.

Genau das brauchte sie jetzt: ein Charmegewitter. Balsam für die waidwunde Seele.

Ihre Hände glitten ineinander und Marie fragte sich, ob er unsichtbare Widerhaken besaß, denn er ließ sie den ganzen Abend nicht mehr los.

Wieder einmal bekam sie den Eindruck, ein offenes Buch für ihn zu sein, denn er steckte den Finger genau in die frische Wunde: „Hat Ihr Gatte nichts dagegen, wenn Sie andere Männern daten?"

49. KAPITEL

Marie hätte sich beinahe an ihrer eignen Spucke verschluckt. „Ein Date?"

Als Antwort schenkte er ihr ein Schmunzeln.

Natürlich, er musste denken, sie wollte sich hinter seinem Rücken mit ihm allein treffen. Ohne Ehepartner. Ohne Eltern. Nur sie beide. Um ihm den Wind aus den Segeln zu nehmen, winkte sie in einer zu groß geratenen Geste ab und entlarvte schon damit ihre Flunkerei: „Er weiß, dass ich hier bin. Er meinte, ich sollte mich amüsieren."

Kaum hatte sie das ausgesprochen, bereute sie ihre Wortwahl auch schon. Das klang ja, als führten sie eine offene Ehe. Taten sie nicht! Aber warum gestand sie sich dann mehr Freiheiten zu als Daniel? Sie regte sich tierisch über ein Halstuch auf, das angeblich nur zum Abtrocknen benutzt worden war, verbrachte aber ihrerseits einen Abend mit einem fremden Kerl.

Weil sie Daniel nicht hundertprozentig glaubte. Und um ihm seine Heimlichtuerei mit gleicher Münze heimzuzahlen. Sie benutzte Carsten Falkenstein nicht nur als Seelentröster. Damit tat sie beiden Männern unrecht. Innerlich seufzte sie.

„Dann wollen wir das auch tun."

„Was?"

„Uns amüsieren." Er zwinkerte, sodass sie nicht sicher war, was genau er damit meinte. Langsam schritten sie auf das Zentrum des Geländes zu. „Obwohl ich nicht weiß, warum Sie gerade Odonien ausgesucht haben."

„Sie interessieren sich doch für Kunst."

„Sollen wir uns nicht duzen? Das wäre dem Anlass angebracht."

„Wir gehen nur zusammen etwas trinken, richtig?"

Er lachte. „Ich zielte damit auf diesen heruntergekommenen Ort ab."

„Nirgendwo anders in Köln wird Kunst so frei ausgelebt wie hier."

„Es gibt exquisitere Orte für exquisitere Kunst als in diesem selbst ernannten Kulturfreistaat."

„Odonien mit seinen Ausstellungen, Theateraufführungen, Musikfestivals und vielem mehr ist selbst ein Gesamtkunstwerk."

„Zwischen Bahngleisen und einem Bordell?" Carsten runzelte die Stirn. „Für mich sieht das nach einem großen Schrottplatz aus."

„Warum hast du dich dann dazu bereit erklärt, mit mir hierhin zu gehen?"

„Um bei dir zu sein. Ich wäre dir überallhin gefolgt."

Ihre Wangen brannten. Das Wetter hatte sich einigermaßen beruhigt. Das Gewitter war weitergezogen. Es regnete nicht mehr. Die Dämmerung wurde begleitet von einem merkwürdigen Gemisch aus Schwüle und frischem Wind. Marie zog die Regenjacke aus, weil sie darunter schwitzte, und wollte sie über den Arm hängen, doch Carsten nahm sie ihr ab und trug sie für sie.

Der Platz war matschig. Sie ertappte sich bei dem Gedanken, dass Daniel seine liebe Mühe damit gehabt hätte, den Rollstuhl durch den Schlamm zu manövrieren. Trotz Greifringen wären zudem seine Hände schmutzig gewesen und er hätte schlechte Laune bekommen. Aber er wäre ohnehin nie mit ihr hierher gegangen, wo sich alles nur um Kultur drehte.

Überall standen Skulpturen herum, viele davon schienen aus Müll gestaltet worden zu sein. Marie betrachtete sie fasziniert, während Falkenstein Marie fasziniert betrachtete. Über der dreitausend Quadratmeter großen Anlage schienen die Metallsaurier von Odo Rumpf, dem bildenden Künstler und Gründer Odoniens, zu wachen. Einige Mitarbeiter wischten die Holztische und Stühle im Biergarten ab und entzündeten Fackeln.

„Wirkt durch das Licht ein wenig mittelalterlich." Sie mochte das.

„Eher als würden Obdachlose Feuer in einer Tonne entzünden."

Marie zischte und stieß ihn sachte mit dem Ellbogen in die Seite. Sie fand die Idee hinter Odonien toll. Autonomie. Jeder durfte hier seine Form der Kunst ausleben. Es ging nicht um Subventionen von staatlicher oder privater Seite, sondern darum, einen Ort zu schaffen, an dem autark Kunst und Kultur gemacht, gelebt und geteilt wurde.

Umgeben von diesem wilden Materialmix, bei dem Metall dominierte, fühlte sie sich wohl. Wie auf einem Abenteuerspielplatz. Die Skulpturen regten ihre Fantasie an. Sie kam sich vor wie Alice auf der Schwelle ins Wunderland. Als würde die Nacht, die langsam über sie hereinbrach, die Figuren um sie herum jeden Moment zum Leben erwecken.

„Ich mag dein kindliches Strahlen. Schon allein deshalb hat es sich gelohnt, hierherzukommen."

„Kindlich?"

„Deine Augen leuchten wie bei einem Mädchen, das seine Geburtstagsgeschenke auspackt. Dabei bist du so eine kultivierte und gebildete Frau. Dieser Kontrast ist äußerst reizvoll."

„Du kennst mich doch gar nicht."

„Aber ich *erkenne* dich. Bitte, halte das jetzt nicht für Süßholzraspeln, aber ich fühle mich dir nah, als würden wir uns schon ewig kennen. Wie zwei alte Freunde – ja, der Vergleich passt gut –, die sich wieder getroffen haben. Sie müssen zwar einiges auffrischen, empfinden aber dennoch dieselbe Vertrautheit wie früher."

Marie wusste nicht, was sie darauf erwidern sollte, darum lächelte sie nur. Ihr gingen seine Worte etwas zu weit, freilich schmeichelten sie ihr auch. Sie fühlte sich wohl in seiner Gegenwart, nicht mehr und nicht weniger. Noch nicht.

Nun, da sie den Kern Odoniens betraten, verebbten die Wellen von Eifersucht und Schuldgefühlen komplett. Mit der inneren Ruhe, die von Marie Besitz ergriff, kam auch die Erschöpfung. Sie fragte sich ein letztes Mal, was sie hier tat. Es war falsch! Dann hatte sie nicht einmal mehr Kraft für ein schlechtes Gewissen.

Wasser, das sich auf den Skulpturen und Gebäuden gesammelt hatte, tropfte herab. Das Baldachindach der Theke des Biergartens bog sich durch. Einer der Angestellten stieß von unten mit einem Besen dagegen, sodass eine Fontäne über den Rand schwappte.

„Möchtest du ein Glas Wein? Ich hoffe, sie führen hier Wein. Wahrscheinlich nur aus dem Tetrapak", spottete Carsten, „aber was soll's."

Sie hörte ihm gerne zu, nicht nur, weil er sie mit Komplimenten überschüttete, sondern weil er leise und melodisch sprach. „Rot, bitte."

Sie hatte gedacht, dass er zu fein wäre, sich auf die feuchte Holzbank zu setzen, aber er nahm Platz, als wäre er es gewohnt, sich bei Wind und Wetter draußen aufzuhalten. Er reichte ihr das Glas und hielt ihr seines hin: „Auf diese Nacht."

Sein Blick war so eindringlich, dass sie lieber schwieg. Stattdessen stieß sie mit ihm an und trank rasch einen Schluck.

Überall wurden Lichter angezündet. Eine Mitarbeiterin mit buntem Kopftuch und Pluderhosen stellte eine Tropfkerze zwischen Marie und Carsten, ebenso wie einen Holzaufsteller mit Flyern. Sie reichte ihnen Sitzkissen, die sie dankend annahmen.

„Jetzt, wo es dunkel wird, erinnert das Gelände an *Burning Man*, findest du nicht auch?", fragte Marie.

„An was?"

„Dieses Festival in der Wüste Nevadas mit den fantasievollsten Verkleidungen und skurrilsten Fahrzeugen. Die Bezeichnung *Mutant Vehicles* finde ich sehr passend."

„Ach ja, ich erinnere mich daran, einen Beitrag darüber gesehen zu haben.“

„Inzwischen reisen weit über sechzigtausend Menschen aus aller Welt an. Aus dem Nichts entsteht eine Stadt aus Zelten und Campingwagen, die nach acht Tagen genauso schnell wieder verschwindet. Am Ende wird eine riesengroße menschliche Statue verbrannt, darum *Burning Man*.“

Carsten beugte sich vor, schlang die Finger ineinander und schmunzelte. „Darauf stehst du also? Hätte ich dir gar nicht zugetraut.“

„Auf das Gemeinschaftsgefühl und die Lichteffekte“, stellte sie klar. Nicht auf Menschen, die in Flammen stehen. Aus einem unbestimmten Grund hatte sie das Gefühl, er könnte darauf angespielt haben. „Ob Robodonien daran angelehnt ist?“

„Robo was?“

„Auf dem Event präsentieren hier auf dem Grundstück Künstler Roboterkunst, darunter auch Maschinen, groß wie eine Garage, die Feuer speien und sich bewegen.“

„Feuer scheint dein Element zu sein. Heiß und gefährlich.“

Verlegen nahm sie einen der Flyer und blätterte ihn durch. „Die Veranstaltung scheint es nicht mehr zu geben, oder sie war schon.“

„Du bist süß, wenn du versuchst, von dir abzulenken. Aber bei mir funktioniert das nicht.“

Obwohl die hereinbrechende Dunkelheit Kälte mitbrachte, wurde ihr warm. „Schau mal hier.“

Plötzlich nahm er ihr den Zettel ab und legte ihn demonstrativ auf den Tisch. „Ich möchte dich anschauen und nichts anderes.“

Sosehr ihr seine Aufmerksamkeit schmeichelte, wollte sie doch eine gewisse Linie nicht überschreiten. Flirten, ja, aber nur subtil. Carsten jedoch war dabei, aggressiver vorzugehen. Sie wünschte sich, nur einen netten Abend mit ihm zu verbringen, für sie war der Weg das Ziel. Er dagegen wollte offenbar Ergebnisse. Um Zeit für eine Antwort zu gewinnen, nippte sie am Wein, doch der schmeckte mit einem Mal wie Essig. „Wir hätten einen Tag später hierherkommen sollen. Der Wohltätigkeitsbasar einer Behindertenwerkstatt hätte mich interessiert.“

„Dann kehren wir eben morgen nach Odonien zurück.“

„Das kann ich nicht.“

„Wegen Daniel Zucker, deinem Herrn und Meister.“

„Red nicht so von ihm.“

„Gibt er dir nur einen Tag im Monat frei?“

„Unsinn."
„Er weiß nicht einmal, dass du dich mit mir triffst, habe ich recht, Marie?"
„Wie kommst du darauf?"
„War nur eine Vermutung. Aber ich habe offensichtlich ins Schwarze getroffen, denn du wirst knallrot."
„Das kommt vom Alkohol."
„Wie aufregend! Ich bin also dein Geheimnis." Er schien nicht beleidigt zu sein, sondern wertete das anscheinend als Pluspunkt, denn er grinste breit.
„So würde ich das nicht ausdrücken."
„Du triffst dich hinter seinem Rücken mit mir, oder etwa nicht?"
„Das Gespräch geht in eine Richtung, die mir nicht gefällt", sagte sie scharf.
„Es tut mir leid, ich wollte dich nicht verletzen oder angreifen. Ich habe vollstes Verständnis dafür, dass du mit mir hier bist. Nicht nur, dass ich ein toller Fang bin", er zwinkerte, „sondern es ist nicht einfach, mit einem Behinderten zusammenzuleben."
„Er sitzt lediglich im Rollstuhl."
„Mit einem Querschnittsgelähmten, Entschuldigung."
„Nur ab der Hüfte abwärts."
Carsten schaute sie mitleidig an. Vielleicht dachte er an Daniels Manneskraft. Jedenfalls stieß das Marie sauer auf. „Es ist nicht so schlimm, wie es sich anhört. Wir kommen ganz gut zurecht."
„Dich belastet das Thema verständlicherweise."
„Tut es nicht. Das haben wir hinter uns."
„Bist du deshalb so versessen darauf, der Behindertenwerkstatt etwas abzukaufen? Bitte, Marie", über den Tisch griff er erneut ihre Hand, „mir musst du nicht die starke Ehefrau vorspielen. Bei mir kannst du schwach sein. Ich werde dich auffangen."
„Was weißt du schon davon?", fragte sie schnippisch und wollte ihm ihre Hand entziehen.
Doch er hielt sie fest. „Sehr viel sogar. In meiner Familie gibt es auch einen Krüppel."
Sie verabscheute den Begriff, wies Carsten aber nicht zurecht. Einen Rollstuhlfahrer? Einen Behinderten? Marie wusste nicht genau, was er meinte, entspannte sich jedoch. „Warum hast du das nicht früher gesagt?"
„Weil es für unsere Beziehung keine Rolle spielt."

Beziehung? Maries Hals war wie zugeschnürt. Eben erst hatte er von einem Date gesprochen, nun war er – zumindest gedanklich – schon einen Riesenschritt weiter. *Carsten Falkenstein ist mit Vorsicht zu genießen.*

„Ich hatte nicht vor, diese Gemeinsamkeit in die Waagschale zu werfen, um dich für mich zu gewinnen." Zärtlich strich er über ihre Finger. „Aber ja, auch ich muss mich um jemanden kümmern, Rücksicht nehmen, schlechte Laune ertragen und Probleme lösen, die nicht meine eigenen sind. Ich liebe meine Schwester, empfinde sie aber auch als Bürde."

„Du solltest so etwas nicht sagen."

„Würde ich auch niemals einem Fremden gegenüber. Aber mit dir kann ich offen sprechen. Genauso wie du mit mir. Wir sitzen in einem Boot." Durch das Kerzenlicht zuckten Schatten über sein Gesicht, die ihm etwas Dämonisches verliehen. „Glaubst du nicht auch, wir könnten füreinander eine große Stütze sein?"

Zaghaft nickte Marie. Sie kannte niemanden, der in der gleichen Situation war wie sie. Ihre Freunde waren alle mit gesunden Partnern liiert. Ihre Eltern würden gerne sehen, dass sie sich von Daniel scheiden ließ. Sie hatte nicht eine Person zum Reden, bei der sie sich auch mal ausheulen konnte und von der sie wusste, dass sie sie verstand.

In Carsten Falkenberg hatte Marie diesen Jemand gefunden. Dankbar lächelte sie ihn an.

Er neigte sich verklärt schmunzelnd vor. Sanft küsste er ihren Handrücken. Küsste ihre Fingerknöchel. Küsste die kurz gefeilten Nägel. Jeden einzelnen. Marie wurde das immer unangenehmer, aber er hielt ihr Handgelenk fest wie in einem Schraubstock.

Plötzlich schloss er die Lippen um ihren Ringfinger. Er schob ihn tief in seinen Mund hinein.

Es ging alles so schnell und Marie war so fassungslos, dass sie zuerst nicht reagierte. Für sie fühlte es sich so an, als würde ihr Finger in einem glitschigen, wenn auch warmen Fischmaul stecken.

Mit den Zähnen hielt er den Finger fest. Dann saugte er daran, nicht schmerzhaft, aber doch unangenehm. Bevor sie ihn endlich abwehren konnte, zog er sich auch schon zurück. Grinsend präsentierte er ihr ihren Ehering, der von seiner Zungenspitze obszön durchstochen wurde.

Marie bekam eine Gänsehaut. Dass Carsten ihr nicht nur seine Freundschaft anbot, war ihr klar. Aber wie weit ging sein Interesse an ihr wirklich?

50. KAPITEL

Marie hat sich merkwürdig verhalten, dachte Daniel und schaufelte sich kaltes Wasser ins Gesicht. Seinem Spiegelbild im Männer-WC des KK 11 tropfte Wasser vom frisch gestutzten Mund-Kinn-Bart. Er rupfte rasch zwei Lagen Papierhandtücher aus dem Spender.

Müde schaute er auf die Armbanduhr. *Schon zehn.* Oder gerade einmal, wie man es nahm. Wenn er bis jetzt nicht wach war, würde er es heute auch nicht mehr werden.

22:24 Uhr. Um diese Zeit hatte Marie in der vergangenen Nacht den Wohnungstürschlüssel ins Schloss gesteckt. Daniel hatte ein letztes Mal auf die Uhr geschaut und sich schlafend gestellt. *Manchmal verhalten sich Erwachsene einfach lächerlich.* Halb elf klang für einen Arbeitstag nicht ungewöhnlich. Für einen Freitagabend jedoch war das noch früh. Warum war sie weit vor Mitternacht heimgekehrt? Hatte sie keinen Spaß gehabt? Ohne ihn. Über diesen Gedanken freute er sich und schämte sich sogleich dafür.

Aber er verbot sich zu fragen, wo sie den Abend verbracht hatte. Und vor allen Dingen mit wem. Es interessierte ihn, und zwar so brennend, dass er kein Auge zugetan hatte. Aber er wollte Marie ihre Freiheit lassen. Nur wenn sie freiwillig zu ihm zurückkehrte, nicht nur körperlich, sondern emotional, bedeutete es, dass sie ihn wirklich liebte.

„Du wirst noch zu einem verdammten Philosophen, Zucker." Schnaubend schleuderte er die feuchten, zusammengeknüllten Handtücher in den Papierkorb.

Marie hatte die Schuhe in der Diele von den Füßen geschleudert (ungewöhnlich, denn sie stellte sie sonst immer ordentlich einen neben den anderen hin), die Handtasche auf die Couch geschmissen (ja, gut, er hatte doch noch einmal die Augen geöffnet, aber nur kurz durch die Schlafzimmertür gelinst, die er absichtlich hatte weit offen stehen lassen) und die komplette Kleidung in den Wäschekorb geworfen (das hatte er nach dem Aufstehen entdeckt, nein, er hatte ihr nicht nachspioniert, sondern war zufällig darauf gestoßen).

Was jedoch am untypischsten für Marie war: Noch in der Nacht hatte sie geduscht. Normalerweise schob sie die Dusche auf den Morgen, um die Nachbarn nicht in ihrem Schlaf zu stören. Doch diesmal war offenbar das Verlangen danach größer gewesen als der Wille zur Rücksichtnahme. Welcher Auslöser mochte dafür verantwortlich sein? Ein schlechtes Gewissen? Musste sie den Geruch eines anderen Mannes abwaschen?

Daniel schob seinen Bock vom Waschbecken weg. Durch die Müdigkeit fiel es ihm viel schwerer als sonst, den Chopper zu bewegen.

Als er aus dem WC fuhr, murmelte er: „Nein, das traue ich ihr nicht zu."

Aber wenn sie nicht fremdgegangen war, warum hatte sie ihm dann in der Früh kaum in die Augen sehen können? Warum hatte sie den Ehering in eine Lauge gelegt?

„Schmuck muss auch gereinigt werden", hatte sie auf seine Frage danach geantwortet, eine kleine Bürste genommen und an dem Ring herumgeschrubbt, als wollte sie die Gravur auf diese Weise entfernen.

Bevor er zum Polizeipräsidium gefahren war, hatte er unbedingt loswerden müssen: „Ich liebe dich."

„Ich dich auch."

Ihre Liebesbekundung hatte schal geklungen, seine verzagt. Aber in ihrem Blick lag eine Traurigkeit, die ihn besorgte. Fühlte sie sich schuldig? Wegen dem Streit am gestrigen Abend? Oder dem, was daraus geworden war, nachdem sie getrennte Wege gegangen waren? Hatte sie eine Dummheit begangen?

Träge schob er den Rolli über den Flur vorbei an Büros, in denen an diesem Samstag nur wenige Kollegen arbeiteten.

Aber er trug selbst Schuld an ihrem Verhalten. Die Situation zwischen ihnen war schon länger angespannt. Allein deshalb musste er jeden zusätzlichen Streitpunkt vermeiden. Und was hatte er getan? Genau das Gegenteil. Er hatte verschwiegen, mit wem er telefoniert hatte. Nein, das traf es nicht genau, er hatte Marie sogar angelogen, was noch schlimmer war.

Falsche Entscheidung. Ziehen Sie eine Karte. Begeben Sie sich sofort ins Gefängnis. Gehen Sie nicht über LOS.

Dabei hatte er nur mit einem Arzt gesprochen. Ein Spezialist hatte ihn über die Vorteile und Risiken eines suprapubischen Katheters aufgeklärt und sich klar dafür ausgesprochen. Er empfahl ihm allerdings an erster Stelle den operativen Einsatz eines Nervenstimulators.

Damit musste sich Daniel erst auseinandersetzen. Alleine.

Eine weitere OP. Ein weiterer Krankenhausaufenthalt, und er hasste Kliniken. Ein weiteres Novum und somit etwas Unbekanntes. Ein weiterer Eingriff in seinen Körper, in sein Leben.

Zudem blieb ihm das Thema peinlich. Er wollte für Marie eine starke Schulter zum Anlehnen sein und nicht ein Partner, der offensichtliche

Schwächen besaß und unansehnlich war. Aber genau das war diese ganze Angelegenheit: unsexy. Er zeigte ihr seinen Unterleib nur noch ungerne, da der Katheter sie beide daran erinnerte, dass er querschnittsgelähmt war. Nicht normal. Funktionstüchtig schon gar nicht. Ohne Hilfsmittel nässte er sich ein wie ein Baby.

Wie konnte er seine Ehefrau, für die er attraktiv sein wollte, mit diesem unschönen Problem behelligen?

Dabei mochte er es, wenn sie über seinen nackten Bauch immer tiefer streichelte und schließlich sein Glied umschloss. Er spürte ihre Berührung nicht physisch, aber er genoss die Intimität im Kopf und im Herzen. Mit dieser Geste zeigte sie ihm, dass ihr die Querschnittslähmung und die Nebenwirkungen nichts ausmachten. Aber genau das konnte er sich nicht vorstellen, nicht auf Dauer, weshalb er seine Scham vor ihr immer noch nicht abgelegt hatte.

Er würde ihr erst hundertprozentig abnehmen, dass sie ihn so akzeptierte, wie er war, wenn er sich selbst vollkommen akzeptierte. Bis dahin wartete noch ein gutes Stück Arbeit auf ihn.

„Welches Tuch?"

Daniel erschrak, als sich Tomasz aus der Kaffeeküche lehnte. Mit einem beherzten Griff in die Greifringe blieb er stehen. „Was?"

„Du hast etwas gegrummelt, das klang wie: ‚Dieses dämliche Halstuch.' Sorry, ich wollte bei deinen Selbstgesprächen nicht lauschen. Du hast sicher Wichtiges mit dir selbst zu besprechen."

Daniel deutete an, Tom die Frotzeleien mit einem Stoß gegen die Schienbeine heimzuzahlen, ließ es dann aber bleiben. Stattdessen lenkte er das Thema auf Berufliches: „Es hat nichts mit unserem Fall zu tun."

„Indirekt schon, falls du das weiße meinst, das dir die Staatsanwältin am Godorfer Tatort gegeben hat, auf dass du damit dein Gesicht und deinen entblößten Oberkörper trocken wischst."

„Das hast du mitbekommen?"

„Nicht nur ich."

„Verdammt."

„Zur hat mich heute morgen nach dir gefragt."

„Ach ja?"

„Hab sie zufällig im Kasino getroffen, als ich mir ein Brötchen holte."

Ungeduldig trommelte Daniel auf der Armlehne herum, aber Tom sprach nicht weiter. *Also gut, dann tue ich ihm den Gefallen und frage eben nach.* „Was wollte sie denn?"

„Nur wissen, ob du heute im Büro bist."

„Mehr nicht?“

„Vielleicht möchte sie langsam mal ihr Tuch zurückhaben.“

Oder sie sucht nur nach einem Grund, sich mit ihm zu treffen. Jetzt siehst du schon weiße Mäuse, dachte Daniel. „Das ist in der Wäsche.“

„Und wie erklärst du es Marie?“

„Es handelt sich ja nicht um einen Stringtanga“, entgegnete Daniel etwas zu patzig.

Tomasz goss Milch in seinen XXL-Becher. „Bis jetzt war mir noch nie aufgefallen, wie schlecht du dich mit Frauen auskennst.“

„Brauchst du heute eine Extraportion Koffein? Der Pott ist ja riesig. Da geht bestimmt eine halbe Kanne rein.“

Diesmal funktionierte Daniels Ablenkungsmanöver, denn Tom sagte: „Ich war die ganze Nacht in dem Schuppen, in dem Fee kellnert. Läuft gerade nicht so gut zwischen uns.“

„Das tut mir leid.“

„Sie ist“, Tom druckste herum, „erst neunzehn.“

Daniels Augenbrauen schossen nach oben. „Das sind sechzehn Jahre Unterschied zwischen euch.“

„Marie und du, ihr liegt doch auch weit auseinander.“

„Uns trennen nur sieben Jahre. Aber das ist es nicht, sondern … neunzehn, mein lieber Schwan! Das ist ja kaum der Pubertät entwachsen.“ Daniel stellte sich vor, wie sein Freund in der Bar um Felicitas herumgeflogen war wie eine Motte um Licht.

„Sie ist reif für ihr Alter.“

Daniel blinzelte. „Du denn auch?“

„Ich habe den Drang, sie zu beschützen. Nicht nur, weil sie so jung ist, sondern auch, weil sie etwas Schlimmes erlebt haben muss. Als ich sie einmal auf der Arbeit überraschen wollte, habe ich mich angeschlichen und von hinten ihre Augen zugehalten. Da ist sie regelrecht ausgeflippt.“

„Polizisten entwickeln ein Gespür für Opfer.“

„Jedenfalls nimmt ihre Schreckhaftigkeit zu. Sie zieht sich mehr und mehr von mir zurück.“ Tom lehnte sich gegen den Türrahmen. „Ständig guckt sie sich um. Man könnte fast meinen, sie fühlt sich verfolgt.“

Daniels Augen weiteten sich.

51. KAPITEL

„Aber doch nicht von dir“, sagte Daniel.

Seufzend fuhr sich Tomasz mit beiden Händen durchs Gesicht. „Sie scheint ihre Angst auf mich zu projizieren.“

„Also muss ihr ein Mann wehgetan haben.“

„Jedenfalls sucht sie zunehmend Abstand. Ich befürchte, das ist der Anfang vom Ende. Aber ich kämpfe um sie.“ Tom zeigte auf die Maschine in der Nische. „Möchtest du auch eine Tasse?“

„Tee, bitte. Schwarzen.“

„Bist du krank?“

„Zurzeit schlägt mir alles auf den Magen, auch Kaffee.“ Woher das kam, lag für Daniel auf der Hand. Marie bedeutete alles für ihn.

Zurück im Büro, schnupperte Leander. Er beugte sich zu Daniels Schreibtisch hinüber und beäugte das Schild des Beutels, das an einem Faden aus dem Becher hing, den Tomasz neben der Computermaus abgestellt hatte. Überrascht krauste er die Stirn. „Darjeeling?“

„Sodbrennen.“ Daniel rieb über seinen Bauch.

„Dann hättest du zu Kräutertee greifen sollen.“

„Gott bewahre! So weit wird es nie kommen. Wie geht es Melanie?“

Lächelnd hob der junge Hospitant den Daumen.

Wenigstens war einer von ihnen glücklich.

„Ihr seht beide verkatert aus.“

Die Beiläufigkeit, mit der Leander das sagte, während er vermeintlich in einer Akte zu lesen schien, ließ Daniel hellhörig werden. „Tun wir das?“

„Habt ihr etwa im *Zum stolzen Römer* übernachtet?“

Daher wehte also der Wind! Er dachte, sie wären zusammen ausgegangen und hätten ihn nicht gefragt. Daniel schüttelte den Kopf. „Ich habe einfach nur schlecht geschlafen.“

Tomasz blieb eine Erklärung für seine Müdigkeit schuldig. Stattdessen holte er das Smartphone aus der Gesäßtasche. Er legte es vor sich auf den Schreibtisch. Einige Sekunden lang schaute er es an, als erwartete er, dass es jeden Augenblick klingeln würde. Tat es nicht. Schließlich zog er es näher heran. Er beugte sich darüber, und Daniel wettete, dass er die Balken prüfte. Seufzend richtete er den Oberkörper wieder auf und starrte das Display erwartungsvoll an.

Daniel drehte den Rollstuhl in Toms Richtung. „Ich habe noch einmal darüber nachgedacht, was du am Fundort der weiblichen Leiche zu mir gesagt hattest."

„Und zwar?"

„Du hast recht, der Täter hat es nicht nur auf Behinderte abgesehen."

„Denn Karsten Melchior fällt aus dem Raster."

Ein Sozialhilfeempfänger, der für kleinere Delikte gesessen hatte. Daniel nickte. „Seine Krankenakte weist nur normale Erkrankungen wie Grippe auf. Aber ich denke, dass meine These trotzdem richtig ist."

Tom schnippte immer wieder gegen das Handy, sodass es ein Stück weit über die Tischplatte rutschte. „Wie soll das funktionieren?"

„Der Täter entwickelt sich. Erst machte er sich keine große Mühe, versteckte Orte zu finden, an denen er zwei Opfer zwang, gegeneinander zu kämpfen bis zum Tod. Auch die Arenen selbst werden immer stabiler."

Schnipp. Schnipp. „Und?"

„Meiner Meinung nach hat er mit jemandem angefangen, der ihm über den Weg lief, der leicht zu ködern war, vermutlich mit Geld, und der dumm genug war, auf ihn hereinzufallen."

„Melchior."

„Inzwischen sucht er sich die Opfer jedoch gezielter aus, und zwar ausschließlich Menschen mit Behinderungen."

„Mag sein." Plötzlich schnellte das Smartphone über die Tischkante. Tomasz fing es im letzten Moment auf und hörte auf, damit herumzuspielen. „Dafür muss es einen Grund geben."

„Vielleicht lebt in seinem Umfeld ein Behinderter, an dem er sich rächen will, jemand, der ihm Unrecht getan hat, der bevorzugt wurde, auf jeden Fall jemand, der ihm gehörig auf den Keks geht."

„Warum tötet er diese Person dann nicht?"

Das wusste Daniel auch nicht. Etwas musste ihn davon abhalten, etwas, das immens stark war. Seine Kiefer mahlten, während er darüber grübelte.

„Warum musste dann Karsten Melchior dran glauben, nach deiner Theorie ein Gelegenheitsopfer? Sie hakt."

„Um Druck abzulassen?" Dass Daniel das als Frage formulierte, zeigte, dass er selbst nicht hundertprozentig überzeugt war. Dennoch schien ihm die These gut genug, um noch eine Weile über sie nachzudenken. „Melchior hatte sich zufällig zum falschen Zeitpunkt am falschen Ort aufgehalten."

„Zufälle? Die gibt es seltener bei Mordfällen, als man denkt, das weißt du doch."

„Es existiert eine Verbindung zwischen Melchior und dem Täter, das ist klar. Welche, das müssen wir noch herausfinden."

„Jedenfalls habe ich eine Parallele zwischen den Opfern entdeckt", schaltete sich Leander ein.

„Ach ja?" Daniel runzelte die Stirn. „Welche?"

„Zumindest, wenn man sie aus den Augen des Killers betrachtet. Sie sind alle nicht gerade Stützen der Gesellschaft. Im Gegenteil, sie sind es, die Unterstützung brauchen, von der Arge, vom Gesundheitssystem, von gesunden Mitmenschen ... Das System kann gut und gerne auf sie verzichten. Sie sind wie Sandkörner in der Maschinerie."

Nachdenklich tippte Daniel mit dem Zeigefinger gegen das Kinn. Sie kamen dem Motiv näher, er spürte es. Es lag unter all diesen Thesen und Ansätzen vergraben, aber sie wühlten sich langsam zum Grund durch. „Sie stören nur."

„Nicht nur das, sie sind überflüssig. Wertlos." Leander hob die Hände. „So denkt der Schädelspalter, nicht ich, nur um das noch einmal klarzustellen. Ich find's widerlich!"

„Du machst das schon gut. Man muss sich ohne jegliche Vorbehalte oder Scham in die Straftäter hineinversetzen." Sollte sich Leander nach der Hospitanz entscheiden, nicht beim KK 11 als fester Mitarbeiter anzufangen, würde Daniel ihn höchstpersönlich in den Putzraum einschließen, bis er seine Meinung änderte.

Leander deutete mit einem Kopfnicken auf den Bildschirm. „Das ist der Bericht aus der Rechtsmedizin über die Sektion der Contergan-Geschädigten. Er traf gerade ein, der Bericht, nicht Dr. Sachs."

Statt die E-Mail aufzurufen, fuhr Daniel über die Schreibtischinsel herum zu Leander und fragte: „Und?"

„Die Unbekannte war erst wenige Stunden tot."

„Also starb sie nach Langweber und König."

„Yep. Es besteht kein Zweifel daran, dass der Fundort auch der Tatort ist."

„Ist das alles?"

„Am Leichnam wurde ein fremdes Haar entdeckt."

Daniel, der gerade den Teebeutel in den Papierkorb, der neben Leander stand, werfen wollte, hielt in der Bewegung inne. „Das erwähnst du erst jetzt?"

„Das Beste kommt immer zum Schluss. Ihr hättet den Bericht längst selbst lesen können, wenn ihr nicht eine halbe Stunde lang im Gebäude verschwunden gewesen wärt." Während sich Leander schnäuzte, schob er mit dem Fuß den Mülleimer näher an Daniel heran.

„Erstens waren es nur zehn Minuten."

„Fünfzehn. Vielleicht sogar zwanzig."

„Und zweitens war ich auf dem Klo“, der Beutel landete im Abfalleimer, „und Tom Kaffee holen.“

„Wie zwei Quatschbasen habt ihr euch in der Kaffeeküche verplaudert.“

„Rate mal, wofür wir dich in der MK haben? Du bist unser Arbeitssklave.“

„Wenigstens holt ihr euch inzwischen eure Getränke selbst.“ Das Papiertaschentuch folgte dem Teebeutel. „Ihr habt ja auch sonst nichts zu tun, weil ich alles erledige.“

„Der Kleine wird immer frecher.“ Anerkennend schmunzelte Daniel.

„Ihr seid auch eine gute Schule.“

Tom verschränkte die Arme vor dem Oberkörper. „Hast du die DNA schon durch die Datenbanken gejagt?“

„Yep.“

Tom wartete, doch Leander antwortete nicht. „Schon Ergebnisse?“

„Die gesuchte Person ist nicht vorbestraft.“

„Keine laufenden Ermittlungen?“

Leander ließ sich jedes Detail aus der Nase ziehen. „Nope.“

„Wurde schon ein Abgleich mit der DNA der weiblichen Leiche durchgeführt?“

„Ich sagte doch schon, dass es nicht von ihr stammt. Das einzelne Haar ist schlohweiß, die Tote hatte aber braunes.“

„Das kann gefärbt sein.“

„Nicht, wenn es ungleichmäßige graue Strähnen enthält. Sieht man auf den Fotos in der E-Mail.“ Womit Leander entlarvte, dass auch Tomasz sie noch nicht aufgerufen hatte, sondern ihm die Aufgabe überließ, ihn über den Inhalt in Kenntnis zu setzen.

„Der Abgleich“, knurrte Tom, „wurde er nun gemacht oder nicht?“

„Yep.“

Wieder wartete Tomasz umsonst. „Liegen Resultate vor?“

„Keine Übereinstimmung.“

„Auch keine Verwandtschaftsverhältnisse?“ Die Frau konnte das Haar auch selbst mit an den Tatort gebracht haben.

„Nein.“

Also tappten sie im Dunkeln, was die Identität betraf. Daniel hatte jedoch so eine Ahnung. „Sagtest du, es war weiß?“

Nach ein paar Klicks tauchte eine Aufnahme, die Sachs im Sektionssaal gemacht hatte, auf dem Bildschirm auf. Leander drehte ihn zu Daniel herum.

„Lisa Warnstedt."

„Oh, verdammt!", stieß Leander aus. „Das könnte hinkommen. Warum habe ich nicht an sie gedacht?"

Daniel nippte am dampfenden Schwarztee und verbrannte sich die Zunge. „Weil du zu sehr damit beschäftigt warst, eingeschnappt zu sein und uns eins auszuwischen."

„Nein!" Die Bestimmtheit in Leanders Stimme überraschte Daniel. „Sondern weil ich nicht glaube, dass sie etwas mit den Arena-Morden zu tun hat. Niemals!"

„Jetzt doch." Blieb nur noch eine Frage. Wen sollte Daniel mit nach Klettenberg nehmen, ohne neues böses Blut zwischen Leander und Tomasz zu erzeugen?

53. KAPITEL

Tom erhob sich.

Doch Daniel deutete ihm mit einer Geste an, sich wieder zu setzen. „Mach du ruhig … Telefondienst. Lisa Warnstedt ist recht speziell und nicht sehr menschenfreundlich, daher wäre es besser, wenn Leander mit mir käme. Sie kennt ihn ja schon."

Bereitwilliger als erwartet nahm sein Kollege wieder Platz. Er griff das Smartphone und ließ es nicht mehr los. Daniel hoffte sehr, dass Fee sich bald melden würde. Seinen Freund wie ein Häufchen Elend dasitzen zu sehen tat ihm leid.

Als Daniel und Leander nach Klettenberg fuhren, brach die Wolkendecke auf. Es hatte sich ein Lichtblick im Fall aufgetan und der Wettergott untermalte die neue Euphorie mit ein paar Sonnenstrahlen. Daniel spürte das bekannte Phantomkribbeln in den Beinen. Es trat immer dann auf, wenn er einer heißen Spur folgte und es ihm nicht schnell genug ging.

Eine Fremde öffnete ihnen die Haustür. Daniel vermutete, dass es sich um eine neue Pflegekraft handelte, da Magdalena nirgends zu sehen war. Wahrscheinlich war ihrer Bitte um Versetzung nachgekommen worden. Schweißtropfen sammelten sich in dem dunklen Flaum auf der Oberlippe der Unbekannten. Die stämmige Frau sagte kein Wort. Schweigend drehte sie sich um, stapfte durch den Flur davon und stieg die Treppenstufen ins Obergeschoss hoch.

Dabei umlief sie Lisa Warnstedt wie einen Poller, dem man keine große Beachtung schenkte. „Sind Sie gekommen, um noch mehr reale Horrorgeschichten, noch mehr Dramen aus meinem Leben zu hören?"

„Ich erlebe genug eigene", erwiderte Daniel trocken.

„Selten kehrt jemand in dieses Haus zurück." An diesem Tag wirkte der Glasengel zwar genauso zerbrechlich, aber vitaler. Ihr deformierter kleinwüchsiger Körper saß etwas aufrechter. Ihre Fistelstimme klang etwas kräftiger. Der Teint sah gesünder aus, als wäre sie eine Vampirin, die erst kürzlich Blut getrunken hatte. „Wer das Gruselkabinett einmal betreten hat, meidet es für gewöhnlich, meidet mich für gewöhnlich."

„Sie machen es Menschen auch nicht gerade leicht."

„Sie haben es mir ja auch nie leicht gemacht." Ein Fahrradkurier fuhr an der heruntergekommenen Villa vorbei. Obwohl er nicht hineinschaute, dafür war er viel zu schnell unterwegs, drehte Warnstedt mithilfe des Mundstücks schnell ihren motorisierten Rollstuhl um und fuhr tiefer ins Gebäude hinein, in die Düsterkeit. „Folgen Sie mir, bitte."

Leander, der hinter Daniel herging, flüsterte ihm zu: „Musstest du so direkt sein?"

„Sie will kein Mitleid."

„Trotzdem kann man feinfühliger vorgehen."

Mitten im Esszimmer blieb Lisa Warnstedt stehen. Sie setzte ein provozierendes Lächeln auf. „Sind Sie schockiert, junger Mann?"

Leanders Wangen bekamen einen Ton, der an reife Herzkirschen erinnerte.

„Sie scheinen leicht zu schockieren zu sein. Beim ersten Besuch durch meinen Verfall, Sie bekamen ja kaum ein Wort heraus, jetzt darüber, dass Kommissar Zucker mich nicht mit Glacéhandschuhen anfasst."

„Ich bin eben empfindsam", gab Leander kleinlaut zu.

„Offenkundig. Dabei lässt Ihre Arbeit doch gar keine Sensibilität zu."

Daniel gab dem Drang nach, seinen Kollegen zu verteidigen, ihn in Schutz zu nehmen. Dabei war der Hospitant längst nicht mehr der Welpe im KK 11. „Da irren Sie sich. Mit seinen sensiblen Antennen ist er eine Bereicherung für das Kriminalkommissariat für Tötungsdelikte."

„Hört, hört." Blasiert hob sie die Brauen. „Gegensätze ziehen sich tatsächlich an."

Auf Daniel wirkte ihre Mimik wie einstudiert. Die richtige Geste zum richtigen Zeitpunkt. Auf Knopfdruck. Doch weder Stimme noch Miene waren besonders ausdrucksstark. Nun spielte auch er ihr etwas vor, denn er lachte gekünstelt, um die Situation aufzulockern. „Soll das heißen, ich bin nicht einfühlsam?"

„Oh, keine Sorge, Kommissar Zucker! Ich halte Sie für den gefährlicheren Bullen von Ihnen beiden."

Irritiert brauchte Daniel einen Moment, um zu antworten. „Ich sitze im Rollstuhl."

„Feinnervige und gefühlvolle Seelen kann man leicht blenden. Sie dagegen sind zu sehr Realist. Ihnen macht man so leicht nichts vor. Da muss man sich schon anstrengen."

Er runzelte die Stirn. Das klang ja, als wäre eine Art Wettstreit im Gange. Nur, zwischen wem? Leander und ihm? Oder ihm und ihr? Er hatte so ein Gefühl, konnte es jedoch nicht deuten, ähnlich einem vagen Gedanken, der wieder verblasste, bevor man ihn deutlich wahrnehmen konnte.

„Sind Sie gekommen, um mich über die laufenden Ermittlungen in Kenntnis zu setzen?“ Lisa Warnstedt stellte ihren Rollstuhl vor Daniels. Ihm kam es so vor, als seien sie zwei Reiter auf ihren Rössern bei einem Lanzenturnier, die sich vorab einen verbalen Schlagabtausch lieferten. „Warum sollten wir das tun?“

„Das Verbrechen geschah immerhin auf meinem Grundstück. Die Mongos wurden auf meinem Besitz getötet.“

Bevor er etwas erwidern konnte, stellte Leander klar: „Das ist unüblich!“

„Jemanden wie mich behandelt man normalerweise zuvorkommender.“ Sie ließ offen, ob sie Leanders deutliche Abfuhr oder die Polizei im Allgemeinen meinte.

„Es wurde ein weiteres Opfer, das ohne Zweifel demselben Täter zuzuordnen ist, gefunden.“ So viel musste Daniel ihr wenigstens verraten.

„Das ist ja schrecklich!“, sagte sie.

Zu emotionslos. Da sie selten das Haus verließ, scherte sie sich wohl wenig um die Welt dort draußen, vermutete Daniel. Inzwischen hatten sie herausgefunden, dass das Gelände, auf dem die weibliche Leiche entdeckt wurde, nicht Lisa Warnstedt gehörte, sondern der Stadt Köln. Er erklärte ihr, wo es lag, und fragte in einem Atemzug: „Waren Sie schon einmal dort?“

„Nein, noch nie. Was sollte ich da?“

„Sind Sie sich ganz sicher?“

„So, wie Sie es beschreiben, gleicht es einem Urwald. Wie sollte ich durch das Gestrüpp durchdringen?“ Inzwischen atmete sie wieder schwerer. Ein Keuchen begleitete ihre Worte.

„Ich habe es auch geschafft.“

„Gegen mich sind Sie ja auch fit wie ein Marathonläufer. Halten Sie mich immer noch für Jekyll and Hyde? Tagsüber spielt sie den Krüppel und nachts steigt sie aus ihrem Rollstuhl und mordet.“

Das könnte der Untertitel eines B-Movies sein. Daniel wunderte sich darüber, welche Begriffe sie benutzte. Bulle, Mongos, Krüppel – der Jargon passte gar nicht zu ihr. „Dürfen wir eine Haarprobe von Ihnen haben?“

„Eine richterliche Anweisung scheinen Sie nicht zu haben, so bettelnd, wie Sie sich anhören.“

Das verschlug Daniel im ersten Moment die Sprache. Betont lässig, damit sie nicht merkte, dass er sich angegriffen fühlte, legte er den Arm über eine Ecke der Rückenlehne. „Die kann ich noch heute besorgen. Aber jeder unschuldige Mensch kooperiert mit der Polizei, daher denke ich doch, dass dieser Schritt nicht notwendig sein wird."

Sie drehte ihm das Ohr mit dem Hörgerät zu. „Wozu?"

„Als Vergleichsprobe." Er zeigte auf den weißblonden welligen Zopf, der über ihre Schulter nach vorne lag, dramatisch drapiert wie bei einer Diva aus der Schwarz-Weiß-Film-Ära. „Es wurde ein Haar am neuen Opfer gefunden, das Ihrem stark ähnelt."

„Darum also diese unlogische Frage."

„Ich finde sie keineswegs unlogisch. Irgendwie muss Ihr Haar ja dorthin gelangt sein."

„Es ist nicht meins!"

„Das müssen wir erst noch herausfinden."

„Ihre versteckte Anschuldigung ist absurd!"

„Ich habe Sie nicht beschuldigt", sagte er sanft. Warum fühlte sie sich nur jedes Mal angegriffen? „Sie haben diese Frau nicht umgebracht."

Mit einer geschickten Bewegung von Nase und Wangen schob sie die Brille auf die Nasenwurzel hoch. „Warum dann diese Schikane?"

Die heftige Abwehrreaktion wunderte Daniel. Sie konnte sich ihrer Unschuld doch sicher sein. Selbstverständlich sah er keine Killerin in ihr.

Der Erkennungsdienst hatte auf dem Geländer des ehemaligen Fuhrunternehmens frische Reifenspuren entdeckt. Leider waren es nur viele kleine Teilabdrücke, die im Gebüsch, durch das der Wagen auf das Grundstück gefahren war, entdeckt worden waren. Aber nachdem die Labortechniker ein wenig gepuzzelt hatten, reichten sie aus, um Reifenprofil, Spurenbreite, Achsenabstand und Wendekreis festzulegen und den Autotyp zu bestimmen.

Der Straftäter musste das oder die Opfer und den Hund mit einem Subaru Libero transportiert haben, dessen Reifen nicht mehr als verkehrstauglich bezeichnet werden konnten. Der Kleinbus wurde nur bis 1998 hergestellt, aber es gab ihn immer noch gebraucht zu kaufen. Die Zulassungsstelle, bei der Leander angefragt hatte, gab ihnen die Auskunft, dass aktuell noch etwas mehr als eintausendsechshundert Fahrzeuge zugelassen waren. Trotz der begrenzten Anzahl eine Menge Halter, die Tomasz bestenfalls mit einigen Kollegen, die EKHK Fuchs ihnen schicken wollte, in diesem Moment überprüfte. Daniel würde ihm ein Fleißkärtchen basteln. Er hoffte nur, dass das Fahrzeug legal unterwegs war. Dann hatten sie gute Chancen, den Täter zu finden.

Eins wussten sie jedenfalls nun. Der Killer besaß wenig Geld. Er fuhr ein altes Modell und baute seine Arenen mithilfe von dem, was er vor Ort fand. Ihm fehlten wahrscheinlich nicht nur die nötigen Cents, sondern, so vermutete Daniel, beschränkte sich seine Fantasie auf den Ablauf der Kämpfe und Morde. Er war kein MacGyver, der mithilfe von Einkäufen im Baumarkt ein Amphitheater zauberte.

Rein theoretisch könnte auch Lisa Warnstedt mit dem Subaru an den Tatort gelangt sein. Aber sie konnte weder Auto fahren, noch hatte sie die Kraft, eine Axt zu schwingen. Daniels Befürchtung, wie ihr Haar, falls es denn ihres war, an die weibliche Leiche gekommen war, ging in eine völlig andere Richtung. „Der Täter könnte sich in Ihrem Umfeld aufhalten."

„Oh mein Gott!"

Die Zeit läuft uns davon, dachte Daniel. Der Mord an Karsten Melchior lag sechs Monate zurück. Doch die Frau ohne Arme hatte der Straftäter kurz nach der Ermordung von Clemens König und Steffen Langweber verschleppt und getötet. Sein Verlangen nach Angstschweiß und Blut wuchs. Diese perverse Sucht würde schon bald ein neues Opfer fordern. Das musste er längst ausspionieren, um es ungesehen entführen und einen gleichwertigen Gegner finden zu können.

Vor dem geistigen Auge sah Daniel, wie der Unbekannte in Lisa Warnstedts Nähe herumschlich, wie er jede Regung von ihr in sich aufsog, wie er angewidert über ihre Nutzlosigkeit die Nase rümpfte, dass er die neue Arena aufmalte, fantasierte, wie die neuen unfreiwilligen Gladiatoren gegeneinander kämpfen würden, wie er die Axt schwang, um den Überlebenden zu töten, und sich während der grausamen Tagträume einen runterholte.

Lange würde ihm das jedoch nicht reichen. Es mussten Taten folgen. Nur neue Kicks brachten ihm Befriedigung.

Wenn Daniel die Zeichen richtig deutete, zog er bereits seine Kreise immer enger um den Glasknochenengel. Bald würde der Killer die Schlinge zuziehen und Warnstedt packen. Dann wäre sie verloren. *Ich kann mir kein wehrloseres Opfer vorstellen.* Zudem wäre sie eine Steigerung zu der Frau ohne Arme. Sie konnte sich weder mit Händen noch mit Füßen wehren und ihre asthmatische Fistelstimme reichte nicht einmal zwei Zimmer weiter, sollte sie überhaupt dazu kommen, um Hilfe zu rufen. So weit durften sie es nicht kommen lassen!

„Bin ich in Gefahr?" Sie klang noch fipsiger als sonst.

„Bitte, keine Panik." Leander faltete die Hände. „Aber Sie sollten sich auf jeden Fall Schutz suchen."

„Einen Leibwächter? Den kann ich mir nicht leisten. Ich bin blank, weil ich noch jemanden unterstütze. Zumindest solange ich die Industriebrache in Godorf nicht verkaufen darf."

„Scharen Sie Freunde um sich."

„Ich habe nicht einmal Bekannte."

Daniel stutzte. „Was ist mit demjenigen, dem Sie finanziell unter die Arme greifen?"

„Auf den ist kein Verlass. Wir stehen uns nicht sonderlich nah." Lisa Warnstedt spitzte die blutleeren Lippen.

„Und trotzdem unterstützen Sie ihn?"

„Blut ist dicker als Wasser." Die trockene Art, wie sie die Erklärung gab, passte zu ihren spröden Lippen.

Leander ging vor ihr in die Hocke. „Es muss doch irgendjemanden geben, der sich um Sie kümmert."

„Schon, ja." Surrend setzte sich ihr motorisierter Rollstuhl in Bewegung. Vor dem Fenster, das nach hinten heraus führte, blieb sie stehen und spähte durch den Spalt zwischen den Übergardinen hinaus.

Gespannt folgte Daniel ihr. Leander stützte sich auf die Schiebegriffe von Daniels Chopper und linste über dessen Schulter hinweg.

Joachim Brühl war der Letzte, den Daniel hatte sehen wollen! Er war wie ein rotes Tuch für ihn, er traute ihm nicht über den Weg und wünschte sich einen ganzen Kontinent zwischen ihm und Lisa Warnstedt.

Auf Knien rutschte Brühl durch ein Blumenbeet und riss Unkraut aus, das er ordentlich in einem Korb sammelte. Mit seinen Händen, groß wie Schaufelräder, lockerte er das Erdreich auf. Er zog die dunkelblaue Wollmütze vom Kopf, wischte sich den Schweiß von der Glatze und stopfte die Kopfbedeckung mit einem Zipfel in die Gesäßtasche. Daniel hätte eher vermutet, ihn mit einem Beil in der Hand anzutreffen, Holz hackend, um für seine heimlichen Nachtaktivitäten zu üben.

„Irgendwie bizarr", murmelte Leander, der offenbar die gleichen Gedanken hegte.

Da Warnstedt verständnislos die Stirn runzelte, erklärte Daniel: „Herr Brühl wirkt eher wie ein grobschlächtiger Kerl, nicht wie jemand mit grünem Daumen."

„Sie verkennen ihn."

„Brühl ist definitiv nicht der Gartencenter-Typ", hatte Daniel ein-

mal gesagt. Irrte er sich so sehr in ihm? Normalerweise hatte er eine gute Menschenkenntnis. Vielleicht brachte Lisa Warnstedt aber auch das Gute in Brühl zum Vorschein. War sie diejenige, die die Wende in seinem Leben gebrachte hatte? Das konnte sich Daniel nun auch wieder nicht vorstellen. Warnstedt konnte man nicht gerade als Menschenfreundin bezeichnen.

Es kam zwar vor, dass jemand, der von Jugendtagen an bis ins mittlere Alter kriminelle Handlungen durchführte, doch noch auf den rechten Weg fand, aber nach Daniels Erfahrung passierte das äußerst selten. Meistens fand ein Umdenken Anfang zwanzig statt. Später kaum mehr. Doch genau das schien bei Brühl der Fall zu sein.

Daniel rief sich dessen Vita ins Gedächtnis.

Als Teenager hatte Joachim Brühl unter Androhung von Gewalt andere Kids abgezogen. In der Ausbildung hatte er Geld gestohlen und wurde gefeuert. Danach hatte er Arbeitslosengeld II bezogen und gelegentlich gejobbt. Den Kontakt zur Polizei hatte er durch betrunkenes Randalieren, Einbruch und Drogen gehalten. Dann war die plötzliche Wende gekommen.

Auch Karsten Melchior hatte nie einen Beruf erlernt und von Hartz IV gelebt. In der Hauptschule hatte der Kettenraucher Extrarunden gedreht, aber es als Handlanger nie lange irgendwo ausgehalten. Kneipenschlägereien und Alkoholmissbrauch waren einhergegangen.

Wie sehr sich die Lebenswege doch ähnelten! Gescheiterte Existenzen. Doch während Joachim Brühl seit Januar nicht mehr auffällig geworden war und die Kurve gekriegt zu haben schien, wurde Melchior im Januar der Schädel gespalten.

Melchiors Gegner wurde nie gefunden, erinnerte sich Daniel und spürte plötzlich ein Ziehen in den Eingeweiden.

„Ich muss mit ihm sprechen." Ohne auf eine Antwort von Warnstedt oder Leander zu warten, heizte er den Bock an.

54. KAPITEL

Daniel lenkte den Rolli in den Flur. Dieser erinnerte ihn zunehmend an den Schlund eines Greises, der immer mehr Zähne verlor, denn weitere Möbelstücke fehlten. Flink fuhr er in den hinteren Teil und fand eine offen stehende Seitentür. Erst der Treppenabsatz bremste ihn aus.

„Offenbar fährt Frau Warnstedt nie in den Garten raus", sagte er so laut, dass Joachim Brühl ihn hörte.

Dieser drehte sich herum und guckte überrascht. „Was?"

„Keine Rollstuhlrampe."

„Ach so." Brühl sprang auf. Während er den Schmutz von den Knien des grünen Arbeitsoveralls klopfte, schielte er zum Geräteschuppen, der eine Armlänge breit offen stand. Eiligen Schrittes ging er hin, holte eine Forke von zirka fünfzehn Zentimeter Länge heraus, und schloss die Tür. „Sie will die Hütte verscherbeln. Drum soll ich alles herrichten."

Das Gerät mit seinen drei silbernen Metallzinken erinnerte Daniel an einen Piratenhaken. „Sie möchte das tolle Anwesen wieder loswerden?" Sie hatte es doch gerade erst geerbt. Andere würden das als Segen betrachten.

Über den Rasen schlenderte Brühl heran. „Es ist viel zu groß für sie und nicht behindertengerecht." Den handlichen Rechen schwang er durch die Luft wie eine Waffe.

Wollte er Daniel drohen? „Sie braucht wohl dringend Geld."

Brühl hörte mit der provozierenden Bewegung auf und runzelte die Stirn. Die Haut in seinem Gesicht wirkte ledrig und grobporig. Ein Streifen Schmutz zog sich über den Hals. Anscheinend hatte er sich dort gekratzt.

Zwei Einstiche ließen Daniel vermuten, dass Mücken ihn gestochen hatten. „Sie könnte doch warten, bis die Industriebrache verkauft ist, und dann von dem Erlös die Villa umbauen lassen."

Misstrauisch blinzelten die wässrig blauen Augen Daniel an. Brühl hatte zu oft mit Polizisten zu tun gehabt, um sich leicht Informationen entlocken zu lassen.

„Es ist wegen dem entfernten Verwandten, den sie finanziell unterstützt, habe ich recht?"

„Entfernt? Die sind wie Feuer und Wasser. Aber Familie bleibt Familie."

„Die leeren Stellen zwischen den Möbeln." Daniel lockerte die Lederhandschuhe, weil er darunter schwitzte. „Hat sie das eine oder andere Stück vielleicht verscherbelt?"

Brühl grinste. „Bei Ihnen muss man aufpassen, was man sagt."

Wahrscheinlich hatte er schon zu viel verraten. Zu spät, dachte Daniel triumphierend. Immerhin stand nun fest, dass Lisa Warnstedt nicht die gierige Person war, die Martina Giacomelli in ihr sehen wollte, sondern sie machte alles zu Geld, um einem Familienmitglied zu helfen. *Was nicht bedeutet, dass sie keine Erbschleicherin ist.*

Daniel schaute sich um. Der Garten war kleiner, als das Haus vermuten ließ. Rasen bedeckte den größten Teil in der Mitte. Blumenbeete rahmten das grüne Viereck ein. Daniel beugte sich vor. Die Garage links neben dem Haus war architektonisch geschickt in die Villa integriert, zumindest optisch. Sie fiel kaum auf. Durch den fließenden Übergang wirkte sie nicht wie ein Anhang, wie ein separates Gebäude, sondern wie ein niedriger Flügel des Haupthauses.

Ansonsten gab es nur den Geräteschuppen. Es wunderte Daniel etwas, dass Brühl ihn geschlossen hatte, wo er seine Werkzeuge doch später wieder hineinbringen musste. Aber er hatte die Tür ja nicht einfach nur zugemacht, sondern das Gartengerät herausgeholt. Ohne eine Rampe kam Daniel nicht näher heran, ohne Durchsuchungsbeschluss hatte er keinerlei Handhabe, und Brühl war nicht der Typ, der der Polizei einen Gefallen tat. Es ist nur ein Abstellraum, sagte er sich.

Brühls Nase musste ein paar Mal gebrochen gewesen sein. Sie war nicht nur windschief, sondern auch unnatürlich eingedrückt. „Boxen Sie?", fragte Daniel.

„Nicht professionell." Joachim Brühl lachte dreckig.

„Der letzte Bruch ist aber noch nicht so lange her, oder?"

„Geht so. Im Januar war ich das letzte Mal unterm Messer, aber da ist nichts mehr zu richten."

Ein Ruck ging durch Daniel hindurch. Die nebulöse Ahnung, die ihn zu Brühl in den Garten getrieben hatte, festigte sich, wurde sichtbar und greifbar. Januar, da war es wieder! Der Monat, in dem Karsten Melchior vom Serienkiller getötet wurde. Keine Spur von seinem Gegner. Bis jetzt?

Hatte Daniel gar nicht den Täter vor sich, sondern ein weiteres Opfer des Schädelspalters? War Brühl der Einzige, der ihm jemals entkommen konnte? *Das wird ja immer verzwackter, immer verrückter!* Wenn das zutraf, warum ist er dann nicht zur Polizei gegangen? *Weil er uns nicht vertraut. Wir stehen nicht auf derselben Seite.*

Hier und jetzt schien Daniel nicht der richtige Zeitpunkt, um ihn darauf anzusprechen. Erst wollte er in diese Richtung ermitteln und weitere Informationen einholen, die seine These untermauerten. Außerdem musste die Befragung im Präsidium stattfinden, auf dem Territorium der Kriminalpolizei, wo er mehr Druck auf Brühl ausüben konnte.

Nachdenklich kehrte Daniel zu Leander und Lisa Warnstedt zurück. Sie kamen ihm bereits im Flur entgegen. Hinter Warnstedts Rücken hielt der Kollege ein Beweismitteltütchen hoch. Anscheinend hatte er die Haarprobe von ihr erhalten. *Gut gemacht!* Unauffällig nickte Daniel ihm zu.

Auch wenn er mit seiner Vermutung richtiglag, so blieb Joachim Brühl ihm nicht koscher. Was tat dieser hier?

„Egal, wie spinnefeind Sie und Ihr Familienangehöriger sich sind", er blieb so dicht neben ihr stehen, dass die Räder ihrer Rollstühle sich fast berührten, „Sie sollten ihn bitten, eine Weile bei Ihnen zu wohnen."

„Damit er auf mich aufpasst?"

„Für alle Fälle."

„Wir würden uns nur die Köpfe einschlagen."

„Wohl kaum."

„Aber nur, weil das rein technisch nicht machbar ist." Sie fühlte sich durch seine Antwort nicht angegriffen, sondern lächelte sogar dezent. „Sie werden es nicht glauben, aber im Alltag ist er der Schwächere von uns."

„Was soll das heißen?"

„Er hat sein Leben nicht im Griff, ich dagegen schon, dazu braucht man keine Hände."

Daniel verstand. „Dann könnten Sie ein Auge auf ihn werfen und er auf Sie. Das Haus ist groß genug, um Ihnen beiden noch Freiheiten zu lassen."

Mit gespitzten Lippen starrte sie einen imaginären Punkt auf dem Boden an.

Behutsam legte Daniel die Hand auf ihren Arm, der auch an diesem Tag an der Lehne festgebunden war. „Bitte, seien Sie vernünftig. Springen Sie über Ihren Schatten. Ihre Sicherheit hat Priorität."

„Ich werde darüber nachdenken." Ihr Blick flackerte.

Sie schienen wirklich kein gutes Verhältnis zueinander zu haben. Ihr hellblonder Zopf drohte nach hinten zu rutschen. Daniel schob ihn wieder nach vorne. „Soll ich mit ihm reden?"

„Gott bewahre, nein." Flehend sah sie ihn an. In ihrem Blick lag eine Verletzlichkeit, die er das erste Mal an ihr wahrnahm und die ihn mitnahm. Sie war nicht aufgesetzt wie einige andere ihrer Reaktionen, sondern echt und so klar und scharf wie Glas. „Mein Bruder würde das Weite suchen und dann wäre ich völlig alleine."

Der Baseballschläger! durchfuhr es Daniel. In seiner Vorstellung klebte Blut und Gehirnmasse an einem Ende und Schweiß am anderen. Nun glaubte er, seinen wahren Besitzer zu kennen.

55. KAPITEL

Maries Vater hatte in der Früh durchgeklingelt und sie gebeten, nach ihrer Mutter zu schauen, da er in die Firma fahren müsse.

„Ich bin schon unterwegs." Im Hintergrund waren Fahrgeräusche zu hören. Er musste vom Autotelefon aus anrufen.

„Samstags?"

„Ich arbeite oft das Wochenende durch. Es geht ihr nicht gut."

„Was hat sie denn?"

„Das Übliche", sagte er kryptisch und legte auf, ohne Maries Antwort abzuwarten, wohl weil er es als selbstverständlich ansah, dass sie seiner Bitte nachkam.

Marie musste an das Halstuch denken, das sie in Daniels Hosentasche gefunden hatte, und fragte sich nicht das erste Mal, ob ihr Vater tatsächlich ins Büro fuhr. Wahrscheinlich nicht. Man konnte ihn zwar getrost als Workaholic bezeichnen, aber er mochte genauso gut mit Freunden oder Geschäftskontakten Golf spielen gehen. An Schlimmeres wollte sie nicht denken, das tat ihr in ihrer eigenen Situation nicht gut.

Nun, da sie in der Villa Bast eintraf, fand sie ihre Mutter jedoch im Bett vor. Diese schlief mit einem Gästehandtuch über den Augen. Auf dem Nachttisch standen eine Karaffe Wasser und ein Röhrchen mit Aspirin. Der Bodensatz der Flüssigkeit in dem Glas daneben jedoch hatte einen verräterisch goldfarbenen Ton. Marie roch daran. Es duftete nach Karamell, Vanille und Ethanol. Sie seufzte enttäuscht.

„Mutter?" Keine Reaktion.

Leise verließ sie das Schlafzimmer, schloss lautlos die Tür hinter sich und ging auf den Balkon. Der Blick auf den Weiher war ihr unangenehm, aber sie setzte sich dem bewusst aus, um das negative Gefühl niederzuringen. Sie floh nicht davor wie ihre Mutter.

In diesem Jahr ließ der Schmerz Marie nicht mehr los. Vielleicht lag es daran, dass es zwischen Daniel und ihr gerade nicht so gut lief. Konnte ein Leid das andere nähren? Es machte den Anschein. Ein weiterer Grund, warum ihr Alexanders Todestag noch immer nachhing, war der Überdruss.

Sie hatte es satt, am Gedächtnistag an den Ort seines Ablebens kommandiert zu werden!

Sie hatte die Demütigungen satt!

Hatte es satt, zu Kreuze zu kriechen und verbale Peitschenhiebe einzustecken.

„Genug ist genug", sagte sie laut, wie eine Kaiserin, die zu ihrem Volk sprach und ihm eine Entscheidung mitteilte, an der es nichts mehr zu rütteln gab.

Die erhöhte Position trug ihre Stimme über den englischen Rasen bis zu den Wassermännern, die in dem Weiher hausten, wie ihre Mutter ihr eingetrichtert hatte. Die Marie eine solche Heidenangst eingejagt hatten, dass sie unfähig gewesen war, ihren Bruder vor dem Ertrinken zu retten. Schwimmen hatte sie auch nicht gekonnt, das hatte nicht zum Erziehungsprogramm ihrer Eltern gehört. Trotzdem wäre sie hineingesprungen, hätte es sie nicht derart vor den Geistern dort unten in der Tiefe gegraust. Hirngespinste. Kinderschreck.

Marie trug eine Mitschuld an Alex' Tod, darüber würde sie niemals hinwegkommen. Aber die Geißelung durch ihre Eltern musste ein Ende haben! Die beiden brauchten ihr das schlechte Gewissen nicht in Erinnerung rufen, das tat sie schon selbst. Nach all der Zeit hatten sie kein Recht mehr dazu. *Fasst euch an die eigene Nase.*

„Es war ein Unfall. Wir waren damals noch Kinder. Und überhaupt, wo wart ihr, warum habt ihr nicht auf uns aufgepasst?" Sie schmetterte ihren Vorwurf hinaus und spürte, dass der Druck in ihrer Brust, der sie seit der morbiden Prozession belastet hatte, langsam abnahm. Leider hörten ihn nicht diejenigen, für die er bestimmt war, aber es würde der Zeitpunkt kommen, an dem Marie einiges klarstellen würde. Bald, sehr bald.

Die Wolken ließen endlich wieder einige Sonnenstrahlen durch. Die Natur stand in voller Blüte. Der Ort, an dem vor vierundzwanzig Jahren das Grauenhafte geschah, sah in diesem Augenblick wunderschön aus. Er hatte den Vorfall unbeschadet überstanden, während die Familie Bast absichtlich die Wunde offen hielt. Aber dieser Unfug war ab sofort vorüber. Nächstes Jahr an Alexanders Todestag würde sie überall sonst sein, nur nicht hier.

Marie wusste selbst nicht, woher sie die Kraft nahm, sich dem ausgerechnet jetzt zu stellen. Ein denkbar ungünstiger Lebensabschnitt, in dem nichts wirklich rundlief. Die Unruhe in der Ehe mit Daniel und das fehlende Zusatzeinkommen durch die Phantombildzeichnungen. Die Polizei forderte sie nur noch selten an. Zum Glück schickten wenigstens die Zeitungen sie gelegentlich zu Gerichtsverhandlungen.

Marie hatte den Drang, einiges in ihrem Leben zu verändern und geradezurücken.

Endlich einmal wieder auszugehen war der erste Schritt gewesen, auch wenn er in einem Fiasko geendet hatte. Seit dem gemeinsamen Abend in Odonien schickte Carsten Falkenberg ihr ständig SMS. Geantwortet hatte sie noch auf keine. Gestern hatte eine rote Rose unter ihrem Scheibenwischer geklemmt, an diesem Morgen eine weitere. Die erste hatte sie an eine wildfremde Frau auf der Straße verschenkt, die zweite war im Müll gelandet. Wenn er anrief, ging sie nicht dran. Er versuchte sie nur zu erreichen, wenn sie im Musical Dome war. Offenbar wusste er, wann sie dort arbeitete. *Woher?*

Die perverse Tortur am Gedächtnistag ihres Bruders abzuschaffen würde der zweite Schritt sein.

Zudem wollte sie nicht mehr automatisch und fast ausschließlich an Tod denken, wenn sie auch nur Alexanders Namen hörte, sondern sie wünschte sich, ihn als den lebensfrohen, rebellischen Jungen in Erinnerungen zu behalten. Um ebendiese aufzufrischen, suchte sie in der Villa Bast nach alten Fotografien.

Sie fand sie im Dachgeschoss, das als Abstellkammer für Möbel diente, die zurzeit nicht gebraucht wurden, aber auch nicht weggeworfen werden sollten.

Die Bilder, auf denen ihre Eltern bei Preisverleihungen, Charity-Events und anderen prestigeträchtigen Veranstaltungen zu sehen waren, Arm in Arm mit Prominenten aus der Medienbranche und Politik, waren akkurat in eine Reihe von Alben eingeordnet, die mit Jahreszahlen beschriftet und einem Verzeichnis versehen waren.

Die Schnappschüsse der Familie dagegen verblassten in einem grauen Karton. Darin herrschte ein heilloses Durcheinander. Nach außen hin hielten die Basts die Familienfahne hoch, doch hinter der Fassade machten sie sich nicht viel aus einander.

Marie schüttete den Inhalt auf den Boden. Dabei fiel eine Akte heraus, die zuunterst gelegen hatte. Sie konnte aber nicht älter als die Schwarz-Weiß-Fotos sein, sonst wäre sie vergilbter und abgegriffener gewesen. Außerdem war die Beschriftung nicht in altdeutschen Buchstaben. Es schien fast so, als hätte man die Unterlagen absichtlich unter den Bildern begraben.

Maries Neugier war geweckt. Sie nahm ein Kissen aus einer Truhe, warf es zu ihren Füßen und setzte sich darauf, die Beine leicht angewinkelt wie eine Reiterin im Damensitz.

Ein Schnappschuss von Alexander lugte unter der Kladde hervor. Sie zog ihn heraus.

Er war darauf ungefähr einen Monat vor seinem Tod aufgenommen worden. Artig saß er an der Tafel im Esszimmer der Villa, Geburtstagsfeiern mit Freunden fanden nie statt, vor einer Miniaturtorte, „Zu viel Süßes macht fett!“, mit drei weißen Kerzen darauf, die er auch noch mit seinen Eltern und mit Marie teilen sollte. Der Kragen des hellblauen Anzugs sah so eng aus, dass Alex kaum Luft bekommen haben musste. Die Aufnahme wirkte perfekt. Steril, steif und gestellt.

Marie allerdings erinnerte sich gut daran, dass auch eine existiert hatte, auf der festgehalten worden war, dass Alexander keine Sekunde später mit der Hand in den Kuchen gegriffen, aus der Hand gegessen und geschrien hatte: „Alles meins, meins ganz allein, ihr kriegt nichts!“ Dieses Polaroid jedoch war sofort im Mülleimer verschwunden.

Das erste Mal seit einer Ewigkeit, vielleicht sogar das erste Mal überhaupt, lächelte sie, während sie sein Bild betrachtete. In ihrer Vorstellung lächelte er zurück, breit und strahlend, wie der Sonnenschein, der er war.

„Alles ist gut“, hörte sie ihn sagen. „Hab dich lieb, Marie-Marienkäfer.“

Tränen schossen ihr in die Augen, doch sie weinte nicht. Stattdessen küsste sie das Foto, küsste Alex und drückte ihn an ihren Busen und somit auf ihr Herz. Sie steckte das Bild in die Tasche ihres kurzen Ballonrocks. Es gehörte nicht in einen Karton, sondern eingerahmt auf eine Kommode mitten in der Wohnung, an einen Platz, an dem man regelmäßig vorbeikam und es täglich sah. In *ihre* Wohnung.

Nun nahm Marie das Schriftstückbündel. Sie brauchte einen Moment, bis sie das Gekrakel auf dem rosafarbenen Deckel entziffert hatte. Aber dann wurde ihr angst und bange.

Kinderarztpraxis Dr. Zitzmann
Patientenakte von
Alexander Bast

In ihrer Erinnerung hörte Marie, wie sie und die anderen Kinder sich über den Namen lustig gemacht hatten. Absichtlich sprachen sie ihn falsch an: „Zitzenmann.“

Was machten die Dokumente hier? Sollten sie nicht ordnungsgemäß gelagert sein? Marie rechnete nach. Der Mediziner befand sich natürlich schon im Ruhestand und die gesetzliche Lagerfrist von zehn

Jahren war schon lange vorbei. Also hätten die Aufzeichnungen in den Reißwolf gehört.

Was machten sie daher unter dem Dach eines Privathaushaltes in verwittertem, aber makellosem Zustand?

Vorsichtig, als könnte etwas Gruseliges herausspringen und sie anfallen, schlug sie die Krankenakte auf. Sie enthielt nicht nur die Aufzeichnungen über Alexanders Besuche bei Dr. Zitzmann, sondern auch Röntgenaufnahmen und Kopien von Berichten anderer Ärzte. Sie schaute sie sich an.

Nichts Ungewöhnliches. Ihre Eltern hatten Alexander oft in diversen Praxen vorgestellt, aber nie waren schlimme Krankheiten diagnostiziert worden. Auch beim Kinderarzt nicht. Husten, Schnupfen, leichte Ohren- und Halsschmerzen, Dreitagefieber, Scharlach, alles mit harmlosem Verlauf. *Welch ein zäher Bursche mein Bruder war!*

Wahrscheinlich waren sie beim Thronhalter übervorsorglich gewesen, dachte Marie. Jedenfalls konnte sie sich nicht erinnern, dass man mit ihr diesen Ärztemarathon veranstaltet hatte. *Zum Glück!*

Da sie nicht alles lesen wollte, blätterte sie bis zum letzten Eintrag vor.

Als sie das Datum las, stockte ihr der Atem. „Sein Todestag!"

Noch am Morgen desselben Tages war Alexander bei Dr. Zitzmann vorstellig geworden.

Marie war so aufgewühlt, dass es ihr plötzlich schwerer fiel, die Handschrift des Arztes zu lesen. Zudem benutzte er einige Kürzel und lateinische Begriffe, mit denen sie nichts anfangen konnte. Trotzdem reimte sie sich zusammen, was passiert war.

Eifrig kramte sie in ihrer Erinnerung. Nichts. Sie konnte sich nicht entsinnen, dass Alex geweint und geschrien hatte. Wo hatte sie sich zu dem Zeitpunkt aufgehalten?

„Denk nach", sagte sie zu sich selbst. „Denk doch nach!"

Jetzt fiel es ihr wieder ein. Eine Angestellte hatte sie in ein Geschäft gefahren, um Marie neu einkleiden zu lassen. Schließlich würde sie nach den Ferien in die Grundschule gehen, und ihre Mutter fand die Kindergartenkleidung nicht mehr angemessen. Mitgefahren war sie allerdings nicht. Sie blieb lieber beim Stammhalter.

Hinzu kam, dass sich Alexander an diesem Morgen rebellisch verhalten hatte, zumindest in den Augen von Irene Bast. Er hatte keine Lust gehabt, zu Hause Schnürschuhe anzuziehen. Er wollte lieber ein T-Shirt tragen, statt eines Hemdes, das bis oben zugeknöpft wurde.

Und bestand beim Frühstück darauf, Marmelade zu essen, was Irene Bast ablehnte, da er langsam seinen Babyspeck verlieren müsse. Außerdem bohrte er in der Nase, was seine Mutter zur Weißglut brachte. Wahrscheinlich hörte er deshalb auch nicht damit auf.

Marie lächelte. Zärtlich strich sie über Alex' Foto in ihrer Rocktasche.

Abrupt wurde sie ernst. Sie dachte an die Schmerzen, die er gehabt haben musste. Warum war ihr nicht aufgefallen, dass seine rechte Handfläche rot wie eine offene Wunde gewesen war?

War es doch, wurde ihr plötzlich bewusst. Sie hatte ihn sogar danach gefragt, als sie nachmittags im Garten herumtollten.

„Was hast du da? Hast du dich angemalt?" Marie hatte seinen Arm festgehalten, um nachzugucken.

Aber er hatte ihn ihr entzogen und um ihre Taille geschlungen, damit sie nichts sehen konnte. „Nichts."

„Du schwitzt."

„Ich stinke aber noch nicht."

„Oh doch. Wie ein Fabrikarbeiter."

„Woher willst du wissen, dass der schlecht riecht?"

„Vater sagt das. Arbeiter stinken nach Schweiß und Chefs nach Erfolg. Mutter wird schimpfen, das wird sie."

„Das tut sie doch immer. Dann kann ich mich auch richtig einsauen." Wie ein gefällter Baum ließ er sich der Länge nach ins Gras fallen.

Entsetzt riss Marie ihn hoch. Sie drehte ihn um und betrachtete mit weit aufgerissenen Augen die grünliche Verfärbung von Hose und Hemd. „Das gibt Ärger!" Es würde grauenhaft werden, ganz grauenhaft! Mit einer Standpauke von Vater, nach der ihnen noch eine Stunde lang die Ohren wehtun würden, Schütteln durch Mutter, bis sie blaue Flecke an den Armen hatten, einem Klaps für Marie, heftigem Abschrubben in der Badewanne für Alex und Gartenverbot für beide.

„Klar. Aber vorher haben wir noch ein bisschen mehr Spaß, ja?"

Entsetzt ließ Marie die Akte fallen. Die Innenseite seiner Hand war verbrannt gewesen, aber mit ihren sechs Jahren hatte sie das nicht erkannt.

Dr. Zitzmann hatte in der Anamnese notiert, Alexander hätte nach Aussage der Mutter mit ihrem Haarglätteisen gespielt. Seine Empfehlung, sofort mit Alex ins Krankenhaus zu fahren, lehnte sie ab. *Obwohl sie sonst so übervorsichtig mit ihm war?* Also versorgte er die rote Hautpartie, legte einen Verband um den Handteller und den Zeigefinger, der am schlimmsten betroffen war, schrieb ein Wund- und Brandgel auf und pochte auf die erneute Vorstellung am nächsten Tag.

Dazu kam es jedoch nicht. Da Alexander am Nachmittag einen tödlichen Unfall hatte.

Marie bekam kaum noch Luft. Ungeachtet des Staubs legte sie sich flach auf den Rücken, um besser durchatmen zu können. Doch schon nach kurzer Zeit drehte sie sich auf die Seite und zog die Beine an.

Vor ihrem geistigen Auge durchlebte sie erneut, wie Alexander vom Baum stürzte. Den lästigen Verband hatte er längst abgestreift, die Pein ließ er sich nicht anmerken. Lachend hatte er auf einem Ast gewippt. Dieser brach. Noch immer klang Alex' Kreischen klar und gellend in Marie wider, als würde er keine fünf Schritte von ihr entfernt hinabfallen. Es hatte sich angehört wie ein Schmerzensschrei und sie hatte sich gewundert, warum er sich nirgends festhielt.

Jetzt kannte sie den Grund.

In Fötushaltung weinte sie leise. Um Alexander. Weil sie ihm nicht hatte helfen können. Weil sie ihn nicht davon abgehalten hatte, in der Nase zu bohren. Und weil die Wahrheit so gleißend hell vor ihr lag, dass ihr Kopf wehtat.

Die ganze Wahrheit. Sie war vermutlich der einzige Mensch, der sie kannte. Beweise hatte sie nicht. Oder doch?

Zitternd schob sie den Ärmel des Cardigans zurück, den sie über die Faust gezogen hatte, um mit dem Stoff die Tränen abzutrocknen. Sie drehte den Daumen so, dass sie die dünne, verschrumpelte Haut an der Innenseite sehen konnte. Die Verbrennung war immer noch zu erahnen. Folge der Disziplinarmaßnahme ihrer Mutter, da Marie nach Alexanders Tod wieder mit dem Daumenlutschen angefangen hatte.

Ausgeführt mit ihrem Glätteisen.

„Ich kenne ein Restaurant, das barrierefrei erreichbar ist." Leander strahlte übers Gesicht wie ein Autoverkäufer in einem Werbespot. „Rollstuhlrampe, breite Gänge, ein behindertengerechtes WC."

Im Rückspiegel wurde Lisa Warnstedts altersschwache Villa immer kleiner. Daniel winkte ab. „Eine Currywurst an einer Bude würde mir als Mittagsimbiss reichen."

„Du hast keine Esskultur."

„Ich will nur satt werden. Man muss keine Wissenschaft daraus machen."

Leander setzte sich durch, indem er das Essen als „das beste in ganz Köln" anpries, und führte ihn ausgerechnet zu einem dieser modernen Läden im Belgischen Viertel, die er normalerweise keines Blickes würdigte. Brasilien-Bistros nannte er sie, weil auf den Werbetafeln und Aufstellern neben blauer Schrift stets grünes Gemüse abgebildet war und in der oberen Ecke die Sonne schien. *Healthy Life, happy Life. Nein, danke.* Um die grüne Guerilla machte er einen großen Bogen. Er akzeptierte sie, aber er hatte den Eindruck, sie ihn nicht.

Leander verdrehte die Augen. „Keine Sorge, hier bekommst du auch Fleisch."

„Sieht aber nicht so aus."

„Sie servieren nicht ausschließlich Vegetarisches oder Veganes."

Aber hauptsächlich, sollte das wohl heißen. „Also doch!"

„Sondern gesunde und nahrhafte Biokost."

Bei der Beschreibung lief Daniel nicht gerade das Wasser im Mund zusammen.

„Du wirst dich wundern, was sie alles auf der Speisekarte stehen haben." Ohne auf ein „Okay" zu warten, setzte sich Leander an einen Tisch vor dem Lokal und schob einen Stuhl weg, damit Daniel mit dem Rollstuhl herankommen konnte. „Gängige Gerichte, die nur mit besseren Zutaten zubereitet wurden."

Daniel glaubte ihm kein Wort, wurde aber eines Besseren belehrt. Er fand zwar eine Menge Speisen, die ihm höchst suspekt erschienen, mit Hummus (pürierte Kichererbsen, erklärte Leia), Chia (Salbei, stand im Kleingedruckten) und Bohnen (schwarz wie Kaninchenköttel, zeigte ein Foto) und merkwürdigen Namen, wie Alu Gobhi („Was um alles in der Welt bedeutet ‚Ayurvedische Küche'?"), aber auch viele bekannte Gerichte.

Freudestrahlend und erleichtert bestellte er einen Hamburger. Doch die anfängliche Euphorie schwand, kaum dass der Teller vor ihm stand. Das Brötchen war ein echtes und auch noch aus Vollkorn und das Fleisch war zu dünn im Vergleich zu der üppigen Schicht aus Salatblättern, Schalottenringen und Stangengurkenscheiben. Er hob die obere Hälfte des Brötchens an. Mit gerümpfter Nase beäugte er den für seinen Geschmack zu winzigen Klecks selbst gemachter Soße, in der die Stückchen Tomaten, Zwiebeln und Senfgurken zu erkennen waren. Seufzend legte er die Kappe wieder auf das Frikadellenscheibchen.

Daniel neigte sich zu seinem jungen Kollegen hinüber, damit die anderen Gäste ihn nicht hören konnten, denn zu seinem Unverständnis brummte das Restaurant an diesem Samstagmittag. *Schade, dass wir noch einen Platz ergattert haben.* „Das soll die Belohnung dafür sein, dass ich das einzige überlebende Opfer des Arena-Mörders gefunden habe?"

„Das weißt du doch gar nicht mit Sicherheit."

„Ich habe eine starke Ahnung, genauso wie ich vorausahne, dass ich diesen Schuppen kein zweites Mal aufsuchen werde."

„Du kannst ganz schön nerven." Leander schob eine große Gabel voller Reis mit Kidynebohnen und Kokos in den Mund.

„Das", Daniel zeigte auf das Bulettenbrötchen, „hat man davon, wenn man kollegial sein will und nachgibt. Die Vitas von Brühl und Melchior sind fast identisch."

„Eine mickrige Spur. Es gibt Tausende ähnliche Lebensläufe in einer Millionenstadt wie Köln."

„Der Gegner von Karsten Melchior wurde nie gefunden."

„Was nicht bedeutet, dass er noch lebt. Der Schädelspalter lässt niemanden am Leben. Warum sollte er? So dumm ist er nicht."

Darauf wusste Daniel auch keine Antwort. Kritisch unterzog er die unförmigen Pommes auf seinem Teller einer Prüfung. Mit spitzen Fingern hob er eine an und betrachtete sie von allen Seiten, als würde er so etwas das erste Mal in seinem Leben sehen. Keine TK-Ware, sondern eindeutig vom Küchenpersonal aus frischen Kartoffeln selbst geschnitzt. Dezent mit Gewürz bestreut, das fremdländisch roch. *Na bravo.*

„Der Killer stellt sicher, dass er die Kontrolle behält, indem er seine unfreiwilligen Gladiatoren in eine Arena sperrt und die mächtigste Waffe für sich behält: die Axt." Leander spießte ein Stück Hähnchen auf. „Es kann niemand entkommen sein."

Daniel biss ein kleines Stück der Fritte ab. Ungewohnt, aber lecker, lautete sein Fazit, sodass er den Rest gleich hinterherschob. Nachdenklich kaute er darauf herum. „Vielleicht war sein Plan, als er mit den perversen Spielen begann, noch nicht so ausgereift. Er machte einen Fehler."

„Hat er bisher welche gemacht?"

„Niemand ist unfehlbar. Außerdem hat er irgendwann mal klein angefangen. Unter Umständen war die Arena für den Januar-Kampf nicht sicher genug. Nehmen wir mal an, Joachim Brühl schaffte es, auszubüchsen. Der Killer musste erst Karsten Melchior ausschalten, damit der nicht auch noch floh. Er rammte ihm das Beil in den Kopf, was ihn wertvolle Zeit kostete. Bis er Brühl hinterherrennen konnte, war der schon über alle Berge oder hatte zumindest ein gutes Versteck gefunden."

„Ist die Vita die einzige Verbindung zwischen Brühl und Melchior, die du siehst?" Dürftig, besagten Leanders hinuntergezogene Mundwinkel.

„Joachim Brühl kennt Lisa Warnstedt, die Eigentümerin des Geländes, auf dem die Morde an Clemens König und Steffen Langweber geschahen. Nicht nur das, er verwaltet das Grundstück sogar."

Leander nahm einen Schluck von seiner Rhabarbersaftschorle. Seiner gerunzelten Stirn nach kam er ins Grübeln.

„Die einzige Erklärung, die mir einfällt, ist, dass sie dort verübt wurden, um Brühl einen Schrecken einzujagen, damit er den Mund hält."

„Warum tötet der Killer ihn nicht einfach?" Lautstark stellte der Hospitant das Glas ab.

Das war eine gute Frage, musste Daniel zugeben. „Brühl ist selbst ein harter Hund. Er hat in seinem Leben schon genug Dreck gefressen, um zu wissen, dass düstere Gegenden genauso gefährlich sein können wie Menschenaufläufe. Er weiß sich zu schützen. Wahrscheinlich hat er in seinem Apartment alle Fenster mit Zusatzschlössern verriegelt und eine Alarmanlage installiert." Das mussten sie dringend überprüfen.

„Oder er trägt eine Waffe, und das weiß der Täter."

Leander fing offenbar an, ihm zu glauben. Euphorisch aß Daniel zwei Pommes auf einmal, die noch nach Kartoffeln schmeckten und nicht nur nach Öl.

„Aber wenn Brühl Anfang des Jahres wirklich ein Opfer des Schädelspalters wurde, warum ist er dann nicht sofort zur Polizei gegangen?"

„Weil er selbst einige dunkle Geheimnisse hütet. Ich tippe darauf, dass er Angst hatte, seine eigenen Verbrechen könnten ans Licht kommen. Wahrscheinlich ging er auch davon aus, dass man ihm keinen

Glauben schenken würde, da er bei den Kollegen von der Polizeiinspektion bestens bekannt ist."

„Nicht einmal jetzt, wo die Presse über den Killer berichtet?"

„Brühl befürchtete bestimmt, dass bei einer Aussage sein Name bis zu den Medien durchsickern könnte. Sie würden ihn nicht als Geschädigten präsentieren, sondern als Kleinkriminellen. Außerdem würde in dem Fall der Schädelspalter richtig sauer werden. Nichts würde ihn mehr davon abhalten, ihn zu verschonen."

„Wieso tut er das überhaupt?" Leander spießte eine Bohne auf die Gabel auf. „Das kapiere ich nicht."

„Geld", diese Idee kam Daniel nach der letzten Pommes. Auf der einen Seite des Tellers herrschte nun Leere, auf der anderen wartete das gesunde Hackfleischbrötchen auf ihn. „Möglicherweise hat der Schädelspalter Brühl dafür bezahlt, zu schweigen."

„Ein Mann, der Spaß am Töten hat?"

Daniel verzog das Gesicht, denn Leander hatte recht, eine solche Verhaltensweise passte nicht ins Profil.

„Und würde Brühl dann bei Lisa Warnstedt arbeiten?"

Wohl kaum. Lustlos hob Daniel ein Salatblatt an, das aus dem Pseudo-Burger hing. „Du machst mich fertig."

„Wir müssen Joachim Brühl dringend vernehmen!"

„Noch nicht. Er könnte untertauchen, er ist ein zu wertvoller Zeuge, um ihn zu verlieren. Wir müssen erst Beweise haben oder zumindest Indizien sammeln, um ihn bei der Vernehmung in die Mangel zu nehmen. Nur dann werden wir ihn knacken, er ist eine harte Nuss. Immerhin hat er seit Januar dichtgehalten, dafür muss er einen gewichtigen Grund haben."

„Wahrlich", sagte Leander, wie ein Poet. „Auf mich macht er nicht den Anschein, zu denjenigen zu zählen, die froh sind, endlich loszuwerden, was sie lang als Last mit sich herumgetragen haben."

Daniel nahm den Hamburger in die Hand und legte ihn wieder ab. „Finde heraus, ob Karsten Melchior und er zur selben Zeit in der Haftanstalt gesessen haben, ob sie in derselben Straße, im selben Haus gewohnt haben, ob sie dieselben Sozialeinrichtungen besucht haben. Frag auch beim Jobcenter nach. Wenn wir eine Verbindung zwischen ihnen herausbekommen, wissen wir auch, wo und wie der Täter auf sie aufmerksam wurde." Dort würden sie ansetzen!

„Aye, aye, Chef." Leander, der während der Ansprache aufgegessen hatte, winkte den Kellner heran und bestellte ein Glas Gunpowder. „Schau nicht so, Zucker. Grüner Tee regt die Verdauung an."

„Was gibt es an Kaffee auszusetzen?“

„Nichts. Wenn er aus dem Fair-Trade-Programm stammt, wie der, den du hier bekommst.“ Da Daniel offenbar nicht die gewünschte Reaktion zeigte, setzte Leander nach: „Gunpowder hat von allen Grüntees den höchsten Gehalt an Koffein.“

„Du bist ein harter Kerl, das muss ich schon sagen.“ Daniels Magen knurrte immer noch. Darum biss er endlich in seinen Burger. Zuerst kaute er widerwillig, lustlos, dann immer schneller und schließlich schlang er förmlich. Seine Augen weiteten sich. *Wow.* Seine Mundwinkel hoben sich. *Wow!* Seine Geschmacksnerven schienen zu explodieren. *WOW!* Frisch und würzig, einfach perfekt.

Nachdem er den Bissen runtergeschluckt hatte und Leander ihn grinsend ansah, ließ er sich zu einem „Nicht übel“ hinreißen. Er brauchte ihm ja nicht auf die Nase binden, dass das der leckerste Hamburger war, den er jemals gegessen hatte. Manche Dinge musste man für sich behalten.

Während er ihn gierig aß und Leander auf Toilette ging, schweiften seine Gedanken zu Lisa Warnstedt. *„Bulle“*, *„Mongo“*, *„Krüppel“*, diese Begriffe hatte sie bei ihrem Besuch vor einer Stunde benutzt, aber sie passten gar nicht zu ihr. Stammten sie von Joachim Brühl? Oder von ihrem Bruder?

Blieb noch die Frage, was Lisa Warnstedt mit Brühl verband. War es wirklich nur der Gefallen für einen Freund? Oder hatte Brühl mitbekommen, dass der Serienkiller den Glasknochenengel beobachtete?

Wie sonst sollte ihr Haar auf die weibliche Leiche gekommen sein, dachte Daniel. Der Täter musste in ihre Nähe gelangt sein. Vielleicht hatte Brühl ihn gerade noch rechtzeitig verscheucht.

Beschützte Joachim Brühl Lisa Warnstedt vor dem Schädelspalter?

57. KAPITEL

Das Gute daran, am Wochenende im Büro zu sein, war, dass man in Ruhe gelassen wurde und einiges abarbeiten konnte. Das Schlechte war, dass man niemanden antraf oder erreichte. Die Behörden waren geschlossen, selbst das Polizeipräsidium lief auf Sparflamme, falls kein Sondereinsatz wie Razzien oder Großeinsätze anstand, und die Kölner verbrachten ihre Freizeit in Parks, Kneipen und Freibädern. Deshalb hatte die MK Arena-Morde mit ihren Nachforschungen auch keine so großen Fortschritte gemacht wie erhofft.

Frustriert, dass die Ermittlungen nicht im Zeitraffer stattfanden, wie in Kriminalromanen, fuhr Daniel am Nachmittag zu *Libertas* e. V. und holte Benjamin ab, denn er hatte Maries Cousin versprochen, ihn zu dieser neuen Tierhandlung im Hürth Park zu fahren. Normalerweise machte er einen Bogen um Shoppingcenter. Hundertfünfzig Geschäfte unter einem Dach, keine Frischluft, kaum Fenster, dafür massenhaft Besucher, das war nichts für ihn, vor seinem Unfall schon nicht und jetzt im Rollstuhl erst recht nicht. Aber Ben wollte unbedingt dorthin und brauchte ein Auto für den Rücktransport, also tat er ihm den Gefallen.

Schon vor dem Eingang des Gebäudes trafen sie auf Tierschutzaktivisten, die Pappkartonschilder in die Höhe hielten mit Aufschriften wie: „Keine Welpen-to-go!!“, „Hunde nur vom Züchter!“ oder „Das ist Tierquälerei!“ Lautstark forderten Sicherheitskräfte sie gerade auf, das Grundstück zu verlassen, während die vier Männer und Frauen ebenso lautstark forderten, den Besitzer des *Tieruniversums* tagein, tagaus in einen reizarmen Glaskasten zu sperren und auszustellen. Als auf beiden Seiten nach der Polizei gerufen wurde, zog Daniel den Kopf ein und fuhr eilig an ihnen vorüber.

Nachdem er und Ben auf einer Tafel nachgeschaut hatten, wo ihr Ziel lag, machten sie sich auf den Weg quer durch die Mall. Warum muss man immer genau ans andere Ende, fragte sich Daniel zerknirscht. „Wie läuft das Praktikum?“

„Gut.“ Benjamin hatte Mühe, mit ihm mitzuhalten.

Daniel wollte eben schnell in das Geschäft rein und noch schneller wieder raus. „Macht es Spaß?“

„Sehr.“

„Kannst du auch in ganzen Sätzen reden?“

„Ja.“

Daniel blinzelte ihn von der Seite an.

„Manchmal ist mit einem Wort eben alles gesagt." Bens Mundwinkel zuckten. „Die Arbeit ist voll mein Ding, zumindest wenn ich bei den Workshops und Gesprächsrunden helfen oder die Sozialarbeiter unterstützen darf. Im Bistro die Tische abzuwischen und heiße Suppe auszuschenken ist dagegen Kacke."

„Hast du dort jemanden kennengelernt?"

„Was?"

„Hast du dich mit jemandem angefreundet?", fragte Daniel. Wegen ihm mussten sie den Aufzug nehmen, der so versteckt zwischen zwei Shops lag, dass sie ihn erst einige Minuten lang suchten.

„Wie kommst du darauf?"

Als sich die Türen des Lifts in der obersten Etage öffneten, ließ er Benjamin den Vortritt. „Du bist kaum noch zu Hause."

„Ihr beide doch auch nicht."

Er arbeitete oft bis abends, aber ... „Marie müsste doch da sein."

„Sie hat noch einen Nebenjob", sagte Ben, als würde das alles erklären.

„Aber als Zeichnerin wird sie zurzeit selten angefordert." Unglücklicherweise gingen parallel zu den Aufträgen von der Polizei auch die der Medien zurück.

„Dann macht sie eben im Musical Dome Überstunden, wäre auch nichts Neues. Was weiß ich?" Kurz blieb Ben vor der Zoohandlung stehen, als würde er überlegen, ob er wirklich hineingehen sollte. „Mann, seid ihr im Moment angespannt."

„Angespannt?"

„Misstrauisch."

Daniel packte die Greifringe seines Bocks so fest, dass seine Handgelenke weiß wurden.

Schließlich schlurfte Benjamin hinein und er folgte ihm. Vor den Käfigen mit den Farbratten blieb Ben stehen. Er schob die Hände in die Taschen, neigte sich etwas vor und betrachtete die verschiedenfarbigen Nager. Seine Kiefer mahlten.

„Lass dir Zeit." Kumpelhaft tätschelte Daniel ihn. „Ich dreh mal eine Runde."

Seit seine Ratte Kobold von einem Psychopathen abgeschlachtet wurde, hatte Benjamin immer gesagt, er wollte kein neues Haustier haben. Woher kam nun der Sinneswandel? Er schien bedrückt.

Man könnte fast meinen, er hat Liebeskummer, dachte Daniel und rollte neugierig durch die Gänge. Eben noch hatte er sich aus dem Disput zwischen Aktivisten und der Security raushalten wollen, nun schaute er sich alles ganz genau an. Er war eben Polizist durch und durch und konnte nicht anders, als den Megastore unter die Lupe zu nehmen.

Das *Tieruniversum* sah aus wie eine normale Zoohandlung, nur fünfmal so groß. Futterdosen und -säcke stapelten sich rechts und links. Jeder Zentimeter wurde ausgenutzt. An manchen Stellen hing so viel Zubehör an der Wand, dass deren blaue Farbe nicht einmal mehr durchschien. Die Malerei einer Unterwasserlandschaft zierte die Aquaristikecke. Über dem Eingang zum Reptilien- und Spinnenraum hing eine riesenhafte Plastiktarantel. Daniel stieß auf rosa Bodys für Hunde und Halsbänder, die so teuer waren, dass sie in einer Vitrine weggeschlossen waren. Ebenso sehr staunte er über Miniatursofas für kleine Hunderassen oder Katzen und Hamsterkäfige, die so hoch aufragten wie er und ganze Labyrinthe enthielten.

Tiere wurden auch verkauft: Kätzchen, Kaninchen, Meerschweinchen, Reptilien aller Art und die verschiedensten Fische und Vögel. An dem Schaufenster mit den Welpen hing ein handgeschriebener Zettel: *Euch sollte man dort einsperren! Lebenslänglich!* Anscheinend hatten die Mitarbeiter ihn noch nicht entdeckt. Daniel ließ ihn hängen. Die Hunde machten einen gesunden Eindruck. Sie balgten herum und hatten Futter und Wasser. Aber wie glücklich konnten sie sein, hinter Glas gesperrt, angestrahlt und der Rasse nach in sterile Boxen zusammengepfercht, in denen sie kaum Auslauf hatten?

Daniel nahm sich vor, mit den zuständigen Behörden zu sprechen. Zudem fragte er sich, was mit all den Tieren geschehen würde, wenn sie zum Ladenhüter und zu alt wurden. *Wenn niemand sie kauft, was geschieht dann mit ihnen?*

Aus Mitleid wollte er ein Kätzchen erstehen. Marie wünschte sich ohnehin schon lange eins. Doch da sie selten zu Hause waren, beschlossen sie immer, wenn das Thema aufkam, die Vernunft siegen zu lassen. Jetzt war außerdem aus einem weiteren Grund ein unpassender Zeitpunkt.

„Egal, was ich mache, es ist falsch“, murmelte er vor sich hin, während er zurück zu Benjamin fuhr. Überreichte er ihr eine Aufmerksamkeit, würde es heißen, er wolle ihre Liebe erkaufen. Schenkte er ihr nichts, sah das aus, als würde er nicht um sie kämpfen. Mann zu sein heutzutage ist echt schwer, dachte er und wunderte sich, dass seine innere Stimme wie Leander klang.

Schmunzelnd blieb er vor Ben stehen. „Hast du dich für eine Ratte entschieden?“

„Entschieden, ja."
„Welche möchtest du mitnehmen?"
Der Neunzehnjährige trat von den Käfigen zurück. „Keine ist wie Kobold, keine kann ihn ersetzen. Er war mein Freund!"
„Kein Ersatz, sondern eine Ergänzung", sagte Daniel ungelenk. „Du könntest eine neue Freundschaft schließen."
„Ich will Kobold und keine andere."
Und ich will Marie. Dieser Gedanke ploppte einfach auf, einem Pop-up-Fenster im Internet gleich – aufdringlich und unausweichlich. Es gab andere Frauen und so schlecht kam er trotz Chopper gar nicht einmal bei ihnen an, doch er wollte nur Marie. *Dann gib alles dafür, dass du sie nicht verlierst!*
„Wir sollten heimfahren." Daniel gab Gummi. Er wollte so schnell wie möglich nach Hause und Marie sagen, dass er nur mit seinem Urologen telefoniert und das verheimlicht hatte, weil er sich für sein Katheterproblem schämte. Danach wollte er sie lieben, die ganze Nacht hindurch und ihr seine tiefen Gefühle für sie zeigen, indem er sich ganz und ausschließlich ihrer Lust widmete.
„Bist du sauer, dass wir umsonst hergefahren sind?"
„Im Gegenteil." Daniel lächelte ihn an. „Ich muss nur mit Marie reden, und zwar dringend."
Sollte er vielleicht noch das Halstuch von Lioba Zur vor Maries Augen verbrennen? Als Beweis, dass die Staatsanwältin ihm nichts bedeutete. Oder wäre das zu theatralisch, zu dick aufgetragen?
Er war schon fast aus dem Laden raus, als er plötzlich einen Blick auf etwas erhaschte, das an der Wand hinter der Kasse hing. Zuvor war es ihm nicht aufgefallen, da der Bereich mit Kleinigkeiten, die die Zoohandlungsbesucher noch rasch in ihren Einkaufskorb packen sollten, gepflastert war.
Abrupt blieb er stehen.
Benjamin stieß von hinten gegen den Rollstuhl. Fluchend rieb er sich den Bauch, weil er sich beim Aufprall den Schiebegriff in den Magen gerammt hatte.
„Sorry", murmelte Daniel, der nur Augen für das Kurzhaardackelreplikat hatte, das auf einem Regal stand. Dessen Mundwinkel zeigten unnatürlich nach oben. Das groteske Grinsen sollte wohl den Anschein erwecken, dass er sich wohlfühlte, doch es wirkte lediglich gruselig und verfehlte die Wirkung.
Was jedoch Daniels Aufmerksamkeit so vehement eingefangen hatte, war etwas anderes. Die Hinterbeine des Hundes waren nach hinten

gestreckt. Man hatte sie an einer Querstrebe festgebunden, an deren Enden jeweils ein Rad befestigt war. Die Konstruktion mutete bizarr an. Am Regalboden hing ein Computerausdruck: „Maßgefertigte Rollwagen. Sprechen Sie unser Personal an."

„Ein Rollstuhl für Hunde?"

„So was habe ich schon mal im Fernsehen gesehen", sagte Ben, der sein Handy herausholte und ein Foto davon machte. „Was es nicht alles gibt. Soll ich dir das Bild schicken?"

Daniel hörte ihm nicht mehr zu. Ein Gespräch tauchte in seiner Erinnerung auf und die einzelnen Sätze detonierten in seinem Schädel wie Bomben.

58. KAPITEL

Einige Sekunden lang befand er sich wieder am Tatort zwischen dem ehemaligen Fuhrunternehmen und dem eingleisigen Kopfbahnhof und schaute hinunter in die Versenkung, in der der Gerichtsmediziner das weibliche Opfer mit den missgebildeten Armen untersuchte:

„Der Boden sieht aus, als hätte der Psycho mit einem Zweig voller Blätter gekehrt", hatte Stinkefinger, der sympathischere der beiden Mitarbeiter des Erkennungsdienstes, gesagt. „Keinerlei Schuhabdrücke, nur die Abdrücke eines Hundes. Allerdings finde ich ausschließlich welche der Vorderpfoten. Dort hinten, in den Büschen."

„Unmöglich", schrie Conehead, sein schlecht gelaunter Kollege. „Arbeite gefälligst genauer!"

Daniel wurde hellhörig. „Könnten sie etwas mit dem Mordfall zu tun haben?"

Der Tätowierte schüttelte den Kopf. „Die Spuren stammen bestimmt nur von einem Spaziergänger, der mit seiner Töle Gassi ging."

„Wer fährt denn hier raus, um seinen Hund auszuführen?" Das hielt Daniel für unwahrscheinlich, denn diese Stelle war nicht nur gruselig, sondern auch schlecht zu erreichen.

„Jemand, der ihn gegen eine Contergan-Geschädigte antreten lassen möchte", sagte Dr. Sachs.

„Sie glauben doch nicht etwa …"

„Das Mordopfer weist Bisse und Kratzer auf, die von einem Hund stammen könnten. Sie sind auf keinen Fall menschlichen Ursprungs."

„Könnten die Verletzungen von einem Wildtier verursacht worden sein?"

„Sie wurden ihr vor dem Tod zugefügt." Was mit einem Nein zu übersetzen war. „Eine Bisswunde an der Kehle könnte sogar die Todesursache sein."

„Ein Hund gegen eine Frau ohne Arme?" Fassungslos schüttelte Daniel den Kopf.

„Sie suchen nach einem großen Tier mit kräftigem Gebiss. Die Zähne sind tief eingedrungen und haben an ihr gerissen, so viel konnte ich schon erkennen. Mehr kann ich Ihnen erst nach der Sektion sagen, aber ich tippe auf einen Kampfhund, einen Bullmastiff zum Beispiel, oder einen Rottweiler."

Im nächsten Moment sah Daniel vor seinem geistigen Auge Radspuren vor sich, nicht an einem Tatort, sondern in einer Allee gegenüber dem Klettenbergpark – vor Lisa Warnstedts Villa. Er hatte geglaubt, die Abdrücke würden von einer Saatmaschine stammen, da der Mutterboden frisch aufgeschüttet schien, sich aber gleichzeitig gewundert, weil er Juni als Termin für eine Aussaat für zu spät hielt. Als ob du dich mit so etwas auskennst, hatte er noch gedacht und sie wieder vergessen. Bis jetzt.

„Ich muss noch einmal weg! Vorher bringe ich dich nach Hause." Kompromisslos heizte Daniel durch die Gänge, sodass die Passanten ihm ausweichen mussten.

„Eben noch wolltest du dringend heim", rief Benjamin, der hinterhereilte.

Daniel bekam ein schlechtes Gewissen. Die Aussprache musste er verschieben. „Gib Marie Bescheid, ich muss länger arbeiten."

„Dann brauche ich gar nichts zu sagen, denn das ist ja die Regel."

Die Reifen des Rollis quietschten auf dem Linoleum, als Daniel um die Ecke peste. Die erschrockenen Gesichter um ihn herum nahm er zum Anlass, etwas gemäßigter zu fahren. „Und dass ich sie liebe."

Die neue Spur konnte nicht warten. Er musste unbedingt noch einmal mit Lisa Warnstedt sprechen und ihr Gelände untersuchen. Offenbar war der Schädelspalter mit seiner Killerbestie bereits vor ihrem Haus entlangspaziert.

Ich hatte recht, er spioniert sie bereits aus!

Vielleicht hatte er sein Tier die Witterung der nächsten Gegnerin aufnehmen lassen.

Daniel musste Warnstedt, die polnische Pflegekraft und Haushaltshilfe, Frau Dr. Mücke-Selth und sogar Joachim Brühl befragen, ob sie einen Hund mit einem Rollwagen in der Nähe des Hauses gesehen hatten. *So was fällt doch auf!* Dann könnten sie ein Phantombild des Täters erstellen und eine Fahndung einleiten.

Er brauste so schnell durch die Straßen Kölns, dass er geblitzt wurde. „Hoffentlich ist das kein schlechtes Omen."

Die Pflegekraft öffnete ihm, bat ihn höflich herein und rief nach Lisa Warnstedt. Zu seiner Überraschung wartete sie jedoch nicht auf Antwort, sondern ging, einen Einkaufskorb in der Hand, zur Haustür hinaus und zog diese hinter sich zu. Klackernd entfernten sich ihre Absätze.

Stirnrunzelnd saß er da und schob die fast leere Halbliterflasche Wasser zwischen die Schenkel, als der Glasknochenengel kam. Das Surren des Rollstuhlmotors begleitete sie. Wie eine Geistererscheinung tauchte sie plötzlich im Gang auf. Natürlich machte es nur den Anschein, als hätte sie sich von einem Moment zum anderen materialisiert. Das Ende des Korridors lag in völliger Dunkelheit, sie musste aus einem der hinteren Räume gekommen sein. Langsam schälte sie sich aus der Düsternis hervor – blass, klein, gedrungen, in leichter Schräglage und scheinbar schwebend, denn ihre helle Kleidung und die weiße Wolldecke zeichneten sich einige Sekunden vor dem dunklen Rolli mit der klauenähnlichen Mundbedienung ab.

„Wollen Sie mit mir anbandeln?“, fragte sie kurzatmig und leise, als wäre sie gerannt.

Daniels Augen weiteten sich. Irritiert brauchte er einen Moment, um zu antworten. „Wie bitte?“

„Weil Sie mich schon wieder besuchen.“

„Ich bin beruflich hier.“

„Unter dem Deckmäntelchen der Ermittlungen selbstverständlich.“ Sie zwinkerte. Schweißperlen glänzten auf ihren Schläfen.

„Tut mir leid, Sie enttäuschen zu müssen.“

Geübt schob sie mithilfe der Gesichtsmuskulatur die Brille hoch. „Sie sind zu mir gekommen, nicht ich zu Ihnen.“

„Ich bin glücklich verheiratet.“ *Was sollen diese Fragen?* Daniel merkte erst, dass er die Flasche zusammenpresste, als das Plastik bedrohlich knackte.

„Ja, natürlich.“ Sie wich seinem Blick aus. Ihre Wangen röteten sich. „Sie haben sich vor Ihrem Unfall eine Frau gesichert. Sehr clever! Ich war damals noch zu jung und bekam erst gar nicht die Chance dazu, jemanden an mich zu binden.“

„Woher wissen Sie das?“

„Was?“

„Dass ich geheiratet habe, bevor ich querschnittsgelähmt wurde.“

„Das habe ich im *Kölner Stadt-Anzeiger* gelesen. Der Rollstuhlkommissar könnte eine kleine Berühmtheit werden oder …“

„Das will ich gar nicht.“ Wieder einmal lenkte sie das Gespräch, dabei sollte er doch sie befragen. Dabei schlug sie Haken und wechselte so oft die Richtung, dass ihm schwindelig wurde und er nur schwer folgen konnte. Was beabsichtigte sie damit? „Ich mache nur meinen Job.“

„Oder ein trauriges Ende finden.“

„Wie meinen Sie das?“ Sie wollte ihn provozieren und schaffte es auch.

„Sie sind eine ebenso tragische Figur wie ich. Glauben Sie ernsthaft, das Schicksal, das uns schon so übel mitgespielt hat, würde für uns doch noch ein Happy End bereithalten?“

Daniel grübelte darüber nach, ob sie darauf anspielte, dass der Arena-Mörder es auf sie abgesehen hatte. Ging sie davon aus, dass sie ihm nicht entkommen konnte? Es wäre ihr nicht zu verübeln, da sie in ihrem Leben bisher meistens den Kürzeren gezogen hatte. „Sie brauchen kein Opfer mehr zu sein.“

„Ich bin, was ich bin: die Prügelmagd des Lebens, Ausschuss, der Magnet für das Unglück, damit andere verschont bleiben ...“

„Wie in dem Bruce Willis-Film *Unbreakable – Unzerbrechlich*? Daran glauben Sie doch nicht wirklich, oder?“

„Es gibt Menschen, die haben am laufenden Band Glück, und andere, die haben auffällig viel Pech.“ Sie klang kiebig, aber ihre Augen schimmerten verdächtig. „Wie wollen Sie das erklären?“

„Zufall.“

„Glauben Sie an Zufälle, Herr Kommissar?“

Er zögerte. „Nein.“

Sie seufzte und schien damit „Sehen Sie, da haben wir es“ zu meinen.

Daniel war gekommen, um ihr einige Fragen zu stellen, aber Lisa Warnstedt hatte es geschafft, ihn aus dem Konzept zu bringen. Um Zeit zu gewinnen und sich zu sammeln, trank er den Rest Wasser. Er hielt die Flasche hoch. „Darf ich die bei Ihnen entsorgen?“

„Der Korb für das Leergut steht unter dem Fenster.“ Sie folgte ihm in die Küche, blieb jedoch im Eingang stehen. „Sie haben viele Taschen an Ihrem Rollstuhl. Was führen Sie eigentlich alles mit sich?“

„Meine Kollegen haben das Dienstkoppel, einen Übergürtel, an dem sie ihre Ausstattung befestigen, ich habe dafür meinen Stauraum.“

„Ist Ihre Waffe auch darin?“

„Ich darf keine führen.“

Lisa Warnstedt schaute mitleidig. „Weil Sie im Rollstuhl sitzen.“ Eine Feststellung, keine Frage.

„Immerhin darf ich weiter ermitteln.“

Sie schnaubte. „Hauptkommissar Zucker, Sie meinen, die anderen lassen Sie mitspielen, aber die tun nur so. Was auch immer wir versuchen, wir werden immer nur am Rand der Gesellschaft leben. Wir werden geduldet, mehr nicht.“

„Dem kann ich nicht zustimmen.“

„Hat man Sie mit offenen Armen empfangen, als Sie nach Ihrem Unfall querschnittsgelähmt ins Polizeipräsidium zurückkehrten?"

Nein! Diese Unterhaltung behagte Daniel nicht. „Eben haben Sie noch gesagt, ich könnte eine kleine Berühmtheit werden."

„Ja, wie das Mitglied eines Kuriositätenkabinetts."

„Man respektiert mich, weil ich gut in meinem Job bin." Ihr spöttisches Lächeln brachte ihn auf die Palme.

„Müssen Sie nicht doppelt so viel leisten, um anerkannt zu werden?"

Ja, verdammt! Er hatte zuerst beweisen müssen, dass er fähig war, den Job weiterhin auszuüben, um seine Gegner zum Verstummen zu bringen. Trotzdem war er nur ein Mitläufer, jemand, der nicht zum Team gehört, ein Sonderermittler, kein vollwertiges Mitlied des KK 11.

Warum tat Warnstedt ihm das an? Wieso kratzte sie alte Wunden auf? Weil ihre eigenen noch bluteten? Weil Neid sie zerfraß, da er noch immer am Alltag teilnahm, während sie kaum das Haus verließ? Oder weil sie ihre Mitmenschen gerne quälte?

Um nichts Unüberlegtes von sich zu geben, wandte er sich ab. Schon wieder redeten sie über ihn. Wie schaffte Warnstedt das nur immer wieder?

Neben dem Leergut stand ein Karton, in dem Papier und Pappe gesammelt wurde. Ihm fiel auf, dass die Tageszeitungen ungelesen aussahen, als hätte man sie gleich vom Briefkasten in diese Schachtel gelegt. Hatte Lisa Warnstedt nicht eben noch gesagt, sie hätte die Informationen über ihn im *Kölner Stadt-Anzeiger* gelesen? Eine Lüge! Jemand musste ihr von ihm erzählt haben. Nur wer? Und warum?

Er stellte seine Flasche zu den anderen. Plötzlich bemerkte er eine leere Injektionsflasche in dem Sammelbehälter. Vorsichtig, um keine Spuren zu zerstören, nahm er sie mit spitzen Fingern am oberen Rand. Er las das Etikett.

Sofort beschleunigte sich sein Puls. Er öffnete den Mund, doch er war derart verblüfft, dass es ihm im ersten Moment die Sprache verschlug. Was er in der Hand hielt, war unglaublich!

Neben Brühl und der Hunderollstuhlspur im Vorgarten eine weitere Verbindung zwischen dem Schädelspalter und Lisa Warnstedt.

Bei dem Mittel handelte es sich um Propofol.

59. KAPITEL

„Beide Leichen weisen Wunden stumpfer Gewalteinwirkung am Hinterkopf auf, und Waffen, die dazu benutzt worden sein könnten, haben wir nicht gefunden, auch keine blutverkrusteten Äste oder Ähnliches", hatte Tomasz nach dem Leichenfund von Clemens König und Steffen Langweber die Berichte der Gerichtsmedizin und des Erkennungsdienstes zusammengefasst.

„Du glaubst, der Täter hat sie k. o. geschlagen?", hatte Daniel ihn gefragt.

„Ja, aber nicht nur das. Er ging auf Nummer sicher. Es gibt Einstichstellen bei allen Opfern und es wurde Propofol im Blut nachgewiesen."

Diese doppelte Absicherung passte für Daniel ins Täterprofil. Der Killer war in Wahrheit ein Feigling. „Das Narkotikum wird nur in Krankenhäusern und Arztpraxen benutzt. Nicht jeder kommt da ran."

„Erst dann hat er sie verschleppt, ausgezogen, in seine Arena gebracht und mit einem Steifen darauf gewartet, dass sie aufwachen, um sie mit dem Horror zu konfrontieren, den er für sie vorbereitet hatte."

Möglicherweise hatte Daniel gefunden, wo der Killer das Narkosemittel gestohlen hatte. Wenn das stimmte, hielt sich der Psychopath schon viel länger, als Daniel gedacht hatte, in Warnstedts Nähe auf. Aber warum zog er dann sein krankes Spiel mit Melchior, König, Langweber und der noch unbekannten Frau ab? Daniel fiel nur eine Antwort darauf ein.

Der Schädelspalter hatte es von Anfang an auf Lisa Warnstedt abgesehen.

Wenn diese Theorie zutraf, dienten die anderen Arenen und Gladiatoren nur als Tests. Er übte, bis er glaubte, für den Glasknochenengel bereit zu sein. Was hatte sie ihm getan, dass er so fixiert auf sie war und sie so sehr hasste?

Bis er zuschlagen würde, verschaffte er sich vermutlich einen Kick daraus, in ihrer Nähe zu sein. Er geilte sich an dem Machtgefühl auf, zu bestimmen, wann sie sterben würde – quälend langsam und grausam. Daniel befürchtete, dass er sich nicht mehr lange würde zurückhalten können.

„Das hätten Sie nicht sehen sollen." Warnstedts Stimme klang kraftlos.

Anklagend hielt er ihr das Fläschchen hin. „Woher stammt das?"

„Ist das so wichtig?"

„Von wem?"

„Frau Dr. Mücke-Selth."

Daniels Brauen schossen in die Höhe. „Ihre Hausärztin?" Steckte sie etwa mit drin? War sie das Bindeglied zum Serientäter?

„Bitte, Sie trifft keine Schuld."

„Warum befindet sich Propofol in Ihrer Villa, Frau Warnstedt?"

„Ich muss Tonnen von Medikamenten einnehmen."

Er wollte ihr nicht mitteilen, dass das Anästhetikum in den Leichen gefunden worden war. Das hätte sie nur in Panik versetzt. „Es wird ausschließlich bei operativen Eingriffen benutzt, um den Patienten ruhigzustellen oder eine Bewusstlosigkeit auszulösen, und sollte die Kliniken und die Arztpraxen nicht verlassen. Was hat es also in einem Privathaushalt zu suchen?"

Das erste Mal, seit er mit ihr sprach, zögerte sie. Sie wirkte verunsichert. Ihr Blick glitt durch die Küche. Sie saugte die Unterlippe ein. Ihre Nasenflügel bebten leicht. Als sie Daniel wieder ansah, glänzten ihre Augen feucht. „Dr. Mücke-Selth verabreicht es mir. Auf meinen Wunsch hin. Sie war strikt dagegen. Aber am Ende konnte ich sie doch überzeugen. Auch dafür war die Erbschaft hilfreich."

Es war also Geld geflossen, dachte Daniel. Wahrscheinlich erwirtschaftet durch den Verkauf des Mobiliars.

„Sie haben ja keine Ahnung, wie furchtbar es ist, in einem toten Körper eingesperrt zu sein! Tot mag nicht wissenschaftlich korrekt sein, aber ich empfinde es so. Ja, er funktioniert noch, gerade so eben. Wie heißt es so treffend? Zu viel zum Sterben und zu wenig zum Leben."

Er wusste nicht, worauf sie hinauswollte, senkte den Arm und ließ sie weiterreden.

„Man sollte meinen, dass der Geist auf Dauer verkümmern würde, wenn er in einer nutzlosen Hülle gefangen ist. Meiner tut es nicht. Im Gegenteil, er ist – Welch eine Ironie! – umso lebendiger. Er springt umher, bei Tag wie bei Nacht und ist immer aktiv."

„Sie leiden an Schlafstörungen."

„Schlimmer! An mentalen Unruhezuständen, die mich nachts wach halten, dafür nicke ich tagsüber immer mal wieder ein, wenn auch nur kurz. Ein Körper, der nie bewegt wird, braucht keine Ruhephasen. Das färbt unglücklicherweise auf meine Gedankenwelt ab. Dort geht nie das Licht aus, nur mit Gewalt."

„Haben Sie schon legale Schlafmittel ausprobiert?"

„Ich nehme sie seit Jahren, weshalb sie nicht mehr wirken, oder ich habe eine Unverträglichkeit entwickelt. Darum bat ich um Propofol. Ich bettelte sogar darum."

„Für Michael Jackson endeten die Injektionen tödlich."

„Die Berichte über Jackson brachten mich erst auf die Idee, es selbst einmal damit zu versuchen." Sie lächelte müde. „Ich war verzweifelt."

„Es unterdrückt unter anderem die Atmung, weshalb der Patient an Monitore angeschlossen und überwacht werden muss. Das könnte zu einem Atemstillstand führen. Sie bekommen doch so schon schlecht Luft." *Wie unvernünftig kann jemand sein!* Daniel lehnte sich vor und sah sie eindringlich an. „Jackson starb vermutlich an Herzstillstand, ausgelöst durch Sauerstoffmangel. Das sollte doch Abschreckung genug für Sie sein."

„Was habe ich zu verlieren, Kommissar Zucker? Ein Leben, das nicht lebenswert ist. Ich habe nicht den Mut zu einem zweiten Suizidversuch, da der erste schiefging und alles nur noch schlechter machte, daher suche ich wenigstens nach Erleichterung."

Daniel fühlte sich, als läge ein großer Stein auf seiner Brust. Er musste sie nicht nur vor dem Serientäter schützen, sondern auch vor sich selbst.

Nachdem er nach einer Plastiktüte oder einem Papierbeutel gefragt hatte, um darin die Injektionsflasche als Beweismittel zu sichern, und sich Lisa Warnstedt in ihrer eigenen Küche nicht auskannte, suchte er die Schubladen danach ab. Dabei grübelte er darüber nach, wer neben der Hausärztin die Möglichkeit hatte, von dem Propofol zu wissen und heranzukommen. Jemand könnte es entwendet haben, nicht unbedingt das ganze Fläschchen, sondern nur zwei Dosen, aufgezogen auf Spritzen, damit es nicht auffiel. Wer kam also infrage?

Jemand vom Pflegedienst. Dabei dachte er nicht an die Pflegekräfte selbst, denn die wechselten ständig. Hätte Magdalena das Narkosemittel für den Schädelspalter gestohlen, hätte sie alles dafür getan, die Stelle zu behalten, damit die Quelle nicht versiegte, doch sie wollte so schnell wie möglich weg. Die neue Hilfe war noch zu frisch im Haus. Aber die Firma, die die polnischen Frauen vermittelte, musste er unter die Lupe nehmen. Sicherlich kam ein Mitarbeiter regelmäßig vorbei, um zu prüfen, ob alles reibungslos verlief.

„Bei Ihnen gibt es viel zu renovieren", sagte er, steckte das Fläschchen in einen Gefrierbeutel und dann beides in eine seiner Rollstuhltaschen. „Welche Firma haben Sie engagiert?"

„Dafür ist kein Geld da, solange ich nicht die Industriebrache im Stadtbezirk Rodenkirchen verkauft habe."

Das Haus wirkte feudal, war aber in die Jahre gekommen. Es fielen bestimmt ständig Ausbesserungen an. „Und wer hilft Ihnen bei kleineren Reparaturen, wie einem verstopften Abflussrohr oder wenn der Kühlschrank ausfällt?"

„Herr Brühl."

„Der Verwalter des Grundstücks in Godorf, der es auch verkaufen soll." Eine merkwürdige Aufgabenübertragung in Daniels Augen. Normalerweise war sich ein Geschäftsmann zu fein dazu, leichte Hausmeistertätigkeiten auszuüben. Und einem Hausmeister traute man es üblicherweise nicht zu, ein riesiges Firmengrundstück zu verkaufen.

„Genau."

Misstrauisch blinzelte er. „Außerdem Ihr Gärtner."

„Er hilft, wo er kann. Ohne Herrn Brühl wäre ich längst vor die Hunde gegangen."

Ein Ruck ging durch Daniel hindurch. Das brachte ihn zu dem Grund, weshalb er überhaupt nach Klettenberg gekommen war. Wieder einmal ärgerte er sich darüber, dass Lisa Warnstedt ihn mit ihrer Gesprächsführung abgelenkt hatte.

Er musste Brühl dringend ins Präsidium zur Vernehmung vorladen. Denn momentan sah es so aus: Die Hunderollstuhlspur im Vorgarten der Villa war untergeharkt worden. Das kriminaltechnische Labor würde das Propofolfläschchen auf Fingerabdrücke untersuchen, aber er glaubte kaum, dass der Killer die Dummheit begangen hatte, es ohne Handschuhe anzufassen.

Daniel fuhr neben sie und zeigte ihr auf dem Smartphone das Foto, das Benjamin im *Tieruniversum* geschossen und ihm geschickt hatte. Aufgeregt tippte er auf den künstlichen Dackel, dessen Hinterbeine durch den Rollwagen ersetzt wurden. „Haben Sie so etwas schon einmal gesehen?"

„Warum?"

„Haben Sie?"

„Nein."

„Überlegen Sie einen Moment." Er vergrößerte das Bild, sodass die Konstruktion das gesamte Display einnahm. „Sind Sie sich ganz sicher?"

„Ja."

Ausgerechnet jetzt wurde die Frau, die gerne scharfzüngig redete, einsilbig. War sie sauer auf ihn, weil er ihr Geheimnis entdeckt hatte? Er wusste noch nicht, was er wegen dem Propofol unternehmen würde. Der Polizist in ihm musste den Medikamentenmissbrauch selbstverständlich melden. Aber er blieb immer Mensch, das war ihm wichtig. Er konzentrierte sich nie stur auf das Gesetz. Ein Teil von ihm konnte ihr Leid nachvollziehen und somit auch die Einnahme des Narkotikums. Wenn er jedoch ein Auge zudrücken würde, konnte das Warnstedt das Leben kosten. Doch dann dachte er wieder, sie ging das Risiko wahrscheinlich sogar absichtlich ein und hoffte, eines Tages nicht mehr aufzuwachen. Er würde darüber nachdenken müssen. Später.

Über ihre Schulter hinweg spähte er in den Gang. „Ist noch jemand im Haus?"

„Ich bin alleine."

„Und Joachim Brühl?"

„Ist auch nicht da."

„Hält einer Ihrer Angestellten zum Beispiel einen American Bulldog oder Staffordshire Terrier?"

Sie verdrehte die Augen. „Hat sich mal wieder einer der Nachbarn über meinen Alano beschwert?"

Daniel zuckte innerlich zusammen, als hätte er gerade einen elektrischen Schlag erhalten. Gleichzeitig glaubte er, sich verhört zu haben. Alarmiert richtete er den Oberkörper kerzengerade auf. „Sie haben einen Kampfhund?"

60. KAPITEL

„Nur weil Ohren und Schwanz kupiert sind, fürchten sich alle zu Tode vor dem Rüden, aber er frisst auch nur normales Futter und keine kleinen Kinder." Verschnupft spitzte sie die blutleeren Lippen.

„Kupieren ist in Deutschland verboten." Es zeigten immer mehr Richtungspfeile auf Lisa Warnstedt. Seine Sorge um sie wuchs. Plötzlich war er sich sicher, dass sie das nächste Opfer sein würde! Da der Killer sie beobachtete, wusste er, dass die Kriminalpolizei ihm immer näher kam. Deshalb musste er bald zuschlagen.

„Ich habe El Cojo schon so bekommen und kannte mich vorher damit nicht einmal aus. Erst als Beschwerden kamen, erfuhr ich davon."

„Haben Sie den Vorbesitzer angezeigt? Woher haben Sie ihn?"

Sie legte den Kopf schräg. Statt zu antworten, nahm sie den Schaltknüppel in den Mund und lenkte den Rolli in den Korridor hinaus. Erst vor der Haustür blieb sie stehen. Eine stumme Aufforderung, zu gehen. „Ein Straßenhund aus Spanien, den eine Organisation mir vermittelte. Sie griffen ihn schon in dem Zustand auf. Es handelt sich um eine alte iberische Hunderasse, die früher beim Viehtrieb und der Jagd eingesetzt wurde."

Jagd, hallte es in ihm wider. Der Begriff bohrte sich bei jedem Echo tiefer in seinen Schädel, sodass er Kopfschmerzen bekam. „Warum wollten Sie einen Hund?" Sie konnte ihn weder streicheln noch mit ihm Gassi gehen. An seiner bloßen Anwesenheit schien sie sich auch nicht zu erfreuen, denn Daniel hatte ihn bei seinen Besuchen noch nie zu Gesicht bekommen. Plötzlich fragte er sich, ob El Cojo überhaupt existierte.

Sie saugte die Unterlippe ein und biss darauf. Schließlich ließ sie sie wieder los. Ein Blutstropfen trat aus einer winzigen Wunde, die ihre Zähne hinterlassen hatte. „Sie sehen ja, dass ich manchmal alleine bin. Ich brauchte jemanden, der auf mich aufpasst. Oder vielmehr zur Abschreckung. Ein wunderschönes Tier mit schwarzem Fell. Es ist mit fünfzig Kilo und einer Schulterhöhe von sechzig Zentimetern recht massig, hat aber eine stolze Haltung. Ein sowohl kraftvoller als auch edler Rüde."

Die Beschreibung beunruhigte ihn nur noch mehr. „Wo ist er jetzt? Ich möchte ihn sehen."

„Herr Brühl ist mit ihm unterwegs."

Ausgerechnet der. Richtete er den Alano gerade ab? Machte er ihn hinter Warnstedts Rücken scharf? „Braucht El Cojo einen Rollwagen?"

„Ein Krüppel pro Haushalt reicht." Ein Schweißtropfen perlte über ihre geröteten Wangen. Ihre Stimme war nicht mehr als ein Hauch. „Es tut mir leid, unhöflich zu sein, aber ich muss Sie bitten, zu gehen. Sie sind schon lange hier und unser Gespräch hat mich erschöpft."

Er öffnete die Tür, blieb jedoch mit dem Bock vor ihr stehen. „Sie sagten, Joachim Brühl wäre auf die Empfehlung eines Freundes zu Ihnen gekommen, um für Sie zu arbeiten. Wer war das?"

Sie keuchte, das Sprechen fiel ihr immer schwerer. „Mein Bruder."

Das überraschte ihn. „Haben Sie ihn inzwischen gebeten, einige Zeit bei Ihnen zu wohnen, nur als Vorsichtsmaßnahme?"

„Er ist schwer zu erreichen, da er eine neue Freundin hat. Sie sträubt sich noch etwas, aber er weiß, was Frauen wollen. Ein richtiger Rosenkavalier ist er, das gibt es heutzutage nur noch selten." Ihr Grinsen erinnerte an das nachsichtige Lächeln einer Mutter. „Er wird sie erobern, wie ich ihn kenne."

„Das klingt ja, als würde er sie alle rumkriegen."

„Er besitzt einen Charme, dem man nicht widerstehen kann, ich auch nicht." Verlegen schaute sie weg. „Erinnern Sie sich an unser Gespräch über Glück und Unglück? Er hat das Charisma und das Glück, die mir fehlen, abbekommen, daher arrangiere ich mich inzwischen mit meiner Situation."

Sie unterstützte ihn offenbar doch nicht nur, weil er ihre einzige Familie war. Daniel fuhr eine Radlänge weiter. „Wir werden wiederkommen, um El Cojo zu untersuchen."

Erschrocken riss sie die Augen auf. „Wir?"

„Die Spurensicherung."

„Aber wenn ich das richtig herausgehört habe, suchen Sie doch einen Hund mit Rollen statt Hinterbeinen. Warum eigentlich?"

Jetzt musste er ihr doch die schonungslose Wahrheit mitteilen. Er erzählte ihr von der weiblichen Leiche und den Bissspuren. Sie wurde kreidebleich. Wie das mit den Radspuren zu erklären war, wusste er nicht. Wahrscheinlich war Warnstedts Alano nicht der Kampfhund, den sie suchten, aber sie mussten ihn trotzdem untersuchen, um ihn auszuschließen. *Könnte es sein, dass du die falschen Schlüsse aus den Radspuren und der Tatsache, dass am Tatort nur Abdrücke von Vorderpfoten gefunden wurden, ziehst, Zucker?*

Irgendetwas übersehe ich, dachte Daniel zerknirscht.

Seit er im Rollstuhl saß, hatte er eine kleine Phobie Hunden gegenüber entwickelt. Zu leicht sprangen sie an ihm, dem ewig Sitzenden, hoch. Er konnte sie jedoch immerhin mit den Händen abwehren. Warnstedt dagegen blieb nichts anderes übrig, als mit ihrer Fistelstimme um Hilfe zu rufen, wenn ein Köter ihr das Gesicht abschleckte oder sich darin verbiss. Würde jemand, der so gehandicapt war, sich einen kräftigen Rüden anschaffen?

Daniel ließ den Blick umherschweifen, als könnte er durch Wände gucken. In der Küche waren ihm weder ein Futter- und ein Wassernapf aufgefallen noch Pfotenabdrücke auf den Fliesen oder Fellhaare auf oder an den Sitzmöbeln. *Vielleicht hält sie ihn ausschließlich draußen, weil er ein reiner Wachhund ist.* Doch einen Zwinger hatte er im Garten nicht entdeckt, als er mit Brühl gesprochen hatte.

Besaß sie gar keinen Hund? Behauptete sie das nur, um jemanden zu schützen, den sie entweder fundamental brauchte oder den sie liebte? *Oder beides.*

Bevor er den Gedanken zu Ende führen konnte, klingelte sein Handy. Er holte es aus der Hosentasche und hielt es in der Hand. Leander rief an. Es musste Neuigkeiten geben.

„Ich verstehe und werde meinen Bruder sofort über die Situation ins Bild setzen. Er wird sich ziemlich aufregen. Sehr wahrscheinlich wird er ausflippen und fuchsteufelswild werden. Er hat ein hitziges Gemüt. Wenn er herkommt, sollten Sie weg sein, das ist besser für Sie."

Das musste ja ein netter Zeitgenosse sein. Da die Klingelmelodie in Endlosschleife lief und anfing zu nerven, entschied Daniel, den Anruf erst anzunehmen, um danach die Hände frei zu haben und die Rampe runterzufahren. Außerdem rumorte ein Gedanke in ihm. Er schaute Lisa Warnstedt hinterher, die tiefer in den Schlund ihres Hauses fuhr und in einem der Zimmer zur Rechten verschwand. Erst dann meldete er sich.

„Ich habe keine Zeit."

„Nette Begrüßung." Daniel fiel ein, dass er Leander lange nicht mehr „Prinzessin Leia" genannt hatte. Es schien ihm nicht mehr angebracht. Aber den Eintrag in seinem Telefonbuch würde er trotzdem nicht umbenennen.

„Ich meinte, ich muss mich kurzfassen." Leander keuchte bei jedem Wort, er war wohl eiligen Schrittes unterwegs. „Bin da an was dran."

„Was hast du bei der Bundesagentur für Arbeit herausgefunden?"

„Nichts."

„Eine heiße Spur, wirklich, ich möchte dir meine Anerkennung aussprechen."

Leander schnalzte den Sarkasmus einfach weg. „Sie vermitteln keine Tagesjobs mehr."

„Also finden wir dort auch nicht den gemeinsamen Nenner von Melchior und Brühl. Bleib dran, ich glaube fest an meine Theorie, dass …", der Schädelspalter sie im Januar gezwungen hat, gegeneinander anzutreten, schluckte Daniel hinunter. Er blinzelte in den Korridor. Wenn er genau hinsah, konnte er einen Vorderreifen von Warnstedts Rollstuhl erkennen. Dieser ragte aus dem Raum, in den sie verschwunden war. Wartete sie darauf, dass Daniel endlich abhaute, oder lauschte sie etwa?

„Bringst du mir morgen früh ein Croissant mit aufs Präsidium, Zucker?"

„Wie bitte?"

Kies knirschte am anderen Ende der Leitung. „Als Belohnung."

„Wofür?"

„Krieg ich eins?"

„Ja, Mann."

Das Knirschen hörte auf. Das Signal der Wagensicherung ertönte. Eine Autotür wurde quietschend geöffnet. Mit einem Ächzen ließ sich Leander in den Sitz fallen. „Kurzzeitarbeitskräfte werden inzwischen ausschließlich von Tagesjobzentralen vermittelt. Ich habe alle im Umkreis abtelefoniert und bin fündig geworden."

„Sag mir nicht …?"

„Doch."

„Red schon!"

„Karsten Melchior und Joachim Brühl sind beide bei *Job-a-day* gelistet."

„Bingo!"

„Entweder verdingte der Täter sich auch als Tagelöhner oder er war dort angestellt. Vielleicht ist er es immer noch."

„Überprüfe die Mitarbeiter als Erstes, das sind weniger."

„Darauf wäre ich nicht selbst gekommen." Der Motor von Leanders Fahrzeug heulte auf. „Ich danke dir für diesen genialen Tipp."

„Statt einem Hörnchen werde ich Seife mitbringen und dir den Mund auswaschen."

„Du bist mein Lehrmeister, du formst mich."

„Soll das heißen, das freche Mundwerk hast du von mir?"

„Man könnte es auch Durchsetzungsvermögen nennen, es ist alles eine Sache der Auslegung."

„Hm", machte Daniel. „Jetzt ruderst du zurück."

„Ich rudere nicht, sondern ich werde gleich fahren."

„Nach Hause, nehme ich an."

„Wer hat denn heute pünktlich Feierabend gemacht? Das warst du."

„Ja, aber …"

„Ich muss jetzt los. Die Oma in dem Fenster da hinten guckt mich so böse an, bestimmt weil ich im Stand den Motor laufen lasse, dass ich befürchte, sie könnte sich in Zerberus verwandeln. Der Wachhund dieses Hochhauses in …" Maria Mena übertönte Leanders letzte Worte. Er hatte die Musikanlage angeschaltet und stellte sie nun leiser. „Ach ja, das Haar, das an der weiblichen Leiche gefunden wurde, stammt wirklich vom Glasknochenengel."

Ein Kerl hört Maria Mena? Ich hoffe, der Song kam im Radio. Daniel wollte ihm von dem Propofol erzählen, entschied sich jedoch aufgrund der heimlichen Zuhörerin dagegen. Er wollte Lisa Warnstedt nicht noch mehr beunruhigen. Während ihres Gesprächs hatte sich ihr Zustand sichtlich verschlechtert. Er nahm ihr nicht ab, dass sein Besuch an sich sie derart mitnahm, sondern führte das auf ihre wachsende Angst zurück. Keinesfalls wollte er sie in Panik versetzen.

„Denk an die Croissants", sagte Leander. „Eins mit Käse überbacken und eins mit Schokolade gefüllt."

„Jetzt sind es schon zwei?"

Die Leitung war tot. Er hatte aufgelegt.

„So was aber auch", murmelte Daniel und steckte schmunzelnd das Handy weg. „Der wird immer frecher."

Er legte die Hände an die Greifringe. Als er den Rolli in Richtung Ausgang drehte, kostete ihn das mehr Kraft als sonst, weil der Teppich die Räder hemmte. Etwas anderes jedoch hielt ihn davon ab, die Villa zu verlassen. „Zerberus."

Der Gedanke, den er vor dem Telefonat gehabt hatte, kehrte zurück: *Besaß sie gar keinen Hund? Behauptete sie das nur, um jemanden zu schützen, den sie entweder fundamental brauchte oder den sie liebte? Oder beides.*

Ihm verging das Lächeln. Schwungvoll drehte er sich um.

Als er in das Zimmer, in das Warnstedt gefahren war, rollte, fand er sie keineswegs lauschend vor. Hatte er sich getäuscht? Sie wirkte auch nicht ertappt, sondern niedergeschlagen. Mit einer Mischung aus Erschöpfung und Traurigkeit spähte sie durch den Spalt zwischen den Übergardinen hinaus in den Garten. Als sie ihn bemerkte, sah sie überrascht mit halb geschlossenen Augen zu ihm herüber.

„Gehört der Alano Ihrem Bruder?“

Sie schnappte nach Luft.

„Also stimmt es.“ Darum fand er keine Hinweise auf El Cojo. Der Kampfhund war nur ein Gast. „Sie sollten ihn doch nicht informieren.“

„Warum?“

„Er könnte etwas Unüberlegtes tun.“ Auf eigene Faust ermitteln und dem KK 11 in die Quere kommen. Jemanden umbringen, den er für den Täter hielt, zum Beispiel. Sie hatte ja angedeutet, er sei ein Hitzkopf und würde ausflippen, wenn er hörte, dass seine Schwester in Lebensgefahr schweben könnte. Nicht nur er war ihre ganze Familie, sondern sie auch seine.

„Götz doch nicht!“

„Er hat schon einmal getötet, nicht wahr?“

Der Glasknochenengel machte den Anschein, jeden Moment in tausend Stücke zu zerspringen.

„Der Baseballschläger, mit dem Ihr Vater erschlagen wurde, gehörte Ihrem Bruder.“

Lisa Warnstedt ließ den Kopf hängen. Sie schloss die Augen. Tränen liefen über ihr Gesicht, ohne dass sie ein Geräusch von sich gab.

Daniel lenkte seinen Chopper neben sie und legte die Hand auf ihren Unterarm. Auch wenn sie die Berührung nicht spürte, die Geste zählte. Er hob die Distanz zwischen ihnen auf. Nicht bloß aus Kalkül, sondern auch aus Mitgefühl. „Erzählen Sie mir, wie es dazu kam.“

61. KAPITEL

Warum es zwei Küchen in der Villa Bast gab, hatte Marie nie wirklich verstanden.

Die größere in elfenbeinfarbener Hochglanzoptik wurde ausschließlich für Bälle und Bankette benutzt. Damit die unzähligen Speisen nicht quer durchs Haus getragen werden und die Gäste warten mussten, befand sie sich direkt neben dem Festsaal im hinteren Flügel.

Die kleinere, ganz in mattem Schwarz gehalten, lag gleich neben dem Personaleingang, damit die Gerüche von anbratendem Fisch und brutzelndem Gulasch mit Zwiebeln nicht bis zum zentral gelegenen Esszimmer, das Irene und Rainer Bast täglich benutzten, drangen.

Beide Küchen betrat Irene Bast nur, wenn sie sie inspizierte. Wie ein Feldwebel schritt sie unangemeldet hindurch, strich mit dem Finger über Arbeitsflächen, öffnete Schränke, um zu prüfen, ob Tassen und Gläser in Reih und Glied standen und die Teller nach Größe gestapelt waren. Länger als fünf Minuten hielt sie sich jedoch nie auf. Dies war nicht ihr Platz. Ihrer Meinung nach gehörte sie, hingegossen auf eine Liege in einem weißen Hosenanzug à la Marlene Dietrich, auf die Terrasse, majestätisch an einem Glas wohltemperiertem Gize nippend.

Marie hatte das durch Gold gefilterte Mineralwasser aus Kanada gekostet und fand, dass es wie jedes andere schmeckte. Die Bourgeoisie, die sich für so clever hält, kann man anscheinend genauso leicht blenden wie das Proletariat, hatte Marie einmal gedacht.

Egal, ob Kleidung oder Möbel, die Reichen wählten meistens helle Kolorierungen, hatte sie beobachtet: Lilienweiß, Creme, Champagner ... Bunte Farben fand man selten. Das sollte wohl Stil im Sinne von schlichter Eleganz beweisen, aber auf Marie wirkte es immer blass und als hätten sie nur wenig echten Spaß im Leben. Zu verkrampft, zu freudlos. Langweilig! Ihre Familie bestätigte diese Annahme.

Merkwürdigerweise fand sie ihre Mutter in der kleineren Küche vor. Einsam saß sie auf einem Hocker am Arbeitsblock in der Mitte des quadratischen Raums. Marie erschrak, als sie sie sah. Irene Bast wirkte hexenhaft, so gekrümmt, wie sie da saß. Für diese schlechte Haltung hätte Marie als Kind einen Klaps in den Nacken erhalten. Der helle Morgenmantel ihrer Mutter wirkte gräulich, genau wie ihre Haut. Ungeschminkt sah sie faltiger aus. Die dunklen Ränder unter den Augen waren Marie noch nie aufgefallen, wahrscheinlich weil sie sonst mit

Make-up überdeckt waren. Irene hörte sie nicht eintreten, und Marie machte sich auch nicht bemerkbar, denn sie wollte das Überraschungsmoment nutzen.

Noch immer aufgebracht über das, was sie am Samstag herausgefunden hatte, knallte Marie Alexanders Patientenakte auf den Block. „Warum befindet sie sich in eurem Besitz?"

Irene Bast fuhr hoch. Keuchend fasste sie sich an die Brust. „Hast du mich aber erschreckt!"

Innerlich lächelte Marie darüber. „Ich höre."

„Das ... das da habe ich noch nie gesehen." Eine schlechte Lüge, denn Irene Bast wäre bei dem Anblick fast vom Stuhl gefallen. Hastig streckte sie den Arm aus und hielt sich an der Arbeitsplatte fest. Sie versuchte aufrecht zu sitzen, aber das fiel ihr sichtlich schwer. Irgendwann sank sie wieder kraftlos in sich zusammen.

„Darin stehen alle Untersuchungsergebnisse unseres damaligen Kinderarztes. Du erinnerst dich aber noch an Dr. Zitzmann, oder?"

„Ach Gottchen. Das ist ja ewig her." Ihre Mutter zog den Gürtel des Morgenrocks enger. Die Beine, die darunter herausragten, bestanden nur aus Haut und Knochen. Geradezu ausgedörrt. „Du bist inzwischen schon so alt."

„Ich bin dreißig."

„Du siehst älter aus."

„Ich werde nie so alt aussehen wie du im Moment", schoss Marie gnadenlos den Giftpfeil zurück. Überrascht über dieses ungewöhnliche Verhalten, starrte Irene Bast sie irritiert an. Aber Marie fühlte sich keineswegs gut, weil sie sie mit ihren eigenen Waffen schlug, denn sie wollte auf keinen Fall so verbittert werden wie sie. „Warum bist du nicht angezogen?"

„Ich bin heute im Bett geblieben."

„Den ganzen Tag?" Der Montagnachmittag war schon weit fortgeschritten. Was war nur los mit ihrer Mutter?

„Ich fühle mich krank."

„Wie die ganzen letzten Wochen."

„Seit Alexanders Gedächtnistag."

Marie schüttelte den Kopf. „Nein, das Trinken fing schon früher an. Nur ist es seit dem Jahrestag noch schlimmer geworden."

„Ich trinke doch nicht! Was willst du damit andeuten? Dass ich eine Säuferin bin? Das verbitte ich mir!" Irene Bast wischte sich die Speicheltropfen aus den Mundwinkeln.

„Du genehmigst dir jeden Jahr an Alexanders Todestag einen über den Durst. Aber diesmal hast du nicht wieder damit aufgehört."

„Das ist deine Schuld. Du hast ihn umgebracht."

„Nein, das habe ich nicht!", donnerte Maries Stimme durch den Raum.

„Nicht direkt, nein, das nicht, aber du hast nicht gut genug auf ihn aufgepasst."

„Das wäre eure Pflicht gewesen." Gerade weil Marie wusste, dass ihre Mutter dieses Verhalten nicht mochte, zeigte sie mit dem Finger auf sie. „Ich war selbst noch ein Kind."

„Du hättest in den Weiher springen und ihn herausziehen müssen."

„Ich hatte eine Scheißangst."

„Red nicht so!" Unwirsch tippte Irene Bast bei jedem Wort auf die Fläche vor sich. „Das hast du von deinem Mann."

„Du hattest mir eingetrichtert, dass dort unten gruselige Wassermänner hausen, die mich in die Tiefe ziehen und niemals wieder loslassen würden."

Irene Bast umfasste ihre Kaffeetasse fester.

„Du hast uns nie Schwimmen beigebracht, weil das nicht zu unserer elitären Erziehung gehörte und du keine Lust hattest, dich mit uns über die Maßen abzugeben."

„Das ist nicht wahr." Irenes Nase krauste sich.

„Du bist nie mit uns auf Spielplätze gegangen. Du hast nie mit uns gebastelt. Kein Fußballspielen mit Alex auf dem Rasen. Keine Kitzelspiele mit mir."

„Stell mich nicht wie eine Rabenmutter dar." Unruhig zupfte Irene am Kragen ihres Morgenrocks herum. „Wenn wir unterwegs waren, habe ich immer deine Hand gehalten."

„Damit ich nicht weglief und herumtobte."

„Ich habe dir über die Haare gestrichen."

„Um meine Frisur zu richten."

„Warum machst du alles in deiner Erinnerung schlecht, Marie?"

„Weil ich es so empfunden habe."

Plötzlich sprang Irene Bast auf. Sie riss eine Schranktür nach der anderen auf, bis sie gefunden hatte, was sie suchte. Zwischen den Backutensilien zog sie eine kleine Flasche Rum heraus. Sie schraubte den Deckel ab und gab einen guten Schuss davon in ihren Kaffee. Gierig hob sie die Tasse an ihren Mund.

Doch Marie entriss sie ihr und kippte den Inhalt in den Abfluss.

Immer wieder leckte sich ihre Mutter über die Lippen. „Warum hast du das getan?“

„Mit Alkohol löst man keine Probleme, sondern bekommt weitere.“

„Ich habe es gut gemeint, damals. Mag sein, dass mir nicht der Preis für die beste Mutter der Welt zusteht, aber ich habe mich bemüht. Ich habe mich wirklich angestrengt.“ Irene Bast gestikulierte so heftig, dass sie hin und her schwankte wie ein Blatt im Wind. „Kinder zu erziehen ist nicht leicht, das kannst du nicht wissen, du hast ja selbst keine und wirst nie welche haben.“

Die Worte trafen Marie so sehr, dass sie sich setzen musste.

„Mir fällt es schwer“, ihre Mutter trat ans Fenster, schaute hinaus und drehte ihr somit den Rücken zu, „Gefühle zu zeigen. Das weiß ich, das weißt du. Ich bin in einem Haushalt aufgewachsen, in dem ich keine Zuwendung bekam, daher habe ich es nie gelernt. Es drehte sich alles nur darum, dass wir beiden Mädchen der Armut entkommen sollten.“ Abwehrend hob sie die Hand. „Ich habe nicht vergessen, woher ich komme, falls du das denkst. Sondern es hat mich angespornt, alles dafür zu tun, dass ihr, Alex und du, diese Hölle niemals durchmachen müsst. Damals mussten wir Kinder härter schuften, länger schaffen und wenn wir lachten, bekamen wir den Rohrstock zu spüren, denn wer lachte, amüsierte sich und arbeitete nicht.“

Die Geschichte wiederholte sich. „Du hättest es bei mir besser machen können.“

„Man kann seine Erziehung nicht abstreifen wie einen Nylonstrumpf.“

„Ich habe es geschafft.“

Irene Bast wandte sich um. Ihre Augen weiteten sich. Sie rieb über die Oberarme, als würde sie frieren, dabei war es warm in der Küche. Verlegen schaute sie zum Rum und dann auf ihre Füße.

Marie feuchtete die Fingerspitze an und rieb über einen Wasserfleck auf dem Ceranfeld. „Heide auch.“

„Die kompensiert das auf andere Art und Weise. Meine Schwester umkreist den armen Benjamin und lässt ihm keine Luft zum Atmen. Sie gibt ihm die Liebe, die wir nicht erhalten haben, doppelt und dreifach. Zu viel von etwas ist auch nicht gut.“

„Heide hat sich geändert. Sie ruft nicht mehr bei uns an, um zu fragen, ob Ben etwas zugestoßen sei, weil er sich nicht bei ihnen meldet. Sie schickt ihm nicht ständig neue Kleidung, die er ohnehin nicht trägt, weil er einen anderen Geschmack hat. Sie lässt ihn auf sich zukommen und das funktioniert recht gut. Jetzt, wo sie ihm Freiraum lässt, sehnt er sich wieder nach ihr. Er übernachtet sogar neuerdings hin und wieder am Wochenende in dem Zimmer, das in dem neuen Haus seins hätte werden sollen.“ Ihr Verhältnis normalisierte sich langsam. Marie hatte das bei sich und ihren Eltern nicht erwartet. Doch nun, da ihre Mutter das erste Mal so offen mit ihr sprach, erwachte Hoffnung in ihr.

Irenes Blick flackerte. „Dann bleibe ich eben der kalte Fisch der Familie.“

Plötzlich sah Marie ihre Mutter mit anderen Augen. Sie verzieh ihr zwar nicht die Vorwürfe, Strafen und fehlenden Zuneigungsbekundungen, aber sie erkannte, dass die ewigen Sticheleien nicht auf Boshaftigkeit zurückzuführen waren, sondern vielmehr als Eigenschutz dienten, um ihre Verletzlichkeit zu verbergen. Wie ein Kaktus. „Wo wir schon mal bei der Wahrheit sind, packen wir sie doch gleich ganz auf den Tisch. Was geht zwischen Vater und dir vor?“

„Nichts“, sagte ihre Mutter, doch sie fiel nach vorne, stützte sich auf dem Arbeitsblock ab und hangelte sich daran zurück zu ihrem Hocker.

„Hat er eine Affäre?“

62. KAPITEL

„Marie! Rainer würde nie …“

Marie fiel ihr ins Wort. „Hat er?“

Irene Bast setzte an, um etwas zu erwidern, tat es dann jedoch nicht. Sie wurde noch blasser als zuvor.

„Es wirkt auf mich so.“

„Auf mich auch.“

„Also stimmt es?“

„Ich weiß es nicht. Ich weiß es wirklich nicht. Vielleicht hasst er mich auch nur und versucht deshalb so oft wie möglich von mir wegzukommen.“

Auch das schloss Marie nicht aus. Von Liebe spürte sie jedenfalls nichts mehr zwischen ihren Eltern.

Irene griff die Flasche Rum. Da Marie sie ihr abnehmen wollte, schlug sie deren Hände weg und keifte: „Ich brauche das jetzt!“

Unglücklich schaute Marie zu, wie ihre Mutter den Inhalt in sich hineinkippte.

„Wie eine alternde Hafenkneipenhure, die säuft wie ein Loch, weil keiner sie mehr ficken will.“ Irene Bast stellte die kleine Flasche vor sich ab. Sie fiel um, rollte auf die Kante zu und drohte auf den Boden zu fallen und zu zerschellen. Fluchend versuchte sie sie zu packen, griff aber daneben.

Im letzten Moment fing Marie das Fläschchen ab. Sie glaubte, sich verhört zu haben. „Wie bitte?“

„Das sagt er immer zu mir, wenn ich trinke und keiner in der Nähe ist, der ihn hören kann.“ Irenes Stimme zitterte, ihre Augen schimmerten feucht. „Während unserer Ehe bin ich verblüht. Ich habe meine ganze Energie in ihn und seine Firma gesteckt, habe mich aufgerieben und aufgegeben. Er, der große Zampano, und ich, die naive, folgsame und abhängige Gelsomina. Jetzt brauche ich mal seine Hilfe, aber er ist nie da.“

„Hast du schon mit ihm über dein Problem gesprochen?“

„Er hält es für Schwäche und hat recht. Aber schwache Menschen sind ihm zuwider. Darum hat er sich auch kaum mit euch Kindern abgegeben. Er macht mir ständig Vorwürfe, dass aus dir nichts geworden ist. Es ist immer alles meine Schuld, der Patriarch ist unfehlbar.“

Marie war fassungslos über das, was sie erfuhr. Kopfschüttelnd stand sie auf und warf das Fläschchen in den Mülleimer. „Ich bin nicht reich wie ihr, nicht so erfolgreich und besitze kein Renommee, aber ich habe etwas, das ihr nicht habt: Ich bin glücklich."

Erste Tränen liefen über Irene Basts Wangen. „Dann habe ich ja doch nicht alles falsch gemacht."

Jeden anderen hätte Marie in den Arm genommen. Sie konnte niemanden weinen sehen. Aber bei ihrer Mutter verspürte sie diesen Drang nicht. Sie tippte auf Alexanders Akte. „Habt ihr sie gestohlen?"

„Um Gottes willen, nein! Wir ... wir haben sie Dr. Zitzmann für viel Geld abgekauft."

„Um zu vertuschen, dass du Alexander vor seinem Unfall mit dem Glätteisen bestraft hattest. Er hatte in der Nase gebohrt, du hast das immer gehasst." Obwohl ihre Mutter sich den Bauch hielt und vor- und zurückwiegte, sprach Marie gnadenlos weiter. „Alex musste den Verband entfernt haben, aber das hätte auch keinen Unterschied gemacht. Er kletterte auf den Baum am Weiher und wippte. Als der Ast unter ihm abbrach, schrie er auf, ich erinnere mich gut, denn der Schrei ging mir durch Mark und Bein. Ich wunderte mich zwar, dachte aber, er hätte vor Schreck geschrien, und vergaß das wieder. Bis ich den letzten Eintrag in den ärztlichen Unterlagen las."

Irene Bast schlug die Hand auf den Mund.

„Er versuchte sich an einem Ast festzuhalten, doch das verursachte ihm so große Schmerzen, dass er losließ", leise und eindringlich fuhr Marie fort, „und ins Wasser fiel", sie hätte aufhören können, denn sie wussten beide, was geschehen war, aber sie redete weiter, „und ertrank."

Plötzlich sprang ihre Mutter auf. Sie stürzte an ihr vorbei zum Spülbecken und erbrach Kaffee und Rum. Nachdem alles aus ihr heraus war, spülte sie den Mund zig Mal aus und wischte ihn mit einem Papiertuch ab. Einige weitere befeuchtete sie und betupfte damit die Stirn. „Ich kann darüber nicht sprechen."

„Ich werde dich dazu zwingen! Du hast mir und nur mir allein die Schuld gegeben. Du hast mich jedes Jahr an Alexanders Todestag fertiggemacht, dabei bist du diejenige, die am allerwenigsten ein Recht dazu hat."

„Ich habe genauso gelitten wie du."

„Und du brauchtest ein Ventil für die Wut auf dich selbst." Marie klopfte sich gegen die Brust. „Mich."

Dann sagte Irene Bast etwas, das ihr selten über die Lippen kam. „Es tut mir leid."

„Das macht all die Psychofolter an den vergangenen Jahrestagen nicht wett."

„Ich habe mich jedes Mal ins Koma gesoffen, nachdem du weg warst, nicht nur wegen dem, was ich Alexander angetan habe, sondern auch dir. Ich weiß, das kannst du nicht verstehen. Niemand kann das." Irene Bast sprach ganz leise. Sie sah Marie nicht an. Ihre Hände zitterten. „Aber jede Beleidigung, die ich dir an den Kopf warf, traf mich ebenso hart. Ich fühlte mich niederträchtig und ungerecht, ich schämte mich vor mir selbst, ich hasste mich dafür!"

„Warum warst du dann so? Wieso hast du keinen anderen Weg gesucht, mit dem Schmerz umzugehen?"

„Habe ich doch." Ihre Mutter schlug den Morgenrock beiseite.

Marie war schockiert.

Dicht unter ihrem Seidenhöschen reihte sich eine Narbe neben die andere. Die Oberschenkel ihrer Mutter waren übersät mit alten Wunden. Diese reichten jedoch nie tiefer als ihre Röcke. Sie sahen aus, als hätte sie sie sich mit der Rasierklinge zugefügt. Die meisten Schnitte waren alt, nur einige wenige waren frisch.

Irene Bast ließ sich auf den Hocker fallen. „Ich wollte die Qual, die ich an Alexanders Jahrestag erlitt, nicht alleine durchmachen müssen. Darum holte ich dich mit ins Boot. Sonst habe ich ja niemanden. Du bist diejenige, die mir am nächsten steht."

Wenn das so war, tat Marie ihr leid, denn ihr Verhältnis konnte man nicht anders als schlecht bezeichnen. „Und Vater?"

„Der verabscheut mich, seit das mit deinem Bruder passierte." Ihre Mutter schnaubte, während sie den Stoff wieder gerade rückte und ihr Bein verhüllte. „Ich habe ihm schließlich seinen Thronfolger geraubt."

Marie zählte eins und eins zusammen. Folglich wusste er über die Verbrennung an Alex' Hand Bescheid. Woher sonst sollte ihre Mutter auch das Geld genommen haben, um die Patientenakte von Dr. Zitzmann zu kaufen? Es konnte nur von ihrem Mann gestammt haben. Deshalb hatte sie sich ihm anvertrauen müssen. „Warum trennst du dich nicht von ihm?"

„Wer wäre ich denn dann? Eine alte vertrocknete Schachtel, die auf der Straße steht mit nichts. Ich komme aus der Gosse, dahin gehe ich nicht zurück!"

Es taten sich Gräben unter dieser Villa auf, von denen Marie nichts geahnt hatte. Die Ehe ihrer Eltern war nie von Herzlichkeit bestimmt worden, aber dass es so schlimm um sie stand, hatte sie nicht geahnt. Jetzt wurde auch ihr kalt. Sie bekam eine Gänsehaut, sie fröstelte und sehnte sich mit einem Mal nach ihrem Zuhause in der Südstadt und nach Daniel.

„Ich bin als Mutter wie als Ehefrau grandios gescheitert."

„Du könntest ja einen Neuanfang wagen, indem du sofort aufhörst, mich mit Fremden zu verkuppeln, um Daniel und mich auseinanderzubringen?"

„Verkuppeln?" Irene Bast rutschte auf dem Hocker herum, bis sie Marie direkt ansah. „Mit wem?"

„Carsten Falkenstein."

„Hab ich doch gar nicht."

Beinahe hätte Marie genervt aufgestöhnt. Sie verschränkte die Arme, legte den Kopf schräg und sah sie vorwurfsvoll an. „Ihr habt ihn mir vorgestellt."

„Na ja, schon." Ihre Mutter winkte ab. „Aber das hat sich eben so ergeben. Wir kennen ihn kaum. Er macht einen tadellosen Eindruck. Er drückt sich gewählt aus, hat Manieren, ist höflich, zuvorkommend und schien schon von dir begeistert zu sein, als er dich noch nicht einmal getroffen hatte. Und dann, als er es tat, war er hin und weg, das sah ich ihm an. Aber ist ja auch kein Wunder. Du bist eine hübsche Frau."

Ein Kompliment? Überrascht weitete Marie die Augen.

„Du könntest sogar richtig umwerfend aussehen, wenn du ein paar Kilo abnehmen würdest."

Sie konnte es also doch nicht lassen. Marie seufzte innerlich. Aber sie fühlte sich zu erschöpft von dem Gespräch davor, um sich aufzuregen. Zudem gab ihre Mutter in diesem Moment ein Bild des Jammers ab. Wie die tragische Figur in einem Drama. Wie eine knorrige Trauerweide, zu der alle Hunde kommen und sie anpinkeln. „Was habt ihr ihm nur alles über mich erzählt?"

„So gut wie gar nichts." Irene Bast zuckte mit den spitzen Schultern. „Wieso sollten wir?"

„Aber du sagtest doch, er wäre schon von mir begeistert gewesen, bevor er mich traf."

„Ach das. Er schien dich von irgendwoher zu kennen."

„Das ist unmöglich!"

„Nicht persönlich, aber dein Name war ihm geläufig. Herr Falkenstein hatte ihn mehrfach in Tageszeitungen unter Phantombildern und Zeichnungen aus Gerichtssälen gelesen."

Marie runzelte die Stirn. Welcher Leser achtete denn auf den Namen des Zeichners, der in winziger Schrift darunter stand? Für gewöhnlich interessierten sich alle nur für den Artikel. Das Bild wurde nur am Rande wahrgenommen.

„Er schwärmte von deinen Kunstwerken, jawohl, so nannte er sie", fuhr ihre Mutter fort. „Ich fand es erstaunlich, dass er keine gewöhnlichen Zeichnungen darin sah, sondern deinen künstlerischen Ansatz lobte."

Damit hatte er sie sicherlich am Haken gehabt. Bisher betrachteten Maries Eltern diese Arbeit eher als Kindergeschmiere, das nur ein paar lausige Cent einbrachte.

„In einem Atemzug sagte er, dass er Mäzen ist und außergewöhnliche Bilder für Galerien im In- und Ausland suchte. Da mussten wir ihn dir einfach vorstellen. Wer weiß, wohin das führen könnte, nicht wahr?"

„Unsere Tochter, die Künstlerin", damit hätten sich ihre Eltern schmücken können. Zu dumm nur, dass nichts daraus werden würde, nachdem er bei ihrem Date so aufdringlich geworden war. Er hatte sie ständig angefasst, wenn auch an unverfänglichen Stellen, hatte sie mit seinen Blicken förmlich ausgezogen, und dass er ihr den Ehering mit dem Mund vom Ringfinger gezogen hatte, hatte sie nicht nur widerlich gefunden, sondern es war ihr auch sauer aufgestoßen. Sie hatte das als Angriff auf ihre Ehe empfunden. Am liebsten wäre sie sogleich aufgesprungen und gegangen, doch dazu war sie zu höflich erzogen worden und hatte sich so sehr auf Odonien gefreut. Sie langweilte sich noch etwas in seiner Gegenwart und fuhr früh nach Hause, wo sie als Erstes unter die Dusche sprang und seine Berührungen wegschrubbte.

Marie stütze das Kinn mit einer Hand ab. „Woher kanntet ihr ihn überhaupt?"

„Er ist uns ein paar Mal in der Oper über den Weg gelaufen. Du weißt ja, dass wir ein Abonnement dort haben und am ersten Samstag eines jeden Monats dort sind. Eines Tages kamen wir ins Gespräch, ganz ungezwungen."

„Er sprach euch an", vermutete sie, denn ein Verdacht regte sich in ihr.

„Herr Falkenberg spendierte uns ein Glas Champagner. Er meinte, das würde man so machen, wenn man sich drei Mal hintereinander bei Vorstellungen treffen würde. Ich konnte mich nicht an ihn erinnern, aber er hat mich sofort wiedererkannt. Das schöne Geschlecht bleibt eben besser im Gedächtnis haften."

Marie fühlte sich schwindelig. Darum war sie froh, dass sie saß. Konnte es sein, dass Carsten über ihre Eltern Kontakt zu ihr gesucht hatte? Es wäre leicht einzufädeln gewesen. Durch die Regelmäßigkeit ihrer Opernbesuche wusste er, wo Irene und Rainer Bast anzutreffen waren. Ihrer Mutter war er nie aufgefallen, dabei mussten sie doch bei den einzelnen Begegnungen ein paar Worte gewechselt haben, denn wildfremden Menschen spendierte man doch keine Getränke.

Hatte er ihre Eltern nur angesprochen, um an sie selbst heranzukommen? Warum, was wollte er wirklich von ihr? Carsten Falkenberg wurde ihr langsam unheimlich.

Aber vor allen Dingen war sie wütend! Sie wollte nicht noch einen Manipulator in ihrem Leben haben. Von ihren Eltern konnte und wollte sie sich nicht lossagen, bei Carsten würde sie dagegen keine Sekunde lang zögern. Der SMS-Terror musste aufhören. Sie fühlte sich regelrecht verfolgt von ihm, weil er jeden Tag eine rote Rose unter ihren Scheibenwischer klemmte. Zuerst waren es zehn Anrufe in Abwesenheit auf ihrem Handy während der Arbeitszeit, inzwischen waren es vierzig.

Da ging sie ein einziges Mal mit einem Mann aus und geriet ausgerechnet an einen Stalker. Das hast du nun davon, schimpfte sie mit sich selbst.

Nun hatte sie schon ein offenes, klärendes Gespräch mit ihrer Mutter geführt, jetzt verspürte sie den Drang, auch bei Carsten reinen Tisch zu machen. Sie musste sich von ihm befreien, um endlich wieder frei durchatmen zu können.

Sie würde ihn treffen, heute Abend noch, und ihn zum Teufel schicken.

„Ich muss telefonieren."

64. KAPITEL

Für Daniel hatte es den Anschein, als hätte Lisa Warnstedt damit gerechnet, dass die Wahrheit eines Tages ans Licht kommen würde. Sie wirkte unendlich erschöpft.

„Das ist so lange her. Damals war Götz noch ein Kind."

„Ein Teenager", korrigierte er sie.

„Mit dem Gemüt eines Kindes."

Mit dem Gemüt eines zornigen Mannes, dachte Daniel. Er ließ ihren Arm los. Das Eis war gebrochen. Rad an Rad standen sie nebeneinander. Die Ruhe in der Villa hatte etwas Gespenstisches. Die Fenster hinter den schweren bis auf einen Spalt zugezogenen Übergardinen mussten geschlossen sein, denn kein Laut drang von draußen hinein. Sie befanden sich allein in der Villa. Die Situation war merkwürdig intim.

Das diffuse Licht des sich neigenden Nachmittags, das den Weg trotzdem ins Zimmer fand, verlieh dem Glasknochenengel etwas Koboldhaftes. „Woher wussten Sie, dass Götz unseren Vater getötet hat und nicht unsere Mutter?"

„Gar nicht. Ich habe es nur geahnt." Hätte er in diese Richtung ermittelt, wäre er viel früher auf einen Bruder gestoßen, er arbeitete jedoch an einem anderen Fall. „Aber Sie haben mir meine Vermutung gerade bestätigt."

Entsetzen trat in ihre Augen, dann lächelte sie traurig. „Man kann Ihnen tatsächlich nichts vormachen."

„Das sagten Sie schon einmal."

„Oh, keine Sorge, Kommissar Zucker! Ich halte Sie für den gefährlicheren Bullen von Ihnen beiden."

Irritiert hatte Daniel einen Moment gebraucht, um zu antworten. „Ich sitze im Rollstuhl."

„Feinnervige und gefühlvolle Seelen kann man leicht blenden. Sie dagegen sind zu sehr Realist. Ihnen macht man so leicht nichts vor. Da muss man sich schon anstrengen."

„Sie müssen es für sich behalten. Bitte! Götz hat mir das Leben gerettet. Irgendwann hätte mein Vater mich zerstört, wie ein Spielzeug, das ihm zu langweilig wurde. Er hatte mir schon das Becken gebrochen, weil ..." Ein Hustenanfall würgte sie ab.

Daniel fühlte sich, als hätte er Steine im Magen, die umherwirbelten und ständig an den Wänden anschlugen. Der einzige sexuelle Kontakt, den Lisa Warnstedt jemals gehabt hatte, hatte zwischen ihrem Vater und ihr stattgefunden. Kein Romanschreiber könnte sich solch ein Drama ausdenken. *Das Leben schreibt immer noch die grausamsten Geschichten.* „Es ist meine Pflicht, die neuen Ermittlungsergebnisse zu melden."

„Aber Sie sind doch hinter diesem Schädelspalter, wie ihn die Presse nennt, her."

„Ich bin Polizist."

„Der Vorfall liegt schon eine Ewigkeit zurück."

„Mord verjährt nicht." Genau genommen würde es wohl auf Totschlag mit der Rechtfertigung der Nothilfe hinauslaufen, aber damit konnte er Warnstedt nicht unter Druck setzen.

„Mein Vater war dabei, *mich* zu töten. Quälend langsam und grausam. Haben Sie ein Herz, Kommissar Zucker! Gerechtigkeit ist nicht immer schwarz oder weiß."

Tief atmete Daniel ein. Während er die Lungen füllte, kraulte er nachdenklich seinen Mund-Kinn-Bart. Er war hin- und hergerissen. Schließlich stieß er die Luft geräuschvoll aus. „Erzählen Sie mir, was genau geschah. Vielleicht hilft mir das bei meiner Entscheidung."

Der Teppich, auf dem sie standen, roch muffig. Es wurde stickig im Zimmer, zumindest empfand Daniel es so. Er betrachtete den Metallarm an Warnstedts Rolli, der in der Mundsteuerung endete. Wie der Schwanz eines Skorpions. Ein Skorpion mit einem Engelsgesicht.

Sie nickte. Der Schmerz der Vergangenheit trübte ihren Blick. Ihre Stimme klang so fipsig wie nie zuvor. „Wir lebten damals in Chorweiler, Odelstraße 1, Etage fünfzehn – ich sehe das Drecksloch noch vor mir. Mein Vater war überfordert mit sich und seinem Leben. Wenn etwas nicht wie geschmiert lief, machte es ihn wütend. Schon Kleinigkeiten brachten ihn aus dem Takt. Er reagierte jedes Mal mit Zorn. Doch statt das, was schieflief, zu beheben, wartete er darauf, dass es jemand anders tat oder alles von selbst wieder gut wurde. Er war kein Macher. In diesen Phasen verhielt er sich wie Feuer und Wasser. Zuerst brauchte er einen Blitzableiter, er warf mit Gegenständen um sich und traktierte uns. Wenn er dann Dampf abgelassen hatte und wieder klar im Kopf wurde, heulte er sich die Augen aus und bettelte um Verzeihung."

Auf ein solches Verhalten stieß Daniel in seinem Job immer wieder.

„Geschlagen hat er meine Mutter nie. Meistens schrie er so lange auf sie ein, bis sie zusammenbrach wie ein Häufchen Elend. Erst dann setzte er sich auf die Couch und las Zeitung, als wäre nichts gewesen. Manchmal demütigte er sie nicht nur verbal. In einer Märznacht schloss er sie nackt auf den Balkon aus. Einmal warf er die angebrannte Nudelsoße auf den Küchenboden und drückte ihr Gesicht hinein. Er hat sie erst aufstehen lassen, nachdem sie alles aufgeleckt hatte."

Daniel erkannte erste sexuelle Aspekte. Die Blöße der Mutter, die Unterdrückung. Ob Lisa Warnstedt sich dessen auch bewusst war? Das Szenerio erinnerte ihn schmerzhaft an seine eigene Kindheit. Auch er hatte unter einem gewalttätigen Vater gelitten. Auch er hatte vor der Wahl gestanden, ihn zu töten oder Hilfe zu holen. „Was war mit Ihnen?"

„Ich war ihm ein Dorn im Auge, denn ich verkörperte eins der Dinge, die schiefgelaufen waren und die er nicht ändern konnte." Die nächsten Worte spie sie förmlich aus: „Wie er diese Hilflosigkeit hasste!"

Weil sie Machtverlust für ihn bedeutete. Daniel wollte etwas sagen, doch Lisa Warnstedt fuhr bereits fort.

„Wenn er mich sah, führte das dazu, dass er sich aufregte. Daher band er mich an einem Stuhl in meinem Kinderzimmer oder im Bett fest. Er behauptete, das wäre zu meinem eigenen Schutz, damit ich mich nicht stoßen oder hinfallen und mir etwas brechen würde. Aber in Wahrheit wollte er mich nur aus dem Weg haben."

„Wie hoch ist der Altersunterschied zwischen Ihnen und Ihrem Bruder?"

„Götz ist zwei Jahre älter. Er war der Einzige, der von meinem Vater verprügelt wurde." Kurz kaute sie auf ihrer Unterlippe herum. „Zum Teil ist er selbst schuld daran, denn er begehrte ständig auf. Ein kleiner Rebell. Aber mein Vater hat ihn mit seinem tyrannischen Verhalten erst zu einem Rowdy gemacht, also kann man ihm wohl doch keine Schuld zuweisen."

Eine Spirale, die sich immer weiter hochgeschraubt hat, dachte Daniel. Warum machten sich die Menschen nur gegenseitig das Leben so schwer? Marie tauchte vor seinem geistigen Auge auf. Er konnte es kaum erwarten, sie in die Arme zu schließen.

„Wenn mein Vater mich drangsalierte, mich als Wechselbalg beschimpfte und so fest anpackte, dass ich schon glaubte, meine Knochen knacken zu hören, lenkte Götz ihn von mir ab. Er ging dabei nicht gerade subtil vor, sondern brüllte ihn an und hieb mit den Fäustchen auf ihn ein. Immerhin wirkte es jedes Mal." Sie gab eine Mischung aus Schnauben und Lachen von sich. „Mein Vater drosch auf ihn ein und ließ all seinen Zorn über meine Krankheit an ihm aus."

Offenbar hatte Götz als Prügelknabe hergehalten. Daniel kam zu der Meinung, dass schon damals die Hassliebe zwischen Lisa und ihrem Bruder entstanden sein musste. Götz half ihr zwar freiwillig, aber Schmerzen blieben Schmerzen. Sie brannten sich ebenso ein wie die erlittene Ungerechtigkeit. „Trat Ihr Bruder auch für Ihre Mutter ein?“

„Nein, vielleicht dachte er, das sind zwei Erwachsene, die müssen das unter sich regeln. Aber meine Mutter war schwach. Sie knickte leicht ein. Wenn die Nachbarn sie auf den lautstarken Streit ansprachen, behauptete sie, sie hätte versehentlich Kaffee über wichtige Versicherungsunterlagen geschüttet, worauf ihr Mann zu Recht mit ihr geschimpft hätte. Wenn sie mal wieder auf dem Balkon übernachten musste und jemand sie sah, behauptete sie, Hitzewallungen zu haben und im Freien schlafen zu wollen.“

Also war das mehr als einmal vorgekommen. Daniel schüttelte fassungslos über den Psychoterror den Kopf. Aber er erkannte auch, warum die Mutter der Polizei gegenüber behauptet hatte, ihren Mann getötet zu haben. Sie nahm immer alle Schuld auf sich. Vielleicht um ihre Familie zu schützen, womöglich war das auch ein stark ausgeprägter Charakterzug von ihr.

„Meine Mutter bestrafte meinen Vater, indem sie ihm den Beischlaf verweigerte. Er holte sich trotzdem, was er als sein Recht bezeichnete. Doch ich bekam an seinen Ausrastern mit, dass er Probleme mit der Standfestigkeit hatte, weil sie steif wie ein Brett unter ihm lag und an die Zimmerdecke starrte. Dann kann ich auch mit einer Leiche vögeln, brüllte er einmal.“

Angewidert presste Daniel die Zähne aufeinander.

„Ich bekam meine Regel mit elf Jahren. Von da an sah mein Vater mich mit anderen Augen.“ Ihre Stimme brach ab. Sie schluckte mehrmals, gab Daniel zu verstehen, dass sie okay war, und erzählte atemlos weiter: „Er schlich ständig um mein Zimmer herum. Wenn er sich neben mich auf die Bettkante setzte, legte er die Hand auf meinen Bauch. Bald wanderte sie über meinen Körper, zuerst nach oben, dann tiefer. Ich konnte sie nicht wegschieben, ich war ja gefesselt, zu meinem eigenen Schutz.“

„Es tut mir leid.“

Ihre Augen glänzten, aber sie weinte nicht. „Man kann die Vergangenheit nicht ändern, damit habe ich mich abgefunden. Aber Sie reißen alte Wunden auf.“

„Es tut mir wirklich sehr leid“, wiederholte Daniel und kam sich schäbig vor. „Lassen wir die Details aus und gehen zu dem Tag, an dem Ihr Vater erschlagen wurde.“

„Ich war mittlerweile zwölf. Die Besuche meines Vaters gehörten zum Alltag. Ich ertrug sie weinend.“ Mittlerweile schimmerten ihre Wangen fiebrig. Ein Schweißfilm überzog ihr Gesicht.

„Und Ihre Mutter?“

„Sie wusch mich hinterher.“

„Mehr nicht?“

„Sie war ohne Vater aufgewachsen und hatte immer von einer Familie geträumt.“

„Und Götz?“

„Er drosch mit dem Baseballschläger auf sein Federbett ein, spielte Ego-Shooter oder hörte Heavy Metal über Kopfhörer.“ Lisa Warnstedt schaute weg. „An dem Tag, als es meinem Vater nicht mehr reichte, mich anzufassen, sich dabei zu streicheln und auf mir zu kommen, hatte er auch ein Headset auf, aber meine Schreie drangen durch die Musik durch.“

Daniel versteifte sich.

„Er erdrückte mich fast mit seinem Gewicht. Ihn freute es offenbar, dass er mir mehr Reaktionen entlocken konnte als seiner Ehefrau, auch wenn diese negativ waren.“ Nun klang Lisa Warnstedt kalt wie Eis. „Meine Mutter schaffte es, emotionslos zu bleiben und ihm dadurch den Spaß zu rauben, ich dagegen weinte und bettelte ihn an, von mir runterzusteigen.“

Wodurch sie ihn unbewusst anfeuerte. Die alten Machtspiele, die er schon mit Lisas Mutter gespielt hatte.

Warnstedt sprach so leise weiter, dass Daniel sich zu ihr hinüberneigen musste, um sie zu verstehen. „Er brach mir das Becken. Ich kreischte vor Schmerzen. Durch den Schleier aus Tränen sah ich Götz. Mit dem Baseballschläger in beiden Händen ragte er hinter meinem Vater auf. Er ließ ihn niedersausen, zuerst nur auf den Rücken. Mein Vater flog auf. Doch bevor er sicher stehen konnte, hämmerte Götz den Schläger auf die Kniescheiben. Mein Vater ging zu Boden. Götz brach ihm die Arme. ‚Damit du am eigenen Leib erfährst, wie das ist‘, schrie er. Meine Mutter stürmte ins Zimmer. Sie erstarrte und beobachtete, die Augen weit aufgerissen, die Hände vor dem Mund, wie Götz auf den Schädel ihres Mannes einschlug, und tat wie immer nichts.“

„Sie nahm die Schuld auf sich, um Ihren Bruder zu schützen, habe ich recht?“

„Wir sprachen nie darüber. Sie rief den Notarzt für mich und die Polizei für Carsten.“

„So hieß Ihr Vater?“

„Unter uns Kindern nannten wir ihn nur *das Monster*. So besonnen wie in diesem Moment hatte ich meine Mutter davor noch nie erlebt.“ Warnstedt lachte spöttisch. „Sie schickte meinen Bruder unter die Dusche, wusch den Schläger ab und zertrümmerte damit Ihrem Mann endgültig den Schädel. Wegen der Fingerabdrücke, sagte sie zu mir keuchend, und der Blutspritzer.“

Wie immer hatte sie alles vertuscht, dachte Daniel. Ihre Familie war nicht mehr zu retten gewesen, aber sie konnte wenigstens Götz retten, darum opferte sie sich für ihn.

„Sie wollte nicht, dass ihr Sohn ins Gefängnis geht für einen gestörten Mann wie den eigenen, gestand sie mir viel später. Einen Psychopathen, Vergewaltiger und Pädophilen. Götz hätte niemals ein normales Leben führen können. Die Presse schlachtete damals unser Privatleben aus. Darum bestand Mutter darauf, dass wir unseren Nachnamen von Falkenstein in Warnstedt, ihren Mädchennamen, ändern ließen.“ Ihre Brille rutschte, aber sie reagierte nicht. „Sie erhängte sich in der Haftanstalt.“

Daniel war sprachlos, er wusste nicht, was er zu dem ganzen Drama sagen sollte. Er wischte die Handflächen an der Hose ab und schwieg betroffen.

„Und, wie werden Sie sich entscheiden?“

„Ich muss darüber nachdenken.“ Erneut durchlebte er den Moment, in dem er sich als Teenager mit dem Messer vor seinem Vater aufgebaut hatte, kurz davor, zuzustoßen, weil der Bastard seiner Mutter den Kiefer gebrochen hatte. Doch er hatte es am Ende nicht getan, weil er nicht zu derselben Bestie wie sein Erzeuger hatte werden wollten. „Du hast dich zum Licht gedreht“, hatte ihn seine Mutter später gelobt. Seine eigene Familientragödie hatte den Ausschlag dafür gegeben, dass er Polizist geworden war.

Dennoch konnte ein dunkler Teil in Daniel nachvollziehen, dass der junge Götz endgültig genug gehabt hatte von der Psychofolter und ausgetickt war. Inzwischen war die Mutter seit Langem tot. Außerdem brauchte Lisa Warnstedt ihren Bruder, jetzt mehr denn je. Er war ihr einziger Vertrauter, die letzte Person, die ihr nahestand. Sie würde jämmerlich eingehen, wenn sie ihn auch noch verlieren würde. Die Fülle der Argumente machte es für Daniel unmöglich, ihr den Todesstoß zu verpassen. „Rufen Sie Götz an. Sagen Sie ihm, er soll bei Ihnen einziehen, bis der Täter geschnappt wurde. Er hat Sie schon einmal beschützt, er wird es wieder tun.“

„Danke."

Ihr warmes Lächeln rührte ihn. „Aber sagen Sie ihm mit aller Eindringlichkeit, er soll den Baseballschläger oder andere Waffen stecken lassen. Keine Selbstjustiz! Sollte Ihnen etwas Merkwürdiges auffallen, rufen Sie mich an." Er legte seine Visitenkarte auf die Kommode und verabschiedete sich. Hoffentlich würde er die Entscheidung nicht bereuen. Sie fühlte sich nicht lupenrein, nicht vollkommen richtig an. Etwas Dunkles rumorte in ihm und versuchte an die Oberfläche zu gelangen, aber sein Kopf war wie mit Gülle gefüllt. Der Gestank des Gehörten überlagerte alles.

„Sie sind ein guter Mensch, Kommissar Zucker", rief Lisa Warnstedt ihm hinterher, als er die Villa verließ und die Haustür hinter sich zuzog.

Obwohl seine Gedanken noch fahrig um die Familientragödie der Warnstedts kreisten, fühlte er sich erschöpft. So musste es dem Glasknochenengel nachts gehen. Aufgedreht und gleichzeitig müde, unfähig abzuschalten. Daniel wollte endlich nach Hause. Er sehnte sich danach zu duschen, auf dem Sofa träge einen Abendfilm anzuschauen und dabei Marie im Arm zu halten.

„Du wirst langsam alt und langweilig", sagte er zu sich selbst, während er zu seinem Wagen fuhr, der am Straßenrand vor dem Haus parkte.

Er drückte auf den elektronischen Schlüssel und öffnete die Fahrertür. Alles fiel ihm schwer. Die Geschichte, die er soeben gehört hatte, und die Schwüle legten sich ihm wie Blei auf seine Glieder. Er legte den Kopf in den Nacken. Sein Blick folgte einer Schwalbe, die rasch über die Dächer hinwegflog. Der Himmel sah aus, als stünde er in Flammen. Das Gewitter würde in den nächsten Minuten losgehen. Wie zur Bestätigung grummelte es in der Nähe.

Beeil dich gefälligst, feuerte er sich an, denn er wollte zumindest auf der Straße sein, wenn die Blitze über Klettenberg zucken würden. Aber er fühlte sich in diesem Moment wie siebenundvierzig und nicht wie siebenunddreißig. Dabei hielt er sich eigentlich für jung, immerhin konnte er noch mehr als doppelt so alt werden. *Hör auf zu jammern!* Mühsam schwang er sich in den Sitz.

Kaum, dass er die Taschen vom Rollstuhl entfernt, ihn zusammengeklappt und unter Ächzen ins Auto gewuchtet hatte, klingelte sein Handy. Er meldete sich. „Hast du noch was für mich, Leia?"

„Tut mir leid, dich enttäuschen zu müssen, aber ich bin's nur." Tomasz klang gekränkt, aber auch gehetzt.

„Sorry! Nimm's mir nicht übel. Ich hatte nicht aufs Display geguckt." Warum krieche ich eigentlich zu Kreuze? fragte sich Daniel. „Leander rief mich eben an und teilte mir mit, dass Brühl und Melchior ..."

„Keine Zeit", fiel Tom ihm ins Wort. „Die Sisyphusarbeit hat sich gelohnt. Ich habe endlich den Halter des Subaru Libero aufgetrieben. Ich bin mit einigen Kollegen unterwegs zu ihm."

Als Daniel das Präsidium verlassen hatte, war der Durchbruch noch nicht in Sicht gewesen. Sein Puls beschleunigte sich. „Wie hast du das Labor dazu gekriegt, alles andere stehen und liegen zu lassen, um das Reifenprofil mit den Reifenspuren, die am Tatort sichergestellt wurden, zu vergleichen?"

„So weit sind wir noch nicht."

„Habt ihr Beweise im Innenraum entdeckt?" Die Kleidung der Toten, einen Speer mit einer abgebrochenen Spitze, einen Hunderollwagen – oder etwa ein neues Opfer, gefesselt, geknebelt und mit einer Behinderung? Daniel hielt die Luft an und lauschte aufgeregt.

„Wir können nicht hexen."

„Ein Geständnis des Besitzers?"

„Wir haben das Fahrzeug noch gar nicht gesehen."

Im Rückspiegel beobachtete Daniel, wie sich seine Stirn krauste. „Woher weißt du dann, dass du den richtigen Kleinbus gefunden hast?"

Einen Moment lang waren nur die Fahrgeräusche am anderen Ende der Leitung zu hören. Bremsen quietschten. Jemand fluchte. Gereizt gab Tomasz dem Fahrer Anweisungen, welche alternative Strecke er nehmen sollte, um den Stau, in den sie geraten waren, zu umfahren. Dann richtete er sich wieder an Daniel: „Weil der Halter des Fahrzeugs seit achtzehn Jahren tot ist."

Die Zahl rührte etwas in Daniel. „Wohin seid ihr unterwegs?"

„Nach Chorweiler."

„Sag mir nicht zur Odelstraße 1?" Etage fünfzehn, hörte Daniel in seiner Erinnerung Lisa Warnstedt mit ihrer fipsigen Stimme sagen.

Eine Sekunde lang war es still. Dann fragte Tom überrascht: „Woher weißt du das?"

Daniels Puls beschleunigte sich. „Dort wurde Carsten Falkenstein vor achtzehn Jahren ermordet."

65. KAPITEL

Erneut schaute Marie auf die Armbanduhr. Carsten Falkenstein war zehn Minuten überfällig. Unter anderen Umständen wäre sie gegangen. Aber sie wollte das Gespräch hinter sich bringen und einen Schlussstrich unter die leidige Sache setzen.

Sie hatten sich am Friesenplatz verabredet, um spontan zu entscheiden, in welches der trendigen Cafés oder Restaurants des angrenzenden belgischen Viertels sie einkehren wollten. Auf keinen Fall würde Marie mit Carsten zu Abend essen. Sie wollte ein schnelles Kölsch trinken und dann wieder verschwinden. Am Handy hatte es so geklungen, als plante er, die Nacht mit ihr durchzumachen. Aber dazu würde sie sich unter keinen Umständen überreden lassen!

Marie schlang die Arme um die Taille, sie fühlte sich unwohl. Die Straßen waren ungewöhnlich leer, was auch an den tiefschwarzen Wolken liegen mochte. Lieber hätte sich Marie an einem belebteren Ort wie dem Brüsseler Platz mit ihm getroffen. Doch Carsten hatte gesagt, er hätte bis spätnachmittags einen Geschäftstermin in einer Galerie in unmittelbarer Nähe und könnte es nur pünktlich schaffen, wenn sie dorthin käme.

Es donnerte und blitzte schon über Lindenthal. Wenn das Sommergewitter die City erreichen würde, wollte sie sich nicht auf dem Gehweg nass regnen lassen, sondern auf dem Sofa sitzen. Einen Becher Tee, einen Roman und Daniel an ihrer Seite – mehr brauchte sie nicht, um zufrieden zu sein. Aber würde sich das mit Daniel wieder einrenken?

Sie war bereit, sich für ihren Eifersuchtsanfall bei ihm zu entschuldigen. Doch wie sollte sie über das Halstuch von Lioba Zur denken? Daniel war eine ehrliche Haut, er würde sie, Marie, nicht hintergehen. Nicht so wie du ihn, dachte sie voller Scham. Daher konnte sie sich nur vorstellen, dass die Staatsanwältin versuchte, ihn für sich zu gewinnen. In dem Marie derart ausflippte, trieb sie ihn nur in Zurs Arme.

„Aber der mache ich einen Strich durch die Rechnung!"

Als weitere fünf Minuten vergangen waren, wurde es ihr zu bunt. Ich werde zur Galerie gehen und dort mit Carsten Falkenstein sprechen, sagte sie sich und ging los. Sie würde nicht lange brauchen, weder bis zu dem Laden, denn sie konnte das hell erleuchtete Schaufenster von hier aus sehen, noch für das Gespräch. Keinesfalls wollte sie sich auf Diskussionen einlassen. Sie würde klipp und klar sagen, er solle sie ab sofort in Ruhe lassen, und dann erleichtert nach Hause fahren.

Als sie in die Galerie eintrat, klopften erste Tropfen von außen gegen das Fenster. Niemand hielt sich in dem einzigen großen Raum auf. Die ausgestellten Leinwände waren beklebt mit allen möglichen Dingen: ausländischen Flaschenetiketten, benutzten Kaugummis, Einkaufszetteln, Kondomen, Stay-On-Tab-Verschlüssen von Getränkedosen, sogar abgelaufenen Schuhsohlen. In der Mitte befand sich auf jedem Bild das Piktogramm für Gift. Zwischen all dem Müll lugte der Totenkopf mit den gekreuzten Knochen hervor.

Was soll das bedeuten? fragte sie sich. *Dass Gevatter Tod uns belauert und zuschlägt, sobald er eine Chance dazu bekommt?*

Marie erschauerte. Diese Kunstwerke hatte bestimmt Carsten vermittelt. Er stand doch auf morbide Kunst, sonst hätte er keine Ausstellung mit ihren Phantombildern und Zeichnungen aus Gerichtssälen organisieren wollen.

„Kann ich Ihnen helfen? Mein Name ist Horatio Kraft." Ein sehr schlanker Mann mit dunkler Buntfaltenhose und gestärktem Hemdkragen kam auf sie zu. „Sie interessieren sich für Zoja?"

„Wen?"

„Die Künstlerin." Mit einer ausladenden Geste zeigte er auf die Bilder. „Sie ist erst vierzehn, ein Ausnahmetalent aus Russland. Verarbeitet nur Materialien, die sie auf den Straßen ihrer Heimatstadt Sankt Petersburg findet."

Marie schluckte herunter, dass sie glaubte,dass ein Teenager, der solche gruseligen Kunstwerke schuf, nicht auch noch gefeiert und somit in seiner Morbidität bestärkt werden sollte, sondern in Psychotherapie gehörte. Verlegen lächelte sie.

Horatio Kraft seufzte theatralisch. „Sie sind nur in die nächstbeste offene Tür gestürmt, um vor dem Unwetter Schutz zu suchen, habe ich recht?"

„Nein, ich bin mit Carsten Falkenstein verabredet."

Herr Kraft schaute sich um. „Hier ist niemand außer Ihnen."

„Wahrscheinlich ist er noch im Büro."

„Wie bitte?" Als er die Stirn runzelte, zeigten sich kaum Falten darauf. Er mochte dreißig oder schon fünfzig sein, das konnte Marie nicht bestimmen, denn er musste sich Botox spritzen lassen. Sie erkannte eine Narbe an der Nase, die Augen wirkten katzenhaft und die Haut spannte sich über den Wagen.

Kraft sollte seinen Schönheitschirurgen verklagen, dachte Marie. „Er hat eine geschäftliche Besprechung bei Ihnen."

„Bestimmt nicht."

„Fragen Sie den Geschäftsführer."

„Der bin ich und der Eigentümer."

„Oh! Entschuldigung, ich wollte nicht ..." Sie errötete, öffnete die Handtasche und prüfte ihr Handy, ob sich Falkenstein gemeldet hatte. Kein Anruf in Abwesenheit, keine SMS. Sie war irritiert. „Er sagte mir, er hätte einen Geschäftstermin in dieser Galerie."

„Vermutlich haben Sie sich verhört oder er hat da etwas vertauscht. Lassen Sie sich versichert sein, ich kenne diesen Herrn nicht. Er hat sich auch nicht für einen anderen Tag bei mir angemeldet."

Maries Augen weiteten sich. „Aber sein Name ist Ihnen ein Begriff, oder?"

„Nein, tut mir leid. Ich hatte noch nicht das Vergnügen."

„Sie müssten ihn wenigstens schon einmal gehört haben. Carsten Falkenstein ist ein Mäzen mit Kontakten nach Paris, Rom, London und Barcelona." Hatte er zumindest behauptet. Einen Beweis dafür hatte Marie nicht gesehen.

Horatio Kraft überlegte keine Sekunde lang. „Ich führe eine der renommiertesten Galerien in Köln und kenne die Kunstszene in- und auswendig. Ach, Kindchen, gucken Sie doch nicht so betroffen. Wahrscheinlich ist er neu zu Geld gekommen, durch eine Erbschaft vielleicht oder einen Lottogewinn, und möchte einen Teil davon verwenden, um Künstler zu fördern. Das ist doch rühmlich. Ein Renommee hat er aber nicht."

„Danke." Obwohl es nieselte, stolperte Marie aus dem Laden. Ihre Wangen brannten. Sie war durcheinander und wusste nicht, was sie davon halten sollte. „Ich bin einem Aufschneider aufgesessen."

Wahrscheinlich hatte er nur behauptet, Ausstellungen mit ihren Zeichnungen organisieren zu wollen, um sie ins Bett zu bekommen. Aber warum hatte er dann über ihre Eltern Kontakt zu ihr gesucht, hatte sich hintenherum in ihr Leben eingeschlichen und war nicht direkt auf sie zugegangen? Um Daniel zu umgehen? Sie waren sich vor dem Treffen in der Oper noch nie begegnet. Er musste sie irgendwo gesehen haben, sie ihn jedoch nicht. Wo mochte das gewesen sein? Sie ging doch so selten aus.

Das ungute Gefühl, das sie Carsten gegenüber hatte, wurde intensiver.

Sie schaute sich noch einmal um, aber Horatio Kraft stand nicht in der Tür und spähte ihr kopfschüttelnd hinterher, obwohl sie regelrecht geflüchtet war und sich einen Bären hatte aufbinden lassen.

Dafür kam Carsten Falkenstein auf sie zu. Noch war er vier Straßenecken von ihr entfernt. Die Galerie lag genau zwischen ihnen.

Ertappt blieb Marie stehen.

Doch er bemerkte sie nicht, sondern tauchte in Krafts Geschäft unter. Allerdings nur für einen kurzen Moment. Sogleich kam er wieder heraus, stellte sich breitbeinig in den Eingang und ließ seinen Blick umherschweifen, einen Blick, der sie an einen in der Luft kreisenden Adler erinnerte, der nach Beute Ausschau hielt.

Aus einem Impuls heraus drückte sie sich gegen die Häuserwand.

Aber er sah sie trotzdem. Plötzlich strahlte er über das ganze Gesicht. Mit beiden Händen winkte er ihr zu. Er tippte auf seine Armbanduhr, zuckte mit den Achseln und eilte zu ihr hinüber.

„Entschuldigung für die Verspätung." Bevor sie ihn abwehren konnte, küsste er sie rechts und links unmittelbar neben die Mundwinkel. „Das Gespräch mit dem Galeristen hat länger gedauert. Herr Müller war so begeistert von meinen Ideen, aber das ist er ja immer, wir arbeiten jetzt schon so lange zusammen. Er war Feuer und Flamme von den Bildern, die ich für Ausstellungen im nächsten Jahr vorgeschlagen habe. Deine Zeichnungen hätten auch dabei sein können. Mein Angebot steht noch immer." Er zwinkerte.

Marie war völlig perplex. So viel Dreistigkeit hatte sie noch nie erlebt! Er log, dass sich die Balken bogen. Was sollte das Theater?

An diesem Abend sah sie ihn mit anderen Augen. Alles an ihm wirkte falsch: die Worte (Lügen), das Lächeln (aufgesetzt), die weißen Zähne (Bleaching), die Haare (haselnussbraun gefärbt), die Augen (azurblaue Kontaktlinsen) und die Uhr (Goldimitat). Das einzige Echte an ihm war die windschiefe Nase. Den Makel hatte er nicht kaschieren können, ihn fand Marie sympathisch, alles andere an Carsten widerte sie inzwischen an.

An seinem Mienenspiel erkannte Marie die Veränderung in ihm. Er spürte offenbar, dass etwas nicht stimmte, dass sich etwas zwischen ihnen verändert und sein Illusionszauber die Kraft verloren hatte. Sein Grinsen erstarb. Zuerst blinzelte er verunsichert, dann kniff er die Augen zusammen und starrte sie verärgert an. Eine Zornesfalte teilte seine Stirn.

Seine Maske war gefallen, und Marie bekam Angst vor dem, was sie darunter sah.

66. KAPITEL

„Du hast schon von Carsten Falkenstein gehört?", fragte Tomasz überrascht. „Mir sagte der Name bisher nichts. Er ist der Halter des Subaru Libero. Wie kann das sein? Wer ist das? Und wieso kriegen wir immer die komplizierten Fälle?"

Nicht nur in seinem Kollegen formten sich zahlreiche Fragen, auch in Daniel: „Warum fiel nicht auf, dass er verstarb?"

„Der Bus wurde nie ab- oder umgemeldet. Die Zahlungen für Versicherung und Steuer wurden weiterhin pünktlich überwiesen."

Nicht von Lisa Warnstedt, sonst wären die Kollegen auch nach Klettenberg unterwegs. Daniel hatte eine Ahnung, von wem. Ihm brach der Schweiß aus.

„Was zur Hölle geht hier vor?", ranzte Tom.

„Habt ihr gecheckt, von wem das Geld kam?"

„Selbstverständlich. Dieselbe Adresse, derselbe Nachname, irgendein Verwandter, den wir gleich aufschrecken werden."

„Lass mich raten?" Der Name rollte über Daniels Zunge wie heiße Kohlen. „Er nennt sich Götz Falkenstein."

„Ja, verdammt. Woher weißt du das?"

„Das ist Lisa Warnstedts Bruder, nur heißt er seit dem fünfzehnten Lebensjahr Götz Warnstedt." Aber vermutlich hatte er einen Teil seiner Papiere nie ändern lassen oder benutzte die seines Vaters. Anscheinend lebte er in der ehemaligen Wohnung der Familie, dort, wo Gewalt, Missbrauch und Demütigungen den Alltag beherrscht hatten. Das hat ihn geprägt, dachte Daniel. *Und den Grundstein für die Arena-Morde gelegt.*

„Götz Warnstedt, Lisas Bruder, ist der Serienmörder." Daniels Mund war staubtrocken. Er schluckte schwer. Sein Herz raste. Warum hatte er die Zusammenhänge nicht eher erkannt? Er hatte sich zu sehr auf Joachim Brühl konzentriert. Außerdem hatte Lisa Warnstedt ihn müde geredet. Zuerst die vielen Gedankensprünge und persönlichen Angriffe, dann die doch recht detaillierte Schilderung des Horrors, den sie in ihrer Kindheit und Jugend erlebt hatte. Das alles hatte sich in seinem Kopf festgesetzt und die Gedankengänge verstopft.

„Die Reifenspuren am Tatort", Tom lachte spöttisch, „damit hat der Schädelspalter einen Fehler gemacht."

In Daniel schoben sich die einzelnen Puzzleteile zusammen und ergaben plötzlich ein klares Bild.

Götz Warnstedt wuchs mit körperlicher und psychischer Gewalt auf. Meistens hatte er die Prügel von seinem Erzeuger provoziert, um diesen von Lisa abzulenken. Doch Daniel ahnte, dass er dabei nicht nur einen Zorn dem Familienoberhaupt gegenüber aufgebaut hatte, sondern auch gegenüber seiner Schwester. Sie hatten ein zwiespältiges Verhältnis, das hatte Lisa Warnstedt selbst zugegeben. Trotz allem hielten sie zusammen, doch sie verabscheute, dass er wohl sein Leben nicht in den Griff bekam. Und Götz, was verachtete er an ihr? Daniel fiel nur eine Möglichkeit ein: die Glasknochenkrankheit und seit dem dreizehnten Lebensjahr ihre Querschnittslähmung.

Wahrscheinlich drehte sich, wie in den meisten Familien mit kranken Kindern, alles nur um dasjenige, das erhöhte Aufmerksamkeit und Pflege benötigte. Nach dem versuchten Suizid steigerte sich Lisas Pflegebedürftigkeit sogar noch. Deren Querschnittslähmung überforderte die Großmutter, bei der die beiden Kinder unterkamen, bestimmt. Götz musste ihr helfen, mehr als früher, das steigerte seine Wut auf die Welt. Sie staute sich an und suchte ein Ventil.

Alles passte. Das alles wusste er aber erst seit wenigen Minuten. Lisa Warnstedt befand sich in größerer Gefahr, als er gedacht hatte!

Das Knistern einer Zigarette war zu hören. Tom musste rauchen. „Wir sind gleich bei ihm. Ich muss Schluss machen."

„Ich sage Leander Bescheid."

„Den informiere ich", sagte Tom zu Daniels Überraschung. „Wir sehen uns dort."

„Vielleicht sollte ich besser …" Bei Lisa Warnstedt bleiben, um sie zu beschützen, denn ich habe Bockmist gebaut, hatte Daniel sagen wollen, doch Tomasz hatte bereits aufgelegt.

Noch konnte sie ihren Bruder ohnehin nicht angerufen und darüber aufgeklärt haben, dass die Polizei glaubte, sie könnte das nächste Opfer des Killers sein. Wer hätte für sie das Telefon halten und wählen sollen? Daniel hatte weder die Pflegekraft ins Haus gehen sehen, noch war Brühl vom Gassigehen mit dem Alano zurückgekehrt.

Wer nannte seinen Hund denn El Cojo! Was hieß das überhaupt? Da Daniel noch das Smartphone in der Hand hielt, öffnete er den Browser, suchte ein Übersetzungsprogramm für Spanisch-Deutsch und gab den Namen in das Suchfeld ein. Als er las, was ihm angezeigt wurde, wurde aus der Magenverstimmung ein regelrechter Schmerz.

Der Hinkende, Hinkebein, der Lahme, der Krüppel.

Unter den Begriffen standen Beispielsätze und verwandte Redensarten. Eine hieß: *Antes se coge al mentiroso que al cojo.*

„‚Lügen haben kurze Beine‘ – na das passt ja zu Lisa Warnstedt!" Wütend schlug Daniel auf das Armaturenbrett. Er biss die Zähne zusammen und blinzelte zur Villa hinüber.

Sie musste wissen, was der Name bedeutete.

Sie nannte ihren Hund bestimmt nicht grundlos so.

Sie hatte ihn eiskalt angelogen!

Die Vermutung lag nahe, dass der Alano entgegen ihrer Behauptung doch eine Gehbehinderung hatte. Dadurch stieg die Wahrscheinlichkeit, dass El Cojo der Kampfhund war, der gegen das einzige weibliche Opfer des Schädelspalters gekämpft hatte.

Nun fragte sich Daniel, ob El Cojo wirklich Lisa Warnstedt gehörte. Wahrscheinlich war ihr Bruder der Halter und sie hatte gelogen, um ihn zu schützen. Daniel war sich nicht sicher, ob sie von Götz' perversen Spielen wusste, aber sie musste auf jeden Fall ahnen, dass er Dreck am Stecken hatte. Mehr als einmal hatte sie sich abfällig über ihn geäußert. Sie mochte seinen Lebenswandel nicht, dennoch deckte sie ihn. Aus Geschwisterliebe? Oder glaubte sie, in seiner Schuld zu stehen, weil er ihren Peiniger erschlagen hatte?

Aber all diese Schlussfolgerungen waren nur blutleere Theorien. Sie würden vor Gericht nicht ausreichen, sollte Tomasz in Warnstedts Wohnung keine Hinweise darauf finden, dass Götz der Schädelspalter war, und dieser die Aussage verweigern, womit zu rechnen war. Daniel brauchte Beweise!

Genau genommen hätte er vor Ort bleiben, Lioba Zur informieren und warten müssen, bis die Staatsanwältin den Durchsuchungsbeschluss erwirkt hatte. Aber so lange werde ich meine Füße nicht still halten können, dachte er zerknirscht. *Nette Phrase, Zucker.* Er musste herausfinden, wem der Alano gehörte. Mit Lisa Warnstedt wollte er nicht noch einmal reden. Sie hatte genügend Chancen gehabt, die Karten auf den Tisch zu legen. Ohne mit der Wimper zu zucken, hatte sie ihn getäuscht. Auf ihre Aussage wäre zu diesem Zeitpunkt kein Verlass. Er musste Fakten schaffen!

Daniel kam es vor, als hätte er den Rewind-Schalter seines Lebens gedrückt. Gerade erst eingestiegen, hob er nun schon wieder den Chopper aus dem Wagen. Er klappte ihn auf, brachte jedoch nur eine der Taschen an und schwang sich hinein. Dann schloss er leise die Autotür.

Aufgekratzt fuhr er die Straße entlang. Die Garage schmiegte sich an die Villa, bestimmt gab es einen direkten Zugang vom Haus. Dahinter schirmte eine Wand den Garten vor neugierigen Blicken ab. Vor langer Zeit war sie einmal weiß gestrichen worden, eine Leinwand für jeden Fußgänger, der keine Hemmungen hatte, fremdes Eigentum zu beschmutzen, was die derben Sprüche und obszönen Zeichnungen bewiesen. Neben dem Grundstück verlief eine kleine Gasse, nicht breiter als ein Trampelpfad. Sein Bock passte gerade so hindurch.

Daniel bewegte sich bedächtig und fast lautlos, wie ein Jäger auf der Pirsch.

In der Nähe schlug der erste Blitz ein. Die Luft war zum Schneiden dick. Schweiß lief Daniels Rücken hinab, er sammelte sich unter den Rollstuhlhandschuhen. Wenn er sich nicht beeilte, würde sich das Gewitter unmittelbar über ihm entladen. Er hätte längst unterwegs nach Hause sein sollen.

Stattdessen rollte er den abschüssigen Weg hinunter. Am Ende fand er ein Tor. Er inspizierte es eingehend, fieberhaft und voller Tatendrang. Die weiße Farbe blätterte ab. Rost bedeckte die Scharniere. Hoffnungsvoll drückte er die Klinke nach unten. Die Tür gab etwas nach, ließ sich jedoch nicht öffnen.

Einige Atemzüge lang lauschte Daniel. Doch er hörte hinter der Wand weder einen Menschen hantieren noch einen Hund bellen. Führte Brühl El Cojo doch im Park aus? Nach allem, was Daniel erfahren hatte, war er davon ausgegangen, dass auch diese Information eine Lüge von Lisa Warnstedt gewesen war, um zu vertuschen, dass der Rüde gar nicht bei ihr lebte, sondern bei Götz. Doch nun war er sich dessen nicht mehr so sicher. Oder sprach da nur die Befürchtung aus ihm, dass der Kampfhund ihn anspringen könnte, sobald er auf das Gründstück gelangt war? Hätte man ihn danach gefragt, hätte er es vehement abgestritten. *Weiter!*

Unschlüssig, wie er das Hindernis überwinden könnte, kratzte er an der Patina. So alt, wie das Schloss aussah, musste es noch aus der Nachkriegszeit stammen.

In einem früheren Leben hätte sich Daniel über die Mauer gehangelt. Seine Gehbehinderung machte ihn mit einem Mal so sauer, dass er mit der flachen Hand gegen das Tor schlug.

Die Scharniere knackten.

Daniels Augen weiteten sich.

Er rüttelte am Griff, leise, damit man ihn in der Villa nicht hörte. Das Geräusch, das die Angeln machten, klang wie Knochen, die zermörsert wurden. „Warum muss ich gerade jetzt an Dr. Sachs denken?“ Er gab ein missmutiges Brummen von sich.

Plötzlich hörte er ein Bersten.

Er lächelte triumphierend.

Doch die Klinke war lediglich abgebrochen. Aufbrausend warf er sie weg. *Und was nun?*

Er machte einen letzten Versuch, auf diesem Wege in den Garten zu gelangen. So schnell gab er nicht auf! Er presste die Hände gegen die Tür am rechten Rand in der Mitte der Scharniere. Keuchend übte er so viel Druck aus, wie es ihm möglich war. Das Muskelaufbautraining half ihm dabei, das Sitzen dagegen erschwerte sein Vorhaben.

Es tat sich nichts. Immerhin rutschte er durch die Handschuhe nicht ab, aber dieser Vorteil half ihm auch nicht weiter.

Enttäuscht ließ er vom Hintereingang ab. *Verdammt!* Zornig hieb er dagegen. Wieder und wieder versetzte er dem Tor kurze, harte Schläge. Das Knacken wurde satter. Das ist viel zu laut, dachte er, wollte aber nicht klein beigeben. Es schien eine Ewigkeit zu dauern, die Konstruktion mürbe zu bekommen. Daniel stand kurz davor aufzugeben, als es krachte.

Rost stob umher.

Die Tür fiel um.

Polternd landete sie auf einem ungepflasterten Weg.

Ohne weitere Zeit zu vergeuden, fuhr Daniel über das Hindernis hinweg. Er rechtfertigte den Einbruch mit Gefahr im Verzug und rollte hastig zwischen den Tannen, die den Garten einrahmten, hindurch. Schließlich kam er zum Rasen hinter dem Haus. Er wertete es das erste Mal als Segen, dass die Übergardinen stets halb geschlossen waren. Keine Regung war dahinter auszumachen.

Nur der Donner störte die Friedhofsruhe, die über dem Gelände lag. Blitze erhellten den dunklen Himmel. Eine der schwarzen Wolken dort oben sah aus wie eine gigantische Klaue, die nach der Villa griff. Daniel bekam eine Gänsehaut. Erste Tropfen trafen ihn. Er wollte nicht mehr im Freien sein, wenn es anfing zu schütten und das Gewitter genau über Klettenberg war, daher gab er Gummi.

Er sah sich um. Hier gab es nichts, außer Gras, den Blumenbeeten ringsherum, der Garage und dem Geräteschuppen. *Der Schuppen!* Jetzt fiel Daniel wieder Joachim Brühls eigenartiges Verhalten ein, als sie sich hier draußen unterhalten hatten – nicht auffällig sonderbar, aber es war Daniel dennoch komisch vorgekommen, dass Brühl eine kleine Forke aus der Hütte geholt und diese danach geschlossen hatte. Warum hätte er das tun sollen? Zudem hatte sie vorher offen gestanden. Er hatte ja noch gearbeitet und hatte die Harke wieder zurücklegen müssen, nachdem er mit den Rabatten fertig gewesen war. Aber Daniel war das nicht verwunderlich genug vorgekommen, um dem nachzugehen. Außerdem gab es keine Rampe, die von der Terrasse hinunterführte, und er hatte keinen Durchsuchungsbeschluss gehabt. Den hatte er jetzt auch nicht, aber die Umstände waren andere.

Als er die Flügeltüren öffnete, knarzten sie.

Plötzlich stob ein Vogel aus dem Gebüsch dahinter auf. Er kreischte schrill. Zeternd beschwerte er sich über die Störung. Daniel schrak zusammen. Seine Herzschläge kamen ihm im Brustkorb wie Detonationen vor. Er packte die Greifringe so fest, als wollte er sie von den Rädern abreißen. Kopfschüttelnd entspannte er sich wieder und wischte den Schweiß auf der Stirn am T-Shirt ab.

Es regnete stärker. Wind kam auf. Er schüttelte die Baumkronen, brachte aber nur wenig Abkühlung.

Durch die Dunkelheit, die die hereinbrechende Dämmerung und das Wetter mit sich brachten, fiel kaum Licht ins Innere des Holzhauses. Etwas raschelte. Es stank ungewöhnlich für einen Geräteschuppen. Daniel konnte nicht weit sehen. Eine Hacke und ein Spaten lehnten an der Wand. Der Teil einer Werkbank ragte auf der Linken aus der Dunkelheit im hinteren Bereich heraus. Darauf lagen diverse Arten von Scheren, eine kleine Schaufel, Handschuhe und eine Rolle mit Gartendraht, daneben stand ein Kanister mit Insektenschutzmittel. Rechts hingen einige Geräte an Haken an der Wand, meistens solche mit Stielen, wie ein Drahtbesen, ein Teleskopschneider und sogar eine verrostete Sense. Auf dem Boden schlängelte sich ein gelber, achtlos hingeworfener Schlauch durch den einzigen Raum, bis hin zu den Futternäpfen.

„Hundefutter!“, stieß Daniel überrascht aus, denn er hegte keinen Zweifel daran, dass es sich um solches handelte. Das Wasser in der zweiten Schüssel wirkte frisch. Dahinter bemerkte er ein Gitter. Er blinzelte in die Finsternis hinein und stellte fest, dass es über die gesamte Breite reichte. Der hintere Teil des Schuppens war abgetrennt worden.

Daniel wollte näher heranfahren, doch der Gartenschlauch versperrte ihm den Weg. Eilig holte er die Taschenlampe aus der Rollstuhltasche. Die Blitze zuckten um ihn herum, aber er ignorierte das Risiko. Er schaltete die Lampe ein. Seine Aufregung stieg, als er durch die Hütte leuchtete.

Plötzlich sprang ein Hund auf ihn zu.

67. KAPITEL

Marie redete sich ein, dass sie sich nicht vor Carsten Falkenstein fürchten musste. Jetzt, da es immer heftiger regnete, waren auf dem Friesenplatz zwar keine Fußgänger oder Radfahrer mehr unterwegs, aber es fuhren genügend Autos auf der Hauptstraße entlang, nur eine Straßenecke entfernt. Die Galerie von Horatio Kraft hatte auch noch geöffnet. Er würde hören, wenn sie um Hilfe schrie. Allerdings nicht mehr, wenn das Gewitter erst einmal heftig tobte. Die schwarzen Wolken hingen so tief, dass sie beinahe die Dächer streiften. Das Donnergrollen war schon bedrohlich nah.

Aber sie wollte jetzt nicht flüchten, sondern erst gehen, wenn sie Carsten in die Wüste geschickt hatte. Dass er sie eiskalt belogen hatte, machte sie sauer. „Herr Müller, so heißt der Galerist?"

„Ja ... ja", Carsten drückte sie weiter unter das Dach, damit sie nicht nass wurden, „Michael Müller."

„Ein ziemlicher Allerweltsname."

„Findest du?"

„Ich kenne schon zwei Männer, die Michael Müller heißen. Das wäre der dritte." Seine Nähe war ihr unangenehm. Er drängte sich viel zu dicht an sie, angeblich wegen der Tropfen, die von der Regenrinne herunterfielen.

„Ach ja?"

„Scheint eine beliebte Kombination zu sein." Marie wich vor ihm zurück. „Wie lange arbeitet ihr denn schon zusammen?"

Er zögerte. „Bestimmt sechs Jahre. Vielleicht sind es auch schon sieben."

„Das weißt du nicht genau?"

Sein Blick verfinsterte sich. In dem Gässchen, neben dem sie standen, war die Nacht schon angebrochen. Die Dächer der beiden Häuser rechts und links berührten sich fast. Dunkelheit und Enge herrschten in dem Gang.

„Kann ich die Mappe sehen?"

Die Zornesfalte auf Falkenbergs Stirn wurde noch tiefer. „Wie bitte?"

„Du hast ihm doch einige Kunstwerke vorgestellt. Anhand von Fotos, schätze ich. Ohne sie hättet ihr ja auch nicht über neue Ausstellungen reden können."

„Er war so begeistert, dass er sie einfach nicht mehr hergeben wollte."

„Dann liegen die Bilder bei ihm?“ Wie praktisch, dachte Marie und schnaubte innerlich. „Dann können wir ja rübergehen und sie anschauen?“

„Jetzt?“

„Ja. Dort wären wir auch vor dem drohenden Unwetter sicher.“

„Auf keinen Fall. Ich möchte mit dir allein sein.“ Er drängte sie mit dem Rücken gegen die Häuserwand.

Sie versuchte ihn wegzuschieben, schaffte es jedoch nicht. „Ich aber nicht mit dir.“

„Was soll das heißen?“

Sie bekam kalte Füße, denn sein Blick wurde frostig. Am besten sie erteilte ihm die Abfuhr an einem öffentlichen Ort, das war sicherer. „Wir wollten doch in ein Café oder Bistro.“

„Sollen wir das Geplänkel nicht überspringen?“, sagte er trocken. „Wir sind beide erwachsen, wir wissen, warum wir uns heute getroffen haben.“

Über so viel Dreistigkeit konnte sie nur staunen. Mit offenem Mund stand sie da. Hinter ihm zuckten Blitze über den anthrazitfarbenen Himmel. Endlich fand sie ihre Sprache wieder. „Du verstehst das falsch.“

„Hör auf, dich zu zieren, Marie. Am Anfang hatte diese Mutter-Teresa-Attitüde noch ihren Reiz, aber jetzt langweilt sie mich.“

„Mutter Teresa?“

„Diese scheinheilige Reinheit, in die du dich hüllst. Mir kannst du nichts vormachen. Niemand, der Zeichnungen von Mördern und Vergewaltigern anfertigt, fühlt sich nicht auch zu Straftätern hingezogen.“

„So ist das nicht!“

„Du findest Verbrechen geil, das ist völlig in Ordnung. Ich tue es auch, darum passen wir so gut zusammen.“ Ungeniert drückte er seine Erektion an ihren Oberschenkel. Er klemmte sie ein, drückte sich an sie und packte ihr Kinn so fest, dass ihr Kiefer wehtat. Seine Lippen kamen näher. Er öffnete sie, seine Zunge schob sich nach vorne.

Oh mein Gott! Nein! Verzweifelt versuchte sie, ihre Handtasche zu öffnen, doch das Pfefferspray darin war unerreichbar. Sie brauchte Platz! Um an den Behälter zu kommen oder, noch besser, um wegzurennen. Carsten Falkenberg war ja von Sinnen!

Gewaltige Windböen tosten um sie herum. Regen klatschte ihr ins Gesicht. Sie stemmte sich gegen Falkenstein, bewegte ihn jedoch keinen Zentimeter von sich weg. Lachend griff er ihre Handgelenke. Er rangelte mit ihr, tat in einem Moment so, als hätte sie eine Chance gegen ihn, und im nächsten ließ er sie seine Überlegenheit spüren.

„Ich mache mit dir, was ich will. Mein Vater, dieser Bastard, hat mich nur eins gelehrt: nämlich die Puppen tanzen zu lassen."

„Ich bin nicht deine Marionette!"

„Bist du dir ganz sicher?" Er legte den Kopf schräg und schmunzelte überheblich. „Denk noch mal nach. Wir kuscheln. Keine Menschenseele ist in der Nähe. Genau genommen sind wir schon mitten im Vorspiel."

„Du kannst froh sein, wenn ich dich nicht anzeige."

„Wen, Carsten Falkenstein?" Sein dreistes Grinsen breitete sich über das ganze Gesicht aus.

Das ist nicht einmal sein richtiger Name, durchfuhr es Marie. Schrecken breitete sich in ihr aus. An wen war sie da nur geraten? „Ich will dich nie wiedersehen. Nie!"

„Das hättest du jetzt nicht sagen sollen, nein, wirklich nicht. Hättest nachgeben sollen, wie meine Mutter. Das ist gesünder für euch Frauen."

„Du hast dich mit der Falschen angelegt. Mein Mann ist Kriminalpolizist ..."

Carsten lachte herzhaft. Abrupt wurde er ernst. Eine Straßenlaterne in der Nähe schaltete sich ein. Sie warf Schatten auf sein Gesicht, die ihn diabolisch aussehen ließen. „Du hättest dich für mich statt für diesen Krüppel entscheiden sollen." Mit jedem Wort sprach er lauter – zorniger! Schließlich schrie er: „Dann hättest du mir noch eine Weile dienen dürfen und wärst länger am Leben geblieben."

„Du bist ja krank." Plötzlich tat sich ein Spalt zwischen ihnen auf. Marie nutzte das bisschen Freiheit und zog mit aller Kraft das Bein hoch.

Carsten Falkenstein brüllte. Schützend legte er die Hände über den Schritt, doch es war zu spät. Ihr Knie hatte seine Weichteile getroffen. Er klappte zusammen, hielt sich jedoch auf den Beinen.

Mit zitternden Händen riss Marie den Reißverschluss ihrer Tasche auf. Sie bemühte sich, ruhiger zu werden, schaffte es aber nicht. Hektisch kramte sie in den Fächern. *Zu viel unnützer Kram!*

Unglücklicherweise erholte sich Falkenstein zu schnell. Er richtete sich bereits wieder auf.

Da spürte sie den Behälter am kleinen Finger! Doch sie ging zu hektisch vor und schob ihn versehentlich beiseite. Sie keuchte. *Konzentrier dich!* Endlich fand sie das Spray. Sie holte es heraus. Ihr Daumen legte sich auf den Auslöser. Triumphierend hob sie es hoch und zielte.

Da schlug Carsten ihr das Pfefferspray aus der Hand. Ein einziger gezielter Hieb. Hart und kompromisslos.

„Neeein!“

Er vergrub die Hände in ihren Haaren. Grob zerrte er sie in das Gässchen hinein. Der Schein der Straßenlampe reichte nicht bis in den Gang, der zwei Nebenstraßen verband. Marie konnte gerade noch Falkensteins Umrisse erahnen.

Sie sah den Schlag nicht kommen, er traf sie an der Schläfe und holte sie von den Füßen. Benommen ging sie zu Boden. Sie schlug mit dem Kopf auf den Pflastersteinen auf, blieb aber bei Bewusstsein. Flammender Schmerz färbte alles um sie herum und in ihr rot.

Erneut packte Falkenstein ihre Haare. Als er sie nach oben riss, fühlte es sich an, als würde er Tausende von Nadeln in ihre Kopfhaut stechen.

Sein warmer Atem streichelte ihre Ohrmuschel. „Bis vor Kurzem dachte ich, man könnte keinen höheren Einsatz in einem Spiel setzen als das eigene Leben. Aber dann habe ich erkannt, dass es doch einen gibt: das Leben eines geliebten Menschen.“

Seine Stimme verursachte ihr eine Gänsehaut. Eiskalte Schauer gingen ihr über den Leib. Sie fror erbärmlich. Marie hatte große Angst.

Das Gewitter war jetzt direkt über ihnen. Es donnerte so heftig und rasch hintereinander, dass es klang, als wären sie nicht in Köln, sondern in einem Kriegsgebiet. Es blitzte und schüttete. Die Regenrinnen auf den Dächern über ihnen waren überfordert. Das Wasser lief über, ergoss sich über sie und spülte Maries Tränenbäche fort.

Marie spürte einen Stich am Oberarm. Er tat nicht annähernd so weh wie ihr Schädel. Mit der zunehmenden Betäubung verlor sie jegliche Hoffnung.

Dann wurde alles schwarz.

68. KAPITEL

Das Gitter des Käfigs, in dem der Hund eingesperrt war, gab etwas nach, hielt aber stand. Er stemmte sich dagegen, als wollte er es einreißen, und Daniel hätte seinen Bock darauf verwettet, dass er genau das vorhatte. Der Rüde baute sich in seiner ganzen beachtlichen Größe auf und wiegte den Kopf hin und her. Sein Schnaufen klang ungehalten, aufgebracht, wütend! Nur der Maulkorb hinderte ihn daran, die gesamte Nachbarschaft zusammenzukläffen. Der Lichtkegel der Lampe fing seinen aggressiven Blick ein. Die kupierten Ohren verstärkten das Furcht einflößende Erscheinungsbild.

„El Cojo!" Es gab ihn wirklich und er lebte tatsächlich bei Lisa Warnstedt! Sie hatte Daniel in dieser Hinsicht nicht angeflunkert. Aber gehörte der Rüde ihr auch? Das konnte sich Daniel beim besten Willen nicht vorstellen – eine so zerbliche Frau und solch eine Bestie.

Der Zwinger erweckte nicht den Anschein, behelfsmäßig oder in Eile errichtet worden zu sein. Der Kampfhund lebte offensichtlich schon länger hier. Ein massiges Tier, schwarz wie die Finsternis, in die er gesperrt wurde, und die er, so vermutete Daniel, nicht oft verlassen durfte. Er tat Daniel leid und gleichzeitig war er unendlich froh, dass er weggesperrt war.

Aber warum hatte der Glasknochenengel gelogen und behauptet, El Cojo wäre gesund?

Der Rollwagen schien ihn nicht weiter zu stören, auch wenn seine Bewegungen etwas ungelenk wirkten. Sie musste wissen, dass der Hunderollstuhl ihren Bruder über kurz oder lang überführen würde. Ausgerechnet Daniel hatte ihr von den Spuren am Tatort erzählt. Jetzt ärgerte er sich darüber! Aber anscheinend ahnte sie nicht, dass sie selbst in großer Gefahr schwebte, weil Götz bei den Arena-Morden bisher nur geübt hatte und sie sein Meisterstück werden sollte. Oder wusste sie es doch? Daniel hielt sie nicht für naiv, wohl aber von Einsamkeit durchdrungen und verzweifelt.

Wie weit ging ihre Loyalität? Würde sie für Götz sterben, statt ihn zu verraten, denn Letzteres hieß, dass, wenn er inhaftiert werden würde, sie alleine zurückblieb?

Der Seufzer, der aus Daniels Mund drang, kam von tief unten. Er schaltete die Lampe aus und fuhr aus dem Schuppen heraus. Wie passte Joachim Brühl ins Bild?

Während Daniel durch den Regen zur Garage fuhr, grübelte er so angestrengt, dass er die Regentropfen kaum wahrnahm.

Brühl war das einzige Opfer von Götz, das jemals entkommen war. Aber konnte er wirklich fliehen? Oder entging er der tödlichen Schneide des Beils, weil etwas geschah?

Er kam auf Empfehlung von Lisas Bruder zu ihr, um die altersschwache Villa instand zu setzen und zu verkaufen, grübelte Daniel. Mit einigen Möbeln hatte er angefangen. Löcher klafften im Mobiliar. Er hatte selbst gesagt, das Geld floss an Lisa Warnstedts Bruder. *Man könnte fast meinen, er hätte sie für Götz verkauft.*

Ebenso sollte er die Industriebrache loswerden. Eben auf diesem Grundstück in Godorf hatten die nächsten Morde nach dem Kampf im Januar stattgefunden. Brühl hatte zugegeben, den Stacheldraht in den Bunker geworfen und die Haselnusssträucher in das Mauerloch – die Mitte der Kampfarena – gepflanzt zu haben.

Er war nicht einer der Gladiatoren, sondern derjenige, der aufgeräumt hatte, durchfuhr es Daniel. „Der Glatzkopf steckt mit Warnstedt unter einer Decke!"

Der Rollstuhl holperte über einige Löcher im Rasen und schüttelte Daniel durch. Seine Hände rutschten trotz Handschuhen an den nassen Greifringen ab.

Götz musste ihn überzeugt haben, bei ihm zu bleiben. Vielleicht war Brühl gegen Karsten Melchior besonders brutal vorgegangen und Warnstedt hatte erkannt, dass er einen Gleichgesinnten vor sich hatte.

Möglicherweise hatte er einen Handlanger gebraucht, einen, der die Drecksarbeit für ihn erledigte und den er opfern konnte, um die Polizei abzulenken. *Denn er macht sich ungerne die Hände selbst schmutzig, das wissen wir ja schon.* Dafür sprachen die Distanz, die die Arenen mit sich brachten, und die Axt, eine Verlängerung der Arme. Er hat die Gladiatoren nie angefasst, erkannte Daniel. Das musste Brühls Aufgabe gewesen sein.

Aber warum hat die Glatze mitgemacht?

Es donnerte immer lauter. Es regnete inzwischen gewaltig. Das Wasser lief in Schlieren an der Hintertür der Garage hinab, die Daniel fast erreicht hatte. Sein T-Shirt klebte am Oberkörper. Feuchte Flecken breiteten sich auf seiner Jeans aus.

Er glaubte nicht, dass bloße Dankbarkeit, weil Götz ihn am Leben gelassen hatte, der Grund dafür war. Wahrscheinlich hatte er sich auserkoren gefühlt. Er dachte, er sei etwas Besonderes, oder Götz hatte ihm die Begnadigung so verkauft. Joachim Brühl, der bisher ganz unten in der Hierarchie gestanden hatte, hatte plötzlich die Chance bekommen, einem Mann zu dienen, der über Leben und Tod entschied – dem Teufel persönlich. Das fand ein Typ wie er gewiss aufregend und allemal besser, als in sein sinnloses Leben am Existenzminimum zurückzukehren.

Warnstedt hatte ihm eine Perspektive geboten, hatte ihn vom Alkohol und den Drogen weggeholt und ihn gelehrt, seine Verbrechen besser zu tarnen. Zudem bot er ihm einen lockeren Job, leicht verdientes Geld und ein wenig Zerstreuung, wenn es dunkel wurde.

„Ja, so musste es sich abgespielt haben", sagte Daniel und hielt an. Als er die Hand nach der Klinke ausstreckte, kribbelten seine Finger. Seine Nackenhaare stellten sich auf. Er schaute über die Schulter zurück, denn er glaubte Blicke zu spüren, aber das waren nur die Nerven, die ihm einen Streich spielten. Im Haus tat sich immer noch nichts.

Er wischte sich das Wasser aus den Augen und nieste.

Begleitet vom Zucken der Blitze um ihn herum, öffnete er die Tür. Dahinter verbarg sich eine Doppelgarage. Nur einer der beiden Stellplätze war besetzt – mit einem Subaru Libero!

Daniel blieb die Spucke weg. Ein unangenehmes Kribbeln erfasste seinen Körper, zumindest den Teil, den er spürte. Der Bus sollte in der Odelstraße in Chorweiler stehen. Was tat er hier?

Die Aufregung schnürte Daniel den Hals zu. Kurzatmig fuhr er näher heran. Er stützte sich auf den Armlehnen ab und schaute durch die Fenster. Die Sitze fehlten, es gab nur eine Bank für den Fahrer und Beifahrer. *Um Platz für die Gladiatoren zu haben, die damit zur Arena transportiert werden?*

Auf einen Versuch kommt es an, sagte er sich und versuchte eine der Türen zu öffnen. Zu seiner Überraschung fand er den Wagen unverschlossen vor. Im Inneren lag eine Auffahrrampe, die man, wie er aus eigener Erfahrung wusste, mit wenigen Handgriffen montieren konnte. Keine elektrische Hebebühne, sondern eine einfache und kostengünstigere Alternative. *Die man schnell entfernen kann und dann genug Platz für zwei gefesselte, geknebelte und ruhiggestellte Personen und einen Aufpasser hat.* Wütend hieb er mit der Faust gegen die Außenwand.

Zudem gab es ein Rollstuhlrückhaltesystem. „Der Libero ist zu einem Behindertentransporter umgerüstet worden."

Es roch nach Bleiche. Alles wirkte sauber. Er musste frisch gereinigt worden sein. Von Brühl? Wahrscheinlich. Bestimmt hatte er die Opfer überwältigt, ihnen Propofol gespritzt und sie in den Subaro geschleppt. Aber Götz hatte es sich gewiss nicht nehmen lassen, den Bus selbst zu fahren, denn er war der Meister, der Anführer, der Chef.

Wie viel wusste Lisa? Roch sie noch den Angstschweiß der Opfer, wenn Brühl sie zum Arzt oder zu ihrem Anwalt fuhr? Hatte sie bemerkt, dass Propofol aus ihrem Bestand fehlte? Wurde sie skeptisch, weil ihr Bruder mit dem Bus immer nachts unterwegs war?

Jedenfalls haben sie weitaus mehr Kontakt, als sie behauptet hat, dachte Daniel und fühlte sich verarscht. Nun ging er doch wieder davon aus, dass El Cojo Götz gehörte. Eine Frau wie Lisa hätte sich niemals einen Kampfhund angeschafft, ein Typ wie Götz schon.

Plötzlich wusste Daniel, dass Tomasz und die Kollegen zur falschen Adresse unterwegs waren. „Scheiße! Scheiße! Scheiße!"

Götz' Hund war hier.

Sein Bus stand hier.

„Götz ist auch hier!" Er musste es sein.

Draußen kam Sturm auf. Heulend zog er um das Gebäude. Die Regentropfen, die aufs Garagendach prasselten, klangen wie die Gewehrschüsse eines ganzen Bataillons.

Wahrscheinlich war er es sogar die ganze Zeit gewesen. Während Daniel zwei Mal mit Lisa Warnstedt gesprochen hatte, hatte sich Götz im Obergeschoss versteckt und gelauscht. Er hatte gehört, dass die Polizei damit rechnete, dass der Schädelspalter es auf seine Schwester abgesehen hatte. Bald würde er erfahren, dass die ehemalige Wohnung der Familie Falkenstein, die er wahrscheinlich aus nostalgischen Gründen angemietet hatte, aufgeflogen war. Dass die Kripo wusste, dass er hinter den Arena-Morden steckte.

Daniel riss die Augen auf, als er begriff, was das bedeutete.

Er wird Lisa sofort töten. Noch heute Abend!

Der Zwang, das Spiel abzuschließen, war übermächtig. Er musste es beenden, unter allen Umständen! So lange hatte er vom Höhepunkt fantasiert, hatte monatelang dafür geübt und musste das Ziel erreichen, bevor er geschnappt werden würde: den grausamen Tod seiner Schwester.

„Ich muss sie in Sicherheit bringen!" Hastig schob Daniel den Bock rückwärts. Doch er kam nicht weit.

Ein Hindernis blockierte den Rückzugsweg. Es war eben noch nicht da gewesen. Ein Schatten legte sich über ihn. Bedrohlich ragte er hinter ihm auf.

Mit einem ohrenbetäubenden Krach schlug der Blitz in der Nachbarschaft ein. Daniel zuckte zusammen, der Knall erschütterte ihn bis ins Mark.

Verzweifelt riss er die Arme hoch, aber es war zu spät.

Ein harter Schlag traf ihn am Kopf. Der Schmerz ließ ihn aufschreien. Innerhalb einer Sekunde zogen die hässlichen Bilder der abgeschlachteten Melchior, Langweber und der weiblichen Leiche an seinem geistigen Auge vorüber. Die blutüberströmten Gesichter. Die Kerben in den Schädeldecken. Die offenen Münder. Die heraushängenden Zungen. Die leeren Blicke.

Daniels letzter Gedanke galt dem Schädelspalter und seiner Axt.

Dann kam der Filmriss.

69. KAPITEL

Benjamin wunderte sich. Der Kölner *Stadt-Kurier* ragte noch aus dem Schlitz des Postkastens und das am späten Nachmittag. Als er ihn herauszog, klemmte er, sodass Ben den Kasten aufschließen musste. Briefe und die *BILD-Zeitung* fielen heraus. Überrascht wich er zurück.

Marie und Daniel waren noch nicht zu Hause? „Wie ungewöhnlich!"

Mindestens einer von ihnen war immer früher daheim als er. Meistens Marie, da Daniel oft lange arbeitete. Aber auch sie musste manchmal während einer Vorstellung im Musical Dome vor Ort sein. Vielleicht war heute so ein Tag.

Er sammelte die Sendungen auf. Bei jedem Schritt nach oben nahm er drei Stufen auf einmal. Als er in die Wohnung im Obergeschoss eintrat, erhellte gerade ein Blitz den pechschwarzen Himmel direkt vor dem Haus, zumindest kam es Benjamin so vor. Der Donner folgte rasch und ohrenbetäubend laut.

Ben machte sich Sorgen um Marie und Daniel. Im nächsten Moment lachte er darüber. Vertauschte Rollen! Sie konnten selbst auf sich aufpassen.

Geschafft von der Schicht bei *Libertas* schaltete er das Licht an und legte die Umschläge auf den Couchtisch. Genau genommen hatte ihn nicht die Arbeit erschöpft, sondern die ständige Angst davor, Milan zu begegnen. Wie sollte er dann reagieren? Wie würde Milan sich verhalten? Ben verurteilte, dass er Angel und die Tiere misshandelt hatte, machte sich aber auch Sorgen darüber, welche Strafe Baba ihm auferlegt hatte.

Lebte Milan überhaupt noch? War er Hals über Kopf vor der Bestrafung aus Köln geflüchtet? Oder hatte Baba ihn gar gewaltsam deportieren lassen? In der Begegnungsstätte war er seitdem jedenfalls nicht mehr aufgetaucht.

Wasser tropfte von Benjamins nassen Haaren auf den Hoodie und wurde vom Stoff aufgesaugt. Er war von der Bushaltestelle bis nach Hause durch den Regen gerannt, hatte Dächer genutzt, um darunter herzulaufen, und seinen Rucksack über den Kopf gehalten. Trotzdem war er von oben bis unten durchgeweicht.

Zerknirscht betrachtete er die feuchten Abdrücke, die seine Schuhe auf dem Laminat hinterlassen hatten. „Hättest deine Treter am Eingang ausziehen sollen, Dummbeutel!"

Benjamin schlurfte zurück zur Tür und nahm die *BILD* mit. Er war sich sicher, dass Marie und Daniel die Zeitung nicht abonniert hatten. „Niemals!“ Nachdem er sich hingehockt hatte, breitete er sie aus, um die Turnschuhe darauf abzustellen. An der oberen rechten Ecke hatte jemand etwas mit Kugelschreiber notiert. Obwohl die Nachricht nicht für ihn bestimmt war, schaute er sie sich an.

Gratulation zur Titelstory! Hab einen renommierten PR-Berater für dich aufgetan. Ruf mich an. Noch heute! R.

Rainer Bast, jemand anderes kam nicht infrage. Manchmal kam Ben dieser Zweig der Familie vor wie eine Sippe von Aliens. Kopfschüttelnd wollte Ben die Zeitung wieder auf den Boden legen, doch die Neugier siegte.

„Jetzt wird's persönlich“, las er die Schlagzeile laut, „Rollstuhlkommissar sagt dem Schädelspalter den Kampf an.“

So hatte Daniel das bestimmt nicht ausgedrückt. Benjamin glaubte nicht einmal, dass er überhaupt mit dem Verfasser des Artikels geredet hatte.

Der Text über den Fall, an dem Daniel mit seinen Kollegen arbeitete – die Arena-Morde – war eher dürftig. Man hatte ihn mit zahlreichen Fotos aufgebläht. Eins zeigte Daniel, wie er einen der Tatorte inspizierte. Neben einem Mann im Ganzkörperkondom – einem Kriminaltechniker – saß er im Rolli im Freien vor einer Wand. Beide beugten sich vor und inspizierten etwas, das Daniel hochhielt. Ben musste das Bild dicht vor sein Gesicht halten, um erkennen zu können, um was es sich handelte.

„Eine Speerspitze!“ Der Schreck fuhr ihm in die Glieder, denn sie kam ihm bekannt vor.

Aufgewühlt schaute er sich den Schnappschuss genauer an. Der Ausschnitt war klein und zeigte nicht viel von der Umgebung. Doch Benjamin erkannte das Loch im Mauerwerk wieder, auch wenn es, anders als damals, von einem Busch ausgefüllt wurde.

Konnte es sein, dass …? „Heilige Scheiße!“

In seiner Erinnerung waren die Steine an dieser niedrigen Stelle mit lauter Spitzen gespickt gewesen. Einige von ihnen hatten rot geschimmert, rot vom Blut.

„Vielleicht täusche ich mich, ich muss mich irren.“

Wie zu erwarten, war der Artikel reißerisch, hielt aber auch der Bevölkerung einen Spiegel vor. Der Serienmörder hatte laut der Recherchen der Reporterin zwar einen Aufschrei der Empörung ausgelöst, jedoch nicht ganz Köln in Aufregung versetzt wie andere Mordfälle. Das Gros der Bewohner sah sich nicht in Gefahr. „Der Killer hat es ja nur auf Behinderte abgesehen", wurde eine Dame zitiert.

Das machte Benjamin so wütend, dass er die Zeitung zusammenknüllte. Sogleich glättete er sie wieder, denn sein Blick hatte kurz die Fotos der Opfer gestreift. Ihm kam der Burger hoch, den er vor der Heimfahrt schnell verschlungen hatte.

Während er sich den Bauch hielt, als würde das helfen, die Übelkeit niederzuringen, betrachtete er die drei Männer (Karsten M., Clemens K. und Steffen L.) und eine Frau (Tanja P.) genauer. Zwei von ihnen litten am Downsyndrom. Er hatte sie schon einmal gesehen. In einem Gewaltvideo. Das Milan sich angeguckt hatte.

Ben ließ sich auf den Hintern fallen. Mit einem Mal war ihm egal, dass er den Boden nass machte. Das kam ihm unwichtig vor. Diese zwei Männer, die er gegeneinander hatte kämpfen sehen, waren tot! Die Zeitung verwies auf bereits erschienene Artikel und riss nur kurz an, dass Steffen L. den etwas jüngeren Clemens K. getötet hatte und dann selbst vom Schädelspalter umgebracht wurde, wie Karsten M. und Tanja P. auch. Die Fälle unterschieden sich nur leicht, trugen aber stets die Handschrift des Killers.

Warum habe ich nicht mitgekriegt, an was Daniel arbeitet? fragte sich Benjamin. Er hatte sich zu sehr auf Milan konzentriert. Das Gefühlschaos – das erste Mal überhaupt verliebt zu sein, der erste intime Kontakt mit einem Kerl und dann herauszufinden, dass dieser krank im Kopf war – hatte ihn abgelenkt.

Die Welt hatte ihn nicht interessiert. Jetzt erwischte ihn die Wirklichkeit mit voller Wucht!

In seiner Erinnerung stürmte er erneut in Milans Wohnwagen.

Aufgebracht hatte Ben ihm das Smartphone aus der Hand geschlagen. „Was soll die Scheiße?"

„Mann, Alter! Hast mich erschreckt." Milan hatte das Handy sofort wiedergeholt, als wäre es lebensnotwendig.

„Ist das echt?"

Milan hatte ihn nicht verstanden.

„Ist das so ein Snuff-Video?"

„Hab ich von nem Kumpel gekriegt. Exklusiv." Breiter hatte Milan nicht grinsen können. „Das Video nennt er: Real Life Brawler/echte Raufbolde. *Willst du es von vorne sehen?"*

„Du spinnst ja! Wie kannst du nur?"

„Was meinste?“

„Das ist doch krank.“

„Irgendwie schon, ja“, hatte Milan zugegeben, und Ben hatte gehofft, er würde einsehen, wie pervers es war, sich so etwas reinzuziehen. Aber dann hatte er hinzugefügt: „Cool, ne?“

„Ich kapier das nicht. Wie kann man es geil finden, wenn zwei Kerle fighten?“

„Sind doch nur Mongos.“

Plötzlich war jegliche Zuneigung, die er für Milan empfunden hatte, verpufft. Wie ein feurig roter Ballon, den man mit einer Nadel pikste. Er platzte und setzte die widerlich nach faulen Eiern stinkende Luft im Inneren frei. „Du ekelst mich an.“

Fieberhaft überlegte Benjamin, ob er Daniel darüber informieren sollte. Immerhin würde dieser nachverfolgen können, woher Milan das Filmchen hatte. Es wurde ja nicht von einem illegalen Portal im Internet runtergeladen, sondern Milan hatte es von einem Bekannten erhalten. Aber würde das Daniel weiterhelfen?

„Real Life Brawler.“ Angewidert spuckte Ben den Titel des Videos aus. Für ihn lag es auf der Hand, dass der Schädelspalter sich von dem Computerspiel und Handygame *Brawler* zu den Gladiatorenkämpfen auf Tod oder Leben hatte inspirieren lassen. Aber den Killer unter den Spielern zu suchen war unmöglich.

Also, was war die Information, die Ben hatte, wert? Nicht viel.

Aber dann hallte ein Gesprächsfetzen in ihm wider: *„Hab ich von nem Kumpel gekriegt. Exklusiv. Das Video nennt er: echte Raufbolde.“*

„*Er* nennt es so“, wiederholte Benjamin. Das hörte sich ja an, als gehörte es ihm, als hätte er es selbst gedreht und somit das Recht, den Titel zu bestimmen – ebenso, wem er es zuschickte. Und „exklusiv“ bedeutete, dass er es nur engen Freunden gab.

Das hieß noch lange nicht, dass er auch der Täter war. Er mochte auch nur ein Sympathisant sein oder ein Nutznießer, der sich bei den Filmchen genauso einen runterholte wie Milan. Doch selbst wenn nicht der Schädelspalter höchstpersönlich hinter dem Mitschnitt steckte, so kannte der Filmer höchstwahrscheinlich dessen Identität. Er behielt das aber für sich, dachte Ben und konnte kaum fassen, was es für kranke Typen gab. Wenn der Killer auffliegen würde, wäre er mit dran. Das machte den Kameramann in Benjamins Augen genauso gefährlich wie den Regisseur.

Plötzlich sprang er auf. *Ich muss mit Milan sprechen. Sofort!*

Er musste Daniel einen Namen liefern, nur dann konnte er ihm helfen. Der Polizei gegenüber würde Milan garantiert nichts verraten. Die Bewohner des Freistaats Colonia folgten nur ihren eigenen Gesetzen. Baba erachteten sie als Hüter von Recht und Ordnung, nicht die Bullen. Nein, Daniel würde dort nichts erreichen. Aber Benjamin war sich sicher, dass er die Info aus Milan herauskitzeln konnte.

Keine Sekunde später war er schon zur Tür heraus, begleitet nur von dem Gefühl, wieder einmal ins offene Messer zu laufen.

Nicht einmal das heftige Gewitter hielt ihn davon ab, nach Buchheim zu fahren. Busse und Straßenbahnen fielen aus, aber er kämpfte sich durch.

Er hatte schon einmal auf eigene Faust recherchiert, Anfang des Jahres in der Bruchstraße 13 bei den aus der Haft entlassenen Pädophilen und Sadisten, und war übelst auf die Schnauze gefallen. Er hätte daraus lernen sollen und das hatte er auch, aber nicht so, wie Daniel und Marie sich das sicherlich vorstellten. Die Verletzungen waren verheilt, aber die Erfahrung mit Verbrechern war ihm geblieben. Mochte er auch nicht halb so gewitzt sein wie Daniel, so war er doch kein Grünschnabel mehr, was private Ermittlungen betraf. Damals war er hitzköpig an die Sache herangegangen, diesmal würde er einen klaren Kopf bewahren.

Außerdem brauchte Daniel ihn. Es war doch selbstverständlich, dass Ben ihm half. Er hatte eine Spur zum Schädelspalter entdeckt, eine heiße Spur! Würde ein Polizist ihr folgen, würde sie bereits bei Milan enden, da war sich Ben sicher. Nicht so jedoch, wenn Benjamin mit ihm sprach.

Im Freistaat Colonia war niemand zu sehen. Alle hatten sich vor dem Unwetter in die Unterkünfte verkrochen. Benjamin kämpfte sich durch den Matsch bis zu Milans Wohnwagen. Verschlossen. Kein Licht brannte. Trotzdem klopfte Ben, bekam aber keine Reaktion.

„Und was jetzt?“ War Milan weg? Wenn ja, wäre das verdammt ärgerlich! Angespannt blinzelte er, denn Wasser rann ihm in die Augen.

Die Kleidung klebte ihm am Körper. Glücklicherweise tobte das Gewitter nicht über Buchheim, aber es regnete in Strömen. Seine Turnschuhe würde er wegwerfen müssen. Selbst im Inneren spürte er Nässe und Schlamm. Seine Schritte schmatzten, als er zu dem Bahnwaggon watete. Auch hier klopfte er.

Eine Blondine in einem verwaschenen, löchrigen Sari öffnete ihm.

Benjamin nickte zur Begrüßung. „Ich will zu Baba.“

„Was willste von ihm?“

„Wissen, wo Milan ist.“

„Dann willste also zu Milan und nicht zu Baba."
„Im Grunde schon."
„Dafür muss Baba dir erst sein Okay geben."
„Der Weg zu Milan führt über Baba? Worüber diskutieren wir eigentlich die ganze Zeit?" Wollte sie ihn verarschen oder als Wächterin des Anführers aufspielen? „Lass mich endlich rein. Es schüttet, verflucht noch mal!"
„Was regst du dich so auf? Nasser kannst du doch nicht mehr werden." Das Kinn in die Höhe gereckt, drehte sie sich nach links. Sie ließ die Tür offen stehen und ging tiefer in den Waggon hinein.
Benjamin folgte ihr, nicht etwa angesäuert, weil sie ihn nicht sofort hineingebeten hatte, sondern voller Hoffnung, Milan würde doch noch in der Kommune leben. Sein Puls beschleunigte sich, dennoch gab er sich lässig. Er streifte die schmutzigen Schuhe am Eingang ab und ging weiter.
Kerzenschein flackerte im Inneren. Die zuckenden Schatten machten ihn nervös. Oder war es nicht eher die Tatsache, dass er vielleicht gleich Milan wiedersehen könnte?
Es roch nach Tomatensoße und Kokosnussöl. Ein riesiger Pizzakarton lehnte gegen einen der Küchenschränke. Schmutziges Geschirr stapelte sich in einer Waschschüssel. Die Krusten ließen Ben vermuten, dass es nicht erst seit heute darauf wartete, abgespült zu werden.
Als er Milan sah, riss er die Augen auf. Er wusste nicht, was er erwartet hatte, aber das auf keinen Fall!

70. KAPITEL

Als Benjamin am Küchentisch ankam, staunte er nicht schlecht. Baba saß in Unterhose – genau genommen einem roten Slip – und schwarzem T-Shirt zwischen der unfreundlichen Blondine und einer Brünetten und spielte Mensch ärgere dich nicht.

Milan ihm gegenüber würfelte gerade. Das dunkle wellige Haar war kurz geschnitten worden. Er trug das erste Mal ein sauberes T-Shirt.

Angesäuert presste Benjamin die Lippen aufeinander. Was hatte er sich für Horrorszenarien ausgemalt! Milan mit Halsband und Leine. Milan mit Striemen auf dem Rücken. Milan vor Baba kniend, um ihm zu dienen. Wie er von allen im Freistaat Colonia herumgeschubst wurde. Wie er ausgestoßen und mit Schimpf und Schande weggejagt wurde.

Ich habe mir völlig umsonst Sorgen gemacht, dachte Benjamin.

„Du fragst dich, ob so meine Strafe aussieht, ich sehe es dir an", sagte Baba. „Deine Gefühle spiegeln sich auf deinem Gesicht. Du solltest nie pokern."

Sein weiser Tonfall wirkte auf ihn herablassend. Benjamin antwortete nicht. Er nickte nicht einmal, sondern stand einfach nur da, während das Regenwasser an seinen Händen hinablief und von den Fingerspitzen auf den Boden tropfte.

„Nach dem Vorfall mit Angel habe ich ihm eine Lektion erteilt. Sie hat wehgetan, das ist es doch, was du gewollt hast, oder? Ich richte nach biblischem Vorbild: Auge um Auge und Zahn um Zahn."

Benjamin spannte sich an, ob dem, was er sogleich zu hören bekommen würde, doch Baba ging nicht auf Einzelheiten ein.

„Als er wieder auf den Beinen war – und das war schneller als erwartet, der Dreckskerl ist ein zäher Bursche, das muss man ihm lassen – habe ich ihn einer geistigen Prüfung unterzogen. Sie hat ihn an seine seelischen Grenzen geführt."

Was um alles in der Welt meinte er damit? Baba war der Typ für rohe Lehrmethoden. Bestimmt redete er nicht von Multiple-Choice-Aufgaben, sondern eher davon, Milan tagelang in eine Kiste gesperrt zu haben, um seine mentale Stärke zu testen.

„Aber er sitzt hier, er ist nicht verrückt geworden. Er hat sich das Recht darauf, bei uns bleiben zu dürfen, erkämpft. Außerdem habe ich als Oberhaupt eine Verpflichtung."

Ben verstand nicht, worauf er hinauswollte.

„Ich schulde der Welt gar nichts. Sie hat mich mehr als einmal gefickt. Die meisten Menschen sind egoistische Schweine, der Rest besteht aus Mitläufern, dummen Schafen." Als Baba blökte, kicherten die beiden Frauen. „Aber hätte ich Milan wegschicken können? Ich bin ein Anführer, ich muss weise Entscheidungen treffen, mit Gewissen und Verstand. Ihr wärt zu schwach, um ihn unter Kontrolle zu halten – ich bin es nicht. So jemanden wie ihn kann ich nicht auf Köln loslassen, darum bleibt er ein Teil meiner Gemeinschaft."

Damit er Milan davon abhielt, noch mehr Dummheiten zu machen, das konnte Benjamin nachvollziehen. Milan war ein Sadist. Wenn man ihn frei herumlaufen ließe, würde er eines Tages töten.

Benjamin wandte sich an Milan. „Ich muss mit dir sprechen."

Der junge Mazedonier schnaubte abfällig.

Doch es war Baba, der für ihn sprach. „Worüber?"

„Das geht nur uns beide etwas an", antwortete Ben ausweichend. Unter keinen Umständen wollte er Baba einweihen!

„Trotz allem kommst du nicht von ihm los, was?" Er lachte verächtlich.

Zuerst wollte Ben protestieren, dass nicht die Sehnsucht ihn hergetrieben hatte, doch dann überlegte er es sich anders. Er schmunzelte verklärt, senkte verschämt den Blick und hoffte, dass sein Schauspiel Baba überzeugte.

„Setzt euch aufs Bett. Aber lasst die Trennwand offen."

Aufs Bett? Das weckte Empfindungen in Ben, die sowohl angenehm als auch unangenehm waren. Sein Schwanz prickelte in Erinnerung daran, wie Milan ihm einen geblasen hatte. Doch er spürte auch einen Phantomschmerz, dort, wo er zugebissen hatte. Benjamin hätte lieber woanders mit ihm gesprochen, doch in der Behausung gab es keine andere Möglichkeit und draußen schüttete es immer noch.

Schweigend stand Milan auf. Als er an Ben vorüberging, schaute er ihn nicht an. Kalt und abweisend schlenderte er zum anderen Ende des Eisenbahnwaggons.

Begleitet vom Prasseln des Regens auf dem Dach, eilte Benjamin hinterher. Erleichtert sah er, dass das Bett in Wahrheit eine abgewetzte dunkelrote Schlafcouch war. Während er auf dem Dreisitzer Platz nahm, zog Milan einen Campingstuhl heran und setzte sich ihm gegenüber.

Er stützte sich mit den Ellbogen auf den Oberschenkeln ab und schlang die Finger ineinander zu einer einzigen großen Faust. Unter seinen langen dunklen Wimpern sah er Benjamin an.

Sein Blick, eine Mischung aus Verletztheit und Aggression, löste Tumulte in Ben aus. Noch immer fand er Milan äußerlich sexy, doch dieser gehörte weggesperrt oder zumindest in Therapie. „Wohnst du jetzt bei Baba?"

„Hört sich bei dir so an, als hätte ich Glück gehabt." Milan zischte. „Ich schlafe auf einer Isomatte im Gang."

Die Ecke lag fast im Dunkeln. Der Kerzenschein erreichte sie kaum. Alle Fenster waren geschlossen, die Luft stand im Waggon. Die Atmosphäre war bedrückend. „Wärst du lieber woanders?"

Milan zupfte an den Fransen seiner abgeschnittenen Jeans. „Wo soll ich denn hin? Ist das einzige Zuhause, das ich jemals hatte."

„Es geht dir also gut."

„Das sieht nur so aus."

„Du bist noch hier."

„Keine Mauern, keine Gitterstäbe, aber Colonia ist wie ein Kittchen für mich."

„Dann darfst du nicht raus, nicht einmal nach *Libertas*?"

„Irgendwann vielleicht wieder, sagt Baba. Selbst hier bin ich nie alleine."

„Alle beobachten dich", vermutete Benjamin.

„Nein, sie tun, als wäre ich Luft. Anweisung von Baba. Ich muss mir den Respekt erst wieder verdienen." Milan zog die Nase hoch. Mit dem nikotingelben Zeigefinger kratzte er sich an der Nasenwurzel. „Es ist immer jemand bei mir, egal was ich tu."

„Ein Wächter?"

„Bin nie allein, könnte ja was Dummes anstellen."

„Du könntest fliehen", rutschte Benjamin heraus, bevor er darüber nachgedacht hatte.

„Baba hat mir gezeigt, was er dann mit mir macht."

„Was denn?" Wollte Ben das wirklich wissen?

„Das stehe ich nicht noch einmal durch." Milan rieb sich die Augen. Um zu verhindern, dass er weinte? „Er würde mich einfangen lassen. Colonia wäre dann nicht nur Knast, sondern auch Hölle."

Benjamin empfand Mitlied mit ihm. Aber hatte er es verdient? Angel schob sich in seine Gedanken, wie Ben ihn mit Stacheldraht umwickelt in Milans Toilette entdeckt hatte, völlig verängstigt und aus unzähligen Wunden blutend. „Was macht Angel?"

„Ist weg."

„Wohin?"

„Mit seiner Mutter zurück nach Spanien zu ihren Eltern. Die Stadt wollte man mir nicht sagen. Seinen Scheißkater hat er dagelassen. Um den muss ich mich kümmern, unter Aufsicht natürlich. Damit ich ein besserer Mensch werde. Dabei hasse ich ihn jetzt noch mehr, denn er nervt mich ja noch mehr."

Enttäuscht seufzte Benjamin. Bei dem ist Hopfen und Malz verloren, würde sein Vater sagen. Daher kam er endlich auf das zu sprechen, warum er überhaupt gekommen war. „Das Video, in dem zwei Männer mit Downsyndrom gegeneinander gekämpft haben …"

„Die Mongos?" Milan grinste und schaute kurz zu Baba hinüber. Er senkte seine Stimme. „Fandest das doch geil, ne?"

„Du hast echt nicht mehr alle Tassen im Schrank."

Verwirrt blickte Milan ihn an.

„Woher hattest du es?"

Er richtete den Oberkörper auf, schaffte Distanz.

„Du hast gesagt, ein Kumpel hätte es dir gegeben. Wer war das?"

Seine buschigen Augenbrauen schoben sich zusammen. „Du bist gar nicht wegen mir gekommen, oder?"

„Doch, auch", gab Ben zu, da er merkte, dass Milan dichtmachte. „Ich hatte Angst um dich."

Nachdenklich schaute Milan ihn an. Seine Finger lösten sich voneinander. Er ließ die Hände hängen. „Aus uns hätte was werden können."

Ab hier war Fingerspitzengefühl nötig, erkannte Ben. Milan würde den Namen nicht ohne Weiteres herausrücken. „Lebt er auch im Freistaat Colonia?"

„Wer?"

„Dein Freund, der, der die Filmchen dreht."

„Nicht mehr. Wir waren mal echt dicke."

Also gab es weitere Mitschnitte! Benjamin hatte von mehreren gesprochen und Milan hatte ihn nicht korrigiert. „Warum ist er von hier weg?"

„Baba", sagte Milan nur knapp.

„Mochten sie sich nicht?"

„Hat Hacke vor ein paar Monaten rausgeworfen."

„Hacke?" Wie Beil? In Ben schrillten sämtliche Alarmglocken.

„Sein Spitzname."

„Aber dich hat Baba nicht weggeschickt." Milan hatte schon schlimme Dinge getan. Was mochte dieser Hacke sich erst zuschulden kommen lassen haben?

„Vielleicht weil ich jung bin." Steif zuckte Milan mit den Schultern. „Baba denkt, er kann mich noch umerziehen."

„Du bist erwachsen, kein Kind mehr. Was war wirklich los?"

„Baba prügelte ihn mit ein paar anderen vom Gelände. Ihm schrie er hinterher: ‚Du bist die rechte Hand des Teufels.' Uns sagte er: ‚Hab den giftigen Stachel aus unserem Fleisch gezogen.' Zu mir war Hacke immer korrekt. Hat seine Videos mit mir geteilt, nur mit mir."

Die rechte Hand des Teufels! Bei den Worten hatte sich Benjamin versehentlich auf die Zunge gebissen. Jetzt tat sie weh. Er schmeckte Blut. Baba musste Bescheid gewusst haben, was Hacke heimlich trieb, oder zumindest eine Ahnung haben. Hacke war tatsächlich nur der Filmer und nicht der Regisseur der Snuff-Filmchen.

„Du triffst dich immer noch heimlich mit ihm, habe ich recht?", bohrte Ben tiefer und übte behutsam Druck aus. Milans Kumpel musste im Frühjahr der Lebensgemeinschaft verwiesen worden sein. Das Video der mongoloiden Männer war aber erst später entstanden. „Hinter Babas Rücken."

„Ich stehe zu meinen Freunden." Sein vorwurfsvoller Blick klagte Ben an. „Eventuell haue ich wirklich von hier ab. Hacke kann mir einen Job besorgen, bei einem Krüppel, is 'ne Frau, aber ziemlich clever. Sie hat einer Alten eine Villa und ein riesiges Grundstück abgeschwatzt, bevor die ins Gras biss. Jetzt lebt sie darin mit ihrem Bruder wie 'ne Made im Speck. Sie tut alles für ihren Bruder und Hacke hat bei dem ein' Stein im Brett, darum denkt er, er kriegt 'nen Batzen Geld, wenn alles verkauft ist."

„Und was sollst du dort arbeiten?"

„Was gerade so anfällt. Hacke schafft eigentlich für den Bruder. Er meint, ich würde gut zu ihnen passen."

Die drei bösen Musketiere. Benjamin musste verhindern, dass sie sich zusammentaten. Sie würden ein mörderisches Trio abgeben, wie Deutschland es noch nicht gesehen hatte. „Warum nennt er sich Hacke? Ist er ein Mittelalterfan? Hat er ein Faible für Hellebarden?"

„Für was?"

„Für Streitäxte oder so."

„Quatsch." Milan lachte abfällig. „Den Namen bekam er schon als Teenager verpasst, weil er oft hackedicht war. Soff gerne, aber jetzt nicht mehr, sagt, er braucht das nicht mehr. Er will nicht mehr in den Fusel flüchten, denn das Leben sei jetzt schön. Außerdem sieht sein Boss das nicht gerne."

„Wie heißt er wirklich?"

„Vergiss es."

„Rück raus mit der Sprache. Los!"

Drohend zeigte Milan mit dem Finger auf ihn. „Geht dich nichts an."

Ben wurde es zu bunt. Er sprang auf. Als er zu Baba und den beiden Frauen hinübereilte, trat er mit nackten Füßen so fest auf, dass die Schritte sogar den Regen übertönten. „Hacke, den Kerl, den Sie rausgeworfen haben, wo kann ich ihn finden?"

„Joachim Brühl?" Baba sog an seinem Joint. „Was willst du denn plötzlich von dem?"

So hieß er also! Ben ballte eine Siegerfaust, schlüpfte in seine Turnschuhe und stürmte aus der Tür hinaus. Mehr würde er ohnehin nicht in Erfahrung bringen können. Er fuhr nach Hause, um Daniel zu berichten, was er wusste. Dieser würde sich Milan schnappen und schon aus ihm herausquetschen, wo sich Hacke aufhielt.

Doch das Apartment in der Südstadt war immer noch leer. Keine Spur von Marie oder Daniel. Benjamin probierte es auf ihren Handys. „Der Teilnehmer ist zurzeit nicht zu erreichen", wiederholte eine Computerstimme unentwegt – bei beiden Anschlüssen.

Er zog sich aus und duschte schnell. Nachdem er sich in Rekordzeit abgetrocknet hatte, klingelte er erneut bei seiner Cousine und ihrem Mann durch. Wieder nichts. Sie schienen ihre Mobiltelefone ausgeschaltet zu haben. Beide? Gleichzeitig?

Ratlos saß er nackt auf dem Badewannenrand. Was sollte er tun? Warten, bis sie nach Hause kamen oder zurückriefen?

Die Situation beunruhigte ihn.

Daher rief er im Kriminalkommissariat an. Ein Kollege meldete sich, Daniels Apparat musste auf ihn umgeleitet sein. Er teilte ihm mit, dass sich Daniel auf einem wichtigen Außeneinsatz befand. Doch Ben ließ sich nicht abwimmeln, sodass er ihm am Ende Tomasz Nowaks Nummer gab. Er kannte Tom. Sie waren sich schon ein paar Mal auf Feiern begegnet.

Benjamin wurde immer nervöser. Aufgewühlt klingelte er sofort bei ihm durch. „Ich muss Daniel wirklich dringend sprechen."

„Hier ist im Moment die Hölle los, darum ist er nicht zu erreichen." Tomasz klang genervt.

Aber Ben bezog die Gereiztheit nicht auf sich. Er hatte vielmehr den Eindruck, dass das, was der Kommissar gerade tat, nicht rundlief.

„Auch ich muss jetzt wieder auflegen. Tut mir leid, Ben."

„Nein, halt! Es ist wichtig."

„Für private Gespräche hat er jetzt wirklich keine Zeit."

Benjamin schwitzte schon wieder. Mit dem Badetuch wischte er sich die Schweißperlen von der Stirn. „Es geht um den Fall, an dem er arbeitet."

„Die Arena-Morde?"

„Der Schädelspalter …"

„Was weißt du darüber?"

Ben erzählte ihm eine Kurzfassung über Milan, Hacke und das Snuff-Video. „Bitte, ich muss ihm das mitteilen. Sofort!"

„Er ist noch nicht am Einsatzort eingetroffen … an den Einsatzorten, denn inzwischen sind es zwei." Seine Stimme klang nicht mehr so gestresst und ungehalten wie am Anfang, sondern sanfter, aber auch verunsichert. „Wir waren zuerst in Chorweiler, jetzt sind wir in Klettenberg. Sein Auto", er zögerte, „es steht hier, aber wir haben ihn noch nicht gefunden."

Entsetzt weiteten sich Bens Augen. „Daniel wird vermisst?"

„Ich … ich befürchte ja."

„Hat Marie etwas mit dem Fall zu tun?"

Tom stockte, anscheinend verwundert über die Frage. „Nicht, dass ich wüsste."

„Als Phantombild- oder Gerichtszeichnerin?"

„Brauchten wir bisher nicht. Warum?"

„Ich kann sie auch nicht erreichen."

„Wahrscheinlich ist sie noch einkaufen gefahren."

„Bei dem Wetter?"

„Oder sitzt bei ihren Eltern und trinkt gemütlich einen Tee mit ihnen."

„Mit Rainer und Irene? Niemals!" Unruhig lief Ben durch das Badezimmer. „Beide haben heute Morgen das Haus verlassen. Keiner von ihnen ist seitdem zurückgekehrt. Es schüttet wie aus Eimern. Jeder vernünftige Mensch fährt nach Feierabend direkt nach Hause. Außerdem stellt Marie mir Essen raus, wenn sie eine Abendschicht hat. Ihr Mobiltelefon ist genauso tot wie das von Daniel. Normalerweise gehen ihre Mailboxen dran. Selbst Daniels Diensthandy ist abgeschaltet."

„Das ist allerdings ungewöhnlich." Tomasz atmete schwer in den Hörer. „Willst du damit andeuten, Marie könnte auch verschwunden sein?"

„Ja, das glaube ich." Ben schob einen Zipfel des Badetuchs in den Mund und biss fest darauf, um nicht laut zu schreien.

71. KAPITEL

Daniels Kopf stand kurz davor, zu explodieren. Zumindest fühlte es sich für ihn so an. Der Schmerz war mörderisch!

Wenn du etwas spürst, dann bist du auch nicht tot, dachte er, noch zu träge, um sich zu rühren. Seine Glieder waren schwer wie Blei. Er schaffte es nicht, sie zu bewegen. Oder war er gefesselt?

Du lebst noch! Der Gedanke drang in sein Bewusstsein. Schlagartig war er wach. Sein Puls beschleunigte sich. Parallel dazu leider auch das Pochen unter der Schädeldecke. Wie ein Zeitzünder kurz vor dem Auslösen der Bombe.

Was war geschehen? Wo hatte er sich aufgehalten, was hatte er getan und warum ging es ihm so dreckig?

Langsam kehrte Leben in seinen Körper zurück, zumindest in die oberen Regionen. Arme und Brustkorb kribbelten und der Rücken tat weh. Nur die Beine spürte er nicht!

Er geriet in Panik. Der Adrenalinschub ließ ihn wieder ein Stück mehr in die Realität emporschießen.

Dennoch konnte er noch immer nicht die Augen öffnen. Er saß, so viel konnte er schon ausmachen. Der Hals war überstreckt. Das linke Ohr lag fast auf der Schulter. Die rechte Halsseite brannte wie Feuer, die Sehnen waren bis zum Zerreißen gedehnt. Als er sich aufrichtete, wurde ihm übel. Hätte der Nacken eine eigene Stimme besessen, so hätte er gekreischt. Für einen Moment legte der Schmerz alle anderen Sinne lahm.

Daniel krallte die Hände um die Armlehnen des Choppers. *Der Rollstuhl!* Jetzt fiel es ihm wieder ein. Darum saß er und spürte ab der Hüfte abwärts nichts.

Vorsichtig drehte Daniel den Kopf zu allen Seiten, um die Muskulatur zu lockern. Die Beschwerden ließen langsam nach. Doch noch immer kamen ihm die Lider vor wie Rollläden, an denen die Gurte zum Hochziehen fehlten.

Eben noch hatte er geglaubt, alleine eingesperrt zu sein, weil er nichts gehört hatte. Doch er war lediglich zu benommen gewesen, um alles um sich herum wahrzunehmen. Nun drangen die merkwürdigsten Geräusche zu ihm durch. Scharren, winseln, kollern, wimmern und etwas, das das Keckern einer Elster oder dreckiges Lachen sein konnte. Der Boden vibrierte leicht. Jemand sprang auf und ab. War Daniel nicht der einzige Gefangene von Götz Warnstedt?

Wie aus dem Nichts war dieser Name plötzlich aufgetaucht, geformt aus grell blinkenden Blaulichtern.

Der Schädelspalter hatte ihn erwischt! Eine weitere Erinnerung, doch der Gedankenblitz brachte keine Erleichterung. Daniel machte sich Sorgen. So nannte er es, doch das war geschönt, denn genau genommen hatte er eine Heidenangst.

Er musste mit seinem Gegner irgendwo eingesperrt sein, wahrscheinlich im Keller von Lisa Warnstedts Villa. Der andere Gladiator war anscheinend bereits vollkommen aus der Propofolbewusstlosigkeit aufgetaucht und versuchte, aus dem Gefängnis zu entkommen. *Indem er auf und nieder springt?* Die Vorstellung fand Daniel seltsam. Wo zur Hölle waren sie eingesperrt? Ein normaler Raum konnte es nicht sein.

Erneut erzitterte der Untergrund. Möglicherweise, so dachte Daniel, lag er auch völlig falsch und sie befanden sich längst im Subaru Libero. *Auf dem Weg zur Arena.*

Er stöhnte verdrossen und betastete seine Haare. Kein Blut. Keine Kerbe. Noch schien er unversehrt. Auch keine Fesseln. Arme und Oberkörper waren frei beweglich. Aber was würde ihm das nutzen? Sein Bock war in dieser Situation Ballast. Daniel würde der Schneide der Axt nichts entgegensetzen können. Erst einmal musste er jedoch den zweiten Gladiator töten. Nach Warnstedts perversen Regeln musste dieser ebenfalls gehbehindert sein.

Würde man ihn, Daniel, mit Unterstützung der Flammenwerfer zwingen, gegen Lisa Warnstedt anzutreten? Das klang logisch. Sie war überfällig und er war im Weg.

Erneut vernahm er das Scharren. Ebenso ein Tapsen. Nun, da er kurz davor war, wieder die vollkommene Kontrolle über Körper und Geist zu erlangen, fiel ihm auf, dass das Winseln nicht menschlich klang.

Plötzlich wusste Daniel, wer sein Kontrahent im Spiel um Leben und Tod war.

„El Cojo!“ Daniel hatte seine Stimme wiedergefunden. Sie klang mehr wie ein Krächzen, aber wer immer ihn beobachtete, hatte ihn verstanden, denn er lachte abfällig. Das Lachen hallte von den Wänden wider, es klang, als befänden sie sich in einem Saal. Ein Echo aus Hohn. Oder kam es von mehreren Personen? Gab es doch stets Publikum bei den Kämpfen?

Endlich schaffte es Daniel, die Augen zu öffnen. Schmerz brannte noch immer hinter den Pupillen. Er legte sich wie ein Filter über seinen

Blick. Nebel waberte an den Rändern des Sichtfelds. Das, was er sah, wirkte surreal, als säße er vor dem Fernseher und die Kamera würde die Sicht des Opfers einnehmen. Dies konnte nicht real sein. Dafür war das, was er erblickte, zu unwirklich und furchterregend. Zu hoffnungslos!

Man hatte ihn in eine Gitterkabine gesperrt. Frei schwebend, so schien es, und von allen Seiten einsehbar.

Zusammen mit dem Alano.

Nervös wiegte der Kampfhund den massigen Schädel hin und her. Die kupierten Ohren verliehen ihm ein hellwaches und aggressives Aussehen. Er trug keinen Maulkorb. Abwechselnd fletschte er die Zähne und knurrte aus den Tiefen seines muskulösen Körpers. Immer wieder sprang er mit den Vorderpfoten hoch und ließ sich auf den Rost zurückfallen. Offenbar gefiel ihm, dass dadurch die Gondel wackelte, oder vielmehr gefiel ihm, dass die Erschütterung Daniels Furcht nährte. Ein gefährliches Glühen lag in seinem Blick. Er war heiß darauf, sich auf Daniel zu stürzen. Nur Joachim Brühl, der durch das Kreuzgeflecht hindurch die Leine straff zog, hielt ihn davon ab.

Bestimmt nicht mehr lange, dachte Daniel und tastete nach der Rollstuhltasche. In ihr transportierte er, was er als Waffe legal benutzen durfte. Keine Walther, aber immerhin den Einsatzmehrzweckstock, ein Elektroimpulsgerät und andere Dinge. Sie war weg. Bis auf den Rolli, den er als Rammbock benutzen konnte, und seine bloßen Hände war er hilflos!

Daniel wischte sich durchs Gesicht, als würde das helfen, auch noch den letzten Rest Mattheit abzustreifen. Endlich erkannte er, wo er sich befand. In der Fabrikbrache, die der Glasknochenengel sich erschlichen hatte. Auf dem Boden, tief unter ihm, stand ein einzelner Flutlichtstrahler und beleuchtete die Gitterkabine des ehemaligen Lastenaufzugs, die auf Höhe des Rundgangs hing.

Die Arena! durchfuhr es Daniel wie ein Blitz. Die erste, die von allen Seiten geschlossen war. Noch eine Weiterentwicklung Warnstedts kranker Fantasien. Das machte eine Flucht unmöglich.

Kalter Schweiß brach ihm aus. Um den Lichtkegel herum herrschte Dunkelheit. Wenn er lauschte, konnte er die Fledermäuse unter dem Dach rascheln hören. Niemand würde diesem Ort auch nur zu nahe kommen. Weil er zwischen einem Industrie- und einem Gewerbegebiet lag, in denen sich nachts niemand aufhielt. Weil die Dunkelheit die Menschen in ihren Wohnungen hielt. Und weil soeben ein Unwetter über Köln hinweggefegt war.

Er konnte es noch in der Ferne donnern hören. Der Himmel, den er durch die Fenster erspähte, war pechschwarz. Der Nieselregen, der leise hinabfiel, erinnerte ihn an das Knistern von Flammen.

Zwar war das Gewitter weitergezogen, aber er wusste, dass für ihn gleich die Hölle losbrechen würde. Es war nur eine Frage von Minuten oder Sekunden. Innerlich wappnete er sich für die erste Attacke des Alanos.

„Hab dir ganz schön eine verpasst, wa?" Brühl grinste breit. „Hat verdammt gutgetan, Scheißbulle. Bist mir schon die ganze Zeit gehörig auf die Eier gegangen mit deinen Fragen. Und dann dieser Blick. Als wüsstest über alles und jeden Bescheid. Aber nix weißt du, sonst wärste nicht hier."

Also hatte Brühl ihn in Lisa Warnstedts Garage niedergeschlagen und nicht ihr Bruder.

Gerade als sich Daniel fragte, warum Götz dem Spektakel nicht beiwohnte, wo er doch die Show initiiert hatte, trat der Meister höchstpersönlich aus der Dunkelheit. *Als wäre er der verdammte Herr der Finsternis und direkt der Schattenwelt entstiegen.*

Warnstedt schritt über eine der beiden Brücken, die die zwei langen Seiten des Rundgangs verbanden.

Wie theatralisch, dachte Daniel und ballte die Fäuste. Er hatte ihn zwar noch nie gesehen, aber er musste es sein. Dieses selbstgefällige Schmunzeln, die eiskalten Augen und der aufrechte Gang eines Herrschers passten zu einem Psychopathen.

Doch je mehr sich der Serienkiller aus der Finsternis herausschälte, desto deutlicher sah Daniel, dass er nicht alleine war. Er erinnerte sich an das Wimmern, das er, gedämpft durch den Propofolschleier, gehört hatte. Es war keineswegs von El Cojo gekommen, sondern von …

„Marie!"

72. KAPITEL

Ruppig schob Warnstedt sie vor sich her. Dabei hielt er von hinten die Klinge des Beils an ihre Kehle.

Für einen Moment vergaß Daniel zu atmen! Das Blut gefror in seinen Adern. Er blinzelte, weil er nicht glauben wollte, was er sah. Es musste sich um eine Halluzination oder eher um einen Albtraum handeln, hervorgerufen durch das Medikament. Doch er roch Brühls alten Schweiß und das nasse Fell des Rüden. Das Gitterwerk stach in seine Handflächen, als er sich daran festkrallte. Alles war real, also musste Marie es auch sein.

Ihr Schluchzen bohrte sich in Daniels Eingeweide und riss ihn innerlich beinahe entzwei.

Am liebsten wäre er aufgesprungen und hätte Warnstedts triumphierendes Lächeln zerlegt. Hieb für Hieb. Doch er konnte weder aufspringen noch an ihn herankommen, denn er war in diesen Käfig gesperrt. Hilflosigkeit und Zorn verbanden sich zu einer galligen Mischung.

„Geht es dir gut? Marie, bist du okay? Nun sag schon etwas!“ Er sah ihr an, dass sie sich wegen der Schneide nicht traute, zu sprechen. Wenigstens schien sie nicht verletzt zu sein. Sie wirkte unversehrt. Aber das war auch schon alles, worüber er sich freuen konnte.

„Wenn du Dreckskerl sie angefasst hast, bringe ich dich um!“, schrie er.

Daniel wusste, es war falsch, seiner Wut freien Lauf zu lassen, aber er konnte nicht anders. Sein Gesicht brannte, er musste knallrot sein. Das Blut rauschte in den Ohren. Heiß pulsierte das Adrenalin durch seinen Körper. Jeder Muskel in ihm spannte sich an. Doch er musste sich am Riemen reißen. Nur wenn er einen kühlen Kopf behielt, hatte er überhaupt eine Chance, dieses Gefängnis lebend zu verlassen und, was ihm noch wichtiger war, Marie zu retten. Er hätte schreien und alles kurz und hagelklein schlagen können. Aber würde die Kraft, die durch den Zorn freigesetzt wurde, reichen, einen Kampfhund und danach zwei Männer auszuschalten – ohne Waffen?

„Ich klebe dir schon so lange an den Fersen und du hast meine Spur erst vor Kurzem entdeckt“, sagte Götz Warnstedt in gespieltem Mitleid. „Zu spät, um mich zu stoppen.“

„Lass meine Frau gehen.“ Daniel gefiel es nicht, einen Serientäter zu duzen. Es klang zu intim, als wären sie Freunde. „Ich bin der Kommissar, du willst mich. Sie hat nichts mit den Ermittlungen gegen dich zu tun."

„Du irrst dich gewaltig."

„Was soll das alles?" Endlich traute sich Marie, zu sprechen. Ihre Stimme klang brüchig vom Weinen, aber überraschend kräftig. „Carsten, was hast du mit uns vor?"

„Du kennst ihn?" Daniel riss die Augen auf. „Allerdings heißt er Götz Warnstedt."

Der Killer amüsierte sich sichtlich. „Ich habe meinen Decknamen bei ihr benutzt."

„Den Namen deines Vaters. Ich kenne euer Familiengeheimnis. Du hast ihn mit deinem Baseballschläger brutal erschlagen. Er war dein erstes Opfer." Daniel hatte gehofft, ihn aus der Fassung zu bringen, indem er ihn wissen ließ, dass er ihn durchschaute, aber er hatte sich getäuscht.

Warnstedt lächelte stolz. „Götz Warnstedt, Carsten Falkenstein, Götz Falkenstein, Schädelspalter – Namen sind Schall und Rauch. Ich möchte nur ein wenig Spaß haben und wenn ich dabei meinen Abdruck in der Geschichte der Menschheit hinterlasse, umso besser."

Er ist wie alle Psychopathen, dachte Daniel, ein eitler Pfau.

„Die Welt sollte mir unendlich dankbar sein. Ich nehme nur den Bodensatz der Gesellschaft zum Spielen. Ich befreie sie von Bürden, die nichts leisten. Krüppel sind Energievampire."

Und sich keiner Schuld bewusst, fügte Daniel seiner Analyse hinzu. *Völlig fehlgeleitet. Krank!*

„Dein Frauchen und ich, wir hatten ein heimliches Rendezvous. Ein Date hinter deinem Rücken. Wie findest du das?"

Daniel hätte ihm kein Wort abgenommen, wäre Marie nicht errötet. Verlegen schaute sie weg. Für ihn blieb die Welt stehen. Er befand sich in einem Vakuum. Allein, verwirrt und verletzt.

„Du arbeitest zu viel. Dein Weib braucht Zuwendung. Aufmerksamkeit. Liebe! Die habe ich ihr gegeben."

„Glaub ihm nicht!", rief Marie empört. Sie versuchte, Warnstedts Arm von ihrer Kehle wegzuziehen, aber er gab nicht nach. Bei dem Gerangel kam die Schneide ihrer Haut gefährlich nah. „Daniel, ich bitte dich. Er will dich nur fertigmachen."

„Wir besuchten Odonien. Das wollte sie schon immer mal kennenlernen." Warnstedt zwinkerte. „Aber das wusstest du sicher, nicht wahr?"

Daniel konnte sich gerade noch davon abhalten, zu nicken. War das nicht der Beweis, dass dieser Scheißkerl die Wahrheit sagte?

„Bestimmt hat sie dich schon darum gebeten, mit ihr dorthin zu gehen, aber du machst dir ja nichts aus Kunst."

Er hatte recht. Daniel fühlte sich, als hätte Götz ihm die Faust in den Magen gerammt.

„Und anscheinend auch nichts aus ihr, sonst wärst du ihr zuliebe mitgegangen."

„Schwein! Du hast meine Familie da mit reingezogen."

„Ich unternehme alles, um das Spiel spannend zu halten. Es gab mir einen Kick, mit der Frau des angeblichen Superermittlers zu ficken, der währenddessen Überstunden schob, weil er nach mir suchte."

„Das ist eine Lüge!", keifte Marie. Tränen rannen über ihre Wangen. Flehend schaute sie Daniel an, der wusste, dass Warnstedt nur mit Marie angebandelt hatte, um das Gefühl der Überlegenheit auszukosten.

„Die Affäre hatte noch einen netten Nebeneffekt." Warnstedt küsste sie aufs Haar. „Indem ich mit deiner Fotze rummachte, erfuhr ich alles über die polizeilichen Ermittlungen."

Marie wimmerte. Verzweiflung lag in ihrem Blick.

Daniel dagegen erkannte die Wahrheit, denn er hatte nie mit Marie über seinen Fall gesprochen. Feixend schüttelte er den Kopf. „Netter Versuch, uns gegeneinander auszuspielen, aber es funktioniert nicht. Ja, ich habe Fehler gemacht, indem ich zu wenig auf Marie eingegangen bin, genauso wie sie, als sie dich als Trostpflaster benutzte. Allerdings nicht so, wie du es dir wohl in deinen abartigen Tagträumen ausgemalt hattest. Ihr seid in Odonien gewesen, aber es lief ganz bestimmt nichts zwischen euch." Eindringlich sah er Marie an. „Genauso wenig wie zwischen Lioba Zur und mir."

„Ja." Mehr sagte sie dazu nicht, aber dieses eine Wort klärte alles zwischen ihnen. Sie hörte auf zu weinen und klang nun gefasst. „Zeig diesem Arsch, was in dir steckt!"

Er liebte diese Frau einfach!

Warnstedts Miene verfinsterte sich. Dabei schienen sich seine Gesichtszüge zu verschieben. Die Nase wurde noch krummer, als er sie rümpfte, der Blick verkniffen vor Verärgerung. Als er die Zähne fletschte, stob Speichel umher. Die Zornesröte machte die Grobporigkeit der Haut sichtbar. Von einer Sekunde zur anderen sah er aus wie ein anderer Mann. Jähzornig. Der Hass in Person! Er wollte Blut fließen sehen und Knochen brechen hören. Nur Schmerzensschreie würden ihn wieder beruhigen können, zumindest für eine Weile. Woher Daniel das alles wusste? Weil er nicht der erste Psychopath war, mit dem er zu tun hatte. Das war sein eigener Vater gewesen.

Götz Warnstedt gab Joachim Brühl ein Zeichen, worauf dieser die Hundeleine, die er mehrmals um die Hand gewickelt hatte, locker ließ. Langsam rutschte sie zwischen den Fingern hindurch. El Cojo spürte das offenbar, denn er sprang wie verrückt hin und her. Die Erschütterungen der Gräting zerrten an Daniels Nervenkostüm. Wenigstens stand Marie außerhalb des Käfigs. In Sicherheit befand sie sich dadurch jedoch nicht.

Plötzlich hörte er ein Surren.

Er konnte nicht genau ausmachen, woher es kam. Die Dunkelheit saugte alle Geräusche außerhalb der Fabrikbrache auf. Zudem wurde es vom Herumspringen des Rüden übertönt. Der Hunderollwagen prallte jedes Mal gegen das Gitter hinter ihm.

Angestrengt lauschte Daniel. Vielleicht stammte das Summen von einem nachtaktiven Tier. Konnten die Fledermäuse es mit ihren Flügeln erzeugen? Oder näherte sich ein Wagen dem abgelegenen Gelände?

Bitte, lass es ein Auto sein! Zum Beispiel ein älteres Paar, das sich hierhin zurückziehen wollte, um sich miteinander zu vergnügen. Wie hießen die beiden, die Clemens Königs Leiche gefunden hatten, noch gleich? Es wollte ihm zum Verrecken nicht einfallen.

Als der Hund einen Moment Ruhe gab, erkannte Daniel, um was es sich handelte. Ein elektrischer Motor. Aber nicht von einem Kraftfahrzeug. Oh nein! dachte Daniel mit Schrecken. Er hatte *sie* nicht vor dem Schädelspalter beschützen können.

Sein Einsatz bei dem Gladiatorenkampf hatte sich soeben auf drei Menschenleben erhöht.

73. KAPITEL

Tomasz hatte Benjamin gesagt, er würde einen Kollegen zu ihm schicken. Als Leander Menzel die Wohnung von Marie und Daniel betrat, hätte Ben ihn eher für einen älteren Studenten gehalten. Biologie, Mathe oder Psychologie. Wie ein Polizist sah er mit den blonden Locken und dem schlurfenden Gang jedenfalls nicht aus. Dicke Regentropfen hatten feuchte Stellen auf dem weißen Hemd hinterlassen, die Ben an Einschusslöcher denken ließen. Er fragte sich, ob Tom Leander vom Klo aufgescheucht hatte. Auf der einen Seite war das Oberteil in die Bluejeans gestopft worden, auf der anderen Seite hing es über dem Bund. Offenbar hatte der schlaksige Kriminalkommissar keine Zeit mehr gehabt, sich richtig anzuziehen.

„Das muss so aussehen." Leander blieb in der Tür stehen und zeigte auf den heraushängenden Stoff.

Skeptisch runzelte Ben die Stirn. „Ach ja?"

„Du bist doch jung und hip und solltest wissen, was angesagt ist."

Ja, das wusste Benjamin. Das da jedenfalls nicht. Dieses lockere Gespräch schien ihm falsch. Seine engsten Vertrauten waren spurlos verschwunden und Kommmissar Menzel und er plauderten über Modeticks.

„Wir haben uns schon mal getroffen, nachdem du aus der Bruchstraße 13 entkommen konntest." Erwartungsvoll hob Leander die Augenbrauen, doch bei Ben klingelte es nicht. Der junge Kommissar winkte ab. „In dem Tohuwabohu bin ich dir wahrscheinlich nicht aufgefallen. Aber ich erinnere mich an dich."

„Ich sehe wahrscheinlich genauso fertig aus wie damals." Benjamin fühlte sich, als würde er jede Sekunde in tausend Stücke zerbersten.

„Mitgenommen, das ja", akribisch putzte sich Leander die Turnschuhe an der Schmutzfangmatte ab, „aber du machst auf mich den Eindruck, als wolltest du den Entführer der beiden eigenhändig k. o. schlagen und dann teeren und federn."

„Das reicht für das Schwein nicht!"

Abwehrend hob Leander die Hände. „Na, na, keine Selbstjustiz."

„Das meinte ich auch nicht. Er sollte bis an sein Lebensende weggesperrt werden. Und genauso lange eine Intensivtherapie machen müssen."

Überrascht lächelte Leander. Er schloss die Wohnungstür hinter sich. „Obwohl du ihn nie wieder aus der Haft entlassen möchtest, würdest du ihn therapieren lassen?"

„Das gehört zu einem guten Strafvollzug nun mal dazu."

„Wie sozial von dir! Andere in deiner Situation würden ihn, wenn sie ihn denn in die Finger bekämen, in eine Kiste stecken und diese für immer verbuddeln."

„Wenn wir das täten, wären wir nicht besser als er." Nämlich Mörder, dachte Ben.

„Damit hast du wohl recht."

Benjamin zeigte Leander das Apartment. Gemeinsam gingen sie Raum für Raum durch, drehten alles auf links und suchten nach Hinweisen darauf, wo Marie und Daniel abgeblieben sein könnten. Nichts.

Betrübt setzte Ben sich aufs Sofa und ließ die Arme hängen. „Es gibt keine Zeichen für einen Kampf. Marie wurde nicht von hier verschleppt."

„Du redest schon wie ein Polizist." Leanders Lächeln wirkte schal. „Willst du auch zur Kripo?"

Ben ahnte, dass der Kommissar ihn durch das Plaudern ablenken wollte, doch das schaffte er nicht. Seine Glieder fühlten sich bleiern an. Sein Herz war schwer. Selbst das Reden strengte ihn an. „Eher nicht. Ich mache ein Praktikum bei *Libertas* e.V., einer internationalen Begegnungsstätte. Find ich gut, anderen zu helfen, habe ich dort herausgefunden. Das ist genau mein Ding."

„Sozialarbeiter also?"

„So was in die Richtung möchte ich unbedingt machen. Streetworker vielleicht."

„Find ich gut". Leander nahm im Sessel Platz. Kumpelhaft tätschelte er Benjamins Knie. „Wir werden Marie und Daniel finden."

„Ja, aber auch lebendig?"

Betreten wich Leander Bens Blick aus. „Die Fahndung nach Götz Warnstedt und Joachim Brühl läuft bereits. Kollegen dürften schon in diesem Freistaat Colonia eingetroffen sein, um Milan und die anderen, die dort wohnen, zu verhören. Der Polizeiapparat läuft auf Hochtouren. Das Gewitter hat uns nur ein wenig ausgebremst. In einigen Teilen Kölns tobt es noch. Selbst in den Vierteln, die schon wieder aufatmen, herrscht Chaos. Viele Menschen haben das Unwetter auf ihrer Arbeitsstelle, in Geschäften oder bei Freunden abgewartet. Jetzt drängen sie nach Hause und verstopfen die Straßen."

Ben fragte sich, warum er ihm das alles erzählte. Wollte er sich damit entschuldigen, dass sie die beiden noch nicht aufgespürt und in Sicherheit gebracht hatten?

Ihm war speiübel, aber er ließ es sich nicht anmerken. Marie und Daniel waren seine besten Freunde und eine Art Ersatzeltern geworden. Er konnte sich nicht vorstellen, sie nie wiederzusehen. Wie sollte er solch einen Verlust verkraften?

Nun zeigte er doch Nerven und knetete seine Finger.

Plötzlich ertönte die Klingel. Sogleich klopfte es. Der neue Besucher musste unmittelbar hinter der Wohnungstür stehen. Ben sprang auf.

Als Leander schon die Hand an die Dienstwaffe legte, rief jemand von draußen: „Ich bin's, Tomasz."

Während Ben enttäuscht auf die Couch niedersank, öffnete Leander.

„Eine alte Dame, die gerade das Haus verließ, hat mich reingelassen", energisch stapfte Tom an seinem Kollegen vorüber ins Wohnzimmer, blieb vor Ben stehen und zwinkerte, „aber erst nachdem ich ihr meinen Polizeiausweis gezeigt hatte."

Leander tauchte neben ihm auf. „Was machst du hier?"

„Mein Freund ist verschwunden. Ich *musste* kurz vorbeikommen."

Das rechnete Ben ihm hoch an.

„Am Tatort stehe ich dem Erkennungsdienst im Moment nur im Weg." Tom legte die Hand auf Bens Schulter. „Möchtest du was zu trinken, ein Glas Wasser oder meinetwegen auch ein Kölsch?"

„Ich weiß, ihr meint es nur gut, aber auf eure Aufmunterungsversuche kann ich verzichten. Mir ist zum Kotzen zumute, aber das würde genauso wenig bringen wie heulen, daher verschiebe ich das auf später." Falls das Ganze nicht gut ausging. „Sagt mir lieber ehrlich, was Sache ist."

Tomasz seufzte und setzte sich neben ihn. „Es wurden Spuren von Daniels Rollstuhl im Garten, im Geräteschuppen und in der Garage von Lisa Warnstedts Villa entdeckt. Das ist dort, wo sein Wagen vor der Tür parkt. Ebenso Schleifspuren und Reifenabdrücke eines Kleinbusses", er sah Leander an, der wieder den Sessel in Beschlag nahm, „vermutlich des Subaru Libero."

„Er wurde von dort weggeschafft", stellte Benjamin sachlich fest, doch seine Stimme zitterte. „Nur wohin?"

Betreten schwieg Tom.

„Ich habe auch etwas herausgefunden, nämlich wie Götz Warnstedt seine Opfer fand." Leander rutschte nach vorne auf die Kante. „Bis vor zwei Jahren war er bei einer Zeitarbeitsfirma angestellt. Dort flog er raus, weil er einen der Arbeitssuchenden als Abschaum bezeichnete.

Er ist regelrecht cholerisch geworden und muss wohl total ausgeflippt sein. Seine Chefin, mit der ich gesprochen habe, hatte das überrascht, denn sie meinte, er wäre vor dem Vorfall ein wahrer Sonnenschein gewesen."

„Ein Blender, der seine Maske hat fallen lassen", murmelte Tom.

„Melchior und Brühl stehen in der Kartei, dort lernte er seine ersten beiden Opfer kennen."

Abrupt richtete Benjamin den Oberkörper auf. „Hacke war sein Opfer?"

Leander nickte. „Und wurde zum Komplizen. Jedenfalls fand Warnstedt einen neuen Job in einer Arbeitsvermittlung für Menschen mit Behinderungen."

„Ausgerechnet", warf Tom ein.

„Eher Kalkül. Ich wette, er war da schon auf der Suche nach neuen Gladiatoren. Eine Weile lief es gut, bis er im Herbst letzten Jahres einen Mann mit Downsyndrom bespuckte. Das war Steffen Langweber. Warnstedt sollte sich bei ihm entschuldigen, aber er weigerte sich, verließ das Gebäude und kehrte nie wieder zurück."

„Lass mich raten. Clemens König war dort auch gelistet."

„Bingo. Aber was ich nicht verstehe, ist", Leander schlug die Beine übereinander, „sein Verhalten passt nicht zu dem Profil, was wir vom Täter erstellt haben. Er verachtet doch Menschen, die keinen Nutzen für die Gesellschaft haben, zum Beispiel Hartz-IV-Empfänger und Menschen mit Behinderungen. Warum hat er ausgerechnet mit ihnen zusammengearbeitet?"

„Um täglich auf sie runterzugucken und sich damit emporzuheben. Wahrscheinlich hat er sie gepiesackt, hat sie ständig deutlich spüren lassen, dass sie nichts wert seien, während er sie die ganze Zeit anlächelte. Bestimmt hat er die Firmen auch sabotiert und die Vermittlungszahl so gering wie möglich gehalten, weil er den Abschaum, wie er ihn nannte, von den guten Menschen fernhalten wollte", Tomasz' Gesicht glühte vor Aufregung, „weil er sie nur als Sand im Getriebe betrachtete, und um seine Macht zu genießen."

„Jetzt kapier ich's. Danke."

„Gute Arbeit."

Benjamin wusste nicht, was zwischen den beiden Kommissaren vorgefallen war, aber in diesem Moment sahen sie sich so an, wie Marie und Daniel es taten, wenn sie sich gestritten hatten und ihre „Sollen wir uns nicht wieder vertragen"-Miene aufsetzten. Die Suche nach Daniel schien sie zusammenzuschweißen. Umso einsamer kam sich Ben vor. „Ich will bei der Suche mitwirken!"

„Auf keinen Fall." Als sich Tomasz erhob, knarzte seine Lederjacke. „Das ist viel zu gefährlich und unsere Aufgabe."

Ben stand auf. Energisch stellte er sich ihm in den Weg, breitbeinig und mit in die Hüften gestemmten Fäusten. „Ich kann nicht hier herumsitzen. Das macht mich verrückt! Ihr könnt jede Unterstützung gebrauchen. Köln ist groß."

„Du hilfst uns am besten, wenn du hierbleibst", sagte Leander einfühlsam.

„Indem ich hier herumhänge?"

„Du hältst die Stellung, das ist eine wichtige Aufgabe."

Wollte er ihn verarschen? „Ach ja, welche?"

„Das Telefon bewachen, falls Marie, Daniel oder einer der Entführer anruft."

Das sah Ben ein. Ihm stand zwar eher der Sinn danach, jede Straße der Stadt zu Fuß abzulaufen, um Sorge und Nervosität abzubauen, aber Leander hatte recht. Jemand musste hierbleiben, falls sie sich meldeten oder bestenfalls zurückkehrten. „Nun gut."

Tomasz und Leander verabschiedeten sich. Seite an Seite schritten sie durch den Flur, zwei Männer auf einer Mission. Doch noch bevor sie die Wohnungstür öffnen konnten, klingelte der Festnetzanschluss. Aufgeschreckt eilten sie zurück.

Mit zittriger Hand nahm Ben ab und aktivierte die Freisprechanlage. „Hallo?", meldete er sich zaghaft. Sein Herz pochte schneller und lauter als der Beat in seinem Lieblingssong.

„Rainer Bast hier. Wer ist da?"

Ernüchtert stöhnte Ben innerlich. „Benjamin."

„Meldet man sich etwa mit Hallo? Wie soll der Anrufer denn wissen, wer abgehoben hat?" Bens Onkel schnalzte gereizt. „Ich muss Daniel sprechen."

„Er ..." Ben schaute die beiden Kommissare an. „Er arbeitet noch."

„Ich hatte ihm die *BILD* mit einer Nachricht in den Briefkasten geworfen. Er soll mich anrufen, wenn er heimkommt. Sofort! Hast du das gehört? Ich habe etwas Wichtiges mit ihm zu bereden. Es ist geschäftlich und kann nicht warten."

Das sieht Daniel sicherlich anders, dachte Benjamin, denn es musste um den PR-Berater gehen, den sein Onkel Daniel aufschwatzen wollte. Sollte er Rainer Bast sagen, dass er das vergessen konnte? Es hätte ihm einen Heidenspaß bereitet, ihm eine Abfuhr zu erteilen. Aber dann fiel ihm etwas anderes ein. „Ist Marie bei euch? Ich habe schon mehrmals bei euch durchgeklingelt, aber keinen erreicht."

„Sie war schon weg, bevor ich eintraf. Aber mit ihr habe ich auch noch ein Hühnchen zu rupfen. Seit ihrem Besuch ist Irene völlig neben der Spur. Es wird sich einiges ändern, warf sie mir an den Kopf, in einem pampigen Ton – wie ein Proletarier." Er plapperte wie ein Wasserfall, hörbar froh darüber, endlich loszuwerden, wie empörend er das alles fand. „Sie packte ein paar Sachen in eine Tasche und wollte zu einer Entzugsklinik. Abends. Im Gewitter. Ohne Anmeldung oder Einweisung. Als wäre sie Queen Mum, der alle Türen offen standen. Na ja, genauso unterkühlt und steif ist sie ja. Würde mich nicht wundern, wenn sie bald wieder angekrochen käme, weil man sie nicht aufgenommen hat", redete er sich in Rage. „Wie sieht das denn aus? Meine Ehefrau macht einen Entzug. Ein Skandal! So etwas hat es in meiner Familie noch nie gegeben. Wir haben immer alles intern geklärt."

Benjamin nutzte eine Atempause, um dazwischenzustoßen: „Wo wollte Marie denn hin?"

„Das ist der einzige Lichtblick. Sie hat sich mit Carsten Falkenstein getroffen, sagte zumindest Irene. Wenn sie noch nicht zu Hause ist, ist das doch ein gutes Zeichen. Aus denen wird vielleicht doch noch etwas." Rainers Stimme lächelte. „Ach, weißt du was? Wirf die *BILD* in den Mülleimer, sei so gut. Ich muss doch nicht mehr mit Daniel sprechen." Er legte auf.

„Falkenstein, sagt euch der Name etwas?" Erwartungsvoll sah Ben die beiden Kommissare an.

Tom nickte zögerlich. „Götz benutzt ihn manchmal. So hieß Warnstedts verstorbener Vater."

Leander schwieg, doch seine Miene sprach Bände. Sie besagte, dass er sich große Sorgen um Marie machte, dass sie in Lebensgefahr war und Ben sie unter Umständen nie wiedersehen würde.

Denn der Schädelspalter hatte sie in seiner Gewalt.

Benjamin schluchzte verzweifelt.

74. KAPITEL

Joachim Brühl packte die Hundeleine wieder, bevor ihm das Ende durch die Finger gleiten konnte. El Cojo, nun bereits ein Stück näher an Daniel in der anderen Ecke der Fahrstuhlkabine, zog ungehalten daran. Sein scharfes Gebiss schnappte nach ihm, doch er bekam nur Luft zu fassen.

Nervös schweifte Daniels Blick zwischen dem Kampfhund und Lisa Warnstedt hin und her.

Ihr elektrischer Rollstuhl holperte langsam über den Gitterrost des Rundgangs auf Götz zu. Auf ihrem Schoß lag ein Brenner. Der daran befestigte Gummischlauch endete in einem Tank mit Flammenöl und einem Druckgasbehälter mit Treibgas. Diese hingen an der Armlehne und schaukelten durch das Ruckeln ständig an die Räder des Rollis.

Dieser Psychopath hat seine Schwester dazu gezwungen, ihm den Flammenwerfer zu bringen, mit dem er sie foltern wird, dachte Daniel. *Und mich auch.*

Scheinbar plante der Schädelspalter das erste Mal einen Kampf mit drei Gladiatoren, eine Weiterentwicklung seiner Arena-Fantasie. *Krankes Schwein!*

Erst als Lisa vor ihrem Bruder – und somit auch vor Marie – stehen blieb, fiel ihm auf, dass ihre Augen leuchteten. Während sich Verzweiflung auf Maries Gesicht widerspiegelte, strahlte der Glasknochenengel. Immer wieder schaute Daniel von einer Frau zur anderen. Unterschiedlicher hätten sie nicht dreingucken können. Die eine sah aus, als würde sie ein Geburtstags- oder Weihnachtsgeschenk auspacken, die andere, als wäre sie Zeuge eines schrecklichen Unfalls.

Etwas war faul. Skeptisch blinzelte Daniel Lisa an. „Was geht hier vor?"

„Es ist mir eine große Freude, Sie zu sehen."

Was erzählte sie da? Irritiert runzelte Daniel die Stirn. „Unter diesen Umständen?"

„Es tut mir leid, Sie in der Arena vorzufinden", ihre Stimme drückte das Bedauern jedoch nicht aus, denn sie klang zwar wie immer fipsig und atemlos, aber dennoch erstaunlich kräftig, „und gleichzeitig habe ich es mir gewünscht."

Plötzlich begriff er. Entsetzen erfasste ihn. Sie hatte von Anfang an gewusst, was ihr Bruder im Schilde führte, sie hatte geschwiegen und

Daniel angelogen. Ohne das geringste Zeichen von Unsicherheit, von Reue oder eines schlechten Gewissens.

Unauffällig sah er sich nach etwas um, das er als Waffe benutzen konnte. Nichts. Außer vielleicht ... Sein Geist arbeitete fieberhaft. „Haben Sie mich als Gladiator ausgewählt?“

„Das ist mein Spiel!“, schrie Götz cholerisch. Röte schoss in sein Gesicht. Die zusammengepressten Zähne, die nach vorne geschobenen Brauen und die böse funkelnden Augen verliehen ihm etwas Wölfisches. „Ich allein entscheide über Leben und Tod! Und Sie werden heute Nacht sterben.“

Marie schluchzte laut.

Es zerriss Daniel fast das Herz, sie so verzweifelt zu sehen. Er versuchte ihr durch seinen Blick mitzuteilen, dass alles gut werden würde, aber er glaubte selbst nicht daran, dass er imstande war, ihr das zu vermitteln. Der Kampfhund, der abgeschlossene Käfig, zwei Männer, ein Flammenwerfer und eine Axt. Zu viele Argumente sprachen gegen ihn, den Mann im Rollstuhl.

„Ich wäre mir da nicht so sicher“, sagte der Glasknochenengel zu Daniels Überraschung, worauf Götz ein Knurren von sich gab. „Ich setze diesmal auf Kriminalhauptkommissar Zucker. Er ist der Erste und Einzige, dem ich es zutraue, zu überleben.“

Die beiden Geschwister schlossen Wetten ab? Fassungslos schüttelte Daniel den Kopf.

„Ich habe überlebt“, warf Joachim Brühl mürrisch ein.

Götz Warnstedt schnaubte. „Nur weil ich es so beschlossen hatte.“

Lisa verwirrte Daniel. Ihr Blick flackerte. Sie hatte Angst vor ihrem Bruder und nahm trotzdem kein Blatt vor den Mund. Testete sie ihre Grenzen aus? War der Widerspruch ein Indiz für den Machtkampf zwischen ihnen? Für Daniel passte das zu der Hassliebe, die die beiden verband.

„Der Krüppel könnte vielleicht gegen El Cojo gewinnen, aber ich denke, nicht einmal den wird er schaffen.“ Eine Zornesfalte trat auf Götz’ Stirn. „Aber auf keinen Fall mich und meinen Freund!“ Provozierend strich er über die Schneide des Beils, die sich an Maries Hals schmiegte.

Joachim Brühl schob die Brauen zusammen.

Dem passt es nicht, dass er übergangen wird, dachte Daniel und schöpfte Hoffnung. Vielleicht konnte er die drei gegeneinander ausspielen. Den besten Ansatzpunkt dafür erkannte er bei Lisa. „Wie können Sie da nur mitmachen? Sie sind doch eine von uns. Erkennen Sie nicht, dass Ihr Bruder jedes Mal Sie tötet, wenn er die Axt schwingt?"

„Selbstverständlich durchschaue ich seine Absichten, aber besser Fremde als mich."

„Bald wird er sich nicht mehr mit Substituten zufriedengeben."

„Sie sind ein Außenstehender, Sie kennen nicht die starke Verbindung, die uns seit Kindertagen zusammenschweißt. Wir brauchen einander." Die Brille auf ihrer Nase hüpfte aufgeregt, während sie sprach. „Wenn einer von uns stirbt, auf wen sollen wir dann unseren Selbsthass projizieren?"

Erneut verblüffte sie ihn. Sie war noch cleverer, als er gedacht hatte. „Ist das der Grund, warum Sie zuschauen, wenn Ihr Bruder Menschen mit Behinderungen tötet? Weil Sie denken, Sie hätten es auch verdient, denn es war Ihre Glasknochenkrankheit, die Ihre Familie zerstörte."

„Nein", sagte sie energisch, doch die geröteten Wangen entlarvten die Lüge. „Weil ich mich durch nichts so lebendig fühle. Innerlich bin ich verdorrt und so gut wie tot, das Leben hat mich fast kleingekriegt. Doch die Brutalität der Kämpfe erschüttert mich. Sie wühlt mich auf. Dadurch bekomme ich einen wahren Adrenalinrausch und ich spüre mich selbst wieder, spüre das Leben. Ich verbringe meine Tage im Dämmerzustand. Doch hier und jetzt bin ich hellwach und glücklich."

Die Todesangst anderer Menschen machte sie glücklich? Daniel konnte kaum glauben, was er da hörte, aber sie musste die Wahrheit sagen, denn sie blickte ihn unmittelbar an und hatte nie frischer und stärker ausgesehen.

Sie kicherte sogar. „Als Götz mich das erste Mal mitnahm, tat er es, um mich zu quälen. Er wusste, ich würde ihn niemals verraten. Es war auch ein Schock, aber einer, der Adrenalin freisetzte."

Fassungslos schüttelte Daniel den Kopf. Die Hölle der Familie Falkenstein hatte zwei Irre hervorgebracht.

„Danach fühlte ich mich wie neugeboren. Leider hielt dieses Gefühl nicht lange an. Aber immerhin entdeckten mein Bruder und ich eine Gemeinsamkeit." Ihr Lächeln hätte nicht unpassender sein können. „Das kommt selten genug vor. Es schweißt uns noch enger zusammen."

„Der gemeinsame Nenner nennt sich Kapitalverbrechen", sagte er scharf. Wind kam auf. Er wehte durch die Löcher im Mauerwerk und im Dach hinein und ließ die vergitterte Fahrstuhlkabine, in die Daniel mit dem Alano eingeschlossen war, leicht wackeln.

„Dessen bin ich mir bewusst. Ich nehme es in Kauf." Wäre sie nicht ab dem Hals querschnittsgelähmt gewesen, hätte sie wohl mit den Schultern gezuckt. So schob sie nur mithilfe der Gesichtsmuskeln ihre Brille nach oben. „Was habe ich zu verlieren?"

„Ihre Freiheit!"

„Seit ich dreizehn Jahre alt bin, sitze ich schon im Gefängnis. Ich bin eingesperrt in diesen nutzlosen Körper."

Das Röhren eines Motorrads war zu hören. Es kam näher. Daniel horchte, er hoffte auf Hilfe. Das Geräusch ging in neuerlichem Donner unter. Blitze erhellten wieder den Nachthimmel über Köln. Entweder kehrte das Gewitter zurück oder ein zweites war im Anmarsch. Die Maschine war nicht mehr zu hören.

„Sinnloses Geschwätz. Genug davon!", brüllte Götz Warnstedt. „Die Bullen werden jeden Moment auftauchen."

„Warum hast du dann keinen neuen Ort ausgewählt?" Offenbar mochte sie nicht, wenn er schrie, denn sie drehte das Hörgerät von ihm weg. „Sondern einen, der mit uns in Verbindung steht?"

Daniel kannte die Antwort. „Weil er die Fantasie mit dem Käfig als Arena schon so lange hat, dass er sie noch umsetzen *muss*, bevor alles vorbei ist. Es ist ein Zwang." Die Luft schien zu flirren, Daniel schob das auf die statisch aufgeladene Atmosphäre durch den Sturm, doch in Wahrheit war seine Nervosität schuld daran. Sein Gladiatorenkampf stand kurz bevor.

„Nicht für mich wird alles vorbei sein, sondern für dich, Krüppel. Ich verlagere meine Spiele einfach in eine andere Stadt, in ein anderes Land. Aber jetzt ist endlich Schluss mit Quatschen. Showtime!" Wie ein Dompteur in einer Zirkusmanege gab Warnstedt seinem dressierten Löwen ein Zeichen.

Joachim Brühl gehorchte artig und ließ die Hundeleine los. Knurrend stürzte sich El Cojo auf Daniel.

Maries gekreischtes „Neeeiiin!" hallte durch die Fabrikruine. Es scheuchte die Fledermäuse unter dem Dach auf. Aufgeregt stoben sie gemeinsam auf und flatterten durch die Finsternis heran. Das Surren der unzähligen Flügel klang wie ein Dutzend heransausender Wurfmesser.

75. KAPITEL

In zwei Schritten hatte der Alano den Abstand zwischen ihnen überwunden. Er schnappte nach Daniel, gierig darauf, die messerscharfen Zähne in dessen Kehle zu bohren.

Mit vor Schrecken aufgerissenen Augen flüchtete Daniel rückwärts und drängte sich in die Ecke. Er hob die Hände, bereit, den Kampfhund abzuwehren. Vielleicht konnte er die Schnauze packen und die Kiefer zusammenpressen oder den Hals und ihn auf Abstand halten. *Und dann?*

Ohne abzubremsen, sprang El Cojo mit den Vorderpfoten auf Daniels Schoß. Das Gebiss schoss vor, direkt auf Daniels Gesicht zu. Speichelfetzen kündigten den tödlichen Biss an.

Daniels Puls raste. Angstschweiß rann seinen Rücken hinab.

In der letzten Sekunde nahm er die Arme runter, begleitet von Maries ängstlichem Aufschrei: „Was tust du denn da?“ Er legte sie an, machte sich klein und kippte den Oberkörper zur Seite.

Der Rüde hatte zu viel Schwung, er konnte nicht mehr abbremsen und kapierte zu spät, was passiert war, denn er bekam nur die Rückenlehne des Rollstuhls zu fassen. Er biss hinein. Wild riss er daran. Erst dann merkte er, dass er seinen Gegner verfehlt hatte, denn er ließ ab.

Wütend kläffte er in Daniels Ohr. Das massige Tier war neben und über Daniel. Er konnte beobachten, wie die Muskelstränge unter dem schwarzen Fell arbeiteten. Ein Koloss, eine Kampfmaschine, die nun das Maul weit öffnete, um Daniels Schädel zu packen und mit dem Gebiss zu zermalmen.

Hastig griff Daniel nach der Leine. Er löste sie von der Öse am Hundehalsband, wickelte sie um El Cojos Hals und zerrte mit aller Kraft an den Enden, sodass sich die dadurch entstandene Schlinge zuzog. In diesem Moment vermisste er seine Beine wieder einmal schmerzlich. Er hätte sie gebraucht, um sich gegen den Rüden zu stemmen.

Dieser wehrte sich in Panik, weil ihm die Luft abgeschnürt wurde. Er warf sich nach allen Seiten, er kratzte an Daniels Oberschenkeln und winselte.

Daniels Arme zitterten vor Anstrengung. Er war in Schweiß gebadet. Keuchend bemühte er sich, noch mehr Kraft aufzubringen, doch der Hund kämpfte zu stark gegen die Strangulation an.

Lange würde Daniel ihn nicht mehr halten können. Seine Energie schwand schnell. Während sein Herz gewaltig wummerte, musste er sich eingestehen, dass die Halsmuskulatur von El Cojo zu kräftig war. Im Sitzen würde Daniel ihn mit dieser Methode nicht überwältigen können.

Kaum hatte er die Leine losgelassen, schüttelte sich der Alano und ging erneut auf Daniel los, sichtlich sauer. Seine Augen funkelten giftig.

In seiner Not packte Daniel Ober- und Unterkiefer des Rüden und versuchte, sie auseinanderzureißen. Keine Chance! Der Hund war zu stark. Mit einem gezielten Schlag auf die Schnauze brachte Daniel ihn wenigstens dazu, einen Moment lang von ihm abzulassen. Viel Zeit, um sich eine neue Strategie auszudenken, blieb allerdings nicht.

El Cojo jankte. Er schüttelte sich und strich sich mit der Pfote über die Nase. Zornig fletschte er die Zähne.

Nutze seinen Schwachpunkt aus, feuerte sich Daniel an. Nur, welcher war das? Der Rüde war ein Kraftpaket, das nur aus Muskeln und Zähnen bestand.

Sein Blick glitt zum Hunderollwagen. *Natürlich!* Die Hände stellten Daniels Schwäche dar. Ohne sie könnte er nicht kämpfen. Er wäre ausgeliefert wie Lisa Warnstedt. Und den Alano würde es am empfindlichsten treffen, wenn er nach der Kontrolle über die Hinter- auch die über seine Vorderbeine verlieren würde.

Wieder griff der Hund an. Sein Kopf schnellte nach vorne. Flugs duckte sich Daniel. Er schlug von unten gegen seine Kehle. El Cojo röchelte. Angeschlagen zog er sich zurück, er stieg von Daniels Schenkeln hinunter und schnaufte.

Daniel fackelte nicht lange. Seine behandschuhten Hände legten sich fest um die Greifringe des Rollis. Mit aller Wucht schoss er nach vorne. Sein Bock kollidierte mit dem Kampfhund. Knochen knackten, die Beine knickten ein. El Cojos Brustkorb ging zu Boden, während die Hinterbeine noch in dem Gestell steckten.

Triumphierend schaute Daniel zu Marie. Doch die erwiderte sein Lächeln nicht, sondern schrie und fuchtelte herum, um ihn auf etwas aufmerksam zu machen.

Erst als er hinsah, bemerkte er, dass sich der Rüde in seinen Fußknöchel verbissen hatte. Er spürte es nicht, aber das Blut, das aus den tiefen Wunden rann, die die Hundezähne rissen, löste Phantomschmerzen bei ihm aus. Scharf atmete er ein. Als El Cojo den Kopf hin und her warf, um den Fuß abzureißen, nahm Daniel das Zerren selbst in der Mitte seines Körpers wahr. Er musste endlich handeln!

Hart boxte er von oben auf den Schädel des Tieres. Nichts. Ein zweites Mal schlug er zu, noch fester. El Cojo reagierte nicht, sondern kaute weiterhin auf Daniels Knöchel herum. Joachim Brühl musste ihm die Beißhemmung abtrainiert und den Kampfhund scharfgemacht haben. Der Köter war tatsächlich eine Maschine, programmiert darauf, zu töten oder zumindest größtmöglichen Schaden anzurichten, bis zu seinem eigenen Tod.

Große Scheiße! Und was nun?

Daniel brauchte eine Waffe, mit bloßen Händen würde er El Cojo nicht außer Gefecht setzen können. Aber er hatte keine. In dem Fahrstuhl befand sich nichts, außer ihm, El Cojo, seinem Chopper und … Er schaute über den Rüden, den das Blut noch wilder machte, hinweg. *Der Hunderollwagen!* Er konnte Daniels letzte Rettung sein.

Panik stieg in Daniel auf, er könnte den Fuß verlieren. Aber besser das als dein Leben, sagte er sich. Also versuchte er für einen Augenblick zu ignorieren, dass El Cojo an ihm herumkaute, und bemühte sich, so dicht wie möglich an den Hunderolli heranzukommen, ohne aus seinem eigenen zu rutschen.

Verzweifelt hieb er auf das Holzgestell ein. Die Haut an seiner Faust platzte auf. Seine Finger taten höllisch weh. Egal, mach weiter! befahl er sich. Endlich brach das erste Stück ab. Aber es war zu kurz.

Während sich Warnstedt und Brühl darüber lustig machten, dass bei ihm eine Schraube locker sein musste, weil er die Prothese verprügelte statt den Hund, drosch er weiter auf das Gefährt ein. Er schlug die Räder kurz und klein.

Bemüht, sich auf sein Vorhaben zu konzentrieren, blendete er seine Umgebung aus und nahm die Achse. Das Blut rauschte in seinen Ohren. Mit schweißnassen Handflächen umklammerte er ein Ende. Er wandte sich El Cojo zu. Sein Blick huschte über das Tier und suchte eine geeignete Stelle zwischen den hervortretenden Muskelsträngen.

Mit aller Kraft rammte Daniel das Stück Holz in El Cojos Hals. Aber damit nicht genug. Stück für Stück stieß er es tiefer hinein. Daniel ächzte vor Anstrengung.

Vor Schmerz und Überraschung jaulte der Kampfhund auf. Er brach zusammen und winselte, dann war er still. Die Zunge hing ihm aus dem Maul, das rot von Daniels Blut war.

Lisa Warnstedt gluckste wie ein Kind. „Kommissar Zucker hat gewonnen.“

„Hat er nicht! Ich bin noch nicht fertig mit ihm“, polterte ihr Bruder und Daniel sah Tränen in seinen Augen glitzern. Er musste El Cojo trotz seiner Abneigung gegenüber Behinderungen ins Herz geschlossen haben. „Mach ihn fertig, Hacke, und bring den Kampf zu Ende.“

Ein Grinsen erblühte auf Joachim Brühls Visage. Er zog die Seemannsmütze vom Kopf, wischte sich mit der Wolle über die Glatze und stopfte sie in die Gesäßtasche. Pfeifend holte er ein Butterfly und einen Elektroschocker aus den Taschen der Jeans und machte einen Schritt auf den Käfig zu.

„Halt!“, rief Götz Warnstedt plötzlich. „Hab's mir anders überlegt. Erst werde ich seine Fotze vor seinen Augen töten.“

Marie wurde aschfahl. Ihre Beine gaben nach, doch sie fing sich wieder, bevor sie fallen und die Axtklinge sich in ihre Kehle drücken konnte.

„Nein!“, schrie Daniel und rüttelte an der Tür. Noch immer war er ein Gefangener. Er konnte ihr nicht helfen. Die Machtlosigkeit machte ihn fertig. Nur ein Gitter trennte sie, und dennoch war sie unerreichbar für ihn. „Du willst doch mich. Lass sie gehen.“

„Das siehst du falsch. Du bist nur ein Krüppel von vielen und mir völlig egal. Alles, was ich von dir will, ist, dich zu quälen. Und wie könnte ich das besser, als dir gewaltsam zu nehmen, was du liebst.“

Daniel begriff, dass nichts, was er sagen könnte, Warnstedt davon abhalten würde, Marie zu töten. Wahrscheinlicher war, dass die Versuche, ihn umzustimmen, den Schädelspalter noch erregen würden. Daher sparte sich Daniel, zu betteln und zu argumentieren, um nicht noch Öl ins Feuer zu gießen.

Flehend schaute er Lisa an. Doch von ihr konnte er keine Hilfe erhoffen, denn sie gaffte erwartungsvoll ihren Bruder und Marie an.

Das Entsetzen schnürte ihm den Hals zu. Daniel bekam keine Luft mehr.

Als Götz Warnstedt mit der Schneide Maries Hals aufritzte, gab Marie keinen Ton von sich. Blut rann über ihren blassen Hals. Ihr Blick war getrübt. Mit den Lippen formte sie „Ich liebe dich“, ihre Abschiedsworte an Daniel, der am liebsten augenblicklich mit ihr gestorben wäre.

76. KAPITEL

Todesangst lähmte Marie.

Aber sie empfand Daniels Blick als ebenso schlimm wie die Bestürzung darüber, gleich getötet zu werden. Sie las darin blankes Entsetzen über die Gewissheit, sie für immer zu verlieren, aber auch Hilflosigkeit und Wut. Wie hatte sie nur jemals denken können, er hätte eine Affäre mit Lioba Zur?

Die Erkenntnis kommt ein wenig spät, dachte sie spöttisch, während Blut über ihre Kehle lief und sie am ganzen Leib zitterte. Zu spät, war es das wirklich?

Marie verabscheute es, schwach zu sein! Sie hasste sich dafür, wie paralysiert dazustehen, während die Klinge, die schon mehreren Opfern den Schädel gespalten hatte, ihr die Haut aufritzte. Sie sah ihren Tod nahen und alles, was sie tat, war fast ohnmächtig vor Furcht zu werden.

Noch spielte dieses Scheusal nur mit ihr. Der Schnitt war oberflächlich, sie spürte kaum Schmerz. Vielleicht minderte der Schock ihn auch. In was war sie nur hineingeraten? Sie war in die Falle dieses Psychopathen getappt. Sein Komplize Hacke nannte ihn nicht Carsten, sondern Götz. Bei allem, was sie falsch gemacht hatte, das hatte sie nicht verdient!

Groll stieg in ihr auf. Nein, sie wollte nicht sterben, ohne wenigstens versucht zu haben, sich gegen ihren Peiniger aufzulehnen. Daniel hatte wie ein Berserker gegen diese Bestie gekämpft, obwohl er im Rollstuhl saß. Und sie, deren Körper funktionstüchtig war, ließ sich die Kehle aufschlitzen ohne jegliche Gegenwehr.

„Das geht ja wohl mal gar nicht!“, hätte Benjamin jetzt gesagt. Ein bitteres Lachen stieg in ihr auf.

„Was hast du gesagt?“ Götz nahm die Schneide von ihrem Hals, er legte die flache Seite an ihr Kinn, drehte ihr Gesicht zu sich und zwang sie, ihn über die Schulter hinweg anzusehen.

Sein Atem stank nach Verwesung. Als hätte er schon lange nicht mehr die Zähne geputzt und die Essensreste in den Zwischenräumen würden faulen. Seine Lippen streiften ihre Wange, worauf Daniel randalierte. Er versuchte, die Fahrstuhlkabine niederzureißen, scheiterte jedoch. Immerhin machte er dabei einen Mordslärm. Marie betete, dass jemand den Krach hörte, hatte aber wenig Hoffnung. Es regnete bereits wieder in Strömen. Blitz und Donner wechselten sich immer schneller ab. Es stürmte heftiger als zuvor. Der Wind heulte durch das entkernte Gebäude.

Keine Chance auf Rettung, dachte Marie verzweifelt. Sie musste sich selbst helfen oder würde gleich sterben.

In Filmen sah das, was ihr vorschwebte, einfach aus. Die Tritte trafen immer ihr Ziel. Doch Marie stand viel zu dicht vor Götz, um nach hinten zu treten und ihren Fuß hoch genug zu heben. Ihr fiel nur eine Alternative ein. Die widerte sie an! Aber es musste sein. Jetzt! Sofort! Denn dieser Psycho drückte erneut die Klinge des Beils auf ihre Kehle.

Marie schloss die Augen, sodass Daniel wohl dachte, sie würde sich in ihr Schicksal ergeben, denn er schrie: „Gib nicht auf! Du darfst nicht aufgeben.“ Aber sie tat das lediglich, um sich konzentrieren zu können auf das, was sie vorhatte.

Es kostete Marie große Überwindung, die Hand zwischen sich und Götz zu schieben. Wie eine Schlange schlängelte sie sich zwischen den Körpern hindurch, suchend. Als sie seine Weichteile zu fassen bekam, biss die Schlange zu. Marie drückte, so fest sie konnte.

Götz schrie laut auf, sodass sie auf einem Ohr einen Moment lang taub war. Brutal stieß er sie von sich weg. Der Stoß kam so abrupt, dass sie sich nicht auf den Beinen halten konnte. Sie fiel der Länge nach hin. Das Kreuzgeflecht der Brücke bohrte sich in ihre Handflächen. Es tat weh, doch sie gab nur ein leises Zischen von sich. Ängstlich betastete sie ihren Hals. Der Schnitt war tatsächlich nicht tief, doch durch das eigene Blut an ihren Fingern wurde ihr flau.

Aufgeregt schaute sie über die Schulter zurück. Hinter ihr krümmte sich Götz vor Schmerz. Er hielt schützend die Hände über den Schritt, ließ dabei den Stiel der Axt nicht los und fluchte unentwegt. Das war nicht der Mann, den sie in der Oper kennengelernt hatte. Mimik, Gestik, Sprache und Haltung waren völlig anders. Damals ein Wolf im Schafspelz, in dieser Nacht zeigte er seine wahre Natur.

Tick, tick tick, hörte sie in ihrem Hinterkopf. Das machte ihr bewusst, dass sie wertvolle Zeit vergeudete. Sie sah zum Aufzug, bereit aufzuspringen und loszupreschen, doch Hacke trat vor die Kabine und versperrte ihr den Weg zu Daniel. Grinsend fuchtelte er mit dem Elektroschocker und dem Messer herum.

Und was jetzt? Keine Sekunde dachte sie daran, ohne Daniel zu fliehen, um Hilfe zu holen. Wenn sie zurückkäme, wäre er längst tot.

Unglücklicherweise fing sich Götz wieder, bevor Marie sich einen Plan ausdenken oder überhaupt aufstehen konnte. Zornig funkelten seine Augen. Sein Gesicht lief krebsrot an. Er nahm das Beil mit beiden Händen. Machte einen Schritt auf sie zu. Drohend baute er sich vor ihren Füßen auf. Hob die Axt hoch über den Kopf. Und wartete, bis sich das Entsetzen in ihr neu ausbreiten konnte.

Maries Augen weiteten sich vor Schreck. Ihr Herz setzte einen Schlag aus, um sodann so schnell zu pochen, dass sie befürchtete, es könnte sich überschlagen und dann stillstehen. Hektisch blickte sie sich nach einem Fluchtweg um. Die einzige Möglichkeit, die ihr blieb, war, sich von der Brücke zu stürzen. Aber sie wusste nicht, ob sie das überleben würde. Und selbst wenn, dann würde sie sich bestimmt die Beine brechen. Was würde ihr das nutzen? Sie hätte einen Aufschub von Minuten, mehr nicht.

Götz jedoch genoss den Moment der Macht etwas zu lang.

Plötzlich löste sich ein Schatten aus der Dunkelheit. Ein Mann, ganz in Schwarz gekleidet, flog scheinbar aus dem Nichts heran.

Trotz Motorradhelm bewegte er sich leichtfüßig über die Gräting. Er nutzte eine der tragenden Stangen, um sich an Hacke vorbeizuschwingen. Krachend landete er neben Marie auf der Brücke. Er stand sicher auf beiden Füßen, als wären die Stiefelsohlen mit Blei gefüllt. Pfeilschnell preschte er vor. Als er bei Götz ankam, schoss seine behandschuhte Hand nach vorne. Kurz, hart und präzise schlug er gegen dessen Kehlkopf. Der Unbekannte bewegte sich so flink, dass Götz nicht hatte reagieren können. Verzweifelt versuchte er zu atmen.

Seine Schwester kreischte.

Er ließ die Axt los. Sie fiel auf Marie. Wie in Zeitlupe sah diese die Hiebwaffe auf sich zukommen. Im letzten Moment schaffte sie es, sich zur Seite zu drehen. Das Beil ging scheppernd neben ihr nieder. Sie spürte die Schneide an ihrem Rücken. Erschrocken befühlte Marie ihre Rückseite. Keine Wunde, kein Blut. Die breite Seite und nicht die Klinge musste sie getroffen haben.

Keuchend wollte sie sich aufrappeln, doch Hacke griff das Phantom an. Sie duckte sich, weil sie genau zwischen den beiden kauerte.

Der Maskierte rannte an ihr vorbei auf den Angreifer zu, als würde er keine Sekunde an seiner Überlegenheit zweifeln, als wäre er sich eines Sieges sicher. Kurz vor Hacke bremste er abrupt ab, was diesen irritiert innehalten ließ, hatte er doch mit einem Angriff gerechnet. Er wirbelte um die eigene Achse, streckte das Bein aus und traf Hacke seitlich mit dem Stiefel.

Mit einem einzigen Kick schlug er seinem Gegner beide Waffen aus den Händen.

Er landete standfest. Ohne zu zögern, sprang er hoch, die Beine flogen nach vorne. Mit einem Doppelkick gegen Brust und Kinn rammte er Hacke gegen die Käfigwand. Völlig überrumpelt rutschte Hacke am Gitterwerk nach unten. Mit auf den Brustkorb gepressten Armen und schmerzverzerrter Miene blieb er liegen.

Der Biker muss wirklich Blei in den Sohlen haben, dachte Marie bewundernd und auch ein wenig ängstlich. Wie ein Tornado war er durch die Fabrikbrache gewirbelt und hatte Zerstörung gebracht. Wer mochte er sein? Ein Biker, der zufällig durch das Godorfer Industrieviertel gefahren war? Bei Gewitter und Starkregen. Der zufällig Licht in der Ruine bemerkt hatte? Der zufällig Nahkampfexperte war? Der zufällig den Mumm hatte, ihnen zu Hilfe zu kommen? *Zu viele Zufälle.*

Der elektrische Rollstuhl surrte. Götz' Schwester fuhr ein Stück zurück, blieb aber noch im Lichtkegel des Strahlers stehen. Wohin sollte sie auch fliehen? dachte Marie. Der einzige Weg nach unten führte über den Lift und den blockierte Daniel.

Daniel! Sofort sprang sie auf. Sie stolperte mehr über die Brücke, als dass sie rannte. Ihr Körper bebte, als sie Hackes Hosentaschen durchwühlte. Der Schlüssel hatte sich in einem benutzten Taschentuch verfangen. Sie musste beides herausziehen. Mit gerümpfter Nase schüttelte sie den Baumwollstoff. Der Schlüssel purzelte heraus und drohte durch den Rost in die Tiefe zu fallen. Gerade noch rechtzeitig fing Marie ihn auf.

Mit zitternden Händen sperrte sie das Vorhängeschloss an der Fahrstuhlkabine auf. Sie musste erst Hackes Beine wegschieben, um die Tür so weit öffnen zu können, dass der Rollstuhl hindurchpasste.

Daniel rollte aus der Arena. Endlich war er frei.

Überglücklich schlang Marie die Arme um ihn. Sie drückte ihn eng an sich und küsste ihn. Sein Kuss hatte nie süßer geschmeckt.

Doch aus dem Augenwinkel heraus sah sie, dass Hacke sich langsam aufrappelte. Götz' Wutschrei donnerte durch die Ruine, rau wie Schmirgelpapier. Auch er stand bereits wieder, das Gesicht zu einer Fratze verzerrt und die Fäuste in ihre Richtung geballt.

Marie wurde angst und bange.

Nervös schaute sie sich nach dem Phantom um, aber es war genauso schnell verschwunden, wie es aufgetaucht war. Der Schattenmann war wieder mit der Dunkelheit verschmolzen. Sie bekam eine Gänsehaut.

Ein toller Typ, ein gruseliger Typ. Auch ein Wolf im Schafspelz, jemand, der seine wahre Identität verbarg, nur ging er emotionsloser vor als Götz, was ihn umso gefährlicher machte. Sie konnte sich nicht vorstellen, dass er einfach davonfuhr. Bestimmt beobachtete er sie aus der Finsternis heraus. Warum hatte er sie allein gelassen, warum die beiden Gegner nur niedergeschlagen und nicht ganz ausgeknockt? Hoffentlich rief er wenigstens die Polizei. „Er ist weg, als hätte er sich in Luft aufgelöst."

„Wir sind wieder auf uns allein gestellt", sagte Daniel und drückte aufmunternd ihre Hand. Wir schaffen das, wollte er ihr mitteilen.

„Vielleicht wird er zurückkehren."

„Das glaube ich nicht."

„Warum nicht?"

„Nur so ein Gefühl." Daniel zuckte mit den Schultern und bemühte sich um ein Lächeln, ein weiterer Versuch, ihr Mut zuzusprechen. „Vielleicht wollte er nur das Gleichgewicht wiederherstellen."

„Gleichgewicht? Dass ich nicht lache." Ein Rollifahrer und eine Frau gegen zwei vor Wut rasende Stiere, dachte Marie verzagt. Es war aussichtslos!

Aufgepeitscht durch die Demütigung durch das Phantom, griffen die beiden Bullen an.

Falls sie diese Nacht überlebten, wollte Daniel sie ab sofort „seine kleine Amazone" nennen. Beherzt rannte Marie zum Glasknochenengel. Sie riss den Brenner von Lisas Schoß und die Tanks von der Armlehne des Rollstuhls. Ein Schrei entlud sich aus ihrer Kehle, als sie den Flammenwerfer aktivierte und auf die Brücke zielte.

Daniel spürte die Hitze des Feuers, das Götz Warnstedt daran hinderte, sich auf sie zu stürzen. Doch Marie ging nicht aufs Ganze. Sie hätte das Überraschungsmoment nutzen, dem Angreifer Brandverletzungen zufügen und ihn außer Gefecht setzen können. Aber die Hemmschwelle, jemandem ernsthaft zu schaden, war offenbar zu groß, denn sie versperrte Warnstedt mit dem Feuer nur den Weg.

Auch Joachim Brühl stoppte. Aber ihn konnte Marie nicht auf Abstand halten, weil Daniel zwischen ihnen war.

Der Elektroschocker, den der mysteriöse Martial-Arts-Kämpfer Brühl aus der Hand gekickt hatte, lag unweit vor Daniel auf dem Rost. So nah und trotzdem für ihn schwer zu erreichen, weil er sich bis ganz hinunter bücken musste. Wie sollte er das bewerkstelligen? Er glaubte nicht, dass er es schaffen würde, aber er musste es probieren.

Eilig schob er den Hintern bis zur Kante des Sitzes vor. Mit der linken Hand hielt er sich an der Armlehne fest und versuchte mit der rechten, den Taser zu greifen. Dabei fiel ihm auf, dass sein Fußgelenk, in das sich El Cojo verbissen hatte, immer noch blutete.

Seine Arme waren nicht lang genug. Er hatte zu wenig Kontrolle über die Mitte seines Körpers und drohte aus dem Chopper zu rutschen. Unter Ächzen streckte er sich. Er machte sich so lang wie möglich. Seine Fingerspitzen berührten die Elektroimpulswaffe fast, doch er konnte sie nicht fassen.

Aus dem Augenwinkel heraus sah er, dass Brühl das Butterfly aufhob. Provozierend klappte der Glatzkopf das Messer auf und zu. Er grinste, demonstrierte, wie gut er die Waffe beherrschte, und gab sich selbstsicher, sichtlich davon überzeugt, dass er gegen einen Krüppel schon gewonnen hatte.

Einen Scheiß hast du! Mit Schwung warf sich Daniel nach vorne. Er stürzte aus dem Rollstuhl und schob dabei automatisch den Chopper nach unten, sodass dieser gegen die Fahrstuhlkabine krachte. Der Länge nach flog er auf die Gräting, die Beine unnatürlich verdreht. Sofort langte er nach dem Schocker.

Doch ein starker Schmerz hielt ihn davon ab, den Auslöser zu drücken. Er lähmte Daniels rechte Seite. Daniel brüllte sein Leid heraus.

„Tut weh, was, Scheißbulle? Aber noch nicht genug." Brühl beugte sich über ihn. Erst spuckte er ihn an, dann trat er ihm in die Rippen und drehte die Klinge, die in Daniels Schulter steckte, während er das Messer herauszog.

Der Schmerz schraubte sich nach oben. Er raubte Daniel die Luft, sodass er nicht einmal mehr schreien konnte.

„Diesmal spürst du es, nicht wie mit deinem Scheißfuß. Du hast El Cojo abgemurkst, Wichser!" Joachim Brühl hob das Butterfly erneut an, um es in Daniel hineinzurammen. „Wenn ich mit dir fertig bin, wirst du aus tausend Wunden bluten und ich werde zusehen, wie das Leben quälend langsam aus dir herausläuft."

Daniel sah die Klinge auf sich zukommen. Sein Inneres war in Aufruhr. *Reiß. Dich. Zusammen.* Atmen. Kräfte mobilisieren. Bewegen. Er wurde etwas ruhiger und bekam einen Tunnelblick.

Stöhnend schob er den Arm nach vorne, nicht sonderlich schnell, weil es zu wehtat, aber das war egal. Ohne einen Plan, ohne eine besondere Stelle, die Brühl am empfindlichsten treffen würde, ausgesucht zu haben, oder besonders clever sein zu wollen, hielt er den Taser an dessen Bein, einfach irgendwohin. Hauptsache treffen. Und er traf.

Der elektrische Impuls schüttelte Brühl durch. Er zuckte und zappelte. Das Butterfly fiel, erst aus der Hand und dann in die Tiefe. Mitleidslos drückte Daniel den Schocker auf Brühls Bauch. Dieser klappte zusammen. Rasch rollte Daniel zur Seite, damit er nicht auf ihm landete, und presste das Gerät in Brühls Nacken. Als Brühl sich nicht mehr regte, hörte er endlich auf. Brühls Brustkorb hob und senkte sich, er lebte also noch, aber Daniel wusste, dass er vorerst nicht mehr aufstehen würde. *Gut so!*

Blieb nur noch ein Angreifer, den es zu überwältigen gab. Dass er sich damit täuschte, erkannte er bereits, als er sich zu seinem Chopper drehte, um sich in den Sitz hochzuziehen.

Bestürzt riss er die Augen auf.

„Pass auf, Marie! Hinter dir", schrie er, doch es war zu spät.

Heftig fuhr Lisa Warnstedt ihr in die Hacken. Für einen elektrischen Rollstuhl war er ziemlich schnell, sodass der Stoß mit den Fußstützen in die Achillesferse reichte, um Marie nach vorne stolpern zu lassen. Der Brenner hörte auf, Feuer zu speien. Scharf sog sie die Luft zwischen den Zähnen ein. Die Miene verzerrte sich vor Schmerz. Sie ruderte mit den Armen, um das Gleichgewicht wiederzuerlangen.

Triumphierend lächelnd sprang Götz Warnstedt von der Brücke auf den Rundgang. Daniel langte noch nach seinem Fuß, um ihn festzuhalten, verfehlte ihn jedoch um wenige Millimeter. *Bastard!*

Schon trat Warnstedt Marie den Brenner aus der Hand. Der fiel in die Tiefe, wurde aber bald zurückgerissen, weil er noch durch den Gummischlauch mit dem Rest verbunden war. Durch den Ruck rutschte der Gurt mit dem Öltank und dem Druckgasbehälter von Maries Schulter. Sie knallten auf den Rost und blieben dort liegen, der Brenner baumelte am Gummischlauch daran herab.

Im Gegensatz zu Brühl vergeudete Warnstedt keine Zeit mit Drohungen. Er packte die taumelnde Marie und warf sie über das Geländer.

„Neeeiiin!", brüllte Daniel mit allem, was seine Lunge und Stimmbänder hergaben.

78. KAPITEL

Panisch fuchtelte Marie mit den Händen herum, während sie über das Geländer flog. Sie bekam nur Luft zu fassen. Um sie herum war nichts. Sie befand sich im freien Fall. Der Boden unter ihr kam immer näher. Gleichzeitig drehte sich die Welt um sie herum.

Plötzlich spürte sie Metall an den Fingerspitzen. Sofort griff sie danach und bekam die Balustrade gerade noch zu fassen. Doch der Glücksmoment wehrte nur kurz. Die Brüstung gab nach! Sie bog sich nach außen. Und brach ab. Marie stürzte weiter ab. Die Schwerkraft zog ihren Körper nach unten. Auf den Tod zu.

Ängstlich wandte sie den Blick vom Boden ab, schaute nach oben. Der Rundgang! Im letzten Moment packte sie die Gräting, auf der dieser Wahnsinnige mit seiner Schwester stand. Wieder riss ihr Eigengewicht sie in die Tiefe, doch sie packte so fest zu, dass sie der Erdanziehungskraft trotzte und hängen blieb.

Dies alles geschah innerhalb von Sekunden, doch Marie kam es wie eine grausame Ewigkeit vor.

Das Kreuzgeflecht drückte sich schmerzhaft in ihre Handflächen. Für den Moment glaubte sie, dass die Fingerglieder abreißen und die Schultern auskugeln müssten, aber nichts dergleichen geschah. Es tat nur so höllisch weh, dass sofort Tränen in ihre Augen schossen.

Hilflos schaukelte sie hin und her. Wie sollte sie nur wieder auf den Rundgang gelangen? Sie befürchtete, nicht die Kraftreserven zu haben, um sich an den verrosteten Stangen hochziehen zu können. Aber immerhin hatte sie erst einmal das Schlimmste abgewendet.

Ein Surren erklang über ihr. Schon flammte ein neuer Schmerz auf. Es fühlte sich an, als würde jemand ihr die Fingerkuppen abschneiden. Doch es war Götz' Schwester, die mit ihrem elektrischen Rollstuhl über Maries Hände fuhr. Vor und zurück, in Seelenruhe und mit einem Schmunzeln auf den dünnen, blassen Lippen.

Marie kreischte. Wie von Sinnen schaukelte sie mit den Beinen, bis ihr bewusst wurde, dass das den Druck auf ihre Finger nur noch verstärkte. Sie war schweißgebadet. Ihre feuchten Hände drohten abzurutschen. Weil sie die Qual kaum noch aushielt, nahm sie mal die eine, mal die andere Hand von der Gräting und schüttelte sie.

Lisa Warnstedt zischte ungehalten, bevor sie die Steuerung wieder in den Mund nahm und einen erneuten Angriff startete. Diesmal jedoch lenkte sie den Rolli näher an die Kante heran. Für Marie fühlte es sich an, als würden die Räder die Fingerknöchel zerquetschen. Sie zermalmen. Zu Knochenmehl pulverisieren. Das elektrische Summen nervte sie gewaltig, aber nun, da sie kreischte, hörte sie es ohnehin nicht mehr.

Plötzlich schrie Lisa Warnstedt erschrocken auf. Der Druck auf Maries Finger verschwand. Leise pochte der Schmerz in den Gliedern. Um herauszufinden, was geschehen war, schaute Marie hoch. Ein Rad des Rollstuhls ragte zwischen ihren Händen über die Kante des Stegs.

Die dumme Kuh ist zu weit rausgefahren, dachte Marie voller Schadenfreude. Sie haderte mit sich, ob sie sich an die Achse hängen und Lisa zu Fall bringen sollte. Konnte sie das mit ihrem Gewissen vereinbaren? Verführerisch flüsterte das Teufelchen: „Zahl ihr alles heim! Das ist deine Chance, dich zu retten." Doch das Engelchen warnte sie: „Wirst du damit leben können, jemanden getötet zu haben?"

Gerade als sie sich dagegen entschlossen hatte, schlug das Schicksal zu.

Lisas kleiner, deformierter Körper rutschte im Sitz auf die Seite, die über den Abgrund ragte. Der Rolli bekam Schräglage. Mit ihrer Fistelstimme rief sie nach Götz, aber der schlenderte, den Rücken zu ihr gewandt, über die Brücke und hob etwas auf. Über die Schulter hinweg spähte er zu ihr hinüber, doch er rührte sich nicht.

Plötzlich kippte der Rollstuhl über den Rand. Schnell duckte sich Marie so weit wie möglich weg. Lisa Warnstedt purzelte in die Tiefe, festgebunden an den Rolli. Gemeinsam knallten sie neben dem Strahler auf den Boden der Brache. Ihr Gefährt landete auf ihr und kippte dann zur Seite. Es quietschte und ächzte, sie dagegen gab keinen Ton mehr von sich.

Maries Puls raste immer noch. Das war knapp, dachte sie und rang nach Atem. So, wie Lisa Warnstedt dalag, musste sie sich das Genick gebrochen haben. Das Gesicht war fürchterlich entstellt, als wäre der Schädel in tausend Teile zerbrochen und nur die Haut würde diese noch zusammenhalten. Vielleicht trifft das sogar zu, dachte Marie und wandte rasch den Blick ab.

Götz schien das nicht weiter zu interessieren, denn in seiner Miene regte sich nichts. Emotionslos schaute er zu Daniel hinüber. Da endlich tat sich etwas bei ihm: Er lächelte niederträchtig.

Maries Arme brannten wie Feuer. Die Sehnen waren zum Zerreißen gespannt. Jeder Muskel tat ihr weh, auch die in Rücken und Nacken. Aber es half nichts, sie musste wieder dort hinauf! Eine andere Möglichkeit gab es nicht.

Unter großer Anstrengung hangelte sie sich zum Fahrstuhl hinüber. Vergeblich versuchte sie dort, die Schuhspitzen in das Gitterwerk zu schieben, um Halt zu finden. Sie schaffte es nicht, das Kreuzgeflecht war zu engmaschig. Stöhnend und wimmernd, weil sie sich kaum noch halten konnte, streifte sie die Ankle Boots ab. Die Zehen passten glücklicherweise zwischen die Gitterstäbe. Erleichterung breitete sich in ihr aus.

An der Außenwand des Fahrgastraums kraxelte sie nach oben. Schnaufend zog sie sich auf den Rundgang und blieb erschöpft sitzen. Ihr Oberkörper schmerzte. Sie hatte kaum noch Kraft, um aufzustehen. Mit der Bluse wischte sie sich den Schweiß von der Stirn und schaute zu Daniel, der noch immer vor seinem Chopper lag – und erschrak!

Götz trat über ihn und hob die Axt zum tödlichen Schlag. Unbarmherzig sauste sie hinab.

Doch er schwang sie wie einen Golfschläger und schlug Daniel mit der flachen Seite nur den Elektroschocker aus der Hand. In hohem Bogen sauste er durch die Luft und wurde von der Schwärze um den Lichtkegel herum verschluckt.

Nun hatte Daniel gar keine Waffe mehr. Er war völlig schutzlos.

Maries Augen weiteten sich vor Entsetzen, denn Götz hob das Beil erneut an. Diesmal jedoch zeigte die Schneide nach vorne.

Plötzlich schnellte Daniels Faust nach vorne. Sie vergrub sich im Schritt seines Angreifers.

Götz' Brüllen ging in Wimmern über. Er klappte zusammen, hielt sich jedoch auf den Beinen. Selbst als er die Hände über den Genitalien kreuzte, hielt er die Axt immer noch fest.

Daniel, der zu seinen Füßen lag, packte ihn am Oberhemd. Mit Wucht rammte er Götz' Kopf gegen die Kabine. Götz schrie auf vor Schmerz und ließ die Axt fallen. Wütend schlug er auf Daniel ein. Daniel dagegen versuchte gleichzeitig, die Hiebe abzuwehren und ebenfalls einige Treffer zu landen.

Aber Marie wusste, dass seine Chancen schlecht standen. Er lag auf dem Boden und konnte nur seine Hände nutzen. Götz dagegen trat jetzt auch noch auf ihn ein.

Verzweiflung und Adrenalin pushten Marie. Plötzlich spürte sie neue Kräfte in sich wachsen.

Als sie aufsprang, bekam Daniel gerade Götz' Haare zu fassen. Grob zog er ihn zu sich herunter und boxte auf sein Gesicht ein.

Götz wehrte sich nicht mehr. Er kam Daniel sogar entgegen. Ohne einen Laut von sich zu geben, ließ er sich verprügeln. Seine Stirn platzte auf. Blut lief ihm in die Augen. Er blinzelte nicht einmal.

Dieses Monster ist fertig, dachte Marie und ballte eine Siegesfaust. Doch dann bemerkte sie, dass seine Hand nach etwas tastete. Diese fand ihr Ziel, sie umschloss den Griff des Beils.

„Fuck!", spie Marie aus, ein Wort, das sie sonst nie in den Mund nahm, ihr aber in diesem Moment völlig angebracht schien.

Ihr Blick streifte die Tanks des Flammenwerfers vor ihr. Ohne zu zögern, hob sie sie auf. Doch der Brenner, der über dem Abgrund hing, verkeilte sich unter der Gräting, auf der sie stand. Wie eine Furie riss sie den Gummischlauch ab. Der Brenner fiel herab. Mit einem Satz war sie vor der Fahrstuhlkabine.

Götz riss sich gerade von Daniel los. Langsam richtete er sich wieder auf. Sein blutüberströmtes Grinsen jagte Marie Schauer über den Leib.

Angetrieben von einer Stinkwut, hämmerte sie ihm die beiden Tanks gegen den Hinterkopf. Götz ließ das Beil los, es landete zwischen Marie und Daniel. Mit einem letzten Keuchen fiel er um wie ein gefällter Baum. Reglos blieb er über Hacke liegen.

Draußen hörte es auf zu schütten. Der Regen prasselte nur noch leise auf das Dach der Fabrikbrache. Blitz und Donner entfernten sich, ebenso wie das Knattern eines Motorrads.

Polizeisirenen waren in der Ferne zu hören, sie kamen näher.

Kopfschüttelnd setzte sich Marie neben Daniel. Jetzt, wo das Adrenalin nachließ, bebte sie am ganzen Körper. Selbst ihre Stimme zitterte. „Jetzt, wo wir die Kerle erledigt haben, kommen deine Kollegen."

„Irgendwer muss ja den Dreck wegräumen", sagte er, noch immer schnaufend vom Kampf, zwinkerte ihr zu und zog sie in seine Arme.

79. KAPITEL

Daniel war am Ende. Völlig fertig. Aber er ließ es sich nicht anmerken. Er konnte zusammenklappen, sobald er zu Hause eintraf.

Er war nicht zu stolz, um Schwäche zu zeigen. Nach dem, was er erlebt hatte, würde jeder Verständnis dafür zeigen. Doch der grauenhafte Abend hatte ihn mehr mitgenommen, als er es zugeben wollte. El Cojo, der an seinem Fußknöchel kaute wie an einem Hundeknochen, das Messer in seiner Schulter, die Demütigung, auf dem Gitterrost herumkriechen zu müssen, und die Axtklinge über seinem Kopf schweben zu sehen, den Tod vor Augen. Aber vor allen Dingen, dass Marie so sehr hatte leiden müssen.

Man hatte sie entführt, sie in Todesangst versetzt, sie verletzt, sie mit anschauen lassen, wie er um sein Leben kämpfen musste, sie in den Abgrund geworfen und ihr beinahe die Finger abgefahren. Das nahm ihn derart mit, dass er sein Inneres als eine offene Wunde empfand. Sie arbeitete nicht bei der Polizei, sondern war eine Zivilistin, die nichts, absolut gar nichts mit dem Fall zu tun hatte. Nur wegen ihm hatte der Schädelspalter sie in seine Machtspiele mit hineingezogen. Daniel fühlte sich schuldig. Daran würde er noch einige Zeit zu knabbern haben.

Der Notarzt, der auf dem Vorplatz der Industriebrache vor Daniel kniete, schloss seinen Einsatzkoffer und stand auf. „Sie müssen mit uns ins Krankenhaus kommen."

„Auf keinen Fall!" Demonstrativ fuhr Daniel eine Radlänge zurück.

„Ich habe nur die Erstversorgung durchgeführt. Der Fuß muss geröntgt und genäht werden. Dasselbe gilt für Ihre Schulter."

„Besser verbinden können die mich dort auch nicht. Die Blutung ist gestoppt. Die Spritze hilft, es tut kaum, ich meine, gar nicht mehr weh."

„Ich habe die Verletzungen nur …"

„Erstversorgt." Daniel seurzte genervt. „Ja, ja, ich weiß."

„Sind Sie gegen Tetanus geimpft? Wir müssen Sie auf Tollwut untersuchen."

Daniel wollte gerade einwenden, dass der Alano nicht zugebissen hat, weil er krank, sondern weil er darauf trainiert worden war, doch er kam nicht dazu.

Denn Tomasz stellte sich zu ihnen, er lehnte sich mit dem Rücken gegen den Ambulanzwagen und sagte: „Letzteres ist dringend notwendig, Herr Doktor. Ich habe schon länger so eine Vermutung."

Leander tauchte ebenfalls auf, kraulte den hellen Flaum an seinem Kinn und bedachte Daniel mit einem besorgten Blick. „Er ist oft gereizt und gelegentlich sogar bissig."

„Vergiss nicht den Schaum vor dem Mund, wenn er uns mal wieder anbellt."

„Anormales Verhalten." Frech grinsend ließ Leander den Zeigefinger neben seiner Schläfe kreisen.

Und Tom nickte auch noch eifrig. „Rastlosigkeit, Ungeduld."

„Ist eine Lähmung der Beine nicht auch ein Anzeichen für das Fortschreiten der Krankheit?"

„Jetzt reicht's aber!", fuhr Daniel dazwischen, nicht erbost, sondern froh darüber, dass die beiden ihn mit den Frotzeleien aufheitern wollten. „Warum seid ihr euch plötzlich so einig? Das sind ja ganz neue Töne."

„Schön, dich munter wiederzusehen." Tom hielt Daniel die Hand hin und dieser klatschte ab.

Als Leander jedoch Daniel um den Hals fiel und drückte, war der irritiert und peinlich berührt. Aber der Hospitant übertrieb es nicht und hielt die Umarmung kurz, daher klopfte Daniel ihm kumpelhaft auf den Rücken und schenkte ihm ein dankbares Lächeln, nachdem er sich zurückgezogen hatte.

„Geht es dir wirklich gut?" Skeptisch musterte Tomasz ihn. Er machte einem Mitarbeiter des Erkennungsdienstes Platz, der zwischen ihnen hindurch zum Dienstwagen schritt. „Da ist diese Falte zwischen deinen Brauen. Die zeigt sich nur, wenn du angestrengt über etwas brütest."

Er kannte ihn zu gut. „Mich beschäftigt etwas."

„Und zwar?"

„Hat *er* den Notruf gewählt und Bescheid gegeben, wo wir festgehalten wurden?"

„Wer?"

Daniel runzelte die Stirn. „Wie habt ihr uns gefunden?"

Es war Leander, der in knappen Worten berichtete, wie die Fahndung nach Joachim Brühl und Götz Warnstedt sie auch zu dem ehemaligen Fabrikgelände geführt hatte. Schließlich wurden dort nicht nur die Leichen von Clemens König und Steffen Langweber entdeckt, sondern es gehörte auch der Schwester des Verdächtigen, die ebenfalls verschwunden war. „Erst hat das Gewitter uns aufgehalten, dann der Verkehr. Außerdem mussten wir noch die Villa von Lisa Warnstedt durchsuchen und die anderen ehemaligen Tatorte und möglichen Verstecke abklappern."

Mit einer Geste brachte Tom den Hospitanten zum Schweigen. „Wen meintest du mit ‚*er*'?"

Nun war es an Daniel, von dem mysteriösen Motorradfahrer zu erzählen. Dass er ihnen aus der aussichtslosen Situation geholfen hatte und dann wieder verschwunden war.

Leanders Locken klebten vor Feuchtigkeit an den Wangen. „Er hat Brühl und Warnstedt nicht außer Gefecht gesetzt und euch befreit?"

„Nein, er hat uns geholfen, aber nur ein bisschen." Auf der einen Seite war Daniel dankbar, auf der anderen angesäuert. Der Biker hätte ihnen viel ersparen können. Aber er war anscheinend nicht daran interessiert gewesen.

„Was sollte das?"

Darauf hatte Daniel keine Antwort. Laut dachte er nach: „Der Schattenmann hat also nicht die Polizei gerufen. Das bedeutet dann wohl, dass er nicht zu den Guten gehört."

„Und mit den Bullen nichts zu tun haben will", führte Tomasz die Überlegungen weiter.

„Er übt irgendeine Kampfkunst aus und das schon seit vielen, vielen Jahren." Wahrscheinlich schon seit seiner Kindheit. „Die Art, wie er gekämpft hat: eiskalt, zielgerichtet und selbstsicher." Beeindruckend, dachte Daniel, sagte jedoch: „Außergewöhnlich."

„Du glaubst, er ist ein Profi?"

Je mehr er darüber nachdachte, desto sicherer wurde sich Daniel. „Vielleicht hat jemand mit Götz Warnstedt noch eine alte Rechnung offen."

„Und schickt ihm einen Killer auf den Hals?" Tomasz' Brauen schoben sich zusammen. „Warum tötete er den Schädelspalter dann nicht?"

„Gute Frage." Daniel zuckte mit den Achseln und schaute der schwarzen Limousine des Bestattungsinstitutes hinterher, die Lisa Warnstedts Leiche abtransportierte, um sie zur Rechtsmedizin zu bringen. „Hier ist noch eine: Wieso schlug er gerade heute Nacht zu?"

„Komm mir jetzt nicht mit Zufall oder Schicksal."

„Auch für mich klingt das unwahrscheinlich. Ich habe keine Erklärung dafür."

„Ich hätte eine", schaltete sich Marie ein. „Keine Erklärung, aber zumindest eine Idee. Mein Vater ..."

„Was ist mit ihm?" Daniel horchte auf. Der Name Bast bedeutete nie etwas Gutes.

„Er könnte das Phantom geschickt haben. Seine Weste ist nämlich nicht so sauber, wie er vorgibt."

„Was willst du damit andeuten?“ Alles in ihm versteifte sich. Rainer Bast hatte nach Daniels Unfall den Umbau ihrer Wohnung bezahlt. Das Geld vorgestreckt, das klang für Daniel angenehmer. Seitdem hatte er das Gefühl, Bast würde irgendwann einen Gefallen von ihm einfordern, einen, der mit Daniels Stellung als Kriminalhauptkommissar zu tun hatte und ihn in eine moralische Zwickmühle bringen würde.

„Ich weiß nichts Genaueres. Nur, dass er Verbindungen in die Kölner Unterwelt hat. Welche das sind, keine Ahnung. Aber ich könnte mir gut vorstellen, dass er jemanden damit beauftragt hat, auf mich aufzupassen.“

„Und warum hat der Schattenmann dich dann nicht in Sicherheit gebracht?“

„Vielleicht hat mein Vater ihm nicht genug bezahlt. Er ist nämlich nicht nur vermögend, sondern auch geizig.“ Marie legte den Arm um seine Schulter. „Du hast doch das Motorrad wegfahren hören. Das Phantom hat gewartet, um zu sehen, ob wir uns selbst retten können. Erst dann ist er auf und davon.“

„Ein fauler Söldner?“ Daniel hegte Zweifel.

„Ein schlecht bezahlter Söldner.“

„Möglich“, sagte Tom.

„Möglich ist fast alles“, fügte Leander hinzu und erntete für diesen tiefsinnigen wie unsinnigen Kommentar merkwürdige Blicke von seinen Kollegen. Als er sich verlegen die Haare zurückstrich, tropfte Wasser auf seine Schultern.

Daniel drückte Maries Hand. Aus dem Augenwinkel heraus sah er, dass die Streifenwagen mit Brühl und Warnstedt – beide Verhafteten angeschlagen, aber munter – abfuhren. „Es ist gut ausgegangen, nur das zählt. Lass uns nach vorne schauen.“

Aber insgeheim machte er sich Sorgen, dass sie ab sofort von einem zwielichtigen Schatten verfolgt werden könnten, von dem sie nicht wussten, ob er wirklich auf ihrer Seite stand.

Ein Fahrzeug hielt am Straßenrand vor der Fabrik. Durch das geöffnete Tor beobachtete Daniel, wie Lioba Zur an der Fahrerseite ausstieg. Sie band ihr hüftlanges weizenblondes Haar zu einem lockeren Zopf und prüfte ihr Aussehen im Seitenspiegel.

„Lass uns doch besser in die Ambulanz fahren“, sagte Daniel zu Marie, zog sie zum Krankenwagen und hoffte, dass sie ihm nicht anmerkte, dass er es plötzlich eilig hatte.

80. KAPITEL

Fröhlich stakste Marie aus dem Badezimmer. Die für sie ungewöhnlich hohen Absätze klackten auf dem Laminat. Sie schenkte Daniel einen mitleidigen Blick. „Guck doch nicht so, als müsstest du gleich zu deiner eigenen Hinrichtung."

Er wartete mit seinem Bock zwischen der Retro-Stehlampe, die er so hässlich fand, und der Couch darauf, dass sie fertig wurde. Auf sie musste es so wirken, als wollte er sich verstecken. Nicht ganz unberechtigt. „So fühle ich mich aber." Am liebsten würde er einen Rückzieher machen.

„Es war deine Entscheidung, im letzten Moment doch noch zuzusagen."

„Damit du dich als Phantombildzeichnerin in Erinnerung rufst und wieder mehr Aufträge erhältst."

„Natürlich, Brummbär, du tust das nur für mich", sagte sie spöttisch, küsste ihn auf die Wange und wischte mit dem Daumen den Lippenstiftabdruck unter seinem Auge weg.

Tat er nicht, aber er war plötzlich unsicher, ob er sich wirklich die Blöße geben sollte, und das wollte er nicht zugeben. Er wollte wieder am Leben teilhaben, nicht nur in einigen Bereichen, sondern in allen. Inzwischen unternahm er schon recht viel. Auch durch das KK 11 bewegte er sich ganz natürlich.

Doch am Sommerfest teilzunehmen war eine ganz andere Nummer. Für gewöhnlich mied er Menschenansammlungen. Durch sie fühlte er sich klein. Man übersah ihn leicht, rempelte ihn an und schüttete Getränke über ihn. Komischerweise tat er sich bei Fremden leichter. Sie nahmen als gegeben hin, dass er im Rollstuhl saß, weil sie ihn so kennengelernt hatten. Es machte ihn verlegener, wenn Freunde und Arbeitskollegen, die ihn noch mit zwei funktionstüchtigen Beinen kannten, ihn wiedersahen. Sie schauten ihn kaum an oder gafften, sie wussten nicht, wie sie sich ihm gegenüber verhalten sollten, und suchten verlegen nach Worten.

Und auf der Party im Präsidium würde er auf eine Menge bekannter Gesichter treffen, die er jedoch nicht täglich sah. Kollegen von der Justiz, der Stadtverwaltung, der Feuerwehr, vom Zoll und von der Bundespolizei würden dort sein, ihn anstarren und hinter seinem Rücken tuscheln. Die verstohlenen Blicke von allen Seiten würden ihn verbrennen! Ein Meer aus Flammen. *Hör auf, dich da reinzusteigern, Zucker!*

Marie drehte sich um die eigene Achse. „Gefällt es dir?"

„Sicher." Normalerweise trug sie eher dezente Farben, doch das Sommerkleid strahlte in einem warmen Gelb. Es musste neu sein. Sie zeigte darin ungewöhnlich viel Bein und schien regelrecht erblüht zu sein. Ging ein Wandel in ihr vor oder wollte sie für ein Zusammentreffen mit Lioba Zur gewappnet sein?

„Oder doch lieber das kleine Schwarze?"

Es schmerzte ihn, die Bandagen um ihre Hände zu sehen. Die Verletzungen bei ihnen beiden waren immerhin nicht so schlimm gewesen, dass sie im Krankenhaus hatten bleiben müssen. Schade, dachte er nun. *Dann wäre mir der Gang zum Schafott erspart geblieben.* „Steht dir auch gut."

„Es ist dir völlig egal, was ich anziehe, nicht wahr?"

„Von mir aus könntest du nackt gehen, Zimtschnecke. Du wirst auf jeden Fall die hübscheste Frau dort sein."

„Nackt? Das könnte dir so passen!" Sie gab ihm einen Klaps, lachte und ging ins Schlafzimmer.

Daniel fühlte sich wie jemand, der gleich auf eine Bühne geschubst werden würde und eigentlich nichts mehr hasste, als angestarrt zu werden. Er wollte nicht im Mittelpunkt stehen. *Warum tust du dir das dann an?* Weil er musste! Nur so konnte er die Scheu vor den restlichen Kollegen auch noch überwinden. Er hoffte, dass, wenn sie ihn alle in seinem Chopper gesehen hatten, das Thema ein für alle Mal durch war. Für sie und für ihn.

Nervös zupfte er an seinem weißen Oberhemd herum. Aus einer spontanen Eingebung heraus zog er eine Seite des Stoffs aus der schwarzen Jeans heraus. *Leander wird Augen machen! Und Tomasz hat was zu lästern.* Nur, wenn er an die Staatsanwältin dachte, wurde ihm mulmig. Marie würde sie das erste Mal treffen. Was würde passieren? Angespanntes Schweigen oder Gezicke?

„Ich wäre dann so weit." Marie deutete zur Wohnungstür. „Sollen wir los?"

„Ich muss erst noch mit dir über etwas reden."

„Du versuchst nur, Zeit zu schinden."

Wie meistens hatte sie recht. „Ich schiebe das schon so lange vor mir her. Außerdem möchte ich endlich alles zwischen uns klären."

„Was ist denn ungeklärt?"

„Der Anruf neulich. Ich habe behauptet, ein Callcenter hätte angerufen. Du hast wahrscheinlich geglaubt, es wäre eine Frau gewesen."

Es schien ihm klüger, die Sprache nicht direkt auf Lioba Zur zu bringen.

Marie setzte sich auf die Armlehne des Sessels ihm gegenüber.

„Es war nur ein Arzt."

„Was ist los mit dir?", fragte sie besorgt und knetete ihre Clutch. „Ist etwas nicht in Ordnung?"

„Ein Spezialist."

„Wenn du mir das verheimlicht hast, muss es etwas Schlimmes sein."

„Nicht schlimm, nur ... peinlich."

„Wir sind verheiratet. Ich liebe dich. Vor mir muss dir nichts peinlich sein."

Diese Frau ist zu gut, um wahr zu sein! Er fuhr zu ihr und nahm ihre Hand. Mit schamgeröteten Wangen erzählte er ihr von dem Telefonat. Dass er ständig Probleme mit dem Katheter hatte. Dass man ihm schon seit Langem einen suprapubischen empfahl, doch er sich mit dem Schlauch aus dem Bauch noch unattraktiver für sie fand. Dass es eine Alternative zum SPK gab, wie er bei dem Telefonat erfahren hatte, er aber Angst vor einer weiteren Operation, einem weiteren Krankenhausaufenthalt und weiteren erniedrigenden Untersuchungen hatte.

„Was ich sexy finde oder nicht, das überlasse bitte mir." Sie milderte die Rüge mit einem Lächeln ab. „Was hältst du von dem Stimulator?"

„Klingt gruselig." Der Schrittmacher zur sakralen Neuromodulation würde am Ende der Wirbelsäule eingesetzt werden und die Nerven von Darm und Blase durch schwache elektrische Impulse reizen. „Weckt aber auch Hoffnungen." Auf ein normaleres Leben.

„Für was auch immer du dich entscheidest, ich werde den Weg mit dir gehen!"

„Dann lasse ich es machen." *Diese Frau ist das Beste, was mir passieren konnte.* Er zog sie auf seinen Schoß und lachte schalkhaft. „Ich kann dich zwar nicht auf Händen tragen, wie du es verdient hättest, aber ich kann dir diesen Service bieten."

Als er mit ihr auf den Oberschenkeln losfuhr, hielt sie sich rasch an seinen Schultern fest. Sie gluckste und kicherte wie ein Teenager. Im Vorbeifahren tippte sie die Lichtschalter an. Bevor sie jedoch den Ausgang erreicht hatten, schwang die Tür auf.

Benjamin trat ein, in der einen Hand eine 1,5-Liter-Flasche Cola und in der anderen eine Tüte Chips. Als er gewahr wurde, was die beiden trieben, schüttelte er den Kopf, und Daniel sah ihm an, dass er dachte: Wie kindisch! Doch er sagte: „Ihr geht aus? Klasse, dann habe ich ja den Fernseher für mich."

„Achtest du nicht mehr auf deine Figur?" Jetzt fiel Daniel auf, dass er schon lange nicht mehr auf den Boxsack im Schlafzimmer eingedroschen hatte, um zu trainieren.

„Morgen wieder." Ben ließ sich auf die Couch fallen und riss die Tüte auf.

Beim Verlassen der Wohnung flüsterte Marie Daniel zu: „Ich glaube, er hat Liebeskummer."

„Ich habe übrigens meine Beziehungen spielen lassen und ihm ein soziales Jahr vermittelt. Eins, das normalerweise so nicht möglich ist", erzählte Daniel heiter und blieb vor dem Aufzug stehen. „Er wird bei der ambulanten Intensivbetreuung jugendlicher und heranwachsender Straftäter mitarbeiten. Das ist ein Projekt der Bewährungshilfe Köln." Während er den Rufknopf drückte, fragte er sich, warum sich Maries Miene verdunkelte. Freute sie sich denn nicht? „Du kannst dir gar nicht vorstellen, wie glücklich er darüber ist! Er liebäugelt damit, danach Sozialpädagogik zu studieren, um Diplom-Sozialarbeiter zu werden." Irritiert, weil sie schwieg, plapperte er weiter: „Das soziale Jahr würde das schlechte Abi ausgleichen. Ihm schwebt vor, Streetworker oder Bewährungshelfer zu werden. Find ich gut!"

Der Fahrstuhl kam. Die Türen glitten auf. Marie stieg von Daniels Schoß und die Art, wie sie in die Kabine hineinschritt, ließ ihn erahnen, dass etwas im Busch war.

„Diese Beziehungen, die du hast spielen lassen", sie drehte sich zu ihm herum, verschränkte die Arme vor dem Oberkörper und sah ihn eindringlich an, „welche waren das genau?"

Das unangenehme Kribbeln im Nacken alarmierte ihn. Durch das Herumschäkern hatte er seine Bedenken gegenüber dem Sommerfest glatt vergessen. Nun wurde er wieder nervös.

81. KAPITEL

Als Daniel auf dem Sommerfest im Polizeipräsidium ankam, war alles halb so wild. Warum hatte er sich überhaupt verrückt gemacht? Darüber ärgerte er sich nun. Die Kollegen aus den verschiedenen Behörden machten Marie und ihm höflich, aber keineswegs verlegen Platz. Sie bildeten einen Gang, sodass er bequem mit seinem Rolli durch die Menge fahren konnte. Er musste an Moses, der das Rote Meer teilte, denken und schmunzelte.

Fette Beats, wie Benjamin es ausgedrückt hätte, wummerten aus den Boxen über den Outdoorbereich, sodass sich Daniel wunderte, wie sich Kriminaldirekter Christian Voigt überhaupt mit dem Rechtsmediziner Dr. Karl Sachs unterhalten konnte. Die Köpfe zusammengesteckt, warteten sie vor dem Grill.

Na, die beiden haben sich gefunden, dachte Daniel spöttisch.

Die Schweißausbrüche blieben aus. Der Erste Kriminalhauptkommissar Karsten Fuchs winkte ihm überschwänglich von einer der Getränkestationen zu und gab ihm ein Daumen hoch. Die zahlreichen Gäste gafften ihn nicht an wie eine Attraktion aus einem Kuriositätenkabinett, sondern grüßten mit fröhlichen Feierabendgesichtern und sagten Sätze wie: „Sie bringen ja die Sonne mit“ oder „Hat Ihre Ehefrau eine Schwester?“

Nicht er stand im Fokus, sondern zu seiner Überraschung – und Erleichterung – Marie. Sie wurde mit Komplimenten überschüttet. Aber ihn wunderte das nicht. Schließlich strahlte sie an diesem Abend. Sie war schön. Heiß! Und sie gehörte zu ihm.

Leander drängte sich zwischen einem Heizpilz und einer Theke hindurch. Hinter sich her zog er eine junge Frau mit kupferblondem Haar. Ihr Pony hing ihr über die Augen, aber sie schien das nicht zu stören. Nervös strich sie immer wieder die Falten ihres geblümten Rockes glatt.

„In deinem fortgeschrittenen Alter wirst du noch mal modern.“ Feixend zeigte Leander auf Daniels Hemd, das halb in der Hose steckte und halb heraushing.

„Ich bin erst siebenunddreißig und nicht dreiundsiebzig!“

„Aber dein Haar lichtet sich schon obendrauf.“

Erschrocken sah Daniel Marie an. „Stimmt das?“

„Lass dich doch nicht ins Bockshorn jagen“, sagte sie gutmütig.

Daniel blinzelte Leander an. „Wusste ich es doch.“

„Der Scheitel ist nur ein bisschen breiter geworden, mehr nicht." Erst zeichnete sie ihn mit der Fingerspitze nach, dann lachte sie laut. „Du solltest mal dein Gesicht sehen."

Verliebt lächelte Leander seine Freundin an. „Das ist Melanie. Sie hat die Familientragödie des Glasknochenengels für uns herausgefunden."

„Freut mich, dich kennenzulernen, und danke." Daniel reichte ihr die Hand und stellte Marie vor. „Meine Frau verschlingt übrigens Bücher." Und an Marie gerichtet: „Melanie schreibt Krimis."

Während sich die Frauen über ihre gemeinsame Leidenschaft unterhielten, freute sich Daniel darüber, dass Melanie es geschafft hatte, ihre Angst vor möglichen Verbrechen, die ihr zustoßen könnten, zu überwinden, und endlich wieder ihre Wohnung verließ. Daniel hatte Leander noch nie so glücklich gesehen.

„Wir wollten auf die Tanzfläche. Bis später." Schon zog Leander Melanie weiter.

Plötzlich trat ein Unbekannter vor Daniel. Er baute sich vor ihm auf und schaute mürrisch auf ihn hinab. Besorgt fragte sich Daniel, ob das der Schattenmann sein konnte. Das Phantom! Viel Sport trieb er auf jeden Fall, aber die Figur des Bikers war drahtiger. Dieser Mann hatte breite Schultern, kantige Gesichtszüge und stahlgraue Augen.

Als sein Arm auf ihn zuschnellte, zuckte Daniel zusammen, doch er reichte ihm nur die Hand. „Hartmut Menzel, Leanders Vater."

„Sie müssen ein mutiger Mann sein." Da sein Gegenüber die Stirn runzelte, setzte Daniel nach: „Weil Sie sich von Düsseldorf nach Köln getraut haben."

Menzel lachte blechern. „Die alte Fehde. Dann wissen Sie also, dass ich beim LKA arbeite."

Abteilung zwei. Staatsschutz. „Leander hat es mal erwähnt." Als er sich bitter über seinen Vater beschwerte.

„Sie sind ein Vorbild für meinen Sohn. Ich hoffe, er wird eines Tages mal wie Sie, obwohl ich nicht daran glaube."

Daniel klopfte auf die Armlehne des Choppers. „Besser, er wird nicht wie ich."

„Die Querschnittslähmung zwingt Sie, über sich hinauszuwachsen. Das täte Leander auch gut."

„Was wollen Sie damit andeuten?"

„Ach, wissen Sie, es fing schon damit an, dass meine Frau ihm diesen schwulen Namen verpasste. Ich arbeite viel, sie hat das über meinen Kopf hinweg entschieden, sonst hätte ich ihr diesen Bockmist ausgetrieben. Sie ist schuld, dass er so ein Weichei ist, hat ihm Kinderbücher vorgelesen, statt ihn zum Bolzplatz zu schicken und so was. Wie ich immer sage, sie hat ihn mit dem rosafarbenen statt mit dem blauen Löffel gefüttert."

Ihn amüsierte das, Daniel dagegen nicht.

„Er ist sechsundzwanzig und noch ein Hospitant. In seinem Alter kletterte ich schon die Karriereleiter hoch. Manchmal wünschte ich, jemand würde ihm die Beine brechen, damit er endlich zu laufen lernt. Aber ich will Sie nicht aufhalten." Er klopfte Daniel auf die Schulter, als wollte er damit sagen: „Sie verstehen mich, das weiß ich", hob die Hand zum Abschiedsgruß und verschwand ins Bierzelt.

„Was für ein Arschloch!", zischte Marie.

Daniel fand diese Bezeichnung noch zu harmlos. Er machte sich Sorgen, dass Hartmut Menzel höchstpersönlich seinem Sohn etwas Schreckliches antun könnte, mit der beschränkten Absicht, nur so würde sich Leander endlich zu dem Kerl entwickeln, der er seiner Meinung nach selbst war. Nur das nicht!, dachte Daniel, der in Hartmut Menzel nur einen weiteren Psychopathen sah.

Plötzlich spürte er, dass ihn jemand beobachtete. Er schaute sich um und erspähte Tomasz an der Bar. Gemeinsam mit Marie begrüßte er ihn. Hatte er aus der Entfernung noch gedacht, Tom würde Cola trinken, so roch er nun, dass sich noch eine weitere Flüssigkeit mit mehr Umdrehungen in dem Glas befand.

„Du bist der verdammte Polizeipapst", lallte Tomasz.

„Was redest du da für einen Unsinn?"

„Fährst in dein'm Popomobil durch die Menge und alle winken dir zu, als hätten se nur auf dich gewartet. Sie lächeln dich an, bewundern dich für deinen Ermittlungserfolg und können es gar nicht erwarten, mit dir zu sprechen."

„Wir haben den Fall gemeinsam gelöst."

„Mir hat niemand gratuliert. Alle reden nur über dich, glaub mir, bin schon länger auf der Party."

„Und betrunken."

„Beschwipst."

„Bist du etwa neidisch? Ach, komm, Tom, hör auf mit dem Scheiß!"

„Scheiße, das trifft es gut. Neidisch, nein, das nicht. Bin froh, wenn mich alle in Ruhe lass'n."

Marie drehte sich unauffällig weg, damit Daniel mit ihm reden konnte. „Was ist dir denn über die Leber gelaufen?"

„Fee.“ Tom rülpste, sodass der Sitznachbar die Nase rümpfte und wegging.

Aha, Liebeskummer, stellte Daniel fest. *Der eine stopft Kalorien in sich rein, der andere zecht.* „Hast du sie immer noch nicht erreichen können?“

„Nö. Hab aber rausgefunden, wo sie sich versteckt. Bin schließlich ’n Cop. So einer wie in US-Serien, mit ’ner fetten Wumme und dicken Eiern. Das hast du ma’ gesagt.“ Toms Zeigefinger bohrte sich in Daniels Schulter. „Sie ist ’ne harte Nuss, aber ich werd se knack’n!“

„Tu nichts Unüberlegtes.“

„Nur kämpfen um sie. Das muss einem Mann doch erlaubt sein.“

„Natürlich, aber die Wumme lässt du stecken, ja?“

Tomasz stützte den Kopf ab. Seine Lider waren halb geschlossen. „Amen, Pontifex.“

Daniel würde ihn im Auge behalten.

Auf einmal trat Lioba Zur vor ihn. Solche dunkelrot geschminkten Lippen hatte er noch nie an ihr gesehen. Als sie lächelte, bemerkte er, dass etwas von der Farbe auf ihre Zähne gekommen war. Sie trug ihr Haar offen. Ihre blonden Wellen ergossen sich über den Rücken und waren antoupiert. Das Volumen verlieh ihr etwas Wildes. Die obersten Knöpfe ihrer Bluse standen offen. Der Büstenhalter schimmerte durch den rosafarbenen Stoff.

Daniel rutschte das Herz in die Hose. Sein Mund wurde trocken.

Als sich Marie zu ihnen umdrehte, erstarb das Lächeln auf Zurs Gesicht. Daniel vermutete, dass sie seine Frau nicht gesehen und gehofft hatte, er wäre alleine auf das Sommerfest gekommen. Angespannt schaute er zu Marie auf. Doch die überraschte ihn einmal mehr.

Zuerst stockte sie erstaunt, denn sie hatte bisher nicht gewusst, dass die Staatsanwältin kleinwüchsig war. Doch sie fing sich rasch wieder. Sie schenkte Zur ihr schönstes Lächeln, stellte sich vor und schüttelte ihr die Hand. Höflich bedankte sie sich dafür, dass Zur Benjamin das Praktikum beim *Libertas* e. V. verschafft hatte. „Außerdem habe ich Ihnen etwas mitgebracht.“

Während sich Zurs eisblaue Augen erschrocken weiteten, hielt Daniel die Luft an. Was um Himmels willen hatte sie vor? Sie würde sie doch nicht alle drei in eine unangenehme Situation bringen. *Als wäre die Situation so schon nicht unangenehm genug.*

Alles an Marie wirkte lässig, Zur dagegen stand steif wie ein Brett da und hatte noch keinen Ton herausgebracht.

Marie griff in ihre Clutch, zog das Halstuch heraus, das Zur Daniel am Tatort überreicht hatte, damit er sich nach dem Regenguss damit hatte abtrocknen können, und das so viel Misstrauen zwischen Marie und ihm gesät hatte, und überreichte es ihr. Freundlich, ohne jeglichen Groll in der Stimme, bedankte sie sich: „Gewaschen und gebügelt. Es war äußerst kollegial von Ihnen, dass Sie meinem Ehemann geholfen haben."

Lioba Zur lief krebsrot an. Hastig nahm sie das Tuch, verschränkte die Arme und verbarg es unauffällig unter den Achseln. Die ersten Worte, die sie an sie beide richtete, waren die zum Abschied, weil sie angeblich jemanden erspäht hatte, den sie unbedingt begrüßen musste. Von der Souveränität, die sie beruflich an den Tag legte, war nichts zu erkennen. Ihr letzter Blick galt Daniel. Dann verschwand sie.

Aalglatt abserviert, dachte Daniel stolz und gab Marie einen anerkennenden Klaps auf den Po.

82. KAPITEL

„Auftrag erledigt."

„Sie melden sich verdammt spät."

„Sie waren sehr beschäftigt. Ich hätte Sie nicht anrufen können, ohne dass es aufgefallen wäre."

„Sie beobachten mich?"

„Ich vertraue Ihnen genauso wenig wie Sie mir."

„Warum haben Sie die Wichser nicht getötet?"

„Weil Sie mir nicht den Auftrag dazu erteilt hatten. Ich töte nur, wenn es sein muss, und es war in diesem Fall nicht erforderlich."

„Töten – ist das nicht Ihr Job?"

„Auch ich lösche zwei Menschenleben nur aus, wenn es unbedingt sein muss. Sie wollten lediglich, dass ich der Joker bin, und das war ich, denn ich habe das Spiel verändert und Ihr Team gewann."

„Das ist nicht mein Team."

„Dann eben Ihre Marionette."

„Sarkasmus hätte ich Ihnen nicht zugetraut. Ich als Strippenzieher, das gefällt mir aber. Ich lenke auch Sie."

„Das Ergebnis ist so, wie Sie es haben wollten, aber den Weg dorthin bestimmte ich."

„Sie tun, was ich sage!"

„Seien Sie vorsichtig! Nicht einmal Sie können mich kontrollieren. Ich könnte mich in Ihrem eigenen Schatten verstecken und Sie würden es nicht merken."

„Drohen Sie mir etwa?"

„Keineswegs. Wir sitzen doch im selben Boot. Eine Hand wäscht die andere."

„Ich bin mir bewusst, dass ich einen Pakt mit dem Teufel abgeschlossen habe."

„*Sie* haben *mir* den Deal unterbreitet, nicht umgekehrt, und sich eben beschwert, weil ich die beiden Männer nicht umgebracht habe. Wer ist also der größere Teufel von uns beiden?"

Er legte auf. Die Leitung war tot.

– ENDE –

DANKSAGUNG

Herzlichen Dank an meinen Schwager für die Hilfe beim Fall „Fledermaus versus Fabrikeigentümer“.

Meiner Freundin, die durch eine schwere Krankheit im Rollstuhl sitzt, für das – wie Sie es benannte – „Fachsimpeln“, die Offenheit und die wertvollen Tipps rund um das Thema Rollstuhl und Querschnittslähmung.

Herzlichen Dank an Sandra Kästner, die mir als Krankenschwester wertvolle Informationen zu allen Krankheitsbelangen gab.

Danke an Jörg Häusler für den Begriff „Popomobil“. Der Dotbooks Verlag, in dem die E-Books der ersten beiden Zucker-Bände erschienen, suchte gemeinsam mit mir auf Facebook nach Synonymen für „Rollstuhl“. Jörg Häusler gewann die Ausschreibung mit „Popomobil“. Es wurden weitere gute Begriffe eingereicht und so habe ich einige davon ebenfalls im Krimi benutzt. Danke daher auch an Jasmin Zipperling (Rolls-Royce), Beate Senft (A-Klasse) und Heidi Cappuccino-Mama (Cityflitzer).

Danke an Lydia Benecke, die mir durch ihr Sachbuch „Auf dünnem Eis“ bei der Recherche zum Thema Psychopathen geholfen hat und den Austausch auf ihrem Facebook-Profil, durch den ich das erste Mal von Odonien gehört habe. Ich bin immer auf der Suche nach Besonderheiten für meine Krimireihe, und dieser Ort ist eine.

Wie immer tausend Dank an Polizeihauptkommissar Volker Scherzberg von der Abteilung Öffentlichkeitsarbeit, der mir liebenswürdigerweise immer als Ansprechpartner zur Verfügung steht, wenn es um Polizeiliches geht.

Libertas e. V. wurde inspiriert vom Kulturzentrum IGNIS, ist aber frei erfunden. Wer Interesse am interkulturellen Austausch hat, kann sich auf www.ignis.org über das Angebot, die Hilfestellungen und Veranstaltungen informieren.

Wie schon in den Vorgängerbänden „Leiden sollst du“ und „Nr. 13“ habe ich mich in „Töte, um zu leben“ bemüht, den Polizeidienst und den Alltag als Rollstuhlfahrer und Querschnittsgelähmter so nah an der Wirklichkeit anzusiedeln, wie es mir möglich war. Allerdings habe ich mir die kreative Freiheit herausgenommen, für die Handlung unwichtige Details unerwähnt zu lassen oder Vorgänge zu straffen, um die Spannung zu erhöhen und Daniel nicht bloßzustellen.

Danke an Mira Taschenbuch in Hamburg und den Vertrieb. Tolle Menschen, tolle Arbeit! Ebenso danke ich dem gesamten Team der Literarischen Agentur Kossack, allen voran meinem wundervollen Literaturagenten Lars Schultze-Kossack.

Und zum Schluss, aber umso herzlicher, möchte ich allen Lesern danken, die den Zuckers schon seit drei Bänden die Treue halten und mir so liebes Feedback über mein Facebook-Profil geben. Das bedeutet mir viel!

Lesen Sie auch:

Cordula Hamann

Spurlos im Schnee

Ab April 2015 im Buchhandel

Band-Nr. 25820
10,99 € (D)
ISBN: 978-3-95649-117-7

+++ 12:11 Uhr, Justizvollzugsanstalt Straubing +++

Claudia Jensen starrte auf den Namen in den Überführungspapieren, die ihr der Beamte der Vollzugsanstalt Straubing gerade überreicht hatte: Thomas Bach.

„Einzeltransport mit niedrigster Sicherheitsstufe – bei dieser Vorgeschichte?“, fragte sie entsetzt.

„Warum habt ihr nicht ein anderes Fahrzeug angefordert?“, wollte auch ihr Kollege Marco Stadler wissen.

„Bach hat gesundheitliche Probleme“, erklärte ihnen der Beamte der Vollzugsanstalt. „Eine Fahrt im Sammeltransport scheidet deshalb aus. Außerdem ist er völlig harmlos. Alle Gutachten der letzten Jahre fielen positiv aus. Er hat seine Strafe abgesessen. War hier bei uns in der sozialtherapeutischen Anstalt. Sicherungsverwahrung. Eigentlich sollte er in den offenen Vollzug. Aber er will nicht.“

„Er will nicht?“, fragten Jensen und Stadler wie aus einem Munde.

Der Beamte zuckte die Achseln. „Keine Ahnung. Fühlt sich noch nicht so weit. War ja auch eine verdammt lange Zeit.“

„Und was soll er dann in Konstanz?“, fragte Jensen. Es war ein merkwürdiges Gefühl, zu hören, dass der Gefangene jetzt harmlos sein sollte. Dabei war er dafür verantwortlich, dass sie monatelang an ihrer Berufswahl gezweifelt und nächtelang die toten Frauen in ihren Träumen gesehen hatte. Alle vier im Alter von 15 bis 35 Jahren, vergewaltigt, ihre Köpfe kahl geschoren und von der Brust bis zum Schambein und am Hinterkopf durch Messerschnitte in Form eines großen Kreuzes als seine Werke gebrandmarkt. Gott habe ihn beauftragt, sie für ihre Unzucht zu strafen. Gejagt von einer Sonderkommission aus 76 Kriminalbeamten, hatte er die Bevölkerung ihrer Heimatstadt Hamburg über ein Jahr lang geängstigt. Dieser Mann sollte jetzt die Freiheit scheuen und seinen Aufenthalt in einer Haftanstalt quasi freiwillig verlängern wollen?

„Die haben dort eine gesonderte Abteilung für Männer über 62 Jahre. Ich denk, das soll so eine Art Übergang werden, bis er ganz …“

Der Beamte verstummte, denn in diesem Moment betrat ein weiterer Vollzugsbeamter den Raum, in seiner Begleitung Thomas Bach. Trotz der Jahre erkannte ihn Jensen sofort. Der 65-jährige Häftling wirkte blass, aber er hielt seinen Körper straff aufrecht und seine dunkelbraunen Augen sahen ihr klar ins Gesicht. Seine Statur hatte sich in den Jahren nicht wesentlich verändert. Nur die Fülle seiner damals schwarzen

Haare hatte deutlich nachgelassen und etliche graue Strähnen durchzogen die ordentlich geschnittene Frisur. Er trug Zivilkleidung. Ein weinroter Wollschal war um seinen Hals gewickelt, eine schwarze Daunenjacke hing über dem Arm. Er trug bereits Hand- und Fußschellen. Mit keiner Regung verriet er, ob er sie wiedererkannt hatte.

Ja, der Mann sah harmlos aus. Aber das war auch die Aussage aller Befragten gewesen – der Arbeitskollegen, der Nachbarn, der Angehörigen und seines fünften Opfers, das als Einziges überlebt hatte.

Der Vollzugsbeamte war Jensens Blicken zu den Fußfesseln gefolgt. „Könnt ihr im Bus ja dann selbst entscheiden."

„Wir sollten aufbrechen. Kommen Sie", forderte Jensen mit einer Handbewegung Bach und die Beamten auf, sich in Richtung Ausgang zu bewegen. Normalerweise störten sie die lautstarken Schließprozeduren innerhalb des Gebäudes nicht, aber heute war sie froh, als sie endlich wieder im Freien standen. Sie blickte an dem schönen, alten Gebäude hoch. Der seit Tagen anhaltende Schneefall hatte sich zentimeterdick auf die sonst leuchtend roten Dachziegel gelegt. Und noch immer schien der Niederschlag kein Ende zu nehmen. Es war deutlich wärmer geworden. Bald würde der Schnee in Schneeregen übergehen.

Stadler öffnete die hintere Tür des Mercedes Sprinters und trat zur Seite. Die beiden Vollzugsbeamten führten Bach, der bisher kein Wort gesprochen hatte, in ihrer Mitte zum Einstieg. „Darf ich am Fenster sitzen?", fragte er jetzt. Seine Stimme klang überraschend warm. Die Fensterausschnitte waren im hinteren Teil des Busses verschlossen, die vorderen Scheiben dagegen verglast und von innen mit Gittern versehen. So wie auch Gitter und Sicherheitsglas die Fahrerkabine vom Rest des Fahrzeuginnenraumes abtrennten. Stadler sah Jensen fragend an. Ab dem Moment der Zuführung des Gefangenen in das Transportfahrzeug lag die Verantwortung allein bei ihnen. Die absendende JVA gab nur das erforderliche Mindestmaß an Besicherung des Gefangenen und die Wahl des Transportfahrzeuges vor. Zusätzliche Sicherungsmaßnahmen konnten jederzeit von den begleitenden Beamten durchgeführt werden. Oder aber sie konnten darauf verzichten. Jensen nickte. „Er darf rausgucken. Im Bericht steht, er hat Ödeme am linken Bein. Verzichten wir also auf die Fußfesseln."

Stadler nahm sie ihm ab und verstaute sie zusammen mit dem kleinen Pappkarton, in dem sich die persönliche Habe des Gefangenen befand, in der Fahrerkabine. Danach schloss er die Hecktür, die man nur von außen öffnen konnte, und verabschiedete sich von den Kollegen der JVA.

„Können solche Typen überhaupt jemals harmlos werden?“, flüsterte Stadler im Vorbeigehen Jensen zu.

Sie zuckte die Schultern. „Das Wetter soll miserabel werden. Fährst du die erste Strecke oder ich?“, fragte sie.

Er schwenkte lächelnd die Schlüssel vor ihrem Gesicht. „Ich will zuerst.“

Claudia grinste ihn an. „Weil du es bist.“

Stadler war zehn Jahre jünger als sie und wurde nur ab und zu für Gefangenentransporte eingesetzt. Er tat Claudia leid. Durch den ewigen Personalmangel hatten sie in letzter Zeit derart viele Amtshilfeersuchen der JVAs, dass er sich vorkommen musste, als wäre er nicht für den Polizeidienst, sondern für eine Transportfirma ausgebildet worden. Mit Bach sollten sie nicht direkt nach Konstanz fahren, sondern zuerst nach Garmisch-Partenkirchen, um dort einen weiteren Gefangenen einzuladen, der als Zeuge zu einem Gerichtstermin – ebenfalls in Konstanz – geladen war.

Bevor sie losfuhren, drehte sie sich um und sah durch das Gitter zu Bach. Er hatte sich den Schal abgenommen und neben sich gelegt. Es mochte albern sein, aber das große Kreuz, das um den Hals dieses sonst so schmucklosen Mannes hing, machte ihr plötzlich Angst.

+++ 14:32 Uhr, A 95 Fahrtrichtung Süd +++

Kaum fuhr sie wieder auf der Autobahn, steckte Katja die Kopfhörer ihres Handys in die Ohren und rief Miriam an. „Vielleicht hattest du recht. Es scheint doch auch nette Typen zu geben. Eben hatte ich das Vergnügen, einen von Weitem zu sehen, der – Überraschung – natürlich vergeben ist.“

„Sag ich doch. Unser Urlaub wird dich von Markus kurieren. Und das wirkt schon, obwohl du noch nicht einmal angekommen bist. Ich verspreche dir: Hier sind noch viel mehr nette Typen.“

Miriam lebte im Gegensatz zu ihr schon seit geraumer Zeit solo. Und sie bestand darauf, dass ein Urlaubsflirt durchaus auch der Start eines Weges zur goldenen Hochzeit sein könnte. Was natürlich Quatsch war. Urlaubsflirts gehörten in die Kategorie fünfte Jahreszeit. Nach der Erfahrung mit Markus sollte Katja ein solches Erlebnis allerdings nur recht sein.

„Was ist denn nun mit dem Stau?“, fragte Miriam.

„Wollen wir mal hoffen.“ Katja warf einen Blick auf ihr Navi. Nur noch rund 15 Kilometer bis zur angekündigten Unfallstelle. Vorhin hatte der Stau bereits acht Kilometer betragen. Sie sah wieder nach vorn. In die dicken Schneeflocken, die unaufhaltsam ihre Windschutzscheibe trafen, mischten sich flackernde blaue Lichter aus der Ferne. „Zu früh gefreut. Mann, mir ist jetzt schon kalt. Jetzt muss ich auch noch stundenlang im eisigen Auto warten. Wie war das gerade mit dem guten Beginn der Ferien?“

„Nicht ärgern. Mach dir warme Gedanken. Lass dich bloß nicht von so einem Stau unterkriegen. Was ist das denn für ein Sympathieträger, den du entdeckt hast? Habt ihr miteinander gesprochen?“, wollte Miriam wissen.

Miriam, die Trösterin in der Not. So war sie schon immer. „Ich schau erst mal, was hier los ist, und ruf dich wieder an, okay?“

„Bald sitzt du hier neben mir am Kamin.“

Ein loderndes Kaminfeuer, das wär's jetzt. Doch vor ihr funkelten lediglich die Rücklichter diverser Fahrzeuge und die blauen Signale der zwei Polizeifahrzeuge, die querstehend die linke und mittlere Spur blockierten. Im Schritttempo fädelten sich die Fahrzeuge in die rechte Spur ein, bis auch diese durch einen Polizeibus gesperrt war. Ein Beamter winkte heftig Richtung Ausfahrt. Die Autos vor ihr kamen zum Stehen. Katja nutzte den Stillstand, um auf dem Navigationsgerät zu prüfen, wo sie sich befand. Ausfahrt Sindelsdorf. Hier kreuzte die Bundesstraße 472, entweder in Richtung Bichl/Bad Tölz oder in Richtung Peißenberg. Na, das war Glück im Unglück. Sie würde bis kurz vor Bichl fahren und dann auf die B 11 abbiegen, die wunderbarerweise auf die B 2 und dann direkt nach Mittenwald führte. Genau dorthin wollte sie, und die Strecke schien nicht einmal länger zu sein als die parallel verlaufende Route über Garmisch-Partenkirchen. Vor ihr setzten sich die Fahrzeuge wieder in Bewegung, die meisten bogen nach Peißenberg ab, einige wenige in Richtung Bad Tölz. Katja erkannte vor sich den britischen Geländewagen ihres Parkplatznachbarn. Wohin die drei wohl unterwegs waren? Könnte ja sein, dass sie ebenfalls nach Seefeld zum Wintersport wollten.

Langsam zog sich die Reihe der hintereinanderfahrenden Autos wieder auseinander. Der Range Rover bog ebenfalls rechts auf die B 11 ab. So weit, so gut. Wenn es endlich aufhören würde zu schneien, oder zu regnen – was immer das war, das da vom Himmel fiel –, ließe es sich gar nicht schlecht auf dieser Strecke fahren. Noch bildete der alte Schnee einen festen Untergrund auf der Straße. Zufrieden nahm sie einen erneuten Anruf Miriams entgegen und berichtete ihr von der neuen Fahrtroute.

„Ist das nicht schon ziemlich in den Bergen?"

„Glaub ich nicht. Die Strecke führt an zwei großen Seen vorbei und sieht ziemlich eben aus."

Katja versprach, sich zu melden, sobald sie abschätzen konnte, wann sie in Seefeld eintreffen würde.

Zwei Minuten später klingelte wieder ihr Handy. „Was denn noch?", fragte sie Miriam, deren Stimme aufgeregt klang.

„Von wegen flach. Ich habe gerade im Internet geschaut. Zwischen dem Kochelsee und dem Walchensee liegt eine verdammt steile und kurvenreiche Strecke. Wie soll das denn gehen bei dem Wetter? Willst du nicht lieber irgendwo am Kochelsee übernachten und warten, bis das Wetter besser ist? Ich habe mal gegoogelt. Es gibt wirklich viele Hotels und …"

„Hast du sie noch alle?", unterbrach Katja sie. „Es ist erst halb vier am Nachmittag." Sie sah in den Rückspiegel. „Außerdem bin ich bestens bewacht."

„Wie?"

„Hinter mir fährt schon die ganze Zeit ein Polizeiauto. Also ganz ruhig, Miri."

„Aber diese Kesselbergstraße. Versprich mir …"

„Ich verspreche es hoch und heilig und jetzt gib Ruhe."

Katja beendete kurzerhand das Gespräch und konzentrierte sich auf die Fahrbahn und die Rücklichter ihres Vordermannes.

+++ 15:04 Uhr, Büro der Lawinenkommission +++

Xaver zog sich die Jacke aus und hängte sie auf die Stuhllehne. Er schüttelte sich die letzten noch nicht getauten Schneeflocken aus dem Haar und trat neugierig hinter seinen Kollegen Ferdinand. Der richtete seine Blicke konzentriert auf den Monitor vor sich.

„Wie schaut's aus?", fragte Xaver.

„Hab ein ungutes Gefühl. So eine Konstellation gab's noch nie, seit ich bei der Kommission bin."

„Was schon ein paar Jährchen sind." Xaver lachte und schlug seinem Kollegen freundschaftlich auf die Schulter. „Der Sturm macht mir auch

Sorgen“, fügte er wieder ernst hinzu. „Mit dem plötzlichen Temperaturanstieg eine gefährliche Kombination. Übrigens haben grad die Kollegen der Verkehrspolizei durchgegeben: Auf der A 95 ist ein LKW durch die Mittelplanke gedonnert und umgekippt. Vollsperrung.“

„Wo?“, fragte Ferdinand, ohne vom Monitor aufzublicken.

„Bei Kilometer 54.“

„Leiten sie ab?“

„In Richtung Nord steht's im Moment. Richtung Süd leiten sie über die B 472, Sindelsdorf.“

„Auch das noch. Die sollten die Leut' lieber auf der Autobahn lassen, anstatt sie über die Landstraßen zu zwingen. Lang sollten wir nimmer warten, das Landratsamt zu informieren. Mindestens den Bereich Urfeld–Walchensee sollten die dichtmachen.“

„Wennst meinst. Aber die Kollegen aus Mittenwald haben noch nicht einmal Scharnitz zugemacht. Nur Leutasch – da ist dicht. Aber das ist nix Besonderes. Also müssen wir uns hier nicht gleich ins Hemd machen.“ Xaver wandte sich ab und steuerte seinen eigenen Schreibtisch an.

„Freilich sollten wir das tun“, antwortete Ferdinand in einem ungewohnten Ton, der Xaver in seinen Bewegungen stoppen ließ. „Der Sturm dreht sich.“

Xaver trat wieder hinter ihn und sah auf den Monitor, wo Ferdinand mit dem Finger einen Bereich des Satellitenbildes umkreiste.

„Da schau: Das kommt genau auf uns zu. Und so nass, wie der Schnee heut geworden ist … ich darf's mir gar nicht vorstellen, was da runterkommen könnt.“

+++ 15:06 Uhr, Bundesstraße 11 +++

Es ging langsam aufwärts und Kurven und Kehren nahmen zu. Katja hatte Schneeketten dabei. Für alle Fälle, so hatte Miriam geraten. Sollte sie diese besser jetzt anlegen? Noch griffen die Reifen ihres Jeeps gut auf dem Schneebelag der immer steiler werdenden Straße. Und weder der Geländewagen vor ihr noch der Polizeibus hinter ihr benutzten Schneeketten. Der Zwillingsvater von der Raststätte führte die Kolonne an. Er bestimmte das Tempo und sie würde sehen, falls er ins Schlingern geriet. Nur wenige Fahrzeuge kamen ihnen entgegen. Fast hinter jeder Kurve blies der Wind so viel Schnee von den steilen Felswänden auf die Windschutzscheibe, dass Katja mehrmals die höchste

Stufe der Scheibenwischer anschalten musste, um überhaupt etwas sehen zu können. Sie spürte, wie der Sturm versuchte, ihr Auto in seine Richtung zu schieben, so wie ein Fußballer einen Ball vor sich hertrieb. Gleichzeitig hörte sie sein Pfeifen und Zischen. Ihre Finger verkrampften sich um das Lenkrad, um ja rechtzeitig gegenzulenken, falls wieder eine Böe das Auto traf. Sie sah kurz auf ihr Navigationsgerät. Bald war diese kurvenreiche Kesselbergstraße geschafft, vor der Miriam so eine Panik gemacht hatte. Dann würde es wieder ebener werden.

Sie hörte ein Grollen und stellte das Radio aus. Jetzt auch noch ein Gewitter? Das Wetter spielte total verrückt. Das Grollen schwoll zu einem Dröhnen an. Sie beugte sich vor, um durch die Windschutzscheibe einen Blick zum Himmel werfen zu können. Doch im gleichen Moment traf ein heftiger Schlag das Heck ihres Jeeps und drohte, ihn von der Straße zu drängen. Katja trat instinktiv auf die Bremse. Gleichzeitig knallte es laut, Glas klirrte und Schnee wirbelte vor ihrem Auto in einem rasenden Tempo durch die Luft. Wie eine Wolke umhüllte er Windschutzscheibe und Schnauze des Jeeps, wurde immer dichter und dann war es Nacht um sie herum. Nur das Armaturenbrett mit seinen Anzeigen gab ein schwaches grünes Licht ab. Die Scheibenwischer bewegten sich ohne Erfolg in hektischer Geschwindigkeit. Sie gab wieder Gas, um dieser Kraft zu entkommen, die sie immer noch den Abhang hinunterdrängen wollte. Doch das Auto schien kaum mehr vorwärtszukommen, bis es vollständig auf der Stelle fuhr und die Reifen durchdrehen ließ. Katja presste ihren Fuß auf die Bremse und zog gleichzeitig die Handbremse an. Endlich ließ der Druck auf das hintere Fahrzeugteil nach. Die Scheibenwischer schafften es, ein kleines Loch in den Schnee auf der Windschutzscheibe zu schieben. Katja konnte die Fahrbahn sehen und erkannte in einiger Entfernung den Fahrer des Range Rovers und seine Töchter. Sie standen mitten auf der Straße und starrten mit angstverzerrten Gesichtern abwechselnd zu ihr und auf einen Punkt irgendwo oberhalb ihres Autos. Nur das monotone Geräusch der Wischblätter auf der Scheibe unterbrach die vollkommene Stille. Ruckartig lief eines der Mädchen los. Der Vater und die Schwester folgten. Alle drei rannten auf sie zu, immer wieder blickten sie ängstlich nach oben. Erst jetzt spürte Katja die Kälte im Wagen. Sie drehte sich zur Rückbank um. Ihr Gepäck, das sie dort deponierte hatte, war mit Schnee und kleinen Felsbrocken übersät. Katja drehte sich wieder nach vorn, löste die Handbremse und gab vorsichtig Gas. Doch die Räder drehten erneut auf der Stelle und das Fahrzeug bewegte sich keinen Zentimeter. Inzwischen waren Vater und Töchter an der Motorhaube des Jeeps angekommen und gestikulierten wie wild, bewegten ihre Lippen und zeigten in ihre Richtung und immer wieder nach oben. Katja hörte ihre Stimmen nicht. Der Schnee um ihr Auto herum schluckte alle Geräusche. Auf der Beifahrerseite kam Bewegung in die weiße Wand. Sie sah rote Handschuhe, die sich mit hektischen Wischbewegungen zur Scheibe durchkämpften. Den Handschuhen folgten Arme und Oberkörper. Jetzt wurden die Gesichter des Vaters und eines der Mädchen sichtbar. Sie befreiten die Beifahrertür von den Schneemassen. Plötzlich maßloses Erschrecken auf den Gesichtern ihrer Helfer. Ihre Bewegungen erstarrten, dann rannten Vater und Tochter zurück auf die Straße. Wie durch Watte vernahm Katja ein erneutes Grollen. Dann spürte sie das Vibrieren des Jeeps und mit ihm die Gefahr. Sie schaltete den Motor aus, löste den Sicherheitsgurt und griff zum Türhebel, um die Fahrertür zu öffnen. Doch die bewegte sich nicht. Sie stemmte sich mit der Schulter wie wild dagegen, hämmerte mit den Fäusten gegen die Fahrertür. Tränen rannen ihr die Wangen herunter. Sie nahm sich nicht die Zeit, sie abzuwischen, sondern schlug abwechselnd auf die Hupe und gegen die Tür. Endlich herrschte wieder absolute Stille. Katja atmete tief ein und aus. Mit einem Mal konnte sie wieder klar denken. Sie rutschte auf die Beifahrerseite und rüttelte dort an der Tür, die etwas nachgab. Schon war der Vater mit den Töchtern wieder zur Stelle. Es dauerte nur Sekunden, dann war die Tür so weit geöffnet, dass sich Katja hinauszwängen konnte.

„Nehmen Sie nur Ihre wichtigsten Sachen mit", forderte der Mann sie auf. Katja reagierte nicht. Sie blickte staunend auf den mindestens zwei Meter hohen Schneeberg, der sich hinter ihrem Jeep über der Straße aufgetürmt hatte. Es war, als hätte die Lawine versucht, den Einschnitt der Straße zu schließen, damit der Berg seine ursprüngliche Form wiedererlangen konnte. Wenn sie nur einen Meter weiter hinten auf der Straße gewesen wäre … ach was, ein halber Meter weniger, und die Lawine hätte sie vollständig unter sich begraben.

„Schnell! Wer weiß, ob nicht noch eine Lawine runterkommt." Mit dieser Äußerung riss der Mann Katja endgültig aus ihrem Schockzustand. Hastig kletterte sie wieder ins Fahrzeuginnere, wollte ihren Mantel und das Gepäck vom Rücksitz greifen und schrie auf. Ihr linkes Handgelenk schmerzte. Sie konnte mit dieser Hand nichts greifen. Sie nutzte ihre unversehrte rechte Hand und streckte einem der Mädchen durch die halb geöffnete Tür ihre Tasche entgegen. Sie sah sich suchend um und entschied: Alles andere konnte im Auto bleiben. Nur ihr Navi zog sie vom Ladegerät und griff das Handy aus der Mittelablage. Beides warf sie in ihre Handtasche und stieg mit ihr rückwärts aus dem Jeep. Sie drückte die Beifahrertür zu und folgte ihren Rettern zu deren Auto.

„Hannah, ruf die 112 an", rief der Mann noch im Laufen einem der Mädchen zu. Er öffnete die Heckklappe und verstaute Katjas Tasche. Katja versuchte, ihren Mantel anzuziehen, aber hatte Mühe, das Zittern zu kontrollieren und die Ärmellöcher zu finden. Er half ihr. Währenddessen unterrichtete Hannah die Notrufzentrale.

„Papa, wo sind wir hier? Welche Straße?"

„Auf der B 11 kurz vorm Walchensee", antwortete er, und das Mädchen wiederholte diese Angabe. In diesem Moment traf Katja die Erinnerung an ihre Fahrt vor dem Unfall wie ein Schlag. Sie starrte zurück zu dem riesigen Schneeberg und riss dem erschrockenen Mädchen das Telefon aus der Hand. „Beeilen Sie sich. Hinter mir war noch ein Fahrzeug. Es ist mit Sicherheit verschüttet worden. Es fuhr dicht hinter mir, als die Lawine runterkam. Ein Polizeifahrzeug. Machen Sie schnell." Die Angst, die sie im Auto erlebt hatte, als die Lawine unmittelbar hinter ihr auf die Straße gedonnert war, hatte es sie für den Moment vergessen lassen. Sie gab dem verdutzten Mädchen das Handy zurück. „Müssen wir nicht hin und versuchen zu helfen?" Sie wollte loslaufen, doch der Mann hielt sie am Arm fest. „Aber wir müssen sie ausgraben", schrie sie ihn an.

Er schüttelte weiterhin den Kopf. „Wo denn? Sehen Sie sich Ihr Auto an. Es hat nur am Heck etwas abbekommen und wir mussten trotzdem richtig buddeln. Bleiben Sie. Wir haben weder Schaufeln noch sonst irgendein Gerät. Es wird gleich Hilfe kommen. Professionelle Hilfe."

Katja nickte. Ihr Retter hatte recht. Selbst zu viert hätten sie keine Chance. Wo sollten sie anfangen zu graben? Der Polizeibus war mit normalem Sicherheitsabstand hinter ihr gefahren, also mindestens zwanzig, dreißig Meter. Die Lawine musste ihn voll getroffen haben. Katja drehte sich wieder zu ihren Rettern um. „Entschuldigung. Wie unmöglich von mir. Ich hab mich überhaupt noch nicht bedankt, dass ihr mich da rausgeholt habt. Ich hatte wirklich Panik. Ich bin Katja. Katja Reichenberger. Ich wollte nach Seefeld. Also eigentlich … aber …"

Das erste Mal lächelte auch er. „Holger Koch. Und das sind meine Töchter Hannah und Leah. Wir wollen auch nach Seefeld."

„Das war wirklich krass. Wir haben uns zuerst gar nicht getraut, wieder zurückzulaufen. Haben Sie nicht die zweite Lawine gehört?", fragte das Mädchen, dem Katja einfach das Handy aus der Hand gerissen hatte.

„Du bist Hannah?", fragte Katja. Das Mädchen nickte. „Entschuldige. Ich klaue üblicherweise keine Handys."

Sie schlang ihren Mantel eng um sich und starrte zum Lawinenfeld. Wie auch die Mädchen und ihr Vater. Alle schwiegen. Sollten sie nicht doch versuchen, zu den Verschütteten vorzudringen? Sie war mit dem Leben davongekommen. Hoffentlich würden das auch die Insassen der übrigen Fahrzeuge.

Lesen Sie auch von Laura Wulff:

Band-Nr. 25730
8,99 € (D)
ISBN: 978-3-86278-870-5
368 Seiten

Laura Wulff
Nr. 13

„Er trug die Kutte eines Mönchs ...“, so beschreibt die verwirrte alte Frau den Mörder, den sie in der gegenüberliegenden Wohneinrichtung für rehabilitierte Sexualstraftäter beobachtet haben will. Einzig mit dieser Aussage kann der Kölner Kriminalkommissar Daniel Zucker – nach einem Unfall, der ihn an den Rollstuhl fesselte, wieder frisch im Dienst – jedoch nicht anfangen zu ermitteln, ohne einen Eklat zu verursachen. Als Zeichnerin zu dem Fall hinzugezogen, stößt seine Frau Marie auf Hinweise, die ihren Chef in Verbindung mit den Straftätern bringen. Währenddessen beschließt Maries Cousin Ben, um Daniel zu helfen und seine eigenen Dämonen zu besiegen, das Vertrauen der Bewohner zu gewinnen. Wird es ihm gelingen, etwas über den Mord zu erfahren, ohne sich selbst in Lebensgefahr zu bringen?

Tanja Noy
Todesruhe

„Schalldämpfer."

„Wie zum Teufel sollten die Herrschaften hier an einen Schalldämpfer gelangen?"

„Gegenfrage: Wie zum Teufel sind die Herrschaften hier an eine Pistole gelangt?"

Band-Nr. 25802
9,99 € (D)
ISBN: 978-3-95649-092-7
eBook: 978-3-95649-350-8
416 Seiten

Wer hat den Patienten der Nervenheilanstalt „Mönchshof" erschossen und ihm die Augen herausgerissen? Julia Wagner und Zander, ihr ehemaliger Partner aus Polizeitagen, sind auf der Suche nach einem Mörder in der geschlossenen Psychiatrie. Während die beiden drinnen dunklen Geheimnissen auf die Spur kommen, rüstet sich außerhalb der Mauern ein mächtiger Feind aus Julias Vergangenheit für seinen nächsten Schlag – denn die Jagd auf Julia ist nun eröffnet …